Markus Heitz

JUDASTÖCHTER

Ein Vampirthriller

Knaur Taschenbuch Verlag

Gerne empfehlen wir Ihnen weiteren spannenden
Lesestoff aus unserem Programm – schreiben Sie einfach eine E-Mail
mit dem Stichwort »Judastöchter« an: fantasy@droemer-knaur.de

Besuchen Sie uns im Internet:
www.knaur.de
www.pakt-der-dunkelheit.de

FSC
www.fsc.org
MIX
Papier aus verantwortungsvollen Quellen
FSC® C083411

Erweiterte Taschenbuchausgabe Januar 2012
Knaur Taschenbuch

Ein Unternehmen der Droemerschen Verlagsanstalt
Th. Knaur Nachf. GmbH & Co. KG, München

Ein Projekt der AVA International GmbH
Autoren und Verlagsagentur
www.ava-international.de
Redaktion: Angela Kuepper
Umschlaggestaltung: ZERO Werbeagentur, München
Umschlagabbildung: Reitze de la Maza
Satz: Adobe InDesign im Verlag
Druck und Bindung: CPI – Clausen & Bosse, Leck
Printed in Germany
ISBN 978-3-426-50589-2

2 4 5 3 1

DRAMATIS PERSONAE

Theresia »Sia« Sarkowitz: Judastochter
Emma Karkow: ihre Nachfahrin
Elena Karkow: Emmas Tochter
Trisha: Elenas Schulfreundin
Schwester Hildegard: Krankenhauspflegekraft
Melanie: Lernschwester
Professor Axel »Sascha« Kleinert: Stationsarzt des Krankenhauses
Kantor: Polizist
Faltow: Kriminalkommissar

Eric von Kastell/de Lavall: Wandelwesenjäger
Justine Marie Jeanne Chassard: seine Halbschwester
Mütterchen Wissen: eine von Erics Informationsquellen

Jeoffray Charles Wilson: Butler und Harm Byrnes Testamentsvollstrecker
Reginald Mirror: Wettbürobetreiber/Krimineller
Milly: Betreiberin des Pubs *Shamerock*
Ireen: Friseurin

Mhatha: Sídhe/Banshee
Jonathan Smyle: irischer Vampir/Vieszcy
Alice und Grag: Nachtkelten (Menschen)

Mike O’Malley: IRA-Kämpfer
Sínead: seine Frau
Mitch Donaghue: IRA-Kämpfer
Finn McFinley: Rí der BlackDogs
Brian Baker: Rí der HellDogs
Uther: Wandler der HellDogs
Tim Emerald: Wandler der HellDogs
Ard Rí: Hochkönig der irischen Wandler
Rob: rechte Hand des Ard Rí
Boída de Cao: Scharfrichterin
Miss Black: Sídhe-Killerin
Stiff und Cougar: Hundewandler, Streuner und ohne Clan
Barnaby Fitzpatrick: Bärenwandler
Rainal und Lisica Righley: Fuchswandler
Alanis und Liam Killroy: Pantherwandler
Britney Majors: Katzenwandlerin

David O’Liar: Lobbyist
Liam Baxter: Senator im irischen Oberhaus
Freddy Cormick: unabhängiger Abgeordneter im irischen Unterhaus
Ian Rutherford: Premierminister Irlands
Frost und Wells: seine Leibwächter
Willy Moroda: Spion der Wandler
Aaron Goldsteen: einflussreicher Geschäftsmann
Gemma Corr: einflussreiche Geschäftsfrau
Taila Apple: einflussreiche Geschäftsfrau
Elizabeth Anne Sophie Montesque: Inhaberin des *Poor Duck* (Bed&Breakfast)
der Professor: führendes Mitglied der *union des lames*

DRAMATIS PERSONAE (PASSIV)

Levantinus/Levantin: mystisches Wesen aus einer anderen Sphäre; die Sphäre trägt je nach Verständnis bzw. Erklärungsansatz verschiedene Namen, mal Hölle, mal Jenseits, mal Paralleluniversum ...

Marek: Sias Halbbruder

Tanguy Guivarch/Harm Byrne/Tonja Umaschwili: Figuren, die in Sias Vergangenheit und über die Jahrhunderte hinweg eine wichtige Rolle gespielt haben

Comte de Morangiès: Widersacher von Sia und vor allem Eric

BESONDERE VAMPIRSORTEN

Abgesehen von den einfachen Vampiren, existieren besondere Spezies, die sich durch ungewöhnliche Eigenschaften, Stärken und Schwächen auszeichnen.

Die **Kinder des Judas** haben immer rote Haare und töten ihre Opfer mit einem einzigen Biss. Sie können kein sichtbares fließendes Wasser überqueren. Spitze, scharfe Gegenstände über den Eingängen oder den Fenstern eines Hauses hindern sie am Eintreten.

Dafür sind sie schneller, stärker und beweglicher als normale Menschen. Der Unterkiefer lässt sich aushängen wie bei einer Schlange, und die Reißzähne werden etwa so lang und dick wie der kleine Finger.

Im Allgemeinen kümmern sie sich um ihre eigenen Angelegenheiten und lassen Menschen weitestgehend in Ruhe – es sei denn, sie brauchen Forschungsobjekte oder die Gier nach Blut wird zu stark. Üblicherweise töten sie alle anderen Vampire – den Abschaum – die ihnen unter die Augen kommen.

Die **Vieszcy** sind die Kinder einer Hexe mit einem Werwolf oder mit einem Teufel/Dämon.

Sie vermögen sich in eine Schlange oder einen Luchs zu verwandeln, zu fliegen, sich unsichtbar zu machen und persönliche Krankheiten zu erschaffen, die an einen einzelnen Menschen gebunden sind.

Allerdings reagieren sie auf christliche Symbole, sind aber damit nicht zu töten und können durch Zauberer und Dhampire (Kinder von Vampiren) gefangen werden.

Sie sind recht aggressiv und bevorzugen Männer als Opfer, mit denen sie sich auch gerne vergnügen.

Ein Umbra ist der Schatten eines toten Mannes, der zu Lebzeiten viel Böses getan hat und vom Teufel Fertigkeiten als Belohnung erhielt.

Sie besitzen enorme Stärke, vermögen Feuer zu speien und können sich in einen Werwolf verwandeln. Sieht man sie, erkennt man nicht mehr als einen schwarzen Umriss. Sie können sich nicht durch Biss vermehren, sondern werden vom Bösen ausgesucht. Außerdem leben sie nicht sehr lange. Sie sind extrem aggressiv, ziehen durch die Gegend und wüten blindlings.

Die **Sídhe** sind feenhafte Figuren der irischen Mythologie. Bei ihnen handelt es sich um Altvampire und die Beherrscher der Nachtkelten.

BEGRIFFE

Sídhe: feenhafte Figuren der irischen Mythologie/Vampire

Nachtkelten: Bezeichnung für sowohl die Vampire aus der Art der Sídhe als auch deren menschliche Anhänger

altir. Rí: dt. König
altir. Ard Rí: dt. Hochkönig
altir. Tuath: dt. Stamm
altir. Tuatha: dt. Stämme
altir. Oenach: dt. waffentragende Elite eines Stamms

Wandler/Wandelwesen: Wesen, die in der Lage sind, eine Tierform oder eine Mischform aus Tier und Mensch anzunehmen; ihre primäre Gestalt ist in der Regel menschlich. Sie haben deutliche animalische Züge, meistens charakterlich, gelegentlich auch äußerlich, die das Tier in ihnen repräsentieren. In erster Linie sind es Raubtiere, es kommen aber auch friedlichere Tiere vor.

Schwesternschaft vom Blute Christi: Nonnenorden, gegründet im 18. Jahrhundert, um Wandelwesen zu fangen und von ihrem »Fluch« zu befreien. Dies sollte durch Heilung mittels Sanctum (s.u.) geschehen – andernfalls muss das Wandelwesen getötet werden.

Sanctum: heiligste Substanz, das Blut Christi

PROLOG

26. Januar, Großbritannien,
York, 16.21 Uhr

Jeoffray Charles Wilson nippte an seinem starken Assamtee, den er wie immer mit Milch und einem Löffel Zucker trank, während sein Blick über die aufklärenden Zeilen der letzten Seite huschte.

Nachdenklich wandte er den Kopf zum Fenster und schaute hinaus in den Garten, wo die Äste der alten Eichen im Wintersturm wogten. Halbzersetztes Laub wurde gelegentlich gegen die Scheibe geweht, blieb kleben und wurde vom prasselnden Regen wieder fortgespült.

Perfektes Teatime-Wetter.

Als waschechter Brite verweigerte er sich nicht einem gewissen Maß an Aberglauben und nahm den Spuk auf alten Schlössern und Landsitzen als gegeben hin. Aus guter Tradition heraus.

Jetzt aber hatte ihm Harm Byrne, Schwerstkrimineller und sein ehemaliger Arbeitgeber, ein elektronisches Dossier über eine andere, verborgene Welt hinterlassen, das ihn nachdenklich stimmte. Weil es keinen erkennbaren Wahnsinn in sich trug. Nicht in einem einzigen Wort.

Perfektes Monsterwetter.

Wilson hatte nie an Vampire geglaubt. Auch nicht an Werwölfe oder Dämonen. Und doch beschrieb sein alter Chef, der nie ein Spinner gewesen war, diese Spezies mit all ihren Unterarten, mit ihren Stärken und Schwächen, woran man sie erkannte, wie man sie eliminierte, was man bei Begegnungen vermeiden sollte und so weiter und so fort.

Zuerst hatte der einstige Butler auf die Zeilen gestarrt. Dann hatte er gelacht. Dann war er ins Wanken geraten, und jetzt befand er sich in einem merkwürdigen Zwischenzustand: Er wollte eines der Monster *sehen!*

Wilson hatte sehr viel Geld von Harm Byrne als Hinterlassenschaft erhalten und im Gegenzug einen Auftrag bekommen: Elena Karkow, ein Mädchen von knapp sieben Jahren, und ihre Mutter Emma, irgendwo um die dreißig. Sie sollte er aus der Ferne beschützen, behutsam Kontakt zu ihnen aufnehmen, sich ihnen als Freund nähern und zu einem Vertrauten werden.

Dann bekomme ich doch noch Frau und Tochter.

Wilson war der perfekte Mann für den Auftrag. Ende vierzig, alleinstehend, keine Kinder, gebildet und versiert, mehrsprachig und mit einem freundlichen Gesicht ausgestattet, zu dem Menschen schnell Vertrauen fassten. Völlige Ungebundenheit.

Er stellte die Tasse ab; mit einem leisen Klirren landete sie auf dem Knochenporzellan. Er zögerte nicht, diesen ungewöhnlichen Auftrag anzunehmen, für den er pro Jahr eine Million Euro aus einer Stiftung gezahlt bekam. Wilson hätte es für weniger getan. Loyal über den Tod hinaus, und das nicht einmal wegen des Geldes. Er hätte Harm Byrne niemals seine Zuneigung gestehen können. Es schickte sich nicht für einen Bediensteten und hätte auch nichts gebracht. Der Schwerkriminelle hatte Frauen bevorzugt.

Wilson erhob sich aus dem Ohrensessel. Seine Schritte führten ihn vorbei am Kamin, in dem kleine Flämmchen zuckten, bis ans Fenster, wo er den Blick schweifen ließ.

Vampire, Dämonen, Werwölfe. Und Elena und Emma stehen mit dieser Welt irgendwie in Verbindung. Er legte die Hände auf den Rücken und sah den Regentropfen zu, die am Glas hinabrollten. *Wenn es derartige Alptraumgestalten gibt, was existiert dann noch Schlimmeres in unserer Welt?*

Vor dem Studium des Dossiers hatte er sich sicher gefühlt. Die Ausbildung als Personenschützer verlieh ihm die Fertigkeit, mit jeder Art von Feuerwaffen umzugehen; auch um seine Selbstverteidigungskünste stand es äußerst gut. Aber nutzte ihm das was beim Nahkampf mit einem rasenden Werwolf? Bei einer Schießerei mit einem Vampir? Bei einem Schwertkampf mit einem Dämon?

Ich brauche ein Silbermesser. Und passende Kugeln für meine Pistolen. Wilson atmete tief durch. *Allmächtiger, ich klinge schon, als würde ich tatsächlich glauben, was ich da gelesen habe!*

Harm Byrne hatte ihn in seinem Testament gewarnt, sich Mutter und Tochter behutsam zu nähern, weil sie in der Vergangenheit oft getäuscht worden waren. Anfangs sollte er nur aus der Entfernung auf sie achten und erst nach einem Jahr Kontakt aufnehmen. Beim Einkauf oder sonst wo. Hauptsache, vorsichtig und so gut wie zufällig.

Das Bild einer Frau, die aussah wie Emmas ältere Schwester, war im Dossier ebenfalls enthalten. Angeblich handelte es sich dabei um eine Vampirin der Sorte *Kinder des Judas,* die Ahnin der beiden. Und: Sie war die andere Beschützerin sowie mehr als argwöhnisch. Sie tötete Verdächtige eher, bevor sie lange fragte. Skrupellos.

Wohl auch mich, wenn ich nicht achtgebe ... also, wenn sie eine Vampirin ist. Muss sie aber eigentlich gar nicht. Es reicht vollkommen aus, wenn sie eine Killerin ist.

Sein Spiegelbild zeigte ihm ein Gesicht mit langen Stoppeln, die erstes Grau aufwiesen. Das Ergebnis seiner Vernachlässigung der Körperpflege, aber die Lektüre war zu spannend gewesen. Auch die persönlichen Einschübe seines Chefs, die Lamenti ... sie hatten ihn in der Seele gerührt.

Er sah an sich herab, am zerknitterten grau-rot karierten Morgenmantel, den er über dem hellen Pyjama trug, und wackelte mit den nackten Zehen. Der Plan: *duschen, rasieren und ab in den Butler's Club.* Wilson marschierte ins Bad.

Nach einer blitzschnellen Nachmittagstoilette, inklusive Entfernen der Bartstoppeln und Korrektur der Frisur, schlüpfte er in der Ankleide in seinen grauen Maßanzug und warf sich den schwarzen Mantel über. Er mochte den Stil eines Gentlemans. Die Jahre in den Diensten von Leuten, die Wert auf ihr Erscheinungsbild legten, hatten ihn sehr geprägt. Wilson bevorzugte es, auf sich zu achten und zu jeder Zeit gut gekleidet zu sein.

Ein leises Klirren ertönte aus dem Haus, dann krachte es.

Wind fuhr heulend durch seine Wohnung und warf die Tür zum Ankleideraum mit einem lauten Knall zu.

Bloody hell ... Wilsons erster und sehr normaler Gedanke war, dass der Sturm einen Eichenast abgerissen und durchs Fenster geschleudert hatte. Gleich darauf kamen ihm die Worte und Beschreibungen des Dossiers von selbst in den Verstand und eröffneten ihm weitere Möglichkeiten. *Ich werde paranoid.*

Er starrte auf den Ausgang. Unbewaffnet wollte er plötzlich nicht hinaus, auch wenn er sich dabei lächerlich vorkam. Seine beiden Pistolen, für die er eine Besitzerlaubnis besaß, bewahrte er im Tresor neben dem Eingang auf. Um sie zu erreichen, müsste er allerdings durchs Kaminzimmer.

Wilson nahm den schweren Kerzenleuchter vom Beistelltisch. Silber. Und mit spitzen Füßen. *Besser als nichts.*

Dann ging er zur Tür, öffnete sie ruckartig.

Der Wind heulte noch immer. Leises Plätschern verriet, dass der Regen durch ein offenes Fenster auf die Fliesen fiel.

Wilson schluckte und spürte sein schnell pochendes Herz. *Es ist nur ein Ast. Oder ein Einbrecher,* sagte er zu sich selbst und versuchte, seinen Puls zu verlangsamen. So viel Adrenalin hatte er schon lange nicht mehr im Blut gehabt. *Oder Vampire, Werwölfe, Dämonen ... verfluchtes Dossier!*

Er stahl sich durch die geöffnete Kaminzimmertür und verharrte, runzelte die Stirn.

Das Fenster hatte ein Loch und stand offen, kleine Rinnsale

sickerten über den Boden. Im Sessel saß eine Gestalt in einem dunklen, nassen Anorak mit übergezogener Kapuze, die seinen Laptop auf dem Schoß hatte und das Dossier las. Mit der behandschuhten Rechten scrollte sie hoch und runter, in der Linken hielt sie eine große Pistole mit Schalldämpfer; der Unterarm lag entspannt auf der Sessellehne.

Kein gewöhnlicher Einbrecher. Das Beruhigende: Vampire, Werwölfe und Dämonen würden sich vermutlich nicht die Mühe machen und eine Waffe mit Suppressor besorgen, um bei einem Butler einzusteigen. Wilson wog den Kerzenleuchter in der Hand. Nichtsdestotrotz war er unterbewaffnet.

»Wenn Sie lange genug da gestanden und mich angestarrt haben«, flüsterte der Einbrecher, ohne dass klarwurde, ob es sich um einen Mann oder eine Frau handelte, »könnten Sie uns einen Tee machen, Mister Wilson.« Die Hand mit der Pistole wurde kurz angehoben. »Keine Sorge. Ich glaube, lebend sind Sie wertvoller, als ich zuerst angenommen hatte. Heute ist Ihr Glückstag.«

Ich weiß gar nicht, ob ich so viel Glück fassen kann. Wilsons Herz hatte sich immer noch nicht beruhigt. Er war hin- und hergerissen: angreifen oder schauen, was der Besuch wollte. »Ich bin gespannt auf Ihre Erklärung, Mister ...?«

»Geben Sie mir irgendeinen Namen, den Sie mögen, Mister Wilson, aber bitte nicht Smith. Das wäre zu viel Klischee.« Noch immer flüsterte die Person. »Lassen Sie den Assamtee bitte vier Minuten ziehen. Ich bevorzuge braunen Zucker, und die Milch müssen Sie nicht eigens für mich vorwärmen.«

Wer immer das ist, er hat einen Hauch von Stil. Wilson entschied herauszufinden, wer in sein Haus eingebrochen war. Die Ruhe und Selbstsicherheit des Gasts fand er beeindruckend, und er ging tatsächlich in die Küche, um eine Kanne Tee zuzubereiten. Je mehr Zeit man ihm gab, desto besser. *Wo ist das Arsen, wenn man es mal braucht? Ich habe nicht mal Pflanzendünger, um ihn dem Besucher in den Tee zu kippen.* Die Handgriffe vollführte er, ohne zu denken. Butlerautomatismus. Als er fertig war, nutzte Wilson die Gelegenheit, sich ein großes Küchenmesser unter den Gürtel zu stecken, wenn er schon nicht an seine Pistolen gelangte.

Nach knappen zehn Minuten kehrte er mit einem beladenen Tablett ins halbdunkle Kaminzimmer zurück, baute Kanne, Tassen, Milch, Zucker und die Löffel auf dem Tisch neben dem Kamin auf, goss zuerst sich, dann seinem Gast ein, der immer noch vor dem Laptop saß und las. »Wie viel Zucker, Sir oder Madam?«

»Zwei gestrichene Löffel, bitte.« Die behandschuhte Rechte klappte den Monitor herunter. »Ich komme, Mister Wilson. Das Licht können Sie auslassen. Ich brauche es nicht.« Als die Gestalt aufstand, sah er, dass es sich um eine Frau handelte, die er auf knapp eins siebzig schätzte. Im Vorbeigehen nahm sie einen Scheit aus dem Korb und warf ihn in die Glut; das trockene Holz begann sofort zu brennen. Der Anorak stand leicht offen, darunter trug sie einen schwarzen Rollkragenpullover und schwarze Cargohosen. »Haben Sie sich schon einen Namen ausgedacht?«, fragte sie und klang trotz des Flüsterns belustigt.

»Miss Black passt ganz gut«, gab er zurück und setzte sich.

Die Flammen beleuchteten sie und verliehen ihrem Gesicht einen äußerst gesunden Teint. Sie lächelte, und um die hellen Augen entstanden kleine Fältchen. »Ja, das ist in Ordnung.« Sie wählte den Stuhl ihm gegenüber, die Mündung der großkalibrigen Waffe blieb auf ihn gerichtet. »Hatten Sie wirklich vor, mich mit dem Kerzenleuchter anzugreifen?« Sie streifte die Kapuze zurück, nahm die Tasse und führte sie an die Lippen, blies über den Tee. Offensichtlich fürchtete sie sich nicht vor einem Giftanschlag.

»Er stand gerade da, und ich denke nicht, dass ein Kamm aus dem Badezimmer Sinn gemacht hätte, Miss Black. Die Durchschlagskraft wäre zu gering gewesen. Zum Durchschneiden Ihres Halses wäre er auch nicht geeignet. Und mir ist auch leider kein Fall bekannt, bei dem ein Angreifer zu Tode gekämmt wurde«. Wilson trank langsam und musterte sie. Ihre Züge waren weder hübsch noch hässlich, keine besonderen Merkmale, die sie aus einer Menschenmasse gehoben hätten; die halblangen dunkelblonden Haare hatte sie zu einem kleinen Zopf zusammengefasst. Da sie immer noch leise sprach, vermutete er, dass es dafür einen bestimmten Grund gab.

»Gut geantwortet.« Black grinste und nippte am Tee. »Oh, der ist sehr lecker. Welche Plantage?«

»Mokalbarie.«

»Wirklich ausgezeichneter Geschmack. Voll, malzig und nicht zu bitter, obwohl er es mit drei Minuten anstatt der vier auch tun würde.«

»Sie hatten um vier Minuten gebeten.«

»Ich weiß.« Sie nahm einen langen Schluck, bevor sie die Tasse absetzte. »Sie können sich denken, warum ich hier bin?«

»Ich kann mir denken, wie Ihre *ursprüngliche Absicht* gelautet hat, aber inzwischen stehe ich wohl nicht mehr unabdingbar auf der Todesliste.« Wilson sah über den Tassenrand zu ihr. »Ich gestehe, dass ich nicht weiß, wem ich ein Dorn im Auge sein könnte und warum Sie erst heute erscheinen. Ich kann also nur vermuten: einer von Mister Byrnes alten Feinden? Oder sind Sie eine Killerin eines Verbrechersyndikats? Hat womöglich die verschollene Verwandtschaft Sie losgeschickt, um an Mister Byrnes Hinterlassenschaft zu gelangen?«

Black wiegte den Kopf hin und her. »Nein, ich bin keine Killerin der Russen-Mafia oder der Yakuza. Es gibt meines Wissens auch keine wütende Cousine dritten Grades, die gerne die Millionen hätte.«

»Nun, dann bleibt der alte Feind?« Er sah sie gespannt an. »Beruhigend ist es dennoch nicht.«

»*Feind*, na ja, das kann man so sagen, auch wenn es noch nicht lange her ist.« Black nickte über die Schulter zum Laptop. »Es hat etwas mit der netten Datei voller Wahrheiten zu tun.«

Bin ich zu einem ungewollten Mitwisser für die Welt der Monster geworden? Wilson wurde kurz heiß, dann hob er die Brauen. »Die unheimlichen Mächte schicken eine Killerin mit einem Schalldämpfer – das ist enttäuschend und nicht das, was ich erwartet hätte.« Sie grinste wieder bei seinen Worten. »Aber genau weiß ich es immer noch nicht. Sie sehen belustigt aus, aber glauben Sie mir bitte: *Ich* bin es *nicht*.« Er richtete mit einem automatischen Handgriff die Krawatte.

Black dachte einige Sekunden nach. »Was haben Sie sich von der netten Abhandlung über die Nachtkelten merken können, Mister Wilson?«

»Wird das ein Test?«

»Möglich.«

»Und wenn ich durchfalle?«

Blacks Blicke huschten als Antwort auf die Pistole und wieder zurück. »Strengen Sie sich an, Mister Wilson. Ein so herausragender Butler wie Sie kann sich Dinge doch leicht einprägen. Stellen Sie sich vor, es ginge darum, Ihre Herrschaft zufriedenzustellen.«

Wilson schluckte und spürte, wie sein Mund trocken wurde. Eine Hand ließ er von der Krawatte nach unten gleiten, um näher an das versteckte Messer zu gelangen. Für den Fall, dass ihr seine Ausführungen nicht reichten und er um sein Leben kämpfen musste. Er hatte in seinem Leben einige Prüfungen durchlaufen, aber niemals war der Einsatz so hoch gewesen wie heute. »Ich denke, es handelt sich bei den Nachtkelten um eine Subkultur, die aus irischen Vampiren und ihren menschlichen Anhängern besteht«, tastete er sich vorwärts und dachte dabei fieberhaft nach. »Eine Art ... Symbiose. Die Menschen geben freiwillig Blut, die Vampire ihnen dafür von ihrem Wissen. Aber die normalen Iren fanden das weniger gut, weswegen die Nachtkelten in den Untergrund flüchten mussten.« Er räusperte sich. »Verzeihen Sie.« Er nahm einen Schluck Tee und nutzte die Unterbrechung, um nachzudenken. Die Fülle an gelesenen Informationen machte es schwer, auf Einzelheiten zurückgreifen zu können. *Konzentriere dich!* Nebenbei dachte er fieberhaft darüber nach, wie er seiner Besucherin entkommen könnte.

Black schmunzelte. »Sind Sie ein Zeitspieler, Mister Wilson?«, raunte sie.

»Wie liege ich bisher in der Prüfung?«

»Scheint gut für Sie auszusehen: Sie leben noch. Machen Sie weiter. Vielleicht lernen Sie heute noch etwas, was *nicht* in Byrnes kleiner Akte steht. Was wissen Sie über die Feinde der Nachtkelten?«

»Gestaltwandler«, erwiderte er unverzüglich. Sie hatte bei ihm den richtigen Knopf gedrückt. »Die Nachtkelten mussten sich lange auch vor ihnen verbergen und haben danach einen Waffenstillstand mit den Wandlern geschlossen.«

»Sehr gut, Mister Wilson!« Black pochte ihren Beifall auf der Tischplatte. »Sie bewegen sich auf eine gute Note zu. Was noch?«

Gott, was noch? »Ich ... fürchte, ich weiß nicht mehr«, sagte er gedehnt, während die Finger zur Seite glitten und den Messergriff ertasteten. Ihm war eine Idee gekommen, wie er ein Überraschungsmoment zu seinen Gunsten kreieren konnte. »Mister Byrne hat nicht mehr geschrieben. Glaube ich.« Noch war Wilson unschlüssig, ob er präventiv angreifen sollte. Knisternd zerfiel der Scheit in drei Stücke, die Flammen loderten höher und beleuchteten die Frau, die immer noch entspannt wirkte. *Ich sollte darauf nichts geben. Jeder Killer wirkt entspannt, wenn er ein Profi ist.* »Sie gehören also zu den Nachtkelten – Mensch oder Vampir?«

Black schoss nicht und legte nicht mal den Schlagbolzen

nach hinten. »Ah, Sie wollen wissen, womit Sie es zu tun haben. Ich bin ein Mensch, eine sehr treue Soldatin meines Herrn, und man hatte mich ausgesandt, um Sie auszuschalten. Man fürchtet, dass Sie sich berufen fühlen könnten, einen Rachefeldzug mit den kriminellen Schergen Ihres toten Bosses gegen uns vom Zaun zu brechen. Geld genug hätten Sie dazu.« Ihre Unterlippe zuckte. »Aber wie ich eben gesehen habe, gab Ihnen Harm Byrne einen ganz anderen, überraschenderen Auftrag. Das finde ich sehr bemerkenswert. Und die Personen sind auch sehr bemerkenswert: drei Judastöchter.«

Also wissen die Nachtkelten über diese Vampirspezies Bescheid. »Es ist nur *eine* Vampirin. Die zwei anderen ...«

»Beide tragen den Keim in sich, Mister Wilson! Sie mögen noch Menschen sein, aber nach ihrem Tod könnten sie zu überaus mächtigen Blutsaugern werden. Sie haben die Anlagen dazu.« Ihr Handy klingelte mit einer unangenehmen, schrägen Melodie, die nur nach modernen Maßstäben *Lied* genannt werden konnte. Black fischte es aus der seitlichen Beintasche und führte eine leise Unterhaltung, die Wilson nicht verstand; es schien Gälisch zu sein.

Die Unterbrechung kam ihm recht, denn er musste seine Gedanken weiter ordnen. *Was können die Nachtkelten von mir wollen?* Alles schien sich auf Theresia Sarkowitz sowie Emma und Elena Karkow zu zentrieren – doch warum?

Harm Byrne hatte von ihm in seinem Testament verlangt, jegliche Hindernisse für Mutter und Tochter aus dem Weg zu räumen, koste es, was es wolle.

Noch waren die Nachtkelten kein Hindernis, doch je länger die Unterredung von Black mit dem Unbekannten dauerte, desto sicherer wurde Wilson, dass die Nachtkelten die Ersten auf seiner Abschussliste wurden. Das zu deutliche Interesse an der kleinen Patchwork-Familie Karkow-Sarkowitz prädestinierte sie geradezu dafür.

Dumm war nur, dass Wilson keine Ahnung hatte, wie viele Nachtkelten es überhaupt gab, sowohl Vampire als auch deren Verbündete. Die Vorzeichen standen in der aktuellen Situation nicht eben günstig für ihn. *Worüber sie wohl gerade redet? Und mit wem?* Seine Finger legten sich um den Messergriff, mit der anderen Hand nahm er die Tasse auf und trank.

Black hörte schon eine Weile zu, ohne zu sprechen, dann grüßte sie und legte auf. »Entschuldigen Sie, Mister Wilson«, bat sie in ihrem Flüsterton. »Ich weiß, es ist unhöflich, in Gegenwart anderer lange zu telefonieren, aber da es um Ihre Zukunft ging, werden Sie es verzeihen können.«

»Ich kann. Gerade so«, erwiderte er und stellte das Gefäß auf den Unterteller. »Und? Was hat man beschlossen?«

»Dass ich Ihnen ein Geschäft vorschlagen soll, anstatt Sie zu erledigen.« Jetzt legte Black den Schlagbolzen nach hinten um, es knackte beim Arretieren trocken. »Es geht um Theresia Sarkowitz und ihre beiden Nachfahren. Wir haben Interesse an ihnen. Ausgesprochen großes Interesse, und Sie sollen für uns in dem Zusammenhang ein paar Dinge erledigen.«

»Aha.« *Damit steht ihr auf der Liste.* Wilson schenkte sich Tee ein. Nun musste er seine Ablenkungsidee in die Tat umsetzen. »*Dinge.* Und womit wollen die Nachtkelten meine Kooperation herbeiführen?«

Black hatte das Lächeln verloren, und ihr Flüstern wurde kalt, als sie raunte: »Da wir es bei Ihren Vermögenswerten mit Geld nicht zu versuchen brauchen, Mister Wilson, was denken Sie, was sonst in Frage kommt?«

»Ich nehme mal an, dass ...« *Ich hoffe, es klappt.* Wilson schleuderte die Kanne blitzschnell in den nahen Kamin.

Sofort quollen Dampf und Rauch in die Höhe und hüllten Black ein, die zweimal abdrückte.

Er ließ sich zur Seite fallen. Die erste Kugel traf ihn in die Schulter und jagte durch sein Fleisch, die zweite verfehlte ihn.

Der Schmerz brachte ihn dazu, die Zähne zusammenzubeißen, während er das Messer zog und es im Liegen am Tisch vorbei nach Black schleuderte.

Die Frau duckte sich, die Klinge bohrte sich sirrend in die gepolsterte Lehne. »Mister Wilson, ich warne Sie!«

Zeit für meine Waffen. Wilson robbte unter dem Tisch durch, sprang und hechtete aus dem Kaminzimmer in den Flur. Er trat die Tür mit dem Fuß zu und stemmte die Sohle dagegen, damit Black sie nicht öffnen konnte; gleichzeitig streckte er sich und tippte die Nummer ins elektronische Schloss des Tresors, der neben dem Eingang stand.

Es krachte splitternd, als vier daumendicke Löcher in der Tür aufplatzten. Die Schüsse hätten ihn getroffen, wenn er vor dem Eingang gestanden hätte. Es rumpelte, Wilson bekam von der Tür einen Schlag gegen den Fuß. Black warf sich von der anderen Seite dagegen, aber er hielt stand.

Mit einem Piepsen wurde die Korrektheit des eingegebenen Codes gemeldet.

Gleich haben wir Chancengleichheit, Black. Hastig riss er die Tür auf und nahm die Pistolen, zwei Walther neun Millimeter, aus dem Fach, lud jede einmal durch und feuerte durch die geschlossene Tür. Die Erschütterungen der Rückschläge machten die Schmerzen in seiner Schulter schlimmer, und er stöhnte dumpf.

Von der anderen Seite erklang ein leiser, heiserer Schrei, gefolgt vom Rumpeln eines fallenden Körpers.

Das Glück und die Tüchtigen! Wilson blieb liegen und trat die perforierte Tür auf, zielte mit den Halbautomatikpistolen knapp über den Boden, um Black den Rest zu geben. Doch er sah sie nirgends – nur den umgestürzten Stuhl. *Shit! Sie hat mich ...*

Ein Schatten löste sich vom Rahmen über ihm und flog auf ihn zu.

Wilson rollte sich zur Seite, die Stiefel verfehlten ihn knapp und krachten auf die Fliesen. Bevor er etwas unternehmen konnte, traf ihn ein Tritt, und er verlor eine der beiden Walther. Zwar schaffte er es, die Mündung seiner zweiten Waffe auf Black zu richten und zweimal abzudrücken, aber er schien sie verfehlt zu haben.

Black beförderte die Waffe mit einem gezielten Kick aus seinen Fingern, der heiße Schmerz im Handgelenk sagte ihm, dass es mindestens verstaucht war. Dann presste sie ihm das Ende des riesengroßen Schalldämpfers gegen die Stirn. »Mister Wilson, das war nicht schlecht, aber auch nicht clever«, raunte sie. Durch den Kampf war ihr Pullover zu Schaden gekommen, der Kragen hing herab. Wilson sah eine alte Narbe, die waagrecht an ihrem Hals entlanglief. »Jetzt müssen wir gehen, denn ich fürchte, dass einer Ihrer Nachbarn die Bobbys verständigen wird. Wir reden an einem anderen Ort weiter.«

Er war zuallererst froh, dass Black nicht abgedrückt hatte. Die Löcher in ihrer Kleidung bewiesen, dass er sie wohl getroffen hatte. *Kevlarweste. Klar. Profi.* Langsam nickte er.

»Sie stehen vorsichtig auf. Danach gehen wir zu meinem Auto und fahren ein bisschen durch die Gegend. Wenn wir uns handelseinig geworden sind und Sie in Ihre Wohnung zurückkommen, erklären Sie den Polizisten, dass Sie einen Einbrecher gestellt und verfolgt haben.« Sie bedeutete ihm mit einer Handbewegung aufzustehen.

»Und wenn wir uns nicht einigen können?« Wilson erhob sich und presste die Hand auf seine Schulterwunde, aus der warmes Blut sickerte. Er konnte es riechen. Wäre Black eine Vampirin, hätte er sicherlich große Schwierigkeiten.

»Tja, was denken Sie?« Black verstärkte für zwei Sekunden den Druck des Schalldämpfers gegen seine Stirn.

KAPITEL 1

Biep.
Biep, biep.

Biep. Klick-fchhhh-klack, klick-fchhhh-klack.

Biep.

Biep, biep ...

Ich ... ich sehe nichts! ...Wieso sehe ich nichts? Meine Augen ... sind doch ... offen, oder etwa nicht? Ich ... könnte ... mir ist schlecht. Kann mir jemand sagen, was passiert ist?

Biep, biep, biep. Klick-fchhhh-klack, klick-fchhhh-klack. Biep. Biep ...

Ein Krankenhaus!? Ich denke, es ist ein Krankenhaus. Was mache ich hier? Gott, nein, was ... Ruhig, nur ruhig! Panik bringt nichts! Die Geräusche und die Gerüche stimmen. Das Piepsen ist wohl ein EKG, das Klicken könnte ein Beatmungsgerät sein ... Intensivstation?

Biep, biep, biep. Klick-fchhhh-klack, klick-fchhhh-klack. Biep. Biep ...

Was muss mir zugestoßen sein, dass ich auf der Intensivstation liege? ... Ich bin gefallen. Genau, ich bin gefallen! Vom Balkon in meiner ... Gott, nein! Sie war es! Diese Frau, die sich als Sias Cousine ausgegeben hat. Sie hat mich über das Geländer geworfen, nachdem sie ... Harter Aufschlag, ich habe mir auf die Zunge gebissen. Ich fühle, dass sie geschwollen ist. Oder ... ist das der Beatmungsschlauch? Aber ich habe keine Schmerzen. Sie ... haben mich ruhiggestellt. Weil ich so schwer verletzt bin? Das ist ... ich kann nicht mal rufen!

Biep, biep, biep. Klick-fchhhh-klack, klick-fchhhh-klack. Biep. Biep ...

Wo ist Elena? Scheiße, ich sehe nichts und kann mich ... nicht ... bewegen! Bin ich gelähmt? Mir ist nach Schreien, nach lautem ...

Trapp, trapp, tock, tock, klick. Trapp, trapp ... »Guten Morgen, Frau Karkow. Sie haben hoffentlich gut geschlafen?« Trapp, trapp. Pschhhhhhh ...

Diese Stimme ... nein, ich kenne sie nicht. Es ist eine Frau, eine Krankenschwester. Ist das ein Waschlappen? Sie wäscht mich mit einem kalten Waschlappen? Sag mir sofort, was passiert ist! Los, sag mir sofort ...!

»Geschwitzt haben Sie nicht viel. Ich glaube, ich sage dem Arzt lieber, dass er die Infusionen erhöhen soll.« Trapp, trapp, trapp ...

Die Schritte ... sie geht ums Bett herum und ... Hallo? Hörst du mich? He, Krankenpflegerin! Schwester! Meine Lippen sollen sich bewegen, bitte, ihr guten Mächte! Macht, dass sich meine Lippen bewegen, damit sie ... Was ist los hier?

»Na, na, Frau Karkow. Sie haben ja immer noch erhöhte Temperatur. Das ist nicht gut. Ich schicke nochmals Blut ins Labor.«

Kein Nadelstich. Ich merke nichts davon ... Bin ich durch den Sturz vollkommen gelähmt worden? Die Panik wird wieder schlimmer, mir schnürt es die Brust zu! Ich halte das nicht mehr länger ...

Trapp, trapp, trapp. »Bis später, Frau Karkow. Ich komme in einer Stunde wieder Fieber messen. Ich schätze mal, dass Ihre Tochter nachher vorbeischauen wird. Sie haben ein tolles Mädchen. So jung und doch so schlau für ihr Alter. Fast schon erwachsen.« Trapp, trapp, wumms.

Ah, danke! Danke, dass es Elena gutgeht! Jetzt muss ich es nur noch schaffen, aus dieser Starre zu kommen. Es fühlt sich an, als wäre ich ... eine Gefangene. Eine Gefangene, die man in einen dunklen Keller geschmissen hat und die sich nicht bewegen kann. Ich fühle nicht viel, rieche und höre nur. HE! HE, ICH WILL ...

Biep, biep, biep. Klick-fchhhh-klack, klick-fchhhh-klack. Biep. Biep ...

Oh, Gott! Das ist es: Sie denken, ich liege im Koma! Das ist es: Ich liege im Koma! Es gab mal dieses Video, von Metallica, glaube ich. Das Lied hieß ... ich weiß es nicht mehr. Der Soldat in einem Militärkrankenhaus, ohne Arme und Beine, ohne Augen und ohne die Möglichkeit zu sprechen. Alle hielten ihn für ... keine Ahnung. Er musste ihnen zuhören, bei allen Gesprächen über seinen Zustand musste er ihnen zuhören und konnte sich nicht äußern! Diese Verzweiflung war in dem Video gut eingefangen.

Biep, biep, biep. Klick-fchhhh-klack, klick-fchhhh-klack. Biep. Biep ...

Ich habe schreckliche Angst, dass es mir genauso geht. Vielleicht haben sie mir auch Gliedmaßen abnehmen müssen? Bin ich entstellt? Nein, dann würden sie Elena nicht zu mir ins Zimmer lassen. Hoffe ich.

Biep, biep, biep. Klick-fchhhh-klack, klick-fchhhh-klack. Biep. Biep ...

Ich habe Angst. Schreckliche Angst ...

2. Februar, Deutschland,
Sachsen, Leipzig, 13.04 Uhr

»Ich habe gehört, dass Erfrieren total schön ist. Stimmt das?«

Krankenschwester Hildegard, die eben bei Emma Karkow die Temperatur maß, zuckte zusammen, als sie die freundliche Mädchenstimme in ihrem Rücken hörte. Sie sah über die Schulter zum Zimmereingang, wo die Tochter der Komapatientin auf der Türschwelle stand. Die Siebenjährige hatte die Hände in die Taschen ihrer dunkelgrauen Sweatjacke gesteckt und sah sie abwartend an.

»Na, schön ist wohl anders«, antwortete sie und sah nach vorne auf die Digitalanzeige. Sie hielt Elena für ein äußerst merkwürdiges Kind, das sehr gut zu ihrer Tante passte. Theresia Sarkowitz arbeitete als Sitzwache und konnte mit bemerkenswerter Genauigkeit vorhersagen, welcher Patient starb und welcher nicht. »Im Vergleich zu Verbrennen mit Sicherheit.«

Seit einer Woche stellte Elena diese Fragen, die sich immer um das eine drehten: sterben. Erhängen, ertrinken, Stromschlag, vergiften mit Chemikalien, durch Spritzen, durch Schlucken, durch Einatmen, Rattengift ... Es gab wohl fast keine Variante mehr, die das Mädchen nicht abgefragt hatte.

Hildegard schob es auf das durch den Überfall erlittene Trauma, auf die schwere Verletzung ihrer Mutter und die geringe Aussicht, dass sie je wieder aus dem Koma erwachte. Sie hatte in ihren vierzig Berufsjahren schon viel erlebt, Schönes und Schlechtes an Krankenbetten erfahren, doch ein Kind wie Elena war ihr noch nie begegnet. Abgesehen davon hatte auch der häufige Umgang mit der Sarkowitz sicher etwas damit zu tun. Ein derart morbides Verhalten fiel aus der Norm.

»Und was passiert beim Erfrieren?«

Das Thermometer fiepte und zeigte den aktuellen Wert der Patientin: 37,9 Grad. Erhöhte Temperatur. Besser als Fieber, aber auch nicht wirklich zufriedenstellend, weil es der Anfang von etwas Schlimmerem sein konnte, dessen Ursache sich nicht zeigen wollte. »Elena, was sollen denn diese Fragen? Und sag jetzt nicht, dass es ein Referat für die Schule wäre. Du bist höchstens in der zweiten Klasse. Da werden solche Themen nicht besprochen.«

»Nee, nicht in der Schule. Aber es kam im Fernsehen, eine Wissenssendung. *Willi will's wissen,* und da hat er erklärt, wie das so mit dem Tod ist. Mir geht es einfach nicht mehr aus dem Kopf, wie ein Mensch sterben kann. Und du als Krankenschwester, dachte ich mir, weißt das sicher.«

»Die Sendung hat gezeigt, wie Menschen sterben?« Hildegard konnte es nicht fassen.

»Nein, das nicht. Aber im Fernsehen, in den Nachrichten, da sind ständig Leichen zu sehen. Oder sie berichten über Unfälle und Unglücke, wo Menschen ums Leben kommen. Das finde ich total spannend.«

Hildegard seufzte. »Was ist nur aus den Sendungen geworden, in denen lustige Grimassenschneider Kinder zum Lachen brachten? Schaut denn heute keiner mehr Dick und Doof?«, murmelte sie und warf einen Blick auf die Überwachungsmonitore der verschiedenen Maschinen, an die Emma Karkow angeschlossen war.

Alle Anzeigen waren so, wie sie sein sollten, die Frau lebte, war physisch auf dem Weg zu bester Gesundheit. Die Knochenbrüche und Verletzungen vom Sturz heilten – aber ihr Verstand wollte den Weg ins Hier und Jetzt nicht finden. Der Aufprall aus großer Höhe hatte tiefere Spuren hinterlassen.

»Beim Erfrieren ist es so, dass man das Gefühl hat, immer müder zu werden«, sagte Hildegard widerstrebend. Sie wusste nur zu gut, dass sich Elena die Informationen woanders beschaffen würde, wenn sie von ihr keine Auskünfte bekam. »Mal abgesehen davon, dass einem sehr, sehr kalt ist. Irgendwann schafft es der Körper nicht mehr, genug Wärme zu produzieren, und dein Kreislauf ... Egal, du wirst jedenfalls müde und schläfst dann ein. Wenn man dich nicht rechtzeitig findet, stirbst du an Unterkühlung.«

»Aha«, machte Elena und klang zufrieden. »Es tut also nicht weh?« Sie kam ins Zimmer und setzte sich auf den Stuhl neben dem Bett ihrer Mutter.

»Du hast keine echten Schmerzen, würde ich sagen, aber das starke Frieren stelle ich mir fürchterlich vor. Erlebt habe ich es noch nicht.«

»Danke, Schwester Hildegard.«

»Keine Ursache, Schätzchen. Versprich mir, dass du jetzt keine Fragen mehr über das Sterben stellst, ja?«

»Warum denn nicht?«

»Herrgott! Weil es ... also, für dein Alter ...« Die Krankenschwester fühlte sich hilflos. »Du bist eigentlich viel zu jung dafür. Du müsstest mich nach neuen Puppen oder nach einem Comic fragen, aber doch nicht ...« Hildegard nahm einen Pudding aus der Kitteltasche, den sie für ihre Mittagspause aufbewahrt hatte, und reichte ihn Elena. Noch so ein Zeichen ihrer Überforderung: Bestechung anstelle von Argumenten. »Hier. Und jetzt vergiss das mit dem Tod.«

»Vielen Dank, aber den mag ich nicht. Der schmeckt immer so sandig. Gib ihn lieber Opa Paschulke aus Zimmer 412, der isst ihn gern.« Elena blies den hellen Pony in die Höhe, zog einen Müsliriegel aus der Tasche, packte ihn aus und aß, während sie mit der anderen Hand die Rechte ihrer Mutter nahm und sie hielt.

Hildegard ging zur Tür und verharrte kurz, sah zu den beiden und musste gerührt schlucken. Elena erzählte der Komatösen mit vollem Mund und voller Begeisterung, was sie heute in der Schule alles gemacht hatten, welche Hausaufgaben sie erledigen musste und mit wem sie sich später treffen wollte.

Sie ist schon sehr reif für ihr Alter, dachte sie und trat hinaus auf den Flur, um Opa Paschulke den Pudding zu bringen. *Hoffentlich wird ihre Mutter wieder wach.*

Im Schwesternzimmer trug sie alle Werte in eine Tabelle ein und sah, dass die Temperatur von Emma Karkow unregelmäßig anstieg und fiel. Das sprach dafür, dass sie eine Entzündung im Körper hatte, aber die Bluttests ergaben keine erhöhten Leukozyten oder andere Anhaltspunkte. Infusionen, Medikamente, nichts brachte die Körpertemperatur dauerhaft auf einen normalen Wert.

Hildegard nahm den pinkfarbenen Marker und hob Karkows

hohe Temperaturen hervor. Sie würde einen entsprechenden Vermerk an den Oberarzt machen. Das war nicht normal.

Sie sah auf die Anzeigen, die aus dem Krankenzimmer direkt zu ihnen auf die Monitore übertragen wurden. Alles bestens. Die kleine Kamera über dem Bett zeigte eine ruhige Patientin und ihre Tochter, die immer noch gleichzeitig erzählte und aß.

Es hatte Hildegard überrascht zu hören, dass ihr *Todesengel Sia* eine Schwester und eine Nichte hatte.

Sarkowitz übernahm freiwillig die Nachtsitzwachen im Krankenhaus, auf den unterschiedlichsten Stationen. Je nachdem, wo es gerade an Leuten mangelte. Das Bizarre daran war, dass sobald Sia sagte, ein Mensch würde nicht mehr lange leben, dann war es auch so. Unabänderlich und ungeachtet aller Diagnosen.

Anfangs hatte Hildegard sie in Verdacht gehabt, eine von denjenigen Psychopathinnen zu sein, die Kranke umbrachten, aber ihre Zweifel legten sich bald. Jeder war an den Folgen seiner Krankheit gestorben. Nachweisbar. Könnte Sarkowitz die Lottozahlen mit der gleichen Präzision vorhersagen, wäre sie Multimillionärin, aber mit Todesvorhersagen verdiente man kein Geld.

Die Kleine war für Hildegards Geschmack zu viel bei ihrer Tante. Sie schüttelte sich. Es war kein schönes Los, den Tod anderer vorherzusehen. Außerdem hatte sie immer ein bisschen Angst, dass Sarkowitz eines Tages ihr das Ableben vorhersagte.

»Es gibt Dinge, die man sich nicht aussuchen kann«, sagte eine bekannte Stimme hinter ihr, und der Geruch von Leder umspielte ihre Nase.

Die Krankenschwester zuckte zum zweiten Mal an diesem Tag vor Schreck zusammen und legte eine Hand gegen die Brust. Ihr war nicht bewusst gewesen, dass sie ihre Gedanken laut ausgesprochen hatte. Sie wandte sich um und sah direkt in Sias schlankes Gesicht, das von langen dunkelroten Haaren umrahmt wurde.

»Hallo, Frau Sarkowitz«, sagte Hildegard und klang etwas außer Atem. »Sie schleichen aber auch jedes Mal durch die Gänge. Und so früh heute.«

Sia lächelte. »Tut mir leid. Ich wollte Sie nicht erschrecken.« Die dunkelgrauen Augen richteten sich auf die Tabelle mit den Temperaturwerten. »Immer noch steigend?«

»Ja. Ich werde noch mal Druck beim Oberarzt machen. Irgendwas muss es ja sein, was das verursacht.« Hildegard betrachtete Sarkowitz' schlichtes und doch beeindruckendes Outfit: schwarzer Pullover mit einem weiten, dicken Kragen, eine schwarze Lederhose und Boots, darüber ein langer schwarzer Ledermantel. Wenn sie ein bisschen größer gewesen wäre, hätte man sie für eine astreine Actionheldin halten können, aber ihre Statur war fast zierlich.

»Regen Sie an, meine Schwester nochmals in den Kernspin zu schicken. Vielleicht lässt sich auf die Weise mehr herausfinden.« Sarkowitz nickte ihr dankend zu. »Ist meine Nichte schon da?«

»Ja.« Hildegard zögerte zwei Lidschläge lang. »Frau Sarkowitz, nehmen Sie es mir bitte nicht übel, aber haben Sie überlegt, mit Elena zu einem Psychologen zu gehen?«

»Weswegen?«

»Sie ist so ... fixiert auf den Tod, seitdem das mit ihrer Mutter passiert ist. Ich habe ein bisschen Angst, dass sie sich zu sehr darauf versteift. Wenn sich so etwas erst mal verfestigt hat, wird sie das nie wieder los. Verlustängste, Depressionen ... das zieht sich dann durch ihr ganzes Leben. Sie ist ja schon sehr besonders und ein geistig weit entwickeltes Kind, aber ...« Sie seufzte. »Verstehen Sie, was ich meine?«

»Sie denken, die Kleine hat ein Trauma davongetragen und ist vom Sterben besessen«, fasste Sarkowitz nüchtern zusammen. »Ich rechne es Ihnen hoch an, Schwester Hildegard, dass Sie sich solche Sorgen machen.« Sie sah ernst aus, aber nicht besorgt, als sie ging. »Ich rede mit ihr.«

Hildegard war erleichtert, aber dennoch wäre ihr lieber gewesen, wenn die Kleine wieder von ihrer Mutter und nicht vom Todesengel umsorgt würde.

Manchmal war ihr die Sarkowitz mehr als unheimlich.

Lass sie allein sein. Ich möchte IHN hier nicht spüren. Sia pochte knapp gegen die Tür und betrat das Krankenzimmer.

Elena saß mit dem Rücken zu ihr und machte ihre Hausaufgaben an einem Beistelltisch. Emma lag wie immer im Bett, die Augen geschlossen, und die Brust unter der Decke hob und senkte sich gleichmäßig. Der Beatmungsschlauch führte durch ihren Mund, die Haare hatte man ihr abrasiert, weil die Ärzte zuerst geglaubt hatten, sie müssten den Schädel öffnen. So weit war es nicht gekommen.

Sia kannte den Anblick. Sie hatte bei ihren Sitzwachen viele solcher Patienten gesehen, doch wenn es die eigene Familie traf, besaß es eine gänzlich andere Qualität. Jedes Mal bekam sie einen kleinen Schock, in dem immer ein Quantum Schuld mitschwang. Ein brutaler Anblick, die vielen Leitungen, Schläuche, die in Emma steckten. In den Fängen von medizinischer, unpersönlicher und roboterhafter Hochtechnologie, perforiert, penetriert – und doch waren die Maschinen überlebensnotwendig. »Hallo, Lieblingsnichte.«

»Hallo, Tante Sia!« Elena sah verwundert auf und wischte sich eine braune Strähne aus dem Gesicht. »Was machst du denn schon hier?« Sie sah zum Fenster. »Ah, es ist bewölkt.«

»Der Vorteil des Winters. Ich kann stundenlang durch die Gegend laufen. Vampire mögen den Winter sehr gern.«

»Sollten dann nicht alle am Nordpol leben? Ich meine, in der Phase, wo die Sonne für viele Monate gar nicht mehr aufgeht?« Sie grinste. »Das ist für Vampire doch das Paradies.«

»Das haben wir früher so gemacht, aber wir haben die Gegend durch unsere Gier entvölkert. Deswegen gibt es da so wenige

Menschen. Heute machen wir gern Urlaub im Norden.« Sia zwinkerte, näherte sich ihrer Nichte und sah auf Heft und Bücher. »Was müsst ihr denn machen? Einfach nur abschreiben?«

»Ja. Das ist total langweilig. Kann ich auch alles schon, aber ich mache es trotzdem, damit der Lehrer zufrieden ist.« Elena wippte mit den Füßen, die weißen Turnschuhe waren dreckig vom Schneematsch, ebenso die Säume ihrer braunen Hose. »Ich könnte schon in der dritten Klasse sein. Denke ich. Frau Thomaczik sagt das auch.«

»Wer ist denn Frau Thomaczik?«

»Die Pfarrerin, die uns in Religion unterrichtet. Sie sagt, ich bin ziemlich schlau.«

»Stimmt. Das bist du. Wo du schon weißt, dass Vampire gerne am Nordpol sind.« Sia setzte sich ihr gegenüber, warf einen Blick auf Emma. »Hat sie reagiert, als du ihre Hand gehalten und mit ihr gesprochen hast?«

Elena presste die Lippen zusammen, atmete schneller und schüttelte schwach den Kopf. »Das eine Mal, als Mama meinen Namen gerufen hat ... es war ein Traum oder so etwas. Seitdem liegt sie da wie jeden Tag.«

»Dann müssen wir weiter warten.« Sia atmete durch und sah ihrer Nichte an, dass sie um Fassung rang und die Fassade des tapferen Mädchens nicht mehr lange aufrechterhalten würde. *Elendes Nichtstun!* »Kommst du zurecht?«

Elena nickte langsam, schraubte den Füller zu und legte ihn in die Mitte des Schreibheftes, damit er nicht wegrollte. »Ich mache mir Vorwürfe, weil ich Mama nicht helfen konnte«, flüsterte sie traurig. »Und dass ich meinen Freunden und den Nachbarn nicht helfen konnte, die durch diese ... Vampirin umgebracht wurden.« Sie schluchzte leise. »Tante Sia ...«

Sie ist nicht so stark, wie sie gerne tut. Sia ging neben dem Stuhl auf die Knie, der Ledermantel knirschte dabei leise, und nahm das Mädchen in den Arm. »Du hättest nichts unternehmen können. Dieses Wesen war zu mächtig, *viel* zu mächtig für dich. Selbst ich habe es eigentlich nicht alleine geschafft.«

Sia erinnerte sich an die schreckliche Blutnacht, in der Tanguy Guivarch, einer ihrer vergessenen Nachfahren aus dem achtzehnten Jahrhundert, sie in Leipzig aufgespürt hatte. Der wahnsinnige Tanguy hatte sich an ihr für die unzähligen Dekaden der vermeintlichen Missachtung rächen und alles vernichten wollen, was für sie von Bedeutung war. In der Gestalt von Tonja Umaschwili, einer angeblichen Cousine, hatte er vor Emmas Tür gestanden, damit niemand Verdacht schöpfte.

Was danach gefolgt war, nannten die Zeitungen ein Massaker, und selbst diese Bezeichnung wurde dem nicht gerecht, was Tanguy angerichtet hatte: Die Menschen im Mietshaus hatte er zerrissen und zerfetzt, die Leichen in Emmas Wohnung aufgestapelt, Elena und Emma gefangen und auf Sia gewartet. Es war zu einem langen Kampf gekommen, bei dem Emma von Tanguy über den Balkon geworfen wurde. Das war der Grund für ihr Hirntrauma.

Sia drückte die weinende Elena an sich. *Es ist sehr schwer für sie. Ich sollte vielleicht wirklich mit einem Psychologen darüber sprechen, welche Behandlung Sinn macht.* Sie konnte nur erahnen, wie viel von Tanguys Grausamkeiten ihre Nichte mitbekommen hatte. Sia streichelte über die halblangen, braunen Haare und wiegte das Mädchen hin und her, um sie zu beruhigen.

Ohne meinen Schutzengel wäre ich heute auch nicht hier. Keine von uns. Oft hatte Sia an den Unbekannten gedacht, den Maskierten in Weiß, der sie nach dem Kampf gegen Tanguy vor der Auslöschung bewahrt hatte. Ein Gestaltenwandler, ein Werwolf hatte sie attackieren wollen, als sie entkräftet am Boden lag – doch der Maskierte war aufgetaucht und hatte den Wandler hingerichtet. Seitdem fehlte jede Spur von dem Werwolfjäger, dem sie schon einmal zuvor begegnet war. Der alte Spruch *Man sieht sich immer zweimal im Leben* stimmte. *Ohne sein Eingreifen wäre Elena ganz allein.* Abgesehen davon fand sie ihn als Mann attraktiv und faszinierend. Sia vermutete, dass er ein Tarnleben führte, meistens einsam war, und sie spürte eine unbestimmbare Verbundenheit.

Das Mädchen schniefte wieder und setzte sich gerade an den Tisch. »Geht schon«, nuschelte sie und nahm ein Taschentuch aus dem Sweater, schneuzte sich und seufzte danach anhaltend. »Ich habe eine Bitte: Kannst du mir das Schießen beibringen? Und das Kämpfen, Tante Sia? Ich möchte nicht, dass noch einmal jemand Mama und mir weh tut. Ich will mich ... uns verteidigen können.«

Sie ist wirklich tapfer. Sia sah ihr an, dass sie es ernst meinte. »Du bist noch ein bisschen jung. Wenn du zehn bist ...«

»Vielleicht taucht aber bis dahin wieder irgendeine Kreatur auf«, fiel ihr Elena ins Wort. »Ich bin nicht doof. Du bist eine Vampirin, und ich weiß, dass es noch sehr viel mehr von euch gibt. Und Werwölfe, wie diesen Comte. Die können doch wieder bei uns aufkreuzen und uns umbringen wollen. Was machen wir denn dann, wenn du nicht da bist, Tante Sia?«

Gute Frage. Sia versuchte ein Lachen, das nicht echt klang. Man hörte die Lüge in ihrer Stimme. »Nein, ich bin jetzt immer für euch da und passe auf.«

Elena legte den Kopf besserwisserisch schief. »Auch bei grellem Sonnenschein im August?«

Schiff versenkt. »Hör mal, Elena, ich ...«

Das Mädchen beugte sich nach vorne. »Du *musst* mich ausbilden! Es geht doch gar nicht anders. Ich bin jung, ich lerne schnell, und ich habe keine Angst vor dem, was ich von dir erfahren werde. Ich verspreche es!«

Wieder wurde Sia die Andersartigkeit ihrer Nichte bewusst. Eine Andersartigkeit, die sie von sich kannte, von damals, im siebzehnten Jahrhundert, als ihr Vampirvater erschienen war, um sie nach dem Tod der Mutter mitzunehmen. Sie hatte Dekaden in seiner ausgebauten Mühle zwischen Büchern verbracht, um Wissen in sich aufzusaugen: über die Kinder des Judas, über Naturwissenschaften und Sprachen, über Gott und die Welt – und natürlich über das Kämpfen. Kaum jemand konnte es mit ihr und ihren Dolchen aufnehmen.

Jetzt saß mehr als dreihundert Jahre danach ein kleines Mädchen vor ihr und verlangte mit ernstem Blick, die Tradition der Ausbildung wieder aufzunehmen.

Sie ist viel weiter, als ich es damals war. Dennoch sträubte sich Sia dagegen. Sie hatte Angst, dass nach der Ausbildung früher oder später Elenas Umwandlung in eine Vampirin anstand. Vielleicht verbreitete sich der untote Keim schon in der Brust des Kindes, wucherte in jede Zelle. *Dieses Schicksal sollst du nicht mit mir teilen. Du darfst es einfach nicht!*

»Wir warten noch ein wenig damit«, beharrte Sia und strich über Elenas rechte Wange. »Lass uns darüber nicht streiten, bitte.« Dann fiel ihr ein, wie sie Zeit schinden konnte. *Unfair, aber wirkungsvoll.* »Ich brauche dazu das Einverständnis deiner Mutter. Ohne das kann und möchte ich es nicht tun.«

Elena verzog den Mund, entgegnete jedoch nichts.

Sia stand auf und konnte die unausgesprochene Antwort des Mädchens dennoch hören: *Was machen wir, wenn Mama nicht mehr aus dem Koma erwacht?*

Elena packte ihre Schulsachen zusammen und band sich die Schnürsenkel fester. »Ich muss jetzt los, Tante Sia. Ich bin mit Trisha und ihrer Mutter verabredet. Ich bringe Trisha ein paar Schulbücher, und danach gehen wir Schlittschuh laufen. Heute Abend bin ich wieder da, wie abgemacht.« Sie schnappte sich den Ranzen und warf ihn über die Schulter. Dann trat sie ans Bett ihrer Mutter und drückte ihr einen Kuss auf die Stirn. Sia sah, dass sie etwas aus ihrer Tasche nahm und zwischen die Finger der Komatösen schob. »Tschüs!«

»Viel Spaß! Sechs Uhr, hier. Wir fahren dann zusammen nach Hause«, rief Sia ihr nach, doch Elena war bereits aus dem Zimmer verschwunden. Sie wandte sich zum Krankenbett und stellte sich neben Emma, schloss die Augen und streckte behutsam ihre Sinne aus – nach IHM.

Es gab dabei keinen Trick oder ein Ritual oder sogenannte Magie – wenn sich der Tod im Raum befand, wusste Sia es einfach.

Aber heute nahm sie ihn nicht wahr. Emma war sicher.

Sia öffnete die Augen. »Es tut mir leid, dass ich dir das alles eingebrockt habe«, sagte sie zum bestimmt hundertsten Mal zu Emma. »Ich hoffe, du hörst mich, und ich bitte dich, dass du mir verzeihst. Aber du musst aufwachen! Du darfst nicht in dem Niemandsland der Seelen hängenbleiben. Deine Tochter braucht dich. Ich bin ein schlechter Ersatz.« Sie küsste die heiße Stirn der Komatösen, drückte ihr die Hand.

Ich werde den Oberarzt gleich wegen dem neuerlichen Kernspintermin nerven, bevor er es vergisst oder denkt, dass andere wichtiger wären. Sia ging hinaus in den Korridor, in dem es roch, wie es in Krankenhäusern immer roch: Plastikfußboden, Desinfektionsmittel und gerade eben noch ein Hauch von Kaffee aus dem Schwesternzimmer; der Geruch des Mittagessens hatte sich bereits verflüchtigt.

Neben der Sorge, dass Emma im Koma gefangen bleiben könnte, existierte die Furcht vor ihrem Tod. Es war mehr als ein bloßer Verlust einer geliebten Person, denn es bestand die Gefahr, dass aus der Frau eine Blutsaugerin wurde wie Sia selbst. Eine Judastochter. Als Sias Nachfahrin, wenn auch nicht direkte Tochter, war die Wahrscheinlichkeit groß. Ebenso bei Elena.

Dann müsste ich ihr den Kopf abschlagen und ihre Leiche verbrennen, und das ... will ich einfach nicht. Ich will es nicht mehr tun müssen. Nicht so früh ... Sie ist viel zu jung.

Am Flurende tauchte der hochgewachsene Professor Kleinert

auf, dem die älteren Schwestern den Spitznamen Sascha gegeben hatten. Sein echter Name lautete Axel, aber er war dem Schauspieler Sascha Hehn aus der Zeit der Schwarzwaldklinik zum Verwechseln ähnlich.

Sia marschierte los, um ihn abzufangen, bevor er in sein Büro verschwinden konnte.

Noch war ihr Leben kompliziert, weil sie mit zwei Namen unterwegs war. Im Krankenhaus kannte man sie als Theresia Sarkowitz, aber in ihrem gefälschten Personalausweis stand bereits ihr neuer Name: Jitka von Schwarzhagen.

Gleich ein paar Probleme hatten den Identitätswechsel notwendig gemacht. Für das Krankenhaus würde sie der Einfachheit halber Sia bleiben, auch Elena sprach sie so an. Für den Rest der Welt war sie Jitka geworden. Es war der Name, den sie als kleines Mädchen getragen hatte.

»Hallo, Sa... Herr Professor«, rief sie und eilte auf Kleinert zu. Er blieb stehen und hob den Arm zum Gruß. »Ich hätte eine dringende Bitte an Sie.«

2. Februar, Deutschland,
Sachsen, Leipzig, 17.36 Uhr

Elena bohrte die hintere Kante des Schlittschuhs ins Eis und bremste, dann legte sie sich zur Seite und zog in engem Abstand an einem Paar vorbei. *Wie kann man nur so langsam sein!?*

Eigentlich war die Bahn ein gewaltiger, rechteckiger Brunnen, aber entweder hatte die Stadtverwaltung vergessen, das ungewöhnlich hohe Wasser vor Wintereinbruch ablaufen zu lassen, oder es war bewusst drin gelassen worden. Jedenfalls vergnügten sich an dem Tag etliche bekufte Leipziger auf der Eisfläche, und mittendrin kurvten Elena und Trisha. Findige Händler hatten Buden mit Glühwein- und Bratwurstverkauf aufgestellt. Das größte Getümmel war glücklicherweise schon vorbei, es leerte sich allmählich.

Der kalte Fahrtwind fuhr Elena durchs Gesicht und durch die Mütze, aber es war ihr egal. Sie mochte es, schnell unterwegs zu sein. Das hatte sie von ihrer Tante übernommen.

Aus den Augenwinkeln bemerkte sie einen älteren Mann mit grauem Mantel und Hut, der an der Rostwurstbude stand und in eine dampfende Thüringer biss. Seine Augen waren auf sie gerichtet. Absichtlich und nicht mal aus Zufall, wie es geschehen konnte, wenn man etwas tat und sich dabei umsah. Er schaute nicht einmal weg, als er verstand, dass sie seine Blicke gespürt hatte; dann schoben sich andere Eisläufer in ihr Gesichtsfeld, und der Unbekannte war verschwunden.

Was wollte der denn? Elenas Ausgelassenheit wurde getrübt, schlagartig erwachte der Argwohn. Die Erinnerungen an das Massaker hatten sich fest in sie eingebrannt. Die Erkenntnis, dass eine auf den ersten Blick harmlose Person zu den schlimmsten Dingen fähig war, hatte ihre Unbefangenheit zu weiten Teilen ausgelöscht.

Elena drehte eine weitere Runde auf dem Eis vor dem Völkerschlachtdenkmal und hielt Ausschau – aber den Mann sah sie nicht mehr. Erleichterung breitete sich in ihr aus.

»Schau mal, ich kann eine Pirouette!«, rief Trisha aus einiger Entfernung und gab sich zumindest Mühe, bei dem Versuch gut auszusehen. Ihre Mutter stand am Rand und applaudierte.

Elena klatschte auch. Trotzdem. »He, super!« Sie beschrieb einen engen Bogen und kehrte zu ihrer Freundin zurück; dabei wich sie mehreren entgegenkommenden Eisläufern geschickt aus, was einen durchaus waghalsigen Eindruck machte. Trishas

Gesicht wurde lang: Elena war ihr weit überlegen, und das frustrierte sie deutlich.

»Na, machen wir Schluss für heute?«, rief Trishas Mutter, die einen Becher in der Hand hatte, aus dem es verdächtig nach Glühwein roch.

Elena fühlte ihre Zehen, Finger und Ohren nicht mehr, die Kälte hatte sie taub werden lassen. »Ja. Ich bin echt durchgefroren.« *Ich fühle keine Schmerzen dabei. Erfrieren scheint wirklich nicht so schlimm zu sein.*

Trisha hatte blaue Lippen und eine rote Nase. »Ich auch. Der Tee vorhin hat auch nicht geholfen.« Die beiden Mädchen ließen sich an den Rand zu ihren Sachen treiben und setzten sich, um die Schlittschuhe auszuziehen und in die Stiefel zu steigen.

»Oh, Mann. Die sind vielleicht kalt!«, stieß Trisha hervor und quietschte auf.

»Wir hätten den Tee da reinkippen sollen.« Elena fröstelte.

»Habt ihr Hunger?« Trishas Mutter nickte zum Glühweinstand, der auch Waffeln verkaufte.

»Au ja! Gute Idee!«, jubelten die Mädchen im Chor.

»Kriegt ihr das alleine hin?«, fragte die Mutter und zog einen Zehneuroschein aus dem Mantel, reichte ihn der Tochter. »Ich gehe schon mal zum Auto und lasse es warm laufen. Ihr wisst ja noch, wo wir parken?« Die Freundinnen nickten, und sie ging los.

Hand in Hand liefen die Mädchen zu der Bude, für zwei Euro gab es zwei kleine Waffeln mit Puderzucker obendrauf. Grinsend knusperten sie und betrachteten dabei die immer weniger werdenden Leipziger auf der Eisfläche; kichernd kommentierten sie deren Fahrkünste und die Mode. Trisha gab noch eine Runde Tee aus.

»Ach du Schande«, rief Trisha, nachdem sie auf die Uhr gesehen hatte. »Mama wartet ja auf uns! Kommst du?«

Elena sah auf ihren fast vollen Teebecher. Sie konnte es nicht leiden, im Gehen zu trinken. »Nee. Den trinke ich noch leer. Geh du nur, ich fahre mit der S-Bahn. Meine Tante hat es mir erlaubt.« Nur eine kleine, harmlose Flunkerei, um Trishas Mama zu beruhigen.

»Wir sehen uns morgen in der Schule.« Trisha nickte, nahm ihren Rucksack und lief los.

Elena beobachtete schlürfend weiter. Die letzten beiden Eisläufer gingen von der Bahn, die Buden schlossen ihre Läden, und die Scheinwerfer wurden ausgeschaltet. Es wurde immer dunkler auf dem Platz; nur noch das illuminierte Völkerschlachtdenkmal spendete durch die Reflexionen auf der sandsteinfarbenen Oberfläche Helligkeit.

Tante Sia wird bestimmt ärgerlich sein, aber ich habe noch keine Lust, nach Hause zu gehen. Endlich hatte Elena den Becher geleert und machte sich in Richtung Straße auf den Weg. Als sie am Rand des Bassins vorbeiging und das zerkratzte, zerfurchte Eis sah, dachte sie an die Erklärungen von Schwester Hildegard über das Erfrieren.

Ihre Schritte wurden langsamer.

Es gab zwei gute Gründe, warum Elena sich mit dem Sterben beschäftigte.

Der eine war die feste Überzeugung, nach dem Tod als Vampirin zurückzukehren und nicht einfach so zu vergehen. Sie würde das Schicksal ihrer Vorfahren teilen. Und als Vampirin bekam sie die vielen Superkräfte, von denen sie gelesen und von denen ihre Tante erzählt hatte. Damit würde sie ihre Mutter vor allen Gefahren, die noch lauerten, beschützen können.

Der andere war, dass sich Sia standhaft weigerte, ihre Ausbildung zu Lebzeiten zu beginnen. *Aber wenn ich zu einer Vampirin geworden bin, bleibt ihr gar keine andere Wahl mehr.*

Eine Luftblase huschte unter dem klaren Eis hindurch.

Dass sie sich selbst umbringen würde, das hatte sie am dritten Tag im Krankenhaus beschlossen, als ihr klarwurde, wie wenig sie als Kind gegen Bedrohungen ausrichten konnte; als Vampirin dagegen ... Aber sie hielt den Entschluss vor ihrer Tante geheim. Schwester Hildegard hatte wohl geplaudert, und vorhin, im Krankenhaus, hatte Elena Angst gehabt, dass Sia sie darauf ansprechen wollte. Die Unterredung war zum Glück ausgeblieben.

Die Frage nach der Methode des Selbstmords hatte sie noch nicht entschieden. Ihr Körper musste dabei intakt bleiben. Also flog alles von ihrer Todesliste, was Schaden zufügte, wie vor den Zug werfen oder von hohen Gebäuden springen oder sich vom Auto überfahren lassen. Sobald das Genick gebrochen oder der Kopf abgetrennt war, würde sich die Wandlung nicht vollziehen, und sie wäre einfach nur – tot. Es blieben zwar noch viele andere Möglichkeiten, doch hatte Elena Angst vor den Schmerzen.

Erfrieren ist wie Einschlafen. Sie legte die nackte Hand aufs Eis. *Im Wasser müsste es noch schneller gehen.*

Vorhin, als Elena Runden auf dem Eis zog, hatte sie sich Gedanken dazu gemacht. Zuerst hatte sie vorgehabt, sich in die Kühlzelle einer Metzgerei oder eines Restaurants zu schleichen, aber da war die Gefahr einer vorzeitigen Entdeckung sehr hoch. Leider kannte sie niemanden, der eine Kühltruhe besaß, in die sie hineingepasst hätte. Ihre Freundinnen hatten alle moderne Kühlschränke mit Mini-Gefrierfächern.

Soll es heute sein? Hier? Ihr Herz pochte unvermittelt vor Aufregung. Sie setzte sich auf die Einfassung und nahm das Handy heraus. Einen Anruf hatte sie verpasst, es war die Nummer ihrer Tante. Elena rief zurück. »Hallo, ich bin's«, rief sie.

»Kind, wo steckst du denn?«, sagte Sia ungehalten. »War unsere Abmachung nicht, dass du um sechs im Krankenhaus sein solltest?«

»Ja, Tante Sia. Ich bin schon auf dem Weg.« Sie hob aus einem unbestimmbaren Gefühl den Blick und sah zum Denkmal, zum Eingang in die Krypta. Der Scheinwerfer beleuchtete nicht nur den Eingang – sondern auch einen Mann in grauem Mantel und mit Hut. *Er ist immer noch da!*

»Das rate ich dir, Fräulein. Oder soll ich dich abholen? Wo steckst du?«

»In der S-Bahn. Wird nicht mehr lange dauern. Tschüs, Tante Sia.« Schnell legte Elena auf und sah auf das Display: 18.17 Uhr. Die Lüge war wie von selbst über ihre Lippen gekommen. Die Entscheidung war in ihrem Unterbewusstsein gefallen. Furcht und Zuversicht mischten sich, und über allem stand die Sicherheit, zu einer Vampirin zu werden. Dass sie von dem Unbekannten beobachtet wurde, störte sie nicht. Hindern würde sie sich nicht lassen.

Wie kriege ich ein Loch ins Eis? Sie schaute sich um. Im hinteren Teil des Bassins war ein Stück mit Flatterband abgesperrt worden; Kufenspuren konnte sie nicht entdecken. *Da ist es bestimmt dünner!* Elena erhob sich, nahm einen Schlittschuh mit und lief los.

Mit leichter Angst und Freude erkannte sie, dass die Blasen mehr wurden. Ganz vorne, am entgegengesetzten Ende des Denkmals, schwappte Wasser unter einem dünnen Rand. Als sie mit der Kufe einen kräftigen Schlag gegen die Stelle führte, brach ein Stückchen Eis ab.

Hier wird meine Einstiegsstelle! Elena wollte langsam hineingleiten, wie in einen Pool, und nicht hineinspringen.

Sie schaute sich wieder nach dem Mann mit Hut um. Noch wusste sie nicht, ob sie sich einbildete, dass er es auf sie abgesehen hatte. Männer, die Mädchen nachstellten, gab es immer wieder, wie sie aus den Nachrichten und aus der Zeitung wusste.

Sie grinste. *Der wird sich gleich wundern, wenn er mich angreift und ich eine Vampirin geworden bin. Ich reiße ihm den Hals auf!* Elena hatte den Unbekannten erneut aus den Augen verloren. *Vielleicht noch ein Wandler oder noch ein Nachkomme, der aus Tante Sias Vergangenheit stammt?*

Sie wollte jetzt möglichst schnell in das frostige Nass, um zu sterben und als Vampirin aufzuwachen. Die Angst war vollständig verflogen. Mit dem Schlittschuh ein Loch zu hacken, das würde zu lange dauern, und dem Stampfen ihrer Stiefel widerstand das Eis.

Elena sah neben dem Glühweinstand einen metallenen Papierkorb. *Damit geht es wahrscheinlich besser.*

Sie lief auf der Bassinumrandung durch das diffuse Halbdunkel und hatte die Bude beinahe erreicht, als ein Mann über den Hügel gesprungen kam, der das Wasserbecken umgab.

Aber es war nicht ihr Verfolger vom Nachmittag: Der Unbekannte trug eine schwarze Bomberjacke und hatte die kurzen schwarzen Haare mit Gel nach hinten gelegt. Er schlidderte über die gefrorene Erde genau auf Elena zu. Aus seiner rechten Tasche zog er einen Teleskopschlagstock, das schwere Ende ließ er mit einer ruckartigen Bewegung hervorschnellen.

Elena rannte los, zerrte den Mülleimer hinter sich her und schleuderte ihn über die Einfassung aufs Eis. Sie wollte unbedingt einbrechen. »Lass mich in Ruhe!«, schrie sie und rutschte vorwärts.

Aber der Unbekannte folgte ihr. Von der anderen Seite kam ein zweiter Mann, der einen kurzen Ledermantel trug, übers Eis.

Verschwindet! Sie hatte keine Ahnung, was die Männer von ihr wollten, und verdreifachte ihre Anstrengung, in den gesperrten Bereich zu gelangen. Inzwischen war sich Elena vollkommen sicher mit ihrem Vorhaben, zu einer Vampirin zu werden. Nur auf diese Weise würde sie mit den Angreifern fertig werden. Sie musste versuchen, unter das Eis zu kommen und so lange für die Männer unerreichbar zu sein, bis die Wandlung abgeschlossen war. Sie glaubte fest daran, dass es bei ihr schnell ging. *Ich mache Tante Sia stolz!*

Sie fegte das rot-weiße Flatterband zur Seite und schob den Mülleimer vor sich her, sah hinter sich.

Der Mann in der Bomberjacke war gestürzt, der im Ledermantel balancierte mit den Armen und musste langsamer laufen, um nicht ebenfalls zu fallen.

Pech gehabt! Unter Elena knirschte das Eis und warnte sie. Das feine, helle Krachen war Musik in ihren Ohren, und sie richtete den Kopf nach vorne, auf den Beckenrand, wo die ganz dünne Stelle wartete.

Wie aus dem Nichts erschien der Mann in Grau! Er stand mit leicht gespreizten Beinen auf der Einfassung, um einen sicheren Stand zu haben, und zog eine schallgedämpfte Pistole unter dem Mantel hervor. »Bleib stehen!«, rief er ihr zu und hob die Waffe.

Ich will nicht erschossen werden. Elena hörte an den Geräuschen und dem Keuchen, dass die anderen zwei Verfolger zu ihr aufschlossen. *Ich komme als Vampirin zurück und mache euch fertig!* Sie hob den schweren Mülleimer an, so gut es ihr möglich war, und ließ ihn nach unten sausen.

Scheppernd krachte die Kante gegen das Eis, weißliche Splitterchen flogen nach allen Seiten davon.

Die Decke hielt, Luftblasen zogen unter ihren Füßen davon.

»Hör auf damit!«, schrie der Anzugmann und lud durch. »Sofort!« Auch die anderen zwei Fremden plärrten lauthals, ohne dass sie etwas in dem Durcheinander verstand.

Elena kümmerte sich nicht um die Männer. Mit zitternden Armen hob sie den Korb erneut an und ließ ihn fallen; gleichzeitig sprang sie fest aufs Eis.

Es knackte gleich mehrfach, Risse flogen von ihren Schuhen nach rechts und links weg. Einen Herzschlag danach sackten ihre Füße durch die geborstenen Schollen ins schwarze Wasser.

Elena stürzte in flüssige Kälte, die sie umschloss und ihr die Luft raubte. Ihr Herz setzte vor Schock aus, und bei dem instinktiven Versuch einzuatmen schluckte sie Eiswasser. Ihre Brust krampfte sich schmerzhaft zusammen.

Jetzt überfiel sie fürchterliche Angst – und Lebenswille!

Sie versuchte, zurück an die Oberfläche zu gelangen, um atmen zu können, aber die Eisschollen über ihrem Kopf verhinderten es.

Verzweifelt schlug sie mit den kleinen Fäusten gegen das Eis. Sie sah die Helligkeit von oben und einen Schatten über sie springen, doch das Gefängnis hielt sie mit seinen Wänden aus gefrorenem Wasser.

Elenas Bewegungen wurden langsamer, ihre Glieder fühlten sich schwer an. Das Empfinden war gewichen. Ihr Körper versuchte wieder, Luft zu holen, aber sie schluckte nichts als Wasser, das so kalt war, dass ihr Mund, Zähne, der Hals weh taten.

Der Hustenreiz brachte sie dazu, noch mehr Wasser in sich einzusaugen – obwohl sie es nicht mehr wollte. *So habe ich mir das Sterben nicht vorgestellt!*

2. Februar, Großbritannien, Nordirland, Omagh, 16.36 Uhr

Mike O'Malley schaltete das Licht im Treppenhaus ein, ging die Stufen hinab und öffnete mit sanftem Druck gegen eine bestimmte Stelle die kleine Tür, die sich in der Vertäfelung des Absatzes verbarg.

Dahinter befand sich sein Versteck, sein Hauptquartier, in das er rasch eintrat und den Eingang verschloss, während er auf den Lichtschalter an der Wand drückte.

Eine schmale Neonröhre erwachte zum Leben: sechzehn Quadratmeter, vollgestopft mit Handfeuerwaffen, Plastiksprengstoff, Chemikalien sowie einer kleinen Werkbank zur Munitionsherstellung, zwei älteren Panzerfäusten und einem kleinen Tresor. Darin befand sich Geld, etwa zehntausend Euro und dreißigtausend Britische Pfund. Kriegskasse. Genau gegenüber der Tür hing eine Fahne mit dem Zeichen der IRA, die er nicht weiter beachtete.

O'Malley wirkte auf den ersten Blick nicht wie ein Ire: Schütteres blondes Haar und eine lange Nase, um seinen dünnen Körper lag der karierte Morgenmantel, an den Füßen steckten Pantoffeln. Das machte ihn zum Vorzeigeexemplar einer britischen Adelskarikatur. Dabei war seine Familie waschecht, mit keltischen Wurzeln und dem Gälischen sehr verhaftet. O'Malley war die Steigerung von patriotisch: Er war ultra-irisch und würde es bald auf einem anderen Weg als bisher beweisen.

Er schaltete das umgebaute Radio ein, auf dem stets der aktuelle Polizeifunk zu hören war. Gewohnheit. Eigentlich musste er die Bobbys und die Army nicht mehr belauschen.

O'Malley begab sich mit schlurfenden Schritten an die Werkbank und betrachtete die zäpfchenartigen Projektile, die er in den letzten Tagen geschaffen hatte. Sie schimmerten im kalten, bläulichen Licht intensiv silbern. 7,62 Millimeter reinstes Argentum; die mit Treibladungen gefüllten Hülsen warteten in einem kleinen Ständer dahinter.

Er nahm ein Geschoss auf und hielt es prüfend vor die Augen. Die Spitze war kreuzförmig eingeschlitzt, damit sie sich beim Aufschlag auseinanderbog und bei ihrem Flug durch den Körper möglichst stark deformierte und zerbrach. Sie richtete als Dumdumgeschoss größten Schaden im menschlichen Körper an.

»Kannst du mir sagen, was du da machst?«

O'Malley kannte die Stimme, und er erschrak auch nicht. Er hatte den Mann beim Betreten des Raums bereits bemerkt, aber unbeteiligt getan. »Du würdest es mir nicht glauben, Mitch.« Er legte das Projektil zurück auf die Werkbank. »Sie haben dich geschickt, um mich zum Bleiben zu überreden.«

»Was sonst, Mike?« Er stand von dem Stuhl auf und kam aus der dunklen Ecke zwischen den Spinden, wo er im Schatten gewartet hatte. »Niemand steigt einfach so bei der IRA aus.«

»Ich habe doch gesagt, dass ich nur eine Pause einlege. In ein oder zwei Jahren habt ihr mich wieder, falls wir dann immer noch zu England gehören sollten. Aber wer braucht uns denn noch? Die Politiker werden es regeln, nicht unsere Bomben und Attentate. Wir sind dann eine Handvoll Verbrecher, wie die Mafia, und verdienen unser Geld mit Drogen.« O'Malley lehnte sich gegen den Tisch. »Siehst du das anders?«

Das Licht flackerte kurz, das Radio verstummte für zwei Sekunden, bevor es in alter Lautstärke erklang.

»Wir müssen wachsam bleiben.« Mitch, ein kleiner, bulliger Straßenschläger mit raspelkurzen Haaren, klang abgestumpft, als habe er den Satz zehnmal zu oft gesagt. Die Hände steckten in den Jeanstaschen, und wie immer trug er die abgewetzte Fleecejacke, auf der man den Werbeaufdruck nicht mehr lesen konnte.

O'Malley zeigte auf den Tresor. »Wenn es ums Geld geht, das kannst du mitnehmen. Ich hätte es dir morgen vorbeigebracht, aber wenn du schon mal da bist ... Du kennst die Nummer.«

Mitch warf einen irritierten Blick auf die Geschosse. »Ist das Silber?«

»Ja.«

»Wirkt das besonders gegen die Engländer, oder warum machst du dir die Mühe?«

O'Malley grinste und zeigte seine langen Zähne, auf denen exzessiver Teegenuss Verfärbungen hinterlassen hatte. Er wischte sich die Hände an seinem schwarzen Shirt, dann an der gleichfarbigen Hose ab, die er unter dem Morgenmantel trug. »Ich habe einen Typen getroffen, der mich um die Munition gebeten hat. Keine Ahnung, was er damit will. Es bessert meine Kasse auf.«

»Aha.« Mitch nahm die Hülsen auf, in welche die Projektile

eingefasst werden sollten. »7,62 Millimeter. Eins von den alten Schnellfeuergewehr- und Pistolenkalibern. Ist ja nicht eben Standard für einen Sammler. Die wollen normalerweise eher Kugeln für Schwarzpulverwaffen. Und neun Millimeter hast du auch im Angebot.«

»Wie gesagt, mir ist es egal, was er damit macht.« O'Malley ging zum Tresor und öffnete ihn, packte die beiden Plastiktaschen an den Henkeln und zerrte sie heraus. »Vergiss sie nicht. Und gib mir eine Quittung, dass du den Schotter mitgenommen hast.«

Mitch musste lachen. »Du bist echt ...« Er vollendete den Satz nicht und rührte die Taschen nicht an. »Mike, bitte! Überleg dir das! Die anderen werden mir nicht glauben, wenn ich ihnen sage, dass du nur eine Pause machst. Sie werden dich nicht aussteigen lassen!«

»Was wollen sie tun? Mich umbringen? Mir eine Bombe ins Auto packen wie damals bei Ronny?« Er blieb erstaunlich ruhig, obwohl ihm durchaus Gefahr für sein Leben von seinen Mitstreitern drohte. »Ich habe in nächster Zeit andere Ziele, das müsst ihr verstehen.«

»*Keiner* wird es verstehen. Ich auch nicht.« Der bullige IRAler packte ihn bei den Schultern, was wegen des Größenunterschieds unbeholfen wirkte. »Ich werde sie nicht aufhalten können.«

O'Malley zwinkerte. »Schon gut, Mitch. Wird schon schiefgehen.« Er wandte sich um, nahm ein Schmierblatt vom Tisch, auf dem mit Bleistift Notizen gemacht waren, und reichte ihm einen Kugelschreiber. »Die Quittung, Kumpel.«

Mitch quittierte ihm den Empfang. »Sie sollen dich nicht wegballern, weil sie denken, du hättest der IRA Geld gestohlen.« Er deutete auf das Waffenarsenal. »Das lasse ich auch abholen.«

»Klar. Was mir gehört, nehme ich vorher raus. Von mir aus könnt ihr mein Haus weiter als Versteck benutzen.« O'Malley setzte sich an die Werkbank und begann, Geschosse und Hülsen mit einer Presse zu verbinden.

»Ist Sínead da?«

»Sicher. Sie ist oben und macht Tee. Geh ruhig hoch und sag ihr guten Tag.«

Mitch schulterte die Taschen und verließ das Kabuff, stapfte die Treppe hoch und betrat die Küche, aus der leckerer Geruch nach frischen Brötchen drang. Eine verbeulte Blechkanne mit Tee dampfte auf dem Tisch, zwei Tassen standen parat. »Sínead, ich bin's«, rief er und stellte die Taschen mit dem Geld ab. »Kann ich mir einen Tee nehmen?«

»Mach nur, Mitch«, hörte er ihre Stimme aus einem entfernteren Teil des Hauses. »Bin gleich bei dir.«

Er setzte sich, goss sich ein, gab Milch und Zucker in das fast schwarze Gebräu, das irgendein Blend aus Assam, Ceylon und anderen kräftigen Teesorten war. Vermutlich hatte Sínead es wieder zu lange ziehen lassen; der erste Schluck bestätigte seine Vermutung. Mitch setzte sich und sah sich in der kleinen Küche um, in der sich nichts verändert hatte, seit er zum ersten Mal hier gewesen war. Ein Großteil stammte aus den siebziger Jahren, ein bisschen von den Achtzigern hatte sich gehalten, die Uhr über der Tür stammte aus den Neunzigern. Das Neueste in der Küche war der Abreißkalender neben der Tür, der sogar das aktuelle Datum anzeigte.

Schritte näherten sich, und gleich darauf kam Sínead herein. Auch sie hatte einen karierten Morgenmantel an und trug einen Korb mit Wäsche, deren frischer Duft sich mit dem Brötchengeruch mischte. Mitch fühlte sich in seine Kindheit zurückversetzt. »Ah, da ist er ja, der Teeräuber.«

»Hallo, Rose von Omagh.« Er grinste und hob die Tasse. »Starkes Zeug.«

»Ja? Ist mir wieder ein Löffel zu viel reingefallen?« Sie stellte den Korb auf den Stuhl und setzte sich neben ihn, der Blick aus ihren blauen Augen streifte die Taschen. »Verreist du?«

Mitch atmete tief ein. »Du weißt, was drin ist. Dein Mann

möchte aussteigen und hat mir die Kasse überlassen.« Aus einem Impuls heraus nahm er ihre Hand. »Sínead, was ist mit ihm? Er war einer der Besten, und jetzt möchte er zwei Jahre Pause machen? Das glaube ich ihm nicht.«

Sínead biss die Zähne zusammen, in ihren Augen erkannte er Unsicherheit und ... Angst?

»Werdet ihr erpresst?«, begann er zu raten, doch sie schüttelte den Kopf, so dass ihr langer, schwarzer Zopf tanzte. »Oder will er zu den Bobbys überlaufen und in ein Aussteigerprogramm rein?« Wieder verneinte sie. »Sind es persönliche Probleme ... irgendein Verwandter oder ...«

»Nein. Ich weiß es nicht«, stieß sie verzweifelt aus. »Er hat mir nur gesagt, dass er ein paar Dinge regeln müsse, die Vorrang vor der IRA haben. Seine Wurzeln würden ihn dazu verpflichten.« Sie legte eine Hand gegen die Stirn, als müsste sie Fieber messen. »Mehr wollte er mir nicht sagen.«

Sínead schenkte sich Tee ein. Schweigend saßen sie in der Küche und tranken.

Irgendwann erklangen schnelle Schritte im Treppenhaus, dann fiel die Haustür ins Schloss. Mike war gegangen.

Mitch erhob sich und gab Sínead einen langen Kuss auf die Stirn. »Ich werde dafür sorgen, dass sie dir nichts tun«, sagte er leise, und sie versteifte sich vor Furcht. Er nahm die Taschen und ging hinaus.

»Bis bald, Sínead.«

Auf dem Treppenabsatz vor dem Eingang zur kleinen Kammer fiel ihm ein, dass er seinen Schlüsselbund darin liegen gelassen hatte. Er stellte die Taschen ab, betätigte den Öffnungsmechanismus, drückte die Tür auf und ging rein. Ein kurzer Druck auf den Lichtschalter: *Bzzzbbb, pling, pling* – summend flammte die Neonröhre auf.

Mitch fiel sofort auf, dass die Silbermunition verschwunden war. Ein Blick über die Waffenhalterung zeigte ihm, dass Mike ein Kalaschnikow-Gewehr und eine automatische Schrotflinte mitgenommen hatte, auch zwei *Glock*-Pistolen fehlten.

»Beginnt Mikes persönlicher Kriegszug heute schon?«, murmelte er und ging in die Ecke, wo er auf seinen Freund gewartet hatte. Auf der Sitzfläche des Stuhls lag der Schlüsselbund, den er nahm und einsteckte.

Aus Neugier sah er sich nach Anhaltspunkten um, fand aber nichts. Auch der kleine Notizblock war leer. Mike hatte die Quittung mitgenommen.

Mitch langte nach dem Bleistift und schraffierte ganz behutsam das oberste Blatt, um eventuell durchgedrückte Wörter sichtbar zu machen.

Und es gelang!

Fein und andeutungsweise hob sich der Name *Finn McFinley* auf dem Papier ab, daneben stand *Rí* zu lesen.

Ist er jetzt total bescheuert?

Rí bedeutete König oder Clanoberhaupt, und der Begriff stammte aus der Zeit, als es noch Stammesgesellschaften in Irland gegeben hatte. Heute begegnete man dem Ausdruck nur in Märchen und Sagen.

Mitch fuhr den Namen mit dem Bleistift nach, riss das Blatt heraus und steckte es ein. Wenn Mike mit dem Mann Schwierigkeiten haben sollte, ließ sich eine Lösung für das Problem finden. Ein Waffenbruder hatte Unterstützung verdient, und danach stand er doppelt in der Schuld der IRA.

Es knirschte hölzern, dann klickte es.

Mitch drehte den Kopf und sah zum Eingang, weil er dachte, dass Mike oder Sínead zu ihm gekommen wären.

»Hallo«, sagte eine unbekannte Frau, die ihre behandschuhten Finger der Linken noch am Rahmen liegen hatte. Sie trug einen langen schwarzen Stoffmantel und eine schwarze Pelzmütze. Sie hätte mit ihrer gepflegten Aufmachung nach Sankt Moritz gepasst. Eine Millionärsgattin auf Abwegen in Irland.

Mitch verbarg seine Verwunderung nicht. »Wer sind Sie?« Er griff unter die Jacke und zog seine 38er Smith&Wesson hervor, ohne die Waffe auf die Frau zu richten. Durch Zufall fand man die Kammer nicht, und die Tür hatte auch nicht offen gestanden. Vielleicht eine Rekrutin, die Mike angeheuert hatte? Er verwarf den Gedanken.

»Mein Name tut nichts zur Sache«, antwortete sie leise und mit einem dezenten Timbre sowie einem ungewöhnlichen Akzent in der Stimme. Sie hatte die perfekte Tonlage für heißen Telefonsex. »Sie sind viel wichtiger.« Sie kam auf ihn zu, ihre Bewegungen waren elegant, leicht aufreizend und erinnerten an eine Tänzerin, die Aufmerksamkeit erregen wollte.

»Ich?« Mitch wusste nicht, wie er mit der Situation umgehen sollte. »Hören Sie, Lady. Sie bleiben sofort stehen und erklären, was Sie hier verloren haben.«

Sie lächelte, und ihm fiel auf, dass er ihr Alter schlecht schätzen konnte. Mitte dreißig? Ende dreißig? »Ich habe nichts verloren, Mister O'Malley ...«

Mitch lachte auf. »Ah, da haben wir das Problem. Ich bin nicht Mike.«

»Sind Sie nicht?« Sie sah sich demonstrativ im Kabuff um. »Aber Sie dürfen offensichtlich in seine kleine geheime Kammer. Stattliches Arsenal.«

»Mike ist gerade gegangen. Und es wäre echt besser für Sie, wenn Sie mir sagen würden, was Sie wollen.« Er wackelte andeutungsweise mit der Pistole und hatte für sich beschlossen, sie zu fesseln und im Raum festzusetzen, um auf Mike zu warten. Er nahm Handschellen aus einem Regal, warf sie ihr zu. »Anlegen.«

Die Frau fing sie auf und lächelte; dabei zeigte sie eine Reihe kleiner, aber leicht spitzer Zähne, die nach hinten gebogen wirkten, wie bei Musikern, die zu viel Trompete oder Klarinette spielten. »Das ist sehr schade.« Sie sprach langsam, als fiele es ihr schwer, auf Anhieb die richtigen Worte zu finden. Englisch war definitiv nicht ihre Muttersprache. Je genauer Mitch sie betrachtete, desto mehr fielen ihm ihre ungewöhnlichen Gesichtszüge auf, die etwas von einer Latina besaßen; die nicht eben überragende Körpergröße verstärkte diesen Eindruck noch. »Ich hätte dringend etwas von Mister O'Malley wissen müssen.« Sie wirbelte die Handschellen um den Zeigefinger.

»Ich sagte, anlegen!«, fuhr Mitch sie an, dem ihr blasiertes Gehabe auf den Geist ging. Er richtete die Mündung auf sie. »Sofort!«

Plötzlich wich sie zur Seite aus, stand unvermittelt neben ihm und packte sein Handgelenk.

Mitch dachte, dass es in eine Hydraulikpresse geraten war, er hörte es knirschen und krachen, noch bevor der Schmerz in seinem Verstand angelangt war.

Er schrie auf, die 38er fiel polternd auf den Boden, da bekam er einen Faustschlag gegen die Brust, der ihn in die Ecke schleuderte, genau auf den Stuhl, auf dem er vorhin auf Mike gewartet hatte.

»Fuck«, brüllte er und hielt sein gebrochenes Handgelenk, dessen Umfang nur noch wenige Zentimeter betrug. Knochen standen aus der Haut, Blut floss in Strömen, und seine Finger hatten sich verkrümmt. Unbrauchbar. Die Qualen waren unglaublich.

Die Frau wuchs vor ihm in die Höhe und stellte eine Stiefelsohle gegen seine Brust, der lange Stahlstilettoabsatz lag auf Herzhöhe. »Du gehörst auch zur IRA«, sprach sie sanft mit ihrer Telefonsexstimme, »und bist sein Freund: Hat er mit dir über das gesprochen, was er vorhat?«

Mitch stöhnte und fluchte, nutzte *fuck, slut* und *bitch* in schnellem Wechsel. Er kannte niemanden, nicht mal den stärksten Soldaten unter ihnen, der einem Menschen das Gelenk zerquetschen konnte, als wäre es eine Pappröhre mit Geleefüllung.

Sie verstärkte den Druck der Ferse, der Absatz bohrte sich ins Fleisch.

Mitch versuchte, den Fuß wegzuschlagen. Es war, als hätte er gegen ein Eisenrohr gedroschen, und seine Gegnerin zuckte nicht einmal. Der Schmerz auf seiner Brust intensivierte sich, dann brach der Stahl durch das Brustbein und drang wenige Zentimeter in seinen Körper ein. Mitch sog laut Luft ein.

»Muss ich dich noch mal fragen, jage ich meinen Absatz bis zum Anschlag in dich«, raunte sie.

Mitch wagte es nicht mehr, Widerworte zu geben. *Das* hier hatte weder mit dem Geheimdienst noch mit der Polizei zu tun, die Jagd auf die IRA machten. Er fühlte den Fremdkörper in sich und hatte Angst, dass seine Lunge verletzt wurde. »Ich habe einen Zettel in der Tasche. Darauf steht, was er aufgeschrieben hat.«

»Dann gib ihn mir.«

Langsam und ächzend suchte er das Stück Papier, reichte es zitternd der Unbekannten, die es entgegennahm.

»Finn McFinley, Rí«, las sie laut und klang zufrieden. »Danke sehr. Das hat mir geholfen.« Der Fuß wurde von seiner Brust genommen, und mit einem leisen Geräusch zog sich der Absatz aus dem Fleisch.

Mitch stöhnte auf und hustete, hielt sich die Stelle mit der unverletzten Hand. Warmes Blut benetzte die Haut. Er war so schlau, nicht zu fragen, was vor sich ging. Sie würde es ihm nicht verraten, also würde er Mike anrufen, sobald die Schlampe verschwunden war.

Ihm wurde schlecht, der Raum drehte sich leicht. Die Verletzungen setzten ihm zu, sein Körper reagierte mit Schock; er kannte es noch von den beiden erlittenen Schussverletzungen.

Sie ging vor ihm in die Hocke, klickend legte sich die Handschelle um seinen Fußknöchel, die andere Seite verband sie mit dem Regal. »Es gibt so viele Möglichkeiten, für die Freiheit eines Landes oder eines Volkes zu kämpfen«, sagte sie und erhob sich, schlenderte zum Ausgang. »Ich denke, dass es am besten wäre, man überließe es *nicht* den Soldaten.« Sie suchte einen Zeitzünder aus einem Karton und steckte ihn in ein Päckchen Plastiksprengstoff. »Wissen Sie auch, warum?«

»Hey!« Mitch zog seine zweite Waffe, einen kleinen Vierschuss-Derringer, den er im Hosenbeinholster getragen hatte. »Mach mich los!«

»Soldaten können nicht mehr aufhören zu töten. Sie haben sich so sehr daran gewöhnt, dass Frieden für sie die Hölle ist.« Sie drückte auf der Vorrichtung herum.

»Nein!« Mitch schoss mehrmals auf sie, traf sie in den Oberkörper, den Hals und sogar mitten ins Ohr. Ihr Blut spritzte aus den Löchern und sprenkelte die Wand.

Aber die Frau ... blieb stehen, auch wenn sie wütend aufschrie und zischte.

»Shit!« Mitch schoss noch einmal, und das Magazin war leer. Mit Entsetzen und völligem Unverständnis musste er mit ansehen, wie sich die Wunden der Unbekannten *schlossen!* Knochen verbanden sich, Blutungen stoppten auf der Stelle, Löcher in der Haut wuchsen zusammen.

Sie bewegte probehalber den Kiefer, das Gelenk knackte und sprang zurück in seine ursprüngliche Position. »Wie ärgerlich. Die Sachen waren teuer. Ich werde in Síneads Schrank nach etwas Passendem für mich suchen. Sie braucht es nicht mehr.« Ihre Finger tippten weiter, die Digitalanzeige leuchtete auf. »Und gleich gibt es einen Soldaten weniger.«

Vor seinen Augen zog sie die blutverschmierte Kleidung samt Unterwäsche aus und zeigte sich ihm ungeniert nackt, als täte sie das jeden Tag vor Wildfremden. Sie hatte einen trainierten schönen Frauenkörper. Ihre Scham wies keinerlei Behaarung auf, und als sie die Mütze abstreifte, kam ein kahler Schädel zum Vorschein. Die erotische Wirkung wurde allerdings von den zahlreichen großen und kleinen Pflastern am Oberkörper sowie auf den Oberschenkeln und -armen stark geschmälert. Mit aufreizenden Bewegungen verließ sie die Kammer.

Mitch ächzte und zog den Gürtel aus, mit dem Dorn stocherte er im Handschellenschloss herum; aber das Metallstück war zu dick.

Hastig sah er sich um. Die Smith&Wesson lag zwar etwas weiter von ihm entfernt, aber ...

Er glitt vom Stuhl und legte sich hin, streckte sich aus und versuchte, den Griff mit den Fingerspitzen zu erreichen.

Nach ein paar Versuchen und unter großen Schmerzen gelang es ihm. Schnell setzte er sich auf, zielte auf die Schelle, die um den Regalfuß geschlossen war, und drückte zweimal ab.

Das Schloss zersplitterte, ein kurzer Ruck – und er war frei!

Mitch riss eine neue Pistole und ein frisches Magazin aus dem Regal und hetzte zum Zünder, um ihn zu deaktivieren.

Erleichtert sah er, dass die Anzeige ihm noch eine knappe Minute gewährte. Er drückte den Unterbrecher und zog die Vorrichtung aus dem grauen Päckchen – als sein Blick auf den zweiten Zünder fiel, den sie unbemerkt angebracht hatte: ein Erschütterungssensor.

Der Sprengsatz detonierte in einer großen Verpuffung und löste eine Kettenreaktion aus, von der Mitch Donaghue nichts mehr spürte. Schon die erste Explosion hatte ihn zerrissen.

Die nachfolgenden Detonationen verwandelten die Kammer und das Haus darum in eine Halde aus Steinen, Holz und geborstenen Leitungen. Feuerwaffen- und Panzerfaustmunition, Handgranaten, Chemikalien mischten sich zu einer neuen Bombe mit ungeheuer destruktiver Wirkung. Die Nachbarhäuser wurden in Mitleidenschaft gezogen und teilweise stark beschädigt, die Fenster bis in achthundert Meter Umkreis gingen durch die rasch aufeinanderfolgenden Druckwellen zu Bruch.

KAPITEL II

Biep.

Biep, biep.

Klick-fchhhh-klack, klick-fchhhh-klack.

Biep.

Biep, biep ...

Ich muss eingeschlafen gewesen sein. Aber ... das waren sie doch! Elena und Sia waren im Zimmer, ich habe sie reden hören! Sie machen sich garantiert schreckliche Sorgen. Ich würde ihnen gerne sagen, dass ich klar denken kann.

Biep, biep. Klick-fchhhh-klack, klick-fchhhh-klack. Biep ...

Gott! Bitte, wo bist du? Gib mir meinen Körper zurück, damit ich mich verständigen kann! Wie lange liege ich schon hier? Nein, viel schlimmer: Wie lange werde ich noch so daliegen? Ich bete inständig, dass keiner der Ärzte auf die Idee kommt, die Maschinen auszuschalten! Ich lebe und fühle und denke! Niemals habe ich klarer und schärfer gedacht als in diesem Augenblick.

Biep, biep. Klick-fchhhh-klack, klick-fchhhh-klack. Biep ...

Ich kann nicht mal vor Verzweiflung heulen. Was für ein beschissenes Gefühl!!! Ich verrecke an meinen Gefühlen, ersticke an meinen Tränen, würde toben und schreien und ... SCHEISSE!!!

Biep, biep. Klick-fchhhh-klack, klick-fchhhh-klack. Biep ...

Wenn ich mich wieder bewegen kann, laufe ich einen Marathon. Jawohl, einen Marathon! Und einen Triathlon gleich hinterher. Danach reise ich mit Elena, ich gehe schwimmen am Strand irgendeiner Südseeinsel und schaue mir danach die Pyramiden an. Ich will mehr von der Welt sehen.

Biep, biep. Klick-fchhhh-klack, klick-fchhhh-klack. Biep ...

Wie vielen Menschen es wohl noch so ergeht wie mir? Es gab da doch einen Franzosen, wenn ich mich richtig erinnere. Der lag ... wie viele Jahre im gleichen Zustand wie ich? Zehn? Zwanzig?

Gott, wie schafft man das, ohne dabei verrückt zu werden? Man hört die Menschen, die Unterhaltungen ... und kann nichts tun! Man wird ernährt, sauber gemacht, wie ein Gegenstand, Jahr um Jahr. Verliert Jahr um Jahr. Er hatte Glück, und man hat bemerkt, dass er lebt und nicht einfach nur geistlos dahinvegetiert.

Biep, biep. Klick-fchhhh-klack, klick-fchhhh-klack. Biep ...

Ich muss mein Leben ändern! Dringend. Dinge tun, die auf der Irgendwann-Liste gestanden haben. Aber wie ich gerade gezeigt bekomme, ist es falsch, eine Irgendwann-Liste zu führen. Ich hoffe mal, dass daraus keine Niemals-mehr-Liste wird.

Biep, biep. Klick-fchhhh-klack, klick-fchhhh-klack. Biep ...

Dieser beschissene schlaue Spruch von Lebe dein Leben, als wäre jeder Tag der letzte – *er stimmt. Wenn man in einer solchen Lage ist, versteht man ihn.*

Biep, biep. Klick-fchhhh-klack, klick-fchhhh-klack. Biep ...

Was ist eigentlich, wenn ich sterbe und in diesem Zustand zur Vampirin werde? Bin ich dann eine Vampirin im Koma?

Trapp, trapp, klopf, klopf, klick. »Hallo, Frau Karkow. Hier ist wieder Schwester Hildegard. Zeit für das Temperaturmessen!« Trapp, trapp.

Eine gute Seele in einem unterbezahlten Beruf. Ich freue mich auf morgen, wenn ich Elenas Stimme wieder höre.

Biep, biep. Klick-fchhhh-klack, klick-fchhhh-klack. Biep ...

2. Februar, Deutschland,
Sachsen, Leipzig, 18.36 Uhr

Elena sah mit schwindenden Sinnen nach oben, wo sich die Eisschollen übereinanderschoben. Das unwirkliche Licht machte sie zu scharfzackigen, grau-durchsichtigen Wolken, die an einem flüssigen, bräunlichen Himmel dahinschwebten. Kleine Luftbläschen stiegen an ihr vorbei in die Höhe, wie Regen, der von unten nach oben fiel.

Es war absolut still, kein Laut herrschte unter Wasser.

In ihren Ohren pochte der Herzschlag, der ihr sehr langsam vorkam. Elena hatte nicht mal mehr das Bedürfnis, Luft zu holen, und sie spürte ihren Körper nicht länger. Ihre Sicht verschlechterte sich, wurde weicher und verwischt wie bei einem Wasserfarbenbild, bei dem das falsche Papier benutzt worden war. Ihre Brust schmerzte.

Da schlugen Finger wie die Hand Gottes durch die Eisschollenwolken, packten sie am Kragen und rissen sie nach oben.

Kanten kratzten über ihr Gesicht, sie wurde an die Oberfläche gehievt. Die Brise, die sie traf, erschien ihr frühlingswarm, und Elena merkte, wie sie instinktiv einatmen wollte. *Nein, ich darf nicht ...*

Sie landete auf etwas Hartem, dann schoss ihr regelrecht heiße Luft in den Mund, und nach einer kurzen Pause wurde rhythmisch auf ihrem Brustkorb herumgedrückt. Pause, heiße Luft, mehrmaliges Drücken, Pause ... Die heiße Luft gelangte jetzt bis in ihre schmerzende Brust und breitete sich darin aus, reizte sie.

Elena musste husten, und warmes Wasser rann aus ihrem Mund. Das Husten wollte gar nicht mehr enden, es schüttelte sie, bis sie dachte, sie würde daran ersticken. Tränen rannen über ihre Wangen und fühlten sich an, als zögen sie eine Spur aus Feuer hinter sich her.

Jemand drehte sie auf die Seite, und sie kotzte würgend, spie das Wasser aus. *Die leckere Waffel,* dachte sie eigentümlicherweise. Sie atmete tief ein, hustete, atmete weiter, hustete, und mit jedem Atemzug klarte ihr Blick weiter auf. Sie erkannte das erleichterte Gesicht des Grauhütigen.

»Well, well«, sagte er und wischte die nassen Haare aus ihrem Gesicht. »Das war knapp.« Er redete mit Akzent, wie ihn Menschen hatten, die eigentlich Englisch sprachen. »Geht es?«

Elena setzte sich auf, schniefte und zitterte. Ihre Gefühlswelt befand sich in totalem Aufruhr. Erleichterung, den entsetzlichen Schmerzen in der Brust und dem Erstickungsgefühl entkommen zu sein; Enttäuschung, von dem Unbekannten vor dem Tod und damit vor dem Vampirdasein bewahrt worden zu sein; Angst vor der undurchsichtigen Situation, den unbekannten Angreifern und – vor der Reaktion ihrer Tante.

Sie nickte. Ihre Zähne schlugen in schnellem Takt aufeinander, das Sprechen war ihr unmöglich. Schnell sah sich Elena um, aber von den anderen beiden Männern entdeckte sie keine Spur. *Gehören sie zusammen oder …*

»Du bist sicher bei mir. Okay? Und du brauchst dringend trockene, warme Klamotten«, sagte er und hob sie kurzerhand auf seine Arme. »Sonst erfrierst du mir.«

Elena ließ es mit sich geschehen, ihr fehlte die Kraft, um gegen die Entführung zu revoltieren. Schreien konnte sie nicht, das Beben ihres Körpers unterband jede Bewegung. Stattdessen betrachtete sie das Gesicht des unbekannten Retters. Er war älter, glattrasiert und hatte freundliche Züge; und er roch nach gutem Parfum, würzig und aromatisch, nicht so schwer und altbacken wie Opa Paschulke.

Er trug sie den Hang hinunter zur Straße, stellte sie neben einem großen, dunklen Wagen kurz auf die Beine und öffnete ihn, danach setzte er sie auf die Beifahrerseite.

»Das … darf … ich … nicht«, brachte sie bibbernd raus, während er sie anschnallte.

»What?«

»Zu ... jung. Kinder ... müssen ... Rücksitz.«

»Das ist mir ziemlich egal.« Er lief um das Auto herum, stieg ein und startete den Motor. Vorbildlich setzte er den Blinker und fädelte sich in den Verkehr ein. »Mein Hotel ist nicht weit von hier.« Er warf ihr nochmals einen beruhigenden Blick zu. »Keine Angst.« Er schaltete die Heizung auf höchste Stufe und drehte das Gebläse auf. »Ich bin Jeoffray.« Sein Mantel war bis zur Hälfte der Brust nass.

Elena genoss die Wärme, das Zittern ließ nach. »Wer bist du? Warum hast du mich verfolgt? Und wer waren ...«

»Später. Erst möchte ich, dass du die nassen Sachen ablegst.« Jeoffray bog ab und fuhr nach wenigen Metern in die Einfahrt einer Tiefgarage. Nachdem er geparkt und ihr eine Decke aus dem Kofferraum umgelegt hatte, fuhren sie mit dem Lift nach oben, direkt in die achte Etage.

Kurz darauf kamen sie in das geräumige, stilsicher und modern eingerichtete Zimmer, von dem man einen wunderbaren Ausblick über den beleuchteten Augustusplatz mit Gewandhaus und Oper hatte. Nicht weit weg von hier hatte Elena gelebt, in der Ritterstraße. Und sie konnte somit nachvollziehen, in welches Hotel er sie gebracht hatte. *Nicht das billigste, wie Mama immer gesagt hat.*

»Geh ins Bad und zieh dir die Kleider aus. Nimm meinen Bademantel. Er ist dir zwar zu groß, aber besser als das nasse Zeug.« Jeoffray schleuderte die Schuhe von den Füßen und streifte den Mantel ab.

Sie nickte und verschwand in dem kleinen Raum. Seltsamerweise spürte sie keine Angst, sondern machte sich viel mehr Sorgen darum, was ihre Tante zu alldem sagen würde. *Ich rufe sie an. Sie wird mir sagen können, was ich machen soll.* Sie nahm das Handy aus der Tasche – totes Display. Das Bad im Eiswasser hatte ihm nicht gutgetan.

Elena setzte sich auf den Toilettendeckel und nahm den Föhn, um das Telefon zu trocknen. Sie war hin- und hergerissen, schwankte zwischen Neugier und dem Wunsch, sofort aus dem Hotel zu verschwinden, um sich noch mehr Ärger zu ersparen.

Im Bademantel? Die Polizei würde mich sofort schnappen. Mit der Polizei hatte sie in letzter Zeit zu oft zu tun gehabt. Die Sache in der Ritterstraße. Das Massaker. Befragungen über Befragungen. *Da habe ich keine Lust zu.*

Die Neugier siegte nach langem Abwägen. Elena versuchte noch einmal, das Handy in Betrieb zu setzen, aber es weigerte sich. Sie zog sich um, nahm die Schere aus dem Hotel-Necessaire und steckte sie als improvisierte Waffe in die Bademanteltasche; gleich darauf verließ sie das Bad. Sie fand, dass sie mit dem überlangen weißen Mantel aussah wie ein Nachwuchs-Jedi, der sich die Robe seines Vaters geklaut hatte.

Jeoffray hatte mit dem kleinen Wasserkocher einen Tee für sie zubereitet. Hagebutte. Er trug nun einen schwarzen Hausanzug, der sehr bequem aussah. »Here she comes, the little lady.« Er stellte die Tasse auf das Tischchen und setzte sich auf einen der beiden Sessel. »Was machst du bloß für Sachen?«

»Schlittschuh fahren«, gab sie schnippisch zurück. »Kann ich meine Tante anrufen?«

»Klar. Aber zuerst reden wir mal. Meine Standpauke hast du dir verdient! Danach wirst du dir das Gleiche von deiner ...«

Elena blitzte ihn an. »Du hast mich verfolgt!«

»Sah es so aus? Ich war heute zufällig beim Völkerschlachtdenkmal, und du bist mir aufgefallen, weil du ohne Eltern da warst«, erklärte Jeoffray ruhig.

Als ob er das hätte einschätzen können. Und er müsste gesehen haben, dass ich mit Trishas Mama gesprochen habe. Elena glaubte ihm nicht. »Und der Mann mit der Bomberjacke und der andere? Was haben die von mir gewollt?« Elena setzte sich und spielte mit dem Fädchen des Teebeutels, zuppelte daran. Kräftig rote Schlieren drangen aus den Poren des Zellstoffs und färbten das Wasser weiter ein. »Mich umbringen?«

»Ich ... bin mir nicht sicher.«

»Bist du Amerikaner? Du klingst so.«

»Little lady, das war fast eine Beleidigung. Ich bin Brite.« Er grinste und sah damit ein bisschen aus wie ein Bruder von George Clooney. »Sag mal, wieso *wolltest* du eigentlich ins Eis einbrechen?«

»Wollte ich gar nicht.« Elena hatte nicht vor, dem Fremden von ihren Vampirplänen zu berichten. »Ich habe gedacht, dass so eine Eisscholle mich immer noch trägt, aber die zwei Männer nicht. Das hat leider nicht gestimmt.«

Seine freundlichen Augen waren fest auf sie gerichtet, ergründeten ihre Mimik. »Ich kann mich täuschen, aber es sah für mich aus, als hättest du schon vor dem Überfall probiert, ein Loch ins Eis zu schlagen? Und zwar ausgerechnet dort, wo abgesperrt ist. Bist du ein bisschen lebensmüde?«

»Ich wollte halt sehen, wie dick das Eis ist.« Sie trank von ihrem Tee. *Er sollte mir noch ein paar Fragen beantworten.* »Wo sind denn die Männer abgeblieben?«

»Ich habe sie verjagt. Ich kann mächtig gefährlich aussehen, wenn ich will.« Jeoffrays heiteres Zwinkern sagte genau das Gegenteil.

Elena konnte sich ihn so gar nicht als einschüchternden Mann vorstellen. Er sah vollkommen normal und freundlich aus. »Danke sehr«, sagte sie viel zu spät. »Danke für deine Hilfe.«

»Bitte sehr, little lady.«

Sie schwiegen, und währenddessen versuchte Elena, sich einen Reim auf alles zu machen. Nach wie vor wusste sie nichts über Jeoffray und über die beiden Angreifer. Sie saß im Hotelzimmer des fremden Mannes, in einem viel zu großen Bademantel, und schlürfte Hagebuttentee. *Sia soll kommen und sich mit Jeoffray unterhalten. Ich verstehe es nicht.* Sie langte nach dem

Telefon. »Ich rufe meine Tante an. Sie macht sich bestimmt Sorgen.«

Jeoffray öffnete den Mund, um etwas zu erwidern, da flog die Tür aus dem Schloss und schlug mit Wucht gegen die Wand dahinter.

Der schwarzhaarige Mann mit der Bomberjacke stürmte herein, den Teleskopschlagstock in der Rechten hoch erhoben.

Elena schrie spitz auf, saß wie angewurzelt auf dem Sessel und wusste nicht, was sie tun sollte. Dieses Mal war der Angreifer keine drei Meter entfernt, und sie sah den Zorn in seinem Blick. Er hatte vor, jemandem weh zu tun. *Ihr* weh zu tun!

Jeoffray trat gegen das Tischchen. Es flog dem Angreifer samt Untertasse entgegen, prallte gegen dessen Körpermitte und verlangsamte sein Heranstürmen, doch den Schlagstock behielt er fest in der Hand. Hinter ihm tauchte schon sein Kumpan auf.

Elena langte nach hinten und hielt das Kissen vor sich, um den kommenden Hieb abzumildern.

Die gewonnenen Sekunden genügten Jeoffray, um seitlich in das Polster zu greifen und eine Pistole mit Schalldämpfer hervorzuziehen.

Die Augen des Schlagstockträgers wurden groß, und er versuchte, sich zu ducken.

Jeoffray war schneller und schoss zweimal, traf ihn in die Schulter und die Brust. Aus vollem Lauf geriet der Angreifer ins Stolpern, fiel an Elena vorbei, die ihm noch einen Tritt verpasste, und durchbrach die Scheibe. Seine Finger verfehlten die Vorhänge, an denen er Halt suchen wollte; schreiend stürzte er in die Tiefe.

Sein Begleiter befand sich bereits auf dem Rückzug, doch auch ihn erwischten zwei Kugeln. Sie trafen ihn in den Rücken, und er brach auf dem Flur zusammen.

Winterluft strömte in das Zimmer und ließ die langen blutverschmierten Vorhänge wehen. Sie umschmeichelten Elena, malten mit Rot auf den weißen Bademantel. Sie sah Jeoffray als Schemen durch den Stoff. *Er ... kann wirklich gefährlich sein!*

Von draußen erklangen verschiedene Autohupen und laute Rufe, auch auf dem Korridor wurde geschrien. Die Leichen waren entdeckt worden.

»Komm, wir verschwinden!«, rief er und packte sie am Arm, zog sie mit sich.

Elena musste ihm notgedrungen folgen. *Tante Sia!* »Jeoffray, meine Tante kann uns ...«

»Später, little lady«, unterbrach er sie und spähte zum Eingang hinaus. »Schau nicht nach unten.«

Elena musste trotz der Warnung auf die Leiche starren und bemerkte die dünnen Rauchfäden, die aus den Einschusslöchern im Rücken aufstiegen. *Das* war nicht normal!

Wandelwesen! Sie hatte von Anfang an gespürt, dass es kein Zufall war, auf Jeoffray gestoßen zu sein, und jetzt sah sie den Beweis. Er hatte Silbermunition geladen, mit der er die Angreifer zur Strecke gebracht hatte. Die passenden Vorbereitungen auf den Gegner.

Aber was wollten sie von mir? Tante Sia hatte ihr von Gestaltenwandlern berichtet, und dass sie selbst einmal in Leipzig mit ihnen aneinandergeraten war. Werwölfe. Das hatte Sia ihr heimlich erzählt. Mama wollte nicht, dass Elena damit »belastet« wurde. Aber nach der Sache in der Ritterstraße, nach dem Massaker, fühlte sich Elena ohnehin verändert.

Warum sollten sie mir nachstellen und nicht Tante Sia?

Jeoffray lief los und hielt sie nach wie vor gepackt. Elena musste ihm folgen, ob sie wollte oder nicht.

Mit dem Lift ging es wieder in die Tiefgarage, wo sie sich durch die Halle pirschten und in den Wagen stiegen. Rasant, aber kontrolliert fuhr Jeoffray los. Das Ziel sagte er ihr nicht.

Warum hilfst du mir? Elena betrachtete ihn aus den Augenwinkeln. Ihr mehrfacher Lebensretter war mit einem Schlag interessant geworden und barg Geheimnisse, die sie trotz ihrer leichten Angst ergründen wollte.

Jetzt, wo sie fuhren, fiel ihr die Schere wieder ein. Sie hätte die Waffe einsetzen können, um ihn zu verletzen und zu flüchten. Nichts sprach dagegen, dass sie es zu einem späteren Zeitpunkt versuchen könnte, wenn sie angehalten hatten. »Wohin fahren wir?«

Jeoffray gab keine Antwort, sein Blick war ernst.

2. Februar, Republik Irland,
Cork, 20.36 Uhr

»Senator!« David O'Liar hob den Arm und machte auf sich aufmerksam. Er erhob sich, um den Mann zu begrüßen, wie es sich für ein Mitglied des irischen Oberhauses gehörte.

Liam Baxter, ein Ire in den besten Jahren und im feinen Zwirn, sah ihn und steuerte auf den Tisch zu, der in eine kleine Nische des Restaurants geschoben war. Zwanzig Euro hatten den Service dazu veranlasst, David den Gefallen zu tun. Keine Zuhörer.

»Mister O'Liar.« Sie schüttelten sich die Hände, setzten sich. »Ich weiß nicht, ob ich mich freue, Sie kennenzulernen.« Er trank vom bereitstehenden Wasser. »Den berühmten Mister Undertake.« Baxter lächelte kalt. »Andere nennen Sie auch Mister To-Do. Sie sind sehr rührig.«

David fühlte, dass der Senator ein schwerer Fall sein würde und eines sehr teuren Essens bedurfte. »Zu viel der Ehre. Alles Kampagnen meiner Neider, Sir.«

»Sie haben einen tüchtigen Berg Neider«, stellte Baxter fest. »Wenn man sich so umhört.«

»Dann sollte ich die Neider wohl zum Schweigen bringen. Sie sind schlecht für meinen Ruf. Wenn Sie mir Namen nennen können, wäre ich Ihnen dankbar.« David sagte es todernst, dann lachte er plötzlich los, um den Eindruck zu erwecken, dass er einen Scherz gemacht hatte. Der Senator fiel mit ein. »Schön, dass Sie dennoch gekommen sind, Sir.«

»Ich bin neugierig.« Er sah zum Kellner, der ihnen die Karten brachte. »Und ich hoffe, dass ich es nicht bereue, Ihre Einladung angenommen zu haben.«

David erwiderte nichts und blätterte in den Menüs. »Sagen Sie, ist Ihre kleine Hütte am Shannon inzwischen fertig? Muss ein Paradies für Angler sein.« Es war seine Art zu sagen, dass man Bescheid wusste und noch auf halbwegs diskretem Abstand blieb.

»Danke, ja. Sie ist schon eingerichtet.« Baxter ging nicht weiter auf die Anspielung ein. Er wählte Bœuf Bourgignon, David das vegetarische Gericht mit Morcheln und Trüffelsoße. »Ich habe damit gerechnet, dass Sie zu mir kommen, Mister O'Liar.« Seine grünen Augen richteten sich auf ihn.

»Senator, ich sehe mich vollkommen bestätigt. Ich habe Sie als einen schlauen, umsichtigen Mann eingeschätzt, der auch mal gerne genießt.« David ließ sich vom Rotwein einschenken und wartete, bis der Kellner verschwunden war. Dann begann der Teil der Unterredung, der nicht für fremde Ohren bestimmt war. »Ich möchte, dass Sie noch mehr genießen.«

»Bei was?«, sagte Baxter mit Unverständnis.

»Ich möchte Ihnen etwas ans Herz legen: Ihre Gesundheit.« David prostete ihm zu und ließ diesen kleinen Satz wirken. »Sir.«

»Soll ich das so verstehen, dass Sie in der Lage sind, das zu ändern, Mister O'Liar?« Baxter täuschte Amüsement vor, konnte die Unsicherheit in seinen Augen jedoch nicht verbergen. David erkannte so etwas sehr schnell.

»Sie sollten den stressigen Job als Senator in einem halben Jahr an den Nagel hängen und sich in Ihr nettes, kleines Häuschen am Ufer des Shannon zurückziehen, wo Sie von morgens bis abends angeln gehen können. *Genießen*, Sie verstehen?« David legte die Ellbogen auf den Tisch. »Das wäre mir sehr viel Geld wert, Sir. Ich kann Ihnen im Monat zweitausend Euro anbieten. Solange Sie leben.«

Baxter lehnte sich nach hinten, die Hände blieben auf der weißen Decke, und er streckte die Arme. Eine Geste der Ablehnung. Die Entrüstung blieb aus, da er mit einem solchen Angebot sicherlich gerechnet hatte. »Der Präsident der irischen Republik selbst hat mich in den Senat berufen und rechnet mit meiner Loyalität, wenn es um die Beratungen im Oberhaus und im Unterhaus geht. Wie stellen Sie sich das vor? Abgesehen davon, dass ich es impertinent finde, wie Sie auftreten, Mister O'Liar.«

David unterbrach den Blickkontakt nicht. Er würde den zappelnden Fisch nicht vom Haken lassen, denn angebissen hatte er mit der Annahme der Einladung. Er war bestechlich – blieb die Frage nach der Summe. »Sind Ihnen zweitausend zu wenig? Gut, ich erhöhe auf dreitausend plus einen Einmalbonus von einer halben Million Euro. Von beidem wird niemand etwas erfahren, und dazu kommen noch Ihre staatlichen Bezüge. Davon können Sie die Hütte aufstocken.«

»Was passiert denn, wenn ich gehe?« Baxter schien die Taktik ändern zu wollen. »Wen bringen Sie an meiner Stelle ins Oberhaus? Welche Interessen soll er vertreten im Gegensatz zu mir? Ich meine, darauf läuft es doch hinaus?« Er runzelte die Stirn. »Haben Sie den Präsidenten in der Hand, damit er den Nachfolger beruft, den Sie brauchen? Und eine Garantie, dass ich das Geld erhalte, werden Sie auch nicht geben können.«

David lächelte, obwohl ihm nicht danach war. Baxter stellte

zu viele Fragen, auf die er keine Antworten bekommen würde. Ein Mann wie der Senator akzeptierte es nicht, keine Auskünfte zu erhalten. Deswegen musste er den Senat verlassen. »Auf mein Wort können Sie bauen. Belasten Sie sich nicht mit derlei Gedanken. Das ist nicht gut für Ihre Gesundheit, Sir.«

Aber Baxter hatte Witterung aufgenommen. Er beugte sich nach vorne. »Ich frage mich seit zwei Jahren, Mister O'Liar, welches Spiel Sie treiben – und vor allem: für wen? Nachforschungen über Sie liefen ins Leere, und nach außen sind Sie ein netter, unauffälliger Finanzberater, dessen Unternehmen eigene Fonds auflegt. Aber dennoch hört man Ihren Namen, der mit Hochachtung, Furcht und Hass ausgesprochen wird, auffallend häufig von vielen meiner Ex-Kollegen aus Senat und Parlament.«

David gefiel es gar nicht, was er sich anhören musste: Der dumme Fisch versuchte, den Angler zu beißen. »Sir, bitte. Sie machen sich zu viele Sorgen und vertrauen den falschen Leuten.«

»Das bedeutet, ich müsste *Ihnen* vertrauen, Mister O'Liar«, konterte Baxter spitz und sah auf.

Der Kellner brachte die Bestellungen, goss Wein nach und verschwand wieder. Der wundervolle Duft von gebratenen Morcheln sowie Trüffeln und Bœuf Bourgignon verteilte sich in der Luft.

David hatte allerdings seinen Appetit verloren, was er bedauerte. Der sture Fisch an seiner Angel war nervig. »Fünftausend, Sir, und eine Million Aussteigergeld«, sprach er leise und kühl.

Baxter nahm das Besteck auf und begann zu essen. »Nein. Ich denke, dass ich Sie überwachen lassen werde, Mister O'Liar. Überwachen, durchleuchten und mit allen Mitteln ans Licht zerren, was Sie vor mir verbergen. Vor mir«, die Zinken zielten auf David, »und der Öffentlichkeit. Ihre Dienste dienen nicht dazu, die Demokratie des Volkes zu unterstützen, das ist sicher. Ich will herausfinden, wer sich in den Gremien und in den höchsten Instrumentarien der Freiheit ausbreitet. Sie sind deren ausführendes Organ. Ein Organ, das ich entfernen möchte.« Er schob sich einen Bissen in den Mund. Die Kampfansagen waren ausgetauscht worden.

David nickte mit verkniffenem Mund und trank noch mehr Rotwein. Der Senator war ihm zu neugierig. »Wer sagt Ihnen, dass ich Ihr Essen nicht habe vergiften lassen?«

Baxter hörte für zwei Sekunden auf zu kauen. »Nein, das würden Sie nicht tun. Sie dachten bis vorhin, dass Sie mich aus dem Senat kaufen könnten«, entschied er. »Ich weiß, dass ich vorsichtiger sein muss, weil ich Sie mir heute zum Gegner gemacht habe.« Noch mehr Bœuf Bourgignon verschwand in seinem Mund. »Aber Ihre Saat aus Angst und Geld wird nicht länger aufgehen. Morgen schon setze ich den Senat von Ihren Machenschaften in Kenntnis. Ich kann es mir leisten, denn ich habe keinerlei Familie, die Sie bedrohen könnten. Dann werden wir sehen, wie es mit Ihnen weitergeht, Mister O'Liar.« Er zwinkerte und aß weiter.

»Brauche ich denn eine Familie, Sir? Sie sind alleine gekommen, und ich könnte Sie gleich hier töten, Sir. In der Nische des Restaurants. Niemand würde etwas mitbekommen, und Ihre Leiche verschwindet in einem Moorloch. Sie sehen, dass Sie mir am Herzen liegen, Senator. Ich möchte einfach nur, dass Sie in den Ruhestand gehen.« David gab den Fröhlichen. »Sollte das Geld Sie nicht dazu bewegen: Ich verspreche Ihnen, dass ich jede Woche ein Mädchen oder einen Jungen in Irland in einem beliebigen Kindergarten umbringen lasse, bis Sie mir sagen, dass Sie gehen. Das Gleiche gilt auch für jeden Versuch, mit der Presse oder der Polizei Kontakt aufzunehmen: ein Anruf, peng, ein Kind weniger. Sie sollten schweigen.«

»Was?« Baxter starrte ihn an. »Das ... würden Sie nicht tun.«

David lachte ausgelassen, als hätte er einen guten Witz gehört. »Sie haben keine Ahnung, was *ich* alles tun kann, Sir! Ich habe kein Gewissen, Sie schon. Deswegen werden mit jeder Todesnachricht Ihre Schuldgefühle größer werden. Sagen wir«, er schwenkte sein Messer, hielt es kurz in den Rotwein und ließ rote Tropfen nebeneinander auf das weiße Tischtuch fallen, »ich nehme nur die Kleinsten. Ich kann sie überfahren lassen. Kampfhunde auf sie hetzen. Erschießen lassen. Mein Repertoire ist umfangreich. Wie gefällt Ihnen das?«

»Sie sind ...« Baxter atmete schneller und griff sich an den Kragen. Seine Augen waren auf die Flecken gerichtet, und er dachte mit Sicherheit an das unschuldige Blut, das vergossen werden würde.

»Werden Sie Blumen an die Familien schicken, um Ihr Beileid auszudrücken?« David holte die Leine mit dem Fisch daran ein.

»Sie können mich damit nicht zwingen«, sagte der Senator endlich tapfer. »Ich weiß, dass *Sie* die Taten begehen, nicht ich, Sie Verrückter!«

»Aber, Sir! *Sie* zwingen mich doch dazu! *Ihre* Sturheit, *Ihre* Rücksichtslosigkeit, *Ihr* lächerlicher Anspruch, für eine ehrenhafte Sache kämpfen zu wollen – *Sie* alleine töten diese Kinder, Senator Baxter! Woche um Woche.« David schwelgte darin, dem Mann zuzusetzen. »Ich kann noch Zettel an den Orten verteilen lassen. Stellen Sie sich vor, wenn neben jeder Leiche eines süßen Jungen oder eines niedlichen Mädchens Ihr Bild liegt! Oh, was wäre das für eine Wirkung! Der Baxter-Mörder! Ihr Name wird in die Kriminalgeschichte eingehen.« Die Zuversicht stieg. David hatte nun doch wieder Hunger und kostete von den Nudeln in der Morchel-Trüffel-Soße. Es schmeckte zum Sterben gut. »Ich kann es auch weniger theatralisch halten, Sir. Aber wenn Sie aus dem Oberhaus verschwinden, wird es keine toten Kinder geben. Das verspreche ich Ihnen.«

Baxter hatte den Kopf gesenkt und hielt das Besteck umklammert. Man sah ihm an, dass er sich auf David stürzen wollte, aber genauso gut wusste, dass es nichts bringen würde. Nach

Mister O'Liar kam der nächste Mister O'Liar. »Gut«, bellte er und warf Messer und Gabel auf den Teller, es klirrte laut. Ein Stückchen Porzellan sprang ab. »Sie haben gewonnen. Ich reiche dem Präsidenten gleich morgen mein Rückzugsgesuch ein.« Er erhob sich.

»Aber nein, aber nein, Sir! Nicht so schnell. Sie haben nicht aufgegessen.« David deutete auf den Stuhl. »Und was Ihren Rücktritt angeht: bitte erst in einem halben Jahr. Nicht vorher. Und sollten Sie wirklich versuchen, mir mit Ermittlern zu nahe zu kommen, kenne ich einen Kindergarten ganz hier in der Nähe.«

Baxter spie ihm ins Essen und ging.

David grinste. Der Fisch war gefangen. In aller Ruhe tauschte er die Teller und aß das Bœuf Bourgignon zu Ende. Es wäre zu schade, das Fleisch verkommen zu lassen.

Der Telefonanruf, den er mitten beim Essen bekam, verdarb ihm jedoch den Genuss. David musste das Restaurant verlassen. Pläne waren geändert worden.

2. Februar, Deutschland,
Sachsen, Leipzig, 19.01 Uhr

Mit einem vernehmbaren *Klack* sprang der große Zeiger der Stationsuhr nach rechts, runter von der Zwölf, während der kleine auf der Sieben verharrte.

Na warte, Lieblingsnichte. Das bedeutet einen charmanten Anschiss, sobald du auftauchst. Sia ärgerte sich.

Sie hatte vorhin mit Trisha telefoniert und von ihr erfahren, dass sich Elena mal eben selbst die Erlaubnis gegeben hatte, nach Hause zu kommen, wie sie wollte. Die S-Bahn, in der Elena angeblich sitzen wollte, hatte vor dem Krankenhaus gehalten und war schon lange wieder abgefahren. Von dem Mädchen keine Spur.

Weitere Gedanken an ihre Nichte musste sie verschieben, denn Professor Axel »Sascha« Kleinert verließ Emmas Krankenzimmer. Sein Gesicht wirkte besorgt.

Er kam schnurstracks auf sie zu und hakte sich bei ihr unter. »Frau Sarkowitz, das Fieber ist gestiegen, und erstmals haben wir auch etwas im Blut gefunden. Noch weiß ich nicht, warum, aber ihre Nieren versagen. Besser gesagt, sie arbeiten nicht so, wie sie sollten.«

Komm mir nicht so! »Sie haben geschlampt – heißt es das? Hätten Sie das nicht früher feststellen können?« Sia bedauerte im gleichen Moment ihre heftige Reaktion, sie hatte den Arzt mit ihrem raschen Urteil vor den Kopf gestoßen. »Verzeihen Sie. Meine Nichte scheint sich selbst Ausgangsverlängerung erteilt zu haben, und ich bin ein schlechter Ersatz für ihre Mutter. Dann sagen *Sie* noch, dass es ihr schlechter geht als angenommen.«

Kleinert betrachtete sie. »Das ist das erste Mal, Frau Sarkowitz, dass ich Sie so sehe. Und es gefällt mir nicht.« Er legte ihr mitfühlend die Hand auf den Oberarm. »Wir haben nicht geschlampt. Ich bin mir sicher, dass wir es gefunden hätten, wenn etwas zu finden da gewesen wäre. Kann sein, dass es ein altes, unentdecktes Leiden Ihrer Schwester gewesen ist oder eine verzögerte Reaktion auf die Verletzungen. Was die Nierenfehlfunktion ausgelöst hat, wissen wir nicht, aber sie ist plötzlich da.«

»Was für eine Fehlfunktion?«

»Die Blutwerte lassen darauf schließen, dass die Nieren ihren Dienst schlecht verrichten. Ich habe eine regelmäßige Dialyse angeordnet, aber wie es aussieht, brauchen wir auf Dauer eine Spenderniere.« Kleinert nickte ihr zu.

Sia wurde den Eindruck nicht los, dass es so viel bedeutete

wie: *Das ist deine Aufgabe.* »Scheiße. Das hat ihr gerade noch gefehlt.«

»Wie gesagt, Sie haben mein volles Mitgefühl. Jetzt entschuldigen Sie mich, bitte.« Der Oberarzt schritt an ihr vorbei und betrat ein anderes Krankenzimmer.

Sia sah zur Tür, hinter der Emma lag, und zögerte. Denn sie hatte Angst, dass sie den Raum betrat und dieses Mal wirklich IHN spürte, den Tod, den dunklen Gevatter, der sich ihrer Schwester annehmen wollte.

Und womöglich machte er sie zur Vampirin ...

Dann wären Sias Dolche gefragt.

Ich will sie nicht töten müssen. Sie hatte einst geglaubt, dass es einen Weg gäbe, den Dämonenpakt zu brechen, der die Schuld daran trug, dass Menschen sich überhaupt nach ihrem Tod in einen Blutsauger verwandelten.

Dieser Pakt wurde von den meisten unwissentlich eingegangen, die wenigsten hatten eine Wahl. Vampire, Werwölfe und andere Kreaturen, die man die Verkörperung des Bösen nannte, waren in Wahrheit nichts weiter als Dämonenknechte. Spieler auf dem Schlachtfeld Erde, wobei keiner der Spieler wirklich wusste, wie die Regeln lauteten, um das Spiel zu gewinnen.

Dämonen markierten ihre Anhänger mit einem Zeichen, das in Form eines Mals oder anderer körperlicher Anomalien daherkommen konnte. Die Kinder des Judas, zu denen sie gehörte, hatten ein Feuermal irgendwo deutlich sichtbar am Körper sowie rote Haare.

Sie kann dem Fluch nicht entkommen, und ich ... Sia war verzweifelt. Das Schicksal als Vampirin sollte keiner ihrer Nachfahren teilen, mit dem Drang nach Blut, der Gier, dem Rausch der Über-Macht und der Verantwortung für den Tod so vieler Lebender. *Es gibt nichts Gutes am Dasein als Blutsaugerin.*

Natürlich konnte Kleinert nicht wissen, *was* sie war: eine Vampirin, vor Jahrhunderten gestorben, durch die Kraft eines

Dämons als Untote erhalten und seitdem kaum gealtert. Sie wusste nicht, was geschehen würde, wenn sie ihrer Schwester eine Niere spendete.

Wird das Organ sterben und vergehen, sobald es meinen Körper verlassen hat? Die Transplantation bedeutete ein Experiment, das einer Judastochter vom alten Schlag durchaus würdig gewesen wäre.

Sia würde dabei nichts geschehen, die Niere würde nachwachsen – falls sie sie überhaupt noch benötigte –, aber was geschähe mit Emma? Die Vampirniere konnte absterben, vom lebenden Gewebe abgestoßen werden, die Frau vielleicht sogar erst recht zu einer Blutsaugerin machen. In Emmas geschwächtem Zustand könnte die Operation an sich bereits zu ihrem Tod führen.

Die Fragen, die sich Sia stellte, blieben alle hypothetischer Natur, aber die Wissenschaftlerin in ihr verlangte nach Sicherheit für Emma, nach einem konkreten Test. Der skrupellose Teil der Judastochter in ihr, die eine jahrelange wissenschaftliche Ausbildung genossen hatte, die erbarmungslos seziert und untersucht hatte, die sich durch Eingeweide von Unschuldigen und Schuldigen gewühlt hatte, erwachte.

Ich muss mir jemanden suchen, an dem ich ausprobieren kann, wie die Organtransplantation einen Menschen verändert. Sie grinste. *Ich werde ihm meinen Blinddarm geben.*

In Sias Kopf rotierten die Gedanken. Sie brauchte ein gewissenloses OP-Team, das einen solchen Versuch überhaupt unternehmen würde; dazu musste es schnell gehen, weil Emma die Zeit davonlief. Spontan kamen ihr Krankenhäuser im Osten in den Sinn, Weißrussland oder in einem anderen Ex-Ostblock-Staat, wo Ärzte wenig verdienten und ein bisschen Geld jegliche äskulapianische Moral überwand.

Ohne es zu merken, war sie beim Grübeln vor Emmas Zimmertür angekommen.

Auf dem Schildchen reflektierte sich ihr Gesicht, und Sia erschrak zweifach. Einmal vor ihrem kalten Antlitz, dann vor ihren eigenen Gedanken, die menschenverachtend und grausam waren. Ihre Feinde von damals in den Reihen der Kinder des Judas hätten bewundernd den Hut vor ihr gezogen. *Aber bleibt mir eine andere Möglichkeit?*

Sie dachte daran, wer für den Versuch in Frage kam: Verbrecher, zum Tode Verurteilte. Individuen, um die es nicht schade wäre, wenn sie der Gesellschaft abhandenkämen, und die sie ohne weiteres töten konnte, sollten sie sich zu Vampiren entwickeln.

Es geht nicht anders. Ich muss eine Test-OP organisieren. Emmas Leben und ihre Seele stehen auf dem Spiel, und Elena benötigt ihre Mutter dringend. Eine menschliche Mutter, keine Vampirin. Es reicht, wenn sie eine Blutsaugerin als Tante hat. Sia trat nicht ins Zimmer, schaute stattdessen den Korridor hinauf und hinab. *Wo bleibt die Kleine?*

Die Sorge um ihre Nichte drängte sich durch die kreisenden Gedanken um die Operationsorganisation. Sollte Emma ausgerechnet *jetzt* erwachen und nach ihrer Tochter fragen, würde sie bestimmt nicht von Sia hören wollen: »Keine Ahnung. Sie ist seit mehr als einer Stunde überfällig.«

Also verzichtete sie auf einen weiteren Besuch und ging stattdessen zurück zum Fahrstuhl, wo sie Schwester Hildegard traf. Die versierte Pflegerin fuhr eben den Wagen heraus, in dem die leeren Tabletts vom Abendessen eingesammelt wurden. »Wenn Sie Elena sehen, sagen Sie ihr bitte, dass sie mich anrufen und hier auf mich warten soll.«

»Sicher, Frau Sarkowitz. Ist was mit ihr?«

Sia trat in den Lift. »Sie hat sich nicht an die Abmachung gehalten.« *Und ich hätte besser auf sie aufpassen sollen.*

Die Türen schlossen sich, die Fahrt nach unten begann. Vor dem Krankenhaus hatte sie ihre Hayabusa abgestellt, eines von den alten Modellen, die nicht vom Werk gedrosselt waren und mehr als dreihundert Stundenkilometer fahren konnten.

Sie würde ihre Suche beim Völkerschlachtdenkmal beginnen und erst dann beenden, wenn sie Elena gefunden hatte. Die Nächte waren glücklicherweise lang.

2. Februar, Großbritannien, Nordirland, Omagh, 20.35 Uhr

Mike O'Malley schob das Magazin in den Schacht der AK-103 Kalaschnikow, lud einmal durch und klappte die Schulterstütze zur Seite, bevor er den Schalldämpfer auf den Lauf schraubte. Dreißig mehr oder weniger geräuschlose Schuss. Es musste nicht jeder sofort hören, dass er zugange sein würde. Am besten keiner.

Als Nächstes folgte das Präzisionszielfernrohr, das in die Halterung oben auf das Sturmgewehr geschoben wurde. Mike legte die AK auf den Beifahrersitz und breitete die Decke darüber, falls ein Passant neugierig hereinschauen würde. Er sah sich aufmerksam in alle Richtungen um, aber auf der Straße tat sich nichts Verdächtiges.

In seinen Achselholstern steckten seine *Glock* Halbautomatik, die er ohne Suppressor benutzen musste; in einer Beinhalterung am Oberschenkel bewahrte er einen überlangen Silberdolch, der schon als Kurzschwert durchgehen konnte, auf. Fernkampf, Nahkampf, er war für alles gerüstet. Das Gefecht konnte beginnen.

Sein alter, hellgrüner Ford parkte am Straßenrand, genau 267 Meter vom Hintereingang des *Waterfront Club* entfernt, der am Ende einer Sackgasse lag. Die Sackgasse wiederum war zwölf Meter lang und drei Meter breit. Ein Schlauch, ohne jede Deckung.

Den störenden Abfallcontainer hatte er gestern Nacht nach vorne an die Straße geschoben.

Durch die leicht erhöhte Parkposition erhielt Mike freies Schussfeld, die Autodächer des Verkehrs konnten ihn nicht behindern, und die Straße war für Lkws gesperrt. Es würde so einfach wie auf dem Schießstand sein, den *Rí* der *BlackDogs* zu eliminieren.

Mike hatte sich umgehört, viel Geld investiert, zwei Menschen erschossen und einen zum Krüppel geschlagen, um seine Informationen zu bekommen. Die Leben von gewöhnlichen Iren zählten nichts im Vergleich zum Tod des Rí, denn damit wäre eines der mächtigsten Tuath ohne Anführer. Hinterher könnte sich Mike die BlackDogs entweder nacheinander vorknöpfen, oder sie zerfleischten sich bei der Suche nach einem neuen Rí selbst.

Noch elfeinhalb Minuten bis zum Eintreffen von Finn McFinley.

Mike ließ das Fenster nach unten gleiten. Straßenlärm drang zu ihm, der Geruch von nasskaltem Asphalt schwappte ins Innere, und von irgendwoher erklang das Lied von Mumford&Sons »Little Lionman«. Wenn ihn nicht alles täuschte, war es live. Wahrscheinlich wurde es in einem Pub von einer Handvoll Nachwuchsmusikern gespielt. Mike konnte sich nicht vorstellen, dass die echte Band hier einen Auftritt absolvierte.

»I really fucked it up this time, didn't I, my dear?«, sang Mike eine der eingängigen Refrainzeilen leise mit und sah, dass das Handy aufleuchtete, das er auf die Armaturen gelegt hatte. Der Name *Sídhe IV* erschien auf dem Display.

Mike schürzte die Lippen, sah zu, wie das kleine Telefon durch den Vibrationsalarm millimeterweise über das schwarze Plastik wanderte. Nach dreißig Sekunden brummte und leuchtete es noch immer.

Das tat es auch nach weiteren dreißig und wieder dreißig Sekunden.

Mike ahnte, dass es nicht mehr aufhören würde, bis er den Anruf entgegengenommen hatte. »Fuck!« Er langte nach dem Handy, drückte den kleinen, grünen Knopf. »Aye?«

Eine sehr melodische Männerstimme sagte: »Mike, mein Krieger. Wo bist du?«

»Unterwegs, Sídhe.«

»Und wo genau?«

»In Omagh.« Mike hörte an der Tonlage, dass der andere sich beherrschen musste, um ihn nicht anzuschreien.

»Kann es sein, dass du auf eigene Faust losgezogen bist, mein Krieger?«

»Sídhe, ich weiß, wo der Rí der BlackDogs sein wird ...«

»Ich weiß es auch, Mike. Er wird im *Waterfront* sein, in wenigen Minuten. Aber habe ich dich dorthin geschickt, damit du ihn erledigst?« Bevor Mike seine Überraschung überwunden hatte, sagte die Stimme bereits: »Nein, das habe ich nicht, mein Krieger!«

»Sídhe, die BlackDogs sind die gefährlichsten der Tuatha! Heute kann ich deine Feinde mit nur einem Schuss entscheidend schwächen«, hielt er inbrünstig dagegen und kurbelte die Scheibe nach oben. »Du musst mir erlauben, diesen Angriff zu führen! Seine gesamten Oenach werden ebenfalls da sein! Sídhe, ich flehe dich an!«

»Mike, du bist *mein* Krieger, und ich bin *dein* Herr. Es kann nicht sein, dass der Krieger entscheidet, was nur der Herr entscheiden darf.« Die Stimme hatte ihre Sanftheit verloren, doch sie war noch immer voller Anmut und Grazie.

Mike wusste nicht, woher er den Mut nahm, als sich seine Lippen wie von selbst bewegten und er sich sagen hörte: »Aber ich *muss* es tun, Sídhe! Es geht um unsere Sache!«

»Dein Angriff wird die Aufmerksamkeit auf mich und alle anderen Sídhe lenken. Es ist noch zu früh für die ganz große Schlacht!«, wurde er durch den Hörer angeherrscht. »Sie würden ihren gesamten Tuath zusammenrufen und auf die Jagd gehen, bis sie uns aufgespürt und vernichtet hätten. Mike, fahr nach Hause. Heute beginnt der Krieg nicht.«

»Doch. *Heute* beginnt er! Wir haben uns lange genug verborgen, falschen Frieden geschlossen und sind im Dreck gekrochen.« Mike legte auf und schaltete das Handy ganz aus. Niemand würde ihn aufhalten. Grimmig starrte er aus dem Fenster, die Augen auf die Sackgasse gerichtet.

Die Worte des Sídhe klangen in seinem Verstand nach. Er setzte sich über dessen Willen, nein, über dessen direkten Befehl hinweg! Ein Krieger, der den Befehlen nicht folgte, das durfte es nicht geben ...

Mike ballte die Rechte zur Faust und schlug gegen das Lenkrad. Aber es *musste* sein! Niemand hätte damals gezögert und eine Gelegenheit verstreichen lassen, um einen Hitler, einen Stalin oder einen anderen Tyrannen zu eliminieren und die Karten neu zu mischen. Nur eine Kugel reines Silber, und der taktische Vorteil gegenüber dem Tuath wäre uneinholbar hoch. Ein toter, ermordeter BlackDog, so etwas hatte es schon Jahrzehnte nicht mehr gegeben! Ein Fanal!

Aber umso mehr Mike sich einredete, für die Sache zu kämpfen, desto mehr hörte er die Stimme des Sídhe, die ihm den Rückzug befahl. Ein Alleingang. Er konnte damit auch eine Katastrophe auslösen, eine Katastrophe für seinen Herrn und die Seinen. Durfte er das verantworten?

Seine Entschlusskraft weichte auf, nervös und zunehmend unsicherer starrte er auf die Stahltür des Hinterausgangs.

Noch drei Minuten.

Die Tuatha waren Legion, nein, nicht ganz. Ihre Zahl lag bei etwas weniger als hundert, aber sie stellten eine zahlenmäßige Überlegenheit dar, die den Sídhe zum Verhängnis werden konnte. Ein Schuss würde einen Sturm auslösen, der zu früh begann und zu viele unvorbereitet traf.

Mikes Hals wurde trocken, aber er hatte nichts zu trinken mitgebracht. Er sah auf die Decke, unter der das AK lag. Niemals hatte er derart über die Zukunft zu bestimmen gehabt wie heute. Über die Zukunft von so vielen ...

Er schaltete das Radio ein, um sich abzulenken, und landete nach kurzer Suche bei einer Nachrichtensendung, über die er nicht hinweghören konnte: Sie sprachen von einem Haus, das in die Luft geflogen war. *Seinem* Haus! Schnell drehte Mike lauter.

»... nimmt die Polizei an, dass es sich um mehr als eine Gasexplosion gehandelt hat. Im Umkreis der Unglücksstätte sind verbrannte Waffenteile und Pistolen sowie Munition gefunden worden. Experten gehen davon aus, dass es sich um das Versteck einer Terrorgruppe handelte, vermutlich der IRA, das aus noch ungeklärter Ursache in die Luft geflogen ist. Bislang wurden zwei Leichen gefunden. Es handelt sich um eine Hausbewohnerin und einen Unbekannten, der noch nicht identifiziert ...«

Noch eine Minute.

Mike schluckte und schaltete ab. Er zweifelte nicht daran, dass die BlackDogs dahintersteckten! Vielleicht hatten sie ihn beobachtet, als er den Abfallcontainer verschoben hatte, vielleicht hatte einer seiner Informanten gesungen, vielleicht hatten sie ihn sowieso überwacht, weil sie den Sídhe und dem Friedensbündnis nicht vertrauten.

Seine Hände schlugen sich ins Lenkrad, der Hass verlangte nach Rache. Für Mike stand fest: Sie hatten herausgefunden, was er beabsichtigte, und versucht, ihn umzubringen. Aber an seiner Stelle waren Sínead und Mitch draufgegangen. Sínead, die ihn in seinem Leben begleitet und die er geliebt hatte.

»Ihr beschissenen Ficker!«, schrie Mike und sah, wie McFinleys grauer Bentley vorbeifuhr und vor dem Haupteingang anhielt.

Zuerst stiegen die Oenach aus, seine besten Kämpfer und Leibwächter, und schirmten ihn mit ihren Körpern ab, bevor der

Rí folgte und eilends im *Waterfront* verschwand. Mike konnte nur einen kurzen Blick auf den kleinen, dicken West-Iren werfen, der einen weißen Sportanzug trug. Ein kleiner Trick, und er hätte McFinley lange genug im Fadenkreuz, um ihn zu vernichten.

Hatte Mike bis eben noch darüber nachgedacht, von seiner Attacke abzusehen, gab es nun kein Zurück mehr. Der Anschlag auf sein Haus und Síneads Tod hatten alles verändert. Die Black-Dogs mussten für ihre Tat bestraft werden!

Er nahm die AK-103 unter der Decke hervor, klappte die Schulterstütze nach vorne und arretierte sie, legte den Sicherungshebel um und nahm das kleine Kästchen mit dem roten Knopf aus der Tasche. Er drückte ihn, und in einer lauten Detonation explodierte der Mülleimer vor dem Eingang des *Waterfront.* Die Bombe darin hatte er in den frühen Morgenstunden deponiert, als Penner getarnt.

Der graue, sehr teure Bentley machte einen Hüpfer zur Seite, Splitter spickten die Motorhaube, knallend barsten die Scheiben. Zwei Sicherheitsleute vor der Tür des Clubs brachen zusammen und rührten sich nicht mehr.

Mike hatte sich im Sitz nach unten sinken lassen und das Sturmgewehr angelegt; dabei nutzte er die Seitentür als Aufliegefläche für das AK-103.

Durch das Zielfernrohr sah er den Hinterausgang klar und deutlich. Es war ihm egal, ob man den dicken, klobigen Schalldämpfer erkannte und er entdeckt wurde. Ein paar Sekunden, mehr brauchte er nicht, um Rache zu üben.

Die Tür flog auf, und zwei der Oenach schauten hinaus, in den Händen kompakte Schnellfeuerpistolen. Mike tippte auf Mac-10 oder Mac-11, die Anfänger gerne mal mit Micro-Uzis verwechselten.

Da die Leibwächter dachten, die Luft sei rein, kamen sie ins Freie, drückten sich gegen die Wände und sicherten hektisch die

Umgebung. Einen Scharfschützen zogen sie nicht in Betracht, da es hier keine hohen Häuser gab. Damit hatte er gerechnet.

»Wie die Ratten«, knurrte Mike und zog den Abzug langsam nach hinten, bis er den Druckpunkt spürte. Das Fadenkreuz war auf die Tür gerichtet. Sobald sich McFinley zeigen würde ...

Zwei schwarze Mercedestransporter donnerten heran und hielten vor der Gasse. Die Oenach hatten Rückzugsmöglichkeiten organisiert.

Mike hatte durch die hoch gebauten Fahrzeuge nicht mehr ganz so freies Schussfeld. Es blieben nur wenige Meter, die er zum Töten des Rí der BlackDogs nutzen konnte, dann wäre McFinley in einem der Wagen untergetaucht. »Wo bleibt das feige Schwein?«

Noch zwei weitere Oenach tauchten auf. Sie trugen kompakte Schnellfeuergewehre und schwenkten die Läufe umher, auf der Suche nach einem Ziel.

Dann, endlich, erschien der Rí!

Doch er tat etwas, mit dem Mike nicht gerechnet hatte: Er sprintete! Aus dem Schatten des Eingangs hetzte der Pummlige los und schlug dabei Haken, als wüsste er im Gegensatz zu seinen Leuten genau, dass ein Scharfschütze auf ihn zielte.

Mike feuerte Schuss um Schuss. Jeder Knall wurde vom Schalldämpfer zu einem kaum vernehmbaren Geräusch reduziert, aber die BlackDogs hatten gute Ohren. Sie würden in wenigen Sekunden wissen, wo er seine Stellung bezogen hatte.

Die Silberkugeln verfehlten McFinley, der sich zu schnell und zu abrupt bewegte.

»Shit!« Mike änderte seine Taktik und zerschoss die Reifen der Transporter, ehe er ausstieg, das Magazin wechselte und losrannte, um zu den Wagen zu gelangen. Es wurde Zeit für den Nahkampf.

KAPITEL III

Biep.
Biep, biep.
Biep. Klick-fchhhh-klack, klick-fchhhh-klack.
Biep.
Biep, biep ...

Mir sind Teile des Songtexts wieder eingefallen.

Das Lied von Metallica. Es heißt ONE.

Ich höre und sehe das Video – dabei will ich gar nicht daran denken! Es ist so grausam.

Biep, biep, biep. Klick-fchhhh-klack, klick-fchhhh-klack. Biep. Biep ...

Der Text ...

Biep, biep, biep. Klick-fchhhh-klack, klick-fchhhh-klack. Biep. Biep ...

Wie war das: That there's not much left of me
Nothing is real but pain now

Biep, biep, biep. Klick-fchhhh-klack, klick-fchhhh-klack. Biep. Biep ...

Hold my breath as I wish for death
Oh please God, wake me
... und ...
Cut this life off from me
Trapped in myself
Body my holding cell ...

Biep, biep, biep. Klick-fchhhh-klack, klick-fchhhh-klack. Biep. Biep ...

Ich will nicht enden wie der Soldat! Mein Leben ist nicht vorbei, und aus dem Koma werde ich erwachen! Das ist mein fester

Wille! Ich werde mich bewegen, werde mich bemerkbar machen und ihnen zeigen, dass ich sie verstehe!

Biep, biep, biep. Klick-fchhhh-klack, klick-fchhhh-klack. Biep. Biep ...

Ich lebe doch! Hilfe ...

Hätte ich mich doch bloß nicht an dieses Lied erinnert. Ich werde es hassen, wirklich hassen!

2. Februar, Deutschland,
Sachsen, Leipzig, 20.21 Uhr

Das angestrahlte Völkerschlachtdenkmal erhob sich vor Sia wie ein archaisches Raumschiff, das sich zum Start bereit machte. Die Eisfläche war verlassen, keine Nachtschwärmer weit und breit, die sie nach Elena hätte befragen können.

Hier ist sie schon mal nicht mehr. Sia fiel sofort auf, dass viele Schollen in einem abgesperrten Bereich umhertrieben und der Schnee auf der Wasserbassineinfassung weggewischt war.

Sie lief den kleinen Fußweg hinunter zum Eis, sah sich um. Ihre Vampiraugen ermöglichten es ihr, auch bei sehr wenig Licht ausgezeichnet zu sehen; höchstens absolute Dunkelheit brachte sie in Bedrängnis.

Es dauerte keine zwei Sekunden, und sie entdeckte Elenas Rucksack, der neben der kleinen Mauer im Schnee lag und von den Flocken halb verdeckt war. Ganz in der Nähe war ein großer Abdruck im Weiß.

Aufgeregt ging Sia näher, ließ sich auf ein Knie herab und betrachtete die Stelle genauer.

Es waren die Umrisse eines Körpers, von der Größe her passte er zu Elena; daneben sah sie Abdrücke von Knien und Schuhspitzen. *Kein Profil.* Der gleiche Mann, denn das war aufgrund der Sohlenform und der Größe klar ersichtlich, hatte die Person vom Boden aufgehoben und weggetragen. Sia erkannte es an den Spuren, die sich tiefer als vorher im Schnee abzeichneten. Kleine Löcher und Rillen im Weiß verrieten, dass einem oder sogar beiden Wasser aus der Kleidung getropft war.

War es wirklich Elena? Die Selbstvorwürfe wurden lauter. Sia schaute zum Bassin und den darin treibenden Schollen. *Ist sie eingebrochen, und hat sie der Mann gerettet?* Die Spuren legten diese Vermutung sehr nahe, und wenn es so gewesen war, wäre *ihr* die Aufgabe zugekommen, ihre Nichte vor dem Ertrinken und dem Erfrierungstod zu bewahren. Nicht dem Fremden.

Sie richtete sich auf, kehrte den Schnee von den Knien und nahm Elenas Rucksack über die Schulter. Damit hatte sie einen Anhaltspunkt: Wohin brachte man unterkühlte und durchnässte Kinder? In ein Krankenhaus – und schon stutzte sie. Die nächste Einrichtung war die Klinik, in der sie arbeitete und wo Emma lag.

Wäre Elena bei Bewusstsein gewesen, hätte sie darum gebeten, dorthin gebracht zu werden. Also war sie entweder ohnmächtig, oder er hat sie woanders hingebracht. An das zweite *oder* dachte sie zwar ebenso für einen kurzen Moment, verdrängte es aber. Sia verfolgte die Fußspur über den Hügel, den sie eben gekommen war. Die Sohlenabdrücke führten sie hinab zur Straße und endeten dort.

Im Auto weggefahren. Sie ersparte es sich, Leipzigs Krankenhäuser persönlich abzuklappern, sondern nahm ihr Telefon heraus, rief eines nach dem anderen an und erkundigte sich, ob ein Mädchen von einem Mann eingeliefert worden sei: nass, unterkühlt, vielleicht mit Atemstillstand oder halb ertrunken?

Während sie sich eine Abfuhr nach der anderen einhandelte, kehrte sie zum Bassin zurück und suchte fieberhaft nach weiteren Spuren, die ihr helfen konnten, die Identität des Unbekannten zu lüften.

Leider näherte sich mit jedem Anruf das *oder* als Möglichkeit, das sie vorher verdrängt hatte.

Sia umrundete das Becken und fand eine Sache bemerkenswert: Von beiden Seiten und etwa auf gleicher Höhe näherten sich identische grobe Stollenprofile, sprangen auf die Einfassung, von da aufs Eis – und zwar in den Bereich, der abgesperrt und aufgebrochen war. An weitere Helfer, die Elena zu Hilfe kommen wollten, glaubte sie nicht. Bauchgefühl.

Verfolger. Sie fluchte laut und blickte sich um. Keine Überwachungskamera, keine Webcam, von der sie sich rasch Aufschluss erhoffen konnte. Auch das letzte angerufene Krankenhaus hatte nichts an Einlieferungen auf Lager, das zu Elena passte.

Trisha hatte vorhin am Telefon nichts davon erwähnt, dass sie von Männern bedrängt worden wären. *Verdammt noch mal: Was ist hier passiert?* Es hatte sich abgespielt, nachdem die Freundin gegangen war. Die Spuren boten zu viel Raum für Spekulation, leider war keine davon besonders beruhigend. Sia war aufgewühlt und unruhig. Sie musste zu ihrer Nichte, sofort!

Es gab weitere Möglichkeiten, die sie ab jetzt als Erklärung des Verschwindens in Betracht ziehen musste. Hässliche Varianten:

1., ein gewöhnlicher Päderast, der vom Retter zum Täter werden wollte und auf die Dankbarkeit eines Mädchens zählte;

2., die Schergen ihres toten Halbbruders Marek, die ihr nachträglich Schaden zufügen sollten;

3., irgendwelche Gehilfen des ebenso toten Harm Byrne, der nach dem Leben von Sia, Elena und Emma getrachtet hatte.

Nichts davon gefiel ihr.

Wie finde ich heraus, was am wahrscheinlichsten ist? Sia grübelte und klammerte Marek aus. Die Sache war zu lange her. Die Angelegenheit mit Byrne konnte damit etwas zu tun haben, und leider blieb auch die Theorie des Kinderfickers aktuell.

Auch wenn es ihr nicht passte, schon wieder etwas mit der Polizei zu tun zu bekommen, würde sie eine Vermisstenanzeige nach Elena aufgeben. *Noch besser ist, wenn ich anonym eine Entführung melde. Dann müssen die Bullen gleich was tun.*

Sicherheitshalber verfolgte Sia die groben Profilabdrücke zurück. Sie landete auf einem Parkplatz und bei der Erkenntnis, dass nur die beiden Männer im gleichen Fahrzeug eingetroffen waren. Damit waren die Stollenschuhe und der Profillose nicht an den gleichen Orten aufgetaucht.

Sie haben sich aufgeteilt. Sie hatten es von vorneherein auf Elena abgesehen!

Sie kehrte zu ihrem Motorrad zurück, saß auf und fuhr los, kreuz und quer, bis sie die nächste öffentliche Telefonzelle fand.

Von dort setzte sie mit verstellter Stimme und als anonyme Beobachterin ihre Meldung ab: Kind im Eis eingebrochen, von zwei Männern gejagt und von einem dritten mitgenommen. Da sie keine Angaben zum Aussehen machen konnte, hängte sie schnell ein, als der Beamte nachfragen wollte.

Sie lehnte sich mit dem Rücken gegen das Kabinenglas und sah hinaus zu den Scheinwerfern des vorbeirollenden Verkehrs, der sich in einer endlosen Schlange auf der Straße bewegte. *Wieso musste die Kleine auch unbedingt alleine zurückfahren wollen? Oder war es meine Schuld?*

Sia zog die Brauen zusammen. Sie hatte das unbestimmte Gefühl, beobachtet zu werden, und auf dieses Gefühl konnte sie sich verlassen. In den vielen Jahrhunderten hatte es ihr mehr als einmal das Leben bewahrt.

Sie verließ die Zelle und spähte umher, doch sie erkannte nichts, was ihr Empfinden gerechtfertigt hätte. Beruhigter war sie deswegen nicht.

Sia blickte auf die Uhr. In einer Stunde würde sie als besorgte Tante bei der Polizei anrufen und um Hilfe bei der Suche nach ihrer Nichte bitten. *Das wird nicht einfach.*

In den vergangenen Wochen und Monaten hatte sie wegen

ihres Halbbruders Marek und dessen ungeheuren Taten als Theresia Sarkowitz mit der Polizei zu tun gehabt, jetzt musste sie als Jitka von Schwarzhagen wieder vorsprechen.

Das könnte schwierig werden, wenn es um die Familienverhältnisse geht. Einer intensiven Prüfung hielt ihre neue Identität sicherlich nicht stand. *Ich könnte als Emma auftauchen! Ähnlich genug sehen wir uns.* Sie ging zur Hayabusa, schwang sich auf den Sattel und fuhr durch das einsetzende Schneetreiben durch Leipzig. *Sollte jemand fragen, bin ich ein Fall von Spontanheilung. Blitzschnell dank Mutterinstinkt aus dem Koma erwacht.* Unterwegs setzte sie ihre Sonnenbrille gegen den kalten Wind und die Flocken auf; auf den Helm verzichtete sie wie immer.

Die Hoffnung, dass ihr Handy klingelte und sich Schwester Hildegard meldete, um ihr zu sagen, dass Elena im Krankenhaus aufgetaucht war, erfüllte sich nicht.

Um genau zu sein, war die Hoffnung bereits gestorben.

2. Februar, Großbritannien, Nordirland, Omagh, 20.51 Uhr

Mike rannte so schnell, wie er noch niemals zuvor gerannt war.

Meter um Meter näherte er sich den beiden lahmgelegten Transportern; sein langer grauer Mantel klaffte auseinander und zeigte die schusssichere Weste sowie die Achselholster darunter. Die AK-103 hielt er halb im Anschlag. Das zusätzliche Gewicht machte ihm nichts aus, er war dafür trainiert worden. Ein Krieger.

Die Transporter wippten sacht, anscheinend stiegen auf der von ihm abgewandten Seite Leute ein. Die Oenach und der Rí suchten das Weite, anstatt sich dem Gefecht zu stellen.

Mike blieb stehen, wechselte die Magazine, tauschte das Silber gegen Vollmantelgeschosse und feuerte einzelne Salven in die Kotflügel. Die Motorblöcke sollten beschädigt werden, damit die Gegner ihm nicht entkamen. Ihm fiel auf, dass der Schalldämpfer bereits an Wirkung verlor und die Schüsse hörbarer wurden, aber das spielte keine Rolle mehr. Das Schrotgewehr hatte er in seinem Ford gelassen, weil es ihn zu sehr behinderte.

Vereinzelte Passanten brachten sich geduckt in Sicherheit. Sie würden an einen Überfall der IRA oder einer anderen Organisation denken und nicht ahnen, um was es wirklich ging und welche Tragweite sein Handeln hatte.

Blitzschnell rammte Mike wieder den Clip mit den Argentumprojektilen in den Schacht und lud einmal durch, dann stürmte er weiter. Seine Gegner blieben in Deckung und wollten ihn anscheinend rankommen lassen.

Er trat auf die Straße und brachte die fahrenden Autos um ihn herum mit seiner deutlich gezeigten AK dazu, für ihn anzuhalten. Das Quietschen der Bremsen hallte in seinen Ohren, einige Fahrer legten hastig den Rückwärtsgang ein.

Mike rückte vor. Als er ein Bein hinter einem Transporterheck hervorschauen sah, legte er blitzschnell an und jagte eine Kugel in den Oberschenkel.

Das Dumdumgeschoss ließ das Fleisch regelrecht aufplatzen, anstatt nur durch das Gewebe zu dringen. Der Hosenstoff zerriss, eine enorme Menge Blut spritzte gegen die Mauer, und ein Mann schrie jaulend auf. Es roch nach verbranntem Fleisch.

Mike bewegte sich zur Seite, tastete sich im Abstand von etwa zehn Schritt um den hinteren Transporter herum vorwärts.

Er hatte sich so sehr auf die einschüchternd abschreckende Wirkung des Gewehrs auf die Umgebung verlassen, dass er zunächst nicht registrierte, wie ein Wagen auf der Straße plötzlich Vollgas gab und Kurs auf ihn nahm. Eine Reihe Scheinwerfer flammte blendend auf.

»Was zum ...« Mike machte einen Satz und versuchte, dem Auto auszuweichen, aber es gelang ihm nicht: Der Kühler rammte seinen Oberschenkel, er krachte gegen die Motorhaube und wurde wie von einem Sprungbrett in die Höhe geschleudert. Die Welt drehte sich zu schnell um ihn, er verlor das AK-103, und schon krachte er seitlich auf den nassen Asphalt.

Zwei Herzschläge brauchte er, um seine Sinne zu ordnen, dann stemmte er sich ächzend und benommen in die Höhe. Noch funktionierte sein Körper.

Er zog die beiden halbautomatischen Pistolen, da stieß der Wagen bereits rückwärts und rammte Mike ein zweites Mal. Er taumelte zur Seite, stürzte gegen die Wand und wurde von den Rädern knapp verfehlt.

Mike feuerte auf die Fahrertür und hoffte, den Kerl jenseits des Blechs zu erwischen. Er hörte, dass der vorderste Transporter den Motor startete; fette, schwarze Rauchwolken quollen aus dem Auspuff. Irgendwas war durch die massiven Stahlgeschosse beschädigt worden, aber die Maschine funktionierte noch.

»Ihr ...« Mike schob sich an den Steinen nach oben, hielt sich mit Mühe aufrecht. Der zweite Zusammenprall hatte heftigere

Spuren hinterlassen, sein Leib schmerzte jetzt durchgehend; den rechten Fuß konnte er nicht belasten.

Mit einer Hand nahm er das Auto unter Feuer, die andere Glock spuckte ihre Kugeln dem Transporter und Finley hinterher, ohne dass er sich Chancen ausrechnete, damit den Rí der BlackDogs zu töten.

Es machte mehrfach *klick*, beide Magazine waren leer.

Mike stand alleine auf dem Gehweg, umgeben von Glassplittern und leeren Hülsen. Die Oenach waren mit ihrem Anführer geflüchtet, anstatt sich dem Kampf zu stellen, und der Wagen, der ihn zweimal gerammt hatte, schien verlassen. Wann war der Fahrer ausgestiegen? Oder lag er getroffen im Fußraum? Durch die gesprungene, mit Löchern versehene Frontscheibe sah Mike es nicht.

Aus weiter Entfernung heulten erste Polizeisirenen.

Er ließ die Arme sinken, ihm wurde schlecht, und die Schmerzen schienen sich zu verstärken. Die Ernüchterung verdrängte die aufputschende Wirkung des Adrenalins. Mike hatte es versaut, aber er würde es wieder versuchen, auch wenn es schwerer werden würde. Die BlackDogs waren jetzt gewarnt.

Er wechselte schnell die Magazine und humpelte los, um sich ein Fluchtauto zu suchen, das ihn vor den Bullen in Sicherheit brachte.

Keiner der Passanten wagte es, sich ihm in den Weg zu stellen. Logisch, bei zwei eindrucksvollen Halbautomatik. Im Humpeln steckte er eine Pistole weg und hob das AK-103 auf. Er wollte es mitnehmen, weil die Silbermunition im Magazin zu wertvoll war. Sollte die Spurensicherung, die den Tatort untersuchen würde, denken, was sie wollte. Vermutlich hielten sie es eh für eine Schießerei unter Verbrechern und verzichteten auf eine große Analyse. Das wäre Mike nur recht.

Vor ihm trat eine Latina aus einem Laden, die blonden Haare wirkten schon auf den ersten Blick so falsch wie ihre Kleidung.

War das Síneads dunkelrotes Abendkleid, das sie trug? Und das Parfüm ...

Sie sah ihn an – und lächelte.

Mike erkannte winzig kleine, bläuliche Splitter auf ihrem Kragen, die von einer beschädigten Windschutzscheibe stammen konnten. *Die Fahrerin!* Er richtete den Lauf des Sturmgewehrs auf sie und drückte ab.

Sie tauchte unter den Garben weg und umrundete ihn, schlang die Arme von hinten um seinen Oberkörper und drückte zu.

Krachend brachen die Arme, die Rippen, und der Brustkorb presste sich zusammen, verzog sich. Der Druck brachte Mike zum Schreien, und wichtige Luft entwich seiner Lunge; das anschließende Einatmen gelang ihm kaum. Er roch Síneads Parfum – es *war* ihr rotes Abendkleid!

»Wer hat dich geschickt?«, fragte sie mit zischelnder Stimme und fremdländischem Akzent.

»Die IRA«, stöhnte er geistesgegenwärtig. Die Spur durfte nicht zu seinem Herrn führen. Gleichzeitig fragte er sich, woher sie diese unglaubliche Kraft nahm. Sie gehörte keinesfalls den BlackDogs an.

»Lügner! Seit wann benutzt die IRA massive Silbergeschosse?« Die Frau zog ihre Arme enger, und Mike hörte weitere Rippen brechen. Schmerzen in seinen Eingeweiden waren die Folge, und das Atmen fiel ihm noch schwerer. Ihm wurde schwarz vor Augen. »Du wirst sterben wie dein Freund und deine Frau, wenn du mir nicht sagst ...«

Mike konnte sich nicht befreien. Dabei verlieh ihm der Hass ungeheure Kräfte, die jedoch nicht gegen seine Peinigerin ankamen. »Wir wollen mehr Geld von McFinley«, keuchte er schwach. »Mehr Geld. Von seinen Geschäften. Einschüchtern ... sollte ihn einschüchtern ... IRA braucht ...«

Ein Polizeigeländewagen raste mit Blaulicht heran und hielt in einigem Abstand an, gepanzerte Männer sprangen heraus und brachten ihre Gewehre in Anschlag. Spezialtruppe, nicht die Garda. Sie riefen etwas, was Mike nicht verstand.

»I really fucked it up this time!«, ächzte er leise. »Didn't I, my dear?«

»Was?«, machte die Latina irritiert.

Und er tat in dieser Situation das einzig Richtige: Er hob mit einem Schrei die AK, so gut es ihm die Umklammerung erlaubte, und schoss grob in die Richtung der Gepanzerten, die daraufhin das Feuer eröffneten.

Ein gezielter Kopfschuss brachte Mike ein schnelles Ende, genau wie er es sich erhofft hatte. Somit war der Sídhe vor seinem Verrat sicher.

3. Februar, Deutschland,
Brandenburg, Schwielowsee, 02.49 Uhr

Wilson schaltete den Motor aus, ließ den Wagen über den abschüssigen Kiesweg rollen und hielt ihn ein paar Meter vom Ufer entfernt an. Mit einem leisen Knirschen kamen die Räder zum Stehen.

Er öffnete die Tür und trat hinaus, in die eisige Luft, und betrachtete den See, der vor ihm lag, im klaren Sternenlicht.

Nebel waberte über der Eisfläche, an wenigen Stellen war er nicht zugefroren. Binsen standen steif aufrecht, umgeben von einem Panzer aus Eis und leichtem Schnee, und sogar die Bäume wirkten vom kalten Licht wie eingefroren.

Wilson setzte sich auf die warme Motorhaube des geliehenen Mercedes, irgendein M-Klasse-Modell, und bewunderte die dunkle, mystische Schönheit der Umgebung. In der Nähe erhob sich ein stattliches Herrschaftsgebäude, in dem nur zwei einsame Lampen hinter Fenstern im Obergeschoss brannten. *Verwunschen.*

Er hatte nach der langen Fahrerei einfach eine Pause einlegen müssen. Das Mädchen hatte nicht bemerkt, dass seine Cola mit Schlafmitteln versetzt worden war, und arglos getrunken. Sie würde lange, lange schlummern. Wilson brauchte die Zeit, um möglichst viele Kilometer zwischen sie und Leipzig zu bringen. Sein Hausanzug, den er noch immer trug und der im befremdete Blicke des Wagenverleihers eingebracht hatte, half nicht wirklich gegen die Kälte, aber er brauchte unbedingt frische Luft.

Den Überfall der beiden Männer vor dem Völkerschlachtdenkmal und anschließend im Hotel wusste er nicht einzuordnen. Er hatte sie nicht gekannt und keine Gelegenheit gehabt, mehr über sie herausfinden zu können. *Feinde habe ich inzwischen genügend.*

Aber glücklicherweise verfügte er auch noch über die Kontakte seines alten Chefs, Harm Byrne. Als Hauptakteur der britischen Unterwelt hatte er ein Netz aus Informanten gewoben, und Wilson besaß sämtliche Nummern. Ein Teil der Hinterlassenschaft. Es war Zeit, diese Kontakte zu nutzen – sofern diese Leute zugänglich waren und Interesse an einer Kooperation besaßen.

Er nahm das Handy aus der Tasche und wählte Timothy Craig an, den Mann, der ihm den falschen Ausweis für Elena angefertigt hatte. Über die Grenze würden sie und er als sorgsamer Vater und schlafende Tochter reisen. *Mister Smith und seine Tochter Elisa.*

Das Freizeichen erklang ein Dutzend Mal, dann ein geknurrtes: »Craig?«

»Hier ist Wilson, Sir. Verzeihen Sie die Störung, aber ...«

Ein lauter Fluch folgte. »Okay, Butler. Was willst du um diese Uhrzeit?«

»Ein paar Auskünfte.«

»Fick dich.« *Klick.*

Es gibt kaum mehr Menschen, die sich angemessen am Telefon verabschieden. Wilson senkte das Handy und verzichtete nach kurzem Überlegen auf weitere Anrufe. Seine Landsleute wären alle durch die Bank nicht erfreut darüber, dass er sie Stunden vor Sonnenaufgang um Informationen bat, sosehr es ihn auch drängte.

Oder ich brauche jemanden, der unentwegt wach ist. Er rief die Kontaktliste auf und suchte nach Personen, von denen er wusste, dass sie mit Sicherheit noch nicht im Bett waren. Schließlich versuchte er es bei Reginald Mirror, ein Wettbürobetreiber, den Byrne groß gemacht hatte. Das Credo lautete: Irgendwo auf der Welt wurde immer gespielt.

Es läutete zweimal. »International betting«, meldete sich Mirror routiniert; im Hintergrund hörte Wilson einen Fernseher plärren. Sport: Ein Gipsy lag vor Flappy.

Vermutlich Hunderennen. »Sir, hier ist ...«

»Der Butler«, vervollständigte Mirror. »Ich sehe es an der Nummer. Welchen Einsatz und worauf?«

»Informationen, Sir.«

»Bieten Sie an oder wollen Sie?«

»Ich will.« Wilson fand das Geschäftsmäßige angenehm.

»Über was, Butler?«

Er dachte kurz nach und zog die Jacke enger zusammen. Rasieren müsste er sich auch mal wieder dringend. Er hörte, wie die Stoppeln über das Plastik des Handys schabten. »Ob sich jemand nach mir und meinem Verbleib erkundigt oder mir jemand auf den Hals gehetzt wurde.«

Mirror pfiff. »Ah. Die Konkurrenz schläft nicht.«

»Sir, es gibt keine Konkurrenz. Sie wissen, dass ich die Geschäfte von Mister Byrne nicht weiterführe. Das haben wir doch alles bei der Trauerfeier besprochen.« Wilson erinnerte sich an das Treffen, das weniger Trauer und mehr Feier gewesen war.

Der Testamentsvollstrecker hatte offenbar den Auftrag bekommen, Einladungen an sämtliche britische Großkriminelle zu verschicken, die direkt unterhalb von Harm Byrne standen.

Und sie waren alle gekommen, ins Hotel Ritz, und hatten sich in feinem Zwirn und in schicken Kleidern im Wimborne Room eingefunden: der luxuriöse, in Goldgelb und Weiß gehaltene Raum mit den Lüstern und Kerzenleuchtern, geflutet von zweieinhalb Dutzend Frauen und Männern, deren zu verhängende Haftstrafen addiert jenseits der tausend Jahre lagen. Wilson hatte dabeigesessen, neben dem Testamentsvollstrecker, und nicht gewusst, was er sagen sollte.

Die Blicke, die ihm zugeworfen worden waren, hatten zwischen Neugier, Hass und Furcht gewechselt. Es lag auf der Hand, dass man ihn für den Kronprinzen hielt, und von Anfang an hatten sie ihn nur »den Butler« genannt. Es klang wenig schmeichelhaft.

»Ich habe Ihre Worte auch gehört«, sagte Mirror und riss ihn aus der Erinnerung. »Kann sein, dass ich einer der wenigen war, der es Ihnen auch geglaubt hat.« Der Wettbroker lachte. »Ehrlich, ein Butler als Krimineller und Nachfolger von Harm Byrne – das geht gar nicht.«

Wilson spürte einen kalten Klumpen im Magen, der nichts mit der sibirischen Witterung am Schwielowsee zu tun hatte. »Was meinen Sie damit, Sir? Von wie vielen wenigen sprechen wir?« Dabei grübelte er bereits, welche von den Kriminellen ihm ans Leder wollten.

Drei Gesichter tauchten vor seinem inneren Auge auf, denen er zutraute, dass sie ihn trotz seiner friedlichen Beteuerungen ausschalten wollten: Francis Mayers, Fereeha Gupta-Sheffield und Quentin Limperton. Größen in den Angelegenheiten Drogen und Prostitution. Also fragte Wilson frei heraus nach besagten Herrschaften.

»Eine genaue Auskunft zu einem der Namen habe ich nicht«,

antwortete Mirror besonnen, während Flappy laut Kommentator im Hintergrund als Erster durchs Ziel lief. »Aber es stimmt, dass es eine Losung gibt: Auf das Verschwinden des Butlers – das sind Sie – wurden zehntausend Pfund ausgesetzt.«

»Das *Verschwinden?*« Der Eisklumpen im Magen wuchs zur doppelten Größe. *Musste das sein? Habe ich nicht wirklich schon genug Schwierigkeiten?* »Ist es so harmlos gemeint, wie es klingt, oder ...?«

»Verschwinden kann einfach alles sein, aber Hauptsache ist, Sie tauchen nicht mehr auf. Ganz egal, wie es angestellt wird.«

Wilson rollte mit den Augen, wünschte sich zwei kugelsichere Westen übereinander und kofferweise Munition. »Beruhigend ist das nicht, Sir. Wären Sie so freundlich und würden mir weitere Informationen dazu beschaffen? Ich wäre Ihnen sehr verbunden und zahle ein ordentliches Sümmchen.« Ein Ast knackte in der Nähe, und Wilson zuckte tatsächlich zusammen.

»Sicher, Butler.«

»Wann darf ich Sie wieder anrufen?«

»Geben Sie mir eine halbe Woche. Bis dahin habe ich alles herausgefunden, was Sie benötigen, um zu überleben.« Mirror legte auf.

Wilson sah dem Nebel beim Aufsteigen zu, und er hatte das Gefühl, dass die Gespinste auf ihn zukrochen.

Er hatte noch die Stimme des Testamentsvollstreckers im Ohr, als er die letzten Worte von Harm Byrne verlas.

Im Wimborne Room war es so still gewesen wie in dieser Nacht am See, als das Ende einer Ära bekanntgegeben wurde. Als plötzlich die Claims aufgehoben und die Rennen um die profitabelsten Einkunftsquellen freigegeben waren. Doch die Blicke, die sie ihm zugeworfen hatten, sagten, dass sie ihn im Verdacht hatten, die ersten Pflöcke bereits eingeschlagen zu haben, ohne Bescheid zu geben.

Wilson hatte daraufhin sofort laut und deutlich gesagt, dass er nicht beabsichtigte, in die »Szene« einzusteigen. Anscheinend glaubte man ihm nach wie vor nicht. Das Misstrauen war wohl so groß geworden, dass sie ihn jagen ließen.

Ich müsste den Fehdehandschuh jetzt erst recht aufheben. Aber ich? Ohne Vorkenntnisse? Er betrachtete die Sterne, sein Atem stieg als weißes Wölkchen empor. *Ich habe eine andere Aufgabe, und ein Teil davon liegt im Wagen.*

Die Beschattung des Mädchens war einfach gewesen. Er hatte es sich wesentlich problematischer vorgestellt, schon wegen Theresia Sarkowitz. Aber die Vampirin war so sehr mit Emmas Versorgung beschäftigt gewesen, dass sie Elena mehr zutraute, als gut für die Kleine war.

Eine echte Schrecksekunde hatte es für ihn bereits an seinem zweiten Tag gegeben: Er hatte im Fahrstuhl gestanden, als sich die Türen nochmals öffneten und Sarkowitz hereingekommen war. Eine zierliche, fast kleine Person. Aber er würde nach der Lektüre von Byrnes Aufzeichnungen niemals den Fehler begehen, sie zu unterschätzen.

Ganz dicht hatten sie nebeneinandergestanden. Wilson hätte ihr ins Ohr flüstern können, ohne sich bewegen zu müssen. Sein Herz hatte schnell geschlagen, verräterisch schnell, doch Sarkowitz war an ihm vorbei hinaus auf den Krankenhausflur getreten, ohne ihn wahrzunehmen oder ihm besondere Aufmerksamkeit zu schenken.

Er erinnerte sich mit einem Frösteln an das tiefe Grau ihrer Augen, das einen heftigen Kontrast zum Rot der Haare bildete. *Eisgrau. Killergrau.*

Wilson pfiff die Melodie von *Que sera* vor sich hin und malte mit der warmen Luft aus seinem Mund dicke, weiße Striche in die Nacht.

Er hatte Elena verfolgt, als sie mit ihrer Freundin sowie deren Mutter zum Völkerschlachtdenkmal gefahren war, und eigentlich gedacht, dass Sia sofort folgen würde. Anfangs waren zu viele Menschen da gewesen, er hatte nicht zuschlagen können. Dann waren diese beiden Männer aufgetaucht, und unversehens hatte es schnell gehen müssen.

Das Krankenhaus!

Wilson fiel ein, was er noch unbedingt erledigen musste. Etwas, das im weitesten Sinne mit Elena zu tun hatte – und auch wieder nicht. Es ging ihm darum, bessere Karten als andere zu haben, und dafür konnte er sorgen. Mirror müsste ihm dabei helfen. Er stand auf, stieg in den Mercedes und startete. Behutsam setzte er zurück; dabei betrachtete er Elena kurz.

Sie seufzte im Schlaf und drehte den Kopf von links nach rechts. Ihr Gesicht sah entspannt und traumlos aus.

Das ist vermutlich die einzige Cola, die müde macht anstatt wach. Er wendete und fuhr auf die Straße in Richtung Berlin.

2. Februar, Deutschland,
Sachsen, Leipzig, 22.01 Uhr

Sia hatte keine Lust, lange zu überlegen, welche Polizeistation für ihr Anliegen zuständig war, sondern fuhr in die Dimitroffstraße, zum Polizeirevier Mitte.

In ihrer Tasche hatte sie Emmas Ausweis, den sie schnell im Krankenhaus abgeholt hatte. Mit ein paar verschleiernden Kratzern auf dem Foto stellte sie eine fast perfekte Übereinstimmung der Gesichter her; die Ähnlichkeit war ohnehin vorhanden. Den Lieblingsschnappschuss von Elena hatte sie immer dabei, mit dessen Hilfe die Fahndung beginnen sollte.

Nach wie vor wurde sie auf der Fahrt den Eindruck nicht los, verfolgt zu werden, aber sosehr sie sich anstrengte, es gelang ihr nicht, das Gefühl zu konkretisieren.

Sia hielt vor dem Polizeigebäude an und bockte die Hayabusa auf. Zu spät fiel ihr ein, dass sie ohne Helm gefahren war – bis vor den Eingang. Sie grinste. *Mutig von mir.*

Sie betrat das Revier und wurde gleich von einem freundlichen, drahtigen Polizisten in Empfang genommen. Nach einer kurzen Schilderung, weswegen sie gekommen war, musste Sia ihn zu einem weiteren freundlichen, tränensackbehangenen Kollegen begleiten, in dessen Arbeitszimmer sie auf einem wackligen Stuhl schilderte, dass ihre Tochter am Völkerschlachtdenkmal Schlittschuh laufen wollte und abhandengekommen sei. Und mittlerweile war aus dem freundlichen ein unwirscher Kollege geworden. Pure Missbilligung.

»Ich weiß, ich bin eine schlechte Mutter«, schloss sie und dachte anstelle von Mutter Tante. *Oder noch besser Ahnin.* »Aber zu meiner Verteidigung muss ich sagen, dass es so nicht abgesprochen gewesen war.« Sie schob das Foto rüber. »Das ist sie.«

Während der Polizist, auf dessen Namensschild Kantor stand, über Funk eine Streife zum Denkmal sandte, damit sie sich umsah, warf er ihr einen vorwurfsvollen Blick zu. Die Tränensäcke schienen dunkler geworden zu sein, um die Anklage zu verstärken. »Es steht mir nicht zu, Sie so zu nennen, Frau Karkow, aber wenn es nach mir ginge, wäre Ihnen eine Anzeige wegen Verletzung der Aufsichtspflicht sicher. Ihnen und der Mutter der Freundin.« Das war Richtspruch und Verurteilung genug.

Der andere Kollege kam nochmals herein, dieses Mal mit ernstem Gesicht, legte eine Mitteilung auf den Tisch, pochte mit dem Zeigefinger darauf und ging wieder.

Sia war sich sicher, dass es der Ausdruck ihres mitgeschnittenen Anrufs von der Telefonzelle aus war. »Oh, Sie haben sie schon gefunden?«

»Nein, Frau Karkow.« Kantor räusperte sich und wusste nicht, wie er mit der veränderten Lage umgehen sollte. »Wir haben eine anonyme Zeugin, die beobachtet haben will, wie ein Mädchen am Völkerschlachtdenkmal quasi entführt worden ist.«

»Oh, mein Gott!«, stieß sie aus und täuschte mütterliche Bestürzung vor. *Jetzt kommt mal auf Trab, Freunde und Helfer.*

Kantor wurde nun aktiver und gab der Zentrale über Telefon Anweisung, noch zwei weitere Streifenwagen auszusenden und einen Kollegen von der Spurensicherung hinterherzuschicken.

»Das ist ...« Sia gab sich aufgelöst, und die eigene Beunruhigung erleichterte ihr diese schauspielerische Aufgabe. Sie machte sich wirklich große Sorgen und hasste den Umstand, nicht selbst etwas Sinnvolles tun zu können. »Wer weiß, was sie mit ihr vorhaben!«

»Beruhigen Sie sich, Frau Karkow. Es ist nicht sicher, ob es Ihre Tochter ist«, sagte Kantor nicht mehr ganz so anklagend. »Fahren Sie nach Hause, Ihre Nummer habe ich ja. Sobald wir mehr wissen, rufen ich oder einer meiner Kollegen Sie an.«

»Soll ich nicht mitkommen?«

Er schüttelte den Kopf. »Nein. Aber wir suchen die kleine Elena mit allen Kräften und schreiben sie zur Fahndung aus.«

Sia war zufrieden, auch wenn sich ihr eigenes schlechtes Gewissen und die Anspannung nicht legten. »Danke.« Sie nickte, stand auf und verließ das Polizeigebäude.

Was mache ich jetzt? Sie stieg auf den Sattel des Motorrads, ohne die Hayabusa anzuwerfen, und grübelte.

Das Gefühl, beobachtet zu werden, stellte sich wieder ein.

Da es keine Spuren zu verfolgen gab, blieb ihr nur die Möglichkeit herauszufinden, ob und wer sich an ihre Reifen geheftet hatte. *Dann mache ich mich eben zum Lockvogel.*

Das kraftvolle Rennmotorrad erwachte durch eine kleine Fingerbewegung zum Leben.

Sia gab Gas und lenkte die Maschine weg von der Polizei,

quer durch die Innenstadt nach Osten, und wählte Seitenstraßen, um besser erkennen zu können, ob sie einen Schatten hatte.

Sie musste lange fahren und genau aufpassen.

Zunächst brachte es nichts, bis ihr ein schwarzer BMW X6 auffiel: ein bullig-schnittiger Pseudo-Geländewagen, mit vielen Spoilern, die dezent angebracht waren. Sia hatte ihn nur bemerkt, weil vor ihm drei Kompaktautos fuhren, über die er herausragte. Er wurde so plötzlich sichtbar, als hätte er seine Tarnkappe deaktiviert.

Bist du mein Schatten?

Sia fuhr nun zügiger, vollführte zwei schnelle Schlenker und nutzte einige Querstraßen, dann gab es für sie keinen Zweifel mehr: Der X6 begleitete sie. Auch wenn sich der Fahrer sehr viel Mühe gab und sogar parkende Autos als Schutz benutzte. Die Scheiben waren getönt, sie konnte nicht erkennen, wer am Steuer saß.

Hab ich dich! Sia fuhr vorschriftsmäßige fünfzig Stundenkilometer und sah im Rückspiegel auf das Kennzeichen. *Ein Leipziger?*

Nachdem sie ihren Verfolger erkannt hatte, wollte sie ihn stellen und ein paar Worte mit ihm wechseln. Unter vier Augen. Abseits der Öffentlichkeit.

Sie hielt an, drehte den Kopf nach hinten, sah zum X6, damit der Fahrer verstand, dass sie ihn bemerkt hatte. Langsam nahm sie die Sonnenbrille, die einer verspiegelten Schweißerbrille ähnelte, wieder aus der Innentasche des Ledermantels, setzte sie als Schutz gegen den kommenden, schneidenden Fahrtwind auf. Eine Ankündigung und Provokation.

Zeig, was du draufhast! Dann gab sie Gas und fuhr einige Meter, ohne nach vorne zu schauen, wandte sich um und machte sich auf dem Sattel kleiner. Die Hayabusa röhrte auf und wurde zu einem rollenden Blitz aus Plastik und Stahl.

Zuerst fürchtete Sia, der Geländewagen würde stehen bleiben. *Los, trau dich!*

Der X6 rollte schließlich an, beschleunigte souverän und hielt ihre Geschwindigkeit locker mit!

Das ist keine Standardversion. Die Spoiler hatten sie bereits vermuten lassen, dass unter der Haube des BMW ein paar zusätzliche Pferdestärken eingebaut worden waren; und gerade lieferte der Fahrer den Beweis, dass es so war und er seinen Wagen beherrschte.

Sia musste aufpassen, weil an manchen Stellen der Fahrbahn Eis und Schnee lagen.

Noch ging es schnurgeradeaus, über rote Ampeln und an Straßenbahnen vorbei, die ihnen nachklingelten. Das akustische Zeichen an die Kontrahenten, dass man sie für bescheuert hielt. Sie wedelte wie eine Skifahrerin auf der Hayabusa an langsamen Fahrzeugen vorbei und zwischen ihnen durch.

Der X6 donnerte hinter ihr her und raste mit konstanten einhundertachtzig Stundenkilometern weniger elegant als das Motorrad, aber genauso sicher und rücksichtslos durch die Straßen; dazu flammten grellblaue Fernlichter auf und machten es ihr unmöglich, lange nach dem Verfolger zu schauen, ohne anhaltend geblendet zu werden.

Der ist ebenso lebensmüde wie ich. Sia bog ab und schlitterte um die Kurve, gab Gas und donnerte auf die Abbiegespur in Richtung Anger-Crottendorf.

Die kalten, blauen Scheinwerfer tauchten hinter ihr auf und strahlten sie an. Der X6 hatte nicht vor, sie entkommen zu lassen.

Dabei ist er meine Beute und nicht umgekehrt. Sie plante, den Wagen in den Stünzer Park zu locken und ihn dort außer Gefecht zu setzen. Danach konnte sie sich um den Fahrer kümmern.

Mit der hohen Geschwindigkeit dauerte es nicht lange, bis das Areal rechts von ihr auftauchte. Sie bog von der Wurzner Straße ab und jagte auf einem schmalen Weg durch die Laubensiedlung auf den Park zu.

Die Hayabusa nahm es ihr anscheinend übel, runter von der befestigten Straße zu müssen. Sie rutschte und bockte, die angezeigten Stundenkilometer auf dem Tacho nahmen immer weiter ab.

Jetzt war der X6 im Vorteil. Grell wie nahe Sterne strahlten die Scheinwerfer, Sia hörte das aggressive Dröhnen des Motors.

Er will mich plattmachen! Sie lenkte das Motorrad abrupt nach links, durch den Maschendrahtzaun eines Laubengartens. Das Hindernis bedeutete keine Schwierigkeit für die Maschine.

Ihre Fahrt wurde richtig spannend und eine einzige Herausforderung für ihre Reflexe: Betagte Hollywoodschaukeln, leere und volle Swimmingpools, Pflanzenkübel, kleine Menhire, Kinderrutschen und Bäumchen, Grillstellen, Fahnenmasten, abgedeckte Liegestühle und wieder Bäumchen – die Hindernisse, denen Sia ausweichen musste, nahmen kein Ende.

Beschissene Idee, vom Weg runterzufahren!

Der bullig-kraftvolle BMW ließ nicht locker, wie ihr ultrakurze Blicke in den Rückspiegel zeigten. Er folgte der schmalen Spur der Hayabusa wie ein Hai seiner Beute und fräste eine Schneise durch die Parzellen, touchierte Anbauten und pulverisierte pittoresk beflockte Gartenzwerge unter den breiten Reifen. Ein Panzer hätte nicht weniger Zerstörung anrichten können. Ein aufgestellter Swimmingpool zerbarst und spie Wasser samt Eis in alle Richtungen.

In einigen der vorbeifliegenden Häuschen brannte Licht. Ganz ungestört waren sie nicht bei ihrem Rennen.

Das wird nichts. So hat er mich noch schneller. Sia schaffte es, im Sattel zu bleiben und einen Sturz zu verhindern. Dabei suchte sie verzweifelt den Weg, auf den sie zurückkehren konnte, und wenn er noch so verschneit war. Sie wollte sich von der Hayabusa auf keinen Fall trennen. Es war ein sehr gutes Motorrad, das nicht unter dem X6 enden sollte.

Leider sah es genau danach aus: Der BMW hatte sie eingeholt, eine laute Hupe erklang, dann gab es einen leichten Rempler gegen das Hinterrad.

Scheiße! Sia konnte die Hayabusa auf dem Untergrund nicht mehr halten.

Vor ihr wuchs eine massivere, pastellfarben gestrichene Gartenlaube mit einem schlecht aufgemalten Sangria-Eimer und der bunten Aufschrift *Klein Mallorca* in die Höhe. Ein Ausweichen war ihr nicht mehr möglich.

Innerhalb eines Wimpernschlags hatte sie ihre Windgestalt angenommen, ein Trick der Kinder des Judas, bei dem der Körper einen nichtstofflichen Zustand annahm. Das bedeutete, dass Sia zu einer Art kaum sichtbarem Schimmern wurde, gleich einem Geist, und die Kleider von ihr abfielen.

Ich kann gar nicht hinschauen! Sie nutzte den Wind, um nach oben zu steigen, während ihre geliebte Maschine durch die dünne Wand der Laube brach und den gemalten Sangria-Eimer auslöschte. *Das wird das Arschloch mir büßen!*

Der X6 bremste hart, drehte sich dabei einmal um die eigene Achse und pflügte das Beet komplett um. Schnee flog hoch, gefrorene Erde spritzte umher und prasselte viele Meter weiter nieder. Die Wäschespinne ging bei dem Manöver ebenso drauf wie zwei rosafarbene Plastikflamingos, der dritte blieb schräg stehen und wippte nach.

Die Scheinwerfer erloschen, der Motor wurde abgestellt. Stille senkte sich auf den geschundenen Laubenpark nieder. Nur die breiten Spuren verrieten, wo die Amokfahrt begonnen und welchen Verlauf sie genommen hatte.

Na, wo bleibt der Arsch? Sia schwebte wieder tiefer und wartete, dass sich die Tür des Geländewagens öffnete. Sie ärgerte sich, dass sie sich selbst über- und das Gelände falsch eingeschätzt hatte. Vor allem, dass er ihre Hayabusa zu Schrott verwandelt hatte!

Endlich öffnete sich die Fahrertür.

Ein großer, athletisch gebauter Mann mit halblangen, schwarzen Haaren stieg aus. Er trug einen dunklen Rollkragenpullover mit einer halblangen, grauen Lederjacke darüber, eine schwarze

Hose und anscheinend Boots. Die Hände steckten in schwarzen Handschuhen, Waffen hielt er keine in den Händen. Sein Gesicht konnte sie von ihrer Position aus nicht erkennen.

Er nimmt an, dass ich tot und ungefährlich bin. Er hat nicht bemerkt, dass ich meine Gestalt geändert habe. Sehr gut! Sie kam noch tiefer und schwebte hinter seinen Rücken.

Der Mann stapfte durch den Schnee und blieb vor ihren Kleidern stehen, die sich im Weiß verteilt hatten. Ein unschöner Nachteil der Windgestalt. Er hob ihre dunkelrote, weiß bestickte Panty auf und wirbelte sie lässig um den Finger, dann setzte er seinen Weg zum Einschlagsort der Hayabusa fort.

Der ... Sia war für einen kurzen Moment sprachlos. Sie hatte mit allem gerechnet, aber dass er sich für ihre Unterwäsche interessierte?!

Er hatte inzwischen den Durchbruch erreicht, zog eine Taschenlampe aus der Jacke und leuchtete in die Laube. »Hallo?«, rief er.

Dunkel, melodisch. Die Stimme ... habe ich doch schon einmal gehört!

Der Mann, der immer noch mit dem breiten Rücken zu ihr stand, stieg über die Trümmer und betrat das Innere. »Hallo, da drin! Frau Sarkowitz, wo stecken Sie?«

Und er kennt meinen Namen. Meinen alten Namen. Sia materialisierte sich neben dem X6 und stieg ein, schloss leise die Tür. Ohne Kleider war es ihr zu kalt im Freien. Es roch nach würzigem, männlichem Eau de Toilette und frischen Lederbezügen. *Lange fährt er den Wagen noch nicht. Oh, wie unvorsichtig: Schlüssel steckt.* Grinsend startete sie den Motor, der kraftvoll aufbrüllte und in ein erwartungsvolles Schnurren überging.

Der Mann erschien am Rand des Lochs, und Sia blendete auf.

Deswegen kam mir die Stimme bekannt vor!

Im blau gleißenden Licht sah sie in das ansprechende Gesicht des Mannes, den sie vor einigen Jahren aus dem Verbrennungsofen im Krematorium des Südfriedhofs gezogen und der sie vor gar nicht langer Zeit vor dem Tod bewahrt hatte.

Das ist doch mal eine Überraschung!

KAPITEL IV

Biep.

Biep, biep.

Biep. Klick-fchhhh-klack, klick-fchhhh-klack.

Biep.

Biep, biep ...

Dialyse? Ich liege im Koma, zumindest denken sie das, und dann brauche ich auch noch Dialyse?

Das bedeutet, dass eine meiner Nieren was abbekommen hat. Oder vielleicht beide? Ich muss bei der nächsten Visite unbedingt wach sein, damit ich höre, was sie zu meinem Zustand sagen! Aber das ist leichter gesagt als getan, wenn man nicht weiß, wie spät es ist ...

Biep, biep, biep. Klick-fchhhh-klack, klick-fchhhh-klack. Biep. Biep ...

Momentan müssten wir ... ich schätze mal ... na, es wird gegen 22 Uhr sein, aber ich bin mir nicht sicher. Ich bin gerade mal einen Tag wach, richtig wach, und es kommt mir vor, als würde ich schon Jahre in dem Status verharren. Ich finde es unerträglich. Unerträglich!

Biep, biep, biep. Klick-fchhhh-klack, klick-fchhhh-klack. Biep. Biep ...

Die künstliche Beatmung ist grässlich, sie zwingt mich gegen meinen Atemrhythmus, doch was kann ich dagegen tun? Ich kann nicht die ganze Zeit versuchen, in den Schlaf zu flüchten, ich muss trainieren und meinen Geist über das Fleisch siegen lassen.

Biep, biep, biep. Klick-fchhhh-klack, klick-fchhhh-klack. Biep. Biep ...

Bitte, lieber Gott! Hilf mir dabei!

Biep, biep, biep. Klick-fchhhh-klack, klick-fchhhh-klack. Biep. Biep ...

Wie war das bei Kill Bill? Da lag die Heldin doch auch im Koma. Oder zumindest war ihr Körper gelähmt. Ich mache es jetzt wie sie und konzentriere mich auf meinen linken Zeh – halt! Ich sollte mich auf meine Lippen konzentrieren, damit ich mich verständigen kann. Ein Wimmern wird ja wohl ausreichen, um Hildegard oder Elena aufmerksam zu machen. Trotz des Beatmungsgeräts, oder? Kleine Schritte, zuerst ein Zucken, dann immer mehr.

Biep, biep, biep. Klick-fchhhh-klack, klick-fchhhh-klack. Biep. Biep ...

Also, Lippen: zuckt!

Biep, biep, biep. Klick-fchhhh-klack, klick-fchhhh-klack. Biep. Biep ...

Lippen, zuckt!

Biep, biep, biep. Klick-fchhhh-klack, klick-fchhhh-klack. Biep. Biep ...

Zuckt, verdammte Scheiße! Das kann doch nicht so schwer sein. Los, zuckt schon!

Biep, biep, biep. Klick-fchhhh-klack, klick-fchhhh-klack. Biep. Biep ...

ZUCKT!

Biep, biep, biep. Klick-fchhhh-klack, klick-fchhhh-klack. Biep. Biep ...

Ich könnte schon wieder heulen ... und kann es nicht. Innerliche Tränen, und mir ist ... warm, nein, heiß. Was gäbe ich dafür, einen Schluck Wasser in mir zu spüren, anstatt die Infusionen durch den Arm zu trinken. Sie halten mich bestimmt über eine Magensonde am Leben.

Biep, biep, biep. Klick-fchhhh-klack, klick-fchhhh-klack. Biep. Biep ...

Okay, Lippen, zurück zu euch: zuckt!

Biep, biep, biep. Klick-fchhhh-klack, klick-fchhhh-klack. Biep. Biep ...

Zuckt ... bitte! Bitte, ich ...

Biep, biep, biep ...

2. Februar, Republik Irland, Cork, 21.17 Uhr

Senator Baxter ging zu seinem Wagen, der auf dem Parkplatz hinter dem Restaurant abgestellt worden war. Während er sich dem Audi Kombi näherte, zog er sein Handy aus dem Jackett und wählte die Nummer seines Kollegen Freddy Cormick, dem er versprochen hatte, vom Gespräch mit O'Liar zu berichten.

Cormick war einer von den parteilosen Parlamentariern, die Besuch von *Mister Undertake* bekommen hatten und gezwungen worden waren, im Unterhaus bei Abstimmungen nicht die eigene Meinung zu vertreten. Im Vertrauen hatte er Baxter sein Herz ausgeschüttet, denn offen bekennen durfte er die Manipulation nicht, um sich und seine Lieben zu schützen. Das hatte bei dem Senator den Ausschlag gegeben, tätig zu werden. Was genau O'Liar Cormick angedroht hatte, wollte er nicht sagen. Aber nach der Unterredung konnte sich Baxter Allerschlimmstes vorstellen.

Es läutete, und Cormick nahm ab. »Mister Baxter!«, rief er erleichtert. »Wie ist es gelaufen?«

»Genau, wie Sie es mir vorhergesagt haben. Er glaubt, ich habe mich einschüchtern lassen. Der Typ ist eine Bestie, gegen die ich umgehend etwas unternehmen *muss.*« Auch wenn Baxter noch keine Vorstellung hatte, wie er es anstellen sollte. Rasch berichtete er sogar vom Versprechen, Kinder umbringen zu lassen, wenn er nicht tat, was O'Liar verlangte. »Ich denke, ich gehe zur Polizei. Ich habe das Gespräch aufgezeichnet und einen ersten Beweis. Die Staatsanwaltschaft wird mir glauben.«

Cormick stöhnte. »Gott und ihr Heiligen! Sind Sie sich sicher, dass Sie sich mit ihm anlegen wollen?«

»Ich habe keine andere Möglichkeit! Denken Sie, ich beuge mich der Erpressung? Wer weiß, was durch meinen Rücktritt ausgelöst wird? Möglicherweise bin ich das letzte Steinchen, das denen in ihrem Machtmosaik fehlt.«

»Wer sind *die?*«

»Was weiß ich?« Baxter kramte mit der anderen Hand in der Hosentasche und suchte den Schlüssel. »Reaktionäre, Umstürzler, reiche Chaoten – das sollen die Polizei und der Geheimdienst herausfinden.« Wohl war ihm nicht, aber das änderte nichts an seinem Entschluss. Jedes tote Kind ging auf das Konto von O'Liar, nicht auf seins. »Oder ich könnte zur Presse gehen, um die Menschen in Irland auf ...«

Eine Hand packte seinen Hinterkopf und schleuderte ihn gegen das Wagendach. Einmal, zweimal, dreimal krachte er gegen das Blech und die Gepäckträgerschiene; sein Schädel knackte.

Halb ohnmächtig rutschte er an der Tür nach unten und wuchtete sich herum, so dass er den Angreifer sah. Baxters Gesicht war ein einziger Schmerz, warm lief ihm das Blut aus der gebrochenen Nase. Zwei ausgebrochene Zähne musste er ausspucken, um sie nicht zu verschlucken; das Handy war ihm aus den Fingern geglitten.

»Senator?«, hörte er Cormick leise aus dem Lautsprecher rufen. Das Telefon lag irgendwo rechts von ihm. Und vor sich sah er einen Männerumriss, der sich eben bückte und das Handy aufhob.

»Ah, Mister Cormick!« O'Liar klang sehr gutgelaunt. »Hatte ich Ihnen nicht verboten, mit anderen Menschen über unsere Abmachung zu sprechen? Sie haben mich, den Senator und Ihre eigene Familie in eine schwierige Lage gebracht. Bitte bleiben

Sie, wo Sie sind. Ich melde mich wieder bei Ihnen, wenn ich fertig bin. Oh, Sie sollten wissen, dass Sie den Tod des Senators zu verantworten haben. Ihr Gewissen muss damit umgehen, Sir.«

Baxter sah nur auf dem rechten Auge, das linke war bereits zugeschwollen. »Das wird Ihnen nichts nützen«, stieß er hilflos hervor, die aufgeplatzten Lippen ergossen Blut auf sein Jackett. »Ich ...«

»Doch. Es *hat* bereits genützt.« O'Liar klappte das Handy zusammen und steckte es ein. »Ich musste herausfinden, wer Ihnen von mir erzählt hat, und das konnte ich auf diese Art am besten. Hätten Sie sich an Ihr Versprechen gehalten, wäre Ihnen heute noch nichts geschehen. Aber da Sie mich angelogen haben ...« Er lachte. »Dafür bleiben unzählige irische Kindergartenkinder ungeschoren. Das ist doch was Positives.« O'Liar zog eine Plastiktüte hervor, in der sich ein Messer befand. »So. Kommen wir zu dem Teil, der für Sie unschön wird. Ich bevorzuge beim Fechten eher das schöne schottische Korbhüllenschwert, aber heute muss ich auf eine kleinere Klinge zurückgreifen. Ihnen zur Ehre. Die Waffe gehört Samy, einem kleinen Junkie, der schon ein paar Mal bei der Garda aufgefallen ist. Heute Nacht wird Samy zum ersten Mal einen Menschen töten, ohne es zu wissen.« Er zeigte über den Parkplatz. »Danach wird er sich neben dem schwarzen Müllcontainer da drüben seinen Goldenen Schuss setzen. Ach, nein, das *hat* er ja schon. Ich sehe seine Leiche von hier.« O'Liar trug fleischfarbene Einweghandschuhe, wie Baxter sah, und nahm das Messer aus der Hülle. »Muss ich es wohl für ihn tun.«

Der Senator wollte schreien, aber O'Liar trat ihm gegen den schmerzenden Mund und erstickte den Ruf. Gleich darauf bekam Baxter die Klinge in den Bauch, knapp oberhalb des Gürtels, ohne dass er die Attacke hätte abwehren können.

Die Schmerzen im Gesicht verblassten und wurden von den grässlicheren in seiner Körpermitte verdrängt. Er wollte sich im

Reflex nach vorne beugen, aber O'Liar drückte ihn gegen die Tür und schnitt mit dem Messer aufwärts, bis er ins Rippenbein traf. Mit einem Ruck brach er die Klinge ab.

»Wir sehen uns nicht mehr wieder, Senator, aber ich werde bei Ihrer Beerdigung sein. Zusammen mit Mister Cormick, der kleinen Plaudertasche.« Der Mann erhob sich langsam. »Es wird bestimmt eine würdige Veranstaltung, Sir. Sie waren bekannt und beliebt. Ist es nicht eine Schande, wie Sie enden mussten? Sie hätten noch so viel erreichen können. Ihr Nachfolger wird sich Mühe geben, Ihr Werk fortzuführen.«

Baxter bekam keine Luft mehr. Seine kraftlosen Hände konnten O'Liars Hosenbeine nicht festhalten und ihn am Weggehen hindern.

Das Blut strömte aus ihm heraus, zusammen mit dem Inhalt seiner Gedärme. Langsam sackte er zur Seite und starb neben seinem Audi in einer unappetitlichen, stinkenden Pfütze.

2. Februar, Deutschland,
Sachsen, Leipzig, 23.09 Uhr

Sia erinnerte sich ganz genau an die Nacht, in der der gutgebaute Mann im Krematorium unter den Leipziger Naziwerwölfen aufgeräumt und sie ihm zugeschaut hatte, bevor sie zum Eingreifen gezwungen worden war.

Wer wie er unbeschadet aus einem Verbrennungsofen kam, in dem Temperaturen von mehreren hundert Grad herrschten, konnte nicht als normaler Mensch betrachtet werden. Sie wusste, dass er ein Mal an einem seiner Arme trug, das ihn als Dämonendiener kennzeichnete. Zwar gehörten sie nicht zum selben Höllenfürsten, aber in die gleiche Liga.

Und jetzt ist er hinter mir her oder wie? Sein Verhalten nach Ende der Verfolgung war aber alles andere als feindselig und passte nicht zu einem Gegner.

Der Mann hielt einen Arm als Schutz gegen die gleißenden Xenonscheinwerfer vors Gesicht. »Frau Sarkowitz?« Er lief trittsicher über die Trümmer zurück ins Freie. »Wären Sie so nett und schalten das Licht ab?«

Sie legte den ersten Gang ein und ließ die Scheibe herabfahren, um ihm antworten zu können. »Sie schulden mir 30 000 Euro für die Maschine inklusive Schmerzensgeld und eine Erklärung, warum Sie mich verfolgen. Wer sind Sie?«

»Das Geld sollen Sie bekommen, auch wenn ich nicht wirklich schuld daran bin, dass Sie in die Villa Malle gebrettert sind.« Er machte ein paar Schritte zur Seite, aus den grellen Kegeln der Lampen, und sah zu ihr. »Sie sollten sich nicht auf Spielchen einlassen, ohne das Terrain zu kennen.«

»Früher standen weniger Sachen in den Schrebergärten.« Der Mann machte auf sie nicht unbedingt den Eindruck, sonderlich angespannt oder aggressiv zu sein.

Er musste lachen. »Für Sie bin ich Eric, heute mit dem Nachnamen de Lavall.«

Eric. Der Name passt zu ihm. »Und warum sind Sie hinter mir her?« Sia deutete auf ihre Klamotten im Schnee und machte ihm mit einer Geste klar, dass er ihr die Sachen reichen sollte; sie schaltete Motor und Licht aus.

»Weil ich noch mehr über Sie erfahren wollte. Sie, Ihre Schwester und Ihre Nichte. Nach der Nacht, in der ich Morangiès erledigt hatte, tauchten ein paar Fragen auf, die mich nicht in Ruhe gelassen haben.« Eric sammelte ihre Kleidung ein und blieb auf einen Fingerzeig vier Schritt vom Fenster entfernt stehen.

»Reinwerfen«, befahl sie.

»Holen kommen«, gab er grinsend zurück.

»Hätten Sie gerne.«

Er lachte erneut und warf die einzelnen Stücke nacheinander ins Wageninnere. »Ich hatte mich gefragt, wie eine scheinbar normale Familie an Werwölfe geraten kann und warum Morangiès Unschuldige umbringen wollte. Also habe ich recherchiert.«

Sia begann, sich rasch anzuziehen – und verharrte. »Haben Sie meine Unterhose behalten?«

Eric zeigte neben sie. »Ist am Außenspiegel hängengeblieben. Schönes Modell. Ich mag Pantys.«

»Schön für Sie. Tragen Sie doch einfach welche, dann müssen Sie nicht mit denen von Frauen herumspielen.« *Ich weiß immer noch nicht, was er von mir will.*

»Sie haben zwei Namen im Gebrauch, wie ich feststellen durfte: Sarkowitz und von Schwarzhagen, wobei Ersterer der ältere ist. Zuerst hatte ich den Verdacht, dass Sie zu den Leipziger Werwölfen gehören, aber ich erinnerte mich an unsere erste Begegnung, als Sie mich so liebevoll mit einem Haken oder etwas Ähnlichem aus dem Verbrennungsofen gezerrt haben.«

»Sie waren nicht ohnmächtig?«

»Halb. Danach habe ich mich gefragt, was Sie *dann* sein könnten, anstelle einer Wandlerin, wenn Sie schon eine Feindschaft mit Morangiès pflegen. Ich war ehrlich erstaunt, als ich ihn verfolgte und bei Ihnen gelandet bin. Und auf den Spuren eines Mannes, der sich Harm Byrne nannte.«

»Und da dachten Sie, Sie hetzen mich mit Ihrem X6 ein bisschen durch die Gegend, machen meine Hayabusa zu Schrott und laden mich danach zum Essen ein?« Sia hatte ihre Garderobe wieder angelegt.

Von weiter weg näherte sich Blaulicht, ein Martinshorn erklang. Aufmerksame Nachbarn hatten unter Garantie die Polizei gerufen, die gegen die Laubenparkvandalen vorgehen sollte.

Eric grinste wie ein Schuljunge. »Ganz so war es nicht. *Sie* wollten das Rennen. Ich habe versucht, Ihnen Zeichen zu geben, es sein zu lassen.«

»Anrempeln ist kein Zeichen!«, fauchte sie.

»War keine Absicht. Der Untergrund ist tückisch.« Eric kam an die Tür und öffnete sie. »Wir sollten fahren. Und Sie sollten Ihre Maschine als gestohlen melden. Wenn mich jemand fragt, wo Sie gewesen sind, werde ich sagen, dass wir eine Spritztour unternommen haben. Einverstanden?«

»Eine Spritztour durch verschiedene Gärten.« Sia blieb sitzen. »Ich habe noch immer nicht verstanden, was Sie von mir möchten.«

Eric lächelte. »Werwölfe.«

»Bitte?«

»Ich dachte, dass Sie wieder Besuch von Werwölfen bekommen, und wollte in Ihrer Nähe bleiben. Ich jage diese Bestien. Die meisten in Leipzig habe ich erwischt, zwei müsste es noch geben, aber sie haben sich vor mir verkrochen. Meine Hoffnung war, dass es die Fellträger auf Sie und Ihre Angehörigen abgesehen haben. Scheint aber nicht der Fall zu sein.«

Sia hatte eine kleine, unvermutete Hoffnung und sah ihm ins attraktive, rasierte Gesicht. »Haben Sie nur *mich* bespitzelt oder auch meine Nichte und meine Schwester?«

»Um ehrlich zu sein, habe ich mich auf Sie konzentriert. Bei Ihnen war das Potenzial am größten, wieder in Schwierigkeiten zu geraten.« Er schien ihren besorgten Gesichtsausdruck zu bemerken. »Oder habe ich mich dabei getäuscht?«

Ein zweiter Geistesblitz durchzuckte sie. *Wenn ich es geschickt anstelle, bekomme ich einen Verbündeten auf der Suche nach Elena, der einiges an Potenzial besitzt.* »Möglich.« Sia rutschte auf den Beifahrersitz.

Eric stieg ein, aktivierte den Motor und fuhr los; die Scheinwerfer blieben aus. Dabei walzte er den dritten, schief stehenden Flamingo rücksichtslos platt. »Erzählen Sie.« Mit traumwandlerischer Sicherheit fuhr er den Weg zurück, bis er die Straße entdeckt hatte und gnadenlos durch zwei noch unberührte Laubenparzellen donnerte. Der BMW zermalmte einen grinsenden Ton-Igel.

Was sage ich ihm? Sia überlegte hektisch, wie viel sie Eric berichten konnte, ohne dass ihre Lüge auffliegen würde. Je nach Grad seines Kenntnisstands konnte ihre List nach hinten losgehen. *Es muss eine Information sein, die ihn dazu bringt, mich zu begleiten.* »Dieser Morangiès hat vor seinem Tod verkündet, dass es die Aufgabe seiner Familie gewesen sei, irgendwas zu rächen. Genau habe ich es nicht verstanden. Die Morangiès' wollten alle aus meiner Blutlinie umbringen!« Sia hoffte, dass Eric in der Nacht, als de Morangiès aufgetaucht war, nichts von dem kurzen Wortwechsel zwischen ihr und dem Franzosen mitbekommen hatte. Nur dann würde ihre Lüge funktionieren, die an seine Hilfsbereitschaft und Neugierde appellierte.

»Wie gut, dass ich ihn erledigt habe.«

»Verstehen Sie nicht? Er hat FAMILIE! Das heißt, dass es andere geben muss, die da weitermachen, wo Sie ihn gestoppt haben. Jetzt ist meine Nichte verschwunden, und ich fürchte, dass es einer aus dieser Franzosenclique war.« *Das ist doch gut, oder? Habe ich ihn damit?* Schon aus eigenem Interesse müsste er handeln: Es gab noch mehr Feinde, die er besiegen musste.

Eric entgegnete zunächst nichts, lenkte den X6 auf die Wurzner Straße und schaltete das Licht ein. Es ging zurück in die Innenstadt von Leipzig. Ein Polizeifahrzeug fuhr an ihnen vorbei.

»Das wäre natürlich ein Ding«, sagte Eric nachdenklich. »Es wäre das erste Mal, dass sich die Morangiès' an Kindern vergreifen. Jedenfalls an harmlosen Kindern.« Er sah sehr ernst aus.

»Können Sie mir helfen?«

Er nickte sofort. »Sicher. Ich wusste vorher nicht, dass es noch mehr von den De Morangiès gibt. Eigentlich dachte ich, der Comte sei der Letzte gewesen. Entweder haben Sie sich getäuscht, oder ich habe schlampig recherchiert.«

Sia hörte, dass außer Verwunderung auch Zweifel in seiner Stimme schwangen. *Ich lasse dich nicht vom Haken, schöner Mann.* »Er klang sehr sicher, als er es sagte«, beeilte sie sich.

Eric näherte sich mit den vorgeschriebenen fünfzig Stundenkilometern der Innenstadt.

Sia wurde ungeduldig, während eingestürzte Hallen aus der Zeit vor der Wende rechts und links an ihnen vorbeizogen.

»Wir sollten auf alle Fälle schnell herausfinden, was Ihrer Nichte zugestoßen ist«, sagte er endlich. »Wer auch immer dahintersteckt.«

»Sie helfen mir?« Sie tat überrascht. *Wurde auch Zeit.*

»War das nicht Ihr Anliegen?«, gab Eric grinsend zurück, beschleunigte wieder und fuhr trotz der Geschwindigkeitsbegrenzung gewandt zwischen den übrigen Autos hindurch. Er konnte sehr gut fahren. »Ich tue damit was Gutes, und damit meine ich, was richtig Gutes. Vielleicht stöbern wir bei unserer Suche als Nebenprodukt doch noch die beiden Leipziger Werwölfe auf, die mir fehlen. Ach ja, und die restliche Familie Morangiès nicht zu vergessen.« Er schaltete runter und zog an einer Blechwarteschlange vor einer Ampel vorüber, an Sia flog ein Verkehrsschild ganz dicht vorbei. »Haben Sie einen Plan, Frau Sarkowitz?«

Sia hatte gehofft, dass sie mehr von ihm erfuhr. »Sie sagten, dass Sie recherchiert haben. Über mich und meine kleine Familie. Ist Ihnen dabei eine Sache aufgefallen? Oder eine bestimmte Person?«

»Außer Ihnen? Nein.«

Na, das war nichts. Sie seufzte. »Dann fürchte ich, wir müssen uns von der Intuition treiben lassen und auf die Hilfe der Polizei vertrauen. Ich habe Elena von ihnen suchen lassen. Sie wollten Streifenwagen und die Spurensicherung zum Völkerschlachtdenkmal schicken. Da ist sie zum letzten Mal gesehen worden. Jedenfalls habe ich ihre Spur dort verloren.«

Eric fuhr sich über das Kinn, wo erste Stoppeln sprossen.

»Möchten Sie dahin? Wir können die Beamten fragen, ob es schon was Neues gibt.«

In ihrer Verzweiflung stimmte sie zu und blickte zum Fenster hinaus. So hilflos wie heute hatte sie sich selten gefühlt. *Wie konnte die Kleine das nur tun? Und wieso war ich nicht zur Stelle?*

Sia war über dreihundert Jahre alt, beherrschte als Judastochter Fertigkeiten und Tricks, die sie jedem Menschen und vielen anderen Wesen haushoch überlegen machte – und doch war sie nicht in der Lage, Elena ausfindig zu machen. *Was nützt mir die Windgestalt jetzt? Oder die außergewöhnliche Kraft oder Geschwindigkeit?*

»Was für eine Art Vampirin sind Sie?«

Seine dunkle Stimme riss sie aus ihren sich unentwegt wiederholenden Schuldgedanken, und Sia wandte sich ihm zu. »Was glauben Sie denn?«

Eric zuckte mit den muskulösen Schultern. »Es ist noch gar nicht so lange her, da hatte ich keine Vorstellung von Vampiren. Falsch: von *echten* Vampiren. Bislang habe ich mich immer mit Werwölfen herumgeschlagen und kaum einen Gedanken an Ihre Spezies verschwendet. Ich habe nicht mal richtig an Sie geglaubt.«

»Sie werden mit Sicherheit Vampiren begegnet sein, aber sie nicht erkannt haben.« Sia zögerte, ihren Verbündeten zu tief einzuweihen. Es bedeutete einen Vorteil ihm gegenüber, nicht alles von sich preiszugeben.

»Ich habe inzwischen verstanden, dass es nicht nur eine Sorte gibt. Ihre roten Haare machen Sie zu etwas Besonderem unter den Blutsaugern, habe ich recht?«

»Möglich«, knurrte sie abweisend. *Wir reden zuerst über andere Vampire, würde ich sagen.*

Er lachte leise. »Kommen Sie, Frau Sarkowitz. Geben Sie mir mehr Infos als das, was ich im Internet gefunden habe. Der größte Feind eines Mythos ist das weltweite Netz mit seinen Milliarden an Informationen.«

»Ach ja, stimmt. Ich habe vergessen, dass jeder User nur die Wahrheit schreiben darf, wenn er Einträge in Blogs, auf Homepages und Wiki macht«, hielt sie grinsend dagegen. »Sieht man doch beim Thema Werwolf.« Sia beschloss, den Spieß umzudrehen. »Was sind Sie denn für einer?«

»Ein Mann. Gut gebaut, gutaussehend, einigermaßen vermögend, und ich fahre ein klasse Auto«, gab er heiter zurück. »Ich meine, hey, ein getunter und speziell umgebauter X6 mit Karbonspoilern und knappen siebenhundert PS ...«

Sia klatschte zweimal in die Hände. Spöttischer Beifall. »Ja, ich bin beeindruckt. Aber gegen meine Hayabusa ...« Ihr fiel ein, dass sie ihre Maschine noch als gestohlen melden musste. Schnell zückte sie ihr Handy und rief die Polizei an, gab sich wieder als Emma aus und erklärte, dass jemand die Maschine ihrer Schwester geraubt hätte.

Der Beamte nahm ihre Anzeige pro forma entgegen und empfahl, dass Sia bei Gelegenheit vorbeikommen sollte, um den Vorgang in Ruhe zu klären. Der Verlust schmerzte sie wirklich.

»Auf ebener Straße hätten Sie keine Chance gehabt«, sagte sie zu Eric und verstaute das Telefon.

Er pochte gegen das Lenkrad. »Zufällig weiß ich, dass mein X6 die Endgeschwindigkeit Ihrer Maschine schafft. Und zur Erinnerung: Es war *Ihre* Entscheidung, unbedingt ein kleines Rennen quer durch das Schrebergartenidyll zu veranstalten.«

»Ja, ich weiß. Blöde Idee«, grummelte sie. »Sind Sie bei unserem ersten Zusammentreffen nicht einen Porsche Cayenne gefahren?«

Er nickte. »Ja. Dummerweise ist das Ding zu einer Art Markenzeichen geworden, an dem mich manche Gestalten früher erkannt haben, als mir lieb war. Es hat die Jagd nicht einfacher gemacht. Ich habe mir ein ...«

»Sagen Sie nicht *unauffälligeres!*«

»... *anderes* Modell gesucht«, vollendete er den Satz. »Momentan ist es der X6, bis es wieder was Besseres auf dem Markt gibt.«

Netter Versuch, mich abzulenken. »Also, zurück zum Thema: Ich habe Ihr Zeichen auf dem Unterarm damals im Krematorium gesehen und weiß, dass Ihre Seele wie meine nach Ihrem Ableben an einen Dämon geht. Da Sie kein Vampir *und* kein Werwolf sind – was sind Sie dann?« Sie war neugierig auf die Antwort.

»Warum sollte *ich* Ihnen was verraten, wenn *Sie* ein Mordsgeheimnis aus sich machen?« Er zeigte auf die Mauer des Südfriedhofs; dahinter und etwas entfernt stemmte sich das Völkerschlachtdenkmal in die Höhe. »Erinnern Sie sich noch? Als wir uns zum ersten Mal getroffen haben?«

Sia lachte auf. »Klar. Werden Sie nicht nostalgisch. Es war ja kein Date. Ich habe Sie aus dem Verbrennungsofen gezerrt, und das nicht gerade sanft.«

Erics Gesichtsausdruck veränderte sich zu ihrer Überraschung; ein kaum wahrnehmbarer Schatten legte sich auf sein ansprechendes Gesicht, aber er schwieg.

Der Umschwung liegt nicht an unserem Zusammentreffen. Sie sah auf den Arm, wo sie das Zeichen des Höllenfürsten gesehen hatte. Damals. Ihre Blicke wanderten weiter, über das Handgelenk zu den Fingern – und erkannten einen goldenen Ring. *Verheiratet. Ein gutbürgerlicher Dämonendiener.* Sie musste grinsen.

Eric lenkte den X6 an den Fahrbahnrand, sie stiegen aus und kehrten zum Denkmal zurück.

»Na, was sind Sie, Eric?«, setzte Sia nach, während sie die Steigung zu Fuß erklommen.

Er atmete tief durch, sein Atem wehte weiß aus dem Mund und verschmolz mit der Nacht. »Jemand, der einen Fehler begangen hat«, flüsterte er beinahe.

»Dann sind Sie den Pakt freiwillig eingegangen?«

Das Kopfschütteln fiel langsam aus, die halblangen schwarzen Haare schwangen sachte. »Nein. Ein Fluch, der innerhalb unserer Familie weitergegeben wurde. Mit der Hilfe von ein paar Freunden glaubte ich, ihn gebrochen zu haben.«

Sia horchte auf. *Geschafft hat er es wohl nicht.* »Oh, noch jemand«, entschlüpfte es ihr. »So etwas Ähnliches habe ich auch mal versucht«, beließ sie es bei einer Andeutung. *Die Kinder des Judas und ihre Forschung nach ewigem Leben, um dem Dämon am Ende zu entgehen. Alles Unsinn. Wir müssen den Preis für unser zweites Leben und unsere Besonderheit bezahlen.*

»Und Sie fanden auch kein Mittel?« Eric blieb gelassen, weil er ahnte, wie die Antwort ausfallen würde.

Er hat genau wie ich schon viel mitgemacht. Sia fühlte eine zarte Verbundenheit zu ihm aufsteigen. »Nein. Niemand, den ich kenne, konnte der Schuld entkommen. Es scheint kein echtes Entrinnen aus dem Dämonenpakt zu geben.«

Eric schien nicht sonderlich überrascht, aber dennoch ... niedergeschlagener als vor ihrem Gespräch. Sie stapften die Anhöhe bis zur Kuppe hinauf, und Sia wartete, ob er etwas sagen würde.

Seine Lippen öffneten sich. »Ich war einmal ein ...« Er schaute nach unten und stockte.

Fünf Flutlichter, ein kleines Zelt und meterlange Absperrbahnen aus grün-weißem Band waren an der Eisfläche aufgebaut worden. Einige Streifenpolizisten hielten Wache, Beamte in Zivil und in weißen Ganzkörperanzügen knieten und standen im Schnee herum und untersuchten die Spuren. Sie fielen in der Umgebung fast nicht auf.

Die Polizei hat schnell reagiert. Sia fiel ein, dass sie die gleichen Schuhe trug wie bei ihrem Besuch vor ein paar Stunden. Somit waren ihre Abdrücke jetzt ebenfalls registriert. Um die Untersuchungsergebnisse nicht zu verfälschen, würde sie nach unten gehen und ihre Schuhe zuordnen lassen. »*Was* waren Sie mal, Eric?«, fragte sie abwesend und setzte sich in Bewegung.

»Nicht so wichtig. Gehen wir erst mal zu den Jungs in Grün

und fragen, was sie uns sagen können.« Eric schien froh zu sein, dass er nicht weiter über seinen Hintergrund sprechen musste.

Aber das wirst du noch. Ich vergesse es nicht. Sia hatte den ersten Beamten erreicht und suchte Emmas Ausweis heraus. »Hallo. Mein Name ist Emma Karkow, ich hatte die Vermisstenanzeige meiner Tochter aufgegeben.« Eric trat hinter sie. »Das ist mein Lebensgefährte.«

Der Polizist sah kurz auf die Plastikkarte. »Warten Sie einen Augenblick. Ich rufe Kriminalkommissar Faltow für Sie.« Er sprach in sein Funkgerät, und gleich darauf näherte sich einer der in Zivil gekleideten Männer der Absperrung.

»Guten Abend, Frau Karkow.« Er reichte ihr die Hand. »Schön, dass es Ihnen wieder so gut geht. Die Kollegen, die Ihren Fall bearbeiten, meinten, dass Sie bis vor kurzem noch im Koma gelegen hätten.« Sia zwang sich zu einem Lächeln. »Ich verstehe Ihre Sorge, aber Sie hätten nicht eigens herkommen brauchen. Wir hätten Sie sofort informiert, wenn es Gutes oder Schlechtes gegeben hätte.« Faltow hatte einen mitfühlenden Gesichtsausdruck aufgesetzt. Und klopfte den Schnee von den Schuhkappen. Er musste im tieferen Weiß herumgelaufen sein. »Ich habe selbst Kinder und kann mir vorstellen, wie Sie sich fühlen.«

Kannst du nicht. Sia musterte ihn und fand, dass er mit seiner dünnen Jacke, Jeans und Turnschuhen nicht wirklich gegen die Kälte gerüstet war.

Faltow sah zu Eric. »Sind Sie der Vater?«

»Ja«, gab dieser zurück, bevor Sia einschreiten konnte, und auch die beiden schüttelten sich die Hände.

Was soll das denn? »Ich bin hergekommen«, sagte sie und zeigte auf ihre Boots, »weil ich schon mal hier war und nach Spuren gesucht habe. Sie können gerne Abdrücke nehmen, damit Sie die von den übrigen unterscheiden können.«

»Gut mitgedacht. Waren Sie auch hier, Herr Karkow?«

»Nein«, gab Eric zurück, ohne den Kriminaler zu verbessern.

Er schien es lustig zu finden, dass man sie als ordentliches Ehepaar betrachtete.

Sogar mit Ring am Finger, dachte Sia. Es stand mit Sicherheit nicht ihr Name eingraviert.

Faltow ließ einen der Beamten von der Spurensicherung zu ihnen rufen. »Wir stecken noch mitten in der Analyse und können Ihnen leider nichts zum Verbleib Ihrer Tochter sagen.« Er zeigte auf sein Team. »Aber wie Sie sehen, arbeiten wir mit voller Kraft an der Sache und nehmen den Fall sehr ernst.« Er reichte ihr eine Visitenkarte und vermied es, Sia in die Augen zu schauen. »Sie können mich jederzeit direkt anrufen. Jetzt entschuldigen Sie mich, die Kollegen warten. Ich habe selbst ein sehr großes Interesse daran, den Aufenthaltsort Ihrer Tochter schnell ausfindig zu machen.« Er kehrte zu den Ermittlern zurück.

Er ist meinem Blick ausgewichen. Was wollte er vor mir verbergen? Haben sie schon mehr gefunden und trauen sich nicht, es mir zu sagen? Sia ließ den Schuhabdruck anfertigen, während Eric etwas abseits mit dem Polizisten plauderte.

Sie hörte nicht richtig hin, sondern dachte krampfhaft darüber nach, welche Möglichkeiten ihr blieben, selbst nach Elena zu suchen. Ihr neuer Mitstreiter schien sich als Niete zu erweisen, jedenfalls was das Beschaffen neuer Informationen anbelangte.

Wenigstens sieht er gut aus und scheint ein paar Geheimnisse zu haben. Sia musste sich an den Gedanken gewöhnen, nicht alleine durch die Gegend zu ziehen. Es blieb ihr die Hoffnung, dass er sich in Zukunft, gerade im Kampf, noch als sehr nützlich erweisen könnte.

Der Mann von der Spurensicherung war fertig, und sie kehrten zum BMW zurück. Eric legte nach wenigen Metern seinen Arm um ihre Schultern, was sicherlich amüsant aussah. Er war um einiges größer als sie.

»Was soll das?«, zischte sie.

»Ich bin doch Ihr Mann, Frau Sar... Frau Karkow«, erwiderte er. »Wir sollten den Anschein wahren.«

»Vielleicht wollen wir uns morgen scheiden lassen?« Sia wand sich aus seiner Umarmung. »Ganz schön frech.«

»Ich dachte nur, es würde gut zu der Lüge passen, die Sie Faltow erzählt haben, und das Bild der beunruhigten Mutter abrunden.« Eric sah von oben auf sie herab, was für ihn nicht schwer war. »Ich habe Neuigkeiten.«

»Ach? Jetzt doch?« Sie blickte ihn verblüfft an. *Unterschätze keine Nieten.* »Woher?«

»Der Polizist am Absperrband. Von Vater zu Vater.« Dieses Mal lag keine Ironie oder eine bittere Note in dem, was er sagte. Er meinte es genau so. »Es gab einen Zwischenfall, in der Innenstadt, im Hotel Radisson, gleich gegenüber vom Gewandhaus. Wenn es stimmt, was der Portier zu Protokoll gegeben hat, verließ ein Mann mit einem kleinen Mädchen das Hotel durch die Tiefgarage, nachdem es zu einem Kampf in dessen Zimmer gekommen war. Einer der Angreifer ist kopfüber aus dem Fenster geflogen und mitten auf der Straße am Augustusplatz aufgeschlagen. Der andere ist erschossen worden.«

»Warum hat mir Faltow das nicht gesagt?«

»Um Sie nicht zu beunruhigen und zu verhindern, dass wir dort voller emotionaler Anspannung aufkreuzen. Zudem ist es nicht sicher, dass das Kind Ihre Elena gewesen ist.« Eric beschleunigte seine Schritte. »Ich schlage vor, wir nehmen uns das Hotel vor. Es ist die beste Spur, die wir haben.«

Die einzige. Sia folgte ihm aufgeregt. »Eric?« Er sah zu ihr. »Danke.«

Er lächelte schwach und irgendwie ... traurig.

3. Februar, Deutschland, Berlin, Gesundbrunnen, 10.14 Uhr

Wilson kam sich wie in London vor. So international und multikulturell hatte er sich Berlin gar nicht vorgestellt: Kopftücher, Turbane, Jeans, Kaftane, Saris, die verschiedensten Hautfarben und Gesichtszüge, lange und kurze Bärte sowie die unterschiedlichsten Sprachfetzen – das alles begegnete ihm auf den paar Metern, die er von der kleinen Pension bis zum Einkaufszentrum lief. *Soho ist ja beinahe langweilig dagegen!*

Er war allein unterwegs, dazu noch in einem für seinen Geschmack viel zu billigen, grauen Anzug. Seine eigene Garderobe hatte er im Radisson zurücklassen müssen.

Das Mädchen lag, von Medikamenten ruhiggestellt, im Zimmer und würde bald erwachen. Dann würde es mit Sicherheit Hunger haben, und genau *deswegen* eilte Wilson durch die Gegend. Klamotten hatte er ihnen unterwegs gekauft. Es war zwar nicht gut, den Stoff ungewaschen zu tragen, aber es ging nicht anders.

Wilson bemerkte anhand der Schilder, dass unmittelbar unter seinen Füßen ein ICE-Bahnhof lag. Fernzüge. *Eine Alternative zum Auto?*

Er betrat das Center, orientierte sich und suchte den kürzesten Weg zu einem Caféladen, der ihm belegte Brötchen und vor allem guten Tee verkaufen konnte. Was er Elena an Tranquilizern verabreicht hatte, nahm er an Aufputschmitteln, um mit möglichst wenig Schlaf auszukommen.

Wilson prüfte mit raschen Blicken, ob er nicht verfolgt wurde, und fuhr in den ersten Stock, um einen besseren Überblick zu bekommen.

Unmittelbar neben der Rolltreppe fand er einen kleinen Laden, in den er sofort hineinging.

Das Center hatte anscheinend noch nicht lange geöffnet, eine

Bedienung war nirgends zu sehen. Wilson hörte aber jemanden Kisten in einem Nebenraum hin und her schieben.

Während er wartete, dass er bedient wurde, las er ein Plakat, auf dem drei junge Leute abgebildet waren: zwei Männer und eine Frau, die sich *Theaterhaie* nannten. Eine Improvisationstheatertruppe, die zu ihrer nächsten Aufführung lud: *»Die Theaterhaie schnappen zu! Der flotte Dreier der Impro-Szene geht auf die Jagd nach Euren Ideen. Mit reichlich Biss und scharfer Zunge verwandeln wir die Vorgaben des Publikums in spontane Mini-Dramen. Mord oder Märchen, Tragik oder Slapstick – auf der Bühne kann alles geschehen. Theater auf Zuruf vom Feinsten.«*

Schade, dass ich dafür keine Zeit habe. Es klingt lustig. Er dachte auch daran, dass nicht nur auf der Bühne alles geschehen konnte. Das Leben war meist das bessere Theaterstück.

»Oh, entschuldigen Sie! Ich habe Sie nicht gesehen.« Eine Bedienung mit dem Namensschildchen *Jenny* tauchte auf. »Was kann ich für Sie tun?«

»Nicht so schlimm. Drei belegte Brötchen, zwei Kakao, eine kleine Auswahl an Donuts, Saft, alles zum Mitnehmen, und mir bitte einen Assamtee zum Hiertrinken.«

Jenny notierte sich seine Bestellung und machte sich an die Arbeit. Wilson nutzte die Gelegenheit, sein Handy zu checken. *Keine Anrufe in Abwesenheit.* Das bedeutete, dass er von Gutem und Schlechtem verschont geblieben war.

Aber eine SMS war unbemerkt eingegangen, in der ihm Mister Mirror mitteilte, dass er ein vertrauensvolles Team ausgesandt hatte, um die *Operation Shelter* durchzuziehen. Gegen Nachmittag sollte alles gelaufen sein.

Gut. Aber er entspannte sich nicht, sosehr die nette Bedienung ihm auch zulächelte und an den Armaturen des wuchtigen Zubereitungsautomaten herumschraubte. Die Maschine wollte nicht und weigerte sich, heißes Wasser für den Tee zu liefern. *Ein simpler Wasserkocher hat Vorteile.* Wilson sah zum Eingang des Cafés.

Zuerst hielt er es für eine Täuschung, aber dann erkannte er sie – Black, die in sein Zuhause eingebrochen war und mit der er sich eine Schießerei geliefert hatte! Sie las sich die ausgehängte Tagesempfehlung durch und schlenderte herein.

Wilson verfolgte jede ihrer Bewegungen, als sie sich an einem der hohen Tische auf der Sitzbank niederließ. Er war froh, seine Walther dabeizuhaben. Dieses Mal waren die Voraussetzungen für eine Schießerei ausgeglichener.

»Ich bin gleich bei Ihnen«, rief Jenny und schaltete die Maschine ab, um sie neu zu starten. »Verzeihen Sie«, sagte sie zu ihm. »Dauert noch. Keine Ahnung, warum das Ding spinnt.«

»Kein Problem«, antwortete er und ließ Black nicht aus den Augen, die einen kurzen, braunen Ledermantel über einem schwarzen Rollkragenpullover und Jeans trug. Sie hob die Rechte, reckte den Zeigefinger und winkte ihn zu sich. »Ich warte bei der Lady.« Wilson ging mit sehr gemischten Gefühlen an den Tisch.

»Hallo«, grüßte sie ihn mit ihrem heiseren Flüstern. »Wie stehen die Aktien?«

»Welche meinen Sie? Ich kann Ihnen die Wertpapiere von Walther empfehlen. Ich trage sie immer bei mir.« Er steckte eine Hand in die Tasche, um den Pistolengriff zu umschließen. Sie sollte unmissverständlich wissen, dass er bewaffnet war.

»Dachte ich mir.« Black trug ihre dunkelblonden Haare heute offen, was ihr Gesicht femininer machte. »Ich habe von Leipzig gehört und wollte Ihnen persönlich sagen, dass es nicht unsere Leute waren, die Sie und die Kleine besucht haben.«

»Das ist sehr aufmerksam von Ihnen, Miss Black. Ich dachte es mir.«

Jenny erschien und nahm die Bestellung auf.

Black wählte einen klassischen Kaffee, und die Bedienung verschwand wieder. »Es ist doch traurig, dass heute alles einen besonderen Namen haben muss«, räsonierte sie. »Was ist aus dem

Milchkaffee geworden? Heute muss es Latte macchiato oder in der Art heißen, und wenn die Maschine streikt, sitzt man da wie ein Depp. Filterkaffee. Einfacher, schnöder Filterkaffee. Die Menschen sind zu verwöhnt und lassen sich vom Marketing ihren freien Verstand rauben.«

»Ein Latte macchiato ist kein Milchkaffee, sondern ein Milchespresso.« Wilson suchte nach dem Sinn ihres Monologs. *Sie will mich ablenken.* Er sah hinaus zur Galerie, um verdächtig unverdächtige Personen auszumachen. Noch war nicht viel im Center los, und er meinte, zwei Leute entdeckt zu haben, die zu Black gehören könnten. Sie standen am Geländer und taten nichts, außer künstlich den Blickkontakt zu ihm zu vermeiden.

»Und wer war es dann?«, nahm er den Faden ihrer Unterredung auf, ohne sich auf die Kaffeeabhandlung einzulassen. Er war ohnehin Teetrinker. »Wer wollte mich und Elena umbringen?«

»Gemeinsame Feinde, Mister Wilson, vor denen ich Sie heute noch einmal eindringlich warnen möchte.«

»Das klingt sehr geheimnisvoll.«

»Für Sie ja. Für mich nicht.«

Er entspannte sich leicht, weil er nicht mehr annahm, dass Black ihn erledigen wollte. Sein Trumpf hieß Elena. *Sie wissen nicht, wo sie steckt, sonst säßen sie mir nicht im Nacken und würden verhandeln.* »Verraten Sie mir, wie mich diese gemeinsamen Feinde gefunden haben?«

Sie verzog den Mund als Ausdruck ihrer Ratlosigkeit. »Ich möchte nicht ausschließen, dass ein solches Kommando noch einmal bei Ihnen auftaucht, um Ihnen und der Kleinen etwas anzutun. Deswegen bin ich hier.«

Jenny tauchte mit dem Kaffee auf und zwang sie zu kurzem Schweigen.

»Sie *und* Ihre Leute.« Wilson zeigte kurz auf die Galerie hinaus. »Sie wollen meine Leibwächterin spielen.«

»So in etwa, Mister Wilson«, gab sie rauh flüsternd zurück.

»Sie haben zwar deutlich gemacht, dass Sie auf Begleitung verzichten, aber das können wir nicht akzeptieren.«

»Ah, jetzt kommt wieder die Stelle mit der versteckten Drohung.« Wilson hatte nicht vor, das aufgezwungene Angebot anzunehmen. Er brauchte maximale Freiheit, um das, was er beabsichtigte, in die Tat umzusetzen.

Black gab seelenruhig Zucker und Milch in den Kaffee. »Leibwächter erlauben sich keine Diskussionen mit den zu Beschützenden, Mister Wilson. Sie müssten das als ausgebildeter Bodyguard doch am besten wissen. Wir handeln.« Sie rührte um, klirrend stieß das Metall an die dünnen Porzellanwände. Sie leckte den Löffel ab und legte ihn auf den Unterteller. »Wir sind aber noch im Geschäft, oder?« Das Flüstern war bedrohlich geworden, sie suchte Blickkontakt. »Wir haben eine Abmachung!«

»Ich gedenke, sie einzuhalten. Sie müssen mir nicht wieder eine schallgedämpfte Pistole an die Stirn setzen, um mich daran zu erinnern, Miss Black«, retournierte er ätzend. »Halten Sie sich ebenso dran, und wir bleiben die besten Nichtfreunde, die es gibt.«

Jenny tauchte am Tisch auf und stellte eine braune Papiertüte ab. »Bitte sehr, Ihr Frühstück«, sagte sie zu ihm und legte die Rechnung gleich dazu.

Wilson schob den Zettel zu Black. »Die Dame bezahlt. Ich muss weg.« Zu Black sagte er auf Englisch: »Trinkgeld nicht vergessen. Rufen Sie Ihre Leute rein, spendieren Sie denen noch einen Kaffee, und genießen Sie den Tag, aber lassen Sie mich in Ruhe!« Er marschierte los und verließ das kleine Café.

Hoffentlich halten Elenas Beruhigungsmittel noch an. So viel Zeit hatte er für seinen Besorgungsgang nicht eingeplant, und er wusste nicht, wie das Mädchen reagieren würde, wenn es in einer total fremden Umgebung zu sich kam.

Wilson sah, dass sich einer der beiden Männer an seine Fersen heftete und vier Stufen über ihm grinsend auf die Rolltreppe stieg. Black hatte nicht vor, ihre Leute zurückzupfeifen.

Schön. Zeigen wir, wie ernst es mir ist. Wilson ging gegen die Laufrichtung der Treppe hinauf, auf den Mann zu, der ihn verwundert anblickte. »Hallo.« Im nächsten Moment schlug er zu und traf den Mann gegen die rechte Wange. Der Angriff kam zu schnell, die Faust krachte mit sehr viel Schwung ins Ziel.

Zu viel Schwung.

Der Mann verdrehte die Augen und wurde nach links geworfen, fiel gegen das Geländer und kippte darüber! Ohne einen Schrei verschwand er nach unten, Wilsons rasch zupackende Finger griffen ins Leere; gleich darauf erklangen der Aufschlag und erste Schreie.

Oh ... bloody hell! Wilson sah die Gesichter der Besucher auf sich gerichtet. Er zeigte nach oben und tat so, als sei der Mann von der Galerie gestürzt. Über sich erkannte er Black, die ihn fassungslos anstarrte, sowie ihren übriggebliebenen Begleiter, der eine Hand bereits unter der Jacke hatte. Sie hielt ihn davon ab, seine Waffe zu ziehen.

Wilson ahnte, dass er mit diesem Zeichen an die Nachtkelten übertrieben hatte. Kaum hatte er den Absatz erreicht, schritt er aus und verließ zügig das Center, während sich eine Menschenschar um den Verunglückten bildete. Dessen Schicksal interessierte ihn nicht.

Im Freien rannte Wilson los, um eventuelle weitere Verfolger abzuschütteln. Er sprang immer wieder atemlos in Läden, um von dort aus die Straße zu beobachten und abzuwarten, aber Black kreuzte nicht auf.

Er sah auf die Uhr. *Fast eine halbe Stunde!* Wilson jagte durch die Straßen und benutzte den Nachteingang der Pension; gleich darauf sperrte er die Tür seines Zimmers auf und trat ein.

Elena, die noch immer den Bademantel trug, lag schlafend auf dem Bett, mit der Tagesdecke zugedeckt. Alles sah friedlich aus.

Wilson atmete langsam aus, stellte die Tüte ab und zog den Mantel samt Sakko aus. Damit kam er schnell an die Pistolen, die er in Achsel- und Rückenholster trug. Er riss das braune Papier auf, nahm sich den Kakao heraus, der inzwischen kalt geworden war, setzte sich in den Ecksessel. Von hier aus hatte er Bett und Eingang im Blick. Jetzt musste er ungeduldig warten, bis das Mädchen wach geworden war. Er konnte sie nicht ewig im Zwangsschlaf halten.

Black nimmt es mir sicherlich übel, dass ich einen ihrer Leute außer Gefecht gesetzt habe. Wilson angelte den Löffel raus und warf ihn in den Mülleimer. *Selbst schuld. Ich habe ihr gesagt, dass ich alleine arbeite.*

Lange würden er und Elena sich nicht mehr in der Pension aufhalten können. Und je länger er darüber nachdachte, desto besser gefiel ihm der Gedanke, die Reise per Zug fortzusetzen. Er würde herausfinden, ob es einen Nachtzug gab, mit dem er und seine »Tochter« Berlin verlassen konnten.

Eine halbe Stunde später schlug Elena die Augen auf, sah sich um und versuchte, die Umgebung einzuordnen. Ein sensibler Moment. Wilson sah, dass sie verwundert war und das Gefühl in Panik abzurutschen drohte.

»Hallo, Elena«, sagte er aus der Ecke heraus. »Na, genug geschlafen?«

Sie nickte und setzte sich auf, rieb die Augen. »Wo sind wir?«

»Unterwegs.« Wilson zeigte auf die aufgerissene Tüte. »Da drüben gibt es Frühstück. Alles dabei, von süß bis herzhaft. Und in der Sporttasche habe ich Kleider für dich. Es ist deine Größe.«

Elena schwang die Beine vom Bett und ließ sie baumeln, betrachtete ihn. »Normalerweise schlafe ich nicht so lange.«

»Das war die Aufregung, Kleines. Du hast viel zu verarbeiten. Schlaf ist dazu bestens geeignet.«

Sie rutschte von der Matratze und schlurfte ins Bad. »Muss aufs Klo«, murmelte sie und knallte die Tür zu. »Wo sind wir denn, Jeoffray?«, rief sie laut. Es plätscherte. »Hier steht Berlin auf dem Schildchen an der Wand.«

Die Kinder lernen viel zu früh lesen. »Äh … ja. Das stimmt. Wir sind in Berlin.«

»Und was machen wir hier?« Die Spülung rauschte, Sekunden danach kam sie raus und wischte ihre Hände am Bademantel trocken. Hotelseifenduft verbreitete sich im Raum. »Hast du mich entführt?«

»Nein, Elena. Wir bleiben in Bewegung, damit uns die Leute, die uns in Leipzig aufgelauert haben, nicht erwischen. Ich habe deine Mutter angerufen …«

»Meine Mutter liegt im Koma.« Elena setzte sich auf den Stuhl und wählte ein Brötchen mit Käse und Schinken, dazu schlürfte sie ihren Kakao.

»Deine Tante«, verbesserte er sich. »Wir werden uns bald mit ihr treffen. Sie hat gesagt, dass sie noch etwas unternehmen muss.«

»Aha.« Sie kaute nachdenklich. »Woher weißt du, wer meine Tante und meine Mutter sind?«

Ihm wurde heiß. »Du redest im Schlaf. Dadurch hast du mir viele Informationen gegeben.« Wilson war froh, dass ihm noch etwas eingefallen war.

Elena betrachtete ihn und schlug die Zähne mit einer sehr nachdrücklichen Bewegung in die Kruste, was ihn an ein Raubtier erinnerte. Die Eckzähne des Mädchens waren deutlich ausgeprägt, kräftig und spitz. Sie würden ohne viel Anstrengung durch Menschenhaut fahren. *Eine angehende Judastochter,* zuckte es durch seinen Verstand.

Sie langte nach einem Donut mit Schokoladenguss. »Der Mann, den du in Leipzig erschossen hast«, sagte sie beiläufig und schwenkte den Gebäckkringel hin und her, um danach durch das Loch zu schauen, »hast du nach seinen Wunden gesehen?«

»Nein«, antwortete er verwundert. »Dazu hatte ich keine Zeit.«

Sie hielt den Blick auf ihn gerichtet. »Ich schon. Aus den Löchern ist ganz feiner Rauch gekommen. Tante Sia hat mir mal erklärt, dass man Wandelwesen mit Silber erschießen kann, weil sich ihre Wunden dann nicht mehr schließen und von selbst heilen können.« Sie schwenkte den Arm, das Donutloch zielte auf den Achselholster. »Wieso hast du Silberkugeln geladen?«

Wilson musste die Augenbrauen heben, es ging einfach nicht anders. »Was für ein kluges kleines Fräulein du bist.«

»Wir flüchten vor Wandlern, und du weißt, wie man sie tötet. Ich glaube nicht, dass das alles Zufall ist. Was wollen die Wandler von mir? Oder sind sie wegen Tante Sia hinter mir her?« Elena biss einmal ab. »Und warum hast du mich verfolgt? Hat dich meine Tante geschickt und du musst so tun, als wüsstest du von nichts? Fahren wir in ihrem Auftrag durch die Gegend?« Sie sah nicht im Geringsten beunruhigt aus. Als besäße sie die Gewissheit, dass sie sicher war oder gleich Verstärkung anrückte, um sie zu befreien.

Was sage ich jetzt? Wilson bot sich eine unerwartete Möglichkeit an, das Mädchen mit einer falschen Geschichte zu beruhigen. Aber schon schlug das Misstrauen zu. *Sie will mich testen!*

Elena schien seine Gedanken gelesen zu haben, denn ihr Lächeln fiel wissend aus. Wissend und berechnend.

Da klopfte es an der Tür.

KAPITEL V

Biep.

Biep, biep.

Biep. Klick-fchhhh-klack, klick-fchhhh-klack.

Biep.

Biep, biep ...

Es hat keinen Sinn ... vielleicht ... die Finger? Ich muss die Finger bewegen, damit Hildegard oder jemand von den Pflegern es bemerkt. Richtig bewegen.

Biep, biep, biep. Klick-fchhhh-klack, klick-fchhhh-klack. Biep. Biep ...

Nein, es geht nicht. Mir fehlt die Kraft. Es ist total anstrengend, einen wie toten Leib kontrollieren zu wollen. Ich sollte eine Runde schlafen. Vorhin haben sie die Temperatur wieder gemessen. Sagte eine Schwester nicht, es sei kurz nach Mitternacht?

Biep, biep, biep. Klick-fchhhh-klack, klick-fchhhh-klack. Biep. Biep ...

Aber es muss doch gehen. Irgendwann! Also, noch mal von vorne: Finger, zuckt! Rechte Hand, zuck!

Biep, biep, biep. Klick-fchhhh-klack, klick-fchhhh-klack. Biep. Biep ...

Ich bin einfach zu fertig. Und mir ist immer noch schrecklich heiß.

Biep, biep, biep. Klick-fchhhh-klack, klick-fchhhh-klack. Biep. Biep ...

Ich könnte ein letztes Mal noch, die Finger ... hey! Hey, ich habe gehört, dass ich über das Laken gerutscht bin! Gott, danke sehr! Noch mal, gleich noch mal üben, damit ... Ja! Ich höre deutlich, wie ich mit mindestens einem Finger kratze!

Biep, biep, biep. Klick-fchhhh-klack, klick-fchhhh-klack. Biep. Biep ...

Jetzt muss nur noch eine Schwester kommen, und wenn sie sieht, wie ich mich bewege, holt sie einen Arzt, und alles wird besser! Ich übe noch, glaube ich. Auch wenn die Müdigkeit immer stärker wird. Ist nicht so leicht.

Biep, biep, biep. Klick-fchhhh-klack, klick-fchhhh-klack. Biep. Biep ...

Ausruhen ist gut. Ausruhen, und morgen früh dann ... Finger ...

Biep, biep, biep. Klick-fchhhh-klack, klick-fchhhh-klack. Biep. Biep ...

2. Februar, Großbritannien,
Nordirland, Omagh, 22.21 Uhr

»Es ist mir *scheißegal,* hörst du? Soll ich es dir buchstabieren, *wie* beschissen verfickt scheißegal es mir ist?«, brüllte Finn McFinley in sein Handy, als wäre sein Gesprächspartner in höchstem Grad hörbehindert. »Ich will sofort einen der Wichser von der IRA sprechen. Schaff mir einen her!« Er lauschte schwer atmend, was ihm als Ausrede präsentiert wurde. »Nein, nicht Mitch, fuck, der ist tot! Hast du das nicht gehört, du hirnverbranntes Arschloch!? Der ist hinüber!« Er lauschte. »Wer dann? Das ist mir ... fuck! Fuck, du gehst mir auf die Eier. Du ...!« In einem eruptiven Wutanfall schleuderte er das Telefon mit einem Schrei quer durch den Raum.

Es prallte gegen die Wand, wo es eine Delle schlug und in Einzelteilen zu Boden fiel.

»Fuck!«, brüllte Finn nochmals und trat einen Stuhl um, bevor er die Whiskeyflasche griff und einen langen Zug nahm.

Im schäbigen Büro des Pubs *Shamerock* herrschte nach dem Ausraster angespanntes Schweigen.

Fünf Schwerbewaffnete in weiten, modischen Markensportanzügen saßen verteilt im Raum, manche hatten Drinks vor sich stehen.

Eine brünette Frau in einem lilafarbenen Catsuit hockte in einem Sessel schräg vor dem gelben Aluschreibtisch und tippte auf ihr Notebook ein. An den Wänden hingen Guinness-Werbeplakate, darüber waren Bilder von Pin-up-Girls getackert worden. Die Regale dienten dazu, Whiskeyflaschen zu horten, verstaubte Pokale waren in eine Ecke geschoben worden.

»Und?«, blaffte Finn sie an. »Was schreiben die Arschlöcher?«

»Kam noch keine Antwort«, gab sie zurück, ohne ihn anzuschauen. Die randlose Brille fiel erst auf den vierten Blick auf, die Bügel waren extrem schmal. »Ich prüfe gerade ein paar IRA-Plattformen, ob es da was gibt. Und hör auf, meine Möbel kaputt zu machen.«

»Es ist mein scheiß Laden, Milly«, raunzte er.

»Aber ich bezahle dir Geld, Schätzchen, damit ich ihn führen und Umsatz machen darf. Ich ziehe den Schaden, den du anrichtest, von der nächsten Miete ab, okay?« Sie blieb absolut entspannt. Milly war seit dreißig Jahren im Kneipenmilieu und hatte einiges mitgemacht. Gerade mit Finn McFinley. Schnell überflog sie die Meldungen im Netz. »Nein, hier gibt es nichts. Die Óglaigh haben damit nichts zu tun.«

»Dann verstehe ich die Scheiße noch viel weniger.« Finn nahm wieder einen langen Zug, sog drei, vier Schlucke in sich, ehe er die Flasche vor Milly auf den Tisch knallte. »Ich ...«

Es klopfte, und die Männer nahmen die Waffen sofort hoch.

»Langsam, Jungs. Wer vorne durch die Kontrolle gekommen ist, der ist in Ordnung.« Milly stellte den Computer auf die Platte und erhob sich, um die Tür zu öffnen. »Ah, da geht die südamerikanisch-irische Sonne auf, Gentlemen«, sagte sie und trat beiseite. »Boída de Cao.«

Die Männer neigten kurz ihr Haupt, und auch Finn grüßte die kleingewachsene Frau mit Ehrfurcht.

Sie trug eine platinblonde Perücke, was an ihr merkwürdig und irgendwie sexy wirkte. Doch jegliche Gedanken an Sex mit ihr mussten Gedanken bleiben. Boída war tabu.

»Ich grüße dich, Rí der BlackDogs«, sagte sie mit ihrer zischenden Stimme.

Finn wusste, warum sie kurz nach dem Attentat auf ihn auftauchte. »Hallo, Boída. Hat es sich herumgesprochen?«

»Wer in Cork und im ganzen County weiß noch nicht, dass auf den Unterweltboss McFinley ein Anschlag verübt wurde? Es kommt auf ziemlich allen Sendern.« Sie spazierte herein und setzte sich auf den Sessel, der ihr von ihm angeboten wurde. Sie sah auf das zerstörte Handy und die umherliegenden Splitter. »Hat dich jemand geärgert?«

»Ja. Ricky, diese Schwuchtel. Ich wollte, dass er die IRA ...«

»Es war nicht die IRA«, fiel Boída ihm ins Wort.

»Aber ... Mike gehörte zu ihnen. Und ...«

»Ich weiß. Das wollte mir Mike auch weismachen. Er behauptete, dass ihn die IRA geschickt hatte, um dich einschüchtern und mehr Geld von dir erpressen zu können.« Sie langte in die Manteltasche und warf eine Patrone auf den Tisch. Das Projektil flirrte silbern. »Woher sollten Terroristen wissen, dass man dich nur mit reinem Argentum erledigen kann, Rí?«

Finn stierte das Geschoss an, sein Kopf färbte sich puterrot. »Dieses Arschloch!«

»Er hat einen deiner Oenach erwischt, falls du noch nicht gemerkt hast, dass dir einer fehlt, und ihm damit das halbe Bein weggeschossen. Die Silbersplitter in der Wunde haben dem BlackDog den Rest gegeben.« Boída sah sich im Büro um. »Wolltest du nicht umräumen, Milly?«

»Keine Zeit gehabt. Der Choleriker hier hat immer andere Ausreden, seine Pin-ups und Flaschen nicht mitzunehmen.«

Finn sah von einer Frau zur anderen. »Das glaube ich nicht! Ihr redet über Inneneinrichtung, während ein Wichser versucht hat, mich umzunieten? Ihr solltet lieber drüber nachdenken, ob es noch ein paar von denen gibt und wer mir ihn auf den Hals gehetzt hat!«

Milly und Boída grinsten. »Für den Rí der BlackDogs klingst du reichlich weinerlich«, sagte die Latina und gab sich kaum Mühe, ihre Geringschätzung zu unterdrücken. *Sie* durfte so etwas sagen und so klingen. »Du hast ein Arsenal erstklassiger Wandler ...«

»Ja, danke. Aber so doll sind die nicht, oder? Um ein Haar hätte es mich erwischt. Blöde Hunde.« Finn trank wieder vom Whiskey. »Aber *jetzt* weiß ich Bescheid. Ich werde vorbereitet sein.«

»Gegen einen Scharfschützen mit einer Silberkugel bringt dir das nichts. Ich glaube nicht, dass du dein Leben lang in einem einzigen Haus verbringen möchtest, nur weil du Schiss hast, dass es dich erwischt, sobald du die Nase zur Tür hinaussteckst.«

Es piepste leise.

»Ah, Neuigkeiten.« Boída nahm ihr PDA aus der Innentasche der Jacke und sah auf die Nachrichten, die bei ihr eingingen. »Wir brauchen den Auftraggeber von Mike O'Malley. Ich habe einen seiner IRA-Kumpels und seine Frau vernommen, und die wussten von nichts.« Sie deutete auf den PDA. »Meine Leute haben seine Internetaccounts geknackt und schauen gerade die Anruferlisten von Handy und Festnetz durch. Sobald wir eine Spur haben, legen wir los.« Sie sah Finn spöttisch an. »Du hast vermutlich nichts herausgefunden, wenn ich dein kaputtes Handy so sehe?«

»Nein«, gab er grollend zurück und hatte etwas guttural Tierhaftes in der Stimme. »Ich dachte wirklich, dass es die IRA ist.«

Milly lachte auf. »Nein. Ich habe nichts gefunden.«

Boída suchte Finns Blick und zog seine Aufmerksamkeit auf sich, ihre Augen erhielten einen starren, hypnotischen Ausdruck. »Hast du eine Privatfehde mit einem der anderen Rís? Oder den Freien? Man sagt, dass du gerne mal mit einer Pantherin vögeln würdest.«

Finn knurrte jetzt und zog die Lippen auseinander, zeigte seine schiefen, aber beeindruckenden Zähne. Hündisches Drohverhalten eines BlackDog. »Sehe ich so aus, als würde ich mein Ding in eine Katze stecken?«

»Du hast dein Ding zumindest in eine Füchsin gesteckt. Und in eine Selkie.« Boída musterte seine dickliche Figur. »Auch wenn ich nicht verstehe, warum sie dich rangelassen haben.«

»Mitleid«, warf Milly glucksend ein. »Und weil die Selkie nichts anderes finden würde als ihn. Fette Seekühe, lecker.«

Finn gab einen Ton von sich, der zwischen Brüllen und Bellen lag. Die Frau zuckte zusammen, wandte den Kopf zur Seite und machte sich klein.

»Es kann also nicht sein«, bohrte Boída nach, »dass einer der betrogenen Männchen nicht mehr gut auf dich zu sprechen ist und sich einen Profi gesucht hat, der dich erledigen soll? Sie wüssten immerhin, dass Silber dich umbringt.«

Finn musste sich beherrschen, um sich nicht gegen die Latina zu werfen, das sah und spürte jeder im Raum.

Zwei Dinge hielten ihn davon ab: ihre Machtstellung und ihre Kraft. Er war nicht so verrückt und ließ sich mit ihr auf einen Kampf ein, denn er hatte mit eigenen Augen gesehen, wie sie einen Bärenwandler in seiner Tiergestalt umschlungen und getötet hatte. Das Krachen der dicken Knochen sowie das gequälte Ächzen der Kreatur hatte Finn noch gut in Erinnerung. »Die Arschlöcher, die mit mir nicht klarkommen, suchen immer den direkten Weg«, gab er knurrend zurück. »Ich habe nichts gegen eine ordentliche Prügelei, die eine Sache zwischen zwei Leuten klärt.«

»Sicher? Der Fuchswandler wäre dir unterlegen. Denkst du nicht, er könnte ...«

»Dann geh und frag ihn«, sagte Finn unfreundlich und schüttete den letzten Rest der Whiskeyflasche in sich hinein. »Ich weiß nicht, wer mir diesen Mike auf den Hals gehetzt hat.« Er ließ sich auf dem Schreibtisch nieder und sah Boída abwartend an. »War's das?«

Sie neigte den Kopf leicht nach vorne, die weißen Haare rutschten halb nach vorne und bildeten einen Vorhang vor der rechten Gesichtshälfte. »Ja. Ich stelle weitere Untersuchungen an, und du sagst mir sofort, wenn du etwas Neues weißt. *Sofort!*« Sie erhob sich und sah Finn unverhohlen drohend an; dabei blitzte eine gespaltene, bläuliche Zunge zwischen ihren Lippen hervor. »Ich dulde keine Alleingänge. Sobald du den Namen eines Verdächtigen hast, teilst du ihn mir mit, anstatt deine BlackDogs loszuschicken.«

Finn verdrehte die Augen, konnte aber nicht verhindern, dass er schlucken musste. Ihre Zunge war eine unmissverständliche Mahnung. »Ist gut.«

Boída nickte in die Runde, legte Milly zum Abschied als Zeichen ihrer besonderen Wertschätzung kurz eine Hand auf die Schulter. Für Finn hieß das: Tu ihr was zuleide, und du bekommst es mit mir zu tun. Gleich darauf war sie gegangen.

Der Rí der BlackDogs schrie noch einmal laut »Fuck!«, warf die leere Flasche gegen die geschlossene Tür, so dass das Glas in zahlreiche Scherben zerbarst, und ballte die Hände zu Fäusten. Aus den Nägeln wurden Krallen, die sich in die Ballen bohrten. Er schloss die Lider und zwang seine Aggression nieder.

»Sie hat recht«, hörte er Milly sagen. »Wir müssen schnellstens herausfinden, wer diesen Mike auf dich angesetzt hat. Das ist der beste Schutz.«

»Halt die Fresse, alte bitch.« Finn stand auf und betrachtete die Löcher im Fleisch, die sich von selbst schlossen. Die langen

Nägel hatten sich zurückgebildet, die Kontrolle über sich war zurück. »Wenn jemand nach mir fragt, hau ihm aufs Maul und sag ihm einen schönen Gruß von mir.«

Finn eilte los, aus dem Büro und quer durch den dunklen Pub, umringt von seinen fünf besten Oenach. Boída hatte ihn auf eine Idee gebracht, und er würde prüfen, ob er damit richtiglag. Er war ein Rí und schiss auf die verfickte Schlampe namens Boída und auf ihre Anweisungen.

⁂

3. Februar, Großbritannien,
Nordirland, Cookstown, 09.17 Uhr

Boída hatte die Heizung in ihrem Mini Cooper voll aufgedreht und fröstelte immer noch, obwohl die Innentemperatur bei 27 Grad Celsius lag.

Sie hatte sich zu lange im Freien aufgehalten. Das irische Wetter war zwar selbst im Winter noch mild, aber trotzdem mochte sie Sonne und Hitze. Am besten subtropische Hitze.

Bei ihr zu Hause hatte sie ein riesiges Schwimmbad mit einer Pflanzenlandschaft eingerichtet, die andere Leute, mit denen sie schon Partys darin gefeiert hatte, als Dschungel mit Wasserloch bezeichneten. Aber sie liebte es einfach.

Sie lenkte den dunkelblauen Wagen auf die Schnellstraße und fuhr nach Cookstown. Dort lebte, wenn es stimmte, was ihre Informanten berichtet hatten, Rainal Righley, ein Fuchswandler und Ehemann von Lisica, der man ein Verhältnis mit McFinley nachsagte.

Die Natur lehrte: Ein Fuchs hatte gegen einen kräftigen Hund niemals eine Chance. Waren die Eifersucht und der Hass auf den Nebenbuhler groß genug, traute sie einem cleveren Mann wie Rainal zu, andere Register zu ziehen. Füchse waren schlau und ließen die Drecksarbeit gerne andere verrichten, um selbst Lob zu kassieren oder sich aus der Affäre zu ziehen.

Die Besiedlung wurde immer dünner, das Land eroberte das Gebiet rechts und links der Straße zurück. Sanfte Hügel in sattem Grün erstrahlten im für die Jahreszeit ungewöhnlichen Sonnenschein, und die letzten Nebelfetzen lösten sich auf. Graue Mäuerchen aus Natursteinen teilten das vielfarbige Grün in ungleichmäßige Muster, einzelne Gehöfte zogen am Wagen vorbei.

Die Landschaft sah so ganz anders aus als ihre Heimat.

Boída hatte sich aus Verzweiflung schon Bildbände von Südamerika gekauft, um ihr Heimweh abzuschwächen. Das genaue Gegenteil war eingetreten.

Doch leider gab es derzeit keine Chance, in den Flieger zu steigen und zurückzukehren. Sie hatte einen anspruchsvollen Auftrag angenommen, der ihr im Endeffekt mehr Macht bringen konnte als damals in Palmyra.

Das lag beinahe siebzehnhundert Jahre zurück. Aber sie erinnerte sich genau, was an jenem verfluchten Tag geschehen war.

Das Auftauchen der beiden fremden Frauen hätte sie warnen müssen, und nicht lange danach war es noch schlimmer gekommen: Im Palast ihres Liebsten, Levantinus, waren sie aufgetaucht, hatten Krach und Tod aus einem kleinen Gerät verteilt und versucht, ihren Gespielen zu töten. Heute wusste Boída natürlich, dass es sich um eine Pistole gehandelt hatte. Im Verlauf des Kampfs hatten sich rätselhafte Dinge ereignet: Eine Art Portal hatte sich geöffnet und sie zusammen mit den Frauen eingesogen; gleich darauf hatte sie das Bewusstsein verloren.

Erwacht war Boída an einem steinigen Strand, gelähmt vom eiskalten Wasser, in dem sie trieb. Sie hatte sofort verstanden, dass es keine Oase in der Nähe von Palmyra war, wo sie sich befand. Ein Schock, verbunden mit schrecklicher Angst. Die Männer, die sie am Strand gefunden und ihr geholfen hatten, hatte sie verschont, nachdem es ihr wieder bessergegangen war. Die gute Tat vergaß sie ihnen nicht.

In Gedanken versunken, verfehlte Boída die Abzweigung nach Cookstown und fuhr einige Meilen weiter, bis sich die nächste Gelegenheit bot. Sie war gespannt, wie der Fuchswandler auf ihren Besuch reagierte.

Boída hatte auch in Palmyra eine kleine Gruppe von Gestaltenwandlern um sich geschart, mit denen sie Levantinus diente. Sie war froh gewesen zu sehen, dass es auch in Irland Werwesen gab: ein Pantherpärchen, Selkies, Füchse, Bären, Hunde und Katzen.

Und noch froher wurde sie, als sie begriff, wie besonders sie war: die einzige Schlange auf der Grünen Insel!

Dank ihres hervorragenden Geruchssinns hatte sie bald gelernt, die irischen Wandler von den Menschen zu unterscheiden und Kontakte zu knüpfen. Die Sprache gestaltete sich als größtes Hindernis.

Boída war vermutlich die Einzige, die sich fließend auf Lateinisch und Griechisch unterhalten konnte und wusste, wie man korrekt betonte. Ihre Indiosprache kannte wohl keiner mehr. Inzwischen beherrschte sie Englisch und Gälisch, was immanent war, wenn man besonderen Eindruck machen wollte: eine Ausländerin, welche die alte Sprache beherrschte.

Sie fuhr nach Cookstown hinein, suchte die Straße und hielt den Mini Cooper vor dem kleinen Steinhäuschen an, das ein irisches Klischee war und aus dem neunzehnten Jahrhundert stammen konnte, inklusive Stroheindeckung. Nur die Satellitenschüssel wollte nicht so recht dazu passen, auch wenn sie sich noch so sehr Mühe gab, hinter dem Schornstein zu verschwinden.

Boída stieg aus. Es roch nach Torffeuer, nach Meer, nach

frisch geschnittenem Gras, nach Schafen, nach einem Hauch Frauenparfum und vielen weiteren Gerüchen, die sie beim Einatmen über Nase und vor allem Zunge wahrnahm.

Sie bewegte den Rumpf, um die Steifheit der Fahrt zu verlieren, und spürte die Wärmepflaster, mit denen sie sich am Oberkörper und den Armen ausstaffiert hatte und die sich spannten. Eine gute Erfindung der Moderne. So gelang es ihr, auch bei niedrigeren Temperaturen geschmeidig zu bleiben.

Über den Kiesweg gelangte sie durch den wunderschön angelegten Vorgarten bis zur grüngestrichenen Tür und zog am Griff der Klingel; synchron dazu erklang eine alte Glocke im Innern. Boída roch den Metallstaub, der vom Klöppel aufgewirbelt wurde.

Schritte näherten sich der Tür, und dann öffnete ihr eine hübsche, junge Frau, die in einem grauen Jogginganzug steckte und dreckige Laufschuhe an den Füßen trug. Lisica Righley. Wie es sich für eine Füchsin gehörte mit roten Haaren, eine weiße Strähne zog sich von der rechten Stirnseite nach hinten. »Oh«, sagte sie erstaunt und enttäuscht. »Ich dachte, Sie seien Alan.«

Boída lächelte. »Bin ich nicht. Ist Rainal da?«

Lisicas Blicke wanderten an der Besucherin hinunter und wieder hinauf. »Er ist in aller Frühe auf die Jagd gegangen.«

»Dann kommt er wohl bald wieder. Ich warte auf ihn.« Boída schritt selbstverständlich an ihr vorbei und sah sich um. Die Righleys hatten Altes und Modernes geschmackvoll kombiniert, den Geist des Hauses erhalten, aber neue Baustoffe integriert. Es gab viele Glaswände und Mauerverschalungen, die den Blick auf die historischen Steine freigaben. Billig war es sicherlich nicht gewesen. Die schlauen Füchse hatten immer Geld.

»Schön, dass es Ihnen gefällt.« Lisica war ihr durch die Eingangshalle gefolgt und setzte sich vor sie, geleitete sie in eine kleine, gemütliche Bibliothek, die sich über zwei Stockwerke erstreckte. Das Sonnenlicht fiel durch Fenster und Dachluken und flutete den Raum. »Hier können Sie es sich bequem machen, Miss de Cao. Was darf es zu trinken sein?«

»Kaninchenblut wäre schön.«

»Haben wir leider nicht.«

»Und ein ganzes Kaninchen? Ich werde langsam hungrig.«

Lisica machte ein bedauerndes Gesicht. »Sorry. Hühner hätte ich im Angebot.«

Boída lehnte mit einer überlegenen Geste ab. »Nein danke. Dann einfach nur etwas Wasser.« Die Fuchswandlerin drehte sich zum Gehen. »Ach, was ich Sie fragen könnte, wo Sie noch da sind und Ihr Gatte nicht: Haben Sie immer noch ein Verhältnis mit Finn McFinley?«

Lisica blieb stehen, verharrte mehrere Sekunden und wandte sich langsam zu ihr um. »Es ist ein Fehler gewesen, Miss de Cao.« Sie schlug die Augen nieder. »Ich habe es meinem Mann gesagt, und damit ist die Sache abgeschlossen. Warum fragen Sie mich danach?«

Boída behielt ihre Freundlichkeit bei, als sie einen Schritt nach vorne machte und dezent züngelte. »Ich rieche eine Lüge, Misses Righley. Ich bin besser als jeder Detektor, und mein Empfinden sagt mir, dass Sie immer noch fremdgehen. Ist es Alan?« Der sich verändernde Duft verriet ihr, dass sie bei der Frau ins Schwarze getroffen hatte. »Oh, ja, es ist Alan.«

»Was wollen Sie?« Lisica wurde laut und legte ihr reumütiges Verhalten ab. Sie hob den Kopf, widerborstig und herausfordernd.

»Eine Einschätzung: Denken Sie, dass Ihr Mann so nachtragend ist, dass er einen Mörder auf McFinley ansetzen würde, um sich dafür zu rächen, dass man einem Fuchs Hörner aufgesetzt hat?«, sprach sie leise und rauh. »Ein Fuchs mit Hörnern sieht lächerlich aus.«

»Nein. Das würde er nicht.«

»Was hat er dann unternommen, um sich Genugtuung zu verschaffen.«

»Er hat mich verprügelt.« Lisica sagte es vollkommen emotionslos. »Ich habe es verdient.«

»Sie scheinen drauf zu stehen, wenn Sie schon wieder mit einem anderen Mann herummachen.« Boída wusste, dass ihr die Wahrheit aufgetischt wurde, zumindest was das Verprügeln anging. Righleys Frau war fest davon überzeugt, dass ihr Mann nichts anderes unternommen hatte. Die beiden Frauen starrten sich an, und Lisica senkte den Blick zuerst. Niemand gewann ein Duell gegen eine Schlange.

Ein Schlüssel wurde ins Schloss der Haustür geschoben, es klickte. »Ich bin wieder da!«, rief ein Mann gutgelaunt. »Alan wartet draußen auf dich.«

»Wir sind in der Bibliothek«, rief Lisica. »Du hast Besuch von Miss de Cao. Kommst du bitte?«

Gleich darauf erschien Rainal Righley im Outfit eines Jägers, mit hohen Stiefeln und einer Cordmütze auf den kupferfarbenen Haaren. In der Rechten hielt er eine Flinte, in der Linken drei Hasen. Boída sah sofort, dass er sie nicht geschossen, sondern gerissen hatte; die Waffe diente zur Tarnung. »Welche Ehre«, sagte er und klang misstrauisch. Wie die meisten, wenn Boída irgendwo unangemeldet auftauchte und es keinen gesellschaftlichen Anlass gab, sich entspannt zu begegnen. »Hast du unserer Besucherin schon etwas ...«

»Danke. Alles bestens.« Boída setzte sich und winkte ihn zu sich. Mit der Rechten schob sie die platinblonden Haare nach hinten. »Gehen Sie joggen, Misses Righley. Ich beschäftige mich so lange mit Ihrem Mann, wenn Sie nichts dagegen haben.«

Lisica gab Righley im Vorbeigehen einen Kuss, warf ihr noch einen undeutbaren Blick zu und verließ das Haus. Man sah sie und Alan am Fenster vorbeilaufen. Er winkte, und Righley grüßte freundlich zurück.

»Schöne Hasen«, sagte Boída. Ihr Hunger wurde durch den Anblick der Tiere nicht weniger.

»Ja, ich hatte Glück. Das gute Wetter hat sie mir vor die Zähne getrieben.« Er legte die Beute auf den gekachelten Bereich vor dem Kamin. »Was habe ich verbrochen, dass die Scharfrichterin auftaucht?«

Boída züngelte in seine Richtung. »Ich kann nichts feststellen, was mir sagt, dass Sie Angst vor mir haben. Nur eine Note Unwohlsein und Beklommenheit, aber das ist normal. Ich wirke auf keinen, den ich kenne, beruhigend.«

»Das wiederum«, erwiderte Righley mit einem schiefen Grinsen, »finde *ich* beruhigend.« Er räusperte sich. »Also?«

»Also. Ich bin hier, weil ich Sie fragen möchte, ob Sie was mit dem Anschlag auf Finn McFinley zu tun haben.« Sie heftete den kalten, starren Blick aus ihrer dunkelroten Iris auf ihn und zeigte ihm ihre geschlitzten Schlangenpupillen.

Righley reagierte entsetzt. »Nein! Niemals!«

»Aber er hat Ihre Frau gefickt.«

»Das tut Alan auch – haben Sie mich auf ihn schießen sehen?«

Boída musste lachen. »Oh, Sie vergeben Ihrer Frau, nachdem Sie sie verprügelt haben?«

»Hat sie das gesagt?«

»Ja. Und ich habe nichts davon gespürt, dass sie mich angelogen hätte.«

Righley seufzte. »Das ist für sie eine Art der Absolution. Wenn ich sie bestraft habe, sind ihre Verfehlungen aus der Welt. Ich benutzte Silberdraht, damit es ihr ...«

»Was immer Sie tun, Mister Righley, es interessiert mich nicht. Nur das Schicksal von Mister McFinley, das fällt in mein Ressort«, unterbrach sie ihn. »Und ich glaube Ihnen.« Boída erhob sich.

»Gehen Sie jetzt alle auf der Liste der Männer durch, mit deren Frauen der Wichser im Bett war? Dann kann ich Ihnen noch ein paar Namen liefern.« Righleys Gesicht nahm einen verschlagenen, fuchsigen Ausdruck an. »Wenn Sie mich fragen ...« Er ließ den Satz offen.

»Dann frage ich Sie hiermit.«

»Da Sie mich gefragt haben, Miss de Cao, kann ich Ihnen sagen, dass Sie in eine ganz andere Richtung untersuchen sollten. Waren Sie schon mal in Maghera? Im Gentlemen's Club oder dem netten Café darunter?«

Boída schüttelte langsam den Kopf und züngelte, um den Wahrheitsgehalt zu prüfen. Der Fuchswandler roch nicht nach Lüge, aber nach ... Spaß. Es bereitete ihm Vergnügen, ihr eine neue Spur aufzuzeigen, vermutlich weil sie im Club die Drecksarbeit für ihn erledigte. Aber es konnte sich durchaus als gute Spur erweisen.

»Dann holen Sie das nach.« Righley lächelte süffisant. »Der *TeaRoom* macht exzellente Törtchen nach französischen Rezepten. Und die Scones sind die besten im County.«

»Einfach reingehen, oder gibt es noch einen Trick?«

»Ich empfehle Ihnen, sich ganz genau umzuschauen und ein paar Fotos zu machen. Mit den Fotos kommen Sie weiter, schätze ich.« Righley hatte noch immer das Fuchsgrinsen aufgesetzt, in das man alles interpretieren konnte, von einfacher Freundlichkeit bis tiefste Verschlagenheit.

Boída war versucht, ihn zu packen und zu würgen, aber sie wusste, dass es nichts bringen würde. »Sie wissen selbst nicht genau, was darin vorgeht.«

Er nickte. »Ich habe da eine spannende Sache gehört, aber bevor ich Steine in den Teich werfe und man mich verantwortlich macht, lasse ich das die Scharfrichterin persönlich überprüfen.« Righley deutete auf sie. »Sie sind bewaffnet, schätze ich?«

»Ich bin immer bewaffnet.«

»Das werden Sie brauchen, wenn meine Vermutungen stimmen.« Er erhob sich und nahm seine Beute auf. »Darf ich Ihnen einen Hasen anbieten? Für unterwegs, als kleinen Snack?«

Boída lehnte ab, auch wenn sie schrecklichen Hunger hatte. Es würde sich unterwegs eine Gelegenheit bieten. »Dem Angebot eines Fuchses darf man nicht trauen. Nichts für ungut.«

Er lachte und brachte sie zur Tür. »Sollten Sie unterwegs Alan und meine Frau sehen, haben Sie die Erlaubnis, den Typen zu überfahren.«

»Das überlasse ich Ihnen, Mister Righley.« Sie verließ das Haus und stieg in den Mini Cooper. Der Wandler blieb in der Tür stehen und verfolgte, wie sie wendete und davonfuhr. Er lächelte noch immer.

Boída tippte ihr neues Ziel in den Navi ein.

Ganz wohl war ihr dabei nicht. Füchse lockten andere ganz gerne auch mal in die Falle. Warum nicht auch mal eine Schlange? Füchse fraßen Schlangen. Kleine Schlangen.

Es half nichts. Sie musste der Spur nachgehen, die Rainal Righley für sie gelegt hatte. Sie musste es von Amts wegen, und Rainal hatte es gewusst.

3. Februar, Deutschland,
Sachsen, Leipzig, 00.02 Uhr

Sia hatte sich schon gedacht, ein solches Szenario vorzufinden: Vor dem Hotel standen die Polizeiwagen, mit eingeschaltetem Blaulicht, die Straße war gesperrt worden. Mitten auf der Fahrbahn lag ein Tuch, unter dem sich die Silhouette eines Menschen abhob. *Mal wieder wie im Film.*

Wieder liefen Mitglieder der Spurensicherung umher, einige waren damit beschäftigt, einen Pavillon als Sichtschutz um die

Leiche herum zu errichten; einer schoss Fotos von den Blutspritzern sowie den Scherben, neben denen kleine Aufsteller mit Nummern drauf standen. Schaulustige, Reporter und Kameraleute waren ebenfalls schon da, drängten sich an den Absperrungen. Die Kälte konnte sie nicht vertreiben.

Eric steuerte den X6 auf den Bürgersteig, noch bevor er und Sia die Absperrungen sowie die Menge erreicht hatten. »Es wird nicht leicht, an Informationen zu kommen. Kameras, Presseleute, aufgeregte Bevölkerung. Das ist zu viel, um einen der Beamten auf die Seite nehmen und mit ihm reden zu können«, prognostizierte er. Schnell gab er ihr seine Handynummer. »Damit wir uns besser koordinieren können.«

Sia hatte nicht vor, ohne neues Wissen abzuziehen. *Ich schaffe das. Es geht um mein Fleisch und Blut, das in Gefahr ist!* Sie zeigte auf das Rudel Kameraleute. »Vermutlich werden wir da schneller fündig als bei den Bullen.« Eric nickte.

Sie gingen auf das Absperrband zu, vor dem sich die Meute staute und Polizisten dafür sorgten, dass keiner die Markierung durchbrach.

»Ich übernehme die Männer, Sie die Frauen.« Sia bog ab und schummelte sich unter die Pressevertreter. Eric schien noch etwas sagen zu wollen, schwieg dann aber. Sie drängelte sich geschickt bis ganz nach vorne, ohne auf das Murren der Umstehenden zu achten, und endete vor einem Polizisten. *Dann sorge ich für Stimmung. Überraschung bringt die meisten Informationen.* »Entschuldigung, ich bin von der *Leipziger Rundschau:* Stimmt es, dass es sich bei den Toten um Mitglieder eines Entführerrings handelt? Ich habe gehört, dass ein Mann mit einem kleinen Kind aus der Hotelgarage entkommen ist.«

Schlagartig wurde es still um sie herum. Plötzlich hatte sie zwei Mikrofone unter der Nase.

»Tut mir leid, ich erteile keine Auskünfte. Sie müssen sich an die Pressestelle wenden«, sagte der Polizist, dem die zunehmende

Aufmerksamkeit unangenehm wurde. Flüchten konnte er jedoch nicht, seine Aufgabe bannte ihn an die Stelle.

»Ich habe außerdem gehört, dass es sich bei dem Kind um ein vermisstes Mädchen handeln soll. Die Mutter des Kinds hatte die Anzeige aufgegeben, und eine Augenzeugin will beobachtet haben, dass es von zwei Männern verschleppt worden ist.« Sia feuerte eine Informationssalve gegen den Beamten und in die Öffentlichkeit. »Was können Sie uns dazu sagen?«

Jetzt ging ein Raunen durch die Vertreter der Medien. Gerüchte waren wie frisches Fleisch im Raubtierkäfig voller hungriger Löwen. Die ersten lauten Rufe brandeten auf, der Polizist hob beschwichtigend die Arme und wusste nicht, was er tun sollte. Der physische Druck nahm zu, es wurde geschoben und geschubst, und plötzlich riss das Absperrband.

»Hey, zurück! Zurück!« Der Beamte rief einen Kollegen zu Hilfe, um die Reporter bändigen zu können, aber sie strömten vorbei und auf den Hoteleingang zu, wo sie die Pressestelle vermuteten.

So war das nicht geplant, aber ich kann damit auch etwas anfangen. Anstatt der Masse zu folgen, nutzte sie die Gelegenheit und eilte zu dem abgedeckten Leichnam, wo sich gerade kein Beamter der Spurensicherung aufhielt. Die Weißgekleideten standen bei einem Transporter, um weitere Teile für das Zelt zu holen.

Sia kniete sich daneben, hob das Tuch an und betrachtete den Toten.

Es war ein Mann in einer billigen Bomberjacke, an dem auf den ersten Blick nichts Auffälliges war. Er lag mit dem Gesicht nach unten. Der Aufprall hatte seinen Schädel zerschmettert und das Genick gebrochen; auf seinem Rücken zeigten sich die Austrittswunden zweier Kugeln. Rund um die beiden Löcher haftete dunkles, durch große Hitze getrocknetes Blut.

Hast du was für mich? Hastig durchwühlte Sia seine Taschen im Scheinwerferlicht.

»Hey! Hey, Sie!«, traf sie eine männliche Stimme in den Rücken. »Sind Sie bescheuert? Weg von der Leiche!«

Sia kümmerte sich nicht um die Aufforderung, die mit Sicherheit aus dem Mund eines Polizeibeamten gekommen war. Sie schob den Kragen des Mannes zur Seite, prüfte die Handgelenke auf Zeichen – und entdeckte einen Ring mit einem merkwürdigen Muster, den sie hastig abzog, sowie eine Tätowierung auf beiden Handflächen. *Na also! Das ist doch was.* Sie fotografierte die Symbole mit ihrem Handy.

Schritte erklangen hinter ihr. »So, Sie stehen jetzt auf und drehen sich um. Ich muss Sie durchsuchen, und danach haben Sie eine Anzeige wegen ...«

Keine Zeit für so einen Mist. Sia beschleunigte und nutzte ihre übermenschliche Geschwindigkeit, um dem Polizisten zu entkommen. Sie hetzte auf den Hoteleingang zu, wich dabei Beamten und Hotelpersonal aus und stürmte in den leeren Aufzug. Von da rief sie Eric an. »Ich brauche die Zimmernummer, wo die Schießerei stattgefunden hat.«

»Sie haben ja ganz schön für Wirbel gesorgt.«

»Die Zimmernummer!«

»555.«

»Danke. Wir treffen uns bei Ihrem Wagen. Kann sein, dass wir schnell wegmüssen.« Sie legte auf und drückte die entsprechende Stockwerktaste. Zwei Journalisten, die eben zusteigen wollten, wurden ausgesperrt. Sie brauchte keine Mitfahrer. *Nehmt die Treppe.*

Die Wartezeit nutzte sie, um einen Blick auf den Ring zu werfen. Er war aus Weißgold, ein Siegelring, mit einer Art keltischem Muster und Zeichen, die denen ähnelten, die sie in den Handflächen des Mannes gesehen hatte.

Jedenfalls habe ich etwas zum Untersuchen. Sia glaubte nicht mehr, dass Elena durch einen Zufall in die Hände dieser Leute geraten war – oder besser gesagt: beinahe. Es hatte zwei Leichen gegeben, und der Sieger des Duells war mit dem Mädchen verschwunden.

Mit einem leisen *Ping* öffnete sich die Tür.

Sie blickte den Flur entlang auf die grün-weiße Absperrung der Polizei. Vier Beamte sicherten den Tatort, die Spurensicherung turnte in ihren weißen Overalls wie dicke, behäbige Geister um die Leiche. Sia roch verbranntes Fleisch. *Eine Ablenkung wäre gut.*

Die Seitentür im Flur öffnete sich, und Eric trat heraus. Er atmete nicht mal schwer, obwohl er die Stockwerke gerannt sein musste, um derart rasch bei ihr zu sein. Sia fiel bei der Gelegenheit ein, dass sie noch immer nicht wusste, welche Besonderheit es mit ihm auf sich hatte. *Wie gerufen!*

Er kam auf sie zu und legte zärtlich einen Arm um sie. »Nicht vergessen, wir sind ein Paar«, raunte er, nachdem er ihren Abwehrreflex bemerkt hatte. »Und wir schlendern in unser Zimmer.«

»Wir haben kein Zimmer.«

Eric ließ eine Schlüsselkarte in seiner Hand aufschimmern. »Jetzt schon. Viel los in der Lobby, da kann man schon mal hinter den Tresen huschen und sich was borgen.« Er zeigte auf die Leiche. »Riechen Sie das auch?«

»Verbranntes Fleisch.«

»Mit einer besonderen Note: warmes Silber«, ergänzte er. »Jemand hat einen Wandler mit Silber erschossen.« Er blieb vor dem Zimmer stehen, das unmittelbar vor der Absperrung lag, und nickte den Beamten zu. Eric öffnete die Tür und schob Sia hinein. »Es scheint, als hätten Sie sich mit der Familie de Morangiès nicht getäuscht. Der Comte hat Ihnen die Wahrheit gesagt, als er davon sprach, dass es noch mehr von ihnen gäbe.«

Sia musste nicken. *Dann ist meine Lüge plötzlich wahr geworden?* Die keltisch anmutenden Muster wollten jedoch für sie nicht unbedingt zu Frankreich passen. »Ich weiß nicht ...«, widersprach sie behutsam. »Der andere Tote sieht nicht aus, als gehörte er zu einem französischen Adelsgeschlecht.«

Eric ging zum Fenster und öffnete es, schaute auf die Straße und den Platz; kalter Wind strömte herein und trug Motorengeräusche sowie die Unterhaltungen der Menge zu ihnen. »Ich schlage vor, wir sehen uns das Nachbarzimmer mal an.« Aus seiner Hosentasche zog er eine zusammengerollte Sturmhaube und zog sie über, dann machte er Anstalten, sich zum Fenster hinauszuschwingen.

Ein Mann der Tat. »Die Polizei ist aber noch da.« Sie deutete mit dem Daumen über die Schulter.

»Das hat Sie eben vor dem Hotel nicht gestört, warum sollte es bei mir der Fall sein?« Er grinste, wie sie an den Fältchen um die Augen sah. Dann langte er in die Gesäßtasche, nahm ein Feuerzeug heraus und warf es ihr zu. »Halten Sie die Flamme mal an den Rauchmelder. Ein bisschen Verwirrung schadet nicht. Und wenn Sie sich trauen, können Sie mir folgen.« Er schlug sich gegen die Stirn. »Ach, das habe ich vergessen: Vampire können bestimmt fliegen, oder?« Eric kletterte ins Freie.

Spaßvogel. Sia löste den Alarm aus und folgte dem Mann. Es war nicht leicht, an der glatten Fassade Halt zu finden, aber ihre Körperkraft und Geschicklichkeit glichen das locker aus. Eric, der knapp vor ihr herkletterte, schien es ebenso nichts auszumachen.

Sie sahen gemeinsam durchs Fenster und wie durch den Alarm Bewegung in die Polizeitruppe kam. Die Spurensicherung klappte ihre Koffer zusammen und rannte hinaus, die Beamten in Uniform funkten hektisch und verließen zögernd den Tatort.

»Unser Zug.« Eric schlug gegen die Scheibe, die Splitter fielen nach innen. Elegant sprang er ins Zimmer.

Sia folgte ihm – und roch Elena! »Sie ist hier gewesen«, rief sie mit steigender Aufregung. Die Spur führte sie ins Bad, wo sie die nasse Kleidung ihrer Nichte in der Wanne fand. *Knapp verpasst.* Sie rannte wieder hinaus und durchsuchte das Zimmer in rasender Eile, aber leider auch, ohne fündig zu werden. Wer immer mit Elena unterwegs war, er hatte nichts zurückgelassen.

Eric kniete auf dem Gang neben dem Toten und wühlte mit bloßen Fingern in der Wunde, bis er triumphierend ein deformiertes Geschoss in die Höhe hielt; das fremde Blut rann an seinem Arm hinab. Es störte ihn nicht. »Silber. Die Jungs waren Wandler. Welcher Art genau, das kann ich leider nicht sagen, aber ich denke mal, dass Kaninchen und Hamster ausscheiden.« Er steckte das Projektil ein. »Vielleicht kann ich damit noch etwas anfangen. Manchmal verrät die Machart etwas über den Hersteller.« Er blickte Sia an. »Aber das ist definitiv *kein* Mitglied der Familie Morangiès.« Er sah den Flur hinab. »Wir bekommen Besuch. Feuerwehr, nehme ich an.«

Sia trat neben ihn und prüfte die Finger sowie die Handinnenflächen des Toten. Auch er wies eine Tätowierung auf, allerdings am Unterarm. Darauf stand zu lesen: *Chill Mhantáin.*

Die Spuren wiesen für sie jetzt eindeutig nach Irland. An Frankreich hatte sie nie ernsthaft geglaubt. Das wäre zu viel Zufall gewesen, dass sie mit ihrer Lüge ins Schwarze getroffen hätte.

Der Kanal und die Irische See. Sia fluchte innerlich. Als Judastochter litt sie unter einer gravierenden Einschränkung: Sie konnte kein fließendes Gewässer überqueren, vom kleinsten Bachlauf bis zum größten Meer. Einen besseren Schutz vor ihrer Art konnte es kaum geben.

»Wir müssen weg.« Eric ging ins Bad und kehrte mit einem Handtuch zurück, warf es ihr zu. »Damit können Sie Ihr Gesicht unkenntlich machen.« Er selbst hatte noch seine Sturmhaube übergezogen. »Los!«

Sie rannten zum zweiten Treppenhaus, hetzten nach unten, auf Erics Anweisung in die Tiefgarage. Dort nutzten sie den Notausgang, um dem Hotel und der Polizei zu entkommen, und eilten durch das nächtliche Leipzig.

Wieso Irland? Sia konnte sich das Interesse nicht erklären. *Irische Wandler machen Jagd auf Elena. Welchen Grund gibt es? Was habe ich übersehen?*

Eric zog in einer Seitenstraße die Haube vom Kopf, Sia warf das Handtuch in eine Mülltonne. Bald darauf hatten sie den BMW erreicht, stiegen ein und fuhren los.

»Mh«, machte Eric nach ein paar Metern. »Werfen wir unsere Erkenntnisse zusammen: Es sind Wandler, aber nicht aus der Familie de Morangiès. Einer hatte eine Tätowierung mit einem Namen, der für mich nach einer irischen Ortschaft klingt. Oder ein County? Vielleicht ein Footballteam? Der Mann, der die zwei erledigte, weiß, dass er es mit Wandlern zu tun hat, und beschützte entweder sich oder Ihre Nichte.« Er warf Sia einen raschen Blick zu. »Was haben Sie gefunden?«

»Mein Toter hatte das Genick gebrochen, zwei Einschusslöcher und ebenfalls zwei Tätowierungen sowie einen Ring. Ich habe Fotos gemacht.« Sia trommelte sich mit dem Zeige- und Mittelfinger der rechten Hand gegen die Unterlippe. »Die Spuren weisen nach Irland, da gebe ich Ihnen recht, nur ...« Sie zögerte. »Ich habe so gar keine Ahnung, was es mit Irland auf sich haben könnte. Ich habe keine Feinde mehr auf der Insel.«

»Okay. Untersuchen wir Ihre Bilder. Vielleicht bringt uns das weiter.« Eric steuerte den X6 durch die Straßen. »Wohin soll ich Sie bringen? Haben Sie so etwas wie einen sicheren Unterschlupf?«

»Ins Krankenhaus. Im Keller ist meine Notunterkunft.« Sia war unruhig wie schon lange nicht mehr. Gerade war eine Bedrohung überstanden und aus der Welt geschafft, da klopfte die nächste mit solcher Wucht an ihr Leben und das ihrer kleinen Familie, dass es aus den Angeln zu springen drohte. Eric hatte sogar jegliche Attraktivität, der sie bei einer anderen Gelegenheit durchaus hätte nachgeben können, für sie verloren. Die Gedanken an Spaßsex mit ihm erschienen ihr so passend, wie vor den Augen eines Verhungernden eine Pizza zu essen. Sia schloss die Augen. Sie wusste, wie sie die nächsten Stunden verbringen würde: am Computer und auf der Jagd nach den Symbolen.

»Ist in Ihrer Notunterkunft alles für eine umfassende Recherche eingerichtet, oder steht da nichts weiter als ein kleiner süßer Laptop?« Eric schien ihre Gedanken gelesen zu haben.

»Laptop und Internetzugang.«

Er setzte den Blinker und bog ab. »Dann ändere ich Ihre Pläne. Wir fahren zu mir, und da kümmern wir uns gemeinsam um die Spuren. Ich nehme an, dass ich besser ausgestattet bin als Sie, was PC und Internet angeht.«

Sia zögerte einen Moment. »Einverstanden. Aber vorher möchte ich dennoch ins Krankenhaus und nach meiner Schwester schauen.«

»Glauben Sie nicht, dass es besser wäre, die Spur Ihrer Nichte zu verfolgen, solange die Hinweise noch heiß sind?«

Sia willigte widerstrebend ein. Emma lag in einer sicheren Umgebung, bewacht von Ärzten und Pflegern und einem gut ausgebildeten Sicherheitsdienst. *Wieso Irland?* Sie seufzte. *Wie komme ich auf diese Insel?*

KAPITEL VI

Biep.
Biep, biep.

Biep. Klick-fchhhh-klack, klick-fchhhh-klack.

Biep.

Biep.

Biep, biep ...

NEIN!

NEIN!!!!

Nein, ich ... Gott, ich bin aufgewacht! Danke! Was für ein Alptraum!

Alles ruhig. Es muss noch mitten in der Nacht sein, keine Geräusche auf dem Flur, keine Stimmen und nicht das hektische Treiben. Mein Herz schlägt schneller als sonst, wenn ich das Piepsen richtig einschätze. Kein Wunder.

Biep, biep, biep. Klick-fchhhh-klack, klick-fchhhh-klack. Biep. Biep ...

Wie bescheuert ist man, wenn man wieder und wieder träumt, was man Schreckliches erlebt hat? Warum kann mir mein Gehirn nicht Bilder von Elena schicken? Stattdessen war ich in meiner alten Wohnung, mitten in dem Massaker und in der Hand von dieser wahnsinnigen Tonja. Das Blut, so echt, überall! Ich kann es immer noch riechen. Wie sich die Sinne durch den Verstand täuschen lassen. Aber ich zittere nicht. Wie froh wäre ich, wenn ich vor Furcht zittern könnte ...

Biep, biep, biep. Klick-fchhhh-klack, klick-fchhhh-klack. Biep. Biep ...

Ich sollte wieder einschlafen oder es zumindest versuchen. Meine Kraft brauche ich morgen dringend, um meinen Körper unter Kontrolle zu bekommen. Ein Schlafmittel wäre prima. Und diese anhaltende Hitze ... ich fühle mich gar nicht gut.

Biep, biep, biep. Klick-fchhhh-klack, klick-fchhhh-klack. Biep. Biep ...

Bin ich wegen des Fiebers aufgewacht? Mein Herz schlägt noch schneller, und ... da ist ein neuer Ton dabei, den ich noch nicht kenne? Ein Alarmsignal? Nein, bloß nicht!

Biep, biep, biep. Klick-fchhhh-klack, klick-fchhhh-klack. Biep. Biep ...

Fieberträume. Ich wette, das Fieber bringt mir diese furchtbaren, lebensechten Erinnerungen an die Toten und das Blutbad. Kann mir nicht einer was dagegen spritzen? Ich will nicht mit Todesangst erwachen.

Biep, biep, biep. Klick-fchhhh-klack, klick-fchhhh-klack. Biep. Biep ...

Schlafen. Ich muss unbedingt schlafen. Aber diese Hitze macht mich ... irre! Hat mir jemand Kohlen in den Bauch geschoben? Vielleicht sollte ich an etwas denken, um mich abzulenken ... oder ich gehe das Ensemble des Schauspielhauses durch. Sollte ich tun, bevor ich den Verstand verliere. Zuerst die Hauptdarsteller. Da ist ...

Biep, biep, biep. Klick-fchhhh-klack, klick-fchhhh-klack. Biep. Biep ...

3. Februar, Großbritannien,
Nordirland, Maghera, 13:32 Uhr

Es fiel Boída leicht, den Club zu finden.

Und es war ein *wirklicher* Gentlemen's Club, wie das unübersehbare Türschild verriet: Ins obere Geschoss war der Zutritt nur Mitgliedern oder Mitgliedern mit einem Aspiranten gewährt. Der untere Bereich war eine Mischung aus Pub und Teestube, wie sie durch die Fenster erkannte. Und öffentlich.

Was Boída sofort auffiel, war die Türklinke. Sie schimmerte verräterisch silbern und bestand vermutlich auch aus dem Edelmetall. Gedankenlose Wandler ohne Handschuhe würden durch Schmerzen lernen und sich sofort verraten.

Sie lächelte über die kleine Gemeinheit und öffnete den Eingang, betrat die Halle mit der marmornen Treppe, die nach oben zu einer geschnitzten, fast schwarzen statt braunen Doppelflügeltür führte. Davor stand ein typisch britischer Butler, der nichts anderes war als ein Wächter und jedem den Zutritt verweigern würde, der nicht Mitglied oder Aspirant war. Der Unterschied zu einem herkömmlichen Bediensteten bestand darin, dass er einen schulterhohen Zeremonienstab in der linken Hand hielt.

Zu ihrer Rechten öffnete sich ein gut besuchtes Café mit hellen Holzvertäfelungen, was sie recht ungewöhnlich für Irland fand. Iren standen eher auf Dunkles, wenn es um die Inneneinrichtung von Bars und Pubs ging.

Boída, die für ihren Besuch eine schwarze, lange Perücke ausgesucht hatte, warf dem Butler einen Blick zu und trat in den *TeaRoom*, sah sich um.

Noch hatte sie keine Ahnung, warum sie Righley hierhergeschickt hatte. Die Decke fiel ihr wegen der vielen schimmernden Intarsien unverzüglich auf, und sie erinnerte sich, so etwas Ähnliches in Dublin gesehen zu haben. In einer Bibliothek. Es war eine Ausstellung über das Book of Kells gewesen.

Die Menschen um sie herum kümmerten sich nicht um sie. Gelegentlich wurden ihr Blicke zugeworfen, aber in keinem erkannte sie Ablehnung oder Misstrauen. Weder ein besonderer Geruch noch besondere Vorkommnisse, die Boída unter normalen Umständen darauf gebracht hätten, dass es sich bei dem *TeaRoom* um einen Mosaikstein in einem Rätsel handelte. Aber da war noch die Silberklinke.

Boída setzte sich an einen Tisch am Fenster und nahm die Karte.

Eine weibliche Bedienung lief hinter dem Tresen hervor und kam zu ihr. »Hallo und einen wunderschönen guten Tag. Ich bin Angela. Was darf es sein?« Die hellen Haare waren mit Gel in eine unkonventionelle Frisur gezwungen worden, eine grüne Schürze verdeckte den Großteil ihrer Kleidung.

»Einen starken Tee und ein Stück vom hausgemachten Zitronenkuchen, bitte.« Sie deutete an die Decke und merkte, wie sich die Wärmepflaster an den seitlichen Rippen spannten. »Das ist eine tolle Arbeit.«

»Ja, nicht wahr? Wir sind froh, dass wir sie erhalten konnten. Die Bemalungen auf den Wänden waren leider nicht mehr zu retten.« Angela schaute bedauernd.

»Ach?« Boída wollte nachhaken, atmete dabei irgendwas Kleines ein und musste husten. Sie versuchte, mit ihrer geschickten Zunge den Krümel ausfindig zu machen und nach vorne zu schieben, um ihn auszuspucken, schaffte es aber nicht. »Was ist denn passiert?«

Angela drehte sich halb zur Seite und wollte los, die Bestellung abliefern. »Die Küche hat gebrannt, und das Löschwasser hat mehr Schaden angerichtet als der Qualm und die Flammen zusammen.«

Ein Pärchen kam herein, und Angela wies auf den freien Tisch am anderen Ende. »Gehen Sie dahin, da habe ich gewischt.«

»Das muss ja wundervoll ausgesehen haben.« Boída machte mit dem Handy ein paar Fotos von der Decke. »Was war vorher hier drin?«

»Nichts. Das Haus stand lange leer und war total heruntergekommen. So ist es viel besser. Ein echtes Schmuckstück für Maghera.« Angela eilte zum anderen Tisch, wo vom Pärchen signalisiert wurde, dass man ihre Dienste benötigte.

Sosehr sich Boída anstrengte, Ungewöhnliches zu erkennen,

es gab nichts. Leicht frustriert drohte sie Righley mental bereits Schläge an, der sie vollkommen grundlos nach Maghera geschickt hatte. Oder er hatte sie loswerden wollen, um eigene Pläne in die Tat umsetzen zu können. Dieser stinkende Fuchs würde es bald bereuen, sie verarscht zu haben.

Tee und Kuchen wurden vor ihr abgestellt, und endlich schaffte es Boída, den Krümel in ihrem Mund zu erwischen. Sie pflückte ihn mit den Fingern von den Lippen und wollte ihn wegschnippen – und verharrte: War das *Silber?*

Würde sie unter den gleichen Einschränkungen leiden wie alle europäischen Wandler, hätte sie ein gewaltiges Problem: Verbrennungen und starke Schmerzen an den Schleimhäuten. Sie wusste nicht wirklich, wie sie den Silberflitter in den Mund bekommen hatte.

Boída gab Milch und Zucker in den Tee, registrierte, dass Silberbesteck serviert wurde, und wollte just die Gabel in den lecker duftenden Zitronenkuchen senken – als das leichte Schimmern auf dem goldgelben Gebäck sie zum Innehalten brachte. Mit einem Zinken untersuchte sie ihren Fund und stufte ihn als neuerliches Silberfitzelchen ein. Bei der Gelegenheit erkannte sie ein weiteres. Damit kam sie auf drei, und das galt nicht mehr als Zufall.

Sie hob den Arm. »Verzeihen Sie, Angela, aber ...« Boída hielt die Gabel so, dass man den Flitter sah.

Angela hatte das Tablett voll mit abgeräumtem Geschirr, machte aber dennoch halt am Tisch. »Ah, das ist eine Besonderheit unseres *TeaRooms*«, sagte sie lachend nach einem kurzen Blick. »Sie haben die Rückseite unserer Karte nicht gelesen.«

Nein, das hatte Boída in der Tat nicht und auch gerade keine Lust darauf, es nachzuholen. »Verraten Sie mir die Besonderheit?«

Angela stellte das Tablett ab und deutete nach oben. »Der Spitzname des Clubs über uns lautet Silverrain. Früher, um die Jahrhundertwende, wurden hier in einer Werkstatt Gemälde und

Rahmen restauriert, und man hat viel mit Blattgold und Blattsilber gearbeitet. Lange Zeit stand das Haus leer, bis es umgebaut wurde. Der Silberregen setzte von Anfang an ein. Es waren Experten hier, die meinten, dass in der Zwischendecke geriebene Reste des Blattsilberbestands versteckt liegen, die nach und nach durch kleinste Erschütterungen freigegeben werden.« Angela nahm das Tablett wieder auf. »Die Ritzen. Dadurch rieseln die feinen Stückchen. Es ist nicht schädlich. Wenn Sie lange genug sammeln, dann haben Sie vielleicht bald genug für einen Ring oder so.«

Boída lachte und bedankte sich. Jetzt, wo sie wusste, worauf sie achten musste, entdeckte sie bald noch mehr Flitter auf den Tischen, auf dem Boden, eigentlich überall im *TeaRoom.* Die Hölle für jedes Wandelwesen.

Sie stellte sich vor, dass die Partikel sogar so fein werden konnten, dass man sie einatmete. Die Lungen eines Wandlers, die Nase, der Mund, der Rachen, die Luftröhre, sie würden verbrennen, und er konnte nichts dagegen tun. Eine Kugel oder eine abgebrochene Klinge konnte man entfernen, aber diese winzigen Stückchen? Niemals.

Dieser kleine Wichser Righley, dachte sie. *Er glaubte, er kann mich damit umbringen!* Die Indizien sprachen dafür.

Der Kuchen schmeckte ausgezeichnet, der Tee ebenso.

Boída wusste nicht, was sie mit ihrer Erkenntnis anstellen sollte. Es war sicherlich ein Ort frei von herkömmlichen Wandelwesen, doch angenommen, Righley hätte sie nicht umbringen wollen: Was hatte er ihr damit dann gesagt? Der Club und der *TeaRoom* konnten ein extrem sicherer Treffpunkt für die Feinde von Wandlern sein – war *das* die Lösung? Hatte sich dieser Mike hier herumgetrieben und seinen Auftrag von den Leuten des Gentlemen's Club erhalten?

Sie winkte die Bedienung erneut zu sich und verlangte die Rechnung. »Sagen Sie, ein Bekannter von mir war vor kurzem in

Maghera und muss auch im Club gewesen sein.« Boída hielt das Display des Handys so, dass Angela draufschauen konnte, und rief das Bild von Mike auf. Es ging ihr nicht um eine ehrliche oder verwertbare Antwort, sondern um eine Reaktion.

Angela schaute kurz, dann schüttelte sie den Kopf. »Nein, tut mir leid. Den Gentleman habe ich hier unten nicht gesehen. Aber fragen Sie doch mal beim Butler nach.«

»Sie meinen den, der oben an der Tür steht?«

»Ja. Vielleicht ist Ihr Bekannter Mitglied im Club?«

»Danke. Sie waren sehr freundlich.« Boída legte noch zwei Pfund dazu und stand auf.

Angela deutete einen Knicks an. »Dann empfehlen Sie uns gerne weiter.«

Boída stand in der Halle und wischte einen stecknadelkopfgroßen Silberpunkt vom Ärmel. Sie fand die Vorstellung, dass der fette McFinley im *TeaRoom* saß und von Silberstaub bombardiert wurde, lustig. Er würde kreischen, winseln, beide Schwänze einziehen und sich wie eine Memme benehmen.

Boída hielt McFinley ohnehin nicht für würdig, ein Rí zu sein. Die BlackDogs hatten Bessere in den Reihen der Oenach für diese Aufgabe. Eine Idee blitzte auf und setzte sich fest, die sie später weiterverfolgen wollte. Erst kamen ihre Nachforschungen und eine Abreibung für Righley.

Die nette Angela hatte ihrem Geruch nach ohne Angst und ohne Lüge geantwortet, was bedeutete, dass sie dem IRA-Soldaten nicht begegnet war. Blieb noch der Butler und dessen Reaktion.

Boída wollte wenigstens gefragt haben, auch wenn sie mehr und mehr daran glaubte, dass der Fuchswandler sie in eine Falle hatte locken wollen. Sie, die Scharfrichterin! Er würde sich wünschen, gestorben zu sein, bevor sie ihn gefunden hatte.

Sie ging die Stufen nach oben, fuhr mit den Fingern über das dunkle Geländer und betrachtete die Kuppen; silbernes Pulver haftete daran.

Der Butler, dessen Statur durchaus sportlich zu nennen war, verfolgte sie mit Blicken und lächelte automatisch, als sie vor ihm stand. »Sie wünschen, Madame?« Er blieb gelassen, eine Hand um den Stab gelegt.

»Nur eine Auskunft.« Boída zeigte auch ihm Mikes Gesicht. Dabei fiel ihr auf, dass der Zeremonienstab mit silbernen Beschlagnägeln versehen war. Garantiert auch kein Zufall. Alles an diesem Haus schien bestens dazu geeignet zu sein, herkömmliche Wandler abzuwehren – von Angela einmal abgesehen. »Ein Freund von mir war vor kurzem in Maghera, und ich dachte, er wäre auch Mitglied in diesem Club.«

»Ich entschuldige mich zutiefst, aber wir geben keine Auskünfte an Herrschaften, die nicht im Club sind«, erwiderte er in perfektem Oxford-Britisch. »Fragen Sie Ihren Bekannten bitte selbst, Madame.«

Boída nickte. »Sie sind ein guter Butler. Verschwiegen und treu.« *Und leider ohne verräterischen Duft.* Ein Hauch von Schweiß, stark riechendes Rasierwasser, etwas Talkum und eine Prise Vorsicht, aber sonst auch nichts.

Somit hatte sie ungewöhnlichen Silberregen aus der Decke, einen Silberknauf und eine alte Zimmerdecke, von der sie Fotos gemacht hatte. Vielleicht ließ sich damit was anfangen. Ach ja, und natürlich das, was sie aus Righley rauspressen würde. Im wahrsten Sinne des Wortes.

»Wiedersehen.« Boída ging die Stufen nach unten, verließ den Club und stand wieder auf der Straße.

Ihr Magen grummelte laut und verlangte nach Essen. Kein Kuchen, kein gebratenes Fleisch, sondern eine lebende, warme Kreatur. Am besten ohne störende Haare.

In Palmyra, zur Römerzeit, hatte sie sich einmal die Woche ein Neugeborenes gegönnt. Leichte Kost, die sättigte und ein zartes Aroma besaß ... himmlische Umstände!

Damit hatte Boída es vermieden, sich an zu großer Nahrung

zu überfressen, wozu sie gerne neigte, wenn sie einmal am essen war. Sie konnte es nicht stoppen. Ein Schlingreflex.

Sie trauerte den Zeiten nach. Sehr sogar.

Boída hatte wie eine Herrscherin gelebt, an der Seite eines mächtigen Wesens, das von den Römern und den Einwohnern Palmyras gefürchtet und verehrt worden war. Der verfluchte magische Wirbel, den die beiden fremden Frauen heraufbeschworen hatten, hatte sie durch Raum und Jahrhunderte geschleudert. Die Ankunft in dieser Epoche war mehr als ein Kulturschock gewesen und hatte ihr sehr viele seelische und körperliche Wunden verursacht.

Sie schaute einem Auto nach, betrachtete die vorbeihastenden Menschen.

Für Boída war alles neu gewesen, sie hatte nichts gewusst. Gar nichts.

Ein leises Schreien weckte ihre Aufmerksamkeit, und sie drehte den Kopf nach rechts.

Keine zwanzig Meter von ihr entfernt schob eine junge Mutter einen hellblauen Kinderwagen durch den irischen Sonnenschein.

Der süße Geschmack von Neugeborenen entstand von selbst in ihrem Mund; beinahe wäre ihr die gespaltene Zunge zwischen den Lippen hervorgeschlüpft, und sie speichelte stark. Sie musste einfach essen!

Boída heftete sich an die Fersen der Mutter und sah sich immer wieder um. Es war zu viel auf den Straßen los, um einen Überfall zu riskieren. Außerdem hingen überall Kameras, die ihre Aufnahmen sofort an Sicherheitszentralen weiterleiteten und Bobbys aufschreckten. Sie brauchte eine Seitenstraße, um schnell zugreifen zu können.

Die junge Frau tat ihr wirklich den Gefallen. Sie bog ab und steuerte den Kinderwagen in eine Quergasse.

Boída verfiel in einen lockeren Trab. Die Bewegung tat ihr

gut, die Wirkung der Wärmepflaster ließ allmählich nach. Schritt um Schritt holte sie zu dem Duo auf, patschend traten ihre Schuhe in kleine Pfützen.

Das Geräusch machte die Mutter aufmerksam, und sie schaute über die Schulter. Etwas im Gesicht ihrer Verfolgerin alarmierte sie, und sie beschleunigte.

Boída stieß ein wütendes Zischen aus und rannte los.

»Verpiss dich, du Junkie!«, rief die Mutter und stolperte, verlor an Geschwindigkeit. »Hey«, schrie sie jetzt laut, und ihre Stimme hallte von den Wänden wider.

Die Fenster blieben geschlossen, niemand zeigte sich.

»Hilfe! Hört mich jemand? Hilfe, Pol...«

Boída hatte sie erreicht, griff um ihren Hals und rammte ihren Kopf gegen die Mauer. Ohnmächtig sank die Mutter zu Boden. Der Weg zum zarten Happen war frei!

Ein dunkel röhrender Motor ließ Boída zusammenfahren, ein helles Piepsen mischte sich darunter. Ein Müllauto bog vor ihr rückwärts in die Gasse, zwei Männer standen hinten auf den Trittbrettern und sahen genau zu ihr.

»Schade!«, murmelte sie. Das Baby war zum Greifen nahe, süß und lecker, mit weichen Knochen, die sich leicht verdauen ließen.

Den Geräuschen nach näherte sich von der anderen Seite ein Motorrad. Boída war eingeschlossen, jede ihrer Bewegungen wurde gesehen. Auf sie gerichtete Aufmerksamkeit konnte sie nicht gebrauchen. »Hier!«, rief sie den Müllmännern zu. »Es gab einen Unfall.« Sie beugte sich zur Mutter und drehte sie auf den Rücken. Die Lider flatterten, die junge Frau erwachte. »Achte gut auf dein Kind«, flüsterte Boída ihr ins Ohr. »Eine zweite Begegnung mit mir wird es nicht überleben. Jetzt geh nach Hause und feiere seine zweite Geburt.«

Als die Männer bei ihr angekommen waren und auch der Motorradfahrer neben ihr hielt, um seine Hilfe anzubieten, zog sich Boída zurück. Hungrig und schlechtgelaunt lief sie auf die Hauptstraße zurück zu ihrem Wagen.

»Ganz schlecht«, murmelte sie gereizt. Sie stieg ein und fuhr los, zurück nach Omagh, und hatte den lockenden und lange nicht mehr gekosteten Babygeschmack noch immer am Gaumen. Sie musste ihn mit etwas anderem übertünchen, sonst würde sie ausrasten!

Als sie unterwegs an einem Viehmarkt vorbeikam, konnte sie nicht anders.

Boída hielt, ohne zu zögern, an und kaufte sich eine Kiste mit frischen, jungen Küken. Sie waren noch nicht alt, rochen unschuldig, lecker. Weder das knuddelige Aussehen noch das helle, feine Rufen würde sie retten. Dreißig natürliche Snacks für unterwegs. Chicken Nuggets, die es so in keinem Fast-Food-Restaurant geben würde.

3. Februar, Deutschland,
Sachsen, Leipzig, 02.21 Uhr

Sia betrat das Foyer des Gründerzeitgebäudes, das im Viertel Connewitz, in der Nähe des sogenannten Kohlrabizirkus lag. Draußen konnte man die beiden Rundhallen ausmachen.

Lange her, dass ich in dieser Region der Stadt gewesen bin. In den zwanziger Jahren, das wusste sie genau, feierte man die beiden Gebäude als größte feste Kuppelbauten der Welt. Einst Orte, an denen der Großmarkt seine Waren umgeschlagen hatte, waren sie Veranstaltungsorte geworden. Von der Eishalle bis zum Musikevent.

Noch älter war das Haus, in dessen üppigem Flur sie stand. Eric hatte den BMW in der eigenen Tiefgarage geparkt, sie waren ausgestiegen und die Treppen in den Flur hinaufgestiegen. Vier Stockwerke hatte das Haus, und niemand sonst nutzte es, wie er ihr gesagt hatte. *Wessi-Größenwahn.* »Wohin?«

Eric zeigte nach rechts. »Gehen wir gleich ins Arbeitszimmer.« Er übernahm die Führung. »Kaffee oder so etwas? Brauchen Vampire das, um wach zu bleiben?«

Sie grinste. »Ich trinke ihn einfach gerne. Sofern er gut gemacht und nicht bitter ist.«

»Sagen Sie das meiner Kaffeemaschine.« Eric öffnete die Tür und ließ ihr den Vortritt. »Schwarz?«

»Ja bitte. Nur keine Umstände.«

»Alles klar. Bin gleich wieder bei Ihnen.« Er verschwand aus ihrer Sicht, und Sia blickte sich um.

Das Arbeitszimmer war geschätzte fünf Meter hoch, ein klassischer Altbau. Früher könnte es mal ein Salon oder das Speisezimmer der Herrschaften gewesen sein. Meisterlicher Stuck an den Decken, dunkle Holzvertäfelungen am unteren Wanddrittel und darüber Stofftapeten in einem floralen Edelmuster, wie es gerade wieder aktuell wurde.

Man könnte ein Tennismatch austragen, so viel Platz ist hier. Sia fand, dass weder die zusammengeschobenen Aluschreibtische noch die unlackierten Blechaktenschränke wirklich zu dem Ambiente passten. Wie ein Warhol-Gemälde zwischen einem Botticelli und einem Rembrandt. Der Kronleuchter an der Decke bildete einen Widerspruch zu den Stehleuchten, in denen Sia LED-Lampen sah. Betagte Restopulenz gegen Nüchternheit und Effizienz.

Einen Innenarchitekten hat er nicht. Sie zählte nicht weniger als drei Computer, zwei Scanner, zwei Faxgeräte und weiteres technisches Equipment, vom Fotoapparat mit diversen Objektiven bis hin zu ... *Sind das Richtmikrofone?*

Eine Kaffeemaschine gurgelte aus einem Nachbarzimmer und spie das heiße Getränk aus, der warme, kräftige Duft zog bis zu ihr und weckte Vorfreude.

Dann will ich meinen Mitstreiter ein bisschen besser kennenlernen. Sia versuchte, die Schränke zu öffnen, doch sie waren abgeschlossen. Also schlenderte sie den Schreibtisch entlang und inspizierte die Ablagen.

Sie fand alles Mögliche darauf: Blätter mit gekritzelten Notizen, ausgedruckte Namen und Anschriften, Listen mit Orten und Zeitangaben, Zeichnungen, ausgedruckte Fotos. Und die Aufnahmen von Leichen, darunter auch die von de Morangiès.

Aha? Sia betrachtete das Bild genauer. Es musste aus dem Bestand der Spurensicherung stammen. Eric schien demnach über gute Kontakte zur Polizei zu verfügen.

Und noch ein Foto fiel ihr auf: eine hübsche Frau und ein kleines Kind, vermutlich ein Mädchen. Sie fand, dass es eine gewisse Ähnlichkeit zwischen der Kleinen und Eric gab.

Als hätte er gespürt, dass sie schnüffelte, kehrte er zurück. Er hielt zwei große Becher in einer Hand, in der anderen balancierte er ein Tablett mit Zucker, Milch und Löffeln.

»Ist das Ihre Familie?«

»Ja.« Er stellte alles auf dem vorderen Teil des Tisches ab.

»Und wo leben sie?«

»Nicht in Leipzig.«

Sia bemerkte, dass sich sein Gesicht verschloss. Er wollte nicht über das Thema sprechen. *Er hat Stress mit ihr oder ist geschieden, und sie hat das Sorgerecht zugesprochen bekommen,* mutmaßte sie. Durch Emmas Erfahrungen mit ihrem Ex, den Sia aus dem Weg geräumt hatte, kannte sie sich bestens mit der heiklen Thematik aus. *Oder sie sind gestorben?* »Es ist auch besser so, bei dem Job, den Sie machen. Werwolfjagd – da braucht eine Ehefrau schon ganz schön Verständnis«, versuchte sie einen Scherz.

»Milch, Zucker?«, lautete die abschmetternde Antwort.

Kein gutes Thema. »Ich trinke ihn so.« Sia ging zu ihm und wählte die Tasse, auf der stand *Fuck you very much.* »Schalten Sie Ihre Computerbatterie mal ein, damit wir rausfinden, was die toten Wandler an eintätowierten Informationen für uns haben.«

»Mache ich.« Eric legte den Schalter für die Hauptstromverteilung mit dem Fuß um, dann setzte er sich auf den Bürostuhl mit den Rollen darunter und stieß sich ab. Während er an den Computern vorbeiglitt, schaltete er einen nach dem anderen ein. »Sie kennen sich damit aus?«, rief er Sia zu, die den Daumen hob. »Dann lesen Sie Ihre Fotos am ersten Gerät aus, und legen Sie einen neuen Ordner mit dem heutigen Datum an«, wies er sie an.

Da verwechselt mich jemand mit einer Sekretärin. Sie tat es dennoch. Er hatte dafür den Kaffee gekocht, der gar nicht mal schlecht schmeckte.

Es dauerte nicht lange, und sie hatte ihre Aufnahmen vom Handy via Bluetooth überspielt. In der Menüleiste fand sie ein Bildbearbeitungsprogramm und ließ die Qualität nachträglich verbessern und vergrößerte die Auflösung, um jede Feinheit noch deutlicher zu machen. Soweit es zumindest ging. Das Programm schien ihr jedoch keines zu sein, das man eben im Elektronikmarkt kaufen konnte. Es hatte mehr Features und Funktionen und holte mehr aus den Aufnahmen heraus.

Was macht er eigentlich? Sia schaute zur Seite.

Eric hackte auf die Tastatur ein. »Okay«, sagte er halb abwesend. »Wie es aussieht, hat einer der Angreifer ein Lieblingsspiel gehabt: Hurling.«

»Hurling ...?«

»Nettes Spiel. Eine Mischung aus Hockey, Fußball und Rugby, würde ich sagen.« Er drehte den Monitor so, dass sie es sehen konnte. »*Chill Mhantáin* ist Gälisch und meint Wicklow. Ein County in Irland, in dem es reichlich viel zu sehen gibt.«

Das ... ist eines meiner Bilder! »Und wie kommen Sie auf Hurling?« *Er hat sie sich einfach rübergezogen. Netzwerk, klar.*

»Ein paar Buchstaben ähneln dem eines Hurling ... sagt man Schläger? Jedenfalls nehme ich es mal stark an.« Eric drehte den Bildschirm wieder zu sich. »Ich gleiche gerade ab, ob ich sein Bild irgendwo finden kann. Vielleicht hat er in der Mannschaft gespielt. Der Ring, den Sie ihm abgenommen haben, kann eine Auszeichnung gewesen sein. Wie kommen Sie voran?«

Sia schaute auf ihre Aufnahmen. »Ich bin bei der Bearbeitung«, antwortete sie zurückhaltend. »Da ist noch mehr.« Mit einem schnellen Klick verhinderte sie die Freigabe der Aufnahmen für andere Computer. *Will ich das? Kann ich ihm wirklich so vertrauen?* Dummerweise hatte sie wenig Auswahl. Selbst wenn Emma nicht im Koma liegen würde, könnte sie mit deren Hilfe wenig anfangen.

Sia verzichtete vorerst darauf, die Dateien freizugeben, und beschäftigte sich mit deren Bearbeitung. Es ging darum, auch die kleinsten Details der gestochenen Symbole in den Handflächen sichtbar zu machen, um damit im Internet auf die Suche zu gehen.

Dabei hegte sie einen unschönen Verdacht: *Hoffentlich kommt dabei nicht raus, dass es so etwas bedeutet wie* Ich finde Hurling cool *oder* Mein Schläger ist so lang wie mein Ding.

3. Februar, Deutschland,
Sachsen, Leipzig, 06.01 Uhr

Schwester Hildegard, nicht die gute, sondern die beste Seele der Station, war etwas später dran als sonst, als sie den weißen Kittel zuknöpfte und in die bequemen Slipper schlüpfte.

Die paar Minuten würde ihr die Zeiterfassung nicht nachsehen, aber es war nicht anders gegangen. Ihr kotzender Hund hatte verhindert, dass sie pünktlich im Krankenhaus erscheinen konnte. Sie war umzingelt von Pflegefällen, daheim und beruflich. Aber jemand musste sich kümmern.

Schwester Hildegard verließ die Umkleide, steckte die Packung Lutschpastillen ein, weil sie schon seit einiger Zeit unter Halsschmerzen litt.

Sie trat auf den Flur, von dem sie jeden Riss im Boden und jede Fuge an der Wand kannte, und marschierte los, um zur Pflegerstation zu gehen. Es roch nach Frühstück, das die Nachtschicht noch schnell verteilt hatte. Hildegard und ihr Team würden die Tabletts wieder einsammeln. Zur Übergabebesprechung kam sie jedoch zu spät. Das ärgerte sie am meisten.

Hinter ihr öffneten sich die Türen des Fahrstuhls, der für die Lasten vorgesehen war, und sie schaute sich um, wie sie es immer tat. Konnte sein, dass jemand ihre Hilfe brauchte.

Ein Pflegerteam erschien, bestehend aus zwei sehr kräftig gebauten Männern mit kurzgeschorenen Haaren und einer Frau. Sie unterhielten sich leise miteinander, die Brünette hielt ein Klemmbrett. Die Gruppe gehörte nicht zur Klinik.

Hildegard blieb stehen und wartete, bis sie auf gleicher Höhe waren. »Guten Morgen«, grüßte sie das fremde Pflegerteam und stellte sich so, dass man *Oberschwester* auf ihrem Namensschild lesen musste. Die Frau, die wie alle anderen einen Besucherausweis trug, nickte ihr zu und wollte vorbeigehen. »Kann ich Ihnen helfen?«

Die Brünette blieb stehen, die Männer setzten ihren Weg zur Pflegerstation fort. »Sind Sie die Verantwortliche?«

»Ja.« Hildegard rätselte über das Team. »Und was möchten Sie hier?«

»Ich bin Schwester Maria.« Die Brünette hielt ihr das Klemmbrett entgegen, auf dem ein ausgefülltes Aufnahmeformular für das Park-Krankenhaus festgemacht war. »Wir haben den Auftrag bekommen, Frau Emma Karkow zu überführen.«

»Bitte?« Hildegard nahm die Unterlagen an sich und überflog sie. Es hatte alles seine Richtigkeit. Ausgefüllt und unterschrieben waren sie von Theresia Sarkowitz. Schlimm genug, wenn ein Krankenhaus einen Patienten an ein anderes abgeben musste. Noch schlimmer war es, wenn das die eigenen Mitarbeiter veranlasst hatten. Als Grund war angegeben worden: *Bessere medizinische Betreuung erwünscht.* Ein Stich in Hildegards Herz und in ihre Fachkompetenz.

»Kann ich die Papiere zurückhaben?«

Diese persönliche Verletzung machte Hildegard sensibler – und sie wurde unsicher.

Sie hatte erfahren, was Sarkowitz und Oberarzt Sascha ausgemacht hatten, die Dialyse, die Spenderniere. Gemeinsam waren Pläne geschmiedet worden – und sollten von Sarkowitz innerhalb von zwölf Stunden über den Haufen geworfen worden sein?

Bessere medizinische Betreuung als unter ihrer Aufsicht gab es nicht. Die Angehörigen eines Klinikmitarbeiters erhielten sogar mehr Aufmerksamkeit als ein vollkommen fremder Patient, das lag auf der Hand. Aus dem Grund gelangte Hildegard zu der Ansicht, dass die Verlegung keinen Sinn machte, weder medizinisch noch aus privaten Gründen. Sie bemerkte, dass die Unbekannte nervös ihren Nacken rieb und zu ihren Begleitern schaute. Mit rechten Dingen ging es hier nicht zu.

»Einen Moment«, sagte Hildegard, ohne das Brett loszulassen, und ging zur Pflegerstation. Aber Schwester Maria folgte ihr, und auch die beiden bulligen Männer waren angekommen und warteten.

»Stimmt etwas nicht?« Maria klang genervt.

»Nein, nein. Alles bestens. Ich muss nur kurz ...« Sie konnte sich getäuscht haben, aber die Handschrift auf dem Formular vor ihr kam ihr gänzlich unbekannt vor. Theresia Sarkowitz schrieb altertümlicher, eine Mischung aus Sütterlin und Standardschreibschrift. Hildegard suchte den Ordner, in dem die Nachtwachen ihre Berichte ablieferten und unterschrieben. Mit der anderen Hand nahm Hildegard den Hörer vom Telefon, beiläufig und unauffällig. Es musste aussehen, als würde sie mit der Zentrale über Banalitäten sprechen.

Das Freizeichen erklang.

Sie schlug einen Ordner auf, blätterte, fand einen Eintrag von Sarkowitz, und ihr wurde kalt. Eine falsche Unterschrift! Sie ähnelten sich nicht mal im Ansatz. Daraus schloss sie: Jemand wollte Emma Karkow entführen!

Maria machte ein ungeduldiges Gesicht. »Kann ich Frau Karkow jetzt mitnehmen? Wir haben noch eine Fuhre.«

Das Freizeichen erklang immer noch. Der Portier telefonierte auf der anderen Leitung oder war auf dem Klo. Oder machte sonst was.

Hildegards Gedanken überschlugen sich, und sie wäre am liebsten gerannt, um sich in Sicherheit zu bringen und Hilfe gegen die Übermacht zu holen. Aber eine wehrlose Komapatientin im Stich lassen? Eine Schutzbefohlene? Tapfer blieb sie und hob erzwungen lächelnd den Zeigefinger, was so viel bedeuten sollte wie »Momentchen«.

Es klickte. »Hier Zentrale, was kann ich ...«

Eine breite Hand senkte sich herab, traf die Unterbrechungstaste auf dem Telefon und beendete das Gespräch abrupt.

Nein! Hildegard wollte sich herumwerfen, aber da hatte sie bereits eine Hand im Nacken. Ein fester, kleiner Gegenstand drückte sich von hinten gegen ihre Wirbelsäule.

»Ich halte Ihnen eine Pistole in den Rücken, also bleiben Sie ruhig, wenn Sie weiterhin den Job der Oberschwester machen möchten«, sagte Maria. »Denn Sie sind gut – leider etwas zu gewissenhaft. Das hat Sie in Schwierigkeiten gebracht. Jetzt legen Sie den Hörer auf.«

Hildegard tat, was ihr befohlen wurde, und hörte, dass die Männer ins Besprechungszimmer gingen. Nur wer sehr gute Ohren hatte, hätte Sekunden darauf die leisen Schreie und das gedämpfte Rumpeln hören können. »Was haben Sie ...«

»Elektroschocker. Keine Angst, Ihre Kollegen sind nur außer Gefecht gesetzt. Wir töten keine Pflegekräfte.« Maria, oder wie auch immer sie sonst hieß, schob sie nach hinten und zwang sie in den Bürosessel. »Wir töten auch Frau Karkow nicht, das kann ich Ihnen versprechen. Lebendig ist sie wesentlich wertvoller für uns.«

Hildegard schluckte, ihr Hals schmerzte noch mehr als sonst. Das Herz klopfte rasend in ihrer Brust, und sie wagte es nicht, auf die Waffe zu schauen. Sie hatte Angst, dass das Ding durch einen Blick losging. Leicht zitternd schaute sie durch das Glas auf den Gang und betete, dass keiner der Patienten oder ein Besucher auftauchte. Kalter Schweiß brach ihr aus.

Zähe Sekunden vergingen.

Die Tür des Besprechungszimmers öffnete sich, und die falschen Pfleger kehrten zurück. Sie nickten Maria kurz zu; einer von ihnen hatte Blut an den Faustknöcheln und einige rote Spritzer auf der vormals weißen Jacke.

»Sie wollten ihnen nichts tun!«, brach es aus Hildegard entsetzt hervor.

»Sie leben alle noch«, erwiderte der Mann lapidar und sah die Brünette an. »Kann es losgehen?«

Maria hielt die Pistole nach wie vor auf die Oberschwester gerichtet. »Sie begleiten uns.«

»Was? Nein! Ich kann das nicht!« Sie wäre unendlich froh gewesen, hätte ihr Hund mehr und länger gekotzt. Dann wäre sie zu Hause mit Aufwischen beschäftigt gewesen und noch später erschienen. Jetzt saß sie mitten in einer Entführung und litt Todesängste.

»Wir brauchen am Ausgang ein bekanntes Gesicht für den Portier. Sie sind bekannt, darauf würde ich wetten.« Maria steckte die Waffe in die Tasche und hielt sie durch den Stoff auf Hildegard gerichtet. »Sie schaffen das.«

Hildegard beugte sich dem fremden, bewaffneten Willen und begleitete das Trio ins Zimmer, in dem Emma Karkow lag. Die Patientin war an verschiedene Überwachungsgeräte angeschlossen, unter anderem auch an die Blutwäsche.

»Abklemmen und zum Transport vorbereiten«, bekam sie von Maria den Befehl. Ein Pfleger stand an der Tür, der andere löste bereits die Bremsen des Betts.

»Nein. Die Blutwäsche ist noch nicht abgeschlossen. Das können Sie nicht so einfach unterbrechen, ohne Gesundheitsrisiken in Kauf zu nehmen.«

»Fuck«, sagte der Mann neben ihr. »Wir haben nicht alle Zeit der Welt!«

Maria stieß die Luft aus. »Wie lange?«

Hildegard sah auf die Anzeige der Maschine. »Noch eine halbe Stunde.«

»Das dauert mir zu lange. Vincent, alles abstöpseln und die Medikamente mitnehmen. Clark«, rief sie dem Mann an der Tür zu, »du wirst dieses Blutwäscheding schieben, und Sie, Schwester Hildegard, achten darauf, dass keine Funktion ausfällt.«

Hildegard gehorchte. Sie wusste sich nicht gegen diese Leute zur Wehr zu setzen und bat Karkow in Gedanken die ganze Zeit um Entschuldigung für ihr Tun. Aber sobald sie konnte, würde sie die Polizei rufen. Ihr war schleierhaft, was es mit der Patientin auf sich hatte, dass man sie entführen musste. Hatte es vielleicht noch mit dem Überfall in ihrer Wohnung zu tun, der sie überhaupt erst hierhergebracht hatte?

Der Pfleger schob das Bett hinaus, und alle achteten darauf, dass sich nichts verklemmte, verkeilte oder verhedderte. Die Batterie des Dialysegeräts hielt knappe dreißig Minuten – es würde genau reichen.

Sehr langsam rollten sie den Gang hinunter zum Fahrstuhl.

Sie hatten die Hälfte geschafft, als eine rote Lampe schräg vor ihnen über Zimmer 231 aufleuchtete: Einer der Patienten hatte den Rufknopf gedrückt und erwartete rasch Hilfe.

Hildegard wusste sofort, um was es ging. »Darf ich nachsehen? Die Frau hat eine frische Narbe, und ...«

»Weiter«, befahl Maria.

»Aber wenn die Nähte gerissen sind oder es zu Blutungen gekommen ist?« Hildegard fühlte sich entsetzlich entmündigt. Nicht eine Entscheidung wurde ihr gegönnt, nicht mal im Angesicht eines möglichen Todes im Zimmer nebenan. Die Berufsehre, das Gefühl, helfen zu müssen, rang mit dem Selbstschutz.

Der Entführungszug rollte langsam weiter, an der roten Lampe vorbei.

»Denken Sie nicht mal daran«, flüsterte Maria.

»Bitte, lassen Sie mich wenigstens nachschauen, was mit der Patientin ist?«

»Tut mir leid. Für Sie und die Kranke.«

Stumm gingen sie am Zimmer vorbei, wo die Lampe anklagend brannte.

Für Hildegard schien sie hell und heller zu brennen. Sie dachte an ihren Mann, ihre zwei Kinder, an den kranken Hund und die vielen anderen Patienten auf der Station. Sie schloss die Augen und unterdrückte die Wut, die sie gegen ihre Entführer empfand, und wünschte ihnen alle Krankheiten, die es gab, an den Hals.

Noch eine rote Lampe flackerte auf, keine zwei Meter von ihnen entfernt. Die Gewissensfolter ging weiter.

»Je schneller wir raus sind, desto eher können Sie nach den armen Schweinen schauen, okay?« Maria ging voraus zu den Fahrstühlen, steckte einen Schlüssel in die Bedienkonsole für eine Prioritätsfahrt. »Gleich haben Sie es geschafft.«

Der Fahrstuhl kam, wie die aufleuchtenden Ziffern verrieten.

Hildegard sah auf die Anzeigen des Dialysegeräts, das seine Aufgabe noch einwandfrei erledigte. Der Batteriestatus bereitete ihr keine Sorgen. In zwanzig Minuten war die Prozedur beendet, und für Karkow wäre der Transport, den die Entführer beabsichtigten, ungefährlicher. »Sie müssen dafür sorgen, dass die Patientin die Dialyse in regelmäßigen Abständen erhält ...«

Der Lift erreichte ihre Station und hielt.

»Glauben Sie mir: Wir kümmern uns um alles«, sagte die Brünette. Die Türen öffneten sich hinter ihr.

»Wir ...« Es knallte zweimal, und in Marias Oberkörper explodierten zwei rote Punkte.

Hildegard hatte zuerst nicht verstanden, was vor sich gegangen war, aber die Reaktionen der beiden falschen Pfleger sagten ihr alles. Die Männer wirbelten herum, langten unter ihre weißen Kitteljacken und holten Schnellfeuerpistolen darunter hervor. Ohne zu zögern, eröffneten sie das Feuer, während Maria mit einem Seufzen zusammenbrach.

In der Kabine standen zwei Männer mit Sturmgewehren, die ebenfalls schossen. Sie trugen Strumpfhosenmasken und kugelsichere Westen, die sie vor den tödlichsten Kugeln der beiden Entführer schützten. Einer wurde in den Arm getroffen, das Blut sprühte gegen die verspiegelte Wand, aber der Maskierte ließ den Finger auf dem Abzug.

»Nicht! Nicht die Maschine!« Hildegard wedelte mit den Armen und zeigte auf das Dialysegerät. Um sie herum sirrten die Geschosse, sie bekam einen Schlag gegen die Hand. Zuerst dachte sie, sie hätte sich gestoßen, aber der nachfolgende Schmerz brachte sie zum Aufschreien.

Hildegard sah auf ihre Linke, an der es Mittel- und Ringfinger weggefetzt hatte, und das Rot sprudelte aus dem Loch.

Sie fühlte, wie ihr Kreislauf absackte und der Schock sich in ihr ausbreitete. Die Knie gaben nach, sie brach neben Karkows Bett zusammen und hockte schreiend auf dem Boden; um sie fielen rauchende Patronenhülsen nieder.

Hildegard sah, wie einige Türen auf der Station aufflogen. Zwei, drei Patienten schickten sich an nachzusehen, was sich filmreif auf dem Flur abspielte.

»Weg!«, schluchzte sie durch das Dröhnen des Schusswechsels. »Polizei! Rufen Sie die Polizei!« Ein Projektil streifte schmerzhaft ihre Schulter, sie schrie auf und machte sich noch kleiner.

Neben ihr fiel einer der falschen Pfleger auf den Boden, er röchelte noch einmal auf und lag still. Ein lauter Schrei erklang aus der Kabine, ein Körper fiel, gleich darauf krachte auch der zweite tot nieder. Das Entführerteam war ausgeschaltet.

Hildegard wimmerte und schaffte es nicht mehr, einen klaren Gedanken zu fassen. Inzwischen war ihr alles egal, Karkow, die Patienten, alles. Sie wollte nur in Sicherheit, weg von dem Schießen und den Toten.

Sie rutschte auf den Knien nach rechts, auf eine angelehnte Tür zu. Sich verstecken, ins Klo einschließen, nur weg, weg, weg!

Schwere Stiefelschritte kamen auf sie zu, ein Funkgerät quakte etwas, dann fiel ein Schatten auf sie. »Hey!« Bevor Hildegard den Spalt erreicht hatte, wurde ihr ins Haar gegriffen und sie auf die Beine gezogen. »Hey! You are a nurse.«

Am ganzen Körper bebend, schaute sie den Mann an, dessen Gesicht unter dem Nylon verzerrt sichtbar war; dennoch waren es grobe Züge, brutale Züge, wie sie die schlimmsten Verbrecher in Filmen hatten. Dieses Mal passte das Klischee.

Sie musste den Blick senken, weil sie seinen Blick nicht ertrug. Ihr wurde schlecht, so dass sie sich beinahe übergeben hätte, und lähmende Kälte fuhr in ihre Glieder.

Er wartete ihre Antwort nicht ab, sondern drückte sie gegen die Wand. »Do you understand?« Hildegard stammelte, dass sie kein Englisch verstand. »Fuck, fat old bitch. Do you know Theresia Sarkowitz?«

Hildegard hyperventilierte und konnte nicht antworten. Sie versuchte ein Nicken, das aber nicht deutlich genug ausfiel, denn der Mann drückte sie gegen die Wand und schrie sie an: »Sarkowitz, you know! Sarkowitz, her sister!« Er zeigte auf die im Bett liegende Karkow. »Not Polizei!«

Die Türen des zweiten Fahrstuhls öffneten sich, wie Hildegard an ihm vorbei sah. Zwei weitere Maskierte mit kugelsicheren Westen erschienen, die Sturmgewehre im Anschlag. Auch das konnten unmöglich die Guten sein.

Sie und Hildegards Peiniger wechselten einige Worte auf Englisch. Die beiden Neuankömmlinge hängten sich die Waffen mit den Riemen auf den Rücken und schoben Bett samt Dialysegerät in die Kabine. Den Toten im anderen Lift beachteten sie nicht weiter.

Hildegard wurde losgelassen, der Maskierte drückte ihr einen Briefumschlag in die Hand. »Theresia Sarkowitz! Sarkowitz, okay? Not Polizei, bitch! Or I will kill you! Sarkowitz, or töten dir, okay?« Er ging langsam rückwärts, das Gewehr locker in der Armbeuge, und sicherte den Rückzug.

Hildegard rutschte an der Wand nach unten und übergab sich; das Kuvert fiel auf den Boden, dicht neben die Lache. Trotz der Schmerzen in Schulter und Hand fühlte sie eine unendliche Erleichterung, als sich die Fahrstuhltüren schlossen und die drei Männer mit ihrer Gefangenen verschwanden. In diesem Moment zählten nur sie und ihr Leben, das sie behalten hatte.

Ihr fiel auf, wie schrecklich still es auf der Station war. Niemand wagte sich aus den Zimmern, das Personal außer ihr war ruhiggestellt. Hildegard hoffte inbrünstig, dass jemand die Polizei von einem der Zimmer aus angerufen hatte.

Sie schluchzte unvermittelt auf und bekam einen Heulkrampf.

Die Anspannung entlud sich in einer Flut unkontrollierbarer Tränen, die ihren Blick verschleierten. Jemand rief ihren Namen. Sie sah unscharfe weiße Säulen vor ihren Augen erscheinen und roch das Deo von Pfleger Jürgen, dessen Hosenbeine sie vor sich hatte.

»Sie ist entführt worden«, brachte sie mit Mühe hervor und streckte die unverletzte, blutige Hand aus, um das Kuvert zu sich zu ziehen. Sarkowitz.

»Ruhig. Wir kümmern uns um dich«, sagte Jürgen aus dem fleischigen Rosarund heraus, das sein Gesicht war, das sie aber nicht genau erkennen konnte.

Hildegard wurde auf eine Trage gelegt. Um sich herum hörte sie Fachgespräche, die sich um Infusionen und Injektionen drehten, die für sie gedacht waren, aber in ihrem Verstand hämmerte es ausschließlich: *Sarkowitz! Sarkowitz!*

KAPITEL VII

Biep.

Biep, biep.

Biep. Klick-fchhhh-klack, klick-fchhhh-klack.

Biep.

Biep, biep ...

Das ist schon wieder ein Alptraum! Sie haben mich aus dem Krankenhaus entführt! Wer ist das? Was wollen sie von mir?

Biep, biep, biep. Klick-fchhhh-klack, klick-fchhhh-klack. Biep. Biep ...

Die Geräusche sind fast wie immer. Bewegung um mich herum, Brummen, Fahrgeräusche. Ein Krankenwagen. Warum stehlen sie mich? Wollen sie Sia damit erpressen?

Biep, biep, biep. Klick-fchhhh-klack, klick-fchhhh-klack. Biep. Biep ...

JA! Ich kann meine Hand bewegen! Meine ganze Hand gehorcht wieder mir, und ich spüre ein Kribbeln in meinen Lippen. Was habe ich davon? Nichts! Ich bin in der Gewalt von Menschen, die ich nicht verstehe. Was für eine Sprache sprechen sie? Keine Ahnung ...

Biep, biep, biep. Klick-fchhhh-klack, klick-fchhhh-klack. Biep. Biep ...

Gut, dass Elena nicht da war, als sie mich entführt haben. Das hätte noch gefehlt, dass sie das Kind mitnehmen. Hoffentlich ist niemand bei der Schießerei verletzt worden! Ich habe gedacht, ich werde durch das Knallen taub. Sie müssen unmittelbar neben mir geschossen haben. So muss sich Krieg anhören.

Biep, biep, biep. Klick-fchhhh-klack, klick-fchhhh-klack. Biep. Biep ...

Was geschieht jetzt mit mir? Wohin bringen sie mich? Ich konzentriere mich wieder auf mich selbst und übe. Die Augenlider, damit ich was sehe! Okay, hoch damit!

Biep, biep, biep. Klick-fchhhh-klack, klick-fchhhh-klack. Biep. Biep ...

Streng dich an! Es ist nur millimeterdünne Haut! Die wiegt nichts!

Biep, biep, biep. Klick-fchhhh-klack, klick-fchhhh-klack. Biep. Biep ...

Ich will ... etwas ... sehen! LOS!

Biep, biep, biep. Klick-fchhhh-klack, klick-fchhhh-klack. Biep. Biep ...

Ja, ja, ja, einen Spalt habe ich aufbekommen, auf der rechten Seite! Weißer Fahrzeughimmel, links eine Infusionsflasche ... und ... da ist ein Arzt mit einer Spritze. Er drückt sie in mich ... Ich ...

Biep, biep, biep. Klick-fchhhh-klack, klick-fchhhh-klack. Biep. Biep ...

3. Februar, Großbritannien,
Nordirland, Omagh, 22.23 Uhr

Boída runzelte die Stirn und drückte auf dem Menüsteuerknopf des Handys herum.

Sie saß in ihrem Mini Cooper und hatte rasch noch ein Gespräch führen wollen, aber das Telefon machte so gut wie nichts mehr. Die Anzeige bestand aus wirren Funktionssymbolen. Die Batterie war von ihr schon zweimal aus- und wieder eingebaut worden, doch es hatte keinen Erfolg gezeigt. Somit kam sie auch nicht an die Bilder, die sie im *TeaRoom* geschossen hatte. Nichts ging mehr.

Es konnte natürlich Zufall sein, dass das Handy ausgerechnet jetzt eine Fehlfunktion hatte ...

Sie sah über die Straße zum Eingang des *Shamerock*, dann verließ sie den Wagen und ging auf die Tür zu. Zwei Oenach waren am Eingang postiert, die kurz den Kopf neigten, als sie zwischen ihnen durchschritt und den Gastraum betrat.

Der Pub war brechend voll, Frauen suchte man fast vergebens. Lautstark und sehr maskulin wurde dem Geschehen auf einem Großbildfernseher zugejubelt, wo vier Sender gleichzeitig in kleinen Kästchen liefen. Frame in Frame lautete der Begriff für den technischen Trick. Natürlich waren es zwei Fußballspiele, ein Pferde- und ein Hunderennen. McFinley unterhielt ein unregistriertes Wettbüro, der dritte Mann an der Theke nahm die Einsätze entgegen oder zahlte unauffällig in Form von sogenanntem Wechselgeld aus. Für Uneingeweihte ging das Geschäft unbemerkt über die Bühne.

Boída grüßte den Barkeeper und trat durch die Tür zum Nebenraum, vorbei an zwei weiteren Oenach, die ihre Mac-Schnellfeuerpistolen an einem Gurt trugen und einsatzbereit an der Hüfte baumeln hatten. Auch sie entboten ihr den respektvollen Gruß.

»Er ist nicht alleine«, raunte ihr einer der Männer zu, als sie für Sekunden auf gleicher Höhe waren.

Sie warf ihm einen dankbaren Blick zu und öffnete die Bürotür, ohne anzuklopfen.

Der kleine, dicke McFinley zuckte in seinem Stuhl zusammen, die Sporthose aus grüner Ballonseide hatte er samt Unterwäsche runtergestreift. Die Linke streckte sich nach einer Pistole aus, die neben ihm auf der Ablage ruhte. Zwischen seinen Beinen war ein rotschopfiger Frauenhinterkopf zu sehen, der eine letzte Aufwärtsbewegung machte, bevor sich die Dame zu ihr drehte; eine silberne Strähne hob sich von dem Rot deutlich ab.

»Hallo, Misses Righley«, grüßte Boída amüsiert. »Wir sehen uns aber rasch wieder.«

Lisica streifte die herabgerutschten Träger des BHs nach oben, McFinley fummelte sich im Schritt herum und bedeckte seine Blöße mit einem Zipfel seiner Trainingsjacke, dann zog er die Hose hoch. Righley erhob sich und zurrte das Kleid zurecht.

»Fuck!«, schrie er Boída an. »Was soll das, de Cao?«

»Das könnte ich fragen. Ein Rí darf vieles. Aber sich mal eben von einer Füchsin einen blasen zu lassen, ich weiß nicht, ob mir das sehr royal vorkommt. Und standesgemäß ist es keinesfalls.« Sie schlenderte in den Raum, die Augen richteten sich auf Righley. »Sind Sie hier, weil Sie Ihr Mann geschickt hat. Oder lutschen Sie hässlichen Männern einfach nur gerne den ...«

»Fuck, halt's Maul!«, tobte McFinley. »Du beschissene ...«

Boída zischte ihn an und zeigte ihm ihre vielen spitzen Zähne, ihre blaue, geschlitzte Zunge schnellte hervor. Der Mann verstummte, als hätte er einen Peitschenschlag auf den Mund bekommen. »Misses Righley, ich weiß, dass Füchse clevere Manipulatoren sind. Sie ficken mit dem Typen, weil Sie und Ihr Mann sich was davon versprechen, habe ich recht?«

»Sie hat gesagt, sie liebt mich.« McFinley klang wie ein bockiges Kind, das entdeckt hatte, dass jemand sein Lieblingsspielzeug benutzen wollte.

»Wach auf, Rí! Wann hast du zum letzten Mal in den Spiegel geschaut?« Boída schüttelte den Kopf. »Dabei hättest du ein paar nette Weiber bei den BlackDogs. Warum bist du nicht bei denen geblieben? Ach ja: Sie wollten nicht.«

Lisica hatte inzwischen ihre Kleidung in Ordnung gebracht und steckte sich einen Kaugummi in den Mund, ging langsam auf den Ausgang zu, ohne sich einzumischen. Sie bewegte sich unauffällig und geschmeidig. Sie versuchte, sich wie ein Ladendieb vorbei an den Kaufhausdetektiven zu schummeln, die einen Kumpel geschnappt hatten.

»Warten Sie, Misses. Sie sind mir noch eine Antwort schuldig. Ich würde gerne verstehen, was Ihr Spiel mit dem Rí soll.« Tänzerinnenhaft umrundete sie die Wandlerin, um ihr zu zeigen, dass auch sie wendig war. »Ihr Mann hat mich nach Maghera geschickt, in einen Club, wo es Silber von der Decke regnet.« Boída zeigte auf McFinley. »Ihn hätte das sicherlich das Leben gekostet. Was haben die Righleys wohl vor, wenn sie die Scharfrichterin eliminieren wollen?«

»Das ...« Es roch nach Erdbeere, als sie den Mund aufmachte. Der Kaugummi. Lisica sah sie an, dann wanderten ihre Augen kurz nach oben links. Ein Indiz für eine Lüge. Sie dachte sich auf die Schnelle eine Geschichte aus. »Ich habe mit den Plänen meines Mannes nichts am Hut.«

Boída bemerkte, dass sich McFinley die Pistole gegriffen hatte. »Ich finde schon, dass Sie etwas wissen. Ihr Geruch«, die gespaltene Zunge schoss zwischen den Lippen hervor und berührte Lisicas Wange, »ist verräterisch.«

»Du dumme, rothaarige Bitch!«, brüllte der Hundewandler los. »Du hast mich angelogen!« Er richtete die Pistole auf ihren Kopf, mit schnellen Schritten flog er heran und baute sich neben ihr auf. Es sah ulkig aus, da er wesentlich kleiner war als sie. »Du und dein verfickter Fuchsstecher, *ihr* habt mir den Typen von der IRA auf den Hals gehetzt! Ihr wolltet mich abknallen, damit ...« Ihm fiel kein Argument ein. »... damit ...« Unsicher blickte er zu Boída. »Dein Mann soll Rí werden!«

Lisica glotzte ihn ungläubig an. »Hast du das eben wirklich gesagt? Scheiße, bist du blöd«, entfuhr es ihr, und Boída musste auflachen – bis McFinley abdrückte und der Fuchswandlerin eine Kugel durch den Schädel jagte. Das würde sie nicht umbringen, aber für einige Zeit ausschalten, bis das Gewebe und die Knochen sich regeneriert hatten.

Die Treibladung malte schwarze Pünktchen in ihr Gesicht. Lisica fiel gegen den Stuhl und blieb mit dem Oberkörper darauf liegen, die Arme hingen herab. Blut lief aus der Wunde, das faustgroße Austrittsloch war kein schöner Anblick.

Boída schaute nach, ob sie Spritzer abbekommen hatte. »Hier ist einer so blöd wie der andere«, murmelte sie. Wie konnte man einem cholerischen Deppen wie McFinley die Wahrheit sagen, wenn er eine Waffe hielt? Die Oenach, die hereingerannt kamen, schickte sie mit einem Blick wieder hinaus. »Das war dämlich, Rí. Jetzt müssen wir warten, bis sie zu sich gekommen ist.«

»Die Schlampe hat die Schmerzen verdient!«, zeterte er und trat mit ausholenden Bewegungen auf die Liegende ein. Knochen brachen und würden bald wieder zusammengewachsen sein. »Fuck, ihr beschissenen Füchse! Ihr bekommt meinen Platz nicht!«

»McFinley! Beruhig dich wieder! Die BlackDogs würden niemals einen Fuchs als Oberhaupt akzeptieren, das weißt du doch.« Boída schubste ihn von Lisica weg. »Setz dich in deinen Sessel, verstanden? Und dann erzähl mir, was Miss Righley für Gefälligkeiten eingefordert hatte.«

»Fürs Blasen?« Der Mann setzte sich und trat gegen den Tisch. »Fuck! Wenn ich daran denke, dass die Schlampe mein Ding ...«

»Und wenn *ich* daran denke, muss ich kotzen«, unterbrach sie ihn harsch. »Was hast du ihr gegeben?«

McFinley stierte die Bewusstlose an, mordlüstern und doch gierig. Er öffnete eine Schublade und nahm eine Whiskeyflasche hervor, setzte sie an die Lippen und ließ den Alkohol in sich laufen; erst nach einem Viertel hörte er auf. »Nichts.«

»Nichts?«

»Na, kein Geld oder so was.« Seine Laune bewegte sich weiter abwärts. »Ich habe sie nur ein paar Leuten vorgestellt.«

»Welchen Leuten?«

Er trank wieder. »Anderen Typen, mit denen ich Geschäfte mache«, sagte er knurrend.

Für Boída wurde die Sache klarer. Die Füchse hatten wirklich vorgehabt, die Macht an sich zu reißen – zumindest was die kriminellen Geschäfte des Rí anging. Vermutlich hatte Lisica jedem von McFinleys Freunden einen geblasen oder mehr getan, um den Boden für die Übernahme vorzubereiten. »Ich möchte Namen und Telefonnummern.«

An seinem dicklichen Gesicht konnte sie ablesen, dass McFinley allmählich dämmerte, was gelaufen war. »Fuck!«, schrie er und warf die Flasche nach Lisica, verfehlte sie aber bezeichnenderweise. »Du und dein Arschlochfuchsmann wolltet mich ausbooten!«

Boída nahm an, dass es schon lange geschehen war. »Die Namen, Rí«, sprach sie betont ruhig und leise, was zusammen mit dem leisen Zischen sehr gefährlich klang. »Schreib sie auf. JETZT!«

Er zuckte zusammen, suchte Papier und Stift und kritzelte drauflos.

Lisica ächzte irgendwann, die Finger zuckten, und dann hustete sie. Der Heilungsprozess schritt voran. Die Löcher im Schädel hatten sich schon geschlossen, Hirngewebe wuchs nach, Synapsen verbanden sich neu. Kein bisschen Erinnerung würde durch den Schaden einer normalen Kugel verlorengehen.

Nach ein paar Minuten hatte McFinley die Liste fertig und reichte sie Boída, die gewartet und Lisica beim Regenerieren zugeschaut hatte. Ein schmerzhafter Prozess war es trotz allem. »Hier. Was willst du damit?«

»Das entscheide ich noch. In erster Linie geht es darum, den Schaden zu begrenzen.« Sie stellte sich neben Lisica und zog eine Pistole aus dem Hosenbund, schraubte einen Schalldämpfer auf. »Damit habe ich die Infos, die ich brauche. Und was die umtriebige Geschäftsfrau mit den flotten Lippen angeht: Strafe muss sein.« Boída lud durch, während sich die Füchsin langsam aufrichtete und genau in die Mündung sah. Zwei Kugeln sandte sie durch Lisicas Kopf, der dieses Mal regelrecht aufplatzte. Die Arme wurden wieder kraftlos, der Kadaver plumpste mit einem dumpfen Geräusch auf die Dielen.

»Fuck, de Cao!«, schrie McFinley, dessen Jogginganzug voller Blutschlieren war. »Wie sehe ich denn jetzt aus?«

»Das spielt keine Rolle.« Boídas Arm ruckte herum, der Zeigefinger krümmte sich dreimal schnell hintereinander. Die Dumdum-Silberkugeln jagten in Brust, Hals und Kopf. Lebenssaft, Gewebefetzen und Knochensplitter flogen gegen die Wand.

McFinley wankte zur Seite, röchelte und stürzte nieder. Rauchfahnen aus Lisicas und seinem Körper stiegen auf und mischten sich unter der Decke zu einem stinkenden Gemisch. Der Rí der BlackDogs war tot.

In aller Ruhe schraubte sie den Schalldämpfer ab und gab die Pistole, die sie aus Mikes Auto genommen hatte, der toten Righley in die Hand. Mehrmals drückte Boída damit noch ab, um Schussgeräusche zu machen, und wartete, bis die Oenach in den Raum stürmten. »Die Füchsin«, sagte sie zu den hereinkommenden Männern, »hat unerwartet den Rí erledigt. Ich habe nichts dagegen unternehmen können, außer sie danach zu erschießen.«

Niemand fragte nach. Auch wenn die Lüge offensichtlich war, wollte sie keiner anzweifeln.

Für einen schlechten Rí setzte keiner seinen Ruf und sein Leben aufs Spiel, das wusste Boída. »Ist Mister Tim Ambshore da?«, fragte sie, und die Oenach verneinten zu ihrer Enttäuschung. »Dann richten Sie dem Mann aus, dass er ein bestens geeigneter Kandidat für das Amt des Rí ist. Sagen Sie ihm außerdem, dass er meine Unterstützung hat.« Sie verließ das blutgesprenkelte Büro, dessen Wände an wahllos eingesetzte Siebdruckkunst erinnerten, und ging hinaus an die Bar.

Dort setzte sie sich an den Tresen, verfolgte ein Hunderennen, um ihre Gedanken für einige Augenblicke treiben zu lassen, und trank einen kleinen Cider, das einzige alkoholische Getränk, das sie in dieser Zeit annehmbar fand. Nach zehn Minuten verließ sie das *Shamerock*. Milly würde sich freuen, ihren inkompetenten Chef los zu sein. Die BlackDogs auch.

Jetzt begann für Boída die Jagd nach Mister Righley.

Sie konnte sich gut vorstellen, dass er das Ableben seiner Frau einkalkuliert hatte. Ganz nach Fuchsmanier. Dass die Oenach der BlackDogs bei ihrer nächsten Versammlung Tim Ambshore zum Rí wählten, stand außer Frage. Ihre Empfehlung ließ keine andere Möglichkeit zu.

»Ist doch gut gelaufen.« Bevor Boída jedoch ihre Hatz begann, wollte sie ihr Handy funktionstüchtig wissen. Sie stieg in den Wagen, fuhr los und suchte sich eine Tankstelle mit einem angeschlossenen Mobilfunkladen.

Boída hielt an, verließ den Mini und ging direkt durch das Geschäft bis an den Tresen. »Hallo.« Sie legte das Handy vor den Tankwart. »Es funktioniert nicht mehr.«

»Und was ist kaputt?«

»Sie sind doch der Fachmann«, sagte sie lächelnd. »Steht da draußen.«

»Na ja. Ich schaue mal.« Der Mann im nach Benzol stinkenden, grauen Overall schaltete das Handy ein, drückte auf den Tasten herum und machte ein verwundertes Gesicht. »Schöner Scheiß.«

Dann folgte das, was Boída ebenfalls schon versucht hatte: Akku rein und raus, Reset, einen anderen Akku einlegen, Chipkarte tauschen. Schließlich verband er es sogar per Kabel mit einem Computer, um die Fehlerquelle auszulesen. Früher musste der Mann ein Faultier gewesen sein. Jeder Handgriff besaß zeitlupenhafte Geschwindigkeit.

»Nee«, sagte er schließlich gedehnt und löste die Verbindung, gab ihr das Telefon zurück. »Das ist hinüber.«

»Was *genau* ist hinüber?« Boída fiel es schwer, geduldig zu bleiben.

»Alles. Das Diagnosegerät des Herstellers kann nicht mal zugreifen. Da sind vermutlich die Platinen durchgeschmurgelt.«

»Auch der Memorychip?«

»Nicht mehr lesbar«, sagte der Mann. »Sind Sie an einem starken Elektromagneten vorbeigegangen?«

Boída hatte nichts davon mitbekommen. »Das Handy ist also echt hinüber.«

»Ja. Total.« Beflissen reichte er ihr ein eingeschweißtes Prepaid-Telefon. »Nehmen Sie so eins.«

»Haben Sie auch Wärmepflaster?« Sie kaufte das Handy, damit sie von unterwegs sprechen konnte, und ärgerte sich, weil sie viele wichtige Nummern und Bilder verloren hatte. Diesen Verlust würde Righley auch zu spüren bekommen. »Große, bitte.«

Der Tankwart zeigte zum Ständer mit dem Verbandszeug.

3. Februar, Deutschland,
Sachsen, Leipzig, 05.41 Uhr

Wenn ich noch einen keltischen Knoten sehe, schreie ich. Sia wurde immer unruhiger, ihre Augen fühlten sich müde an.

Sie hatte sich zwei Stunden lang Bilder mit verschlungen-keltischen Mustern angeschaut und konnte bald keine Unterschiede mehr erkennen; das Internet bot einfach zu viele Möglichkeiten: einfache Variante, dreieckige, kreisförmige, labyrinthhafte, dazu noch die germanischen und nordischen Varianten. Es mischte sich zu einem undurchschaubaren Ornamentdickicht, durch das sich der Verstand schlagen musste.

Der Gordische Knoten war sicher Scheißdreck dagegen. Sia nahm einen Schluck vom kalten Kaffee. »Ich brauche eine Pause.« Sie stand auf und streckte sich. »Ich gehe und vertrete mir die Beine.«

Eric saß vor seinem Computer und schien sie nicht zu beachten. Er machte einen wesentlich fitteren Eindruck als sie. *Ist er doch ein Vampir?* Sie verließ das überdimensionierte Büro und öffnete die Eingangstür, warf sie laut hörbar ins Schloss.

Sia hatte nicht vor, durch die Gegend zu laufen, sondern sich ein wenig bei ihrem Verbündeten umzuschauen. Ihr erster Versuch mit dem Blick in die Spinde war gescheitert. Aber auf vier Stockwerken gab es höchstwahrscheinlich einiges zu entdecken, was ihr half, den Mann besser einzuschätzen.

Lautlos huschte sie die Treppe hinauf und durch die verschiedenen Räume des ersten Stocks. Dessen Zuschnitt stammte noch aus einer Zeit, als man den Menschen Platz gelassen hatte, sich in einem Haus zu bewegen. Hoch und weit breiteten sie sich aus.

Eines war sicher: Eric legte keinen Wert auf Gemütlichkeit. Weder im Bad noch im Schlafzimmer fand sie Einrichtung vor, die in irgendeiner Weise teuer gewesen war: ein Feldbett, viele Plastikregale, billigste Möbel und nur das Notwendigste. Die Küche sah aus wie eine fertige Zeile aus dem Ramsch für weniger als tausend Euro.

Sich ein Haus zulegen, einen getunten X6 fahren, und dann das. Sia versuchte einzuschätzen, was ihre Entdeckung bedeutete. Seiner Ortskenntnis nach hielt er sich schon länger in Leipzig auf. Entweder seine echten Möbel hatten eine lange Lieferzeit, oder es war ihm egal, auf was er lag und schlief oder wo er überhaupt seine freie Zeit verbrachte. Anscheinend lebte er ganz für die Jagd auf Wandelwesen. *Er hat nicht einmal einen Fernseher.*

Sia setzte ihre kleine Reise durch das Haus fort und betrat das zweite Stockwerk. Die Zimmer hier standen leer, es gab keinerlei Einrichtung. Es war gefegt, die Böden neu gemacht und die Wände gestrichen. *Platz genug für eine ganze Familie auf jeder Etage.*

Der gleiche Anblick bot sich ihr im dritten Geschoss, im vierten sah es nicht anders aus. *Was für eine Verschwendung.* Dennoch nahm sich Sia die Zeit und durchstreifte jedes Zimmer.

Ihre Mühe wurde belohnt.

Im vierten Stock, im letzten Zimmer, stand eine weiße Pappschachtel. Das Mondlicht schien darauf und hob sie besonders vom dunklen Boden ab, strahlte die Vampirin regelrecht an.

Hat was Surreales. Sia näherte sich der Schachtel. Von Hand war vorne drauf geschrieben worden *Papierkram,* dem Schwung nach von einer Frau. *Ein Überbleibsel der alten Bewohner als Gruß an die neuen?*

Sie öffnete die Schachtel, nicht ganz ohne Misstrauen.

Weder detonierte eine Bombe, noch wurde Säure oder Gas freigesetzt: Sie sah auf einen Berg voller ungeöffneter Umschläge, die sie rasch durchschaute.

Von der Adressierung her kam die Mehrzahl von einer Behörde, und sie waren alle an einen Eric de Lavall gegangen, wohnhaft in München. Einige trugen den Stempel *verzogen,* auf anderen klebte der Vermerk *Nachsendeauftrag;* die neusten Kuverts hatten nur noch ein Postfach als Anschrift.

Zwei, drei kleinere Umschläge waren von Hand beschriftet. Die Absenderin hatte sich nicht zu erkennen gegeben – jedenfalls unterstellte Sia dem Verfasser, eine Frau zu sein, aber nicht die gleiche, die *Papierkram* auf den Karton notiert hatte. Den Stempeln nach waren diese Briefe bis auf einen aus Frankreich verschickt worden, der letzte stammte aus Italien.

Schließlich fand Sia ganz unten einen Brief: ein amtliches Schreiben und ein paar hinzugefügte Zeilen.

Sehr geehrter Herr Lavall,

hiermit teilen wir Ihnen mit, dass die Anzeige gegen Sie wegen häuslicher Gewalt zurückgezogen wurde.

Gleichzeitig bestätigen wir den Eingang Ihres Schreibens vom 26.7., in dem Sie Ihre Anzeige gegen die Beschuldigte Lena von Kastell wegen häuslicher Gewalt zurückziehen. Somit werden beide Anzeigen gelöscht.
Die bisher entstandenen Verwaltungskosten in Höhe von 560 Euro werden jeweils von Ihnen beziehungsweise Ihrer Frau selbst beglichen.

Da ging es ordentlich zur Sache. Sia drehte das Blatt um, auf dem die Papierkram-Frau geschrieben hatte:

Es tut mir leid, aber es geht nicht anders.
Das Sanctum hat nichts besser gemacht, jedenfalls nicht bei dir. Der Scheidungstermin ist am 11.11. Sei bitte pünktlich.
Versuche, mich zu verstehen, denn es geht auch um unsere Tochter!

Aha. Jetzt weiß ich etwas mehr über ihn. Gleichzeitig stand natürlich die Frage danach im Raum, was ein Sanctum war und welche Rolle es in der Auseinandersetzung gespielt hatte. *Das finde ich auch heraus. Bei nächster Gelegenheit.*

Sia packte alles wieder zurück in den Karton und schaute in den leuchtenden Mond. Sie mochte das silbrige Licht, in dem die Welt viel schöner aussah als in der Sonne. Ruhiger, majestätischer und entrückter.

Als sie auf die Uhr blickte, erschrak sie. Über eine Stunde hatte sie vertrödelt.

Nichts wie zurück an die Arbeit. Genauso leise, wie sie bisher unterwegs gewesen war, kehrte sie auch ins Erdgeschoss zurück. Sollte das Haus einen Keller haben, verzichtete sie auf eine Inspizierung. Die Tätowierungen der Erschossenen warteten darauf, entschlüsselt zu werden.

Sie öffnete die Tür ins Büro und sah Eric vor ihrem Computer sitzen. Er bearbeitete die Bilder mit den eingestochenen Symbolen nochmals nach, und zwar mit einer Geschwindigkeit, die Sia beachtlich fand.

Klicken, ziehen, auf der Tastatur Buchstaben drücken, speichern, klicken ... »Entschuldigung, dass es so lange gedauert hat.«

»Das Haus ist groß. Es dauert, bis man alle Räume erkundet hat«, gab er zurück. »Waren Sie auch im Keller?«

Sia fühlte sich ertappt. »Nein. Keine Zeit«, antwortete sie ehrlich. »Warum haben Sie sich ein so großes Haus gemietet, wenn Sie es nicht brauchen?«

»Ich habe es gekauft, es war günstig.« Eric hakte, scrollte und machte. »Ich glaube, ich habe etwas.« Erst jetzt schaute er sie an. »Sie nutzen nicht oft moderne Technik, oder?«

»Schon. Aber anders als Sie.« Sia stellte sich neben ihn. »Und?«

»Ich könnte Ihnen jetzt erklären, was ich gemacht habe und welche Tools ich genutzt habe, aber das wäre Ihnen egal, richtig?«, schätzte er, und sie nickte. »Dachte ich mir. Das Resultat heißt ... nein, anders. Da es keine einhundert Prozent gab, wollte ich, dass mein Programm mir auch ähnliche Zeichen meldet.« Er drückte Enter, und ein zweites Fenster schob sich nach vorne, die Symbole wurden übereinandergelegt.

Sia erkannte minimale Abweichungen, gelegentlich waren die Variationen auch größer, aber auf den ersten Blick nicht zu bemerken, wenn man nicht danach suchte. »Was haben Sie gefunden? Was ist das Original?« Sein Geruch stieg in ihre Nase, und sie fand, dass er gut roch, ohne sagen zu können, was es war. Ein dezentes, maskulines Eau de Parfum.

»Gefunden habe ich: the Book of Kells. Das ist das Original, aber nicht unsere Tätowierung.« Eric deutete auf den Nachbarmonitor. »Da steht einiges über das bedeutende Werk. Warum unser Angreifer eine Variante dieser berühmten Buchmalerei benutzt hat – keine Ahnung.«

Jedenfalls mit Absicht. Sia beugte sich nach vorne. »Das sieht mir aber zu regelmäßig aus, um es auf einen schlechten Tätowierer zu schieben.«

»Ich denke auch, dass es kein Zufall ist, aber die Bedeutung, die erschließt sich mir leider nicht.« Er langte nach seinem Kaffeehumpen. »Wir müssten das nächste Mal einen von denen lebend schnappen, sofern es sich um eine Bande handelt.«

»Können Sie ausschließen, dass da steht *Ich mag Hurling?*« Das war nach wie vor Sias größter Alptraum: Zeit für Sinnloses verschwendet zu haben. Jede Sekunde auf der Suche nach Elena zählte.

Eric schlürfte und verzog das Gesicht. »Man sollte Becher erfinden, deren Boden sich erhitzt und das Getränk heiß hält. Das wäre super.« Angewidert stellte er den Humpen auf den Tisch. »Nein, mit Sicherheit hat es damit nichts zu tun. Kein Hurling, kein Football oder etwas in der Art.«

Eric stand auf und schob sich vor ihr wie eine Wand aus Muskeln in die Höhe. »Was Handfestes, wie eine Ortsangabe oder ein Name, ist es leider nicht.«

Sia seufzte. »Bleiben Sie bitte dran. Vielleicht gibt es Hinweise ... Graffiti oder ... ein Logo.« Sie wusste, dass sie mutlos klang. *Wie finde ich Elena jetzt?* Notfalls würde sie nach Irland gehen, irgendwie, mit einem Ausdruck dieser Tätowierungen und an jede Tür klopfen, bis sie eine Antwort bekam. *In Wicklow fange ich an. Wenn er schon Fan der dortigen Mannschaft war, sollte ich da am ehesten fündig werden.*

Irland. Das bedeutete Ärmelkanal plus Irische See. Hektoliterweise fließendes Wasser und eine lebensbedrohliche Barriere für sie.

Doch sie wusste, dass es eine Möglichkeit geben *musste*. Harm Byrne war ein Kind des Judas gewesen, er hatte den Kanal durch den Eurotunnel passiert. Wenn man das Wasser unterlief, schien es seine aufhaltende Wirkung zu verlieren.

Ich komme jedenfalls bis nach Wales, aber dann stehe ich am Ufer. Wie hat Harm es angestellt?

Sia wusste genau, dass er sich öfter in Irland aufgehalten hatte, und glaubte nicht daran, dass er sich einen Privattunnel gegraben hatte. So viel Geld hatte er nicht besessen. *Ein U-Boot? Nein, es legt auch von einem Hafen ab.* Sie rieb sich übers Gesicht. *Komm schon! Denk nach! Es geht um Elena!*

»Noch einen Kaffee oder eher nicht?«

»Nein danke. Ich glaube, es wäre besser, wenn Sie mich ins Krankenhaus zurückfahren, bevor die Sonne aufgegangen ist.« Sia musste nach Emma schauen. *Soll ich ihr beichten, was geschehen ist, Koma hin oder her?* Sie hielt es nach kurzem Nachdenken für keine gute Idee.

»Alles klar.« Eric warf sich seine Jacke über und nahm die Schlüssel. »Dann wollen wir mal.« Gemeinsam ging es mit dem Lift in die Tiefgarage.

Minuten darauf befanden sie sich auf Leipzigs Straßen. Langsam setzte der erste Berufs- und Lieferverkehr ein, Schichtarbeiter machten sich zum Wechsel bereit.

Sia sagte nichts und schaute aus dem Fenster, die Fahrt erschien ihr quälend langsam. *Ich brauche so schnell wie möglich wieder ein Motorrad.* Die neuen Hayabusa-Modelle waren aber gedrosselt und somit langsamer als ihre alte Maschine. Was anderes wollte Sia jedoch nicht. Sie mochte den japanischen Falken.

Ihr Handy klingelte.

Der Nummer nach war es das Krankenhaus – allerdings erreichte der Anruf sie aus einem Patientenzimmer!

Sia überlief es gleichzeitig heiß und kalt. *Das ist aber nicht Emmas Nummer.* »Ja?«

»Frau Sarkowitz«, schluchzte es auf der anderen Seite. »Hier ist Schwester Hildegard.«

»Was ... was ist mit meiner Schwester?« *Nein, nein! Sie darf nicht gestorben sein!*

»Sie ... kommen Sie bitte ins Krankenhaus. Ich liege in der Chirurgie, Zimmer 311.« Die Krankenschwester schniefte. »Sie haben sie entführt.«

»Wer hat Emma entführt?«

Eric gab sofort Gas. Der X6 röhrte auf und raste durch die Stadt. Den Slalom vorbei an allem, was langsamer war, beherrschte Eric extrem gut. Kein Rennfahrer und kein Stuntman würde es mit ihm aufnehmen können.

»Ich weiß es nicht«, heulte Hildegard. »Kommen Sie schnell. Ich habe eine Nachricht für Sie.«

»Wir sind gleich bei Ihnen.« Sia legte auf und stieß einen lauten Frustschrei aus, schlug gegen das Handschuhfach. Es knisterte, und das Material zierte nun ein langer Riss. *Ich bin viel zu sorglos gewesen.*

»Bullen.« Eric fuhr langsamer. »Sie stehen vor dem Krankenhaus. Ich schlage vor, Sie lotsen mich auf Schleichwegen. Kann sein, dass uns am Ende noch einer von vorhin erkennt.«

Drauf geschissen! Sia musste sich zusammenreißen, ihn nicht sitzenzulassen und loszusprinten. Sie kannte die andere Einfahrt, die von den Entsorgungsunternehmen benutzt wurde, und dirigierte ihn dahin; die Schranke öffnete sie mit einem Spezialschlüssel.

Kaum hielt der BMW, stieg sie aus und rannte los. Eric folgte ihr in den Fahrstuhl, es ging in die dritte Etage. Sie schwiegen auf dem Weg nach oben.

Entführt! Verdammte ... Wie konnte das passieren? Wo waren die Sicherheitskräfte? Die chirurgische Abteilung kannte Sia nicht ganz so gut. Selten hatte sie hier Sitzwache gehalten, deswegen war sie dem Personal nicht unbedingt bekannt.

Die Kabine hielt, und sie stiegen aus.

Eine Lernschwester sah sie, als Sia und Eric sich auf den gläsernen Stützpunkt des Personals zubewegten, und lief ihnen entgegen. »Hallo, Frau Sarkowitz«, sagte sie und langte in die Tasche. Auf dem Schildchen auf ihrer rechten Brust stand *Melanie.*

»Hallo.« *Woher kennt sie mich?* Sia wollte der Nachname der jungen Frau nicht einfallen. »Können Sie mir sagen, wo ich Schwester Hildegard finde?«

»Und was ihr zugestoßen ist?«, fügte Eric an.

»Zimmer 311. Sie ist angeschossen worden. Hand und Schulter, zwei Finger hat sie eingebüßt. Wenn es stimmt, was ich gehört habe, waren es zwei verschiedene Gruppen von Leuten. Mit automatischen Waffen, wie in einem Actionfilm.« Melanie stellte sich ihnen in den Weg. »Aber Hilde steht unter Polizeischutz, weil sie eine wichtige Zeugin ist. Wir dürfen niemanden zu ihr lassen. Es sind drei Polizisten vom SEK bei ihr, um sie zu beschützen.« Schnell zog sie einen Umschlag hervor. »Der ist von Hildegard. Für Sie.«

Sia nahm ihn an sich. Zu gerne hätte sie mit Hildegard gesprochen, aber es gab schon Aufregung genug in Leipzig. Sie konnte nicht noch drei Polizisten ausschalten. *Die Nachricht.* Sie öffnete das Kuvert.

»Wie viele Männer waren es, wissen Sie das?«, setzte Eric die Befragung fort.

»Nein. Hilde ist noch total durcheinander, und Oberarzt Al Fasiri hat ihr Beruhigungsmittel gegeben. Sie hat einen unglaublichen Schock. Die Beamten haben sie auch noch nicht vernehmen können.« Melanie wirkte selbst ganz aufgeregt, was Sia nicht verwunderlich fand. In einem normalen Leben war es eher ungewöhnlich, dass Menschen mit Schnellfeuerwaffen auftauchten und einen brutalen Überfall mit Entführung begingen.

Ich hoffe, dass ich einen Anhaltspunkt bekomme. Sia zog einen Zettel hervor, auf dem in Englisch geschrieben stand:

Judastochter,

wir haben Deine Schwester und Deine Nichte.
Wenn Du sie lebend wiederhaben willst, komm nach London und checke im Hotel Manorhouse ein. Dort wirst Du weitere Informationen erhalten.
Bist Du innerhalb von 48 Stunden nicht aufgetaucht, sterben die beiden.

Sídhe

Was ist denn das für eine … Sia fehlten die Worte. London. *Dank Eurotunnel hoffentlich kein Problem.* Sie reichte den Zettel an Eric weiter. »Was wissen Sie sonst noch?«

Melanie hob die Achseln. »Leider nichts. Wie gesagt, Hilde schläft.«

»Dann richten Sie ihr viele Grüße aus«, sagte Sia und wandte sich zum Fahrstuhl um. Eric nickte ihr bestätigend zu und stieg in den Lift.

Das nächste Ziel hieß London. Aber vorher musste sie ihm noch gestehen, welche Probleme es bei der Reise geben würde. Die Strecke musste ohne das Kreuzen von offen liegenden fließenden Gewässern gefahren werden.

Den eingehenden Anruf der Polizei drückte sie weg. Sie konnte sich denken, was man von ihr wollte. Die Beamten hatten inzwischen einige Mysterien zu lösen, wie zum Beispiel dass ein Motorrad als gestohlen und ein Kind als vermisst gemeldet worden waren. Von einer Komapatientin. *Ein Wunder.*

Und genau so eines brauchte Sia jetzt auch, sollte es noch so klein sein.

4. Februar, Großbritannien, Nordirland, in der Nähe der Dundrum Bay, 07.42 Uhr

Rainal Righley hatte vom Ende seiner Frau gehört. Jetzt war er Witwer und nicht sehr traurig oder furchtbar betroffen. Sie hatte gewusst, auf was sie sich einließ.

Keine Stunde nach ihrem Tod hatte er den Anruf von einem Bekannten erhalten, dass in Wirklichkeit die Scharfrichterin seine Lisica ausgeschaltet hätte. Zwar lautete die offizielle Version, dass seine Frau zuerst auf den Wichser McFinley geschossen hatte, aber niemand glaubte diese Erklärung. Boída de Cao hatte gerichtet, wie es ihre Art und Aufgabe war. Er nahm es ihr nicht einmal übel. So lief das Spiel eben. Aber dass die Scharfrichterin nach ihrem Aufenthalt im *TeaRoom* noch lebte, *das* ließ ihn staunen.

Rainal hatte sein Haus verlassen und befand sich auf der Straße nach Dundrum. Es war sicher, dass er als Nächster auf ihrer Liste stand, aber sie würde *keinen* Haken hinter seinen Namen machen!

Er musste sich wegen des heftigen Regens auf den Verkehr konzentrieren, dazu war er damit beschäftigt, bereits Ausweichpläne und Allianzen zu schmieden, die ihn vor dem Tod bewahren sollten. Fuchswandler waren keine guten Kämpfer, ihre Stärke lag eindeutig in der List.

Aber ausgerechnet heute sperrte sich sein Einfallsreichtum gegen jede Anstrengung und Mühe, die er unternahm. Sein Kopf war wechselweise leer oder knallvoll. Mit beidem konnte er nicht umgehen.

Rainal telefonierte unterwegs einen Kontakt nach dem anderen ab, die Lisica vor ihrem Tod bereits klargemacht und zum Wechseln gebracht hatte: Zwei Dutzend Wettbuden, zwei Bordelle und eine Zehnerpackung Großdealer gehörten neuerdings zu seinem Netzwerk, das er *Redheads* nannte. Als Nächster stand

Mirror auf seiner Liste, der von England aus operierte. Eine Luftveränderung konnte nicht schaden.

Es läutete, dann wurde abgenommen, ohne dass sich jemand meldete. Das Atmen verriet, dass ein Mensch auf der anderen Seite war.

»Hier ist Righley«, sagte er und setzte den Blinker. Es ging nach Südosten, unmittelbar auf die Fähre. Die Idee mit dem Wechsel nach England erschien ihm mehr als vernünftig. »Ist da Mirror?«

»Wer soll es sonst sein?«, erwiderte der Mann. »Warte mal fünf Sekunden.«

»Ich ...«

»Schnauze!« Es klickte mehrmals, dann ein freudiger Aufschrei. »Hooray! So, das waren die vierten zehn Riesen, die ich gemacht habe. Mit nur drei Rennen! Was sagst du dazu?« Mirror lachte, und es patschte, als hätte er sich auf die Schenkel geschlagen.

»Dass ich mich auf meinen Anteil freue«, gab Rainal zurück. »Ich brauche dringend ein sicheres Schlupfloch. Kannst du mich unterbringen?«

Mirrors Lachen endete augenblicklich. »Bullen oder was anderes?«

Rainal konnte ihm nicht sagen, was es wahrhaftig mit seinem Abtauchen auf sich hatte. Mirror war ein Mensch, der nichts von Wandlern wusste und es auch nicht wissen sollte. »Was anderes«, gab er vage zurück.

»Das macht die Sache natürlich teurer. Bullen haben Gesetzesgrenzen, die anderen nicht«, fasste Mirror geschäftsmäßig zusammen. »Ich würde sagen: dein Anteil von den vier mal zehn Riesen, die ich heute gemacht habe.«

Rainal knurrte leise. Die Nackenhaare richteten sich auf, doch seine Stimme blieb gespielt dankbar, als er zustimmte. Es würden wieder andere Zeiten kommen, in denen er die Oberhand hatte. »Einverstanden.«

»Wo bist du?«

»Noch in Irland. Ich nehme die nächste Fähre in Dundrum.«

»Willst du ein Versteck in Wales oder tiefer in England?« Mirror war ein Profi.

Rainal überlegte kurz. »Na, in der Nähe wäre schon gut, falls ich wieder rüber muss, um Dinge zu regeln.«

»Wie du willst. Es ist dein Arsch. Ich rufe dich wieder an, sagen wir, in einer Stunde?« Eine rhetorische Frage. »Ich suche dir was Nettes. Mit Bett.«

»Bestens.« Rainal legte auf. Ihm fiel ein, dass Mirror nicht nach Lisica gefragt hatte. Ihr attraktiver Körper, ihr rotes, duftendes Haar mit der weißen Strähne – das würde ihm fehlen.

Lisica hatte viele Männer gefickt, meistens in seinem Auftrag. Aus taktischen Gründen. Er hatte ihr nur die Sache mit Alan übelgenommen, diesem Sportlehrer, auf den sie einfach nur scharf gewesen war. Das Letzte, was Rainal vor seiner Abreise erledigt hatte, war Alan. Als verspätete Rache an dem Kerl. Da es Lisica nicht mehr gab, musste er auch keine Rücksicht nehmen.

Vorschriftsmäßig und keinesfalls auch nur eine Meile zu schnell näherte er sich der Küste.

Rainal sinnierte darüber nach, wie es de Cao gelungen war, in den *TeaRoom* und wieder hinauszugelangen. Sie war eine besondere Wandlerin, die einzige Schlange auf Irlands Boden. Womöglich bedurfte es eines heiligen Patricks, um die Schlitzzunge zu vertreiben. Silber konnte ihr entweder nichts anhaben, oder sie war besonders tough.

Er hatte den *TeaRoom* durch einen Zufall gefunden und es mit Mühe nach vier Sekunden Aufenthalt wieder hinausgeschafft. Eine Woche lang hatte er Blut gehustet. Die perfekte Falle für jedes Wandelwesen – außer für die Scharfrichterin.

Nach seiner Erholung hatte Rainal die Fuchsneugier zurück zu diesem merkwürdigen Haus getrieben. Er hatte sich mit ein paar Sicherheitsvorkehrungen eingeschlichen, um mehr darüber zu erfahren, und ein interessantes Gespräch belauscht. Der Begriff *Nachtkelte* war mehrmals gefallen. Leider fehlte ihm dank seiner Flucht die Gelegenheit, etwas daraus zu machen. Und die beiden Trottel, die er zum Spionieren ausgesandt hatte, meldeten sich nicht mehr.

»Dumm. Echt dumm.« Sobald Rainal in seinem Schlupfloch sein würde, musste er mehr über Schlangenwandler herausfinden. Lateinamerika. Südamerika. Er wusste nicht einmal, welche Schlange sich hinter de Cao verbarg. Gut, sie war eine Würgeschlange. Die Kraft, die sie besaß, sprach für sich. Aber welche Art genau, das blieb im Dunkeln.

Es war nur logisch, dass es auch an ihr eine Schwachstelle geben *musste*. Sozusagen ein Notaus, das ein jedes dämonische Wesen besaß.

Vielleicht war es bei einer Schlangenwandlerin Holz anstelle von Silber, irgendetwas Tropisches? Oder einfach nur ein anderes Metall? Die Auswahl, das wusste Rainal genau, war zu gewaltig, um aufs Geratewohl etwas auszuprobieren. Bei de Cao bekam man *eine* Chance, sie zu erledigen, und die hatte er vermasselt. Danach nutzte sie ihre Gelegenheit. Ihre Erfolgsquote bei Attacken lag, soweit er wusste, bei einhundert Prozent. Daher hatte Rainal nicht vor, sich ihrem Angriff auszusetzen.

Ein Polizeifahrzeug der Garda erschien auf seiner Höhe. Das Fenster wurde runtergedreht, eine Kelle erschien, die ihm zu verstehen gab, links ranzufahren.

»Eine Verkehrskontrolle, klar«, grummelte er vor sich hin. Er sah auf die Uhr. Bis zum Ablegen der Fähre blieben ihm knappe vierzig Minuten. Je nach Verzögerung konnte es knapp werden, und er müsste mehr als zwei Stunden warten, bis das nächste Schiff ablegte. Einhundertzwanzig Minuten, die für die Scharfrichterin liefen. Falls es schiefging.

Rainal steuerte den Polo an die Seite.

Es regnete in Strömen, wie man es in Irland gewohnt war.

Entsprechend ausstaffiert verließen die Polizisten einer nach dem anderen den Wagen, wadenlange Ponchos mit Kapuze schützten sie vor dem Nass. Beide trugen MPs. Einer hielt die Waffe lässig im Halbanschlag, während sein Kollege auf die Fahrerseite kam, grüßte und sich nach unten beugte.

»Hallo, Officer.« Rainal lächelte sein schönes Fuchslächeln – dabei schlug sein Herz seit der Sekunde, als er die Maschinenpistolen erblickt hatte, doppelt so schnell. Die Garda war traditionell nicht bewaffnet, abgesehen von einem Schlagstock. Die *echte* Garda.

Ein greller Lichtschein blendete ihn. »Hallo, Sir. Mein Kompliment, Sie fahren vorbildlich.«

»Haben Sie mich deshalb angehalten?« Er hatte den Gang aus Intuition nicht rausgenommen. Fuchsfähigkeit. »Bekomme ich ein Geschenk?« Der Strahl leuchtete ihm nach wie vor in die empfindlichen Augen; er würde lange nichts sehen außer einem großen Fleck.

»Kommt darauf an. Steigen Sie bitte aus.«

»Warum?« Rainal wusste, dass er mit der Gegenfrage schon den Verdacht gegen sich erweckt hatte. Normalerweise hätte er Lisica eingesetzt, um für Ablenkung zu sorgen, und bei heterosexuellen Männern hatte sie immer funktioniert. Vermutlich nicht bei der falschen Garda.

»Weil Officer Zeffrany sonst das Feuer eröffnet.« Es klickte, die Tür wurde geöffnet. »Verstehen Sie es als Ehre: Sídhe möchte mit Ihnen sprechen.«

KAPITEL VIII

Biep.

Biep, biep.

Biep. Klick-fchhhh-klack, klick-fchhhh-klack.

Biep.

Biep, biep ...

Meine Lider sind wieder schwer. Schwerer als Blei. Ich kann sie nicht bewegen, nicht mehr so wie ... wie viel Zeit ist vergangen? Wohin haben sie mich gebracht? Scheiße, verdammte!

Biep, biep, biep. Klick-fchhhh-klack, klick-fchhhh-klack. Biep. Biep ...

Die Bewegungen sind ... anders. Mir ist kotzübel. Ich bin nicht seefest ... ein Boot? Ein Schiff? Irgendwas Kleines. Ordentlicher Seegang. Ein Fluss ist das nicht. Ein See oder ein Meer?

Biep, biep, biep. Klick-fchhhh-klack, klick-fchhhh-klack. Biep. Biep ...

Gott, nein, sie kennen die Schwäche von Sia und haben mich absichtlich auf fließendes Gewässer gebracht! Sie wird nichts unternehmen können, um zu mir zu gelangen oder mich zu befreien.

Biep, biep, biep. Klick-fchhhh-klack, klick-fchhhh-klack. Biep. Biep ...

Sie sprechen nicht mit mir. Keiner kümmert sich um mich. Scheint, als wäre ich alleine. Die Töne der Geräte ... kaum Hall. Ein kleines Zimmer. Es riecht nach Öl und ... feucht. Meine Hand ... ja, ich kann sie noch bewegen und greifen.

Biep, biep, biep. Klick-fchhhh-klack, klick-fchhhh-klack. Biep. Biep ...

Ich fühle Stoff, groben Stoff unter meinen Fingern. Es klirrt, wenn ich meine Hand hebe, und ... Handschellen. Sie haben mich ans Bett gefesselt. Super. Sie sind davon überzeugt, dass ich aus dem Koma erwache.

Biep, biep, biep. Klick-fchhhh-klack, klick-fchhhh-klack. Biep. Biep ...

Nein. Sie denken eher, ich könnte sterben und zur Vampirin werden! Sie werden mich doch nicht einfach sterben lassen? Oder ... bin ich für sie ein Experiment?

Biep, biep, biep. Klick-fchhhh-klack, klick-fchhhh-klack. Biep. Biep ...

3. Februar, Republik Irland,
Kerry, 10.11 Uhr

David saß in schwarzen Unterhosen am Tisch, las die Zeitung auf dem großen Display seines Laptops; nebenbei rührte er im Tee und sah schließlich durch die Scheibe hinaus auf die Straße. Heute war er in einer seiner Wohnungen erwacht, die er besonders mochte: hoch gebaut, Platz für Licht und Luft und für die Gedanken. Die Blicke konnten ungehindert schweifen. Das war wichtig: David lebte von seinen Einfällen, sonst wäre er nicht Mister Undertake.

Die Schlagzeilen wurden vom Tod des ehrenwerten Senators Baxter beherrscht. Die Presse hatte reißerische Fotos vom Tatort gemacht und sie leicht verpixelt neben die Aufnahmen gestellt, die verschiedene Stationen des Senators zeigten. Ein Saubermann war unsauber gestorben.

David hatte kurz darüber nachgedacht, Baxters Hose herunterzustreifen und ihn neben den Junkie zu legen, damit es aussah, als wäre ein Liebesdienst vorangegangen, aber er hatte sich dagegen entschieden. Die Empörung war groß genug.

Er nahm einen Schluck Tee und roch einen leichten Hauch

von Lydias Smegma an seinen Fingern. Lydia hatte er die Wohnung untervermietet, und sie ließ sich jedes Mal gerne von ihm ficken, wenn er auftauchte. Die Stewardess war unglaublich gut im Bett, vermutlich hatte sie es schon mit allen Piloten der Luftflotte getrieben.

Das war David egal. In den Stunden, in denen er sie vögelte, gab sie ihm das Gefühl, dass es keinen anderen gab, der in sie durfte, als ihn. Er lächelte und roch an den Fingern. Vermutlich blieb er eine Nacht länger.

Dann scrollte er weiter, sichtete weitere Überschriften. Die Nachrufe über Baxter waren wie erwartet positiv, alle vermissten den Senator jetzt schon.

Nur eine kleine Zeitschrift, die *Irish Folk*, stellte schon im gleichen Atemzug die Frage nach der Nachfolge. Sie forderten den Präsidenten auf, jemanden Adäquates auszuwählen.

Seine gute Laune stieg, als er den Namen las, den der Verfasser ins Spiel brachte: Kaitlin Webster. Das war die Frau, die von ihm vorgesehen war.

Seine nächste Aufgabe wartete auf ihn. Mister To-Do hatte den Job, ein Abendessen mit dem Präsidenten vorzubereiten, um ein paar Dinge klarzustellen. Vermutlich kämen auch irische Kindergartenkinder zur Sprache. Und Mister Cormick erwartete sicher immer noch seinen Anruf, der Verräter aus dem Parlament.

David hatte beschlossen, ihn am Leben zu lassen. Die Anzahl der Toten im Ober- und Unterhaus sollte vorerst nicht weiter ansteigen, sonst könnte es den falschen Leuten auffallen. Zwar kannte er viele Zeitungsmacher persönlich und etliche der Chefredakteure, aber oftmals waren es die Kleinauflagenblätter wie *Irish Folk,* die nervig wurden und die Internet-Blogger aufstachelten, bevor ihm eine Gegenmaßnahme eingefallen war. Die Gefahr für die Unternehmung lauerte im Detail.

Damit blieb es zunächst bei zwei Selbstmorden, drei Unfällen, vier unerwarteten Todesfällen und jetzt dem Raubmord in einem Jahr. David hatte ein paar Mal durchgreifen müssen, um Ordnung in die Reihen der Volksvertreter zu bekommen. Die anderen Ableben in Irland, die er veranlasst hatte, fielen nicht weiter auf; die Erklärungen waren wasserdicht und hielten kritischen Stimmen sowie den Ermittlungen stand. Die Figuren auf dem Schachfeld gingen in Stellung, nur dass er mit mehr als sechzehn auflaufen würde; ein paar zusätzliche Damen würden den Spielverlauf sicherlich zu seinen Gunsten beeinflussen. So machte Schach Spaß.

David sah auf die Uhr. »Ein wenig Körperertüchtigung wäre angebracht.« Er erhob sich und ging ins Schlafzimmer, wo neben der Kommode ein schottisches Breitschwert mit aufwendigem Hüllengriff in einer Halterung an der Wand befestigt war und von einer Lampe beleuchtet wurde. Lydia hielt es für ein wertvolles Sammlerstück, das einen anachronistischen Widerspruch zum modern eingerichteten Raum bildete.

Es war mehr als das.

David nahm es in die Hand und musterte sich kurz im Spiegel. Sein Körper war trainiert, schlank, aber nicht übermuskulös, und eine schwachgraue Tätowierung hob sich auf der linken Brust kaum merklich ab. Für Uneingeweihte war es nicht mehr als ein Fantasytattoo. Er hob das Schwert und führte einen Probeschlag. Golf und Fechten hatten mehr miteinander zu tun, als manche dachten.

Er kehrte ins Wohnzimmer zurück, wo er mehr Platz für seine Übungen hatte. David zelebrierte sie. Täglich.

Eine Stunde lang vollführte er Angriffs- und Abwehrmanöver, Finten und Ausfälle, mal streng nach Bewegungsabläufen von Fechtschulen, mal nach seiner eigenen Entwicklung. David hatte Lehrgeld in Form von Schmerzen und tiefen Schnittwunden bezahlt, bis er die richtigen Attacken und Paraden beherrschte, mit denen er andere Kämpfer beeindruckte. Und immer öfter besiegte.

Seit einem Monat gehörte er der *union des lames* an, einer geheimen internationalen Fechtvereinigung, die illegale Duelle mit scharfen Waffen veranstaltete. Es ging um die sportliche Herausforderung, den Reiz an der Sache, die Ehre und die Plazierung auf der internen Rangliste, aktuell stand David auf Nummer dreiundzwanzig. Er hatte noch einiges zu lernen, und es machte ihm Spaß. Vor den Verletzungen fürchtete er sich nicht.

Danach stieg David unter die Dusche, nicht ohne vorher das Breitschwert zurück in die Halterung gehängt zu haben.

Dass die *union* ihn nach einem Fechtturnier seines Clubs eingeladen hatte, hatte er zuerst für einen Zufall gehalten – bis er den Professor getroffen hatte. Der Deutsche war zuständig für das Versorgen der Wunden. Die beiden ungleichen Männer verband eine Besonderheit, wie David rasch herausgefunden hatte; seitdem hielten sie lockeren Kontakt und besprachen sich. Ihm gefiel es, dass er trotz des guten Kontakts zu dem mit mehrfachen Doktor- und Professorentiteln ausgezeichneten Arzt keine gesonderte Behandlung erfuhr und sich nach oben kämpfen musste wie alle anderen auch.

David stieg aus der Kabine und trocknete sich ab, als er das leise Signal aus dem Wohnzimmer vernahm: Eine Kommunikationsanfrage kam auf seinem PC rein. Schnell eilte er im Bademantel ins Zimmer und sah, dass Graeme Hutchinson, der Präsident des Golfclubs, Kontakt mit ihm aufnehmen wollte.

David aktivierte die eingebaute Kamera und öffnete den Kanal. »Graeme, wie schön, dich zu sehen«, sagte er in die Linse, neben der ein grünes Licht leuchtete.

»Hallo, David«, grüßte ihn Hutchinson. »Was macht dein Handicap!? Du hast dich schon lange nicht mehr bei uns blicken lassen. Du fechtest zu viel.«

»Du weißt, wie das ist. Ich habe zu tun.« Er hob die Tasse und roch Lydia. Aromatisierung einmal anders. »Was kann ich für dich tun?«

Hutchinson sah an der Kamera vorbei, tippte mit der anderen Hand auf die Tastatur, und ein kleines Vorhängeschloss erschien in der Monitorecke. »Alles klar. Wir sind sicher und abgeschirmt.« Er räusperte sich. »Hast du die Sache mit dem IRA-Typen mitbekommen, der in Cork auf McFinley geballert hat?«

David fluchte. »Und?«

»Ging gerade noch mal gut. Wir hatten einen Specialist vor Ort, einer vom Spezialkommando, der ihn mit einem Kopfschuss erledigte, damit er schweigt. Wir sollten die Zahlungen an die Polizeispitze erhöhen, um sie abzuwerben. Sie fühlen sich noch den anderen verpflichtet.«

»Nein«, widersprach David unverzüglich. »Wir haben gesagt, wir bleiben dabei, es über den Innenminister zu versuchen. Wir brauchen den Kopf, um die Hände zu kontrollieren, um es mit einem Bild zu sagen.«

»Aber wenn so etwas wieder passiert und zufällig nicht einer von unseren Leuten vor Ort erscheinen kann, der ...«

»Bestechungen, die schiefgehen, können wir uns nicht leisten. Damit wecken wir die Aufmerksamkeit der anderen. Der Innenminister gehört so gut wie uns, und damit knacken wir die unteren Ebenen der Polizei schneller. Über ihn bekomme ich meine Leute in sämtliche Positionen. Bis dahin beschränken wir uns auf ein paar unserer Leute in den kleineren Dienstgraden.« Er rief eine verschlüsselte Liste auf. »Ich sende dir die Namen der Gewerkschafter, die ich uns besorgt habe. Das ist wichtig, wenn eine Entlassung oder Umbesetzung auf Widerstand stoßen sollte. Die Gewerkschafter sind so wichtig wie der Posten des Präsidenten.«

»Sehe ich ein, David.« Graeme wirkte überzeugt. »Ich sende dir Namen von Unternehmern, die sich unbedingt mit dir treffen möchten. Sie finden deine Ideen und die Vision eines veränderten Staates sehr interessant.«

»Hast du mir ihre Hintergründe schon besorgt?«

»Steht alles mit drauf.«

»Jemand dabei, den uns jemand geschickt haben könnte, um uns auszuhorchen? Geheimdienst?«

Graeme schüttelte den Kopf. »Ich habe sie persönlich ausgesucht. Die Vitae sind alle in Ordnung. Nicht zu einwandfrei.«

David hob den Daumen. »Gut gemacht, mein Bester. Ich melde mich bei ihnen reihum und gehe schön essen. Bis dahin haben wir ihre wahren Schwachstellen gefunden.« Er sah auf die Uhr. Lydia würde gleich vom Fitnessstudio zurück sein, und dann wartete eine gemeinsame Dusche mit mindestens zwei Nummern auf ihn. Er sah die nackte Stewardess vor sich, wie sie sich für ihn unter dem Strahl räkelte, und hörte sie unter seinen Berührungen stöhnen. »Ich muss weitermachen, Graeme. Bis dann.«

»Bis dann, Mister Undertake.« Das Bild des Mannes erlosch.

Gleich darauf kam die Mail rein, in der illustre Namen der irischen Wirtschaft standen. Vorstandsvorsitzende, Aufsichtsratsmitglieder, Privatbankiers, Unternehmer. Alles in allem siebzehn Personen.

Davids Augen leuchteten. Es gab siebzehn neue fiese, dreckige Geheimnisse zu ergründen, die eklig genug sein mussten, um die Frauen und Männer in sein Team zu zwingen. Die nächsten Fische, die an seinen Haken sollten, wurden angeködert. Meistens fürchteten Wirtschaftsgrößen persönliche Enthüllungen, die immer mit teuren Scheidungen einhergingen.

David hatte in seinem Beruf die Erfahrung gemacht, dass nur zehn Prozent der Mächtigen treu waren. Dem Rest hatte er erfolgreich was angehängt, entweder durch arrangierte oder gefälschte Fotos.

Der Türsummer brummte kurz, dann öffnete Lydia das Schloss mit ihrer elektronischen Karte. »Ich bin wieder da, David«, rief sie fröhlich.

Er schloss die Programme und fuhr den Laptop runter. »Nassgeschwitzt, hoffe ich?«

»Ja.« Sie erschien im Türrahmen und war dabei, ihr Top auszuziehen; darunter trug sie nichts. »Ich muss unbedingt duschen.«

»Ich helfe dir an den Stellen, wo du nicht hinkommst.« David erhob sich und kam auf sie zu, packte sie im Nacken und gab ihr einen langen, intensiven Kuss auf die vollen Lippen. Mit der anderen berührte er ihre nackte, feste Brust und genoss es, sie stöhnen zu hören. Gleich würden sie zusammen abheben.

3. Februar, Frankreich,
21.21 Uhr

Sia blickte auf das Display des Navigationsgeräts, das anzeigte, wie lange es noch dauerte, bis der X6 den Eurotunnel in Coquelles erreicht hatte.

Knappe vier Stunden. Dort müssten sie den BMW auf einen Wagen des Eurotunnel-Shuttles verladen, das hatte sie zumindest im Internet gelesen. Von Coquelles bis nach Folkstone, wo sie ankamen, dauerte es knappe dreißig Minuten.

Vierzig Meter unter dem Meeresgrund. Sia nahm Erics Netbook von der Rückbank, klappte es auf und ging ins Netz. Die Landkarten, die sie von Folkstone sah, beruhigten sie: Dort, wo die Röhre den Tunnel verließ, gab es kein fließendes Wasser, das die Schienen kreuzte.

»Alles klar?«, fragte er sie.

»Ja.« Sia wurde nervös. Sie stand im Begriff, ihre größte Schwachstelle auf die Probe zu stellen. Befand sie sich erst mal im Zug und auf dem Weg unter dem Ärmelkanal hindurch, musste sie es darauf ankommen lassen. Achtunddreißig lange Kilometer, und schon die ersten paar Meter könnten tödlich für sie werden. Alle Tricks würden nicht helfen, wenn sich der Fluch durch den Tunnel nicht überlisten ließ.

Sei zuversichtlich. Harm Byrne hat es geschafft. Es sollte mir ebenso gelingen. In etwas mehr als vier Stunden würde sie es genau wissen.

Der X6 donnerte mit zweihundert Stundenkilometern auf einer ebenen Strecke der Autobahn. Die Franzosen waren rigide, was die Bestrafung von Temposündern anbelangte, aber Eric schien sich seiner Sache sehr sicher. Nicht zuletzt, weil er das deutsche gegen ein französisches Nummernschild getauscht hatte.

Er hatte das Navi eine Route quer durch Europa berechnen lassen, nachdem sie ihm ihr Handicap gestanden hatte, die auf Autobahnen, Nationalstraßen und einfachen Landstraßen jenseits von allen Gewässern oder knapp daran vorbeiführte. Die verlorene Zeit holte er durch hemmungsloses Rasen heraus. Eric hatte es *optimierte Beschleunigungsfahrt* genannt. Von außen musste der BMW wie ein verdrecktes Rallyefahrzeug aussehen. Dass sie mehrmals geblitzt worden waren, interessierte Eric nicht.

»Ist Ihnen inzwischen eine Idee gekommen, was es mit dem Sídhe auf sich hat?«

»Es wird ein Spitzname sein, aber er sagt mir nichts. Gar nichts«, antwortete sie ungehalten. »Jede Menge Mythologie über Irland und irgendwelche höheren Wesen.«

»Na ja. Warum nicht?« Eric bremste den Wagen und setzte ihn auf eine Ausfahrt. »Wir haben beide inzwischen gelernt, dass es mehr zwischen Himmel und Erde gibt. Mehr, als mir persönlich lieb ist.«

Die Bremskraft schob Sia nach vorne, die Gurte schlugen sofort an. Sehr sportlich und hart legte sich der X6 in die Kurve und beschleunigte brutal wie in einer Achterbahn, die sich nach unten stürzte.

»Was sagt das Internet über Sídhe?«

Mythologie. Sia tippte den Begriff nochmals ein. »Hinweise auf ein sechs Fuß großes Feenvolk, das unterirdisch in Hügeln lebt, unglaublich hübsch ist und sich gerne menschliche Sklaven hält. Dann haben wir noch die Verknüpfung zu den Banshees, den Todesfeen ... oh, und so etwas wie inspirierende Feen, die Künstler in ihren Arbeiten unterstützen und über den Tod hinaus nicht entkommen lassen. Und wenn man es falsch schreibt, kommt der Hinweis, dass *Side* die erste Frau des Orion war, die wegen ihrer Schönheit in den Hades verstoßen wurde.« Sie überflog weitere Einträge. »Es ist zu viel, um Sinnvolles daraus zu schließen.«

»Mh. Das klingt, als habe man einen PR-Berater gebeten, Vampire etwas besser darzustellen, oder?«, befand Eric. »Ich meine: Elfen, die unterirdisch leben und sich Sklaven halten – was sollte es sonst sein außer Vampire? Steht da noch mehr?«

Sia wollte ihn zuerst auslachen, dann beherrschte sie sich und folgte seiner Vermutung. *Was könnten irische Vampire von mir wollen? Hat es doch was mit Byrne zu tun? Und wie passen die erschossenen Wandler da hinein?* Sie räusperte sich. »Die Sídhe sind nett, wenn man sie in Ruhe lässt, und sie saufen gerne Whiskey.«

Eric lachte. »Was sonst?«

»Blut, wenn es Vampire wären?« *Aber davon sehe ich nichts.* Sia las und fasste zusammen. »Nervt oder beleidigt man sie, verursachen sie Krankheit und Wahn.«

»Wie?«, hakte Eric ein und beschleunigte den BMW weiter.

»Berührung.« *Könnte eine Metapher sein.* Sia dachte sofort an den Biss eines Vampirs. »Hier steht auch noch was von Lähmung oder Tod: Hat ein Mensch *bei* den Sídhe gelebt, verändert ihn das. Die Rede ist von Dichtern, Sehern und Heilkundigen, die daraus hervorgehen. Oder Wahnsinnige.«

Eric grinste. »Und? Passt das auch auf Vampire? Richten sie so etwas an?«

Sia kannte einige Beispiele von Menschen, bei denen der Kontakt mit Blutsaugern eine mentale Veränderung herbeigeführt hatte. *Es ist die Nachwirkung eines Traumas.* »Möglich.« Der Text klang wirklich nach einem Experten, der den Auftrag bekommen hatte, die irischen Vampire netter und erhabener zu machen. Weniger monströs und erschreckend. »Wir werden uns überraschen lassen müssen, auch wenn ich das hasse.« Sie erkannte eine Kreuzung mit einer roten Ampel und einer fest montierten Blitzanlage. Eric schien nicht anhalten zu wollen. »Möchten Sie ein nettes Foto von uns beiden haben?« Sie zeigte auf den Kasten.

»Es wird nichts zu sehen geben. Die Scheiben sind mit einer reflektierenden Schicht behandelt worden. Man sieht nur etwas, wenn man frontal draufschaut und nicht blitzt. Für alle anderen wird es aussehen, als wäre der Wagen leer.«

Sia erinnerte sich an ihre Verfolgungsfahrt in Leipzig. *Stimmt. Ich habe nichts von ihm gesehen.* »Sie arbeiten mit vielen Tricks.«

»Muss ich. Sonst würde ich schnell sterben.«

»Gehört das Sanctum auch dazu?« Sia hatte die Frage aus einer Eingebung heraus und gleichzeitig doch bewusst gestellt, weil sie seine Reaktion testen wollte, was bei einhundertvierzig Sachen vielleicht nicht die beste Idee war.

Eric blieb körperlich entspannt, aber seine Augen veränderten sich. »Ich hätte es mir denken können.«

Sie wusste sofort, was er meinte. »Was haben Sie erwartet, wenn Sie eine Kiste mit persönlichen Briefen unverschlossen hinstellen?«

»Anstand? Oder zumindest Zurückhaltung, was das Private angeht? Ich bin bei Ihnen zu Hause auch nicht eingebrochen und habe geschnüffelt.« Er machte einen enttäuschten und erleichterten Eindruck, als hätte er es halb erwartet. »Sie sind ja schon ohne meine Einwilligung durch mein Haus geschlichen.«

Sia durchschaute das Ablenkungsmanöver. *Ich will Antworten.* »Was ist es nun, dieses Sanctum? Was hat es vollbracht und was nicht?«

Eric fuhr langsamer. Es wirkte, als würde der X6 spüren, dass sein Fahrer nachdachte und in seiner Aufmerksamkeit nachließ. »Ich weiß von den Dämonenpakten, die man eingeht. Zwangsweise eingeht, wenn auch in einem anderen Zusammenhang als bei Ihnen. Meine Halbschwester hat mir davon erzählt.«

»Bruder und Schwester im gleichen Geschäft – das ist doch mal eine Familie.« Sia musste ihrer Überraschung einfach Luft machen.

»Halbschwester. Nein, wir sind nicht im gleichen Geschäft. Es ist ... schwierig zwischen uns.« Eric fuhr jetzt die vorgeschriebenen neunzig Stundenkilometer auf der französischen, nächtlichen Landstraße, was Sia unendlich langsam vorkam.

Parallel zu ihnen floss ein schmaler Fluss entlang, und automatisch hielt sie nach vorne Ausschau, ob ihre Straße einen Schwenk auf eine Brücke machte. Ein Verhalten, das sie nicht abstellen konnte.

»Jedenfalls haben mir ihre Schilderungen dabei geholfen zu verstehen, was bei mir schiefgelaufen ist«, sprach er bedächtig.

»Bei der ... Anwendung des Sanctum?« Sie konnte sich nichts darunter vorstellen. »Was ist das Heiligste? Das wäre doch die Übersetzung für Sanctum. Und ich will nicht raten. Ich bin nicht der Quiztyp.«

»Sie haben recht: das Heiligste. Nach christlichen Maßstäben ist es das Heiligste auf Erden: das Blut Christi.«

»Sie wollen mir sagen, dass Sie ... Reste gefunden haben?« *Verrückte Vorstellung. Mehr als zweitausend Jahre alte Reliquien.*

»Nicht ich. Es gab einmal einen Nonnenorden, der es sich zur Aufgabe gemacht hatte, Wandelwesen zu fangen und zu heilen.

Genau genommen war es die Austreibung des Dämons aus dem Körper mit Hilfe des Blutes von Christus. Hardcore-Exorzismus zum Einnehmen.«

In Sias Kopf rotierten die verschiedenen Gedanken mit Lichtgeschwindigkeit. *Kann das sein? Es gibt einen Weg, den Pakt zu brechen! Und ich habe Jahre der Forschung damit verbracht, um* ... Sie zügelte die Vorfreude auf eine mögliche Heilungshoffnung für Elena und Emma. Denn bei Eric hatte das Sanctum versagt. »Was ist bei Ihnen schiefgegangen?«

»Ich bin einst ein Wandler gewesen, ein Werwolf. Kennen Sie die Legende von Gévaudan aus dem achtzehnten Jahrhundert?« Sia machte eine Handbewegung, die »in etwa« bedeutete. »Einer meiner Vorfahren wurde damals mit dem Keim der Bestie infiziert, und alle aus der Linie von ... aus meiner Linie haben sich die Kräfte des Tiers zunutze gemacht, um andere Wandler zu jagen und zu eliminieren«, erzählte er ruhig. »Dabei bin ich an diesen Nonnenorden geraten, für den meine Halbschwester arbeitete. Nachdem ich die Frau kennengelernt hatte, mit der ich leben wollte, habe ich mich entschieden, das Sanctum zu nehmen. Um die Bestie und den Dämon auszutreiben und eine Existenz ohne Zwänge führen zu können. Zu dürfen.« Er musste schlucken. »Anfangs sah es gut aus. Ich habe nicht an meiner Heilung gezweifelt. Den Silbertest hatte ich bestanden, es vermochte mir nichts anzuhaben. Ich wäre niemals darauf gekommen, dass ein Rest des Dämons in mir geblieben ist.«

In Sia erlosch die Freude. »Dann ist das Sanctum doch nicht ...«

»Bei allen anderen fruchtete es, oder sie starben direkt im Verlauf der Anwendung. Verzögerungen waren unbekannt, aber ... Ich scheine eine Ausnahme zu sein.« Er atmete bewegt durch. »Den Orden kann ich nicht mehr fragen, er wurde durch einen Anschlag vernichtet. Daher bleibt mir nur die Spekulation. Vielleicht war das Sanctum, das ich bekommen habe, in seiner

Wirkung abgeschwächt. Verunreinigungen, das hohe Alter – wer weiß es schon?«

Sia konnte sich nicht vorstellen, wie Blut zweitausend Jahre überstand. »War es zu Pulver getrocknet und man hat es wieder flüssig gemacht?«

»Ich sage mal, ja. Die Frauen, die die Geheimnisse kennen, haben sie nicht mit mir geteilt. Jetzt ist es zu spät, genauer nachzuhaken.« Eric steuerte auf einen Autobahnzubringer zu. »Die überlegenen Kräfte, die ich in mir spürte, schrieb ich dem Sanctum zu. Dabei sind es die Vorboten der dämonischen Kraft gewesen, die in mir verblieben war. Kann sein, dass ich absichtlich nicht daran glauben wollte: Ausgerechnet bei *mir* soll das bewährte Mittel versagen? Ich, der die Kräfte des Bösen in den Dienst des Guten gestellt hatte? Welcher Lohn wäre das?«

Sia hörte gebannt zu. Unablässig kreiste das Wort Sanctum in ihrem Kopf. *Das Blut Christi kann alle Sorgen von meiner Familie nehmen.*

Sie überlegte, wo man überall Reste des Blutes finden konnte, angefangen beim Turiner Grabtuch bis zur Dornenkrone, dem Kreuz, den Nägeln, der Lanzenspitze.

Doch es wäre ein unmögliches Unterfangen, die Gegenstände zu finden – und herauszufinden, wieweit es der echte heilige Lebenssaft war und keine Fälschung. Ein Nonnenorden war dafür prädestiniert, eine Vampirin wie sie eher weniger. *Eine Tochter des Judas braucht das Blut Christi – welche Ironie.*

»Jedenfalls hatte ich vorgehabt, der Wandlerjagd abzuschwören und mich meiner Familie zu widmen«, sagte Eric nachdenklich. »Doch die Unruhe nahm zu, und ich fühlte mich berufen, meine Macht weiterhin einzusetzen. Das Debakel in Leipzig hat mich jedoch gewarnt, mich nicht zu übernehmen. Ohne Ihre Hilfe hätte es anders ausgehen können.«

»Ich weiß nicht.« Sia musterte ihn. »Sie sahen reichlich unbeschadet aus. Das Feuer hat Ihnen nichts antun können.«

»Aber ich wäre in der Verbrennungskammer recht schnell erstickt.« Als sie die nächste Autobahnauffahrt nahmen, fuhr Eric sehr dicht auf einen Lkw auf, ehe er den X6 auf die Überholspur lenkte und prompt von hinten angehupt wurde. »Verdammt, ich sollte mehr auf den Verkehr achten«, fluchte er und beschleunigte auf über hundertachtzig.

»Was ist danach geschehen?«

»Die Aussetzer häuften sich, und ich begriff, dass es nichts mit dem Sanctum zu tun hatte. Der Dämon war in mir geblieben und hatte sich einen anderen Weg gesucht, Besitz von mir zu ergreifen.« Erics Griff wurde fester, das Lenkrad knirschte. »Es gab ... unschöne Szenen zu Hause. Ich habe beschlossen, dass es besser ist, wenn ich nicht in der Nähe meiner Frau und meines Kindes bleibe.«

Sia sah, dass eine Träne aus seinem Augenwinkel sprang und über das stopplige Gesicht lief. Sie hatte eine sehr genaue Vorstellung davon, wie er sich fühlte. Wie sehr es schmerzte, seine Lieben zu vermissen und nichts dagegen tun zu können. *Sind wir uns ähnlicher, als ich gedacht habe?* »Jetzt machen Sie weiter, wo Sie aufgehört haben, und sind wieder auf der Jagd.«

»Ja.«

»Warum haben Sie nicht versucht, sich neues Sanctus ...«

»Sanctum.«

»... Sanctum zu beschaffen?«

Er stieß ein bitteres Lachen aus. »Sie meinen, es gibt einen Schnelltest, ob man das richtige Zeug gefunden hat oder nicht?« Eric gab Gas. »Ich kann mir denken, dass das Sanctum für Sie auch interessant wäre – fragen Sie deswegen?«

»Es ist nicht für mich. Aber für jemanden, der mir sehr am Herzen liegt.« Sia fasste es nicht. Jahrhundertelang hatten die Kinder des Judas nach Wegen aus dem Pakt gesucht, die sich als Sackgasse erwiesen, und sie saß mit einem Deutschen im Auto, der eine Möglichkeit kannte. Einfach so. Und die noch größere Sache war, dass es ausgerechnet *Blut* war, das Rettung bedeutete. *Heiliges Blut.*

»Für die Kleine und ihre Mutter, tippe ich. Ich würde Ihnen davon abraten.« Er warf ihr einen kurzen Blick zu. »Sie sind eine Untote, nehme ich an. Jemand, der gestorben ist und ins Leben zurück geholt wurde. Bei Wandelwesen verhält es sich anders: Lebende Menschen werden mit einem Dämon infiziert.«

Sia verstand die Anspielung sofort. Wenn das Sanctum den Dämonenpakt wirklich löste, könnte es eintreten, dass ihr Herz zu schlagen aufhörte und sie an Ort und Stelle niederfiel. Dieses Mal unwiederbringlich gestorben. *Aber bei Elena und Emma angewendet, könnte es das Schlimmste verhindern.* Ihnen würden viele schöne und vor allem unbeschwerte Jahre zu dritt bleiben. Der Tod würde seinen Schrecken dadurch verlieren, weil er endgültig war. Niemand musste fürchten, als Monstrum zurückzukehren.

Mit diesem an sich wundervollen Gedanken kehrte die Sorge überwältigend zu ihr zurück.

Emma könnte bereits tot und zur Vampirin geworden sein, und was die Entführer mit Elena angestellt hatten, wusste sie nicht einmal. Wut kochte in ihr auf, eine heiße Welle flutete ihren Körper und brachte sie dazu, die Zähne fest aufeinanderzubeißen.

Eric verstand es falsch. »Sie müssen nicht glauben, dass ich Ihnen Erlösung nicht gönnen würde.«

»Es ist nicht wegen Ihrer Bemerkung«, grollte sie. »Ich würde zu gerne denjenigen zerfleischen, der mir meine Schwester und meine Nichte gestohlen hat.«

»Ah.« Eric blieb auf der Überholspur, mit Dauerblinken und aufgeschaltetem Fernlicht. Wie ein echter Franzose.

Sia beschäftigte nach wie vor, was sie gehört hatte. »Wie sehen Sie Ihre Zukunft, Eric?«

»Ich werde eines Tages oder eines Nachts niemanden haben, der mich aus einer misslichen Lage befreit, so wie Sie es damals getan haben. Das war's dann«, erwiderte er nüchtern. »Kein Verlust für die Menschheit.«

»So? Sie schalten die Dämonendiener aus. Ich kenne nicht viele, die das tun.«

»Echt? Wie viele kennen Sie denn überhaupt?«

Sia grinste gegen ihren Willen. »Erwischt. Ich kenne niemanden. Es gibt keine Superhelden, die sich in die Schlacht für die ahnungslosen Menschen werfen. Ja, ich weiß: außer Ihnen.«

»Danke sehr. Klingt gut, wie Sie es sagen.« Eric hatte einen Humor, der ihn in Sias Augen unglaublich sympathisch machte. *Ein gutaussehender, cooler Typ.* Sie fühlte sich mit ihm verbunden, weil auch er private Verluste erlitten hatte und sich ohne Zweifel vorstellen konnte, wie es in ihr tobte. Das mitfühlende Lächeln, das er ihr schenkte, beruhigte sie.

Sie blickte aus dem Fenster, zu den schwarzen Wogen, auf denen sich die Lichter der Fahrzeuge spiegelten. Ihre Augen machten ihr das Sehen im Dunkeln leicht ... *Warten. Nichts als warten!* Wie sehr Sia das hasste.

»Was kann man eigentlich als Vampirin?«

Sie blickte unentwegt aufs Wasser. »Als Vampirin oder als Judastochter?«

»Oh, gibt es da so viele Unterschiede?«

»Ja. Wie ist es denn bei Wandlern?«

Eric verlangsamte die Fahrt, weil sie auf eine hell beleuchtete Mautstelle zuhielten. Die Franzosen verlangten von jedem Geld, der die Autobahn benutzte. Diese Sperren zu durchbrechen war nicht ratsam. »Sie sind gleich. Mir ist noch keiner begegnet, der Feuer spucken oder sich unsichtbar machen kann. Tierform und Halbform, physische Überlegenheit und ein für Menschen einschüchterndes Auftreten, das ist allen gemein. Feinheiten sind mir entgangen. Und Silber erledigt sie. Ausnahmslos.«

»Das ist fast langweilig.« Sia sah, dass der Fluss nach rechts abbog und in der Nacht verschwand. Sie war sicher. *Als hätte es daran Zweifel gegeben. Er hätte keinen Fehler gemacht.* »Bei Vampiren gibt es stattliche Unterschiede, und einige sehen aus wie Werwölfe. Vielleicht sind Sie denen schon begegnet.«

»Und die Kinder des Judas sind die Luxusausgabe, ja?«

Sia setzte sich gerade hin und klappte das Netbook zu. *Warum will er das wissen?* »Stehe ich auch auf Ihrer Abschussliste?«

»Nein. Ich würde gerne wissen, was Sie im Kampf liefern können.« Er zwinkerte. »Nicht, dass ich am Ende alles alleine machen muss.«

»Sie können sich auf mich verlassen. Ich bin schnell und kann mit Waffen umgehen.«

»Das weiß ich doch.« Eric ließ den X6 ausrollen und hielt an der Mautstation an.

Ein junger Mann saß in einem kleinen Häuschen, dick eingepackt in eine himmelblaue Daunenjacke, und wollte das Billett.

Eric zog von irgendwo aus der Ablage eins her, reichte es zusammen mit der Kreditkarte durchs Fenster.

Sia sah nach vorne, wo die Straße zuerst zu einem grauen und dann schwarzen Band wurde, das mit der Nacht verschmolz. *Wir fahren in die Finsternis. Dunkel wie mein Gemüt.*

Noch einmal schwor sie dem Entführer von Emma und Elena den Tod – ein Gelübde, das ihr ganzes Dilemma offenlegte: Sie war zur Untätigkeit verdammt.

4. Februar, Großbritannien, Nordirland, in der Nähe der Dundrum Bay, 07.59 Uhr

Rainal öffnete die Tür langsam, um zu verhindern, dass der Officer mit der Maschinenpistole eine Salve in seinen Körper jagte.

Hektisch überlegte er, ob und woher er den Namen Sídhe kannte. Eine Person? Eine Organisation? Jemand, den er reingelegt oder dessen Aufmerksamkeit er erregt hatte?

Natürlich hatte Rainal den Begriff in einem anderen Zusammenhang schon gehört. Seine Großmutter hatte ihm die Geschichten von den Sídhe erzählt, dem Feenvolk, das in den Hügeln lebte.

Er tippte auf einen Tarnnamen für eine hochrangige Persönlichkeit aus dem Umfeld der Scharfrichterin. Möglicherweise hatte sie Feinde, die sie loswerden wollten und brauchte dafür einen cleveren, mit allen Wassern gewaschenen Typen. Einen wie ihn.

Hoffnung keimte auf, als Rainal mit den Polizisten zum Streifenwagen ging; dahinter hatte ein *Ghost* angehalten, ein schönes und für die Verhältnisse von Rolls-Royce ungewöhnlich kleines Modell. Understatement in wirtschaftlich schlechten Zeiten. Trotzdem brauchte man Geld, um sich die Limousine leisten zu können.

Einer der Garda öffnete ihm die Tür, damit sich Righley – nass, wie er war – auf die weißen Lederpolster im Fond setzen konnte. »Hallo«, grüßte er den schlanken Mann, der ebenso hübsch wie groß war. Das erklärte seinen Künstlernamen. Die schwarzen Haare reichten bis ans Kinn und erinnerten an einen Pagenschnitt; der Anzug, den er trug, musste aufgrund des perfekten Sitzes maßgeschneidert sein. Doch bekannt kam er Rainal nicht vor. Das war gut. Somit schied ein betrogener, schlechtgelaunter Geschäftspartner aus. »Wie kann ich Ihnen helfen?«

»Einen schönen Tag wünsche ich Ihnen, Mister Righley. Helfen können Sie mir in der Tat. Mit ein paar Auskünften.« Sídhe sprach mit einer wohltemperierten Stimme, nicht zu laut und nicht zu dunkel, sondern passend für einen Hypnotiseur. »Ich möchte von Ihnen wissen, Mister Righley, wie Sie auf die Nachtkelten gekommen sind.«

»Ich?«

»Sie müssen nicht erstaunt tun. Ihre Kumpels waren bei einem meiner Leute, und sie haben ihm erzählt, dass der Tipp mit den Nachtkelten von Ihnen gekommen sei.« Sídhe richtete seine hellen Augen auf die Pupillen des Mannes. »Aber mein Vertrauter hat Sie niemals gesehen und kennt Sie nicht. Er und ich fragen uns, wie es kommen kann, dass Sie Empfehlungen aussprechen?«

»Es kann nur eine Verwechslung sein. Wer soll das gewesen sein?« Rainal hätte gerne laut geflucht, aber das wäre zu verräterisch gewesen.

»Ihre Kumpels nennen sich Stiff und Cougar.« Der Sídhe beobachtete ihn ganz genau und zog dabei ein außergewöhnliches Stilett aus dem Ärmel. Es erinnerte von der Klingenform an ein Skalpell, war jedoch so lang wie eine Hand mit einem filigranen, leicht gebogenen Griff. Die Schneide schimmerte – feucht? Die Drohung war eindeutig.

»Ah, *die* beiden Jungs. Ja, wir haben uns in einem Pub getroffen und ein paar getrunken, und wir redeten darüber, was so alles in Maghera geht und wo man neue Geschäfte erschließen könnte.« Rainal wartete einen Moment, um die Reaktion von Sídhe zu prüfen.

»Reden Sie, Mister Righley. Ich höre zu.« Er legte die schmale, bleiche Hand mit dem Messer in den Schoß.

»Ich hatte mich dabei erinnert, dass ich in einem anderen Pub einen Kerl gesehen und gehört hatte, der mehrfach den Begriff *Nachtkelte* benutzte.« Rainal hatte sämtliche seiner Fuchssensoren für brenzlige Situationen hochgefahren, um nicht die kleinste Regung seines Gegenübers zu verpassen. Es war lebenswichtig, dass er alles mitbekam.

»In welchem Pub war das, Mister Righley?«

»Keine Ahnung. Ich war zu besoffen. Der Typ redete jedenfalls über Erweiterung der Gebiete, über andere Banden. Ich habe gedacht, er wollte eine neue Gang aufmachen, und da habe ich meinen Kumpels ...«

Sídhe lachte leise und unterbrach ihn damit. »Sie sind ein Fuchswandler. Sie denken nicht einfach, sondern überlegen sich genau, was Sie verlauten lassen und was nicht.« Er bewegte den Arm, und eine Lichtreflexion fiel vom polierten Griff auf Rainals Gesicht. »Sie lügen. Zwar nicht schlecht, aber Sie lügen. Das ist nicht die ganze Geschichte.«

»Nein, ist es nicht. Ich habe den Jungs also von der neuen Gruppe erzählt. Stiff meinte, dass er sich das gerne mal näher ansehen würde. Es sei ja eigentlich sein Gebiet, und wie die kleinen Wichser es wagen könnten, einfach so ...« Er winkte ab und lehnte sich nach hinten. Rainal wollte den Anschein erwecken, er sei entspannt; in Wahrheit wollte er näher an den Türgriff, um rasch hinausspringen zu können. Das Messer gefiel ihm gar nicht. »Na ja, die üblichen Sprüche von Idioten eben.«

»Und Sie haben die Idioten an die richtige Adresse geschickt. Sie waren demnach nicht zu besoffen?«

Rainal nickte. »Sonst hätten sie mich verprügelt.« Er setzte sein schönstes, bestes Fuchslächeln auf. Er konnte auf dem ansprechenden Gesicht des Mannes nichts ablesen, und das machte ihn übervorsichtig. »Was haben sie angestellt?«

Die schimmernde Klinge zuckte nach vorne und schnitt ihm über die Brust. Es zischte, und aus dem heißen Brennen einer herkömmlichen Wunde wurden Höllenqualen. Rainal schrie auf, er schob sich rückwärts und prallte gegen die Tür. Mit einer Hand rüttelte er am Öffner, aber es geschah nichts.

»Die Kindersicherung«, gurrte Sídhe. »Verarschen Sie mich nicht: Der Pub, in dem Sie angeblich den Mann bei seinem Gespräch über die Nachtkelten belauscht haben, war der *TeaRoom.*«

»Ja, ja, das hätte ich auch noch erzählt!« Rainal hielt sich die brennende Wunde, es roch nach Blut. »Mir ist es eben wieder eingefallen, ehrlich. Ich ...«

»Mister Righley, Sie waren nicht nur im *TeaRoom*, Sie haben sich Zugang zum Gentlemen's Club in den Räumen darüber verschafft und die Versammlung belauscht.« Sídhe hielt ihm das blutige Stilett, auf dem das Blut Blasen schlug und verdampfte, vor das Gesicht; mit der anderen Hand nahm er einige dünne, rote Haare aus seiner Jackentasche. »Das sind Ihre. Der Duft verrät es. Sie hatten die Fuchsgestalt angenommen, um sich unbemerkter durch die Zimmer zu bewegen.«

Rainal ächzte und sah auf den Schnitt, der sich nicht schließen wollte! Das Brennen hatte nicht nachgelassen, es schien sogar intensiver zu werden.

»Sie fragen sich sicher, warum Sie nicht regenerieren«, sagte Sídhe genüsslich. »Die Schneide ist in eine Chemikalie getaucht, die gelöstes Silber enthält. Wir haben viel experimentiert, um gegen Wandler erfolgreich in die Schlacht zu ziehen.« Er lachte. »Die Nachtkelten und eine Gang, das ist sehr lustig, Mister Righley!«

Er fand es gar nicht lustig, was vor allem an den unvorstellbaren Schmerzen lag. Er war im Club gewesen, er hatte ein paar der Männer und Frauen belauscht und beschlossen, dass sich jemand mit dieser Gruppe beschäftigen müsste, die offenbar etwas plante – aber nicht er. »Ich habe Stiff und Cougar geschickt, um herumzuschnüffeln und einige der Gruppe zu verfolgen. Ich wollte mehr über die Nachtkelten herausfinden. Aber die beiden sind unzuverlässig und mir abspenstig geworden. Beschissene Hundewandler. Sie haben sich nicht mehr gemeldet«, ächzte er und rieb sich die Brust. Sein Blut haftete an der Hand, und die Stelle kribbelte sofort. Das flüssige Silber hatte sich auch auf der intakten Haut festgesetzt und entfaltete seine Wirkung.

Sídhe wirbelte das Stilett in der Hand und schob es wieder in die Hülle, die sich unter dem Ärmel verbarg. »Haben Sie sonst noch jemandem von uns erzählt?«

Rainal wusste, dass der Mann die Antwort bereits kannte. Eine Lüge bedeutete bestimmt den Tod – aber was geschah nach der Wahrheit? »Ich musste«, sagte er gepeinigt. Die Silberschmerzen ließen einfach nicht nach. Das Tier in ihm revoltierte immer lauter und wollte aus ihm brechen, um den Qualen davonzulaufen oder den Mann ihm gegenüber für seinen Angriff zu bestrafen. »Die Scharfrichterin ist bei mir aufgetaucht, und ich ...«

»Sie haben sich gedacht, dass Sie der Scharfrichterin etwas bieten müssen, was von Ihren eigenen miesen Aktivitäten ablenkt«, ergänzte Sídhe. »Ich verstehe die Taktik, und sie ist gar nicht mal schlecht.« Sein schön geschnittenes Gesicht zeigte Missfallen. Eine beleidigte Diva. »Aber Sie haben nicht bedacht, Mister Righley, dass ich etwas dagegen haben könnte, wenn Sie mir Miss de Cao ins Haus schicken.«

»Es tut mir leid«, war das Einzige, was er dazu sagen konnte. Erste sanfte Verwandlungswellen durchliefen ihn, Knochen wuchsen, schrumpften und verschoben sich, was die Schmerzen in seiner Brust noch steigerte. Das Silber entfaltete seine Wirkung immer weiter.

»Das glaube ich Ihnen. Hätten Sie geahnt, welche Konsequenzen Ihre Tat nach sich zieht, würden Sie heute davon absehen, nochmals in den Gentlemen's Club einzusteigen.« Sídhe betrachtete ihn geringschätzig. »Sie wollten mit der Fähre nach Wales flüchten. Vor der Scharfrichterin?«

»Ja. Sie hat den Rí ... sie hat McFinley ausgeschaltet, und ich nehme an, dass sie es auf mich abgesehen hat«, sprach er gurgelnd. Krämpfe schüttelten ihn, in seinem Kopf dröhnte das

Knacken der Schädelknochen. »Die Falle ... im *TeaRoom* ...« Das Tier übernahm die Kontrolle über ihn. Rainal krümmte sich und rutschte zur Hälfte in den Fußraum.

»Das führt mich zu einer letzten Frage, Mister Righley: Wie kommt es, dass es Miss de Cao möglich war, sich in einem von Silber angefüllten Raum zu befinden, längere Zeit dort zu verweilen und unbeschadet ins Freie zu gelangen?« Sídhe setzte ihm einen Zeigefinger gegen die Stirn und zwang seinen Kopf nach oben. »Haben die Wandler ein Mittel gegen Silber entwickelt? Oder eine Abhärtungskur?«

Rainal schlug die Finger ins weiße Leder des Sitzes, und die wachsenden Nägel hinterließen tiefe Kratzer, aus denen die Füllung quoll. »Nein, nein«, keuchte er und hustete, was wie ein Fuchsbellen klang. »Ich weiß es nicht. Mir ... war es nicht bewusst, dass ... sie immun ist ...« Fell schoss aus seiner Haut, angefangen vom Nacken und sich von da in alle Richtungen ausbreitend. Das Gesicht verschob sich knisternd und wurde länger, die Fuchsschnauze nahm Gestalt an.

Sídhe machte ein unglückliches Gesicht. »Hat man Ihnen schon gesagt, dass Füchse stinken?«

Rainal hatte verstanden, dass es keine Verbrecherbande war, sondern dass die Nachtkelten einen viel gefährlicheren Plan hatten. Das klare Denken fiel ihm schwer, das Animalische hatte seinen Verstand unterwandert und ließ ihn kreatürlich werden. Er bellte Sídhe an, grollte und sabberte auf das Leder. Die Halbform war vollständig erreicht, und die Bestie wollte sich auf den Menschen werfen, um ihn zu strafen.

»Wir sind fertig, Mister Righley. Sie hatten Ihre Chance wie Ihre beiden Hundekumpels. Wir haben Stiff und Cougar überzeugen können, eine Mission für uns zu erfüllen, aber sie wussten natürlich nicht, dass sie Tontauben waren. Und so erlitten sie das Schicksal aller Tontauben: abgeschossen.«

Rainal fiel es enorm schwer, sich auf die Worte des Mannes

zu fokussieren. Er gab dem drängenden Impuls nach und griff ihn an. Die Vernunft wollte ihn zurückhalten und ihm stattdessen die Flucht durchs Fenster schmackhaft machen, doch die Bestie ließ sich nicht mehr bändigen.

Sídhe wich mit der Gewandtheit und Routine eines Kämpfers aus. Eine Klaue verfehlte ihn und bohrte sich in die Kopfstütze des Rolls-Royce. »Goodbye, Mister Righley.« Er langte in die andere Jackentasche und zog ein Röhrchen hervor, setzte es an die Lippen und blies hinein.

Eine Glitzerwolke schoss aus dem anderen Ende und hüllte den Wandler ein.

Instinktiv hatte Rainal versucht, die Luft anzuhalten, aber es gelang ihm nicht. Die zerstäubten Silberpartikel, sichtbare und unsichtbare, drangen in ihn ein, durch Mund und Nase, legten sich auf die Augen.

Die Wirkung setzte unverzüglich ein.

Rainal kreischte und sog noch mehr Silberflitter ein. So musste es sein, wenn man Feuer inhalierte und inwendig verbrannte! Die Tür wurde aufgerissen, Sídhes harter Fußtritt beförderte ihn hinaus, und er fiel in den Regen, landete bäuchlings in einer großen Pfütze. Die Bestie versuchte in tierhafter Manier, sich das Silber aus dem Gesicht zu waschen, und trank in ihrer Panik das dreckige Wasser, um das Brennen zu löschen – was das Argentum noch tiefer in ihre Gedärme beförderte. Qualm drang aus Augen, Mund und Nase, und das Fuchsgejaule wurde noch durchdringender.

Rainal litt lange, bevor der Tod einsetzte, während die Polizisten über ihm standen und zuschauten, seinen Tod sogar mit den Handys filmten.

Mit dem letzten Atemzug wurde er wieder zum Menschen und lag nackt in der Pfütze, die Augenhöhlen ausgebrannt, die verschmorten Lippen voller Brandblasen, die Nase existierte nur noch als schwarzer Klumpen, der an geschmolzenes Plastik erinnerte. Die Gesichtshaut wirkte wie mit einem Bunsenbrenner bearbeitet.

Die Polizisten packten die sterblichen Überreste von Rainal Righley in den Kofferraum seines Wagens, einer setzte sich ans Steuer, und in einer kleinen Kolonne fuhren sie los. Der Rolls-Royce bog unterwegs vom Motorway ab, Garda-Wagen und der Polo setzten ihren Weg bis ans Meer fort.

Niemand beobachtete die beiden Männer, als sie den Wagen des Wandlers mit seinem Besitzer darin in den Fluten versenkten.

3. Februar, Deutschland,
Berlin, Gesundbrunnen, 12.31 Uhr

Wilson zog die Walther und richtete die Mündung auf die Tür, während er aufstand und zum Fenster ging. Dahinter lag eine Nottreppe, und im Hof darunter war niemand zu sehen. *Ich muss es riskieren.* »Raus«, flüsterte er Elena zu.

Das Mädchen nickte, schnappte sich die Tasche mit den Kleidern, danach zwei Donuts und kletterte zum Fenster hinaus. Er wunderte sich, wie angstfrei Elena handelte, als würde alles, was sie gemeinsam erlebten, schon immer zu ihrem Leben gehört haben.

Es klopfte wieder.

Ich bin Léon der Profi! Wilson sah sich plötzlich in der Szene mit Jean Reno und Natalie Portman, als die Polizei die Wohnung des Killers stürmen wollte. Allerdings hatte seine Tür keinen Spion im Holz eingelassen. Elena befand sich bereits auf der Metalltreppe, wie er an dem *Klang-klang-klang* hörte.

»Ja?«, rief er auf Deutsch.

»Verzeihen Sie die Störung«, sagte eine Männerstimme, die er dem Rezeptionisten zuordnen konnte. »Ich habe eine Nachricht für Sie.«

»Schieben Sie sie unter der Tür durch.« Wilson zog sich langsam zum Fenster zurück, weil er nicht daran glaubte, dass ihm jemand geschrieben hatte. In seiner Vorstellungskraft standen Black und ihre Schläger auf der anderen Seite und hielten dem armen Kerl eine schallgedämpfte Pistole gegen die Schläfe. Es ärgerte ihn maßlos, dass sie ihn trotz der getroffenen Abmachung über Elena und Emma verfolgten, als wären sie Feinde und nicht Verbündete. Im weitesten Sinn. *Sie trauen mir nicht.* Er musste grinsen. *Gut, ich ihnen auch nicht.*

Zu seinem Erstaunen wurde wirklich ein Zettel unter dem Schlitz hindurch in den Raum geschoben, das gefaltete Papier schabte über den abgelaufenen Teppich und blieb liegen.

Wilson hatte ein Bein bereits ins Freie geschwungen, sah hinab zu Elena, die eben auf den Boden sprang. *Kann die Nachricht wichtig sein?* Sosehr er auch nachdachte, ihm fiel niemand ein, der als Absender in Frage käme.

Der Zettel wartete auf ihn. Friedlich und lockend. Geheimnisvoll.

Nein. Weiter nach unten und verschwinden. Ich will Blacks Beistand nicht.

Als Wilson nach Elena schaute, lag ihr Bademantel im Hof; die leere Tasche mit den Ersatzkleidern wurde vom Wind davongeweht.

4. Februar, Großbritannien, Nordirland, Richtung Dundrum Bay, 08.38 Uhr

Boída raste den Motorway entlang und verfolgte die Spuren, die Rainal Righley trotz seiner Cleverness hinterlassen hatte. Das waren nicht viele, aber es genügte ihr, sich daran entlangzuhangeln und ihm zu folgen. In erster Linie war es sein durchdringender Fuchsgeruch.

Ihr Eingreifen gegen den alten Rí der BlackDogs hatte erwartungsgemäß keinen großen Protest in den Reihen der Oenach ausgelöst. Sie hatten sich an ihre Empfehlung gehalten, und somit stand Tim Ambshore als neuer Rí des stärksten Rudels unter den Hundewandlern fest. Boída hatte einen wertvollen Verbündeten mehr.

Durch einen Zufall hatte sie vom Tod zweier Iren erfahren, die unter rätselhaften Umständen ums Leben gekommen waren. In einer Stadt namens Leipzig. Die Namen konnte sie sehr gut zuordnen: Saufkumpels von Righley, allerdings etwas beschränkte Hundewandler und nicht von der Klasse der BlackDogs. Unterschicht und Aasfresser. Der Ausflug nach Deutschland war ihnen nicht gut bekommen.

Boída hatte sich Notizen zu dem Vorfall in Leipzig gemacht, weil sie Righley dazu gerne befragen würde. Inzwischen hatte sie herausgefunden, dass der Fuchswandler und seine Gattin Teile von McFinleys Netz aus Wettbüros, Zuhältern und Dealern übernommen hatten und unter dem neuen Namen *Redheads* an den Start gegangen waren.

Sie summte die Melodie von *Fuchs, du hast die Gans gestohlen* und sah sich als Jäger mit dem Schießgewehr.

Die Fenster des Mini Coopers waren ganz nach unten gelassen, damit sie den Fahrtwind roch. Die gespaltene, blaue Zunge ließ sie leicht zwischen den Lippen hervorschauen, um Righley riechen zu können. Sie nahm die feinste Nuance von ihm wahr.

Und genau diese änderte sich mitten auf der Fahrt: eine Prise Righley mit viel Silber gemischt, dazu Blut und Spuren von Rauch sowie verbranntem Fleisch.

Boída zog auf den Standstreifen und stieg aus, die gespaltenen Zungenenden in den Wind haltend. Der Duft sagte ihr: Jemand hatte ihn geschnappt und mit Silber behandelt. Es war nicht schwer, den Gerüchen zu folgen, die sie zu einer Pfütze führten, geschätzte vierhundert Meter von ihrer Parkposition entfernt.

Die tiefen Kratzspuren in der feuchten Erde und im Asphalt bewiesen ihr, dass Righley sehr gelitten hatte, bevor ihm das Silber den Rest gegeben hatte. Vereinzelt blitzte es im Dreck auf. Silberflitter.

Boída entdeckte zwei identische Paar Schuhsohlen, grob und geschraubt, die neben dem Wandler gestanden hatten. Scheinbar hatten sie die Leiche zu seinem Wagen geschleppt und waren losgefahren; auf dem Straßenbelag gab es leider keine Abdrücke.

Ich bin zu spät. Jemand anders war der Jäger, der den Fuchs zur Strecke gebracht hat, dachte sie. Ihre Quelle für neue Erkenntnisse war versiegt, der Fall Righley abgeschlossen – aber ihre Neugier hielt unvermindert an. Neue Quellen wurden benötigt.

Sie musste herausfinden, wer den Wandler mit Silber erledigt hatte. Denn für Boída stand es felsenfest, dass die gleichen Leute Mike zu McFinley geschickt hatten oder zumindest dahintersteckten, dass der Ex-IRA-Mann vor dem Club *Waterfront* aufgetaucht war.

Das Rätsel des Überfalls musste gelöst werden. Die Rís und noch jemand, der ihr sehr viel bedeutete, würden ihr dafür dankbar sein.

Boída kehrte zu ihrem Wagen zurück und fuhr weiter, folgte dem Hauch von fast nichts, das noch nach Righley roch.

Eine halbe Stunde später erreichte sie die Südostküste Irlands, wo die Spur schwächer wurde.

Sie hielt das Auto an und stieg aus, atmete tief ein und züngelte dabei. Boída folgte der kaum wahrnehmbaren Nuance über die Steine bis zum Ufer. Das Meer schwappte über große und kleine Felsen, rauschte und schäumte.

Die salzige Luft tat ihren Nasenschleimhäuten gut, aber vom Fuchswandler roch sie nichts mehr. Sie war bereit, darauf zu wetten, dass man ihn im Meer versenkt hatte. Mit seinem Auto und allen Spuren, die ihr Aufschlüsse über die Mörder hätten geben können.

Boída grübelte, während sie die Wellen betrachtete, die in monotoner Unendlichkeit den steinigen Strand hinaufrollten und schließlich versickerten.

Es gluckste und gluckerte um sie herum, Möwen hüpften auf Krebsjagd über die Muschelschalenberge und stritten sich lautstark um jeden Fund.

Das Meer weckte nicht nur gute Erinnerungen, sondern einmal mehr die Sehnsucht nach warmem Wasser und nach Sümpfen, nach der Umgebung, die sie gekannt und geliebt hatte. Palmyra war ein guter Ersatz gewesen, wenn auch eine Spur zu trocken und heiß; aber Wärme war immer gut, und wohltuende Bäder hatte sie sich genügend bauen lassen.

Das Leben an der Seite von Levantinus war das beste, das sie geführt hatte. Voller Privilegien, voller Möglichkeiten und mit so viel Staunen angefüllt.

Sie hatte dem gottgleichen Wesen wirklich sehr gerne gedient, für ihn gemordet, für ihn getanzt und ihn beschützt, so gut es möglich war. Oder soweit er ihren Schutz überhaupt benötigt hatte. Kein Mann hatte es ihr als Liebhaber so besorgt wie Levantinus. Noch ein Grund, ihn zu vermissen.

Sie fröstelte und flüchtete zurück in den warmen Wagen, wo sie sofort die Heizung bis zum Anschlag aufdrehte. Von dort betrachtete sie das Meer weiter und ließ ihre Gedanken schweifen.

Es kam ihr schrecklich unwirklich vor, dass ihr erstes Leben vor siebzehnhundert Jahren stattgefunden hatte, bevor es abrupt in diese Gegenwart geschleudert worden war.

Den ersten Schock hatte sie noch früher bekommen, als sie ihre Heimat gegen ihren Willen verließ.

Menschen hatten sie im Schlaf überrascht, gefangen und in eine Kiste gesperrt, aus der sie sich nicht befreien konnte. Sie hatte gespürt, wie sie in ihrem Gefängnis an Bord eines Schiffs und aufs Meer gebracht wurde. Tagelang, wochenlang hatte ihr Dasein daraus bestanden, dazuliegen und nichts zu tun, das bisschen Essen in sich zu schlingen, das man ihr gab, und zu warten, was man mit ihr machen würde.

Dann war irgendetwas passiert. Es hatte harte Schläge gegen ihr Gefängnis gegeben, und plötzlich war die Kiste zersprungen.

Boída hatte sich im tosenden Meer wiedergefunden, einer kalten, wütenden See, die sie zu ertränken versuchte. Aber sie hatte sich am Leben erhalten, sich an einen Felsen geklammert. Niemand sonst hatte das Unglück überlebt.

Als Schlangenwandlerin war sie in der Lage, längere Zeit ohne Essen auszukommen, doch irgendwann hatte sie der Schwäche nicht widerstehen können und das Bewusstsein verloren.

Bei ihrem nächsten Erwachen hatte sie sich auf einem anderen Schiff befunden. Händler, deren Sprache sie nicht verstand.

Natürlich hatten die Männer sich an ihr vergangen, das spürte sie unmittelbar nach dem Aufwachen, aber sie blieb ruhig – bis sie zu Kräften gekommen war. In einem wahren Fressrausch hatte sie die Besatzung ausgelöscht, satt und unbeweglich hatte sie in einer Ecke gelegen und war mit dem Geisterschiff dahingetrieben, ohne zu wissen, wo sie sich befand.

Schließlich war das Schiff von einer römischen Galeere aufgebracht worden und mit vielen Zwischenstationen nach Palmyra gelangt. Der Centurio hatte Boída als Geschenk an Levantinus übergeben.

Das gottgleiche Wesen hatte erkannt, was sie war und was sie konnte. Die Zeit des Lernens begann, danach die Zeit des Genusses, der Freiräume und unendlichen Möglichkeiten. Nicht zu vergessen: der Lust. Nach vielen Jahren waren die beiden Frauen aufgetaucht und hatten ihr Paradies vernichtet.

Eine Möwe landete auf der Motorhaube und stolzierte darauf herum, eine zweite flog herbei und wollte sehen, was es zu holen gab. Gemeinsam rupften sie am Gummi des Scheibenwischers herum.

Boída sah die Vögel und bekam Hunger. Einmal hatte sie ein Neugeborenes entkommen lassen, ein zweites Mal würde ihr das nicht passieren.

Sie bewegte den Kopf nach rechts und links, vollführte Bewegungen, die bei einem Menschen zum Genickbruch geführt hätten, um die Wirbel zu lockern. Die Kälte hatte ihr nicht gutgetan, sie brauchte neue Pflaster. Zu Hause wartete die Wärmelampe.

»Zurück zum Anfang meiner Suche«, murmelte sie. In der Vergangenheit zu schwelgen brachte ihr nichts, sie musste an die Zukunft denken.

Und die Zukunft wurde nur schön und gut und voller leckerer Babys für sie, wenn sie mehr über Rainal Righleys Mörder herausfand, die mit Silber arbeiteten wie andere Leute mit Reinigungsmitteln: äußerst verschwenderisch.

Ein Ort voller Silberüberfluss konnte ein Ansatz sein. Boída fiel wie von selbst der *TeaRoom* mit seinem Silberregen ein.

Es wurde Zeit für einen neuerlichen Besuch.

KAPITEL IX

Biep.
Biep, biep.

Was sind das für Leute? Das Knattern ... Sie haben mich in einen Hubschrauber verfrachtet. Wir sind in großer Höhe, das Atmen fällt mir schwer.

Biep, biep, biep.

Nein, sie haben mir die Beatmungsmaschine genommen! Oh, Gott! Ich werde ersticken! Wieso ...

»Miss Karkow, Sie hören mich, richtig?«

Die Stimme eines Mannes. Englisch. Woher weiß er, dass ich bei Bewusstsein bin? Meine Kehle fühlt sich eng an. Ich kann nicht richtig atmen.

Biep, biep, biep.

»Miss Karkow, wenn Sie mich verstehen, heben Sie die rechte Hand. Sie haben sie vorhin im Schlaf bewegt, also gehe ich davon aus, dass Sie die Hand willentlich bewegen können.«

Wenn ich das mache, was kommt dann?

Biep, biep, biep.

»Miss Karkow, wir können Ihrer Tochter ein bisschen weh tun. Möglicherweise dringen die Schreie in Ihr Unterbewusstsein und ... Ah, sehen Sie?! Es geht doch! Schön, dass Sie wach sind.«

Arschloch! Finger weg von meiner Tochter!

»Damit Sie wissen, was gerade um Sie herum vorgeht: Sie werden von uns wie ein Gast behandelt. Unsere Experten haben Ihren Zustand genügend stabilisiert, und wir fliegen mit Ihnen an einen Ort, der sicher ist. Für Sie und für uns. Danach hängt alles, was Ihnen geschieht, von den Taten Ihrer Schwester ab.«

Biep, biep, biep.

Sie haben Elena und mich als Druckmittel entführt. Sie wollen, dass Sia etwas für sie tut?

»So, dann schlafen Sie wieder eine Runde. Der Landeanflug kann ein bisschen ruppig werden. Das Wetter in Irland ist nicht das beste.«

Irland? Ihr Ärsche! Fließendes Wasser als Schutz gegen Sia! Sobald ich meine Beweglichkeit zurückhabe, mache ich dich fertig. Hat Elena nur eine Schramme von dir abbekommen, wirst du leiden. So richtig leiden!

Biep, biep, biep.

Das Atmen fällt mir extrem schwer. Und diese Hitze ...

Biep, biep, biep.

4. Februar, Großbritannien,
London, 04.38 Uhr

Sia checkte im Hotel Manorhouse ein. Alleine. Eric würde ihr eine halbe Stunde später und unter einem anderen Namen folgen. Sie wollte nicht riskieren, dass Emmas und Elenas Entführer durchdrehten oder eine unüberlegte Handlung begingen, nur weil Sia in Begleitung auftauchte. *Sie kennen ihn nicht, also ist sein Auftauchen an sich ungefährlich.*

Sie gab dem Rezeptionisten in der schmucken roten Hoteluniform ihren alten Namen an, Theresia Sarkowitz.

Prompt langte er unter den Tresen und reichte ihr einen Umschlag. »Willkommen in unserem Haus, Frau Sarkowitz. Wir haben schon eine Nachricht für Sie vorliegen.« Er schob die Zimmerkarte über den Tresen.

Sia öffnete den Umschlag, in dem eine Karte mit einer Handynummer steckte. *Keine Anweisung, was ich damit machen oder um wie viel Uhr ich anrufen soll? Dann versuche ich es am besten auf der Stelle.* Sie ging zu einer der Telefonkabinen neben dem Ausgang, steckte ein paar Münzen in den Einwurfschlitz und tippte die Zahlenfolge ein.

Nach nur zweimal Läuten wurde abgehoben. »Smyle«, sagte eine männliche Stimme.

»Warum sollte ich?«

Der Mann lachte. »Oh, nein. Sie können nicht wissen, dass es mein Nachname ist, mit y allerdings. Jonathan ist mein Vorname, Miss Sarkowitz. Hatten Sie eine gute Reise?«

Mir fehlen die Nerven für belanglosen Smalltalk. »Ich will mit Elena und Emma sprechen.«

»Tut mir leid, so weit geht unser Vertrauen noch nicht«, erwiderte Smyle. »Wir werden uns treffen und miteinander sprechen, danach schaue ich, was ich in die Wege leiten kann. Hätten Sie in einer Stunde für mich Zeit?«

»Wo?«

»Bleiben Sie einfach in Ihrem Zimmer. Ich komme zu Ihnen. Und seien Sie nett zu mir. Ich bin nur der Bote.« Er legte auf.

Jonathan Smyle. Wenigstens hatte sie einen Namen.

Sia fuhr mit dem Lift nach oben und bezog ihr Zimmer. Sie packte erst gar nicht aus, legte den Koffer nur aufs Bett und suchte Erics Netbook heraus. Eingeschaltet war es schnell, und sie forschte im Internet nach ihrem Kontaktmann. Zu ihrer großen Verwunderung wurde sie gleich in mehreren Zeitungsartikeln fündig. *Falls er mir seinen echten Namen genannt hat.*

Hatte er nicht gelogen, war er laut den Berichten Museumswächter in King John's Castle in Limerick gewesen und wurde seit einem Überfall, bei dem eine Harfe gestohlen worden war und mehrere Teile des Gebäudes in Mitleidenschaft gezogen wurden, vermisst. Das Bild zeigte einen Mann mit roten Haaren, das Gesicht glattrasiert und markant. Die Farbe der Augen ließ sich schlecht erkennen, die Qualität der Aufnahme gab es nicht her.

Entweder er ist ein typischer Ire, oder es gibt noch ein Judaskind. Wieso kommen alle nach Irland? Bin ich die Einzige, die Probleme mit fließendem Wasser hat?

Sia suchte noch ein wenig weiter, fand aber ansonsten nichts Interessantes über den Mann. Ein anderes Bild von ihm bei einer Ausstellungseröffnung zeigte ihr, dass er hellgrüne Augen hatte.

Das Zimmertelefon läutete, Eric rief an. »Hatten wir nicht ausgemacht, dass Sie mir sagen, welche Zimmernummer Sie haben, damit ich in der Nähe bleiben kann?«

Stimmt. Das hatten wir. »Habe ich vergessen. Wo sind Sie jetzt?«

»512.«

»Das ist drei Stockwerke über mir. In«, sie sah auf die Uhr, »einer halben Stunde kommt ein Jonathan Smyle und wird mit mir reden.«

»Gut. Ich komme zu Ihnen. Wo sind Sie?«

Ist das eine gute Idee? Sia zögerte. »Ich will nicht, dass Sie meine Schwester und meine Nichte durch Heldenaktionen in Gefahr bringen.«

»Ich verspreche, dass ich ruhig im Schrank warten werde«, gab er zurück.

Im Schrank. Ein Klassiker. »324.« Sie legte auf und ging zur Tür, um sie zu öffnen und anzulehnen – schon trat Smyle herein. Er sah aus wie auf dem Foto, nur dass seine Augen etwas Stechendes besaßen. Sie wusste sofort, dass sie es mit einem Vampir zu tun hatte.

»Hello, Miss Sarkowitz.« Er trat ein und schob die Tür zu. »Sie haben mich jetzt schon erwartet?«

»Nein. Den Zimmerservice. Ich hatte mir etwas zu essen bestellt.« *Das war nicht geplant.* Sia steckte die Hände in die Taschen. Die Rechte umfasste das Handy, sie gab Erics Nummer ein und zog das Telefon aus der Hose, legte es zusammen mit dem

Geldbeutel auf den Tisch. Sie wollte, dass es aussah, als mache sie es sich bequem. »Warum sind Sie schon hier?«

»Neugier.« Smyle grinste und setzte sich ungefragt in den Sessel neben dem Fenster. »Wie ich sehe, sind Sie alleine angereist.«

»Ja. Wen hätte ich mitbringen sollen?« *Sollte das eine Anspielung sein?*

»Nur eine Frage, mehr nicht.« Smyle bat sie mit einer Geste, Platz zu nehmen. »Oh, meinen Dank, dass Sie Harm Byrne erledigt haben. Das hat uns sehr viele Scherereien in Irland erspart, denn ich war fest davon ausgegangen, dass er früher oder später zurückkehren würde.«

»Was hatten Sie mit ihm zu tun?«

»Geschäfte. Er hat zu viel Anspruch auf etwas erhoben, was ihm nicht zustand.«

»Was habe ich Ihnen getan, dass Sie Emma und Elena entführen ließen?« Sia setzte sich und hoffte, dass Eric verstanden hatte: nur zuhören, nicht eingreifen.

»Getan haben Sie mir nichts. Ganz im Gegenteil: Sie *sollen* etwas für mich tun.« Er langte in seine dunkelbraune Jacke und legte einen zusammengefalteten Zettel auf den Tisch. »Das sind die Namen der Personen, die Sie umbringen sollen. Sie halten sich alle in Irland auf, die Adressen habe ich Ihnen dazugeschrieben.« Smyle legte die Finger zusammen. »Es sind alles Wandler. Welcher Spezies sie angehören, habe ich auch für Sie notiert. Auf dem Chip finden Sie die Fotos der Männer und Frauen.«

Sia zog das Blatt zu sich, in dem noch eine SD-Speicherkarte eingeschlagen war, klappte es auf. Fein säuberlich durchnummeriert reihten sich die Namen untereinander. »Vierzig?«, entfuhr es ihr ungläubig.

»Ja. Ich habe sie nach Spezies zusammengefasst, nicht alphabetisch. Es geht in erster Linie um die Anführer und besonders starke Exemplare.«

Sia las die Bezeichnungen der Wolfshunde, und zwar mehrere Rudel, auch *Tuatha* genannt, wobei das stärkste Rudel Black-Dogs hieß. Einige Rudel anderer Hunderassen, zwei Rudel Wölfe, einige Selkie-Familien, vier Bären, ein paar Katzen, Füchse und ein Pantherpärchen, hinter dem ein Ausrufezeichen zu lesen stand. Sie deutete darauf.

»Oh, diese beiden sind sehr stark und werden eine anspruchsvolle Beute für Sie sein.«

Jetzt werde ich zur Ausputzerin für andere Vampire. »Was ist mit Ihnen, Mister Smyle, dass Sie es nicht selbst machen?«

»Zu viele Feinde für mich. Ich bin kein großer Kämpfer, im Gegensatz zu Ihnen. Ihr Ruf als Killerin ist ja legendär, wenn meine Informationen und Nachforschungen stimmen.« Smyle blieb entspannt. Der Umstand, dass er Elena und Emma in seiner Hand hatte, gab ihm diese Sicherheit. »Ich rate Ihnen, die Schlangenwandlerin zuerst zu erledigen. Sie ist Ihre gefährlichste Gegnerin.«

»Schlangen? Was es alles gibt«, sagte sie mehr zu sich. »Giftschlange?«

»Würgeschlange. Ihre Kraft ist atemberaubend, im wahrsten Sinne des Wortes. Wir haben Ihnen auch noch etwas über die Strukturen der hiesigen Wandler notiert. Sie eliminieren die sogenannten Rí, was so viel wie König eines Tuath ... eines Rudels bedeutet. Die Oenach, die besten Krieger aus einem Tuath, wählen und beschützen ihn. Sie sollten es schlau angehen, wenn Sie nicht jedes Mal gegen zehn Feinde antreten möchten. Versuchen Sie es mit Unfällen.«

»Es wird auffallen, wenn mehrere Wandler kurz nacheinander in Silbermesser stürzen.« Sie hatte nicht übel Lust, ihre schlechte Laune an dem Vampir auszulassen. *Ich könnte ihn verprügeln und aus dem Fenster werfen.*

Smyle lachte. »Ich freue mich, dass Sie so professionell reagieren. Aber Wandler können ja auch verbrennen, den Kopf verlieren, ertrinken ...«

»Noch habe ich gar nicht zugestimmt.« Sia legte das Blatt zurück auf den Tisch. »Vierzig, das ist ein bisschen viel.«

»Im Vergleich zum Leben von Ihrer Nichte und Ihrer Schwester? Ich glaube«, sagte Smyle listig, »Sie würden Tausende auslöschen, um ihrer beider Leben zu bewahren.«

Ich sehe deinen Kopf unter meinen Füßen zerspringen! Fühl dich nicht zu sicher. Sie schwieg und bannte ihn mit ihrem Blick. In seiner Haltung, in seinem ganzen Auftreten fehlte eine gewisse Attitüde, die ihn als einen von ihrer Art gekennzeichnet hätte. Sie hatte ein Gespür dafür. *Du bist ein Blender.* »Sie sind kein Judassohn«, sprach sie langsam. »Was sind Sie dann? Vieszcy?«

Smyle zuckte zum ersten Mal zusammen. Seine Sicherheit bröckelte. »Spielt das eine Rolle?«

»Für mich schon. Ich weiß einfach zu gerne, mit wem ich es zu tun habe.« Sia überlegte. *Ich klopfe weitere Reaktionen bei ihm ab. Ich habe ihn mit meiner Einschätzung eingeschüchtert – könnte sein, dass er mehr verrät, als er möchte.* »Was passiert, wenn ich die Wandler eliminiert habe? Übernehmen die Vampire die Macht auf Irland?« *Viele Blutsauger können es nicht sein, sonst würden sie die Gegner auf eigene Faust ausschalten. Oder sie wollen mich als Sündenbock präsentieren.*

Smyles Gesicht wurde abweisend. »Sie, Frau Sarkowitz, sollen einfach tun, was man Ihnen sagt. Berufskiller bekommen auch nicht mehr Informationen, als sie brauchen.«

»Berufskiller erhalten Geld. Ich töte, weil Sie mich dazu zwingen.« Sia verbat sich jegliche Gewalt gegen ihn. Vorerst. »Reden wir über unseren Deal. Es gibt keine Sicherheiten, nehme ich an, dass ich Elena und Emma zurückbekomme?«

Smyle reckte den Kopf und strich sich am Kinn entlang, als müsste er nachdenken. »Nein.«

»Dann möchte ich, dass Sie Elena freilassen, sobald ich die ersten zehn erledigt habe. Nach zwanzig weiteren geben Sie Emma frei, und ich garantiere, dass ich den Job zu Ende bringe.«

Es wäre zu gut, wenn sie darauf eingehen würden. Sia beugte sich nach vorne. »Sollten Sie versuchen«, grollte sie, »mich reinzulegen, stehen Sie und Ihre Vampire auf *meiner* Liste.«

Er musste schlucken. »Ich sage es dem Sídhe. Er muss das entscheiden.«

»Ah, der Sídhe ist Ihr Anführer? Wollte er nicht sowieso mit mir sprechen?«

»Machen Sie sich keine falschen Hoffnungen, ihn bei einem Treffen umbringen zu können. Wir haben mehr als einen Sídhe. Es bringt Ihnen gar nichts, ihn auszuschalten«, erklärte er hastig. »Er hatte noch etwas anderes zu erledigen, möchte Sie aber bei einer anderen Gelegenheit kennenlernen. Aber es freut mich, dass Sie sich auf unser Geschäft einlassen, Miss Sarkowitz.«

»Ich *lasse mich nicht ein,* Sie erpressen mich. Erpressung ist strafbar, Mister Smyle.« Sia lächelte und zeigte ihm die Fangzähne. Zufrieden registrierte sie, dass er in seinem Sessel kleiner wurde, die neuerliche Einschüchterung hatte funktioniert. *Nein, er ist niemals im Leben ein Judassohn.* »Ich will mit meiner Nichte und meiner Schwester sprechen, sonst gehe ich wieder. Ohne Lebensbeweis keine toten Wandler.«

»Versprechen kann ich nichts. Ihrer Schwester geht es nicht so gut, wie Sie wissen. Aber Sie sollen sehen, dass ich mich bemühe, Ihre Vorgaben zu erfüllen.« Weiterhin von ihrem forschen Auftreten beeindruckt, zog er sein Handy aus dem Mantel, drückte auf den Ziffern herum und hielt sich den Hörer ans Ohr, dann reichte er es an sie weiter. »Hier.«

Sia lauschte und hörte Atemgeräusche und das Piepsen elektrischer Geräte. Sonst nichts. *Wenn sie denken, das würde mir als Beweis ausreichen, haben sie sich getäuscht.* Sie sah Smyle an. »Dann holen Sie mir Elena ...«

»Sia?«, erklang Emmas brüchige Stimme. »Sia, wo bist du?«

Ihr wurde siedend heiß. *Sie ist aus dem Koma erwacht.* »Emma, bleib ruhig. Ist Elena bei dir?«

»Ich ...«, setzte Emma an, dann riss der Kontakt ab. Sia starrte auf das Handy.

»Das sollte reichen. Ist es nicht schön, dass es Ihrer Schwester in unserer Betreuung schon viel besser geht? Trotz der Dialyse?« Smyle hielt die Hand auf und verlangte sein Handy zurück. Sie warf es ihm zu. »Wann werden Sie aufbrechen?«

Sia verzichtete darauf, weitere Informationen von Smyle zu sammeln. Je mehr sie den Anschein erweckte, sich zu fügen, desto sicherer fühlten sich die Vampire und ihre Sídhe. *Ich spiele mein eigenes Spiel. Mit meinen Regeln.* Sie würde mit Eric zusammen neue Informationsquellen erschließen. Ihre potenziellen Opfer zum Beispiel. *Die Wandler können mir garantiert mehr über Smyle sagen.* »Es gibt ein Problem«, antwortete sie. »Die Irische See.«

Der Vampir hob als Widerspruch den Finger. »Und es gibt dazu die passende Lösung. Wie Sie wissen, Miss Sarkowitz, war Harm Byrne auch ein Judassohn. Bei seiner letzten Reise haben wir ihn verfolgen lassen und festgestellt, wie es ihm gelungen ist, den Fluch der Unüberquerbarkeit von fließendem Gewässer aufzuheben: ein Mini-U-Boot.«

»Bitte?« *So einfach kann es doch nicht sein!*

Smyle lächelte wieder. »Simpel und doch effektiv. Er hat sich zwei kleine Schleusen bauen lassen. Mit einem aufgemotzten Forschungsunterwasserschiffchen ist er gependelt. Wichtig ist, dass Sie *im* geschlossenen Bassin ein- und aussteigen. Damit wird aus dem Meerwasser ein stehendes Gewässer. Dann tauchen Sie, die Klappen werden geöffnet, und Sie fahren los, ohne die Auswirkung des Fluchs fürchten zu müssen. Was geschieht, wenn Sie einen Fehler machen, werden Sie sich selbst ausmalen können.«

Aber ja! Byrne hat die Lösung gefunden: Ich befinde mich mit dem Boot bereits unter Wasser, wenn sich das Wasser aus der See mit dem im Becken vermischt. Ich darf nur nicht den Fehler bege-

hen, einfach aufzutauchen. Sia wurde mehr als unbehaglich zumute. Zwar war Byrne der lebende Beweis, dass es gelang, den Fluch zu umgehen, aber die knappen dreißig Minuten unter dem Kanal hindurch hatten ihr zugesetzt – wie wäre es erst, wenn sie, umgeben von Wasser, eine stundenlange Fahrt unternehmen musste?

»Die Steuerung ist recht einfach. Ich weise Sie in die Bedienungselemente ein. Sie schaffen das locker, Miss Sarkowitz. Und immer schön an Elena und Emma denken.«

Das war's! Sia sprang auf, holte aus und schmetterte dem verwunderten Vampir die Faust gegen das Kinn, dass er aus dem Sessel geschleudert wurde und gegen das Bettgestell fiel.

Seine Züge hatten sich verschoben und verformt, die Gesichtsknochen waren mehrfach gebrochen. Unter lauten Schreien regenerierte sich Smyle. Blut floss ihm aus Mund und Nase, aber er wagte es nicht, sie anzugreifen.

»Ihr Sídhe kann froh sein, dass er nicht gekommen ist. Sonst hätte er den Schlag abbekommen.« Sie ging zu ihm, schleifte ihn am Kragen durchs Zimmer und schleuderte ihn in den Gang hinaus. »Rufen Sie mich an, und sagen Sie mir, wohin ich wegen des U-Boots morgen kommen soll.« Sia schlug die Tür zu.

Das war sinnlos, aber ich habe es einfach gebraucht. Sie atmete tief ein und versuchte, zur Ruhe zu kommen. *Einen Unschuldigen hat mein Hieb jedenfalls nicht getroffen.*

Es klopfte an der Tür.

Hat er was vergessen? Sia öffnete sie und holte zum zweiten Schlag aus.

»Zimmerservice?« Eric stand davor, gekleidet in die Livree eines Angestellten des Manorhouse. Er deutete auf die Tröpfchenblutspur. »Ich komme zu spät. Madame haben schon abgeräumt?« Er musste lachen. »Das war ja mal ein interessantes Gespräch. Gute Idee, das Handy zur Wanze umzufunktionieren.«

Der Anzug ist ihm ein bisschen zu klein. Zu viele Muskeln.

Sia musste ihm zugestehen, dass er Humor besaß und improvisieren konnte. »Danke für das Lob.« Sie zog ihn herein. »Was sagen Sie dazu?«

»Dass Sie die Drecksarbeit machen sollen. Und *vierzig!* Vierzig *verschiedene* Wandler! Bei allem Respekt, das wird selbst für eine Judastochter eine ganz schöne Plackerei.« Er setzte sich auf den Platz, auf dem Smyle gesessen hatte. Die Nähte der Livreejacke spannten sich. »Glücklicherweise sind Sie nicht alleine. Ich kann mich so richtig unter dem Wandlerpack austoben.« Er griff nach der die Liste und überflog sie. »Selkies? Sind das nicht Seekühe?«

»Irgend so etwas. Aber ich habe nicht vor, meine Aufgabe zu erfüllen.«

Eric schaute vom Zettel auf. »Das dachte ich mir schon. Es geht gegen Ihren Stolz. Und eine Garantie, dass Sie Ihre Schwester und Nichte zurückbekommen, die gibt Ihnen auch keiner.«

»Ganz recht.« *Keine Garantie.* Sia betrachtete die Blutspur des Vampirs. »Sie werden sich um die Liste kümmern, Eric. Ich werde losziehen und Informationen zu den Sídhe sammeln, bis ich genug zusammengetragen habe, um meine Familie befreien zu können.« Ihr Gesicht nahm einen verächtlichen Ausdruck an. »Kann gut sein, dass es danach keinen Smyle und keine Sídhe mehr auf Irland gibt.«

»Oh, ein großer Plan. Er gefällt mir.« Eric tauchte nach der Minibar neben sich. »Können wir uns darauf einigen, dass wir anfangs gemeinsam auf die Jagd gehen? Damit Sie sehen, wie mühsam es ist?« Er nahm sich eine Cola raus, öffnete sie und nahm einen Schluck. »Gott, bin ich müde.«

Sia hatte total vergessen, dass er stundenlang gefahren war; das kurze Nickerchen im Tunnel hatte nicht lange vorgehalten. »Dann legen Sie sich hin. Morgen Abend geht es für uns beide weiter.«

Er nickte. »Ich werde Sie beschatten, bis Sie mit diesem U-Boot in See gestochen sind, danach fahre ich mit einer Fähre weiter. Sie müssten mir sagen, wo wir uns in Irland treffen.«

»Ich melde mich, sobald ich auf festem Land stehe.«

»Alles klar.« Eric erhob sich und ging dicht an ihr vorbei zur Tür.

Er riecht gut! Sia ertappte sich bei der Erinnerung an Leipzig, als sie ihn nackt gesehen hatte. Mit allem, was er einer Frau zu bieten hatte. *Mein letztes Mal ist schon verdammt lange her.* Sie sah ihm nach. *Warum nicht mit ihm?* Sie seufzte, ihr Blick fiel auf die Liste. Und den Chip. *Erst die Arbeit, dann irgendwann ein bisschen Vergnügen und Ablenkung. Dampf ablassen.*

Sia nahm die Speicherkarte und schob sie in den Leseschlitz des Netbooks. Die digitalen Bilder ließ sie von der Diashow des Abspielprogramms anzeigen. Alle vier Sekunden das nächste Gesicht: Alte und Junge, Hübsche und Hässliche, Dünne und Dicke – die Wandler hielten alles parat.

Aber das Animalische in ihnen konnten sie nicht gänzlich verbergen. Etwas an ihnen zeigte die Bestie, die ihnen eigen war: kräftige Zähne oder dichte Brauen, ein Glitzern in den Augen oder besonders auffällige Züge, die nicht hübsch zu nennen waren, aber einem Model gut standen.

Sia verbot sich jeglichen Gedanken an deren Familien, deren Freunde, deren Leben. Smyles Einschätzung war richtig gewesen: Um Emma und Elena zu retten, würde sie in der Tat töten. *Hundertfach. Tausendfach.*

Die folgenden Stunden verbrachte Sia damit, sich alle Gesichter einzuprägen. Keiner der Wandler sollte sie überraschen können.

4. Februar, Großbritannien,
Nordküste von Wales, 23.51 Uhr

Sia war von Smyle abgeholt worden. Da der Vampir ihre Schwäche kannte, hatte er eine sichere Strecke nach Wales ausgesucht, abseits von Gewässern. Er hatte ihr eine Bedienungsanleitung für das U-Boot gereicht, die sie unverzüglich zu lesen begann. Sie wechselten auf der Fahrt kein Wort.

Sia achtete darauf, ob sie verfolgt wurden. *Entweder Eric beherrscht das Spiel sehr gut, oder Smyle hat ihn wirklich abgehängt.* Im Rückspiegel suchte sie die kalten, blauen Scheinwerfer des X6 vergebens.

Bald stiegen sie in einen Jeep um, und es ging querfeldein; schließlich hielten sie abseits aller Wege an einer Steilküste. Zu Fuß folgten sie einem Pfad, der parallel zum Meer verlief. Er führte scheinbar ins Nichts.

Sia rückte ihre Tasche zurecht, die sie halb auf dem Rücken trug. Sie wollte Smyle nicht fragen. Sie dachte sich, dass Byrne die Schleuse, in der das U-Boot lag, gut versteckt errichtet hatte. *Es wäre bescheuert, wenn Spaziergänger sie von oben sehen könnten.*

Sie steckte das Anleitungsheft tiefer in die Tasche und war froh, dass sich die See ruhig benahm. Gischtwolken würden ihr Schmerzen zufügen. Den Fehler, während eines Sturms zu dicht an der Kaimauer zu stehen, hatte sie einmal am Meer begangen, in Piriac. Es hatte auf der Haut wie Säure gebrannt.

Schwarz und glatt lag die Wasseroberfläche da, Sterne schimmerten und funkelten darauf; nur weiter draußen brachen sich Wellen an einem Riff, das knapp über der Oberfläche herausragte.

»Großer Schritt«, warnte Smyle sie. »Die nächsten drei Stufen sind Attrappen und brechen sofort ab.« Er sprang, Sia folgte ihm.

Der Weg endete auf einem Podest.

Smyle schob einen vorspringenden Stein in der Wand zur Seite; darunter kam ein Eingabefeld zum Vorschein. Er drückte eine Nummernfolge, und ein Teil des Felsens schwang zurück. Dahinter lag die Schleuse, Stahltreppen führten nach unten. Im aus dem Stein geschlagenen Bassin schwamm das U-Boot.

Zum Meer hin war die Höhle offen. Ein Stahlschott trennte das fließende von dem stehenden Gewässer, damit Tod vom Leben.

Smyle lachte, während sie die Stiegen nach unten gingen. »Ich würde zu gerne wissen, was Sie denken.« Sie kamen auf dem schmalen Beckenrand an.

Glaube ich dir. »Wie ist das mit Ausrüstung?«, fragte sie. »Woher bekomme ich meine Waffen und die Silbermunition? Ist sie an Bord?«

»Nein. Sobald Sie drüben angelegt haben, wird man sich mit Ihnen in Verbindung setzen und Ihnen alles Nötige übergeben.« Er schrieb ihr eine Nummer auf ein Blatt. »Hier. Das ist für den Notfall. Wenn das Begrüßungsteam nicht kommt, rufen Sie an und warten.«

Sia steckte das Papier ein, warf ihre Reisetasche auf die schmale Luke. Smyle schickte sich an, als Erster ins Boot zu klettern. »Ladys first«, sagte sie zu ihm und sprang auf die eiserne Oberfläche.

Das Boot hüpfte und schwankte unter ihren Füßen. Die schlingernden Bewegungen musste sie ausgleichen, sonst wäre sie ins Wasser gefallen.

Noch traute sie der Sache nicht, aber da ein warnendes Gefühl ausblieb, unterdrückte sie die immer stärker werdende Angst. Das Geräusch der entfernten, donnernden Brandung versprach ihr den Tod. Ein Säurebad, so würde es sein, wenn sie mit dem Meer in Berührung kam.

Es muss klappen! Ich habe nicht vor zu sterben, jetzt nicht! Elena und Emma müssen gerettet werden!

Sia streckte die Hand aus, ging in die Knie – und berührte das Wasser. Es war eisig kalt, aber es schmerzte nicht. Kein Zischen, keine Verbrennung, nicht mal andeutungsweise eine Reaktion auf sie. Diese Theorie hatte sich bewahrheitet. *Ich bin etwas beruhigter.* »Was machen Sie, wenn ich gegangen bin, Mister Smyle?«

»Ich kehre mit der Fähre nach Irland zurück. Ich habe Aufgaben für die Sídhe zu erfüllen und bin mir sicher, dass wir uns wiedersehen. Spätestens bei der Übergabe von Elena und Emma.« Er lächelte gemein. »Soll ich den beiden was von Ihnen ausrichten, Miss Sarkowitz?«

»Nein.« *Also hat er seinen Auftrag ausgeführt. Gut!* Sia zeigte durch die Luke. »Wollten Sie mich nicht einweisen?«

»Ich habe es mir anders überlegt. Sie haben doch das Handbuch gelesen.« Smyle hatte plötzlich keine Lust mehr, länger zu bleiben.

»Ein paar Dinge sind mir nicht ganz klargeworden, da bräuchte ich Ihre Erläuterung.« Sie öffnete die Luke und schwang die Beine durch die Öffnung. »Ich habe kein Problem damit, den Sídhe später zu sagen, dass Sie nicht hilfsbereit waren. Käme nicht so gut an, oder?«

Smyle verzog das Gesicht. »Ich hatte noch was vor, aber nun ja.« Er machte einen großen Sprung.

Eine kleine Genugtuung für mich! In dem Moment, als die Sohlen des Vampirs den sicheren Boden verließen, schnellte Sia in die Höhe, zog die beiden Dolche aus den Halterungen von Arm und Rücken und setzte sie wie eine Schere an. »Oh, ich habe es mir jetzt *auch* anders überlegt. Ich brauche keine Einweisung. Und keinen Smyle.« Er landete vor ihr – und die Schneiden trennten Smyles Kopf vom Hals; einige Haarsträhnen fielen ebenfalls.

Der Schädel plumpste ins Wasser, der Körper fiel auf das Boot und blieb mit ausgebreiteten Armen und Beinen darauf liegen. Es schien, als würde er sich festhalten und Sia auf ihrer Fahrt durch die Tiefe begleiten wollen.

Sie lächelte zufrieden. *Ich brauche dich nicht mehr, und die Sídhe dürfen sich einen neuen kleinen Helfer suchen, der ihre Botendienste erledigt.* Smyle hatte den Tod verdient, allein für seine Beteiligung an der Entführung. *Dann muss ich dich später nicht erledigen. Ich habe nie versprochen, dass der Bote sicher ist. Das war nicht Teil der Abmachung.*

Sie ließ sich ins Boot gleiten, schob die Tasche vom Stuhl und schaltete die Kontrollen ein.

Es war nicht schwer, die Grundmanöver damit auszuführen. Die Navigation war auch kein Problem, der Computer half ihr dabei. Sie müsste einfach immer nach Westen fahren und das Sonar sowie die Monitore mit den Kamerabildern im Auge behalten. Dann würde es schon klappen.

Verdammt! Sia wurde sich im gleichen Moment bewusst, dass sie einen Fehler begangen hatte: Sie konnte nicht gleichzeitig ablegen *und* die Schleuse öffnen – weil dann fließendes Wasser ins Bassin strömen und sie vernichten würde.

Sie kletterte wieder hinauf, um nach dem System zu schauen. *Byrne muss es doch auch alleine geschafft haben.*

»Ich dachte schon, Sie wollten sich durch die Schleuse rammen.« Sie wandte sich zur Seite und sah: Eric. Er stand auf dem schmalen Seitenstreifen und hob zum Gruß die Hand. »Stand Smyle auch auf der Abschussliste? Das war mir entgangen.«

Der Kerl ist unglaublich. Sie grinste. »Schön, dass er Sie nicht abschütteln konnte.«

»Smyle hätte den Tod schon dafür verdient, wie er gefahren ist.« Eric ging nach vorne zur Schleuse und balancierte auf den beiden Flügeln entlang. »Der Trick mit der Stufe hätte beinahe funktioniert. Ich musste außen rum klettern, durch die Höhle.« Er sah sich genau um. »Hier ist ein Antrieb eingebaut, ein Motor, wie es aussieht. Schauen Sie im Boot nach, ob es da so etwas wie eine Fernbedienung dafür gibt.«

Daran hätte ich auch denken können. Sia verschwand wieder

ins Innere, sah sich um und glich die Anordnung der Armaturen genau ab. *Ein Extraknopf!* Sie war fündig geworden, schwang sich wieder hinaus. »Ich habe den Auslöser.«

»Sehr gut.« Eric erklomm die Stahlstufen. »Ich versenke Smyles hässliche Autos, einverstanden? Das Gelände vor den Klippen ist leicht abschüssig. Ideal für Car-Dumping.«

»Ja, gute Idee. Sobald ich angekommen bin, melde ich mich bei Ihnen. Ich schlage vor, wir treffen uns in Wicklow. Unser erstes Opfer ist Brian Baker.«

»Alles klar. Ich mache mich auf den Weg. Dann Ihnen gute Fahrt. Und rammen Sie nichts, was stärker und schwerer ist als Sie und Ihr Boot.« Er hob noch einmal die Hand, und Sia grüßte ebenso zurück und verschwand durch die Luke, die sie gleich darauf mit kräftigen Bewegungen schloss: Es durfte kein Tröpfchen Wasser zu ihr gelangen. Dann ließ sie die Kammern fluten und sich auf zehn Meter sinken.

Leinen los. Sie drückte den Knopf für die Schleuse und lauschte sehr genau in sich, ob sie eine Veränderung um sich herum oder an sich spürte. Ob sich Schmerzen einstellten, ob die Zersetzung schmerzlos begann oder ob es andere Zeichen des Fluchs gab.

Die Kamerabilder zeigten ihr, dass sich das Tor geöffnet hatte. Das Meer lag vor ihr, scheinbar unendlich und gefahrenvoll wie das Weltall.

Sia schluckte und bewegte den Joystick nach vorne, das U-Boot setzte sich gehorsam in Bewegung und trug sie ins Ungewisse.

Das Wasser war schwarz wie Tinte, die Scheinwerfer brachten nicht wirklich etwas. So war das Sonar das einzig hilfreiche Instrument, das ihr zur Orientierung blieb.

Es funktioniert! Zum Jubeln war ihr aber nicht. Sie schwitzte kalt, die Finger, die Beine zitterten, und sie wäre in diesen Sekunden nicht in der Lage gewesen, sich aus dem Sitz zu erheben.

Sie lauschte auf jedes Geräusch. Doch es blieb bis auf das Surren des Elektroantriebs, dem Fiepen und Brummen der Elektronik ruhig.

Beruhige dich. Wer nervös ist, macht Fehler, und das wäre fatal. Sia holte tief Luft und versuchte, sich zu entspannen, indem sie an schöne Momente mit Elena und Emma dachte. Es wirkte bedingt.

Mutiger geworden, drückte sie den Joystick weiter nach vorne, das U-Boot legte an Fahrt zu. Irland lockte und rief. Zum einen mit der Sicherheit von festem Land unter den Füßen, zum anderen mit dem Aufenthaltsort der beiden geliebten Menschen, für die sie alles tun würde. Das Leben derer, die Sia im Weg standen, zählte nicht.

Sie schaute auf den Geschwindigkeitsanzeiger. Das U-Boot fuhr mit knappen zwanzig Stundenkilometern unter der Meeresoberfläche dahin, immer in Richtung Westen.

Die Sídhe werden bereuen, was sie für einen genialen Einfall gehalten haben.

5. Februar, Irische See
zwischen Irland und Wales, 08.38 Uhr

Die wenigen Kilometer unter der Meeresoberfläche zogen sich in die Länge.

Ihre Angst vor der See um sich herum hatte Sia bald verloren, sie vertraute dem Mini-U-Boot, das Harm Byrne mutmaßlich oft ohne Probleme zwischen Irland und England hin- und hertransportiert hatte.

In Gedanken war sie bereits an Land. Wenn sie sich richtig an TV-Beiträge, Reisejournale und Bilder erinnerte, dann war die Grüne Insel kein einfaches Territorium für ein Judaskind.

Sie haben viel fließendes Wasser. Sia würde verdammt gut aufpassen müssen, um nicht aus Versehen in Kontakt damit zu geraten. Es wäre ein Hohn, wenn sie unbeschadet durch das Meer gelangt wäre und dann in einem irischen Bachlauf sterben würde.

Eine Sache verstand sie noch nicht in vollem Umfang: Wenn die Sídhe, die in ihren Augen nichts anderes als schnöde Vampire wie Smyle waren, eine Judastochter brauchten, um die Führer der stärksten Wandlerrudel zu töten, warum waren in Leipzig dann Wandler aufgetaucht, die im Zusammenhang mit Elenas Verschwinden standen?

Darüber grübelte Sia lange. *Ich denke, die Wandler haben mitbekommen, was die Sídhe beabsichtigen, und ihre eigenen Leute ausgeschickt.* Die beiden Männer hatten versucht, Elena als Druckmittel in ihre Hand zu bekommen. Ähnlich war es im Krankenhaus gelaufen, wo sich zwei verschiedene Gruppen ein Gefecht geliefert hatten. Die Vampire hatten sich zwar durchgesetzt, aber mindestens ein paar Wandler wussten durch den gescheiterten Entführungsversuch, dass Sia in Irland auftauchte. Je nach Vernetzungsgrad der Tuatha hätte es sich zumindest innerhalb der verschiedenen Rudel herumgesprochen.

Ich sehe sie schon bis zu den Zähnen bewaffnet auf mich warten. Sia fand die Vorstellung nicht gerade ermutigend. Ihr einziger Vorteil bestand darin, dass die Rís nicht wussten, wen sie zuerst erledigen wollte. *Wer mit seinem Tod rechnen muss, ist immer wachsam.* Ein Spaziergang würde es nun nicht mehr werden.

Dass sie Smyle getötet hatte, kümmerte Sia nicht weiter. Eric würde die Autos verschwinden lassen, und Zeugen bei ihrem Mord hatte es nicht gegeben. Keine Beweise, keine Konsequenzen.

Eric ist ein guter Verbündeter. In Irland werde ich ihn sehr oft brauchen. Sie sah ihn vor sich, den hünenhaften, schwarzhaarigen Mann mit dem durchtrainierten Körper. Er hatte ihr gegenüber mit nichts verraten, dass er einen Dämon in sich trug, weder durch Gewaltausbrüche noch durch sein sonstiges Verhalten. Ein ganz normaler Typ, den sie zunehmend attraktiver fand.

Sia hatte aber den Eindruck, dass er seine Frau immer noch liebte, was es schwieriger machen würde, ihn zu einem kleinen erotischen Intermezzo zu verführen.

Die Liebe ist ein seltsames Spiel. Der alte Schlagertext huschte ihr durch den Kopf.

Das U-Boot schnurrte geradeaus, das Sonar meldete keinerlei Hindernisse, so dass sich Sia die Liste der Delinquenten vornahm. Mit dem Netbook sah sie sich die Bilder ihrer zukünftigen Opfer erneut an. Inzwischen war sie sich sicher, dass sie die Züge auswendig kannte und sogar zeichnen konnte, doch lieber schaute sie einmal zu viel als einmal zu wenig.

Ihre erste Beute würde Brian Baker sein.

Sie hatte ihn ausgesucht, weil er in Wicklow lebte, genau wie einer der Wandler, der tot im Leipziger Hotel gelegen hatte. Sia rechnete sich gute Chancen aus, den Rí vor seinem Exitus zu verhören und mehr Licht ins dunkle Durcheinander zu bekommen. Möglicherweise erfuhr sie von Baker auch mehr über die Sídhe. *Feinde kennen sich gegenseitig besser als Freunde.*

Sie sah auf die Uhr. *Ob Eric schon in Irland ist?* Sie traute ihm zu, dass er seinen X6 überführt und nicht in England zurückgelassen hatte.

Das Sonar gab einen warnenden Ton von sich.

Was ist los? Laut Karte war Sia nicht mehr als zehn Kilometer von der Küste entfernt, aber Riffe sollte es eigentlich nicht an dieser Stelle geben.

Sie schaltete alle Scheinwerfer ein, die an der Außenhülle angebracht waren, doch sie leuchteten ins freie Meer; ein paar

Fische schwammen erschrocken nach rechts und links weg. Es gab keine Bedrohung, die ein *Ping* hätte auslösen können.

Fehlfunktion? Sia sah auf den Bildschirm. Das Signal näherte sich beständig, sicher und ohne zu flackern oder abzureißen.

Vor ihr entstand plötzlich eine Wand aus Silber. Eine Wolke aus hektischen Fischen flog auf sie zu und teilte sich vor ihr. Für mehrere Sekunden befand sich Sia zwischen Unmengen von zappelnden, schuppigen Leibern, ohne dass die Tiere das Boot berührten. Der Anblick im Scheinwerferlicht war faszinierend und gleich darauf wieder Vergangenheit.

Das war also das Signal. Sia sah dem Schwarm mit einer schwenkbaren Kamera hinterher. *Wahnsinn! Wie schnell sie manövrieren können, ohne ...*

Plötzlich ging ein Ruck durch ihr Gefährt. Es verlor seine ursprüngliche Richtung, als wäre es in eine Strömung geraten.

»Scheiße!« Sia drehte am Joystick und versuchte, das Boot auf Kurs zu bringen, aber es brachte nichts. Sie wurde auf dem Sitz durchgeschüttelt, dann rollte das U-Boot zur Seite und drehte sich um die eigene Achse. *Was soll das? Wieso ...*

Als sie auf den Monitor blickte, wusste sie, was ihr geschehen war: Maschen aus dünnen Nylonfäden zeichneten sich ab, in denen Reste von Dreck und Tang hingen.

Ein Netz! Sie musste ins Schleppnetz eines Fischtrawlers geraten sein, der sie aufgesammelt hatte und einfach mitzog, als wäre das U-Boot ein fetter, kleiner Wal.

Jetzt war die Panik wieder da! Sia fürchtete sich davor, dass die Mannschaft beschloss, das Netz zu bergen, um den Fund zu betrachten. *Oder sie kappen die Leinen, um zu verhindern, dass der Trawler absäuft!*

Die Wände kamen auf sie zu, ihr wurde schwindlig. Mit aller Macht kämpfte sie gegen den Drang an, die Luke über ihrem Kopf zu öffnen und hinauszuflüchten – denn draußen wartete der nasse Tod auf sie.

Was wird geschehen, wenn das Gefährt die Oberfläche durchbricht? Konnte der Fluch sie auf der Stelle töten? Was wurde dann aus Elena und Emma?

Was tue ich? Sia schrie ihre Angst laut hinaus, klammerte sich an den Sitz, um nicht auf die Kontrollen einzuschlagen. Ihre Fänge waren unwillentlich ausgefahren, die Furcht fraß jeglichen vernünftigen Gedanken. Zum Abwarten verdammt, rüttelte sie an ihrem Sitz, der unter ihrer Kraft ächzte und quietschte.

Ihre schlimmsten Befürchtungen wurden wahr: Der Tiefenmesser registrierte, dass sie an Höhe gewann! Der Trawler zog sie unaufhaltsam nach oben, dem Sterben entgegen.

»Nein!«, kreischte sie und verlor jegliche Beherrschung. Wie von Sinnen riss und zog sie an den Kontrollen, löste Dinge aus, die sie nicht verstand, flutete die Ballasttanks.

Mehrere Warnlampen leuchteten auf, ein Pfeifen erklang. Die Anzeige des Tiefenmessers war zum Stehen gekommen. Knappe elf Fuß trennten sie von der Oberfläche.

Geschafft! Sia lachte hysterisch auf. *Das Boot ist mit Sicherheit von außen zu erkennen. Ich könnte ihnen Lichtzeichen geben, damit sie mich ...*

Dann ging es abwärts, und zwar sehr schnell.

Die Leine ist gekappt. Sie haben das Netz aufgegeben! Jetzt zog es das Gefährt mit vollen Ballasttanks und dem Gewicht des Netzes dem Meeresgrund entgegen.

Ich wusste, dass es eine beschissene Idee war. Sia fauchte und versuchte Kurvenmanöver, um das lose Netz von der Außenhülle abzuschütteln, aber das U-Boot gehorchte ihr nur sehr träge, so gut wie gar nicht.

Unaufhörlich ging es abwärts.

Für Sia begann die spannende Frage, wie viel Druck das Boot aushielt. *Ich muss mich aus diesem Netz befreien, sonst endet meine Existenz tief unten, auf dem Boden der See.* Sias Finger flogen über die Kontrollen. Sie ließ das Wasser aus den Tanks pressen, Blasen wirbelten vor der Kamera und raubten ihr die Sicht. *Gut, ich werde langsamer! Jetzt muss ich ...*

Da gab das Sonar wieder den verhassten Laut von sich: Dieses Mal näherte sich das U-Boot bei seinem schnellen Abtauchen einem Hindernis, das von unten auf es zukam.

Als die Bläschen sich vor der Linse verzogen hatten und Sia wieder etwas erkennen konnte, erschien unter ihr ein Plateau und im Anschluss eine Bruchkante, von der es steil abwärtsging.

Der Aufprall war unvermeidlich.

5. Februar, Republik Irland,
Wicklow, 09.00 Uhr

Man könnte direkt Urlaub in der Gegend buchen. Eric fuhr gemütlich durch Wicklow und sah sich um. Die Lage sondieren, nannte er das. *Leider weiß ich um die hässlichen kleinen Geheimnisse.*

Er hatte schon unterwegs feststellen müssen, dass sein X6 Blicke auf sich zog, wobei er nicht wusste, ob es wegen des Drecks und der Schrammen war oder wegen des Modells als solches. Irische Nummernschilder hatte er bereits zwischendurch abmontiert und sie bei seinem Wagen angeschraubt. Ohne sie wäre er mit dem Wagen noch mehr aufgefallen, aber er verzichtete nicht auf sein Gefährt. Dafür kannte er den X6 zu gut und konnte sich auf seine Stärken verlassen.

Dann schlendere ich ein wenig umher. Eric parkte den BMW, stieg aus und zog sich vorschriftsmäßig ein Ticket. Er legte es sichtbar auf das Armaturenbrett, bevor er loslief.

Wicklow war eine pittoreske Stadt, wunderschön gelegen und dazu geschaffen, seinen Sommerurlaub dort zu verbringen. Im Februar war das Wetter eher feucht. Iren würden sagen, dass die Luft wasserhaltig war, der Umstand als solcher aber nicht der Rede wert.

Ich wette, dass es in den späteren Monaten sehr beliebt bei Touristen ist. Eric war ziemlich einsam unterwegs. Die Wicklower zogen es vor, in ihren Häusern zu bleiben, und die Geschäfte hatten noch nicht geöffnet.

Am Hafen fand er endlich eine gemütliche Teestube, in der er sich niederließ und einen *Irish breakfast tea* bestellte, der sich als eine brutale Schwarzteemischung erwies, die wahrscheinlich Tote zum Leben erweckte und auch den weißesten Zahn mit dem ersten Schluck dunkler färbte.

Er sah auf sein Handy. *Keine Anrufe. Allmählich sollte sie angekommen sein.* Die Fahrt mit dem U-Boot war sicherlich ein Wagnis, aber die einzige Möglichkeit für Sarkowitz, die Insel zu erreichen.

Dafür hatte er eine SMS von seiner Halbschwester bekommen, die ihn mal wieder dringend sprechen musste.

Diese Nachrichten hatten bislang immer bedeutet, dass sie Geld brauchte. Eric hatte keine Lust auf ein Gespräch mit ihr.

Weil die Bedienung sich so nett um ihn kümmerte, bestellte er ein *full Irish breakfast.* Wo Vegetarier schreiend die Flucht ergriffen hätten, fühlten sich echte Kerle wie zu Hause: gebratene Leber- und Blutwurstscheibchen, gegrillte Würstchen, Eier, Speck, weiße gebackene Bohnen, dazu frisch-knusprigen Toast und die herbsüße Orangenmarmelade, wie es sie nur in Irland und England gab.

Wie erfreulich, dass die Ernährungsberater nicht bis hierher gelangt sind. Eric ließ sich das Essen schmecken, ohne das Handydisplay aus den Augen zu lassen, und warf immer wieder einen kurzen Blick nach draußen. Die Regenschauer gingen dick wie Bindfäden nieder, der Wind packte sie und malte damit Muster aufs Pflaster, die gleich wieder verschwanden. Jetzt sah er gar keine Iren mehr auf der Straße.

Nachdem er alles aufgegessen hatte und sich reichlich satt fühlte, nahm er sein Navigationsgerät aus der Tasche und gab die Adresse von Brian Baker ein, um zu sehen, wo genau in Wicklow der von ihnen gesuchte Mann wohnte. *Moderne Technik ist ein echter Segen.*

Das Haus lag gar nicht weit vom Hafen entfernt, und er überlegte, ob er schon mal einen ersten Blick riskieren sollte. Doch im Vergleich zu einem normalen Iren war er schon sehr groß und würde dadurch auffallen; dazu musste er seine Garderobe tauschen. *Ein paar gute Wanderklamotten wären nicht schlecht. Wanderer gibt es immer, zu jeder Jahreszeit.*

Das Navigationsgerät verriet ihm, wo es die nächsten Einkaufsmöglichkeiten gab.

Eric bezahlte und verließ die Teestube, machte sich durch den nachlassenden Regen auf zu dem Laden. Dort angekommen, besorgte er sich einige für ihn sehr untypische grüne Hosen, karierte Hemden plus tarnfarbener Windjacke, die ihn in einen waschechten Wandertouri verwandelten. Zufrieden marschierte er eine halbe Stunde später zum Hafen zurück, um sich in der gemütlichen Teestube noch ein Kännchen zu gönnen, bevor er aufbrechen wollte.

Als er sich dem Pier näherte, sah er, wie ein Trawler namens *Passage* einlief und sich eine kleine Menschenmenge auf der Mauer versammelte. Einheimische und eine Handvoll Touristen.

Zuerst hatte Eric weitergehen wollen, aber mitten zwischen den Wartenden befand sich Baker! Dem äußeren Erscheinungsbild nach schien er zu den Fischern zu gehören.

Sollte es ein Geschenk des Schicksals sein, dass ich ihn hier treffe? Eric pirschte sich ran, stellte sich unauffällig dazu und lauschte, was die Männer wütend besprachen: Es ging darum, dass sich vermutlich ein Mini-U-Boot im Netz verfangen und die Ausbeute des Tages mit sich gerissen hatte. Wo es abgeblieben war, wusste niemand, aber alle verdächtigten die »beschissenen, hirnlosen Umweltschützer« eines Sabotageaktes wegen der Diskussion um Fangquoten. Eine entsprechende Aktion war von einer Organisation namens *Noverfishing* angekündigt worden.

Eric wusste genau, wer im U-Boot gesessen und gerade ein unglaublich großes Problem am Hals hatte.

KAPITEL X

Biep.

Biep, biep.

Das Atmen ... bei jedem Zug brennen Nadeln in meiner Lunge. Wie geht es Elena? Wieso halten sie mein Kind von mir fern!? Sias Stimme hat mir gutgetan. Sie wird uns nicht im Stich lassen, das weiß ich!

Biep, biep, biep.

Hoffentlich kommt sie vorbei und bringt die Schweine um! Ich habe Durst und ... »Ich ... Durst.« *Meine Stimme klingt schrecklich. Krächzend und kraftlos. Mehr als meine Hand kann ich immer noch nicht bewegen. Ich würde einen Fluchtversuch unternehmen, aber wie soll ich das machen? Meine Augen bekomme ich auch nicht mehr auf.*

Trapp, trapp. »Hier. Mach den Mund auf, es kommt Wasser.«

Biep, biep, biep.

Ah, ein Mann. Sei bloß vorsichtig! Ich ... Pass auf! Nicht so schütten! Ich komme doch nicht nach ...

»Fuck, hör auf zu husten! Blöde Schlampe, gib dir Mühe, sonst liegst du im Siff. Ich werde dir bestimmt kein neues Bettzeug aufziehen.« Klick. »Hier, Mund auf. Dein Essen kommt.«

Biep, biep, biep.

Mein Essen? Wie soll ich denn kauen? Ich bin froh, wenn ich ... Haferbrei, irgend so etwas, und es ist viel zu heiß. Er verbrennt mir Lippen und Zunge und ... »Langsam ... ich ...« *Versteht er mich?*

Biep, biep, biep.

»Friss einfach! Fuck, sei froh, dass es überhaupt was für dich gibt. Los!«

Ich bin keine Mastgans! Langsam, du ... Das heiße, zähe Zeug rutscht kaum ... Zu heiß! Schmerzen! »Wasser! Ich ...«

»Ja, hier.«

Die Hitze lässt nach, zum Glück! Aber ich habe Verbrennungen und ... mir laufen Tränen die Wangen hinab.

Biep, biep, biep.

Klick. Trapp, trapp. »Bis später.« Klack.

Biep, biep, biep.

Er ist weg. Gott, steh mir bei! Rette mich aus den Händen dieser Menschen und sende mir Sia! Nicht für mich, aber für Elena. Ihr darf nichts geschehen. Dafür würde ich mein Leben geben.

Ich müsste umhertasten, ob sich etwas in meiner Reichweite befindet, mit dem ich mich verteidigen kann.

Biep, biep, biep.

Klack ... klack ... klack. Klack, klack, klack.

War das der Knopf? Nein, ich habe meinen Talisman verloren, den Knopf, den mir Elena bei einem ihrer Besuche in die Hand gedrückt hat. Scheiße, klappt denn gar nichts?

Biep, biep, biep.

Ich ... mir wird schlecht! Mir wird richtig schlecht! Der heiße Brei hat meinem Magen nicht ... Ich muss kotzen! Hoffentlich ... ich werde ersticken! Ich ...

Biep, biep, biep.

5. Februar, Republik Irland,
Dublin, 06.43 Uhr

Boída hatte sich gerade auf den Weg zum *TeaRoom* gemacht, als sie der Anruf erreichte: Willy Moroda, einer ihrer Leute, hatte sie informiert, dass er einen Mann von der Fähre aus Holyhead von Bord hatte gehen sehen. Einen bestimmten Mann. Sie bekam die Information mit Bild.

Auch wenn sie Jahre in Irland und unter den Wandlern hier verbracht hatte, sagte ihr das Gesicht des Neuankömmlings nichts. Das Foto, das mit einer Handykamera geschossen worden war, konnte man als grobpixeliges Kunstwerk bezeichnen. Doch Moroda hatte sie förmlich angefleht, zu ihm zu kommen, damit er ihr berichten konnte, warum er so aufgeregt war. Der Name des Mannes, ein Deutscher, war Eric von Kastell. Für sie war er nichtssagend, aber sie vertraute Moroda.

Boída stieg aus dem Wagen und schlenderte zum Kai, wo die Fähren anlegten. Sie hasste den kalten, feuchten Wind und ging zu einer Telefonzelle, um sich drin unterzustellen.

Sie rief bei Moroda an und bestellte ihn zu sich, mit dem Fuß hielt sie die Tür zugedrückt, damit der Wind nicht so gut hineingelangte. Wieder hatte sie sich mit Wärmepflastern zugeklebt und drei Shirts unter den Pulli angezogen; ein Schal schützte den empfindlichen Hals. Damit war die Witterung für sie erträglich, doch weit von dem entfernt, was sie optimal nannte.

Moroda tauchte auf. Auf seinem blauen Overall stand *Eireann Ferry,* das grüne Kleeblatt am Ende des Schriftzugs war halb abgerissen. Mit Irland ging es abwärts, schien das misshandelte Logo zu sagen.

Boída schob die Telefonzellentür auf und winkte ihn zu sich. Sie hatte keine Lust, sich dem Wetter auszusetzen. Just da setzte ein Platzregen ein, als hätte sie es geahnt.

Moroda kam zu ihr. Er schob sich dicht an ihr vorbei und

schien es zu genießen, Körperkontakt mit der Latina aufnehmen zu können. »Sie sind zu spät. Er ist schon gefahren.« Er wischte sich Wassertropfen von den kurzen, blonden Haaren. »Jetzt haben wir den Salat.« Er schnalzte mit der Zunge und sah besorgt aus. »Mann, Mann! Es hätte kaum was Schlimmeres passieren können.«

»Wer ist dieser Eric von Kastell? Was macht ihn so gefährlich?« Boída sah, dass Moroda nicht übertrieb.

»Sie verarschen mich!«

Boída schüttelte den Kopf und zog den Schal leicht nach unten. »Tue ich nicht. Mir sagt der Name nichts.«

»Woher kommen *Sie* denn? Oder andersherum gefragt: Wo waren Sie die letzten Jahre?«

Das konnte ihm Boída wirklich nicht sagen, und selbst wenn, würde er es ihr nicht glauben. Daher beschränkte sie sich darauf, ihn auffordernd anzuschauen.

»Eric von Kastell und sein Vater waren Wandlerjäger, die selbst den Keim der Bestie in sich trugen«, berichtete Moroda. »Wolf, soweit ich weiß, aber eine ganz besondere Spezies, die sich mit nichts vergleichen lässt. Sie haben mehr als hundert von uns erledigt, die genaue Zahl kenne ich gar nicht. Ein sehr eingespieltes, tödliches Team.« Er sah hinaus zu den Fähren, die auf und nieder tanzten. Auf dem Meer schien ein Sturm zu toben. »Aber auf Dauer hatten sie sich zu viele Feinde gemacht. Den Alten haben sie fertiggemacht und die Villa der Familie gesprengt. Eric von Kastell lieferte sich eine Schlacht mit osteuropäischen Wandlern, dann tauchte er noch mal in Frankreich auf, und danach hat sich seine Spur verloren. Alle glaubten, es hätte ihn erwischt.« Moroda sah Boída an. »Ich habe gedacht, mich trifft der Schlag, als ich ihn sehe!«

Boída fand es gar nicht verwunderlich, dass dieser Deutsche in Irland auftauchte. Nachdem IRA-Mike mit seinem Anschlag auf den Rí der BlackDogs gescheitert war, wollten die Hintermänner vermutlich auf Nummer sicher gehen und hatten sich einen Profi kommen lassen. »Woher kennen Sie ihn?«

»Kastell?« Er lachte bitter. »Ich war ein paar Jahre in Deutschland unterwegs, habe in Pubs gespielt.«

»Wie jeder zweite Ire«, warf sie amüsiert ein.

»Wir sind eben ein musisches Volk. Als ich eines Abends mit meinem Cousin Jack aus dem Laden raus bin, hat er uns aufgelauert und Jack fertiggemacht. Mein Cousin hatte mir nicht gesagt, dass er sich ab und zu mal Menschenfleischhappen gegönnt hat. Dilettantischer konnte man Morde nicht vertuschen, und das hat Kastell auf den Plan gerufen. Die Wunden waren zu charakteristisch.«

»Und warum leben Sie noch, wenn er so gut ist?«

Moroda senkte den Blick. »Ich ... bin weggerannt. Schneller als der Teufel bin ich gerannt und nicht stehen geblieben, bis ich keine Schritte mehr hinter mir gehört habe.« Er schwieg sekundenlang, schauderte und betrachtete die Regentropfen, die gegen das Glas trommelten. »Deswegen bin ich mir sicher, dass es von Kastell ist, den ich gesehen habe. Ich war ihm verdammt nahe«, raunte er.

Boída glaubte ihm. Sie roch seine Angst. »Er hat Sie nicht erkannt?«

»Nein. Ich habe mir fast in die Hosen geschissen und mich auf dem hintersten Fleckchen der Fähre versteckt. Dann habe ich Sie angerufen.« Er sah sie an und nickte. »Wenn ihn jemand kaltmachen kann, dann Sie.«

Boída lächelte. »Danke sehr.« Hätte sie geahnt, wie wichtig und gefährlich Kastell war, wäre sie eher in Dublin angekommen. Jetzt fuhr dieser Kerl in Irland durch die Gegend und machte Jagd auf sämtliche Wandler, die er vor die Mündung bekam. »Er braucht vermutlich Mittelsmänner, die ihm Waffen verschaffen«, dachte sie laut nach. »Was für ein Auto fährt er? Mietagentur?«

Moroda nahm ein fleckiges Blöckchen hervor, auf das er etwas aufgeschrieben hatte. »Es muss sein Wagen gewesen sein. Das Nummernschild war zwar ein englisches, aber es hing schief in der Befestigung. Er wird es gestohlen und montiert haben, denke ich. Inzwischen hat er bestimmt ein irisches. Ein BMW, X6, schwarz, der einzige auf der Fähre«, erklärte er. »Er hat Beulen im Kotflügel, im rechten Spoiler, hinten links und einen langen Kratzer in der Stoßstange.«

Boída nahm die Beschreibung entgegen. »Damit kann man ihn finden. Sehr gut, Moroda. Ich denke, dass Ihre Meldung mit größtem Wohlwollen aufgenommen werden wird.«

»Scheiß auf das Wohlwollen. Knipst den Typen aus, bevor er mich erkennt«, brummelte er und drückte die Tür der Telefonzelle auf. »Oder denken Sie, er will Ferien bei uns machen?« Er zog eine Mütze aus dem Overall und setzte sie auf. Ein dürftiger Schutz gegen den Regen.

Sie zuckte mit den Achseln. »Wer weiß?«

»Machen Sie ihn trotzdem fertig.« Moroda rannte durch den Schauer zurück in eine nahe Halle.

Boída zischte ungehalten. Kaum war eine Angelegenheit geregelt, tauchte die nächste Schwierigkeit auf. Eric von Kastell kam bestimmt nicht für einen Angelausflug an den Shannon nach Irland. Sie war felsenfest davon überzeugt, dass er zu Ende führen sollte, was IRA-Mike begonnen hatte.

Sie sah es als erwiesen an, dass der *TeaRoom* eine zentrale Stelle in den ganzen Vorgängen war, und beschloss, den Club und sämtliche Leute, die damit in Verbindung standen, überwachen zu lassen. Boída vermutete, dass die Nachtkelten damit zu tun hatten, um sich Wandler vom Hals zu halten. Reguläre Wandler, nicht wie sie. Niemand würde mehr ein und aus gehen, ohne dass ein Foto von ihm geschossen wurde. *Erschießen* dagegen musste man Kastell. Dringendst.

»Eine Offensive des Feindes folgt auf die nächste«, murmelte sie. Ganz zu Beginn hatte Boída die Nachtkelten im Verdacht gehabt, doch der Friedenspakt mit ihnen hielt seit vielen Dekaden, wie ihr gesagt wurde. Es hatte wegen des Anschlags auf Finn McFinley bereits ein Treffen mit den wichtigsten Vertretern gegeben, wie sie wusste. Bei diesem hatten die Anführer der Nachtkelten ihre Unschuld beteuert und sogar ihre Unterstützung zugesagt.

Zu gerne wäre Boída bei dem Meeting dabei gewesen, um zu ergründen, wie viel Lüge und wie viel Wahrheit in der Raumluft gelegen hatte. Aber man hatte sie nicht eingeladen. Aufgrund ihrer Abstammung und Herkunft. Was sie den irischen Wandlern überlegen machte, sorgte dafür, dass die alteingesessenen Tuatha sie ablehnten, und selbst ihr Herr hatte aus taktischen Gründen nicht intervenieren wollen. Das ärgerte sie immer noch.

Es gab zu viele Eigenbrötler unter den Tuatha, sie waren schwer auf eine Linie zu bringen. Schuld war das ausgeprägte Revierdenken der Bestien. Die Panther und die Bären stellten die schlimmste Fraktion unter ihnen: arrogant, stark und selbstverliebt.

Boída zischte wieder. Es wäre alles viel einfacher, wenn sich alle Wandler auf Irland als ein großes Tuath sähen. Sie folgten zwar den Befehlen, aber sie verstanden den Sinn darin nicht. *Sie haben keinen Blick für das Ganze, für seine Vision,* dachte sie.

Der Regen ließ nach.

Boída verließ die Telefonzelle. Schnell ging sie quer durch den Hafen zu ihrem Wagen und zückte ihr Handy, um Anrufe zu tätigen: Es galt, die Augen und Ohren zu schärfen. Für einen schwarzen X6 mit Dellen und Beulen.

Dann kam ihr ein Gedanke: Die Nachtkelten hatten ihren Beistand angeboten – warum sollte sie ihn nicht nutzen?

Boída hatte nicht vor, sich auf deren Hilfe zu verlassen, aber sie sah es als Test an. So oder so ging sie als Gewinnerin hervor: Entweder die Nachtkelten fanden den Deutschen, oder sie verrieten sich durch ihr doppeltes Spiel.

Nach einigen weiteren Telefonaten hatte Boída ihre Spione wiederum auf wichtige menschliche Anhänger der Nachtkelten angesetzt. Jede Bewegung würde registriert werden. Die Stunde der Wahrheit rückte näher.

Nach sechzig Minuten hatte sie alles organisiert, von der Observation des *TeaRooms* bis zur Überwachung der Nachtkelten. Jetzt konnte sie nichts weiter tun, als auf einen Anruf zu warten. Ausgerechnet Warten gehörte nicht zu ihren expliziten Stärken.

Boída startete den Motor und drehte die Heizung voll auf. Der Kampf gegen den Feind der Wandler ging weiter – ohne dass sie wusste, wer dahintersteckte und seine Killer aussandte. Ihre Ahnungen und Vorurteile galten nicht als schlagkräftige Beweisführung.

5. Februar, Republik Irland, Wicklow, 09.10 Uhr

Eric nahm sein Handy hervor. *Immer noch nichts.* Er versuchte, Sia anzurufen, aber es kam die typische Meldung, dass der Teilnehmer nicht erreichbar war.

Ich werde einen Tag abwarten, und danach starte ich die Suche. Er sah zum Trawler, auf dem die Männer an Deck herumliefen.

Die Gesichter brachten klar zum Ausdruck, dass sie unglaublich schlecht gelaunt waren. Ein Netz war nicht eben billig, und dazu noch den Tagesfang zu verlieren, das war mehr, als die Fischer ertragen wollten. Die Zahl der Schimpfworte, die sie in ihre Konversation einbauten, stieg von Sekunde zu Sekunde; jedes zweite Wort war *fuck, shit* oder *bloody.* Ansonsten wünschte man den Leuten von *Noverfishing,* dass deren U-Boot bei der Aktion Schaden genommen hatte und dass sie darin verreckten.

Woher bekomme ich das ganze Zeug für eine Bergungsaktion? Schräg vor Eric stand Brian Baker und unterhielt sich mit einem anderen Fischer. Leibwächter schien er keine dabeizuhaben. Er fühlte sich reichlich sicher in seinem Ort.

Eric wurde sich bewusst, warum er lieber alleine arbeitete. Anstatt Baker sofort auszulöschen, musste er auf Sia warten, wie es abgemacht war. *Oder ich schnappe ihn mir, setze ihn fest und suche dann nach Sarkowitz.* Dieser Einfall gefiel ihm schon wesentlich besser.

Die Aufregung am Pier legte sich. Die Seeleute gingen von Bord, und die Menge zerstreute sich. Baker folgte einigen in die Teestube, es wurde weiter über *the fuckin whalewhimps* gesprochen und dass man den Hippies den Arsch aufreißen sollte und dass man die Küstenwache gar nicht erst wegen des Zwischenfalls informieren sollte.

Guter Hinweis. Ich sollte mich beeilen, bevor die offiziellen Stellen durch eine Fügung doch handeln. Eric sah zur *Passage. Schiff ahoi.* Er eilte den Steg hinauf und enterte die Brücke, wo er die Seekarten durchschaute.

Zu seiner Freude hatte der Kapitän einen Vermerk auf der Karte gemacht, auf einem verknitterten Zettel waren Koordinaten notiert, daneben »fucking whalewhimps?, accident« geschrieben. Vermutlich brauchte er die Lage für die Versicherung oder das Unternehmen, für das der Trawler arbeitete.

Wenn er die Linien und Zahlen richtig deutete, war die See an dieser Stelle ziemlich tief. Wäre Sarkowitz dort abgesoffen ... Dann sah Eric die kleine Felsbank, die rot markiert war.

In einer Tiefe von fünfzig Metern gab es ein schmales Plateau, vor dem sich die Fischer mit den tiefreichenden Netzen hüten mussten. *Hoffentlich hat sie Glück! Nein, hoffentlich haben wir Glück.*

Nur hatte er immer noch kein Bergungsschiff. Mit Hoffnung alleine konnte er das U-Boot nicht bergen.

Aber warum in die Ferne schweifen? Er sah sich auf der Brücke um. Der Trawler würde gute Dienste tun und für ihn noch ein Netz opfern. Es diente einer höheren Sache sowie mindestens dem Erhalt von zwei Menschenleben. *So mache ich es.*

Von seiner erhöhten Position aus hatte Eric die Teestube am Hafen gut im Blick.

Baker saß mit den Fischern zusammen; zum Tee kreiste eine Flasche Whiskey, der Inhalt diente zum Verfeinern des Heißgetränks.

Eric hatte sich entschlossen, den Rí einzufangen und kaltzustellen. Die Gelegenheit war zu gut, um sie verstreichen zu lassen. *Wer weiß, wann ich sie wieder bekomme?*

Um mehr als Worte zu haben, mit denen er Druck auf den Wandler ausüben konnte, ging er rasch von Bord und lief zu seinem X6 zurück. Denn abgesehen davon, dass er den Wagen sehr mochte, hatte er noch Extras auf Lager, die es nicht serienmäßig eingebaut gab.

Eric schloss auf und stieg ein. *Sesam, öffne dich.* Routiniert verschob er ein paar Abdeckungen und nahm die Einzelteile einer H&K USP heraus und montierte die Halbautomatik; im Wagenhimmel hatte er die Magazine dazu verborgen, aus der Fahrertür zog er eine P8-C-Pistole, die fertig geladen war. Die Schalldämpfer garantierten, dass er einigermaßen leise töten konnte, wenn es sein musste. Ein langes Messer steckte er in den Stiefel, das andere hatte er bereits am Unterarm befestigt. Silberdraht zum Fesseln steckte er in die Jackentasche, die Waffen kamen in die Halterungen an Gürtel und Achselholster. *Es kann losgehen, Baker.*

Eric stieg wieder aus – und neben ihm hielt ein Wagen der Garda an.

Die Art, *wie* sie anhielten, sagte ihm, dass es kein zufälliger

Stopp war. Entsprechend vorsichtig war er, als er sich zu den Polizisten umdrehte.

Die Officers stiegen gleichzeitig aus, beide trugen Maschinenpistolen an den Hüften, die Gurte liefen über die Schultern.

Eric hatte bislang immer geglaubt, dass irische Standardpolizisten ähnlich wie in England auf den Einsatz von Feuerwaffen verzichteten. *Sind das spezielle Bullen?*

Der Hintere der zwei nahm die MP lässig in den Halbanschlag, wirkte jedoch angespannt; der Zweite sah auf das Nummernschild, dann auf Eric. »Schickes Fahrzeug, das Sie da fahren, Sir.«

»Danke. Mich freut es auch.« Eric hörte am Ton, dass der Polizist schon wusste: geklaute Schilder. »Kann ich Ihnen behilflich sein, Officers?« Er sah, dass auf dem linken Kragen des Mannes Silberflitter haftete.

»Das können Sie, Sir. Wir müssten Sie bitten, uns Ihre Papiere zu zeigen und uns danach auf die Wache zu begleiten.« Der Officer zeigte auf den X6. »Wir haben die Meldung vorliegen, dass es sich um falsche Schilder handelt, die Sie haben. Vorne das gehört eigentlich zu einem silbernen Mazda und hinten das zu einem roten Mini. Das«, der Zeigefinger wanderte in die Höhe, »ist weder ein Mazda noch ein Mini und schon gar nicht zwei Autos in einem.«

»Doch, schon: Es ist ein Gelände- und ein Sportwagen gleichermaßen«, erwiderte Eric und sah sich rasch auf der Straße um. Er hatte den BMW an einer abgelegenen Stelle geparkt, und das war nun ein Vorteil. *Ich bringe sie dazu, mir nachzulaufen. Mal sehen, was sie unternehmen und woran ich bei den Herrschaften bin.* Ansatzlos startete er durch und hetzte in eine Seitengasse.

Hinter ihm knatterte die MP los, die Kugeln verfehlten ihn knapp und schlugen gegenüber in die Wand ein, Staub flog auf.

Das sind keine echten Bullen! Weder haben sie nach mir ge-

rufen noch einen Warnschuss abgefeuert. Das machte es Eric wiederum einfach, auf die Bedrohung zu reagieren. Im Rennen zog er die USP, bog noch einmal ab und blieb stehen, um auf die Verfolger zu warten.

Als der erste Officer um die Ecke bog, drückte Eric ihm die Mündung gegen das linke Auge. Er musste nichts sagen, der Mann hob von selbst die Arme.

Sein Partner folgte keine zwei Sekunden darauf, er hatte die Maschinenpistole im Anschlag und umkreiste Eric und seine Geisel. »Mach keinen Scheiß, Kraut. Wir sollen dich mitnehmen, nicht umbringen. Der Sídhe möchte mit dir sprechen.«

»Klar. Deswegen schießt ihr auf mich mit Neun-Millimeter-Vollmantelbetäubungsmunition. Oder ist man in Irland der Meinung, Leute mit Löchern im Rücken reden deutlicher?« Eric bemerkte, dass er neben dem Eingang des Friedhofs stehen geblieben war. *Dann hoffe ich mal, dass DAS kein Omen für mich ist.* »Wer ist der Sídhe? Ein Vampir, ja?« Die Männer tauschten schnelle Blicke. »Ihr seid keine Wandler, oder?«

»Was geht dich das an?«

»Weil ich Wandler nicht ausstehen kann.« Eric sah hinter dem Officer mit der MP einen jungen Mann, der sich in einen Hauseingang drückte und zuschaute. Das war nicht das Verhalten, das man von einem Unbeteiligten erwartete. Jeder Mensch mit funktionierendem Verstand hätte sich in Sicherheit gebracht und wäre nicht dahin gerannt, wo die Kugeln flogen. »Habt ihr einen Fan?« Er nickte zu dem Zuschauer. »Oder ist das euer Back-up?«

Der Polizist mit der Waffe drehte sich nicht um. Wahrscheinlich glaubte er an ein Ablenkungsmanöver. »Ich würde an deiner Stelle mitkommen. Der Sídhe hat gesagt, dass wir dich erledigen sollen, wenn du nicht kooperierst.«

»Wenn das so ist ...« ... *dann komme ich euch zuvor!* Eric jagte seiner Geisel beinahe lautlos eine Silberkugel durchs Auge und damit quer durch den Kopf. Das Geschoss sprengte ein kinderfaustgroßes Loch in den hinteren Schädel, Blut und Hirnmasse flogen durch die Luft, und der Polizist brach zusammen.

Die MP röhrte los.

Eric duckte sich überschnell unter der Garbe weg, machte einen großen Satz und stand grinsend wenige Zentimeter von seinem Gegner entfernt. »Zu langsam!« Er versetzte ihm einen Kopfstoß, der den Mann rückwärtstaumeln ließ, und verpasste ihm dann einen harten Tritt in die Körpermitte.

Der Getroffene hob ab und krachte rücklings gegen das Friedhofsgitter. Unwillkürlich zog er den Finger nach hinten und jagte den Rest des Magazins unkontrolliert raus. Das Mündungsfeuer stand zuckend vor dem umherschwenkenden Lauf, die Projektile sägten sich in die Steinwand und trafen auch den jungen Zuschauer, der unter den Geschossen zusammenbrach.

Eric erledigte den Gegner mit einem sicheren Schuss zwischen die Augen; tot rutschte der Officer an den Stäben nach unten auf den Boden. *Vampire waren es nicht.* Er trat näher und betrachtete die klaffende Wunde bei beiden Leichen. Das Fehlen von Rauchspuren und verbranntem Gewebe schloss ebenso aus, dass es sich um Wandler handelte. *Glückwunsch, Eric. Du hast eben zwei korrupte Polizisten erschossen.*

Rasch durchsuchte er die Taschen und fand bei ihnen etwas, was an handlange Blasrohre erinnerte, an denen vorne und hinten kleine Verschlusskappen saßen. Spuren von Silberflitter hafteten daran. *Nahkampfwaffen gegen Wandler?* Er steckte sie ein und hörte das Stöhnen, das von der Mauerecke kam, wo der junge Mann gestanden hatte.

Eric sah zu ihm.

Der Unbekannte stemmte sich eben in die Höhe und nutzte die Wand als Stütze. Er blutete aus Unter- und Oberschenkel und hinkte davon. Seine Bewegungen wurden zusehends sicherer.

Bist DU ein Wandler, Kumpel? Eric war kein Freund von langem Warten: anlegen, zielen, abdrücken.

Ein halblautes Plopp erklang. Die Kugel bohrte sich in den rechten Arm, und der junge Mann schrie gellend. Eine feine Rauchspur quoll sofort aus der Wunde.

Musik in meinen Ohren. Ja, du BIST ein Wandler. Eric steckte die Waffe weg und nahm die Verfolgung auf.

Die ersten Wicklower rannten an ihm vorbei. Sie wollten sehen, was sich am Eingang des Friedhofs ereignet hatte. Polizeisirenen erklangen aus der Entfernung.

Noch blieb Eric gelassen. Niemand hatte ihn und die Officers vorhin beobachtet und konnte ihn in Verbindung mit den Toten bringen. *Außer dem jungen Wandler. Ich muss den X6 schnell von der Straße schaffen. Die echten Bullen könnten die Nummernschilder checken.*

Eric rückte immer dichter zum Verletzten auf. »Junge, bleib stehen«, sagte er. »Ich habe genug Kugeln, um dich achtzigfach umzubringen.«

»Beschissener Nazi!«, schrie ihn der Wandler an und erklomm eine niedrige Steinmauer, um von da herunterzuspringen.

Eric flankte elegant darüber. *Na, danke auch. Da erledigt man rudelweise Naziwerwölfe in Leipzig und muss sich von einem Iren anhören, ein Brauner zu sein.*

Sie rannten durch einen kleinen Garten, in dem sich knorrige Bäume aneinanderreihten.

Eric schätzte, dass es sich um den Pfarrgarten handelte. Das Haus, das in einiger Entfernung lag, sah jedenfalls danach aus, als könnte Father Ted aus der gleichnamigen Serie darin wohnen, auch wenn es Irland und nicht Schottland war. Er zog die Waffe und schoss dem Wandler dieses Mal in den Oberschenkel, um ihn zu Fall zu bringen.

Mit einem durchdringenden Aufjaulen fiel der Mann, wälzte sich unverzüglich auf den Rücken und fletschte lange, scharfe Zähne. Das Grollen sollte einschüchtern.

»Na, Kleiner? Das musst du aber noch üben, wenn du mir damit

Angst machen möchtest.« Eric ging zwei Schritt vor dem Angeschossenen in die Hocke, um die Bäume als Sichtschutz zu nutzen.

Er kannte das Verhalten einer verletzten Bestie. Diese vor ihm war noch unerfahren und besaß kaum Kampferfahrung, sonst hätte sie versucht, ihn zu attackieren. »Wolltest du ein bisschen feige zuschauen, wie deine Freunde mich fertigmachen?« Er grinste und deutete mit dem Lauf auf die Beinwunde. »Ist schiefgegangen.«

»Wir wissen, wer du bist!«, bellte der Mann mehr, als er sprach. Die Stimme überschlug sich vor Schmerzen und Aufregung. »Du wirst nicht mehr lange leben, du beschissener Nazi!«

»Siehst du irgendwo ein kleines, schwarzes Bärtchen unter meiner Nase, du Pisser?« Eric machte ein unfreundliches Gesicht. »So etwas *kotzt* mich an! Nur weil ich Deutscher bin, muss ich mir gleich anhören, ich wäre Nazi, wenn ich euch Bestien in den Arsch trete.« Er sah nach rechts und links. Noch waren sie alleine. Er nahm sein Handy und zeigte ihm die Aufnahmen der toten Iren in Leipzig. »Kennst du sie?«

»Stiff und Cougar. Idioten. Keine von uns. Streuner und Ausgestoßene«, schnaufte er und hielt sich das Bein.

Eric wählte die Bilder mit den Tätowierungen der Leichen. »Was bedeutet das?«

Der Wandler wirkte ungläubig. »Fick dich!«

»Du stehst also auf Schmerzen, ja?« Eric nahm ein Röhrchen hervor, das er den Polizisten abgenommen hatte. »Schau mal. Ich weiß nicht genau, was das ist, aber es kann dir weh tun, denke ich.« Er entfernte eine Verschlusskappe, silbernes Pulver rieselte heraus. »Ich glaube, sie haben es gegen Wandler wie dich gebaut.« Er streckte den Arm aus und tat so, als würde er Asche von einer Zigarette abklopfen. Glitzernder, feiner Regen ging auf die Hose des Wandlers nieder.

Der Mann rutschte unbehende weg. »Nein, du Wichser! Hör auf damit!«

»Was bedeuten die Symbole?«

»Es sind Sídhe-Symbole! Fuck, was weiß ich, was die Idioten vorhatten?! Ich kann den Shit nicht lesen!«

»Und wer sind die Sídhe? Warum hast du nur zugeschaut, anstatt was zu machen?« Eric blieb ruhig und freute sich, dass er bald ans Ziel gelangt war. Er sah dem Wandler an, dass er plaudern würde, die Angst war zu groß.

»Es sind die Nachtkelten«, grollte er. »Die Sídhe sind die Vampire unter den Nachtkelten.«

»Aha. Gibt es keine Menschen unter den Nachtkelten?«

»Sie haben menschliche Gefolgsleute, so wie die Bullen, die du erschossen hast. Die Sídhe leben verborgen vor uns.«

»Und ihr seid Feinde?«

»Nein, sind wir nicht. Wir halten Frieden, weil ein Krieg keiner Seite nützen würde. Keine Ahnung, warum sich die Arschgeigen Stiff und Cougar mit den Sídhe-Zeichen haben bemalen lassen.« Der Wandler starrte auf das Röhrchen, aus dem sich hin und wieder winzige Silberpartikel lösten und zu Boden schwebten. »Als wir gehört haben, dass du nach Irland kommst, haben wir die Nachtkelten gebeten, nach dir Ausschau zu halten.«

Eric war mit den Antworten mittelmäßig zufrieden. Weiter ins Detail musste er bei der Bestie gar nicht gehen, er stand in der Hierarchie des Tuath sicherlich nicht hoch. Ein Jungtier, das sich durch den Auftrag beweisen sollte. »Warum hast du sie beobachtet?«

»Weil es mein Job war, Arschloch!«

»Schon klar. Aber *warum?*«

Der Wandler zeigte ihm den ausgestreckten Zeige- und Mittelfinger, die englische Art des Stinkefingers.

Eric klopfte auf das Röhrchen. Silberstaub quoll hervor, und er blies, damit der Flitter den Verletzten im Gesicht traf.

Die Reaktion war außergewöhnlich!

Der Wandler röchelte plötzlich und jaulte, schien keine Luft mehr zu bekommen. Überall dort, wo die Haut getroffen worden war, entstanden Brandwunden, und es roch nach BBQ.

Da haben sich die Sídhe was Nettes zur Wandlerabwehr einfallen lassen.

»Hör auf!«, schrie der junge Mann. »Hör auf, bitte!« Er war so verzweifelt, dass er in die Erde griff und versuchte, sich damit das Gesicht abzureiben. »Ich sollte die Bullen beobachten, weil ihnen die Scharfrichterin nicht traut.«

»Wer ist die Scharfrichterin, und wem traut sie nicht?«

»Miss de Cao. Sie hat Bedenken, dass sich die Sídhe insgeheim nicht mehr an das Friedensabkommen halten.« Der Wandler spuckte Eric an. »Aber jetzt kennen alle den wahren Feind: Eric von Kastell!« Die Züge waren vom Dreck unkenntlich geworden, an manchen Stellen durchbrach Rauch die Kruste. »Warum bist du gekommen? Warum lässt du uns nicht in Ruhe?«

»Weil ihr die Menschen nicht in Ruhe lasst«, gab er zurück. »Ihr mordet, um deren Fleisch zu bekommen. Das darf ich nicht zulassen.« Eric hörte noch mehr Polizeisirenen. *Ich muss mich beeilen, wenn ich den X6 von der Straße bekommen möchte.* »Wo finde ich die Sídhe?«

»Keine Ahnung. Sie halten ihre Verstecke geheim.« Jetzt zeigte er ein überhebliches Grinsen. »Sie fürchten sich vor uns, die bleichen Nachtkriecher. Sie wissen, dass wir stärker sind als sie.«

»So wird es sein.« Eric konnte es nicht riskieren, den Wandler am Leben zu lassen. *Auf eine Leiche mehr kommt es auch nicht an.* Er hob seine Pistole. »Du kannst vielleicht nichts dafür, zur Bestie geworden zu sein, aber du *bist* eine. Ich weiß, was du anrichten kannst.« Einen Schuss setzte er in die Brust, den anderen in den Kopf.

Ohne einen Laut brach der junge Mann zusammen. Blut breitete sich um ihn herum auf der Erde aus, das zischelte und brodelte, weil es mit den Silberkugeln und dem verteilten Flitter in Berührung gekommen war.

Besser, als gar nichts erfahren zu haben. Eric lief geduckt weiter durch den Garten, kletterte über die Mauer und verließ das Grundstück.

Er war zu spät. Die ersten Garda-Fahrzeuge hatten sich bereits versammelt, die Beamten waren ausgestiegen.

In aller Ruhe ging Eric zum BMW, stieg ein, nachdem er die umstehenden Polizisten freundlich gegrüßt hatte. *Hoffentlich sind nicht noch mehr Nachtkelten unter ihnen.*

Aber sie ließen ihn mit dem X6 davonfahren.

Was macht Mister Baker? Eric steuerte zum Hafen, parkte zwischen ein paar herumstehenden Kisten, damit der Geländewagen nicht ganz so auffiel. Er schlenderte die Kaimauer entlang, einen Touristenführer in der Hand, aber die Blicke unauffällig auf die Teestube gerichtet.

Brian Baker saß noch immer bei den Fischern.

Es entging Eric nicht, dass sich drei weitere Gestalten hinzugesellt hatten, die nichts mit den übrigen Gästen gemein hatten. Sie sahen aus wie typische Straßenschläger, mit dicken Hälsen und kurzen Haaren, Sportjacken und Jeans. *Sie sichern ihren Boss. Es scheint ihm zu gefährlich geworden zu sein.*

Baker zückte ein Handy und redete, dazu gestikulierte er und wurde immer aufgebrachter. Die Fischer lachten und schenkten ihm Whiskey ein. Aber der Mann ließ sich nicht beruhigen und sprang auf und rannte hinaus; seine Leibwächter folgten ihm.

Danke. Sehr zuvorkommend. So kann ich dich wenigstens verstehen. Eric verzog sich hinter einen Stapel leerer Plastikkisten, in denen der Fang angelandet worden war.

»Was soll das heißen, *er* ist hier? Der Deutsche?« Ein Wagen der Garda fuhr mit heulender Sirene vorüber. »Was? Warte, die Bullen sind so laut ... er hat den kleinen Timmy erledigt? Wieso wisst ...« Baker lauschte, nickte mehrmals und sah sich dabei um. »Schön, dass Timmy so clever war, sein Handy anzulassen. Hat ihm aber auch nichts genützt.«

Eric musste trotz allem grinsen. *Ah, der gleiche Trick wie bei uns im Hotelzimmer. Gut, dass ich denen nichts an die Hand gegeben habe, aus denen sie Schlüsse ziehen können.*

»Nein, ich habe ihn nicht gesehen. Ist auch besser so für mich. Ihr hättet den Wichser direkt abknallen sollen, als er von Bord der Fähre ... ja, ich weiß, es ging zu schnell, und keiner wusste, wie gefährlich der Deutsche ist. Aber *jetzt* wisst ihr es! Sucht ihn und macht ihn fertig! Ich rufe gleich meine besten Jungs zusammen. Wir finden ihn. Wir haben ein paar gute Fährtensucher dabei.« Baker legte auf und wandte sich an seine Leibwächter. »Holt mir Uther her. Wir brauchen seine Spürnase, um das Arschloch zu erwischen. Scheint, als wollte der Deutsche einen Kreuzzug bei uns anfangen. Verfickter Vaterficker!« Er sah einen an und setzte ihm den Finger auf die breite Brust. »Du gehst in den Garten von Mary Osmond. Da liegt der Leichnam von Tim Emerald. Schaff ihn weg, bevor ihn die Bullen abgreifen. Die sollen sich erst mal um ihre eigenen Toten kümmern. Wir regeln unsere Sache selbst.«

Der Mann nickte und rannte los.

»Was hat Alan noch gesagt?«, wollte einer der anderen wissen.

»Dass sein Auftauchen wohl nichts mit den Sidhe zu tun hat. Er hat versucht, Timmy auszuhorchen, bevor er ihn erledigt hat.« Baker trat gegen eine umherliegende Flasche und kickte sie in den Rinnstein.

»Hey, dann sollten wir Kastell dazu bringen, den Blutsaugern den Arsch aufzureißen anstatt uns«, warf der zweite Mann lachend ein. »Meinst du, man kann es ihm schmackhaft machen?«

Baker schien für mehrere Sekunden darüber nachzudenken. »Mit Geld wohl nicht. Er ist eine Bestie, einer von uns, heißt es. Ein Verräter an seiner eigenen Art. Da wird er sich lieber um uns anstatt um die andern kümmern. Aber es wäre spannend zu erfahren, warum er sich nach den Sídhe erkundigt hat. Ich meine, wieso sollte ...« Er lief los, die Leibwächter folgten ihm. Zwar unterhielten sie sich weiter, aber selbst Erics gutes Gehör vermochte ihre Gespräche nicht mehr zu verfolgen.

Ich weiß wieder etwas mehr. Er sah über die Schulter zum Trawler, dann auf sein Handy. Nach wie vor hatte sich Sia nicht gemeldet. Die Chancen, dass es ihr Mini-U-Boot gewesen war, das sich im Netz verheddert hatte und sicherlich auf Grund gelaufen war, stiegen von Stunde zu Stunde. *Wie lange hält sie es in ihrem Gefängnis aus?* Sie hatte die Kontaktdaten, um mit den Sídhe in Verbindung zu treten, und Smyle gab es nicht mehr, den er notfalls hätte fragen können. Er war auf sich alleine gestellt.

Für Eric stand außerdem nicht mehr die Frage im Raum, ob er sich Baker schnappte oder nicht. Der Rí der HellDogs hatte vor, den Spieß umzudrehen und die Jagd auf *ihn* zu eröffnen.

Da wirst du bald feststellen, dass du dich mit dem falschen Wild angelegt hast. Der Wandler konnte nicht wissen, dass Eric keine Bestie mehr war und ganz andere Kräfte besaß. *Eine Jagd, die keine ist.*

Eric kehrte zum Wagen zurück. Er nahm einen verborgenen Koffer unter der hinteren, umgearbeiteten Sitzreihe heraus, verließ den Hafen und begann, eine Spur zu legen, der Uther mit seiner Spürnase problemlos folgen konnte. Baker würde freiwillig zu Eric kommen.

Den neuerlichen Anruf seiner Halbschwester drückte er weg. Sie nervte ihn wie eh und je.

5. Februar, Republik Irland, Wicklow, 14.21 Uhr

Boída parkte ihren Mini Cooper vor dem Haus von Brian Baker.

Sie stieg aus, ging auf den Eingang zu, der bereits vor ihr geöffnet wurde. Der Rí der HellDogs persönlich empfing sie, machte aber kein glückliches Gesicht. Sie wusste auch, warum: Er hätte die Jagd auf Eric von Kastell lieber alleine und nur mit seinen Leuten veranstaltet. Dass die Scharfrichterin sich einmischte, passte ihm nicht, und das ließ er sich gerne anmerken. »Ich grüße Sie, Rí.«

»Und ich grüße Sie.« Er machte ihr Platz, damit sie eintreten konnte.

Durch den Flur ging es in die gute Stube, wo um die zwanzig Männer und Frauen versammelt saßen und schwiegen, als Boída hereinkam; es roch nach nassem Hundefell und Torffeuer. Sie trugen Outdoor-Klamotten und schienen zur Wildjagd bereit zu sein. Flinten lehnten an der Wand. »Wie ich sehe, sind die Jäger schon versammelt«, sagte sie, um ein Zeichen gegen die Stille zu setzen. »Wie wollen Sie es anstellen, Mister Baker? Es sind noch sehr viele Polizisten in Wicklow.«

»Sie werden nichts mitbekommen. Dafür kann ich schon sorgen.« Er lächelte milde. »Es ist schön, dass Sie uns mit Ihrer Anwesenheit beehren.«

»Wir brauchen keinen Aufpasser«, murrte eine Frau, die neben dem Kamin saß.

Ein Ort, um den Boída sie beneidete: warm, trocken, einladend. Sie würde denjenigen, der das ewig haltende Wärmepflaster erfand, persönlich für den Nobelpreis vorschlagen. »Ich bin kein Aufpasser, aber ich interessiere mich sehr für die Beweggründe von Kastell, die ihn veranlasst haben, nach Irland zu kommen und eine Schlacht sondergleichen loszutreten.«

»Er war schon einmal hier. Er oder sein Vater, aber das ist lange her«, warf ein anderer Mann ein.

»Heißt das, Sie wollen mir sagen, Kastell ist *zufällig* wieder hier, damit ich mir keine Sorgen mache und wieder gehe, damit Sie die Sache ungestört angehen können?« Boída zeigte ihre vielen spitzen Zähne, die leicht nach hinten gebogen waren. Ideal, um Beute zu packen und festzuhalten. »Das glauben Sie selbst nicht. Sie wissen, dass er Timmy vor dessen Tod nach den Sídhe befragt hat. Wie es aussieht, hat Kastell sich tiefer in die irische Materie eingearbeitet.«

Sie wurde angeschaut und angeschwiegen. Die Hundewandler zeigten ihre Ablehnung gegenüber der Latina.

Baker bot ihr einen Whiskey an, den sie ablehnte. Erstens schmeckte ihr der scharfe Alkohol nicht, zweitens nahm sie das Versöhnungsangebot nicht an. »Wir wissen das auch, Miss de Cao, aber um offen mit Ihnen zu sprechen: Es gibt keine Auftraggeber, wie Sie es so gern vermuten. Der Mann tut, was er die ganzen Jahre zuvor mit seinem Alten gemacht hat: uns umbringen.« Das Rudel knurrte und kläffte Zustimmung.

Boída sah es anders, doch sie hatte keine Lust, gegen vorgefertigte und gefestigte Ansichten anzurennen. Wozu auch? Sie würde sich Kastell schnappen, mit der Hilfe von Rí Baker, und ihn verhören. Danach käme die Wahrheit ans Licht. »Wir werden sehen.« Sie lächelte in die Runde. »Wie wollen wir vorgehen?«

Baker zeigte auf einen älteren Mann in der Runde. »Uther ist der beste Jäger von uns. Er hat Kastells Geruch im Garten aufgenommen und wird sich auf dessen Fährte setzen. Drei von uns begleiten ihn direkt, der Rest verteilt sich und folgt ihm versetzt, so dass es nicht zu sehr auffällt.«

»Klingt einfach und gut.« Sie beschloss, dem Garten einen Besuch abzustatten, um Kastells Geruch ebenso aufzunehmen. Sie vertraute sich mehr als Uther. »Zeigen Sie mir die Stelle, wo Sie die Spur gefunden haben.«

Baker nickte in die Runde, und seine Meute stand auf. Boída spürte die Anspannung, den Jagdtrieb, der sich in allgemeiner

Unruhe niederschlug. Das Rudel wollte die Hatz auf den Feind beginnen. Fünf von ihnen zogen die Kleidung aus, ohne Scham zu zeigen, und nahmen ihre Hundeform an: große, kräftige irische Wolfshunde. Mit diesen Körpern konnten sie sich im Gelände einfacher, schneller bewegen. »Es kann losgehen.«

Nacheinander verließen sie das Haus und verteilten sich in der näheren Umgebung.

Baker führte Boída in den Garten zu einer Stelle, wo die Erde frisch umgegraben war. Der Rí hatte die sichtbaren Blutspuren des Jungen beseitigen lassen. Dessen Geruch haftete noch immer am Boden, sie roch das Adrenalin, das ausgeschüttet worden war. Sie erkannte zudem die gleichen Silberblattstückchen wie an der Stelle, an der Righley verschwunden war.

Boída stutzte. *Das* ergab keinen Sinn, denn Kastell war *nach* dem Tod des Fuchswandlers angekommen. Entweder hatte eine weitere Person dem Deutschen geholfen, oder er hatte den Silberflitter jemandem abgenommen.

Sie langte in die lockere, feuchte Erde und wies Baker auf das hauchdünne Argentum hin. »War Kastell das? Oder hatte er Unterstützung?«

Er überlegte. »Er muss es gewesen sein. Wir haben das Telefongespräch aufgezeichnet. Keine Stimmen oder andere Geräusche, die darauf schließen lassen.«

Boída glaubte ihm nicht und dachte wieder an den *TeaRoom* mit seinem Silberregen. Das hatte alles nichts mehr mit einem Zufall zu tun. Deswegen wurde es immer wichtiger, dass sie Kastell lebend in die Finger bekam. Die blutgeilen HellDogs wollten das sicherlich nicht.

Sie warf die Erde zurück auf den Boden, suchte nach Abdrücken, die sie dem Deutschen zuordnen konnte. Uther wies auf Profilsohlen, Schuhgröße 46.

Boída fuhr ihre bläuliche Schlangenzunge aus, ihre Pupillen wurden geschlitzt. Sie konnte Kastells Geruch, seine Besonderheit deutlich schmecken ... und sie stutzte. »Mister Baker, sagten Sie nicht, dass Kastell eine Bestie sei?«

»Ja.« Er runzelte irritiert die Stirn. »Warum?«

Boída blickte zu Uther, der nicht weniger verwundert wirkte. Offenbar war dem Hundewandler die Feinheit entgangen. »Nur so.« Den Duft des Deutschen würde sie nicht mehr vergessen: Er erinnerte sie an Levantinus! »Von mir aus können Sie Ihre Höllenhunde loslassen, Mister Baker.«

»Gut.« Er zückte sein Handy, schickte eine SMS und gab Uther ein Zeichen.

Der Mann kauerte sich auf den Boden, ächzte und jaulte kurz auf, während sich seine Gliedmaßen veränderten. Graues Fell spross aus der Haut, der Kopf verschob sich. Vor den Augen der übrigen Wandler nahm Uther die Form eines irischen Wolfshundes an, der sich erhob und schüttelte. Die anderen Wolfshunde gesellten sich zu ihm. Eine Frau sammelte seine Kleider ein und steckte sie in den Rucksack.

Uther lief los, die kleine Gruppe, bestehend aus Boída, Baker und drei weiteren des Rudels, folgte ihm. Die Suche nach Eric von Kastell begann. Für die Wicklower, die ihnen begegneten, sah es aus, als würden Freunde mit ihren Hunden zur Jagd gehen.

Bald erreichten sie die Stadtgrenze.

Die Spur führte zu einem der üblichen Touristenpfade, die in die Berge führten. Und es sah nach einer Stunde nicht so aus, als würde sich Kastell entschieden haben umzukehren.

Boída blickte auf die Uhr. »Wir haben meiner Ansicht nach zwei Möglichkeiten. Entweder Ihre Spürnase Uther hat sich auf die falsche Fährte gesetzt, oder Kastell führt uns an der Nase herum. Mitten in eine Falle.« Sie züngelte unauffällig, solange sich keine anderen Menschen blicken ließen. Auch sie nahm den Geruch des Deutschen eindeutig auf ihren empfindlichen Riechorganen wahr. »Nein, ich muss mich korrigieren: Uther irrt sich nicht«, fügte sie hinzu.

Boída sah sich genauer um. Mehrere Meter hinter ihnen liefen noch mehr aus dem Tuath der HellDogs. Über den sanften Hügeln wehte ein zusehends milder Wind, der das Ende des Winters versprach. Das kurze Gras wogte sanft, Seevögel und Krähen lieferten sich einen Luftkampf.

Der Rí sah unschlüssig aus. »Ich weiß es auch nicht«, gab er zu. »Für ein Lager liegt es zu weit außerhalb der Stadt.« Dann entschied er, das Unternehmen abzubrechen. »Sie haben recht. Es gefällt mir auch nicht.«

Boída sah zu den Vögeln hinauf – und spürte einen grellen Schmerz in ihrer Brust, zu dem sich ein zweiter gesellte, der durch ihre Stirn fuhr.

Ihre Gedanken waren sogleich wie ausradiert, ihr Herz stolperte, und sie musste sich ins Gras setzen. Die Nacht brach rasend schnell herein, verschlang die Umgebung.

Über ihr kreisten die Krähen und schienen sie mit ihrem Gekrächze auszulachen.

5. Februar, Republik Irland,
Kerry, 13.41 Uhr

»Und wie genau ist der Plan, die Verhältnisse in Irland zu ändern?« Aaron Goldsteen stand über dem kleinen Bällchen und plante seinen Abschlag mit einer Serie von Probeschwüngen.

David lächelte. »Sind Sie denn gewillt, dabei zu sein?« Sie standen mit der kleinen Gruppe von zwei Männern und zwei Frauen an Loch sieben, und das Match um die von David ausgelobten eintausend Euro blieb spannend. Alle waren gleich schlecht.

Goldsteen, einundsiebzig Jahre, milliardenschwer und Kind einer polnischen Einwandererfamilie, die vor Stalin geflüchtet war, drosch zu. Er war der Einzige, der klassisches Karo trug, und wirkte auf David damit wie ein Schotte, der sich im Land geirrt hatte.

Der Golfball flog in hohem Bogen davon und landete weit abseits des Lochs im dunkelgrünen Rasen. Diese Runde würde nicht an den Unternehmer gehen.

»Seitenwind«, meinte David höflich.

»Genau«, erwiderte Goldsteen. »Und die Klimaerwärmung. Nein, ich bin schlicht miserabel, so sieht es aus.«

Die Gruppe lachte, während er seinen Schläger schulterte und Gemma Corr Platz machte, die ihr Geld als Chefin der zweitgrößten irischen Reederei verdiente. »Und ich denke wirklich, dass Ihr Projekt schlüssig klingt, Mister O'Liar. Das ist bei Ihrem Nachnamen ein spannender Widerspruch. Jetzt brauche ich aber noch Details.«

David zeigte der Blick in die Runde, dass alle Einzelheiten erwarteten. Es waren zu ausgebuffte Geschäftsleute, um sich von seinem Lächeln blenden zu lassen. Er war noch immer in der Phase des Anköderns des kleinen Schwarms, der kräftig fraß und schluckte, aber zielsicher an den Haken vorbeischnappte.

Er hatte die dreckigen Geheimnisse bereits besorgt. In neuer Rekordzeit, und die fünf hatten es ihm leichtgemacht. Bis auf einen hatten alle außereheliche Verhältnisse, mal toleriert, mal heimlich. Aber selbst die tolerierten wurden gefährlich, wenn die Liaisons von der Boulevardpresse aufgegriffen wurden. Und der eine konnte anders vereinnahmt werden.

David stellte sich vor, was die Schmutzschreiber aus Gemmas Vorliebe für Domina-Sex machten: verheiratet, zwei Kinder, Vorsitzende von zwei Charityvereinen – und dann ließ sie sich einmal die Woche in einem schäbigen Keller durchprügeln und durchbürsten, dass die Schwarte krachte. Falls das nicht für Rufmord genügen sollte, hatte er noch die Abtreibung mit siebzehn Jahren und den gelegentlichen Konsum von Speed im Rahmen von Betriebsfeiern im Vorstandszimmer in der Hinterhand. »Sie müssen etwas mehr eindrehen«, rief er ihr zu, und Gemma nickte freundlich. »Dann fliegt das Bällchen wie von der Gerte gepeitscht.« Die Spitze hatte einfach sein müssen. »Mister Goldsteen, um auf Ihre Frage mit der Machtveränderung in Irland zurückzukommen: Wie würden Sie das Einflussgefüge innerhalb eines Konzerns ändern?«

»Ich mag es nicht, mit Gegenfragen bedacht zu werden.« Sein Blick verhärtete sich. »Fakten, Mister O'Liar. Nach ihnen habe ich stets meine Anleihen gezeichnet, und nicht nach den blumigen Versprechungen der buntblendenden Prospekte. Sie waren bisher ein Prospekt auf zwei Beinen.«

David sah es den Menschen um sich herum an, dass sie das Gleiche dachten. Er hatte schon vor dem Treffen gewusst, dass Wirtschaftsbosse schwerer mit Beschreibungen und Zukunftsgemälden zu beeindrucken waren als weiche Politiker. Aus dem Grund war er bestens präpariert und hoffte, in seine böse Trickkiste greifen zu dürfen. David ging sogar fest davon aus und freute sich auf den Moment, sie vom Sockel der falschen Sicherheit zu stürzen. »Verzeihen Sie, Sir. Ich wollte darauf hinaus, dass die Übernahmemechanismen ähnlich sind. Aber bevor wir über den Umsturz eines Staates plaudern und ich mich vor Zeugen des Hochverrats schuldig mache, möchte ich klarstellen, dass Sie über das, was Sie gleich erfahren, Stillschweigen bewahren. Bei Ihrem Leben und dem Ihrer Angehörigen.«

In die Stille erklang ein Sirren, dann ein *Klack*. Gemma hatte zugedroschen. »Ich komme mir gerade vor wie in einem James-Bond-Film«, sagte sie mit einem süffisanten Unterton, drehte sich zu ihm und stützte beide Hände auf den Griff wie auf einen Spazierstock.

»Goldfinger«, warf Taila Apple, Teilhaberin an verschiedenen

Fernsehsendern und Betreiberin eigener Shopping-Kanäle, ein. »Bond und Goldfinger lieferten sich ein Golfduell.«

»Aber wir sind nicht die Bösen.« David bat Taila zum Abschlag. »Schwören Sie mir nun absolutes Schweigen über das Projekt, Ladys und Gentlemen?«

Sie schworen, manche mit einem Grinsen auf dem Gesicht, als würden sie nicht an die Ernsthaftigkeit glauben. Den Fehler hatten bereits einige begangen, von denen man nur noch einmal las: in der Spalte mit den Todesanzeigen.

»Ich nehme Sie beim Wort.« David wartete, bis Paul Wheeler als Letzter seinen Abschlag gemacht hatte, dann schlenderte die kleine Gruppe los. »Ich habe in den letzten Jahren daran gearbeitet, Umbesetzungen im Parlament und im Senat vorzubereiten. Der Präsident weiß zwar noch nichts von seinem Glück, aber er wird auch bald zu uns gehören.« Es wurde gelacht, obwohl er es nicht als Scherz gemeint hatte. »Das wiederum schwöre *ich* Ihnen bei meinem Leben. Da es sich um Hochverrat handelt, den ich begehe, kann ich Ihnen leider keine Beweise geben.«

Die Männer und Frauen murrten. Goldsteen öffnete schon den Mund.

»Aber«, fügte David hinzu, »Sie erhalten von mir eine kleine Aufstellung von Begebenheiten, die sich mit Ihrem Wissen anders lesen werden. Denken Sie daran: eine sanfte Machtübernahme auf allen Ebenen.«

»Was meinen Sie mit *allen Ebenen?*« Goldsteen hatte den Schläger noch immer geschultert.

»Möchte ich einen Konzern *übernehmen,* reichen mir die Aktienanteile. Möchte ich den Konzern unter *Kontrolle* haben und garantiert wissen, dass jeder Mann so arbeitet, wie ich es möchte, muss ich die entscheidenden Stellen mit meinen Leuten besetzen.« David hatte diesen Vortrag schon oft gehalten, wusste, an welchen Stellen er betonen musste, um mehr Gewichtung in die Worte zu legen. Er war neugierig, wie weit er damit bei seinen heutigen Fischen kam. »So halten wir es mit der Übernahme der Republik Irland. Auch da müssen Sie sich darauf verlassen, wenn ich Ihnen sage, dass die Schlüsselpositionen des Landes in Verwaltung, Garda und Militär zu einem wesentlichen Anteil von unseren Leuten besetzt sind.«

»Ich kenne solche Sprüche von unseren Anlageberatern, wenn sie ein Produkt verkaufen sollen, ohne es zu kennen«, hieb ihm Goldsteen in die Ausführungen und kappte den guten Lauf. »Ich weiß, Mister O'Liar, dass Ihre Fonds exzellente Ratings haben und dass Sie Ahnung von Wirtschaft haben.« Er schwang den Schläger und hieb damit in den kurzen, sattgrünen Rasen. »Aber einen Staat zu infiltrieren und sich zu eigen machen?« Goldsteen deutete auf den Platz. »So viele Menschen wie Grashalme. Wie wollen Sie die Leute kontrollieren?«

David lachte fröhlich. »Sie verwechseln es mit einem Putsch oder einer Revolution. Die einfachen Iren werden nicht bemerken, was sich geändert hat. Die Kanäle, wohin das Staatsgeld fließt, werden sich ändern.« Er zog es vor, nicht die volle Wahrheit zu verkünden. Das würden Goldsteen und Co. noch früh genug bemerken. »Sie machen ihre Jobs, tagaus, tagein, und füllen uns, Ihnen, Ladys und Gentlemen, weiterhin die Taschen.«

»Meine Taschen«, sagte Gemma, »sind ganz gut gefüllt. Welchen Vorteil hätte ich, bei Ihnen mitzumachen, Mister O'Liar?«

»Sind gefüllte Taschen nicht Vorteil genug?«, erwiderte er heiter. »Sie werden die vollen Taschen behalten.«

»Und diejenigen, die nicht mitziehen, haben Unfälle?«, witzelte Wheeler.

»Nein. Nicht zwangsläufig. Es gibt so viele andere Möglichkeiten. Und das Volk wird jedes Mal jubeln, wenn es einen der Großen erwischt.« David sah, dass sich Erkenntnis in ihre Gesichter stahl, und er musste sich das Grinsen verbieten. »So, wie ich meine Leute in der Verwaltung und dergleichen brauche, benötige ich meine Leute auch in der freien Wirtschaft. Senat und Parlament machen Gesetze zu Ihren Gunsten, versprochen. Und nach ein paar Jahren sind wir vielleicht in der Lage, Schottland und England an Irland anzuschließen. United Kingdom of Ireland.«

Wieder lachten sie, als sei es spaßig gemeint. War es aber nicht.

Goldsteen blieb stehen, stellte sich in eine lässige Pose, die bei einem Einundsiebzigjährigen gefährlich gewagt für seine Hüfte aussah. »Sie versprechen uns so etwas wie ein Unternehmerkönigreich, bei dem die Untertanen für uns schuften, richtig?«

Ganz richtig war der Vergleich nicht, weil ein Unternehmerkönigreich einen einzigen Herrscher haben musste, der über den Menschen stand, und nicht viele kleine Möchtegernkönige wie Goldsteen. Aber um sich Ärger vorab zu ersparen und sie nicht tiefer einzuweihen, nickte David.

»Reden wir Tacheles: Sie haben keinerlei ... Versicherung dafür, dass wir unseren Anteil erhalten werden, wenn wir Sie bei Ihrer Übernahme unterstützen?« Goldsteen ließ den Blick in der Runde der Unternehmergrößen schweifen. »Ich sehe sehr viel Unglaube, Mister O'Liar. Scheint an Ihrem Nachnamen zu liegen: Sie könnten uns auf dem Platz die größten Lügen auftischen und hoffen, dass wir drauf hereinfallen. Wir alle sind aber nicht groß in unserem Geschäft geworden, weil wir uns auf Schwätzer verlassen haben.«

David wollte die Fische nicht entkommen lassen. Dieser Schwarm würde die anderen, die noch frei im Meer schwammen und die er ebenfalls anködern wollte, nervös machen und verschrecken. Goldsteen war ihr Anführer, und wenn er ihn gewonnen oder gebrochen hatte, würden die anderen mit an den Haken oder ins Netz gehen. »Wollen Sie eine Anleihe an einem Akt Hochverrat, oder wie dachten Sie es sich, Sir?« David bereitete seinen Schlag mit Ruhe vor.

Goldsteen zuckte mit den Schultern. »Sie wollen doch, dass wir einsteigen. Überzeugen Sie mich.«

David hatte gehofft, die dreckigen Geheimnisse auspacken zu müssen. »Dann hören Sie gut zu, Sir.« Er lehnte sich nach vorne, was Goldsteen mit Verwunderung aufnahm, und hauchte ihm ins Ohr: »Sie ficken Tiere, Sir, und lassen kleine Kinder dabei zuschauen, die Sie vorher betrunken gemacht haben.« Dann richtete er sich auf und strahlte. »Überzeugt?«, sagte er laut.

Goldsteen hob den Golfschläger blitzschnell und schlug zu – das weiße Bällchen vor Davids Schuhspitzen wurde getroffen und rauschte davon, um weit abseits des Kurses zu landen. »Ich bin dabei«, antwortete er zäh; in seinen Augen standen wie aus dem Nichts Angst, Wut und Überrumplung. Die übrige Gruppe ahnte, dass ihm die Entscheidung mit etwas schmackhaft gemacht worden war, gegen das er nicht ankam.

Davids Herz hatte zuerst gestockt, danach auf einhundertsiebzig beschleunigt. Er hatte geglaubt, dass der Angriff ihm gelten würde und nicht dem Ball, den er übersehen hatte. Der alte Mann war noch verflucht schnell. »Sehr schön, Sir! Willkommen!« Er schritt aus und suchte seinen eigenen Ball. Jetzt würde es ihm nichts ausmachen, dass er das Spiel verlieren würde, denn sein großer Sieg war ihm nicht mehr zu nehmen. Niemand konnte ihm bei Verhandlungen etwas vormachen. Nicht einmal die ausgebufften Wirtschaftsbosse.

Sie waren noch nicht bei Loch acht angelangt, da hatten sich alle bereit erklärt, die Machtveränderung zu unterstützen. Noch mehr Fische.

KAPITEL XI

Biep.

Biep, biep.

»Fuck! Schaut euch das an, sie hat sich zugekotzt!«

Was hätte ich denn sonst machen sollen? Um ein Haar wäre ich wegen euch erstickt, ihr Arschlöcher!

»Ich mach die nicht sauber. Das kannst du vergessen. Ah, doch. Sie kriegt noch ein paar in die Fresse für die Aktion! Gib mir mal die Einweghandschuhe.«

Biep, biep, biep.

»Ich weiß nicht. Der Sídhe hat gesagt, wir sollen sie so behandeln, dass sie ...«

Eine Frauenstimme! Bitte, lass nicht zu, dass er mich ...

Biep, biep, biep.

Trapp, trapp. »Blöde bitch! Du bekommst nichts mehr zu essen!«

Ah! Mitten ins Gesicht, mit der flachen Hand! Mein Kopf dröhnt, der Kerl ist stark. Das war mit voller Wucht! Hör auf! HÖR AUF!

»Ja, jetzt wimmerst du, was? Hättest du vorher besser geschluckt.«

»Grag, lass sie in Ruhe. Ihr läuft schon das Blut aus der Nase.«

Biep, biep, biep.

Ich ... es tut alles weh, und ... ich schmecke ... Blut.

»Das hat sie sich verdient. Mach du sie sauber, Alice, wenn du möchtest. Ich gehe mir einen Kaffee holen.« Trapp, trapp, trapp. Klack.

Bin ich allein? Nein, da atmet jemand.

»Tut mir leid. Grag ist ein Arschloch.«

Biep, biep, biep.

Ein Waschlappen ... kühl. Tut gut, sie ist vorsichtig.

»Achtung, jetzt kommt noch ein Schluck Wasser.«

Alice ist ganz anders. Ich muss was über meine Tochter erfahren. »Elena ... wo?«

Biep, biep, biep.

»Ihrer Tochter geht es gut. Aber Sie müssen mit uns zusammenarbeiten. Nur dann kann ich garantieren, dass Sie beide lebend aus dieser Sache kommen. Haben Sie das verstanden, Misses Karkow?«

Biep, biep, biep.

Habe ich eben genickt? Ich hebe lieber die Hand ...

»Sehr schön. Ich komme in zwei Stunden wieder und sehe nach Ihnen. Am besten versuchen Sie, ein bisschen zu schlafen. Ich habe Ihnen ein leichtes Beruhigungsmittel ins Wasser gegeben. Ich achte darauf, dass Grag Sie nicht noch einmal misshandelt.«

Biep, biep, biep.

Danke, Alice! »Dan...ke.«

»Schlafen Sie gut, Misses Karkow, und träumen Sie von den Tagen nach diesen.« Trapp, trapp, trapp, klack.

Biep, biep, biep.

Ich spüre, dass ich müde werde ... und mir wird wieder schlecht! Ich muss mich beherrschen! Grag wird mich sonst totschlagen, und Alice wird dagegen nichts tun können.

Biep, biep, biep.

5. Februar, Republik Irland, Wicklow, 16.07 Uhr

Eric blickte über das Zielfernrohr des G36 in der Scharfschützenvariante hinweg und grinste, als er die Schlangenwandlerin zu Boden gehen sah. Damit war die gefährlichste Gegnerin ausgeschaltet, wenn Smyles Erklärungen gestimmt hatten. *Die Schießbude ist eröffnet.* Auswahl an Zielen hatte er genug, und das 100-Patronen-Trommelmagazin reichte locker aus; für den Notfall hatte er noch ein zweites griffbereit liegen.

Er senkte den Kopf und nahm Baker ins Fadenkreuz.

Der Wandler versuchte, sich im Gras in Deckung zu werfen, aber es gab nichts, was ihn vollkommen verbergen konnte.

Eric schoss ihm zuerst in die rechte Ferse, die deutlich hervorsprang, und als sich der Rí der HellDogs unter Schmerzen herumwälzte, jagte er ihm zwei Kugeln in den Rücken. *Damit sind schon zwei von der Liste Geschichte.*

Der Platz, den er sich für seinen Hinterhalt ausgesucht hatte, war perfekt. Der Weg lief in ein kleines Tal, und er saß auf der gegenüberliegenden Seite auf einer Erhebung und hatte alles unter Kontrolle. Der Wind wehte vom Meer her. Die Wandler hatten keine Chance gehabt, ihn vorher durch den Geruch zu bemerken.

Eric suchte sich immer neue Ziele für das G36, das auf einem Zweibein ruhte, und schickte Wandler um Wandler ins Reich des Todes. Er schoss schnell und präzise, der Schalldämpfer schluckte Mündungsfeuer und Knall der Treibladung fast zur Gänze. *So einfach müsste es immer sein!* Eric mochte das alte G3 zwar lieber, aber das G36 war vielseitiger, leichter und einfacher zu schmuggeln. Das machte das kleinere Kaliber wett.

Die HellDogs zogen sich zurück. Sie hatten verstanden, dass sie gegen den Scharfschützen nicht ankamen. Die fünf, die in ihrer Tierform versucht hatten, den Hügel zu stürmen, lagen verendend an der Steigung und verwandelten sich dabei zurück in Männer und Frauen.

Die vielen Leichen werden bald ein Problem. Eric beschloss, die Überreste in Zukunft zu entsorgen, entweder in Moorlöchern oder im Meer. Die Polizei würde sonst bald eine Sondereinheit bilden, die den wahnsinnigen Killer mit den Silberkugeln verfolgte. Alles in allem zählte er elf Leichen, die er und sein G36 fabriziert hatten.

Wo … Eric sah die Schlangenwandlerin nicht mehr. Die Stelle, an der sie gehockt hatte, war leer. *Das kann nicht sein. Ich habe sie in den Kopf und in den Hals getroffen! Das reicht für jeden Wandler!* Er schwenkte mit dem Zielfernrohr nach rechts und links.

Da sind ihre Kleider! Das bedeutete, dass de Cao lebte und ihre Tierform angenommen hatte. Es konnte aber auch sein, dass sie ein Wermensch gewesen war, also ein Tier, das sich gelegentlich entschied, die Form des Homo sapiens anzunehmen. Das war ihm auch schon begegnet und hatte ihn fast das Leben gekostet … Eine Schlange im Gras war natürlich weniger gut zu erkennen.

Wieso hat sie das Silber überstanden? Eric montierte das Fernrohr vom Lauf des G36 ab und steckte es in den Koffer, dann schaltete er den Feuermodus auf *Auto* und robbte zusammen mit dem Gepäck behutsam rückwärts von seinem Posten.

In der kleinen Talsohle angelangt, blickte er sich wieder um, lauschte auf die Geräusche, vernahm aber nichts. *Ich wette, sie beherrscht das Versteckspiel im Schlaf.*

Eric fühlte sich unsicher. Die beste, tödlichste Waffe brachte gegen de Cao nichts. *Ich werde ihr den Kopf abtrennen müssen, wie es aussieht.* Er überlegte, wie lang eine Würgeschlange werden konnte, und ging langsam rückwärts.

Hinter ihm ertönte sanftes Trappeln.

Eric fuhr herum und sah einen irischen Wolfshund auf sich zuspringen, die mächtigen Kiefer zum Biss geöffnet. Er schoss auf den Wandler, traf in die graubehaarte Brust und wich gleichzeitig zur Seite aus, um nicht mit dem Sterbenden zusammenzuprallen.

Der Hund flog an ihm vorbei und stürzte ins Gras, wo er sich mehrmals überschlug.

»Zwölf«, murmelte Eric – und sah einen Schatten über sich fallen. Geistesgegenwärtig machte er eine Rolle nach links und richtete den Lauf des G36 gegen den nächsten Angreifer.

Vor ihm hatte sich eine dunkelbraun gemusterte Schlange mit einem breiten Kopf aufgerichtet. Sie fauchte auf und biss derart schnell in Erics Waffenarm, dass er nicht mehr zum Abdrücken kam.

Die Schlange wand sich augenblicklich um ihn, während die Zähne und der Kopf den Fixpunkt bildeten.

Eric schrie auf und musste das Gewehr fallen lassen. Er sah die unglaubliche Länge der Schlange, die fünf, sechs Meter und mehr hatte. Auch wenn sie sich erst zweimal um ihn gewunden hatte, brachte der Druck seinen Brustkorb bereits zum Knirschen. *Scheiße!* Mit Mühe gelangte er an seinen Silberdolch und stach ihr in die Seite.

De Cao zischte, ohne die Kiefer zu öffnen. Ihre Umklammerung nahm zu, als wollte sie ihn auswringen. Er hing gefangen in einem Schraubstock aus Schuppen und Muskeln.

Das Silber macht ihr überhaupt nichts! Knirschend barsten die Rippen der linken Seite, und er hechelte. Schreien konnte er nicht mehr. *Es ... geht nicht anders ... ich ...*

Es wurde Zeit, die Kräfte einzusetzen, die ihn vor dem Sterben bewahren würden – und die er hasste!

Das Sanctum hatte die Bestie aus ihm getrieben, aber der Dämon hatte eine neue in ihm plaziert.

Erics Haut färbte sich schlagartig tiefviolett, seine Hände wurden zu Krallen, und die Augen loderten rubinrot. Er hatte Sarkowitz nicht verraten, warum das Feuer im Verbrennungsofen des Krematoriums ihm nichts hatte anhaben können: In ihm loderte zu einem großen Teil unheiliges Feuer. Flammen hatten für ihn jeglichen Schrecken verloren.

Sein Körper nahm an Breite zu, wurde noch muskulöser und stemmte sich gegen die Kraft der Schlange.

De Cao spürte die Veränderung ihres Opfers. Die schwarzen, geschlitzten Augen starrten ihn an, ausdruckslos und hypnotisch. Sie zögerte, wusste nicht, was sie tun sollte. Sie war von ihm überrumpelt worden wie er von ihrer Silberresistenz.

Über ihm flimmerte die Luft, auf seinen Haaren tanzte Elmsfeuer. »Schlangen mögen doch Hitze!« Erics Stimme klang metallisch reibend, wie ein Säbel, der aus einer Hülle gezogen wurde. »Ich lasse dich meine spüren!« Aus seinen Fingerspitzen jagten kleine Flämmchen und brannten sich durch das Schuppenkleid, es stank nach verschmortem Horn.

Jetzt kreischte de Cao auf, riss die Zähne mitsamt einem großen Brocken Fleisch aus seinem Arm und ließ von ihm ab.

Eric sog tief Luft ein. Seine Rippen schmerzten und knisterten, als sie sich wieder an ihre alte Position begaben und verheilten; auch die Armwunde schloss sich bereits.

Schneller als jede gewöhnliche Schlange wand sich seine Gegnerin durchs Gras und suchte das Weite. Dann verwandelte sich de Cao fließend in eine Frau und rannte auf zwei Beinen weiter; immer wieder drehte sie sich nach Eric um.

Das war eine Überraschung für uns beide. Ihm wurde schlecht, und er übergab sich. Schwarze Flüssigkeit troff von seinen Lippen, vermischt mit Speichel und roten Klümpchen. Die Wandlung kostete ihn Kraft und schadete seiner Gesundheit, zumal er dieses Wesen nicht sein wollte. Er drängte die Bosheit in sich zurück, und es fiel ihm wieder ein bisschen schwerer. Der Widerstand wurde mit jeder Verwandlung größer.

Eine Eiswoge rollte durch ihn. Das war das sichere Zeichen, dass er es geschafft hatte und wieder wie ein normaler Mensch aussah.

Zufrieden registrierte er, dass er es dieses Mal hinbekommen hatte, seine Kleidung nicht zu verbrennen und die Munition seiner Pistolen nicht zum Explodieren zu bringen. Nackt und ramponiert in Irland zu stehen, das blieb ihm erspart.

Er setzte sich mit zitternden Knien neben die Leiche des erschossenen Wandlers und atmete tief durch. *Es musste sein. Lena, verzeih mir, aber es ... ich wäre sonst gestorben.*

Seine Ex-Frau hatte ihm das Versprechen abgerungen, sich nicht in dieses Feuerwesen zu verwandeln, in diesen irrwitzigen Derwisch, den er weniger kontrollieren konnte als zuvor die Bestie in sich. Der Zustand als Wandelwesen war dagegen – einfach gewesen.

Das Dämonische in ihm ließ sich nicht austreiben. Woher es kam, wusste Eric nicht.

Damals, als er als Bestie in einem brennenden Zirkuswaggon eingeschlossen gewesen war, war ihm zum ersten Mal das Leben gerettet worden, und er hatte das Mal an seinem Unterarm bemerkt. Welcher Dämon auch immer die Patenschaft für ihn übernommen hatte, er fühlte keine Dankbarkeit.

Eric stand auf, unsicher wankend, und suchte seine Sachen zusammen. Seine größte Angst war es, die Rückverwandlung nicht mehr schaffen zu können und als Mutant in Freakshows zu enden. Der lebende Beweis, dass es Anomalien gab.

Es war eine Ausnahme, sagte er sich immer wieder und machte sich zu Fuß zurück nach Wicklow auf.

Die Leichen der Wandler ließ er hinter sich zurück. Er fühlte sich zu schwach, um jeden Einzelnen durch die Gegend zu zerren und im Moor verschwinden zu lassen.

Von de Cao sah er nichts mehr, und das erleichterte ihn ungemein.

5. Februar, Republik Irland,
Wicklow, 22.23 Uhr

Keine Wache. Danke sehr. Eric schlenderte die Gangway des Trawlers hinauf. Im unteren Deck brannte Licht. Die Mannschaft machte sich bereit zum Auslaufen des Schiffs, um auf Fischfang zu gehen.

Den X6 hatte niemand angefasst, er stand an Ort und Stelle zwischen den Kisten. Davon hatte sich Eric zuallererst überzeugt, als er nach Wicklow zurückkehrte.

Nach dem Vorfall in den Hügeln waren die Polizisten in Scharen über die Stadt hergefallen. Umso erstaunlicher fand er es, dass es keinen Aufschrei in der Öffentlichkeit gegeben hatte. Eric vermutete die Nachtkelten hinter dem kleinen Wunder. Sie hatten mit ihren Beziehungen dafür gesorgt, dass der Vorfall nur in ganz hohen Kreisen und nicht in den Tageszeitungen des Countys oder gar landesweiten Medien besprochen wurde. Die Region selbst hatte ebenso ein Interesse daran, das Massaker zu verheimlichen. Wicklow lebte vom Tourismus, und der würde abrupt abreißen, wenn bekannt wurde, dass ein Heckenschütze auf Wanderer lauerte.

Gehe ich gleich auf die Brücke, oder schaue ich bei der Mannschaft vorbei? Eric war bis zu den Abendstunden sehr aufmerksam geblieben und hatte sich in einer kleinen Reparaturwerft verborgen gehalten, die er gegen zehn Uhr verließ und sich auf den Weg zur *Passage* machte.

Dass sich Sarkowitz nach wie vor nicht gemeldet hatte, bestätigte seine Annahme. Er wollte nicht darüber nachdenken, ob sie mit dem U-Boot auf dem Felsplateau lag oder nicht. *Ich fahre hinaus, wir suchen sie mit dem Sonar, und dann hole ich sie hoch.*

Eric öffnete eine Tür, die unterhalb der Brücke lag.

Vor ihm führten Stufen nach unten. Gespräche erklangen, ein Radio dudelte und spielte unirischen Hard Rock.

Highway to hell würde gut passen. Er zog seine Pistole, streifte die Sturmhaube über das Gesicht und stieg hinab, dann betrat er die Schiffsmesse.

Sechs Fischer in Gummistiefeln, Latzhosen und dicken Pullis schauten ihn an; die meisten wirkten erschrocken, ein paar ungehalten. Niemand schien sich vor ihm zu fürchten. »Guten Abend, Gentlemen. Ich bin von der Umweltorganisation *Noverfishing.* Wir unternehmen jetzt eine Fahrt hinaus, um das U-Boot zu bergen, das ihr Heringskapitalisten versenkt habt!«

»Wusste ich es doch!«, stieß einer aus. »Umweltheinis!«

»Birg dir dein U-Boot selbst«, murmelte ein anderer. »Wir können das nicht. Musst die Marine fragen. Die helfen dir bestimmt gern.« Die Männer lachten leise, aber sehr gehässig.

Seeleute. Spezieller Menschenschlag. »Ihr habt doch ein neues Schleppnetz bekommen. Damit kann man es bestimmt einfangen.«

Abrupt verstummten sie. »Bist du bescheuert? Die Motorwinde hat es das letzte Mal schon nicht gepackt. Wir saufen doch nicht wegen deinen hirnrissigen Freunden ab!«

»Ich will euch nicht in eurer Wahl drängen, aber entweder wir fahren raus und versuchen es, oder …« *Jetzt kommt das ultimative Mitarbeitsargument: gemeine Gewaltandrohung gegen Sachwerte.* Er zog sein Handy aus der Tasche. »Ich muss nur einen Knopf drücken, und der Trawler geht hoch. Ich gebe mein Leben gerne für die Fische und meine Kumpels – ihr nicht. Also, macht keinen Scheiß.«

Der Kapitän, der eine verschlissene Marineuniformjacke trug, erhob sich. »Wenn du uns sprengst, wer holt dann deine Kumpels rauf?«

Eric musste einsehen, dass sein Druckmittel nicht das beste war. »Ich … gehe natürlich vorher von Bord und suche mir andere Fischer.«

Der Kapitän sah in die Runde, dann zog er eine Wollmütze aus der Tasche. »Damit das klar ist: Wir machen mit, aber wenn das scheiß U-Boot zu schwer ist, dann wandert es zurück in die Tiefe. Von mir aus kannst du uns dann alle erschießen und mit dem Kahn sprengen.« Er ging an Eric vorbei. »Ich verfluche alles an dir, du beschissener Pseudoökokrieger! Noverfishing sollte sich die großen Fischfabrikschiffe vornehmen, nicht uns kleine Fischer.« Ein Mannschaftsmitglied nach dem anderen folgte ihm.

Wusste ich es doch. Eric begleitete den Kapitän und seinen Steuermann auf die Brücke, schaltete das Funkgerät aus, damit sie unterwegs keinen Notruf absetzen konnten.

Eine hurtige Fahrt begann.

Die See meinte es mit der *Passage* gut. Der Vollmond beleuchtete die sachten Wogen und bildete mit seinem Schimmer einen breiten Weg, der über das Wasser bis zum Horizont zu führen schien.

Vor einigen Jahren hätte mir der Vollmond Probleme gemacht. Es ist immer noch ungewohnt, ihn einfach so betrachten zu können. Als Werwolf hatte sich Eric immer zu dieser Zeit verwandeln *müssen* und war in einen Tötungsrausch verfallen. In einem solchen Anfall, gleich nach der Pubertät, hatte er seine Mutter getötet. Diese Schuld nagte noch heute an ihm.

Als Feuerdämon, oder zu was immer er geworden war, hatte er einige Zimmer in Asche verwandelt, aber keine Menschen umgebracht.

Was ihm nicht ganz geheuer schien: Es gab keinen Durst, keinen Hunger nach einer besonderen Sache.

Als Wer-Bestie hatte er den Drang nach Menschenfleisch verspürt. Er hatte es fressen wollen, frisch, roh und warm. Ein Vampir brauchte Blut – aber was war sein Antrieb, sein Brennstoff?

Eric fürchtete sich vor dem Tag, an dem die ihm noch unbekannte Gier erwachte. *Im besten Fall ist es Schlangenfleisch.* Humor war das Einzige, was half.

Die *Passage* hatte die Position bald erreicht.

Der Kapitän zeigte Eric die Stelle auf dem Sonar, die in Frage kam.

Bei der ersten Suchfahrt hatten sie keinen Erfolg. Anscheinend gab es dort unten nichts, außer einem großen Fischschwarm, den der Ire allerdings unter lautem Fluchen ziehen lassen musste. Als sich die Tiere jedoch verzogen hatten, wurde ein dicker Fleck auf dem Plateau sichtbar.

»Liegt am Rand«, schätzte der Kapitän und rieb sich das bärtige Kinn. »Wir können das Ding erwischen, hängt aber davon ab, ob sich das lose Schleppnetz nicht an einem Felsen verfangen hat.«

Eric sah auf die Anzeige. *Vierunddreißig Meter.* »Haben Sie einen Taucheranzug an Bord?«

Er glotzte ihn an. »Ihr Umweltheinis, ihr seid doch alle bescheuert. Das Wasser hat keine zwei Grad! Da bringt Ihnen höchstens ein Trockenanzug was.«

»Haben Sie oder haben Sie nicht?«

»Nein, natürlich nicht! Wer wäre von uns so bescheuert, da reinzusteigen?«

»Miller hat einen dabei«, merkte der Steuermann an.

Der Kapitän wunderte sich. »Warum *das* denn?«

»Er meinte, falls wir unterwegs mal ein Wrack finden, das in flachen Gewässern liegt, würde er runtergehen und sich das Schiff anschauen.«

»Die Iren haben einfach eine lange Tradition, was das Plündern von Wracks angeht.« Erics Laune hob sich. Die Kälte des Wassers schreckte ihn nicht, nur Luft zum Atmen brauchte er. Deswegen das Problem im Verbrennungsofen: Feuer fraß jeglichen Sauerstoff.

Der Kapitän ließ Miller mit seiner Ausrüstung antanzen.

Eric zog sie sich an, zumindest die Flaschen und die Brille. Auf die Neoprenhaut verzichtete er. Als sie ihn in den schwarzen, engen Boxershorts an Deck stehen sahen, grölten die Männer vor Lachen. »Ich wette, dass sein Ding nach dem Tauchgang nicht mehr in der Hose zu sehen ist«, sagte Miller.

»Keinen Scheiß machen.« Eric klopfte auf den Gewichtegurt um seine Hüfte, an dem das Handy in einer Tüte wasserdicht verpackt war. »Ich sprenge euch auch aus fünfzig Metern Tiefe, das macht mir nichts.« Zur Antwort bekam er wieder die *Fuck-you*-Geste.

Rein ins Vergnügen. Er hielt die Maske fest und sprang in die schwachen Wellen. Die Kälte prickelte überall an seinem Körper, doch er wusste, dass sie ihm nichts anhaben konnte.

Eric nahm die Lampe vom Gürtel und sank tiefer und tiefer.

Nach ein wenig Suchen entdeckte er die Ausläufer des Plateaus und schaute sich im Schein der Lampe um. Die Reste des Schleppnetzes führten ihn zum Mini-U-Boot. Licht fiel durch die kleinen Bullaugen.

Okay, ich habe sie! Er tauchte näher und sah durch die dicke Scheibe.

Sia hing im Sitz, die Augen geschlossen. Die Armaturen um sie herum waren demoliert, aus den Halterungen gerissen und eingeschlagen. Die Vampirin hatte ihrem Gefühl der Hoffnungslosigkeit freien Lauf gelassen und sich ausgetobt; nun schien sie in Depression und Gleichmut verfallen zu sein.

Eric klopfte gegen die Scheibe, ein breites Grinsen auf dem Gesicht.

Sia schrak hoch, die Augen auf die Scheibe gerichtet. Der Mund öffnete sich zu einem Schrei, den er nicht hören konnte, der Unterkiefer schien sich auszuhängen und hing mehr als normal nach unten herab. Die zurückgezogenen Lippen zeigten ihre langen Reißzähne, die Eric beeindruckten. Ihre grauen Augen leuchteten regelrecht, und ihre Züge waren verzerrt vor Wut.

Sie sprang über die Armaturen und schien ihn anfallen zu wollen, prallte mit der Stirn gegen die Scheibe und hinterließ daran einen blutigen Fleck. Verwirrt schüttelte sie den Kopf; die Platzwunde heilte bereits.

Nein, nein, du wirst doch nicht wahnsinnig geworden sein? Eric versuchte, ihr mit Zeichen zu bedeuten, dass er gekommen war, um sie zu retten.

Doch sie hämmerte so heftig auf die Scheibe ein, dass er Angst bekam, sie könnte das Material zerbrechen.

Sie muss da raus! Schnell schwamm er zur Seite und zog einen Dolch, mit dem er begann, das Netz, das sich um das Boot gelegt hatte, zu zerschneiden.

Das Nylon war zäh, doch die Klinge wurde damit fertig. Er hatte zwei Ösen an der Oberseite des Gefährts gesehen, an denen ein Bergungshaken festgemacht werden konnte.

Das wird den Fischern auch besser gefallen. Eric warf einen vorsichtigen Blick in das Boot, wo sich Sarkowitz auf dem Sitz zusammengekauert hatte, das Gesicht zwischen die Knie geklemmt. *Lange wird sie das nicht mehr mitmachen.* Er kehrte an die Oberfläche zurück.

Die *Passage* war noch immer da, wie er an den hellen Punkten an der Oberfläche sah. Die Fischer lehnten im Scheinwerferlicht an der Reling und warteten.

»Kleine Planänderung, Gentlemen. Mir ist etwas Besseres eingefallen.« Mit ein paar Worten machte Eric ihnen klar, was er von ihnen wollte, und sie warfen ihm das Schleppseil des Netzes zu. Er bekam Bolzen gereicht, mit denen sich die Schlinge an der Vorrichtung des U-Boots festmachen ließ.

Eric tauchte nach unten und bereitete alles vor. *Der Fluch! Ich muss sie in eine Schleuse an der Küste schaffen, um sie durch das Bergen nicht doch zu vernichten.* Er konnte das Gefährt nicht einfach an die Oberfläche ziehen lassen.

Also kehrte er auf die *Passage* zurück und erklärte dem verwunderten Kapitän, dass das U-Boot in eine Schleuse gezogen werden musste. Sie einigten sich darauf, einige Meilen nach Süden zu fahren. Vor der Einmündung eines kleinen Flusses ins Meer gab es laut dem Seemann ein Stauwehr.

Besser als nichts. Eric zog sich wieder an, ließ die nasse Unterhose über Bord gehen und überwachte die weitere Fahrt.

Dabei galt seine Sorge Sarkowitz. Sie hatte mehr als vierundzwanzig Stunden in der winzigen Kabine ausharren müssen. *Platzangst, dazu der feste Glaube, nicht mehr lebend an die Oberfläche zu kommen ... Sitzen wie in einem Sarg.*

Er konnte sich vorstellen, dass sie so etwas Ähnliches schon einmal durchgemacht hatte. Nachdem sie zu einer Vampirin, einer Judastochter, geworden war. Begraben, tief unter der Erde, erwachen, nicht verstehen, was geschehen war, das Holz des Deckels durchbrechen und sich durch die lose Erde zur Oberfläche durchgraben.

Dieses Mal hatte Sarkowitz nicht aus eigener Kraft entkommen können.

Der Trawler erreichte die vom Kapitän angegebene Stelle und manövrierte rückwärts an das Wehr heran. Die Scheinwerfer badeten die Stelle in helles Licht.

Dicht unter der Oberfläche sah Eric das U-Boot. »Es darf unter keinen Umständen an die Oberfläche«, schärfte er dem Steuermann ein und deutete auf sein Handy. »Boom, klar?«

Das Rangieren begann, während Eric an Land ging und die Staustufe zur Landseite hin schloss. Eine improvisierte Schleuse war besser als gar keine. Der Trawler gab ein Signal, die Winde rollte sich auf. Laut tuckernd setzte das Schiff weiter rückwärts und schob das Boot ins Stauwehr. Ganz dicht, nicht mehr als eine Armlänge Wasser trennte Unterwassergefährt und Luft.

»Halt!«, schrie Eric und pfiff laut. Die Maschinen stoppten, einer der Matrosen kappte das Stahlseil mit einem hydraulischen Bolzenschneider; pfeifend schnellte die obere Hälfte davon und wickelte sich um den Windenarm. »Alles klar. Und jetzt verschwindet!«

»Was ist mit den Bomben?«, brüllte der Kapitän.

»Deaktiviere ich, wenn ihr weg seid. Finden müsst ihr sie selbst. Ich will euch aufs offene Meer fahren sehen!«

Der Trawler gab volle Kraft voraus, die Maschine röhrte, und das Wasser wirbelte am Bug auf. Geradeaus hielt er auf die See zu.

Dann hoffe ich, dass Sarkowitz in Ordnung ist. Eric kurbelte das andere Wehr ebenso nach unten und machte somit das Wasser darin zu einem stehenden Gewässer: auf der einen Seite abgetrennt vom Fluss, auf der anderen abgetrennt vom Meer. Abpumpen ließ es sich nicht.

Schon wieder tauchen. Eric zog sich zum zweiten Mal aus, dieses Mal vollständig, und sprang hinein, schwamm mit schnellen Zügen zum U-Boot.

Er drehte am äußeren Verschlussrad, das für Notfälle gedacht war und sich anfangs nur schwer bewegen ließ, dann ging es schneller und schneller. Er strengte sich an und gewann den Kampf gegen den Wasserdruck, die Luke schwang auf. Der Sog riss ihn in die Kabine.

Eric wurde ins Innere gespült. Er glaubte, schrille Schreie zu hören, die von keinem menschlichen Wesen stammten. *Sie denkt, dass sie sterben muss.*

Eric landete auf Sarkowitz, die unerwartet reagierte: Sie klammerte sich an ihn wie eine Ertrinkende. »Ich bin es«, sagte er beruhigend. »Sia, ich bin es: Eric!«

Das Wasser strömte von oben auf sie, das Innere füllte sich rasend schnell und spülte sie nach oben.

Sie schlang ihre Arme noch fester um ihn. »Das Wasser«, brüllte sie. »Das Wasser! Es ...«

»Nein, es wird dir nichts tun. Es ist in Ordnung, hörst du?«

Sie stießen mit den Köpfen gegen die niedrige Decke, und er schob sie von sich, durch die Öffnung, und folgte ihr.

Nebeneinander brachen sie durch die Fluten.

Die Vampirin schwamm zur Leiter und kletterte aus dem Wehr, Eric war direkt hinter ihr. Sie rannte auf dem schmalen Steg entlang und sprang mit einem Schrei der Erleichterung auf das Gras und ließ sich niedersinken.

Er grinste. »Siehst du? Du lebst noch!« Er lief das Wehr entlang und hüpfte auf den Boden. »Du hattest es echt gut in deiner kleinen Blechwelt. Ich war unterwegs und …«

Sia federte auf die Beine, drückte sich an ihn und gab ihm einen langen, intensiven Kuss auf den Mund, in dem mühsam gezügeltes Verlangen steckte. Eric schob es auf ihre Verausgabung, vielleicht hatte sie regelrechten Blutdurst, nach der langen Zeit unter Wasser. Er wusste nicht, wie er reagieren sollte – dann war es vorbei. »Danke sehr«, hauchte sie ihm atemlos ins Ohr, grollte dabei leise. »Ich stehe in deiner Schuld, Eric. Du hast mich gerettet, und damit das Leben von Emma und Elena.« Sia schluckte, dann veränderte sich ihr Gesichtsausdruck und wurde amüsiert. Sie blickte an ihm hinab und lächelte breit, drehte sich um.

Erics Lippen fühlten sich warm und feurig an. Als er nach unten auf seinen Schritt schaute, wusste er, warum sie gelächelt hatte: Anderen Teilen an ihm hatte die Berührung auch sehr gefallen. Er leckte sich über die Lippen und schauderte vor Wonne.

Aber noch eine andere, schreckliche Begierde erwachte in ihm, wie er deutlich fühlte, während er Sia von hinten betrachtete, die gerade ihre langen, roten Haare auswrang. Auch wenn Eric befürchtet hatte, dieses Gefühl eines Tages erneut zu spüren, war er überrascht. Und geschockt. *Nicht bei ihr!*

3. Februar, Deutschland,
Berlin, Gesundbrunnen, 12.45 Uhr

Sie ist weg! Wilson sah der wirbelnden Tüte hinterher, die mit dem nächsten Luftstoß in die Höhe flog und wenige Sekunden später hinter dem Torbogen des Hofs verschwunden war. Verschwunden wie Elena.

Der Zettel lag noch immer auf dem Teppich.

Es war Wilson egal, wer ihm was hatte mitteilen wollen, er musste das Mädchen wiederfinden. War sie geflüchtet, oder hatte doch einer von Blacks Leuten an der Nottreppe gelauert? Oder war etwas ganz anderes passiert? Hastig rannte er die Metallstiegen hinab, die Walther verbarg er in seiner Anzugtasche.

Im Hof war niemand, also lief er durch das Tor auf die Straße, wo ihn die Menschenmenge umspülte.

Eine Flut aus Multitkulti-Köpfen versperrte ihm die Sicht, Kopftücher, Turbane, Rastafari-Frisuren, Glatzen, lange Haare, kurze Haare – aber Elenas dunkelblonden Schopf mit dem hellen Pony entdeckte er nicht. Mit einem schnellen Schulterblick vergewisserte er sich, dass ihm niemand gefolgt war. Die bittere Erkenntnis setzte sich durch: Der Zettel war nur ein Zettel und nicht das befürchtete Ablenkungsmanöver gewesen. Elena hatte sich einfach abgesetzt.

Wohin ist sie? Weil er das Gefühl hatte, etwas tun zu müssen, ging er nach rechts, streckte sich und hielt Ausschau, obwohl er wusste, dass es schwer würde, das Mädchen zu entdecken. Dabei dachte er unentwegt nach, was er unternehmen konnte.

Die Abzweigungen flogen an ihm vorbei, Einfahrten und Durchgänge brachten ihn jedes Mal zum Anhalten und Nachschauen. Wilson wurde sich immer sicherer, dass Black nichts damit zu tun hatte.

Die Nachtkelten wollten Elena und Emma durch ihn zu fassen bekommen, und er hatte eingewilligt. Um nicht sofort von der

Killerin erschossen zu werden. Er hatte ohnehin vorgehabt, sich um Mutter und Tochter zu kümmern – allerdings mehr im Sinn von Harm Byrne.

Er hatte auf Zeit spielen wollen, um Black lange genug an der Nase herumzuführen, bis ihm eine Lösung eingefallen war; bis er mehr Informationen über seine Gegner gesammelt hatte, um einen Gegenschlag ausführen zu können.

Und im Moment klappt überhaupt nichts. Die Nachtkelten waren noch immer an ihm dran, er hatte das Mädchen verloren. Wenn jetzt noch die *Operation Shelter* schiefging ... Wilson blieb an einer vielbefahrenen Kreuzung stehen, drehte sich im Kreis und beobachtete sein Umfeld, ohne Elena zu erkennen.

»Mister Wilson«, hörte er Blacks raschelnde Stimme neben sich. »Haben Sie etwas verloren? Sie sehen panisch aus.« Er schaute zu seiner Rechten, wo die Frau einen Meter von ihm entfernt stand und ihn böse anlächelte. Sie hatte verstanden, dass ihm Elena abhandengekommen war und dass soeben ein Wettlauf entbrannt war. »Ich helfe Ihnen beim Suchen. Wo wir doch Verbündete sind.«

Legt sie mich rein? Es konnte sein, dass sie das Mädchen geschnappt hatte und davon ablenken wollte, um ihren Leuten Vorsprung zu verschaffen. »Berlin ist nicht sicher«, erwiderte er. »Ich habe einen Taschendieb verfolgt, der mir meine Geldbörse gestohlen hat. Ich finde ihn noch. Sie können mir nicht helfen, da Sie nicht wissen, wie er aussieht.«

Black machte einen halben Schritt auf ihn zu und drängte einen Mann zur Seite, der eben zwischen ihnen durchlaufen wollte. »Sie haben einen meiner Leute schwer verletzt, Butler. Dafür werden Sie bezahlen, sobald unsere Abmachung hinfällig geworden ist.« Ihre Augen wurden schmal. »Finde ich die Kleine vor Ihnen, ist unsere Abmachung auf der Stelle erledigt.« Sie bedachte ihn mit einem aggressiven Blick und hob ihr Handy, um ein Telefonat in Gälisch zu führen.

Wilson spielte mit dem Einfall, Black zu erschießen. Mitten auf der Straße, vor hundert Zeugen und vermutlich öffentlichen Überwachungskameras. Die Hand, die sich immer noch um die Walther gelegt hatte, hob sich leicht, der Lauf zielte auf die Killerin.

»Jeoffray!«, erklang der Ruf einer hellen Stimme durch den Verkehrslärm. »Hier drüben!«

Wilsons und Blacks Köpfe schnellten gleichzeitig herum.

6. Februar, Republik Irland,
Arklow, 00.23 Uhr

Sie sieht anders aus als bei unserem ersten Zusammentreffen. Harmlos und zerbrechlich. Eric saß Sia gegenüber in der Raststätte und beobachtete, wie sie geistesabwesend an einem Kaffee nippte. Den X6 hatte er versteckt zwischen den Lkws geparkt.

Sie trug die Kleidung, die er unterwegs in einem Shop am Motorway gekauft hatte, und erschien damit als eine Touristin von unendlich vielen: wandern, um die irische Landschaftsschönheit zu Fuß zu erkunden. Kein auffälliges Schwarz oder andere lässige Outfits, mit denen man inmitten von Schafen, viel Grün und normal angezogenen Menschen auffallen würde. Das perfekte Paar. *Check.*

Sie waren viele Meilen gefahren, um Distanz zwischen sich und Wicklow sowie Ruhe ins tödliche Spiel zu bringen. Gedanken ordnen, das Herz und die Seele der Vampirin beruhigen.

Eric räusperte sich. »Möchtest du reden?« Sie duzten sich seit Sias Befreiung aus dem U-Boot wie selbstverständlich.

Sia lächelte ihn an. »Wie süß. Ein verständnisvoller Mann.«

»Süß? Danke auch. Jetzt fühle ich mich ehrlich männlich.« Er lächelte ihr zu. »Ich habe mir das U-Boot angeschaut, bevor wir gefahren sind. Die Bedienungskontrollen stehen unter Wasser und sind garantiert im Arsch. Damit tauchst du nirgendwo mehr hin.«

»Ich weiß. Das ist ein Problem.« Ihre Hand legte sich um den Zuckerstreuer und drückte, bis mit einem leisen Knistern Risse im Plastik entstanden. »Und es bedeutet, dass du unter Umständen alleine auf Elena und Emma aufpassen musst, sobald wir sie gefunden und befreit haben. Mit viel Pech muss ich alleine nachkommen. Je nachdem, wie es läuft.«

»Wird schon. Jetzt lob mich mal. Es sind zwei Namen weniger auf der Liste, während du auf der faulen Haut gelegen hast und ...« Er nahm sich zurück. *Lass sie. Ihr steht nicht der Sinn nach Sticheleien.* »Es muss schlimm gewesen sein. Da unten. Alleine.« Er sah ihr in die grauen Augen.

Sie presste die Lippen fest zusammen, atmete tief durch, bevor sie antwortete. »Es war schlimmer als alles, was ich bisher erlebt habe.«

»Dachte ich mir. Ich hatte die Befürchtung, dass es dich an die Zeit im Sarg erinnert ...«

Sias Mundwinkel wanderten nach oben. »Oh, ich lag nicht im Sarg. Ich war eine sehr junge Frau, der ein paar übereifrige Dörfler unter der Führung des Popen einen Pflock durchs Herz gerammt haben.«

»Bevor du ein Vampir gewesen bist?«

Sie nickte. »Sie haben mich zu einer Judastochter gemacht. Das ist doch Ironie, oder? Wer weiß, was aus mir geworden wäre ...«

Wie alt sie wohl ist? »Wann ist das gewesen?«

Sia sah plötzlich müde und traurig aus. »Ende des siebzehnten Jahrhunderts. Mein Name lautete Jitka, als ich ein Mensch war. Danach nannte ich mich Scylla.«

Wie war das noch gleich mit dieser Sage? Charybdis ... »Ein Monstrum, das aus Rache Menschen verschlingt?« Eric schaute sich mit einem schnellen Blick im Lokal um. Weder Polizisten noch jemand, der sich für sie interessierte. *Gut. Dennoch sollten wir nicht zu lange bleiben.*

»Damals hielt ich es für einen passenden Namen. Die Menschen hatten meine Wut verdient, nachdem sie meinen Vater vernichtet hatten. Ihn und das gesamte Wissen, das er angehäuft hatte. Er war kein schlechter Vampir und hatte sich von den anderen zurückgezogen, soweit es ihm möglich gewesen war.« Sie umklammerte nun die Kaffeetasse und starrte auf das schwarze Gebräu, als tauchte daraus ihre Geschichte auf. »Verrückt. Wie lebendig doch die Erinnerung sein kann«, raunte sie.

Ich muss sie unentwegt anschauen. Eric hörte gebannt zu und konnte den Blick nicht abwenden. Er fand Sia attraktiv ... und ... fühlte mehr für sie. Viel mehr, als es gut für sie sein konnte. Der Drang war ihm wohlbekannt, aus einem anderen Abschnitt seines Lebens. Hunger. Echter Hunger, der ihn alles vergessen lassen konnte und ihm jegliche Zurückhaltung raubte; der ihn so lange wüten ließ, bis er Blut und Fleisch zwischen seinen Zähnen zerfetzen konnte; bis er satt war.

»Er hat mich vieles gelehrt, und danach haben andere meine Ausbildung übernommen«, erzählte sie leise weiter. »Ich habe viele Vampire vernichtet und Kämpfe bestanden, aber ... die Angst vor dem Wasser ist die größte, die ich mir vorstellen kann.« Sie schloss für Sekunden die Lider. »Es waren ... Stunden, die ich da unten festsaß, aber mir erschien es länger als die Jahrhunderte, die ich leben durfte. Ein perfektes Gefängnis für eine Judastochter, um darin elend zugrunde zu gehen. Um ... den Verstand zu verlieren. Mauern vermögen es weitaus weniger gut, mich aufzuhalten.« Sie sah Eric an. »Es war wie damals, unmittelbar nach meiner Wandlung in eine Judastochter: Ich stand kurz vor dem Wahnsinn. Nein, eigentlich *bin* ich für eine gewisse Zeit dem Wahnsinn anheimgefallen. Auch ... da ... unter dem Meer.« Sia schluckte und stürzte den Kaffee hinab.

Ich kann mich gut erinnern. Eric sah ihr fahles Gesicht hinter dem Bullauge, verzerrt und nicht mit ihrem jetzigen zu vergleichen. Er hatte den Dämon gesehen, dem sie diente. *Wir haben beide schon viel mitgemacht. Wie viele Männer hat sie wohl geliebt und verloren?* »Du weißt, dass du wieder in ein U-Boot steigen musst, um von Irland wegzukommen.«

Sia stellte den Becher ab. »Daran möchte ich gerade nicht denken, Eric.« Ein Ruck ging durch sie, und sie setzte sich aufrecht hin. »Da ist noch eine Sache. Ich will dich nicht weiter anlügen, was die Sache mit de Morangiès angeht. Er hat mir in dieser Nacht nichts von einer Familie gesagt. Ich habe es erfunden, damit du mir hilfst, weil ich deine Unterstützung brauchte. Wie sehr sie nötig ist, haben die letzten Tage deutlich gezeigt. Wenn du mir weiterhin beistehen möchtest, und darum bitte ich dich, will ich nicht, dass diese Morangiès-Sache weiter in deinem Hinterkopf steckt.«

Eric kreuzte die Arme vor der Brust. »Ah. Eine echte Überraschung ist es nicht. Wie ich dir damals schon gesagt hatte, deckte es sich nicht mit dem, was ich über den Comte herausgefunden hatte.« *Es nimmt mir sogar Arbeit.* Er bedachte sie mit einem nachdenklichen Blick und tat so, als müsste er nachdenken, ob er Irland verlassen sollte. Ihre Haltung zeigte, dass sie nicht einschätzen konnte, wie er reagieren würde. »Ich verstehe, dass es für dich eine Ausnahmesituation ist, und ich denke, dass ich auch so gehandelt hätte wie du. Für meine Tochter würde ich töten.« Er nickte ihr zu. »Keine Lügen mehr, Sia. Und ich bleibe.«

Sia atmete erleichtert aus. »Danke«, hauchte sie und gab ihm nochmals einen Kuss, dieses Mal auf die Wange, und legte ihm kurz die schlanke, weiche Hand ans Gesicht. »So. Der sentimentale Anfall ist vorbei. Kümmern wir uns um die Gegenwart und die Zukunft meiner Nichte und meiner Schwester.« Sie nahm ihr

Handy sowie den Zettel hervor, auf dem ihr Smyle die Kontaktnummer der Sídhe gegeben hatte; das Wasser hatte den Bleistiftziffern nichts anhaben können. »Holen wir uns die erste Belobigung von unseren Erpressern ab.« Sie wählte.

Eric hatte noch keine Zeit gehabt, ihr zu sagen, dass er erkannt worden war. *Durch einen blöden Zufall.* Er machte gerade den Mund auf, als sie zu sprechen begann. Er konzentrierte sich auf die Ausführungen ihres Telefonpartners, der ein Mann mit einer melodiösen Stimme war.

»Hier ist Sarkowitz. Ich bin jetzt da.«

»Sehr gut, aber es hat lange gedauert«, lautete die Antwort. »Jemand ist Ihnen zuvorgekommen, was die Eliminierung von Brian Baker angeht, und er war nicht zimperlich. Ein Deutscher, wie wir von den Wandlern gehört haben. Haben Sie etwas mit ihm zu schaffen?«

»Ob ich etwas mit dem Deutschen zu tun habe? Noch nicht«, sagte sie und hob die Augenbrauen, während sie Eric anblickte. »Was für ein Deutscher?« Sie ließ sich erklären, was die Sídhe über ihn rausgefunden hatten.

»Früher hieß er Eric von Kastell«, fasste der Mann zusammen. »Er und sein Vater waren Wandlerjäger und dabei selbst Bestien. Sein Vater ist tot, und lange galt der Sohn als verschwunden, jetzt ist er in Dublin von einer Fähre gegangen und erkannt worden.«

Damit hat sich erledigt, es ihr sagen zu müssen. Eric setzte einen zerknirschten Gesichtsausdruck auf und lächelte scheinbar verlegen.

»Aha. Einer vom Fach. Dann sollte ich ihn mir schnappen und auf meine Seite ziehen. Dagegen werden Sie nichts haben, schätze ich. Smyle erwähnte, dass es Ausrüstung für mich gibt?«

»Ja«, gab der Mann zurück. »Im Bahnhof von Londonderry sind Schließfächer für Sie befüllt. Sie finden die Schlüssel dazu im *TeaRoom* in Maghera, auf der Damentoilette im Wasserkasten der dritten Kabine.«

»Alles klar.«

»Sie melden jeden Ihrer Erfolge sofort unter dieser Nummer, wir prüfen es gegen und säubern die Stelle«, fuhr der Mann mit den Erklärungen fort. »Sollten Sie dem Deutschen begegnen, sagen Sie ihm, er soll keine Massenhinrichtungen vornehmen. Es kostet uns zu viele Kräfte, die Dinge zu vertuschen. Wir haben Einfluss, aber nicht so viel, dass wir in einer Woche fünfzig Tote verschwinden lassen können. Abgesehen davon ist es für Sie jetzt schwerer, Ihren Job zu machen.« Die Stimme wurde schmierig und überheblich. »Aber ich denke, dass Ihre Motivation ausreichend ist.«

»Ich will mit meiner Schwester sprechen.«

»Sobald Sie die ersten zehn von der Liste erledigt haben. Die Wahl überlasse ich Ihnen. Vorher ist nichts drin.« Es wurde aufgelegt.

»Und?« Eric tat so, als habe er nichts hören können. *Ein paar Joker in der Hinterhand zu haben ist nicht schlecht.* Sia fasste ihre Unterhaltung offen und ehrlich zusammen, ohne etwas wegzulassen. »Ich reiße denen alles auf, was sie haben. Beim Brustkorb fange ich an und arbeite mich nach unten vor«, grollte sie.

Eric verstand sie sehr gut. Er wäre zu allem bereit, um seine Familie zu beschützen. Dass er sich hatte scheiden lassen, spielte keine Rolle. Er liebte Frau und Kind immer noch, aber das Dämonische in ihm hatte sein Privatleben besiegt. *Einmal mehr.* »Okay, dann gehen wir die Schlüssel abholen, und danach sehen wir, was für ein Arsenal wir zur Verfügung haben.« Er wollte aufstehen, verharrte jedoch: Sia rührte sich nicht. »Was ist?«

»Ich weiß, dass du deinen X6 liebst, aber er ist zu auffällig in Irland. Die Wandler wissen, welches Auto du fährst. Wir müssen ihn verschwinden lassen.«

Er seufzte und setzte sich. »Ja. Du hast recht.« Der Gedanke gefiel ihm allerdings gar nicht. »Der BMW ist eine Sonderanfertigung. Ich bringe es einfach nicht übers Herz, ihn über eine Klippe rollen zu lassen.« Er hatte die Idee, ihn bei nächster Gelegenheit nach Deutschland verschiffen zu lassen. *Dann ist er wenigstens in Sicherheit.*

»Sollst du auch nicht. Stell ihn in einer Mietgarage ab.«

Mein Baby. Eric musste ihr zustimmen. »Hast du deine Hayabusa auch umbauen lassen?«

»Nein, hatte ich nicht. Sie war so schon teuer genug.« Sia lächelte böse. »Heißt das, du bezahlst mir eine modifizierte?«

»Ein Kumpel von mir ist recht gut im Tunen. Letztens hat er eine Kawasaki Ninja liebevoll überarbeitet.«

Sia schien Interesse zu haben, ihre grauen Augen wirkten lebendiger. »Und? Wie schnell?«

»Wie schnell sie fahren *könnte* oder wie schnell sich eine Person *getraut* hat?«

»Ich würde die Höchstgeschwindigkeit schaffen. Vorteil des Vampirdaseins.« Sie bleckte die Zähne und grinste erwartungsfroh. »Jetzt sag es halt.«

»Rein rechnerisch müsste sie vierhundertfünfzig Stundenkilometer schaffen ...«

»Vierhundertfünfzig? Das ist Wahnsinn!«

»... aber der Testpilot hat bei dreihundertsechzig abgebrochen, weil er sich nicht mehr getraut hat.« Eric sah ihr an, dass sie Feuer gefangen hatte. »Alles klar, du musst nichts sagen. Ich rufe ihn an und lasse dir eine bauen. Aber verschrotte sie nicht!«

»Das passiert nur, wenn ich von einem BMW durch Schrebergärten gejagt werde.« Sia strahlte. »Danke, Eric.« Es klang ein wenig zu feierlich.

»Ich schulde es dir.«

»Nein, schon lange nicht mehr. Und du weißt, dass ich mehr als meine Maschine meine. Ich hatte es an der Schleuse bereits gesagt: Du hast *drei* Personen das Leben gerettet, als du *mich* aus dem Meer gezogen hast. Das vergesse ich dir niemals. Und das ist eine sehr lange Zeit für eine Vampirin.« Sie beugte sich nach vorne und gab ihm wieder einen langen, sanften Kuss auf die Lippen.

Ihr Geschmack sickerte durch seine Haut, durchdrang sie und weckte den bekannten Hunger, den er bislang so erfolgreich verdrängt hatte. Dieses Mal konnte er sich nicht beherrschen und leckte über ihre Lippen.

Sia zog den Kopf zurück, hatte aber noch immer ein Lächeln auf dem Gesicht. »Scheint, als würde es dir gefallen. Aber zuerst unsere Aufgabe.« Der Blick, den sie ihm schenkte, war vieldeutig, dann stand sie auf und ging zum Ausgang.

Nein! Eric schluckte und spürte das Ziehen, das Verlangen. Er wollte von ihr kosten, sie schmecken, sie besitzen. Und es ging weit über das hinaus, was er unter sexueller Anziehungskraft hätte verbuchen können. Ihr Geruch machte ihn an, lockte ihn.

Eine heiße Woge durchlief ihn. Die Dämonenbestie in ihm regte sich und wollte hinaus. Was war mit ihr, dass sich das Böse plötzlich aufbäumte und Verlangen nach der Judastochter hatte?

Sein Zeichen auf dem rechten Unterarm schmerzte. Er streifte den Ärmel nach oben und sah nach. Die geschwungene, dunkle Narbe, die sich vom Handgelenk bis zur Armbeuge wand, war deutlich sichtbar. Deutlicher als sonst. Ein Ziehen lief über seine rechte Kopfhälfte. *Ich reagiere auf ... Sia!?*

»Kommst du?«, rief sie von der Tür.

Schnell schob er den Stoff hinab, folgte ihr und trat in den irischen Nebel, der sich ausgebreitet hatte. Schnell würden sie dank des Dunstes nicht fahren können.

Es lebe das Navi. »Wir müssen den X6 noch in einer Stadt unterbringen, bevor wir uns was Neues besorgen«, sagte er zu ihr im Gehen. »Ich will ihn nicht auf dem Land stehen lassen. Er ist ein Städter.«

»Dabei ist es ein Geländewagen.« Sia wollte auf der Beifahrerseite einsteigen, dann schien sie es sich anders zu überlegen. »Darf ich ihn auch mal fahren?«

Eric überlegte, ob es in Irland Schrebergärten gab, in die sich Sia verirren konnte, natürlich aus voller Absicht und als Retourkutsche.

Sie bemerkte sein Zögern. »Oh, hast du Angst um dein zweitbestes Stück?«, neckte sie ihn und legte den Kopf schief, so dass die langen, roten Haare über ihre Schulter flossen.

Sie sieht atemberaubend aus! Eric warf ihr den Schlüssel zu und umrundete den X6, um einzusteigen und neben ihr Platz zu nehmen. Er blickte auf die Ablage. »Das ist ein denkwürdiger Moment«, sagte er betont. »Ich sitze in *meinem* eigenen Auto *nicht* hinterm Steuer. Wie konnte das passieren?«

Sia sagte nichts, sondern grinste nur und startete den Motor. Das Licht der Armaturen fiel auf ihre schlanken Züge, betonte die Wangenpartien deutlicher als vorhin in der Raststätte. »Klingt nicht schlecht. Mal sehen, wie schnell man damit im Nebel fahren kann.«

Ich wusste, dass es keine gute Idee war. Aber zurücktreten wollte Eric nicht mehr von seinem Angebot. Um sich abzulenken, nahm er das Netbook und suchte in der Liste nach ihrem nächsten Kandidaten. »Was hältst du von dem Pantherpärchen? Einzelgänger, abgekoppelt vom Informationsnetz der Hundewandler, einfacher zu überraschen.«

Sia gab Gas und ließ den X6 vorwärtsschießen, kontrollierte ihn jedoch sauber und ohne Zeichen von Unsicherheit oder Überforderung. »Ich liebe Großwildjagd.«

Eric markierte den Namen und die Adresse rot.

Danach machte er sich im Netz auf die Suche nach weiterem Wissen. Es war angebracht, Kontakte anzuzapfen, die eigentlich dachten, dass er verstorben war.

Eric warf einen raschen Blick auf Sia, die trotz Nebels mit einhundert fuhr. *Hoffentlich sehen ihre Vampiraugen mehr als meine.*

KAPITEL XII

Biep.

Biep, biep.

Der Blutgeschmack ist widerlich. Ich könnte niemals Vampirin sein. Es ist eklig, und ich stinke nach Haferbrei mit Blut. Da könnte ich gleich wieder kotzen.

Trapp, trapp, klick.

»Oje, Misses Karkow! Ist Ihnen wieder schlecht geworden?«

Biep, biep, biep.

Alice! Gut, dass dieser furchtbare Grag nicht zuerst gekommen ist. Wieder ein Waschlappen, lauwarmes Wasser und duftende Seife. Weich ... Danke!

»Wir sollten Sie mal baden und bei der Gelegenheit die Bettwäsche tauschen. Das ist ja nicht zum Aushalten. Hier, trinken Sie was.«

Wasser, endlich. Ich fühle mich sowieso wie ausgetrocknet. Alice macht das gut, als wäre sie in einem Pflegeberuf tätig. »Danke.«

Biep, biep, biep.

»Keine Ursache.« Trapp, trapp. »Misses Karkow, wir müssen ein bisschen üben. Ist das okay für Sie? Ein paar Sätze, damit die Aussprache klappt. Wenn Ihre Schwester anruft, soll sie mit Ihnen sprechen können. Na ja, zumindest sollte sie verstehen, was Sie meinen, damit es nicht zu Missverständnissen kommt.«

Biep, biep, biep.

Das macht Sinn. »Ja ...« *Ich klinge wirklich furchtbar. Die Gedanken sind klar in meinem Verstand, aber auf dem Weg zu meinen Lippen scheinen sie zu versickern und schwächer zu werden.*

»Sehr gut! Fangen wir mit einfachen Worten an: Hallo.«

»Ha... Ha...ll...« *Einfach ist das nicht. Wie schwer etwas sein kann, von dem man angenommen hat, man würde es niemals verlernen.* »H a l l o.« *Es klang eben flüssiger!*

Biep, biep, biep.

»Wow, gut gemacht! Wenn Sie zwischendurch was trinken möchten, heben Sie einfach die Hand, und wir machen eine Pause. Einverstanden?«

»Kann ... los...gehen.« *Alice lacht. Sie freut sich, dass ich mich bemühe. Ist ja logisch: Ich muss Sia viel erzählen. Ich höre genau zu und wiederhole die Wörter, danach ein paar schwerere Silben. Es fällt mir immer leichter! Hey, sehr schön! Sätze mit fünf Worten sind bald kein Problem mehr.*

Biep, biep, biep.

Trapp, trapp, trapp, klick. »Fuck! Hat sich die bitch wieder zugekotzt?«

Grag! Nein, nicht er! »Alice ... bitte ...« *Vor Aufregung bekomme ich keinen Satz mehr raus! Alles staut sich vor meinen Lippen ...*

»Ja, und weißt du, warum? Weil du sie geschlagen hast und sie ihr eigenes Blut schlucken musste.« Trapp, trapp. Klick, klick. »Okay, wohin bringen wir sie? Ich bin hier fertig.«

Biep, biep, biep.

Alice ... klingt anders! Kalt und unfreundlich?!

»Hast du genug?«

»Klar. Damit kann ich alles am Computer zusammenbauen, was wir brauchen.«

Am Computer zusammenbauen? Ich verstehe das nicht. Was ...

»Dann schieben wir sie in die Zelle, wo das alte Material immer landet. Ab und zu ein bisschen Wasser, das dürfte reichen. Ich frage den Sídhe, was wir mit ihr tun sollen.« Trapp, trapp. »Hier, bitch!«

Das war die Faust! Ah, nein! Nicht immer auf den Mund, ich ... verliere ... Blut ... meine Zähne ...

Biep, biep, biep.

»Lass sie. Ganz tot muss sie nicht sein, Grag. Schalt den Monitor aus, und dann kannst du sie in die Zelle fahren.«

»Mach ich.«

Biep, bie... ... Trapp, trapp.

Alice ... Ich verstehe! Sie hat mich verraten! Sie ... hat meine Stimme ... aufgenommen! Oh, Gott! Sie haben Wörter aufgenommen und ... werden sie am Computer zusammensetzen! Sia wird getäuscht.

»Schau dir ihr Gesicht an. Sie hat verstanden, was wir mit ihr gemacht haben!«

Sie lachen! Das sind schreckliche Wesen! Es gibt keine Hoffnung mehr für mich. Sie schieben mich durch die Gegend ...

Trapp, trapp.

Die Luft wird muffiger, riecht nach Keller, und Wasser tropft. ... Sie bringen mich um! Ich weiß es, sie bringen mich um.

6. Februar, Großbritannien, Nordirland,
30 Meilen südlich von Londonderry, 06.32 Uhr

Eric war mit der Wahl des Fahrzeugs nicht zufrieden und hatte es mehrfach laut ausgesprochen, doch dagegen machen konnte er nichts. *Warum nicht gleich einen Eselskarren?*

Sia hatte ihnen einen Dacia Logan organisiert, eine abgeranzte Familienkutsche und zu einhundert Prozent unauffällig, allerdings mit einem derart sensationellen Beschleunigungsvermögen, dass Eric dem Auto davonlaufen konnte. Aber es sorgte dafür, dass sie unbehelligt über die Grenze nach Nordirland gelangten.

Sia hielt in der nächsten Stadt vor einem Kaufhaus an. »Ich schlage vor, du leistest dir ein paar Perücken oder so etwas. Ein anderes Äußeres wäre angebracht. Wir müssen es den Wandlern ja nicht unbedingt einfacher machen, als es sein muss«, sagte sie, beugte sich vor und öffnete die Beifahrertür. Ein Rausschmiss. »Ich fahre in den *TeaRoom* und hole die Schlüssel für die Schließfächer, danach treffen wir uns heute Abend wieder hier. Gegen zwanzig Uhr.«

»Hältst du es für eine gute Idee, uns zu trennen?«

Sia nickte. »Die Wandler und die Sídhe wissen noch nicht, dass wir gemeinsam arbeiten, und das sollten wir so lange wie möglich verheimlichen.« Sie zeigte auf den Eingang des Kaufhauses.

»Deine alte Form kehrt zurück.« Eric schwang sich hinaus, und sie fuhr davon.

Ein Blick auf die Uhr sagte ihm, dass er noch zweieinhalb Stunden hatte, bevor der Laden öffnete. Keine fünfzig Meter entfernt war ein Kiosk mit Internetcafé.

Ideal, um zu frühstücken und Mails zu checken. Er ging los.

Es wunderte Eric beim Eintreten, dass er um diese Uhrzeit neben dem unvermeidlichen Fish&Chips ebenso gut Döner essen konnte. Der Fritteusen- und Drehspießbediener wies stolz darauf hin, dass Eric zum Nachtisch frittierte Schokoriegel haben könnte. Das habe man sich bei einem Imbiss in Schottland abgeschaut.

Da freut sich das verfettete Herz. Eric bestellte Fish&Chips und verzog sich in den abgetrennten Bereich, wo die PCs standen.

Er musste lachen, als er die vergilbte Box mit dem verkratzten Münzeinwurf sah. *Die steht hier seit der Erfindung des Internets.* Zwei Euro schalteten ihm eine Stunde Internet frei, und er tippte auf der Tastatur herum, deren Buchstaben fettig und gelb waren. Soßenflecken zeugten davon, dass die Kundschaft gerne surfte und gleichzeitig aß.

YOU HAVE GOT MAIL.

Die erste Mail in seinem Postfach stammte von seiner Halbschwester. Im Header stand »Ruf mich an, arrogantes Arschloch«, natürlich auf Französisch und mit einer Herde Ausrufungszeichen versehen. Eine Botschaft hatte sie im Textfeld erst gar nicht hinterlassen.

»Die nervt«, grummelte er und bekam seine Bestellung gebracht, stilecht mit Plastikbesteck und auf einem sehr alten Teller mit drei dunklen Sprüngen. Dennoch schmeckte es hervorragend, weder nach altem Frittenfett noch nach ranzigem Fisch.

Seine Gedanken glitten zu den wenigen Gesprächen zurück, die er mit seiner Halbschwester geführt hatte.

Nach ihrem unvermuteten Auftauchen hatte sie ihn angerufen und um Geld samt Beistand gebeten, aber er hatte ihr klargemacht, dass es nicht mehr in Frage kam. Zudem ging es darum, sie von seiner Familie fernzuhalten.

In einem zweiten Telefonat hatte sie ihm erklärt, was vorgefallen war; dass sie in einer Art Hölle gewesen war; dass sie durch die Hilfe einer Frau namens Saskia entkommen war; dass sie gegen einen Halbgott oder Halbdämon namens Levantin gekämpft hatte; dass sie als Werwölfe oder was auch immer nichts weiter als die Spielfiguren von Dämonen waren, die auf diese Weise um die Vorherrschaft auf der Erde kämpften oder den Menschen einfach schaden wollten, ohne weitere Ambitionen zu verfolgen. Und sie hatte vor, aus dem Pakt mit ihrem Höllenfürsten auszusteigen, wenn es irgendwie möglich sein sollte, ohne jedoch die Bestie ablegen zu müssen.

Bei mir hat es nicht geklappt. Das Sanctum versagte gegen die Kraft der Finsternis. Vieles von dem, was sie auf ihre schnoddrige Art erklärt hatte, leuchtete ihm ein. Das Zeichen auf seinem Unterarm bestätigte, was sie zur Dämonenherrschaft gesagt hatte. Sein Gefühl sagte ihm, dass sie bei ihren Ausführungen nicht gelogen hatte.

Die letzte Ankündigung seiner Halbschwester am Telefon war

gewesen, dass sie die Suche nach Überlebenden der Nonnen vom Orden des Blutes Christi begänne; eine SMS hatte ihm dann gemeldet, dass wohl alle bei dem Anschlag ums Leben gekommen waren.

Jetzt will sie mal wieder Geld. Soll sie sich einen Job suchen. Eric löschte die Mail und öffnete die anderen Nachrichten nacheinander.

Es waren Mitteilungen von seinen alten Kontakten, die auf seinen Vater zurückgingen und sich wunderten, dass er noch lebte. Die meisten machten ihm klar, dass sie ihn für einen Schwindler hielten.

Ich bin zu gründlich draufgegangen. Eric hatte null Informationen erhalten. Dabei hatte er die alten verschlüsselten Codewörter benutzt, um sich zu identifizieren. Übelnehmen konnte er es den Männern und Frauen nicht. *Sie fürchten eine Falle.*

Die vorletzte Mail jedoch war ein Hoffnungsschimmer.

Geantwortet hatte ihm Mütterchen Wissen, ein Pseudonym, von dem er nicht wusste, wer sich dahinter verbarg. Sie versprach ihm, sich um die Sache mit den Schlangenwandlern zu kümmern und zu recherchieren, warum Boída de Cao nicht auf Silber ansprach, wie es sich gehörte. Zu den Nachtkelten oder irischen Vampiren, die sich Sídhe nannten, wusste sie nichts zu sagen, außer dem, was er schon in Erfahrung gebracht hatte: viel Mythologie, wenig Greifbares.

Das würde noch fehlen, wenn die Blutsauger auch irgendwelche Besonderheiten haben. Eric dachte über die Bean Sídhe, die Banshees, nach, die mit ihrem lauten Klagen den Tod brachten, wenn er sich richtig erinnerte. *Tödliche Sirenengesänge. Aber nur für Menschen, nicht für mich.*

Er bedankte sich bei Mütterchen Wissen und wünschte ihr im eigenen Interesse viel Erfolg bei ihren Nachforschungen. *Der Nahkampf gegen de Cao wird sonst brutal.* Seine Knochen schmerzten, wenn er daran dachte, wie sie ihn komprimiert hatte. Besser konnte man den Vorgang nicht umschreiben; zudem war sie gewarnt. Das nächste Mal würde sie schneller gegen ihn vorgehen, um nicht eine weitere Niederlage in Kauf zu nehmen.

Eric hatte seine Ration Fish&Chips komplett gegessen und trank sein Mineralwasser aus, bestellte sich einen starken Tee, der ihm sofort gebracht wurde.

Noch eine Stunde Wartezeit. Er gab mehr aus Langeweile den Begriff *Nachtkelten* wieder in verschiedene Suchmaschinen ein, die ihm aber keine brauchbaren Ergebnisse lieferten. Nicht, dass er damit gerechnet hätte.

Sein wertvolles Netbook lag im Wagen, bei Sia. Dort hatte er die Dateien mit den Erkenntnissen zum Book of Kells und die Besonderheiten bei den Schriftzeichen hervorgehoben.

Hätte ich mal eher dran gedacht. Er hätte damit weiterarbeiten und vergleichen können, um mehr Aufschluss darüber zu bekommen. *Die Hundewandler Stiff und Cougar trugen tätowierte Sídhe-Zeichen, angelehnt an das kulturell bedeutsame Buch. Was wäre, wenn die Vampire die Symbole variiert haben – um das Christliche darin zu verunglimpfen oder ihm seine abschreckende Wirkung zu rauben? Vielleicht haben sie ihr eigenes Book of Kells, das eine vampirische Schöpfungsgeschichte beinhaltet?*

Eric wusste, dass er spekulierte. Es konnte sein, dass die Zeichen, die sie bei den Leichen gefunden hatten, gar nichts bedeuteten außer: Geltungsdrang ihrer Träger und Angeberei. *Oder eine Herausforderung an die Sídhe? Aber da die beiden unwiderruflich tot sind, werde ich es nicht erfahren.*

Eric ließ die Suchmaschinen nach Hügelnamen forschen, in denen laut Märchen, Sagen und Legenden das Volk der Sídhe zu finden sein sollte. Von diesen Erhebungen hatte Irland einige, wie er feststellen durfte. Ein Volkskundeforscher hatte eine irische Landkarte mit entsprechenden Markierungen ins Netz gestellt.

Dabei stolperte Eric über die Legende der Túatha Dé Danann.

Sie werden als Vorfahren der Sídhe angesehen! Er beschäftigte sich danach intensiv mit der Legende. *Waren sie schon Vampire?*

Plötzlich lasen sich die Legenden anders.

Bedrohlicher.

Und es ward an einem Tag, dem heutigen Beltane, am Ersten des Mai, als die Túatha Dé Danann kamen.

Sie landeten mit ihren Schiffen an den Gestaden Irlands, umhüllt von pechschwarzen Wolken.

Ihr Ziel war Magh Rein, der Ort, an dem die keltische Anderswelt liegt. Und um zu zeigen, dass sie gekommen waren, um nie wieder von der Insel zu weichen, verbrannten sie ihre Schiffe.

Ihre düsteren Wolken, die sie als Schutz mit sich brachten, verdeckten drei Tage und drei Nächte das Firmament, so dass es keine Sterne und keine Sonne und keinen Mond mehr gab.

So wurden sie bald von den Firbolg bemerkt.

Ist das der Bericht von der Eroberung Irlands durch Vampire? Eric fand die Lektüre spannend und schlürfte dabei seinen Tee. Es brachte für den aktuellen Auftrag wenig, aber es half dabei, die Sídhe und deren Selbstverständnis besser zu verstehen.

Der Ursprungstext über die Túatha Dé Danann sollte aus dem elften Jahrhundert nach Christus stammen, das Book of Kells war um achthundert nach Christus entstanden.

Eine exakte Übersetzung für Túatha Dé Danann fand er nicht. Mal hießen sie *göttliches Volk*, dann wurden sie als *göttliche Wesenheiten* angesehen, mal als *Volk der Danu* bezeichnet. Danu wiederum sollte eine keltische Gottheit gewesen sein. Aber nach einigen Querverweisen wurde Eric schnell klar, dass auch das keine gesicherte Erkenntnis darstellte.

Das einfache Volk kann einen Vampir sicher als göttliche Wesenheit betrachten. Wenn man es nicht besser weiß ...

In einer anderen Schilderung der Invasion durch das Volk der

Danu erhielt er eine Ortsangabe: Sliabh-an-Iarainn im County Leitrim in der Provinz Connacht. Dort sollten die Eroberer an Land gegangen sein.

Ich hangele mich von einem Geheimnis zum nächsten. Ich wette, dass es das Dorf nicht gibt. Doch die Schilderung mit den schwarzen Wolken als Schutz vor dem Sonnenlicht – das ergab für ihn Sinn. Auch der Begriff *Nachtkelte* hatte plötzlich eine Bedeutung. *Ich werde Sia fragen, was sie davon hält.*

Seine Arbeit hatte einen weiteren Vorteil mit sich gebracht: Mehr als zehn Minuten blieben nicht mehr bis zur Kaufhausöffnung.

Dieses Sliabh-an-Iarainn prüfe ich später. Er schickte sich die gesammelten Infos via seinem E-Mail-Account selbst zu, legte Geld für sein Essen auf den Tisch und verließ den Laden. Mit dem Öffnen der Glastürenfront betrat er den Konsumtempel als erster Kunde.

Das mehrstöckige Gebäude war die typische Mischung aus dem, was die Experten als Erlebniseinkauf und Leerstände bezeichneten. Die Wirtschaftskrise hatte das verwöhnte Irland, egal ob Republik oder »den Norden«, hart erwischt. Gerade die Grenzregion litt.

Er spazierte an dem gelangweilten Securitymann vorbei in das Bauwerk, das modern, aber mit viel weißgestrichenem Schmiedeeisen versehen worden war. Retrolook, der einen gewissen Charme hatte und nicht künstlich wirkte.

Gelungen. Wenn jetzt noch die Kaufkraft vorhanden wäre. Auf der Hinweistafel suchte sich Eric die passenden Läden für sein Klamottenstöbern aus, doch vorher wollte er Vorbereitungen getroffen haben: Er fuhr mit der Rolltreppe in den zweiten Stock. Von oben sah er, dass immerhin ein paar weitere Besucher folgten, aber von einem breiten Strom oder einer Masse an Kaufwilligen zu sprechen wäre übertrieben gewesen.

Dann tue ich was für den Umsatz. Er betrat den Salon. »Hallo«, grüßte er in die Runde der vier jungen, gelangweilten Damen, die genauso chronisch unterbeschäftigt wirkten wie der Sicherheitsmann am Eingang.

Sein Anblick genügte, um sie dazu zu bringen, sich gerade hinzustellen. Die Blicke waren neugierig.

Eric legte den Mantel ab und zeigte seine perfekte, maskuline Figur. »Wer von den Ladys bedient mich?«

Alle machten einen Schritt nach vorne, doch die Brünette setzte einen zweiten hinterher und kam auf ihn zu.

»Ich, Sir.« Das Namensschildchen auf ihrer Brust verriet, dass sie Ireen hieß. »Was kann ich für Sie tun?« Sie lächelte.

Eric wusste um seine Wirkung auf das andere Geschlecht. Seiner Erfahrung nach wollten die meisten gerne mit ihm essen und ins Bett gehen. Früher hatte er das leidlich ausgenützt und sich Frauen nach Belieben ausgesucht.

Dann war Lena in sein Leben getreten – und wieder hinaus. Seitdem fiel es ihm schwer, sich auf Affären einzulassen. Dazu kam sein Job als Bestienjäger, was es nicht leichter machte. Welcher Frau genügte es, ihren Freund nur ein paar Mal im Monat zu sehen?

Er zeigte auf die halblangen, schwarzen Haare. »Weg damit. Komplett.«

Ireen sah ihn entsetzt an. »Ehrlich? Die sind aber toll anzuschauen.«

»Ich möchte mich dennoch verändern.« Eric zeigte auf den Dreitagebart. »Rasieren Sie den auch gleich weg, wenn Sie dabei sind.«

Man konnte der Friseurin ansehen, wie furchtbar sie den Wunsch fand. »Ehrlich, ich mische mich selten ein, wenn ein Kunde darauf besteht, einen bestimmten Schnitt haben zu wollen, aber ...« Ireen wirkte unglücklich. »Sie sehen so gut damit aus!« Ihre Kolleginnen nickten.

»Genau. Deswegen müssen die Haare fallen.« Eric lächelte und setzte sich auf den Stuhl neben ihr. »Legen Sie los.«

Ireen legte ihm den Umhang an, langte zögerlich nach der Maschine und schaltete sie ein. Ratternd bewegte sich der Mähbalken. »Sicher?«

»Sicher.«

Das leicht vibrierende Eisen berührte seine Kopfhaut, dann sanken die ersten Strähnen auf seine breiten Schultern und den Boden. Alle Frauen sahen dabei zu, wie sein bleicher Schädel mehr und mehr zum Vorschein kam.

Das ist wirklich was total anderes. Er war froh, eine schöne Kopfform zu haben, rund und ästhetisch, ohne eine abgeflachte Stelle. *Schade ist es schon, aber ich finde, ich kann eine Glatze tragen. So ist es einfacher mit den Perücken.*

Surrend legte die Schneidemaschine die helle Haut frei, bis der Strom abgeschaltet wurde.

»Schöne Tätowierung«, sagte Ireen. »Ist aber schon alt. Kaum mehr zu erkennen.« Eric verstand nicht, was sie meinte, und beließ es dabei, während sie seinen Kopf mit einer Sprühflasche befeuchtete und mit Rasierschaum, danach auch sein Gesicht mit dem duftenden Weiß behandelte. Aus ihrer Tasche zog sie ein klassisches Rasiermesser, klappte es professionell auf und zog es zweimal über einen Lederriemen, der an der Wand neben dem Spiegel befestigt war, ab.

Sicher führte sie die extrem scharfe Schneide über seine Haut. Auf das schabend kratzende Geräusch folgte ein leises *Sinnng,* wenn sie das Messer nach oben weggleiten ließ.

Eric schloss die Augen und genoss es, sich von zarten, kundigen Fingern behandeln zu lassen. *Ich lasse mich überraschen, wie ich aussehe.*

Irgendwann hörte Ireen auf. Sie tupfte Kopf, Nacken und Gesicht mit einem warmen, feuchten Tuch ab, bevor sie Lotion auftrug. »Trauen Sie sich ruhig, die Augen zu öffnen, Sir. Sie sehen damit besser aus, als ich gedacht habe«, ermunterte sie ihn.

Wusste ich es doch gleich. Eric hob die Lider.

Zuerst erkannte er sich selbst kaum, nackt und geschoren, aber es lenkte die Blicke auf sein markantes Gesicht.

Nicht schlecht. Aber unauffällig ist anders. Er musste grinsen und senkte das Kinn dabei leicht. *Ich sehe aus wie der Hitman. Nur besser.* »Gut«, sagte er.

»Finde ich auch«, meinte Ireen, die eine Hand auf die Hüfte gelegt und die andere mit der Lotion erhoben hatte, als sei es eine einsatzbereite Waffe. »Sexy, Mister.« Eric warf ihr einen freundlichen Blick zu. Als Beweis, dass sie ihn nicht geschnitten hatte, nahm sie den Spiegel und führte ihn um den Hinterkopf herum, damit er ihre Arbeit kontrollieren konnte.

»Stopp!«, befahl er, als er die Schattierung auf der rechten Seite sah, und lehnte sich nach vorne. *Was ist DAS?* Sie hielt den Spiegel näher, damit er besser schauen konnte.

Es war ein Symbol, hellgraubläulich und an Adern erinnernd. Es ähnelte dem Zeichen an seinem rechten Unterarm, war nur weniger verschnörkelt und klarer erkennbar – und doch gut verborgen gewesen.

Der Dämon wollte wohl auf Nummer sicher gehen und hat mir zwei Brandzeichen verpasst. »Ja, das ist schon älter«, sagte er langsam. »Hatte ich glatt vergessen.«

»Das ist hübsch«, merkte eine schwarzhaarige Friseurin an, die dicken Kajal aufgetragen hatte. Am Hals sah er die Ausläufer einer Tätowierung aus dem Blusenkragen hervorspitzen. »Haben Sie das selbst entworfen?«

»War eine Vorlage, die ich gut fand. Eine Jugendsünde.« Eric bekam von Ireen den Umhang abgenommen und stand auf. Der Geruch der Lotion umgab ihn wie eine Wolke und blendete fast alle übrigen Gerüche aus. »Vielen Dank.«

Er gab der Brünetten fünfzig Euro. »Schönen Tag, die Damen.« Er warf sich seine Jacke über, die ihm eine Blonde brachte, und verließ den kleinen Salon.

Aus den Augenwinkeln sah er, wie die Schwarzhaarige verstohlen ihr Fotohandy zückte und einen Schnappschuss von seinem Hinterkopf machte.

Na, dann lass dir mal schön das Zeichen einritzen. Solange du es nicht vom Dämon selbst bekommst, dürfte deine Seele sicher sein. Eric ging die Balustrade entlang und betrat den Drogeriemarkt.

Hier wurde er recht schnell fündig und kaufte für sich zuerst eine schwarze Basecap, danach verschiedene Perücken in Blond, Braun und Rot. Schwarz ließ er weg. Danach stattete er verschiedenen Modegeschäften des Kaufhauses einen Besuch ab und staffierte sich aus: billige Anzüge, Schnürboots und Turnschuhe, Schere und eine Sonnenbrille.

Die Verwandlung kann beginnen. Schwer bepackt verzog er sich in eine öffentliche Toilette und zog sich um. Aus dem Wandertouristen wurde ein Modell mit blonden Haaren, das allerdings leicht gebeugt laufen würde, als hätte es einen Haltungsschaden. Er wollte seine Körpergröße nicht zusätzlich betonen.

Im Spiegel über dem Waschbecken kontrollierte er den Sitz von Klamotten und Perücke, die er mit der billigen Schere in eine andere Form brachte.

Passt. Ich sehe nicht aus wie Eric, sondern wie ein ... Leroy. Er grinste. *Ja, ich bin ein Leroy, und vermutlich schwul. Ich sollte weiblicher laufen.* Eric nahm eine weniger männliche Pose ein, die nicht zu übertrieben war, und er musste lachen. *Was mache ich nicht alles für den Job?*

Immer noch grinsend, packte er die Tüten und verließ das Klo, raus aus dem Einkaufszentrum. Der Securitymann beachtete Leroy gar nicht.

12.53 Uhr. Viel zu lange vor der mit Sia verabredeten Zeit stand Eric wieder im Freien. *Neues Internetcafé, weitersuchen.*

Er ging los und war gespannt, ob Sliabh-an-Iarainn im County Leitrim in der Provinz Connacht wirklich existierte.

Wenn ja, dann war es ein erfolgversprechender Ansatz, um

den Sídhe auf die Eisen zu steigen und sie richtig zu überraschen. Emma und Elena konnten schneller freikommen, als die irischen Vampire sich vorgestellt hatten.

6. Februar, Großbritannien,
Nordirland, 06.40 Uhr

Sia gab Vollgas und fuhr dennoch nur mit hundertzwanzig Stundenkilometern über den Motorway. Schneller wurde der Dacia an einer Steigung einfach nicht. *Das nächste Auto muss schneller sein. Da gebe ich Eric absolut recht.*

Der anhaltende Nebel verlieh ihr noch genug Schutz vor der Sonne, die bald ihr Bett verlassen würde. Eine halbe Stunde hielt Sia im vollen Licht aus, danach begannen die Schmerzen. Weiter wollte sie nicht herausfinden, was mit ihr geschah.

Trotzdem musste sie noch, so nahe es ging, an Maghera herankommen, um die Schlüssel abzuholen. Von den Kilometern her war es zu schaffen.

Länger als fünfzehn Minuten wird es nicht dauern, und anschließend besorge ich mir ein Hotelzimmer, um dort die sonnenlose Zeit abzuwarten.

Eric hatte das Netbook bei ihr gelassen, somit hatte sie später genug Gelegenheit, sich vorsichtshalber jedes Detail über das Pantherpärchen einzuprägen. Allerdings war sich Sia sicher, dass sie vieles bei ihrer vorangegangenen, exzessiven Lektüre im U-Boot behalten hatte.

Teste ich mich mal selbst.

Alanis und Liam Killroy, lebten in der Castlecat Road, im

Norden Irlands, hatten ihr Territorium sowohl auf irischem als auch auf britischem Gebiet. Gelegentlich waren sie von Menschen gesehen worden, was zu regelmäßigen Berichterstattungen in den lokalen Zeitungen führte, aber keine weiteren Konsequenzen hatte. Wie meistens wurde vermutet, dass Tiere aus einem Privatzoo geflohen waren.

Sia konnte sich vorstellen, dass die Zeiten für die Wandelwesen früher, *vor* der immer stärker werdenden Zivilisierung und Technisierung der Menschheit, einfacher gewesen waren. *Und sie hatten mit Sicherheit mehr Macht besessen.*

Wer viel Freiraum beanspruchte, wie Panther oder Bären, für den wurde es bald eng. Auf einer Insel wie Irland war ein Ausweichen vor Einheimischen und Touristen kaum mehr möglich. Deswegen die ungewollte Publicity.

Sie haben bestimmt ein starkes Ego, aber sie würden nicht so weit gehen und von sich aus den Kopf vor eine Kameralinse halten. Das wäre eine sträfliche Eitelkeit. Sia bog vom Motorway ab, ins Zentrum von Maghera.

Als ein Zuhause des Pärchens war eine Adresse in Derry angegeben, aber sie glaubte nicht daran, die Panther dort anzutreffen. Das zweite Haus befand sich in der Castlecat Road. Schon alleine wegen des Namens würden sich Panther viel eher dort niederlassen.

Zu ihrer Linken tauchte der *TeaRoom* auf.

Sia steuerte auf den nächsten Parkplatz zu, den sie finden konnte. Keine vier Meter weiter sah sie das Schild Bed&Breakfast an einer Fassade im Wind pendeln. *Das könnte mein Unterschlupf sein.*

Sia stellte den Dacia mit einem raschen Manöver am Fahrbahnrand ab und stieg aus. Gemächlichen Schrittes marschierte sie durch den Nebel, der die Geräusche in Watte packte und sie dumpfer, leiser machte, als sie gewöhnlich klangen.

Viel war in Maghera nicht los.

Ein Bus rollte vorbei, die Scheinwerfer von Autos tauchten aus dem trüben Grau auf, die Umrisse der Wagen folgten. Als blasse Abbilder der Hochglanzfotos aus Verkaufsprospekten fuhren sie an Sia vorbei und tauchten in den Nebel ein, als müssten sie vor einer Bedrohung flüchten. Passanten kamen ihr keine entgegen, abgesehen von einem tapferen Hundebesitzer, der seinen Chihuahua ausführte.

Sia musste den kleinen Köter anschauen und breit grinsen. Wandler, die so durch die Gegend laufen mussten, wurden bestimmt von den anderen verarscht. Sie dachte auch an die Modehündchen der Prominenten. *Was für eine Vorstellung!* Sia musste sich das Lachen verbeißen.

Der *TeaRoom* erschien vor ihr. Die Fenster waren einladend erleuchtet, und dahinter bewegten sich Menschen hin und her. Frühstücker und Auf-den-Bus-Warter.

Ihr Handy klingelte.

Sia nahm es heraus und nahm den Anruf entgegen. »Ja?«

»Betreten Sie auf keinen Fall, AUF KEINEN FALL den *TeaRoom*, Frau Sarkowitz«, sagte die bekannte Stimme des Sídhe ruhig. »Gehen Sie daran vorbei, als würden Sie woanders hinwollen.«

»Sie haben mir gesagt, ich soll ...«

»Wir haben ein kleines logistisches Problem«, unterbrach sie der Vampir – sie nahm zumindest an, dass es einer war. »Einer der Wandler war zu Besuch im Club, oder zumindest im *TeaRoom*, und wir glauben, dass das Haus seitdem observiert wird. Ich möchte nicht, dass man Sie gleich mit unter Verfolgung stellt.«

Sia sah sich unauffällig um. »Wie komme ich an die Schlüssel?«

»Ich sage Ihnen jetzt die Nummern, und Sie müssen leider selbst sehen, wie Sie die Schließfächer geöffnet bekommen: 34, 458, 1257. Fahren Sie sofort los, und bleiben Sie nicht länger in

Maghera. Ihre Identität sowie Ihr Äußeres sollten so lange wie möglich im Verborgenen bleiben.« Das Gespräch endete, bevor Sia nachfragen konnte.

Bahnhöfe sind gut bewacht, und überall hängen Kameras. Das wird nicht leicht. Sie beschloss, Eric zuerst abzuholen und dann nach Londonderry zu fahren. Für die kommende Aktion hätte sie gerne seine Unterstützung; außerdem mochte sie seine Nähe. Er stand auf Augenhöhe mit ihr. Endlich kein Mann, der mal wieder schwächer war als sie. Dazu sah er noch gut aus und umgab sich mit Geheimnissen. *Zwei Dämonenseelen unter sich.* Nicht zuletzt brachte er ihr Glück.

Sia ging langsam am Eingang des *TeaRoom* vorbei, steckte das Handy ein, dann schlug sie den Weg in eine Quergasse ein. Sie bog ab.

Dreck rieselte von oben auf sie herab.

Sie schaute hinauf zum Dach. Sia erkannte einen Parka oder einen Anorak, dessen Saum über die Kante hinaushing. Einer der Spione, die den *TeaRoom* bewachten und vor denen sie gewarnt worden war, hatte dort Stellung bezogen. Sie fand es äußerst verlockend, zu ihm zu klettern und ihm ein paar Fragen zu stellen.

Der Nebel löste sich rasend schnell auf, und sie glaubte, dass es bereits wärmer wurde. Folgen der Sonneneinstrahlung.

Ich beeile mich. Sia setzte ihre Sonnenbrille auf und erklomm die Wand. Mit ihren kräftigen Fingern war es ihr ein Leichtes, lautlos an den Steinen hinaufzusteigen und vorsichtig über den Rand zu schauen.

Eine Frau hatte es sich auf den Ziegeln neben einem Kamin bequem gemacht, das elektronische Fernglas baumelte um ihren Hals. Dicke Feuchtigkeitsperlen lagen auf ihren Schultern. Sie saß schon längere Zeit auf ihrem Posten.

Sia drückte sich ab, sprang gegen die Frau, packte sie an den Haaren und schwenkte sie herum. Die Unbekannte baumelte mit den Füßen über dem Abgrund. Leise stöhnte sie und klammerte sich mit allen Fingern an Sias Unterarm fest.

»Ich nehme nicht an, dass Sie die Aussicht genießen wollen. Gehören Sie zu den Wandlern? Wenn ja, zu welchem Tuath?« Sia hatte nicht vor, sich lange mit der Aufpasserin zu befassen. Sie musste sich selbst bald vor dem Taggestirn in Sicherheit bringen.

»Die DeathHounds. Ich gehöre zu den DeathHounds«, stieß die Frau schnell hervor.

»Und was machst du auf dem Dach?«

»Ich schaue, wer den *TeaRoom* betritt, und schieße Fotos mit dem Fernglas.« Sie hörte auf zu zappeln, um nicht zu riskieren, dass sie aus dem Griff rutschte. »Wer sind Sie?«

»Jemand, der seine Privatsphäre sehr mag.« Sia nutzte die Gunst der Stunde. »Wem gehört der *TeaRoom*?«

»Mister Jack Flinn.«

»Und was macht er so?« Sia bemerkte, dass ihre Gefangene erste Anflüge von Mut und Störrigkeit zeigte. »Wirst du den Sturz vom Dach überleben?« Sie senkte den Arm ruckartig, und die Frau kreischte auf. »Ist Flinn einer der Nachtkelten? Und für wen sind die Fotos?«

»Ja, Flinn ist einer von denen«, rief die Unbekannte atemlos vor Furcht. »Wir ... die Scharfrichterin möchte wissen, wer da ein und aus geht. Sicherheitshalber, hat sie gesagt. Die Bilder sind für sie.«

Sia schwenkte den Arm herum und stellte die Frau auf den Ziegeln ab, umfasste ihre Kehle mit der anderen Hand; die Fingernägel wuchsen leicht und ritzten sich durch die Haut, bis Blut hervorsickerte.

Ich könnte eine falsche Spur legen. »Ich habe eine Nachricht für deine Scharfrichterin, wer immer sie sein mag«, sagte Sia mit tieferer Stimme als zuvor. »Ich bin gekommen, um mit den Nachtkelten aufzuräumen. Sie haben mir mein Reich gestohlen, und ich werde nicht eher ruhen, bis ich den Letzten von ihren Sídhe ausgelöscht habe. Sag ihr das. Sollten du, ein Wandler oder sie selbst mir in die Quere kommen, wird es Tote geben. Haltet euch aus meinem Spiel raus, verstanden?« Die Frau nickte, so gut es ging. Sie schnappte nach Luft wie eine Ertrinkende, Sia dosierte den Sauerstoff, den sie bekam, sehr sparsam. »Gut. Du hast mich verstanden.« Sia ließ sie los und stieß sie rückwärts, damit sie fiel.

Gerade noch so vermochte die Frau, sich am Schornstein festzuklammern, sonst wäre sie ins Rutschen geraten und über die Ziegel nach unten geschossen. »Wer bist ...«

»Das tut nichts zur Sache. Ich bin eine betrogene Herrscherin. Mehr musst du nicht wissen.« Sia machte einen Schritt zur Seite und stürzte in die Tiefe. Sie streckte einen Arm aus, die langen, harten Nägel schlugen sich in die Mauer und bremsten ihren Fall. Staub wirbelte auf, kleine Bröckchen fielen klackernd auf den Bordstein; elegant landete Sia und wischte sich die Hände ab.

Das habe ich schon lange nicht mehr getan. Sie hatte den angeberhaften Abgang bewusst gewählt. Die Wandlerin sollte sehen, dass sie nicht eine dahergelaufene Blutsaugerin war. Dabei achtete sie darauf, dass die Spionin auf dem Dach keine Gelegenheit erhielt, ein Foto von ihrem Gesicht zu schießen.

Mit einem Lächeln rannte sie überschnell die Gasse hinunter, kehrte zum Wagen zurück und fuhr los, raus aus Maghera.

Jetzt haben die Wandler auch was zum Nachdenken und sind verwirrt: ein zurückgekehrter Jäger und eine unbekannte Vampirin. Es geht ab in Irland.

Beim nächsten Bed&Breakfast-Schild, das sie fand, hielt sie an und stürmte ins Haus. Gerade noch rechtzeitig bezog sie ihr nettes Zimmer und ließ die Rollläden herab. Das Sonnenlicht sandte ihr Strahlen zum Gruß in den Raum, bevor sich die Lamellen schlossen und Dunkelheit herrschte.

Sia fühlte sich wohler und baute das Netbook auf, um die Fakten über die Panther nachzulesen; danach rief sie bei Eric an und erklärte ihm, was schiefgelaufen war, welche Behauptungen sie gegenüber den Wandlern aufgestellt hatte und dass sie ihn als Rückendeckung brauchte, wenn sie die Schließfächer in Londonderry knacken wollte.

Er hörte ihr zu, danach berichtete er, was er alles herausgefunden hatte und dass sie einen Ansatz hatten, um nach konkreten Spuren der Sídhe zu suchen. »Es ist gut, dass du dich als Feindin der Vampire ausgegeben hast ...«

»Was heißt *ausgegeben?* Ich *werde* sie töten.«

»Schon. Du weißt, wie ich es meine. Die Wandler werden dich als potenzielle Verbündete sehen und dich nicht bei den Sídhe verpfeifen. Beim nächsten Zusammentreffen werden sie dir mit Sicherheit ein Angebot machen und versuchen, dich auf mich zu hetzen.« Eric klang zufrieden. »Okay, wann holst du mich ab, sagtest du?«

»Sobald die Sonne versunken ist. Wir schnappen uns die Waffen und ziehen den Panthern das Fell über die Ohren. Danach suchen wir diese Stadt, wo die Vorfahren der Nachtkelten in Irland angelegt haben sollen. Mag sein, dass wir Erkenntnisse gewinnen.« Dass sich Elena und Emma dort aufhalten könnten, daran wagte sie nicht zu denken!

»Ich bin dabei.« Eric verabschiedete sich und legte auf.

Es tut sich was. Auch wegen Eric. Sia gähnte und streckte sich, zog sich nackt aus und legte sich nach einer schnellen Dusche unter die Decke.

Auch wenn sie nicht tief schlafen konnte, gönnte sie sich Ruhe. Wachsames Dösen beherrschte sie in Vollendung.

6. Februar, Großbritannien, Nordirland, Londonderry, 19.45 Uhr

»Ich finde, wir machen gute Fortschritte.« Eric stieg aus dem Wagen und sagte übers Dach hinweg: »Wir kommen in Fahrt und sammeln unsere eigenen Erkenntnisse.« Er grinste fies. »Ich sehe schon, dass wir die Sídhe und die Wandler perfekt gegeneinander ausspielen. Am Ende haben wir die Insel selbst übernommen. Was hältst du davon?«

Sia hatte sich an sein neues Aussehen noch nicht gewöhnt. Er trug einen billigen Nadelstreifenanzug aus reinem Polyester, die Haare der braunen Perücke hatte er gestutzt und mit einer Wuschelfrisur versehen. *Ein explodiertes Monchichi namens Leroy.* »Nichts. Ich will meine Schwester und meine Nichte zurückhaben. Du kannst den Rest bekommen, kein Problem, Großer.« Sie zeigte auf den Bahnhof, vor dessen Seiteneingang zwei schwerbewaffnete Polizisten in schusssicheren Westen standen. Nordirlands Realität. »Vorschläge?«

»Wir gehen rein, du brichst die Schlösser auf, nimmst raus, was immer drin ist, und wir gehen wieder«, erwiderte Eric gelassen. »Ich sehe darin keine große Sache.«

Sia im Grunde auch nicht, aber sie hatte die Befürchtung, dass etwas schiefging. Eine Bombe erwartete sie nicht unbedingt in einem der Fächer, doch vielleicht eine Erinnerung daran, dass die Nachtkelten ihre beiden Lieben in ihrer Gewalt hatten. Ein abgetrenntes Körperteil von Elena oder Emma, einfach so, als Mahnung. *Und ich könnte nichts dagegen machen. Diese Wichser!* Sie grollte leise, die unterdrückte Wut brachte ihre Fangzähne zum Wachsen. *Beherrsch dich!* »Bist du bewaffnet?«

Eric nickte. »Zwei Pistolen, eine Maschinenpistole, alles schallgedämpft. Aber ich will mich eigentlich nicht mit den Bullen oder der Armee anlegen. Die sind anders drauf als in den meisten europäischen Staaten.«

»Habe ich auch nicht vor. Es könnte aber sein, dass *die* sich *mit uns* anlegen möchten.« Sia ging los, und er schlurfte neben ihr her. Er schaffte es, sich eine gänzlich andere Körperhaltung zu geben, die weder athletisch noch männlich war. Momentan passte sein Verhalten zu einem unterdrückten Typen in einer Verwaltung, dem man die falschen Klamotten angezogen und der aus Versehen ein paar Steroide geschluckt hatte. *Ein echter Leroy.*

Mit dem Eric, den sie kennengelernt hatte, gab es keine Gemeinsamkeit. *Das macht er nicht zum ersten Mal, oder er ist ein Naturtalent.* Sie betrachtete nochmals sein glattrasiertes Gesicht. Nein, so gefiel er ihr nicht. Es nahm ihm so ziemlich alles von seiner Wirkung.

Er fiel hinter ihr zurück, nacheinander betraten sie den Bahnhof.

Ohne sich großartig umzuschauen, suchte Sia nach den Hinweisschildern für die Schließfächer und lenkte ihre Schritte dorthin. Sie verließ sich darauf, dass Eric über sie wachte. 34, 458 und 1257.

Sie erreichte den separaten Raum, in dem sich die graugestrichenen Schränke reihten, immer zwei Boxen übereinander. Ihre Nummern passten zu den großen Fächern, in denen man ganze Rucksäcke unterbringen konnte.

Sieht nicht zu stabil aus. Sia begab sich an die 34 und tat so, als würde sie einen Schlüssel aus der Tasche ziehen und ins Schloss führen. Sie umfasste den Griff mit zwei Fingern und zog dabei an, bis sich ein schmaler Spalt gebildet hatte, in den sie die Finger der anderen Hand schieben konnte. Ein unsanfter Ruck, das Geräusch von abreißenden Bolzen, und die Tür öffnete sich.

Sia schaute auf drei Aluminiumkoffer, zwei unten, einer darüber.

Ich werde mehrmals laufen müssen, wenn in jedem Fach so viel ist. Sie zog den obersten, der sehr schwer war, nach vorne, öffnete ihn im Schutz des Fachs und warf einen Blick hinein.

Darin befanden sich Plastikmagazine, alle aufmunitioniert und zum einmaligen Gebrauch bereit. Die Sídhe nahmen nicht an, dass sich Sia die Zeit nehmen wollte, leere Clips aufzusammeln. *Neun Millimeter,* erkannte sie. Alles Silber, abwechselnd Vollmantelgeschosse und Dumdumgeschosse. Sie zog zwei weitere Magazine hervor. *7,62 Millimeter.*

Schnell verstaute sie die Patronen wieder, dann nahm sie die Koffer einen nach dem anderen heraus und rief Eric an, um ihm zu berichten. »Ich bringe die ersten drei raus, Westausgang. Ich wechsle ab, sonst werden die Bullen aufmerksam.«

»Alles klar«, hörte sie ihn sagen. »Hier ist alles ruhig. Ich habe nichts Auffälliges gesehen.«

Sia machte sich ans Schleppen, kehrte zurück, wobei sie wieder einen anderen Eingang nahm, und knackte das zweite Schloss.

Noch mehr Koffer. Dieses Mal aber wesentlich kleiner, aktenkoffergroß, und ein halbes Dutzend davon.

Sie kontrollierte die Gepäckstücke und fand darin Plastiksprengstoff, Fern- und Zeitzünder sowie Rohrbomben, deren Gehäuse aus massivem Silber gemacht war.

Das ist die die Abteilung Feuerwerk. Erneut telefonierte sie mit Eric. »Ich bringe die nächste Runde, und du brichst das letzte Fach auf. Wenn ich zu oft rein- und rauslaufe, falle ich vielleicht einem Typen in der Sicherheitszentrale vor den Monitoren auf. Hier hängt wirklich alles voller Kameras.«

»Okay. Ich bin unterwegs. Welche Nummer?«

»1257.«

»Check.«

Sia ging los und kam sich vor wie ein Page in einem Hotel, der die Reiseausstattung einer Diva schleppen musste. Aber sie musste den Sídhe lassen, dass die Ausrüstung perfekt war. Zumindest bislang. *Ich bin gespannt, was in der letzten Box ist.* Die Angst, doch auf einen abgeschnittenen Finger oder einen abgesägten Fuß, der Elena oder Emma gehört hatte, zu schauen, war nicht gänzlich verschwunden.

Unter den Augen der Polizisten schleppte sie Dinge umher, die ihr mehrere Jahre Knast bringen würden, sollte sie auffliegen. Ein Klassiker wäre, wenn einer der Koffer aufklappen und seinen Inhalt vor den Stiefeln der Bullen verteilen würde ...

Aber es ging alles glatt.

Sia erreichte den Dacia, lud ihre letzte Fracht ein und kam allmählich in Platznot, trotz des Stauraums der Familienkutsche. Sie wollte die Kindersitze nicht abmontieren, weil es ihnen eine gute Tarnung verschaffte. Der Anblick egalisierte direkt einen Großteil des polizeilichen Misstrauens.

Hoffentlich sind die Koffer, die Eric bringt, nicht zu groß. Sie setzte sich hinters Steuer, stellte den Rückspiegel neu ein, damit sie die Straße hinter sich besser überblicken konnte.

Eric ließ auf sich warten.

Was macht er denn? Ist er nicht in der Lage, das Schloss zu knacken? Ihre Finger trommelten gegen das Lenkrad, die Augen schauten abwechselnd auf die Spiegel. Dass die Polizisten ihre Posten nicht verlassen hatten und locker dastanden, gab ihr zumindest die Hoffnung, dass es nicht zu Aufruhr im Bahnhof gekommen war.

Tausend Gründe gingen ihr durch den Kopf, warum Eric länger brauchte als vorgesehen.

Sie nahm das Handy zur Hand, drückte die Wahlwiederholung.

Das Klingelzeichen erklang. Abgehoben wurde jedoch nicht.

»Komm schon, Leroy.« *Gibt es das? Was treibt er denn?* Aufgebracht stieg Sia aus und lief los, über die Straße und an den Polizisten vorbei in die Halle, in der das übliche Treiben herrschte. Niemand schrie, es wurde nicht geschossen. Monoton drangen die Durchsagen aus dem Lautsprecher, Zugbremsen kreischten gelegentlich schrill.

Sia ging zum Räumchen mit den Schließfächern – und blieb stehen, als sie sah, dass zwei Polizisten vor den aufgebrochenen Türen der Nummern 34 und 458 standen und hineinschauten; einer hob sein Funkgerät und sprach hinein. 1257 war noch verschlossen, und von Eric fehlte jede Spur.

Einer der Beamten lächelte sie an, und sie erwiderte das Lächeln, versenkte die Hände in den Taschen und schlenderte weiter.

Scheiße. Derzeit war nicht daran zu denken, an die letzte Box zu gelangen. *Wo steckt Eric?*

KAPITEL XIII

Tropf ...

Ich liege ... auf dem Boden! Wann haben sie mich vom Bett gehoben? Ich muss es verschlafen haben. Kalt. Mehr als ein dünnes Hemdchen werde ich nicht anhaben, und ... es riecht noch immer wie ein Keller. Wasser. Ich bin unter der Erde. Durst. Schrecklicher Durst.

Tropf ...

Sia wird mich niemals finden. Die Sídhe haben an alles gedacht! Mit meiner aufgezeichneten Stimme können sie jeden Satz formulieren, den sie von mir haben möchten, um Sia zu täuschen. Und ich Idiotin glaube Alice auch noch! Diese ... Schweine!

Tropf ...

Elena! Wie geht es meinem Mädchen? Wohin ist sie gebracht worden? ... dieser Durst, es ist zum Verrücktwerden. Von Wasser umgeben, ich höre es doch tropfen, und kann mich nicht bewegen.

Tropf ...

Das ist die Lösung! Ich muss sterben! Natürlich, wenn ich sterbe, verwandle ich mich in eine Judastochter! Oder ...?

Tropf ...

Es gibt keine Garantie, dass ich mich in eine Vampirin wandle, aber Sia hat erzählt, dass sehr viele ihrer Nachfahren zu Blutsaugern geworden sind. Ich sterbe doch so oder so ...

Tropf ...

Oder ... könnte es sein, dass ich zu einer Vampirin werde, die weiterhin gelähmt ist? Mein Gott, das wäre schrecklich! Damit hätte ich nichts gewonnen! Gar nichts!

Tropf ...

Nein, das wird nicht geschehen! Ich bin sicher, dass ich mich als Vampirin wieder normal bewegen kann! Es ist meine einzige Chance, Sia vor den Plänen und dem Verrat der Sídhe zu warnen. Alice werde ich persönlich umbringen, und bei Grag wird es mir Spaß machen! Oh ja, ich spüre, dass ich zu einer Judastochter werde! Dann kann ich Elena retten! Elena, mein armes Kind.

Tropf ...

Wie lange lebt ein Mensch, ohne Flüssigkeit zu sich zu nehmen. Waren es ... drei Tage? Das werden sehr lange drei Tage. Ich muss mein Sterben beschleunigen! Den Kopf gegen die Wand schlagen, mir die Adern aufritzen ... aber ich kann mich immer noch nicht richtig bewegen.

Tropf ...

Ich muss versuchen, wenigstens die Hand so weit biegen zu können, dass ich mir die Pulsader aufreiben kann. Ich schaffe es! Es geht um Elena und Sia! Schmerzen spielen keine Rolle ...

3. Februar, Deutschland,
Berlin, Gesundbrunnen, 13.14 Uhr

Wilson sah Elena vor einem türkischen Obstladen stehen und auf die Auslagen deuten. Ihr Finger wies auf einen Anhänger in Augenform; neben ihr wartete der Verkäufer. Sie schienen ins Geschäft gekommen zu sein. Weil er im Gegensatz zu Black aus der Menge ragte, hatte das Mädchen die Killerin nicht gesehen. *Wie kommt sie darauf, Schmuck haben zu wollen?* Er schluckte jeglichen Vorwurf runter und eilte los. »Warte, ich bin gleich bei dir.« Mehr als zwanzig Meter waren es nicht bis zu ihr.

Aber Black blieb an seiner Seite und bahnte sich ebenso einen Weg auf Elena zu, redete dabei weiter ins Handy.

»Zum letzten Mal, Miss Black: Ich arbeite allein«, sagte er

angespannt. »Denken Sie an Ihren verletzten Handlanger. Sie wissen, dass ich mir Ihre Einmischung nicht gefallen lasse.«

»Ich denke die ganze Zeit an ihn«, gab sie knurrend zurück. Sie sah sich ihrem Ziel, Elena in die Finger zu bekommen, bereits sehr nahe. »Gut für mich, dass es keine Rolltreppen gibt, von denen Sie mich prügeln können.«

Zehn Meter.

Elena bemerkte, dass er nicht alleine erschienen war, und bewegte sich langsam rückwärts. Der Händler sah sie verwundert an.

»Wie man's nimmt.« Wilson versetzte ihr unvermittelt einen Stoß, der sie nach links auf die Fahrbahn taumeln ließ – lautes Hupen erklang, und ein Gelenkbus erfasste die Frau mit vollen fünfzig Stundenkilometern; in das Kreischen der Bremsen mischten sich entsetzte Aufschreie aus mehreren Kehlen. *Eine Rolltreppe wäre vermutlich besser gewesen.*

Wilson rannte zu Elena und packte ihr Handgelenk, lief los und bog sofort ab. Keine hundert Meter von ihnen tauchte das Zeichen für die U-Bahn auf. Da unten würden sie schnell Land vor ihren Verfolgern gewinnen. Blacks Team musste sich erst mal um ihre Anführerin kümmern und sie aus dem Kühlergrill kratzen.

»Du hast die Frau vor den Bus geworfen!« Elena sah ihn an, als erwarte sie auf der Stelle eine umfassende Erklärung. »Wer war das?«

»Eine Killerin. Sie hat es auf dich abgesehen.« Er zog sie die Stufen hinab, sie verschwanden in der künstlich geschaffenen U-Bahn-Höhle. Außer ihnen befanden sich bestimmt hundert Menschen in den Räumlichkeiten. *Im besten Fall ist Black tot.* Rasch zog Wilson eine Fahrkarte für sie beide. Entspannen würde er sich erst, wenn sie Berlin verlassen hatten. »Sag mal«, er sah Elena fest in die Augen, »wie kommst du dazu, dich einfach davonzustehlen?«

Sie hob die Achseln. »Hatte ich gar nicht vor. Ich wollte vorgehen und schauen, ob die Luft rein ist. Ich habe dann irgendwie den Überblick verloren ... und dann hast du mich gefunden.« Sie sah nach der Anzeige. »Wie praktisch. In zwei Minuten kommt die nächste Bahn.«

Wilson wusste, dass er gerade angelogen worden war. Elena war zu clever, um verlorenzugehen oder sich ablenken zu lassen. Entweder sie würde es ihm sagen oder nicht. Ihn beschäftigte bereits, wie er verhindern konnte, dass sie wieder verschwand und damit Erfolg hatte. Festbinden konnte er sie nicht, das wäre zu auffällig gewesen. Blieb der Appell. »Du musst bei mir bleiben, wenn ich auf dich aufpassen soll. Deine Tante wäre stinksauer, wenn ich ohne dich ...«

»Ich verspreche, dass ich nicht noch einmal verschwinde.« Elena schien von der halben Standpauke gelangweilt und sah zum Eingang. »Da kommt ein Mann mit einer Pistole in der Hand«, merkte sie gefasst an, schob sich hinter einen Mülleimer und zog den Kopf ein.

Wie kann sie so abgebrüht sein? Er erkannte einen der Männer aus Blacks Truppe. Der Mann hatte eine *VZ Skorpion* in der Rechten, eine tschechische Schnellfeuerpistole. Alt, aber zuverlässig.

Die Menschen hatten die Bedrohung noch gar nicht bemerkt, die kleine Waffe fiel kaum auf. Erst als der Gegner den Arm hob und auf Wilson anlegte, hallten Rufe durch die U-Bahn-Station, und man suchte panisch Deckung.

Wilson zog seine Walther und machte fünf, sechs schnelle Schritte weg vom Mülleimer, damit Elena nicht durch fehlgegangene Kugeln verletzt wurde.

Der Mann löste eine erste Garbe aus.

Wilson drückte sich ab und hechtete zur Seite, hinter eine Säule. Die Kacheln platzten unter der Einwirkung der Projektile ab; irgendwo erklang ein durchdringender Frauenschrei. Jemand brüllte nach der Polizei. *Es muss schnell gehen, sonst komme ich mit Elena nicht mehr raus.* Er lugte um die Ecke, um nach dem Gegner zu schauen.

Doch sobald er auch nur die Nase vorgestreckt hatte, prasselten die nächsten Geschosse gegen die Säule.

Ein heißes Brennen fuhr ihm quer über die Stirn, dann wurde es warm. Entweder hatte ihm ein Querschläger oder ein Kachelstück eine Wunde zugefügt. Wilson fluchte laut, warf sich herum und tauchte auf der anderen Seite seiner Deckung auf.

Sein Widersacher zielte noch auf die falsche Stelle, aber der Arm ruckte bereits herum, die Skorpion schwenkte auf ihn.

Wilson drückte zweimal rasch ab, den Lauf auf den Oberkörper des Mannes gerichtet. Er sah die Löcher in der Kleidung, aber kein Blut spritzen. *Weste.*

Der Gegner musste wegen der Einschläge einen Rückwärtsschritt machen und zog den Auslöser dabei nach hinten.

Wilson rollte sich über die Schulter ab, feuerte im Liegen wieder zweimal hintereinander. Die feindlichen Kugeln sirrten dicht an seinem Ohr vorbei, während Blacks Mitstreiter in die Schulter und in den Oberarm getroffen wurde; aufschreiend ließ er die Maschinenpistole fallen. Blut strömte an ihm herab, Hals und Gesicht zierten rote Sprenkel.

Der aufkommende, nach Hydraulik und Elektrizität riechende Wind verriet, dass die U-Bahn kam. Anscheinend hatte die Zentrale noch nicht alle Züge zum Halten veranlasst. Gleich darauf ertönte das metallische Kreischen, Lichter tauchten im Dunkel des Tunnels auf.

»Elena?«

»Alles klar«, rief sie und winkte hinter dem Mülleimer mit dem Arm.

»In die U-Bahn«, befahl er und stand mit schnell schlagendem Herzen auf. Im Vorbeigehen trat er dem Gegner gegen das Kinn, so dass er die Augen verdrehte und erschlaffte. Er wollte ihn nicht erschießen.

»Nein, die werden sie gleich abstellen«, widersprach sie und tauchte aus der Deckung auf. »Zurück nach oben. Wir laufen zur nächsten S-Bahn.«

Die Menschen um sie herum rannten bereits, nachdem sie verstanden hatten, dass die Schießerei beendet war. Niemand wollte bei dem vermeintlichen Amokläufer oder Verbrecher bleiben.

Wilson sah ein, dass Elenas Vorschlag Sinn ergab.

Er nahm sie an der Hand, steckte die Walther weg und lief zusammen mit den Flüchtenden zum entgegengesetzten Ende des Bahnsteigs. Sie verschwanden in der Masse und gelangten zurück an die Oberfläche, wo bereits Polizei auftauchte. Etwas später, und sie wären nicht mehr entkommen. Erst nach zwei eilig durchquerten Straßenzügen gingen sie langsamer und bestiegen an der Spree den nächsten Ausflugsdampfer. Er brachte sie ohne Kameraüberwachung quer durch die Bundeshauptstadt.

Sie setzten sich unter Deck, Wilson bestellte einen heißen Kakao und einen Sherry. *Den Drink habe ich mir verdient.* »Guter Einfall«, lobte er Elena. Einmal mehr dachte er daran, wie weit das Mädchen im Vergleich zu ihren Altersgenossen war. Die Kellnerin brachte die Bestellung.

»Danke.« Elena schlürfte an ihrem Kakao. »Das ist alles sehr aufregend.«

»Kann man so sagen«, gab er zurück und musste zu allem Elend auch noch lachen. »Aber wir haben sie abgehängt.« Unauffällig lud er die Walther unterm Tisch nach.

»Gehört die Killerin zu denen, die mich in Leipzig schnappen wollten?« Sie hielt ihren Blick auf ihn gerichtet, um jede Regung erkennen zu können.

»Kann sein.« Wilson wollte ihr die Wahrheit bestimmt nicht auf die Nase binden und versuchte ein Ablenkungsmanöver. »Das hast du vorhin gut gemacht.«

»Was denn?«

»Vorhin in der U-Bahn. Als du in Deckung gegangen bist. Hat deine Tante dir das beigebracht?«

Elena schüttelte den Kopf. »Nein. Sie weigert sich, mich auszubilden. Obwohl sie das tun könnte. Sie ist eine gute Kämpferin.« Nach einem weiteren Schluck Kakao und einem langen Blick hinaus auf das vorbeiziehende Regierungsviertel sagte sie: »Eigentlich wollte ich zuerst nicht.«

Wilson runzelte die Stirn. »Verstehe ich nicht. Was wolltest du nicht?«

»In Deckung gehen.« Elena wischte sich den weißen Sahnerand um den Mund mit dem Handrücken weg und schleckte ihn dann ab. Das Kindliche an ihr war zu Wilsons Erleichterung nicht gänzlich verschwunden.

Weil sie nicht weitersprach, fragte er: »Warum?«

»Wenn mich eine Kugel erwischt hätte und ich gestorben wäre«, Elena beugte sich nach vorne und machte ein verschwörerisches Gesicht, »wäre ich als Vampirin wiedergeboren worden. Und dann hätte ich dem Typen gezeigt, was eine Judastochter alles kann. Dann hätte ich dich retten können und ... vieles mehr. Tante Sia und ich wären unschlagbar. Ehrlich.« Sie lehnte sich wieder nach hinten. »Aber ich hatte Angst, dass ich nur verletzt werde. Und dass es weh tut.«

Deswegen wollte sie vorm Völkerschlachtdenkmal ins Eis einbrechen! Wilson begriff, welchen Plan sie verfolgt hatte, und er musste schlucken.

Black hatte davon gesprochen, dass Mutter und Tochter den Vampirkeim in sich trugen – aber dass Elena ihn zum Aufbrechen bringen wollte, das erschreckte ihn. *Sie ist noch zu jung.*

Von selbst tauchte die Frage in seinem Verstand auf, ob das Mädchen dann als Vampirin ein Mädchen bleiben oder wachsen würde. *Aber eine Vampirin altert nicht. Oder?*

Wilson beseitigte den Kloß im Hals mit starkem Räuspern und kippte den Sherry hinterher. »Versprich mir bitte, dass du, solange du bei mir bist, versuchst, am Leben zu bleiben? Wie gesagt, ich habe deiner Tante versprochen, dich heil zu ihr zu bringen.«

Elena nickte nur knapp und fuhr mit dem Finger den Rand des Bechers entlang, um die letzten Reste der Sahne zu erwischen. Ob er ihr glauben konnte, wusste er nicht. Er musste sich auf ihr Wort verlassen.

Wilsons Handy klingelte, und er ging ran.

»Mister Wilson«, drang Blacks Flüsterstimme aus dem Hörer, »ich bin mehr als sauer auf Sie.«

Wie hat sie das überleben können? Er setzte das Sherryglas an die Lippen und sog die letzten Tröpfchen ein. »Sie müssen aufpassen, wenn Sie plötzlich auf die Straße treten.«

»Meine Reflexe sind gut genug.« Black schien dennoch angeschlagen zu sein. Sie unterdrückte Wut und Schmerzen, nahm er an. »Klartext, Butler: Sie bringen mir unverzüglich Elena, oder ich töte die Mutter des Mädchens. Wir haben sie uns aus dem Krankenhaus geholt.«

Bloody Shit! Wilson sah zu Elena, die gerade mit der Sahne kämpfte.

»Haben Sie mich verstanden, Butler?«, raunte sie gefährlich. »Sie tragen die Verantwortung für den Tod von Elenas Mutter. Ich schwöre, dass wir beide am Leben lassen, wenn Sie uns das Mädchen übergeben. Und Sie natürlich auch.« Black stöhnte kurz auf und bedachte jemanden auf Gälisch mit einem Fluch. Wilson nahm an, dass sie gerade verarztet wurde. »Wir treffen uns in einer Stunde vor der Donutsbude im Hauptbahnhof. Kommen Sie nicht oder ohne Elena, wird Emma Karkow sterben. Richtig sterben.« *Klick.*

Nein! Das kann ich nicht verantworten. Wilson senkte sein Telefon und betrachtete das Mädchen, das den leeren, sauberen Becher von sich schob. »Wir ...«, sagte er schleppend und zwang sich zu einem Lächeln. »Wir treffen uns in einer Stunde mit deiner Tante. Sie hat eben angerufen.«

»Echt?«

»Ja.«

Elena jubelte auf und warf sich ihm spontan an den Hals. »Dann wird alles gut! Danke, danke, danke!«

Wilson erwiderte behutsam die Umarmung und kam sich vor wie Judas. Der echte Judas, ganz ohne ein Vampir zu sein.

6. Februar, Großbritannien, Nordirland, Londonderry, 20.32 Uhr

»Was heißt das, sie sind immun gegen Silber?« Eric lief auf der Ostseite des Bahnhofs hin und her, achtete darauf, dass er sich außerhalb der Hörweite der Polizisten befand.

Er hatte gerade Nummer 1257 öffnen wollen, als sein Handy geklingelt hatte und er sah, dass Mütterchen Wissen anrief. Da es in dem Räumchen beschissenen Empfang gab, hatte er sich draußen besseren gesucht und gefunden.

Eric wollte sich am Kopf kratzen, seine Finger trafen auf die verunstaltete Perücke. Nachwachsende Haare juckten. »Silber wirkt also gar nicht?«

»So ist es«, sagte Mütterchen Wissen, die eine seiner besten Informationsquellen war. Ihre echte Identität verriet sie nie. »Spannend, oder? Ich habe zwei historische Quellen gefunden, die berichten, dass Argentum seine Wirkung verfehlte, und beide Male spielte Südamerika eine Rolle.«

Spannend ist das nicht. Das ist beschissen. »Und was genau sagen die Quellen?«

»Bei der einen handelt es sich um die Niederschrift eines

Mönchs, der mit Cortés auf Eroberungszug gegangen war. Er berichtet von Jaguaren, die von den Eingeborenen mit Pfeilspitzen aus Gold gejagt wurden«, referierte Mütterchen Wissen mit Begeisterung. »Der Mönch hat angenommen, dass diese Tiere den Totonaken heilig gewesen wären und die Eingeborenen ihnen auf diese Weise Ehre erbieten wollten. Bemerkenswert finde ich in dem Zusammenhang, dass die Azteken, Totonaken und die ganzen südamerikanischen Eingeborenenvölker sehr viel Goldschmuck besaßen. Ich halte das nicht für einen Zufall. Vielmehr habe ich mir die Frage gestellt, ob es der Abwehr von Wandlern dienen sollte. Gold als Symbol für die Reinheit, für die Sonne, für die Macht der Helligkeit über das Dunkle und Böse. Es geht um mehr als reine Zierde.«

»Das klingt plausibel.« Eric ging die Liste von Bestien durch, die er bereits erledigt hatte. »Aber wie kann das sein, dass ich unzählige und mitunter echt exotische Wandler erlegt habe, obwohl sie durchaus aus dem südamerikanischen oder außereuropäischen Raum stammten? Hätten sie nicht immun gegen mein Silber sein müssen?«

»Möglicherweise hat sich die Immunität im Laufe der Jahre ausgewachsen oder sich verändert. Evolution, Degeneration, Umwelteinflüsse, Vermischung des Erbguts, was weiß ich.« Man hörte Mütterchen Wissen an, dass sie auch keine Lösung anbieten konnte. »Das müsste noch untersucht werden, fürchte ich. Auch die zweite Quelle ist sehr alt und bezieht sich auf ein Wandelwesen, das in Peru gelebt hat und von Eingeborenen mit Steinen erlegt wurde, in denen sich Goldkörnchen befanden.« Sie schwieg.

»Ich kann mir vorstellen, dass die nach Südamerika eingewanderten Wandler sich mit den ansässigen Bestien vermischt haben und deren Nachkommen die Silberallergie übernommen haben. Das stärkere Gen hat sich durchgesetzt.«

»Kann sein.« Eric überlegte und fand die spontane Erklärung

einleuchtend. Die Schlangenwandlerin war in ihrer menschlichen Gestalt kleiner als die Frauen, die er kannte. Möglicherweise hatte ihre Linie keinerlei Kontakt mit anderen Wandlern gehabt; und als Schlangenwandlerin war sie exotisch genug, um sich nicht mit normalen Wer-Geschöpfen zu paaren. Vermutlich funktionierte eine Befruchtung durch ein Säugetier gar nicht. *Sie ist bestimmt eine Originalbestie.* Er grinste breit. *Klingt nach einem Markenlabel.*

»An deiner Stelle würde ich mich nach Gold umschauen. Bau dir Kugeln daraus oder ein Messer und versuche es einfach«, hörte er Mütterchen Wissen sagen. »Notfalls musst du der Schlangenwandlerin den Kopf abschlagen. Das wirkt immer, auch ohne ein bestimmtes Metall.«

»Hast du eine Ahnung! Das ist ... schwer.« Eric fiel ein, dass sie ihm die Art des zweiten Wandelwesens schuldig geblieben war. »Was hat man denn mit Gold gesteinigt?«

»Ein Krokodil.«

Er musste laut lachen. »Ja, okay, *das* ist eine echte Kunst. Oder es waren sehr große Steine.«

Mütterchen Wissen lachte mit. »Ich sehe es gerade als Cartoon vor mir.«

»Dann sage ich danke. Wenn du noch was finden solltest ...«

»... rufe ich dich an.« Sie seufzte. »Schön, dass du wieder auf dem Kriegspfad bist, einsamer Wolf.«

Eric lächelte. »Bis dann.« *Einsamer Wolf stimmt nicht ganz. Ich habe eine Begleiterin mit langen Zähnen dabei.* Er packte das Handy ein und betrat den Bahnhof, als er Sia zwischen den Säulen auftauchen sah. *Oh, Leroy hat ihr wohl zu lange gebraucht.* Er gab ihr ein Zeichen, dass alles in Ordnung war, und wollte zu den Schließfächern gehen.

Sia winkte ab und ging zum Ausgang.

Aha, sie hat sie schon gesichert. Da bekomme ich gleich einen Anschiss. Eric folgte ihr mit einigem Abstand zum Auto und setzte sich auf den Beifahrersitz. »Sorry, ich habe Neuigkeiten bekommen.«

»Ich hoffe«, sagte sie mit mühsam zurückgehaltener Wut, »dass sie was taugen.«

Eric ahnte, dass etwas vorgefallen war. »Probleme?«

»Die Bullen haben gesehen, dass die Fächer aufgebrochen wurden, bevor wir die Nummer 1257 ausräumen konnten«, stieß sie hervor. »Keine Ahnung, ob wir an den anderen Koffer kommen. Zeit für langes Warten haben wir auch nicht.«

Eric bekam kein schlechtes Gewissen, sondern berichtete ihr von seinen Informationen zur sogenannten Scharfrichterin. Verständlicherweise hob das Sias Laune auch nicht unbedingt. Fest stand, dass sie sich Gold beschaffen mussten, um daraus Waffen herzustellen.

»Wir könnten in eine Ausstellung einbrechen, wo sie historischen Schmuck zeigen. Das wäre relativ einfach«, schlug Sia vor und startete den Wagen. »Schnappen wir uns zuerst die Panther, um die Sídhe zu beruhigen. Wir haben lange genug nichts getan.«

Eric fiel der Bericht des Mönchs ein, der Cortés begleitet hatte. »Panther sind doch keine eigene Gattung, oder?«

»Habe ich Zoologie studiert?«, gab Sia knurrend zurück und fuhr los. Sie gab die Castlecat Road ins Navi ein und folgte den Anweisungen, die sie nach Norden auf den Motorway führten.

Eric meinte sich zu erinnern, dass Panther Fellanomalien des Jaguars waren. *Brauche ich das Gold jetzt schon?* Er nahm das Netbook und kontrollierte die Geburtsdaten des Pärchens. Sie waren erstens zu jung und zweitens in England geboren. Die Degeneration sollte weit genug fortgeschritten sein, um sie anfällig für Argentum gemacht zu haben. *Nein, sieht gut aus. Da sollte Silber ausreichen.*

Es ging weiter nach Norden. Sie mussten den Motorway verlassen, dann folgten sie einer Straße, an der unentwegt die

Sehenswürdigkeit Giant's Causeway und die Destillerie Bushmills ausgeschildert wurden.

Eric las nach, was der Causeway war.

Nicht nur, dass sie Vampire haben, nein. Es gibt auch noch Riesen. Der Legende nach soll der Riese Fionn Mac Cumhaill eine Brücke oder besser gesagt einen Damm erschaffen haben. Er türmte die Steine aufeinander, um trockenen Fußes nach Schottland zu eilen, denn dort wollte er die Tochter des dort lebenden Riesen ehelichen; tatsächlich führte in Schottland eine ähnliche scheinbare Steinkonstruktion ins Meer.

Nette Legende. Eric betrachtete die Bilder von den eckigen Basaltstempeln, die aus dem Boden ragten, als wären sie wirklich mal Bestandteil eines Wegs gewesen. Wissenschaftlich klang es wesentlich nüchterner: Lava, die sich langsam verteilt, gleichmäßig abkühlt und Risse bekommt. Den Vulkan selbst gab es schon lange nicht mehr. *Die Legende hat was. Aber bitte, bitte nicht auch noch gegen Riesen in den Kampf ziehen.*

»Wir sind auf der Castlecat Road«, meldete Sia und klang etwas entspannter. Sie hatte die Niederlage am Bahnhof überwunden. »Halten wir mal Ausschau, wo Herr und Frau Panther wohnen.«

Eric machte seine Waffen einsatzbereit. Die Pistolen steckte er ein, das G36 legte er quer über den Schoß und breitete seine Jacke darüber. »Kann losgehen.«

Die Castlecat Road war keine pittoreske Straße, sondern viel befahren und anscheinend bei Lastwagen sehr beliebt. Als sie sich der angegebenen Adresse näherten, sahen sie eine Einfahrt. Das eigentliche Anwesen lag weiter zurück.

»Hier können wir nicht rein. Das wäre zu auffällig.« Sia fuhr weiter und steuerte den Dacia nach einem halben Kilometer auf einen Parkplatz, dort stiegen sie aus.

Sie schlüpften zurück in die Kleidung von Wandertouristen, danach sichteten sie die erbeuteten Koffer gründlich. Drei Pistolen der Marke SigSauer fand Eric in einem der Magazinbehältnisse. »Hier. Was für dich.« Er reichte sie Sia. »Schalldämpfer haben sie auch dazugelegt.«

Sie nickte und verstaute zwei Pistolen am Gürtel unter der Kleidung, die dritte ließ sie im Wagen.

Dann stiefelten sie los, querfeldein, über graue, lose aufgeschichtete Steinmäuerchen und sattgrüne Wiesen hinweg.

Vor ihnen wurde eine Villa sichtbar, die weit von der Straße entfernt stand und sich durch einen adretten, aber dichtbewachsenen Park vor dem Lärm der Lastwagen und Autos schützte.

Außer dem Anlegen eines sehr schmalen Wegs war nichts im Unterholz gemacht worden. Auf dem fruchtbaren Boden wucherten die Rhododendren sowie Farn mannshoch zwischen den Stämmen und versperrten die Sicht. Das Jagdrevier zweier Raubkatzen.

Ein Urwald! »Eine Machete wäre gut«, sagte Eric und folgte dem Pfad. »Am besten aus Gold.«

Sia und er schlugen sich kurz vor Erreichen des Hauses in die dichten Büsche, um das Gebäude vom Rand aus zu beobachten.

Schönes Haus. Erinnert mich an meine alte Villa in München. Zweistöckig ragte es in die Höhe, gebaut aus grauem Granit und mit Schiefer gedeckt, hohe Fenster ließen auf großzügige Räume im Inneren schließen. Nirgends brannte Licht.

Sia zeigte nach rechts. »Stallungen«, wisperte sie, und ihr Atem umspielte Erics Ohr. »Ich rieche verschiedene Tiere: Kaninchen, Hühner, Schafe, Ziegen.«

Er schauderte, als er ihren Hauch spürte. »Wird ihr Essen sein.« Eric stellte sich vor, wie die Panther sich durchs Unterholz pirschten und ihre Beute hetzten, die sie kurz vorher aus dem Stall gelassen hatten. *That's entertainment.*

Unvermittelt wünschte er sich, die Vampirin zu küssen, an ihren Brustwarzen zu lecken und hineinzubeißen, ihr Blut zu trinken und ihr warmes, weiches Fleisch zu kosten ... Er erschrak vor den Gedanken, die er nicht steuern konnte. *Was ... was war das denn?*

Um weitere solche Visionen zu unterdrücken, sah er rasch nach vorne. Er musste schlucken. »Gehen wir rein?«, fragte er heiser vor Erregung.

»Welche Taktik schlägst du vor? Sie sind zu zweit, wie wir, aber sie kennen sich auf dem Gelände und im Haus blind aus.«

Gut, sie hat nichts bemerkt. »Falls sie überhaupt da sind.« Früher wäre das der Zeitpunkt gewesen, wo er sich auf seine Bestiensinne verlassen hätte: Gerüche, Geräusche, jeder Laut hätte ihm einen Anhaltspunkt gegeben. Doch er war kein Loup-Garou mehr, seine diesbezüglichen Vorteile waren verschwunden; einzig das gute Gehör war ihm geblieben. »Ich habe keine Taktik«, gestand er und hob das Gewehr. »Wir sollten als Team jagen, nicht einzeln. Dann würden sie uns mit Sicherheit auseinanderreißen. Es ist ihr Terrain, und das bedeutet einen riesigen Vorteil für sie.«

Sia nickte und eilte los, raus aus dem Mix aus Rhododendren und Farn, auf die kurze Seite des Hauses zu, an der keinerlei Lampen oder Kameras zu sehen waren.

Eric hetzte ihr hinterher, das G36 schräg vor sich haltend.

Das Haus blieb dunkel, niemand schien sich um die beiden Eindringlinge zu kümmern.

Sia war bereits dabei, das Fenster zu untersuchen, und hebelte mit einem flachen Dolch daran herum, bis es *klack* machte; leise schob sie es auf und schwang sich hinein.

Es ist anscheinend keiner zu Hause. Eric kam ihr hinterher und stand in einem Esszimmer, wie ihn die Einrichtung vermuten ließ. Die ehemals dunkle Wandvertäfelung war abgebeizt und das Nussholz zum Vorschein geholt worden. Tisch und Stühle waren hell; sauber und ordentlich lag das fremde Zuhause vor ihnen. *Und es riecht nicht nach Raubkatzenkäfig.*

Sia und er rückten vor, sicherten sich gegenseitig von Raum

zu Raum, durch Korridore. Sie hatten nach einer halben Stunde die gesamte Villa auf den Kopf gestellt, nur um festzustellen, dass sie wirklich alleine waren.

Eric fand das gut. »Wir sollten uns Gedanken machen, wo wir ihnen eine Falle stellen.«

»Im Foyer, ganz klar.« Sia zeigte nach unten in die Eingangshalle. »Du sitzt mit deinem Gewehr hier oben, ich bleibe unten und verstecke mich im Durchgang zum Esszimmer. Sobald einer von beiden reinkommt, legen wir los. Sind sie zu zweit, warten wir, bis beide drin sind. Du schießt immer auf den Ersten, ich auf den Zweiten.«

Eric konnte sich nicht erinnern, einen weiteren Aus- oder Eingang gesehen zu haben. »Macht Sinn.« Er legte sich auf den Boden, halb hinter die Deckung eines großen Pflanzentopfs, in dem eine Zimmerpalme wuchs. Von der Galerie aus hatte er das Foyer unter Kontrolle. »Machen wir sie wirklich fertig?«

»Du meinst, sie hätten eine Chance verdient, verschont zu werden? Für was? Um sie als Verbündete gegen den Sídhe zu gewinnen?«

»Zum Beispiel.«

»Zu unsicher. Mir ist lieber, wir präsentieren den Vampiren ihre Leichen. Ich will kein Risiko eingehen. Sollen die Sídhe glauben, ich würde ihnen gehorchen. Um Wandler tut es mir nicht leid.« Sia eilte die Treppen hinab und verschwand aus seinem Gesichtsfeld.

Eric mochte das Warten nicht besonders, aber es gab keine Alternative dazu. Betrachtete er es nüchtern, war ein leeres Haus sogar das Beste, was ihnen hatte passieren können. *Der Kampf wird hart genug werden.*

Der Duft der Vampirin stieg in seine Nase. Das wunderte ihn, denn eigentlich hatte er seinen herausragenden Geruchssinn verloren geglaubt. Oder aber er witterte sie besonders gut.

Was ist mit mir? Seine Gedanken waren die eines Psychopathen, der Sexuelles mit Gewaltphantasien und Abnormitäten kombinierte – allerdings nur, wenn es um Sia ging.

Nach seiner Wandlung in dieses neue Wesen hatte er durchaus noch mit Lena geschlafen, und der Sex war erfüllend gewesen. Nicht mal im Traum wäre ihm in den Sinn gekommen, ihr die Nippel abzubeißen oder ihr mitten im Koitus den Hals aufzureißen und sie fressen zu wollen.

Es liegt an Sia. An dem, was sie ist.

Eric mochte diesen Gedanken nicht. Es wäre ihm lieber gewesen, sie als Frau zu begehren, nicht als Monstrum.

Er versuchte, sich an den genauen Wortlaut dessen zu erinnern, was seine Halbschwester ihm andeutungsweise über den Dämonenpakt erklärt hatte. Da Sia auch einem dieser Fegefeuerzampanos diente, lag es unter Umständen daran, dass sie durch ihre Herren verfeindet waren? *Eine Höllenfehde, die sich auf die Diener übertrug ... Sia lässt sich das nicht anmerken. Oder ist die mörderische Anziehungskraft einseitig zu verstehen? Verdammt, ich steige nicht dahinter!*

Erics Überlegungen wurden durch ein leises Klirren, gefolgt von einem metallischen Schließgeräusch beendet: Jemand öffnete die Haustür.

Er tauchte hinter die Zielvorrichtung des G36 ab und nahm den Zoom ganz heraus. Er brauchte die Totale.

Zwei durch das Holz gedämpfte Stimmen erklangen, die eines Mannes und einer Frau, die miteinander scherzten und lachten. Dann öffnete sich der Eingang – und das Paar trat gemeinsam ein. Es gab keinen Vorderen und Hinteren, die Zielabsprache mit Sia war hinfällig geworden.

Verflucht! Eric hatte zuerst warten wollen, bis die Vampirin das Feuer eröffnete. Doch was war, wenn sie auf ihn wartete?

Dem Pärchen sah man die Wandlerzugehörigkeit nicht an. Sie trugen einfache Sachen, er schwarze Hosen und ein dickes rotkariertes Hemd, sie einen knielangen roten Rock mit einem Mantel drüber. Beide sahen durchschnittlich aus, nichts, wonach sich Männer oder Frauen umdrehen würden.

Schieß schon, Sia!

Aber es blieb still.

Herr und Frau Panther traten Arm in Arm ein. Da hob er den Kopf, die Nasenflügel blähten sich kurz; seine Augen wurden schmal. Die Körperhaltung der Frau änderte sich, sie schien sich kampfbereit zu machen.

Lange genug gezögert. Eric jagte ihm zwei Kugeln in die Brust, obwohl der Wandler sich schon im Ausweichsprung befand. Sia schoss ebenfalls, aber leider auf das gleiche Ziel. Ihre Geschosse jagten dem Mann durchs rechte Auge, durch die Nase und die Wange. Mit einem absonderlichen Schmerzensschrei fiel er zu Boden, sein sterbender Leib schüttelte sich. Rauch quoll aus den Wunden.

Auch wenn Eric das G36 verdammt schnell herumgeschwenkt bekam, ging seine Garbe ins Leere und malte eine unregelmäßige Punktlinie in die Wand; klingelnd regneten die Hülsen auf den Marmor. Das Pantherweibchen war verschwunden.

»Scheiße!«, schrie er und sprang auf die Beine. Er hatte einen Schatten vor dem Haus am Fenster vorbeilaufen sehen.

Sia spurtete los und war zuerst zur Tür hinaus. Dank seiner Schnelligkeit konnte er den Anschluss zu ihr halten.

Vor ihnen rannte die Wandlerin, die sich im Spurt verwandelte. Zuerst hatte Eric geglaubt, sie wäre gestürzt, aber sie war gesprungen und rannte nun auf vier Pfoten vor ihnen davon, weg von der Straße und in Richtung Norden. Das Dickicht aus Rhododendren und Farn gab ihr Deckung.

Den Vorsprung, den Sia vor ihm hatte, verlor sie abrupt. Wie angewurzelt blieb die Vampirin vor Wut tobend an einem kleinen Bachlauf stehen, während er mit einem harmlosen Sprung ans andere Ufer setzte. Sie musste sich erst eine Stelle suchen, an der sie das fließende Wasser passieren konnte. Die Einschränkung der Judastochter wurde gerade jetzt ein echtes Problem.

Einer gegen einen. Erics Jagdtrieb erwachte, doch es kostete ihn viel Mühe, das Tier im Auge zu behalten. Das schwarze Fell bot die perfekte Tarnung in der Nacht, doch die Wandlerin beging den Fehler, nicht stehen zu bleiben und sich darauf zu verlassen, sondern sie sprintete unaufhörlich vorwärts. Das leise Knistern und Rascheln wies ihm den Weg.

Eric sprang über weitere Bächlein, die Sperren für Sia bedeuteten. *Ich kann nicht damit rechnen, dass sie mir bald zu Hilfe kommt.*

Die Jagd ging weiter und weiter, führte raus aus dem Garten und über die Wiesen. Bald roch es nach Meer, und Eric vernahm das Donnern der Brandung. Auf dem Meer musste Sturm geherrscht haben, die Wellen donnerten mit Wucht gegen die Basaltklippen. Der Wind frischte auf, die Vegetation wurde spärlicher.

Gischt benetzte Erics Haut, und er ahnte, dass es auf Sia wie Säure wirken würde. Spätestens nun brauchte er nicht mehr auf ihren Beistand zu hoffen.

Vor ihm erschien die Küstenlinie und der nach unten abfallende Steinstrand. Die Pantherin kletterte behende über die sechseckigen Steinsäulen, zeigte sich dabei aufreizend und mit dem Schweif zuckend.

Wird das eine Falle? Eric legte das G36 an, und die Bestie sprang in Deckung. Er musste näher heran, wenn er sie haben wollte.

Der Wind zerrte an ihm, verfing sich in seiner weiten Wanderkleidung und brachte ihn mehrmals aus dem Tritt. Eric eilte auf dem dunklen Steinpfad entlang, die einzige Beleuchtung lieferten ihm die Gestirne.

Das Meer wogte und brauste neben ihm, schleuderte Gischt gegen ihn und schien sich auf die Seite der Wandlerin geschlagen zu haben. Es war unmöglich, bei diesen lauten Geräuschen etwas zu hören.

Sie hat genau gewusst, warum sie mich hierherlockte. Weil

ihm nichts anderes übrigblieb, musste er aus dem Schutz der Felsen heraus und die Felsenstempel erklimmen, um von oben Ausschau nach der Pantherin zu halten; das Gewehr im Anschlag, drehte er sich wie eine martialische Spieluhrfigur langsam um sich selbst und suchte nach der Wandlerin; die unaufhörliche Gischt hatte ihn schon lange durchnässt.

Die Attacke erfolgte unvermittelt, obwohl er damit gerechnet hatte. Die Pfoten verursachten auch ohne die lärmende See kaum ein Geräusch. Echte Aussichten, seine Gegnerin kommen zu hören, hatte er nicht gehabt.

Pfoten trafen ihn in den Rücken, Krallen schlitzten sein Fleisch auf.

Eric stürzte nach vorne, wollte einen Ausfallschritt machen und spürte einen heißen Schmerz am linken Unterschenkel. Die Bestie hielt ihn mit ihren Nägeln fest, und er knallte gegen die nächste Basaltsäule. Das Gewehr konnte er nicht mehr festhalten, klappernd verschwand es unter ihm im durchfluteten Steinwald.

Er wälzte sich auf den Rücken – gerade noch rechtzeitig, um die heranschnellenden, langen Zähne der Pantherin aufzuhalten. Mit beiden Händen griff er nach ihrer Kehle und hielt die Bestie zurück, deren Augen finsterrot glommen. Sie hätte ihm mit einem Biss den Kopf vom Nacken trennen können.

Sie fauchte zornig. Die Pranken fuhren über Erics Brust abwärts und zogen tiefe, blutende Rillen in seinen Leib; die Krallen kratzten über die Rippen, und er musste vor Schmerzen aufschreien.

Eric versuchte, mit den Füßen unter ihren Körper zu kommen und sie nach hinten zu schleudern, aber sie wich aus und hielt ihn nach unten gedrückt, schüttelte sich, um seine Hände von ihrer Kehle zu lösen.

Eric musste bald auf die Dämonenkraft zurückgreifen, auch wenn er sie hasste. Doch ohne den Feuerteufel heraufzubeschwören, stieg er vermutlich nicht lebend vom Giant's Causeway.

Die Wandlerin nahm die Halbform an. Knochen wuchsen, veränderten sich, der Leib streckte sich und wurde kräftiger. Innerhalb weniger Herzschläge hatte sie sich zu einem bizarren Mischwesen aus Mensch und Panther geformt; Speichel troff aus ihrem Maul auf Erics Gesicht.

Sie sagte etwas auf Gälisch zu ihm, was er nicht verstand, dann wiederholte sie es auf Englisch. »Ich fragte: Hat der Ard Rí sich nicht selbst zu uns getraut, um sein Versprechen wahr zu machen?«

Sie verwechselt mich mit jemandem! Er lag still, das Salzwasser brannte in seinen Wunden. »Der Ard Rí?« Eric hörte den Namen zum ersten Mal. *Es gibt anscheinend Fehden innerhalb der Wandlergruppierungen. Die Panther haben es sich mit einem der Könige verdorben.*

Die Pantherin bohrte ihre Krallen in seinen Brustkorb, und er sog laut die Luft ein. Lange konnte er nicht mehr mit der Wandlung in das Dämonenwesen warten. »Wer sonst sollte euch zu mir schicken? Er hat mir den Tod versprochen, und ...«

Sie legte den Kopf schief, näherte sich ihm. Die dünnen Barthaare kitzelten ihn. »Du riechst nicht wie ein Wandler und nicht wie ein Mensch.« Die Krallen wurden aus seinem Körper gezogen. »Aber das rettet dich nicht.« Der Schlag ging nieder, zielte auf seinen Hals.

Eric wälzte sich zur Seite und ließ sich von der Basaltsäule fallen, schrammte an den Pfeilern vorbei und stürzte in die eisigen Fluten.

Eine Strömung erfasste ihn und presste ihn gegen etwas Festes, die Luft wich aus seinen Lungen. Die Qualen nahmen zu. Er konnte sich vorstellen, wie sein Blut sich mit dem Meerwasser vermischte. Dann kam ein neuer Schmerz hinzu, der sich in seine rechte Schulter grub und ihn nach oben riss.

Eric wurde durch die Luft geschleudert und landete auf dem Strand. Hustend richtete er sich auf und ließ dem Bösen in sich freien Lauf. Bevor ihn die Pantherin angreifen konnte, musste er die Dämonenkraft in sich aktiviert haben.

Die Bestie sprang mit einem gewaltigen Satz durch die Luft und landete vor ihm, ging federnd in die Hocke. Feuchtigkeitsperlen rannen über das samtschwarze Fell, tropften zu Boden. »Ich überlasse dich nicht der See, Mörder. Du hast meinen Mann erschossen, und dafür werde ich dich umbringen. Dich und den Ard Rí! Ich fürchte mich nicht vor ihm und seiner Scharfrichterin!« Sie griff ihn fauchend an.

Eric blieb keine Zeit zum Denken, er agierte rein instinktiv. Er wich aus, so gut es ging, entkam den Krallenhieben und den scharfen Zähnen nicht immer, kassierte Schnitte und Bisse, ohne die Pantherin entscheidend mit seinen Hieben zu treffen. *Was ist los? Warum tut sich nichts?* Mit wachsender Angst realisierte er, dass seine Dämonenfertigkeit nicht ansprang. Als guter Kämpfer alleine bestand er nicht gegen eine Wandlerin.

Es krachte laut, ein künstlicher Blitz erhellte rechts von ihm die Nacht.

Die Pantherin schrie und hielt sich die Schulter. Der zum Schmetterhieb gegen seinen Kopf erhobene Arm senkte sich.

Sia hat mich gefunden. Eric zog schwerfällig seine HK USP aus dem Achselholster und legte ebenfalls auf die grollende Bestie an, drückte mehrmals hintereinander ab. Die schallgedämpften Schüsse mischten sich mit dem Wummern von Sias Waffe.

Die Pantherin warf sich herum und flüchtete.

Du entkommst nicht. Eric ließ seine leergeschossene Pistole fallen und zog die P8, jagte mehrere Kugeln innerhalb weniger Sekunden aus dem Lauf.

Die Bestie begann zu taumeln, fauchte kläglich und stürzte stolpernd in die heranrollenden Wellen. Die Wogen umspülten den erschlafften Körper und zogen ihn bei ihrer Rückwärtsbewegung mit sich, während die Umwandlung in eine Frau einsetzte.

Tot. Die werden wir nicht mehr zu sehen bekommen. Mit zusammengebissenen Zähnen hob Eric seine Waffe auf und wechselte die Magazine, bevor er sich auf die Beine stemmte. Jede noch so kleine Bewegung verursachte ein Brennen und Ziehen; die schlimmen Wunden verheilten jedoch bereits.

Er sah sich um und entdeckte Sia, die nicht weit entfernt vom Strand in einer Senke stand. Sie gab ihm ein Zeichen und deutete nach hinten.

»Alles klar«, schrie er und ging los. Er ächzte und schnaufte wie ein alter Mann, den man gezwungen hatte, die Treppen des Empire State Buildings hinaufzurennen. *Das war verdammt knapp. Sie hat mir schon wieder den Arsch gerettet.*

Sia wartete in der Mulde, wo der Wind sie nicht erreichte. Sie trug eine Sonnenbrille und einen Schal als Schutz vor dem Seewasser vor dem Gesicht. Die wenigen freien Stellen sahen verbrannt und verätzt aus. »Ist sie tot?«

»Ich denke, ja. Das Meer hat sie sich geholt, bevor ich nachschauen konnte.« Eric hielt sich die Seite, wo die Pantherin besonders tief in seinem Fleisch gegraben hatte. »Danke.«

»Du hast deine Perücke verloren, Leroy.« Sias Gesicht konnte er nicht sehen, aber ihre Stimme vermittelte Amüsement. »Was das Retten angeht: Ich habe das Gefühl, dass du dich mehr als einmal wirst revanchieren können.«

Eric blieb ernst. »Die Pantherin hat irgendetwas über einen Ard Rí gesagt. Anscheinend gibt es Fehden unter den Wandlern.«

Sia zeigte mit dem Daumen über die Schulter zur Villa. »Stellen wir das Haus auf den Kopf, um nach weiteren Beweisen zu suchen. Was meinst du, wer der Ard Rí ist?«

»Ich schätze, dass es ein anderer Wandlerkönig ist.« Eric kam ein Gedanke. »Die Pantherin sprach davon, dass die Schlangenwandlerin die Scharfrichterin des Ard Rí sei. Diese Bezeichnung habe ich im Zusammenhang mit den BlackDogs oder den Hell-

Dogs nicht gehört: Rí, Oenach, Tuatha, das ist die offizielle Reihenfolge innerhalb der Riege der Wandler, welche dir die Sídhe aufgeschrieben haben. Richtig?«

Sia nickte, schwieg.

Sie betraten den Garten und folgten dem Pfad zum Haus.

»Liegt es daran, dass de Cao eine Zugewanderte ist und nicht zu den einheimischen Wandlerrassen gehört?« Sia legte Brille und Schal ab. Die von der Salzwassergischt beschädigten Hautpartien hatten sich regeneriert. »Wenn ich an früher denke, dann fällt mir dazu ein, dass Scharfrichter immer für eine höhere Instanz, also für die Obrigkeit oder im Namen eines Herrschers, ihr Handwerk verrichtet haben.« Sie richtete die grauen Augen auf ihn. »Möglicherweise steht ein Ard Rí ja über einem Rí?«

Eric nickte, betastete die Seite. Die Wunden waren so gut wie nicht mehr spürbar. »Wir finden es raus. Am besten bei unserem nächsten Delinquenten. Die Wandler werden uns sicherlich verraten, was ein Ard Rí ist.« Die Vorstellung, dass Sia im siebzehnten Jahrhundert mit eigenen Augen Henker bei der Arbeit beobachtet hatte, fand er bizarr. *Man sieht ihr nicht an, wie alt sie ist.*

Sie zeigte auf seine blutverschmierte Kleidung. »Sieht gruselig aus. Tut es sehr weh?«

»Es tat. Inzwischen sind die Stellen wieder so gut wie neu.« Er zog die Textilfetzen zur Seite und zeigte ihr seine Sixpacks. Rote Striemen, die langsam verblassten, waren das letzte Überbleibsel von den tiefen, langen Schnitten. »Spätestens bis morgen früh sind sie verschwunden.«

»Der Panther hatte ungefähr deine Statur, ein bisschen kleiner. Im Schrank wirst du sicher was finden, was dir vorübergehend passt, bis wir neue Klamotten kaufen können. Hauptsache, du siehst nicht wieder wie ein Leroy aus.«

»Wäre dir ein Orson oder ein Shelby lieber?« Eric grinste.

»Ein Bruder des Erics, den ich kenne, wäre gut.«

Sie betraten das alte Herrenhaus und schalteten die Lichter an, begannen systematisch mit der Durchsuchung des Anwesens.

Eric fand einen dunklen Anzug, Kategorie besonders teuer, der nur ein bisschen zu eng saß. Auf die Glatze setzte er eine schwarze Basecap. *Ja, so könnte ein Bruder aussehen.* Weil Sia sich durch die Schränke, Tische und Ablagen wühlte, verlegte er sich darauf, die Computer in den beiden Büros zu sichten.

Allem Anschein nach hatten Mister und Misses Killroy ein gutes Leben geführt, mit solidem Einkommen und einem fetten Bankkonto. Der Raubtierinstinkt hatte sie auch zu Jägern im Berufsleben werden lassen.

Leider kam er auf die Schnelle nicht an den Passwörtern vorbei in den geschützten Bereich, daher kramte er in den Mülleimern und fand schließlich eine Sammlung von ausgedruckten E-Mails. Die meisten von ihnen waren belanglos und wohl dazu gedacht gewesen, als Anlage für Geschäftsbriefe zu dienen.

Aber eine war von einem Absender namens: Ard Rí.

Was sagt das Netz zu dem Namen?

Eric tippte die fünf Buchstaben ein und bekam eine Erklärung, die ihn überraschte. Er hatte mit seiner Vermutung recht behalten: Ard Rí bedeutete in etwa Großkönig, der über den anderen Rís stand. *Das haben uns die Nachtkelten vorenthalten. Oder ... wussten sie es selbst nicht?*

Kurz entschlossen hob er den Hörer ab und wählte die Nummer, die ihnen zur Kontaktaufnahme von Smyle genannt worden war. Er hatte sie sich gemerkt, als Sia sie getippt hatte. Sein eigenes Handy war mit Sicherheit durchs Salzwasser unbrauchbar.

»Ja?«, sagte eine Männerstimme.

Siedend heiß fiel Eric ein, dass er und die Vampirin offiziell gar nicht zusammenarbeiteten, und somit dürfte er eigentlich nicht im Besitz der Nummer sein. Zum Auflegen war es zu spät. *Improvisation ist alles.* Außerdem hatte er gerade Lust bekommen, die Nachtkelten zu verunsichern. »Nehmen wir an, ich hätte in der Villa, in der ich gerade bin, Ihre Nummer gefunden, nachdem ich zwei Pantherwandler erschossen habe. Was würden Sie dann sagen?«

Stille.

»Wie einfallsreich. Oder denken Sie gerade darüber nach?«

»Wer sind Sie?«

»Sie können es sich denken, oder? Man spricht bereits über mich. Ich bin der Deutsche, dem es einen riesigen Spaß bereitet und eine noch größere Genugtuung ist, Bestien zu erledigen. Ich hatte gehört, dass es in Irland ein bisschen was zu tun gibt, und siehe da: Es stimmt! Ich weiß nur nicht genau, wer *Sie* sind. Auf dem Zettel mit Ihrer Nummer stand der Vermerk: Sídhe, doppelt unterstrichen, Wichser, Ausrufungszeichen, umbringen, Ausrufungszeichen. Da dachte ich mir, ich frage mal.«

»Sie sind demnach Mister Kastell.«

»*Von* Kastell.« *Läuft gut.* »Totgesagte ... na, Sie kennen den Spruch. Und *mit wem* habe ich das Vergnügen? Die Sídhe sollen ja eine Feenrasse sein, die in Hügeln lebt.« Eric konnte buchstäblich hören, wie sich die Rädchen im Kopf des Nachtkelten auf Hochtouren drehten. »Spreche ich mit einer Fee? Oder heißt das Feenrich?«

»Ich bin jemand, der von den Wandlern nicht gemocht wird, Mister von Kastell. Das könnte ein Ansatz sein, um ins Geschäft zu kommen.«

»Nur wenn ich weiß, dass Sie keiner von denen sind, Mister Fee.« Er musste grinsen. *Rotzfrech und ohne Anstand.* Justine wäre stolz auf ihn.

Jetzt lachte der Mann. »Mit Sicherheit nicht, Mister von Kastell. Was halten Sie von einem Treffen, um alles Weitere zu besprechen?«

»Klingt gut. Ich arbeite mich gerade ein wenig in die Strukturen der hiesigen Wandler ein, und ich muss sagen, dass die Iren gar nicht so schlecht organisiert sind, mit ihren Rís und dergleichen. Aber eine Sache ist mir entgangen, und wo ich Sie gerade am Hörer habe: Sagt Ihnen der Begriff Ard Rí etwas?«

Stille.

»Habe ich Sie schon wieder mit dem überrascht, was ich gesagt habe?«

»Sie haben sich nicht verhört, als der Begriff gefallen ist?«, fragte der Mann nach. Eric hörte ihm an, dass er seine Aufregung mühsam kontrollierte.

»Ich bin mir sehr sicher, Mister Fee. Denn die Pantherin war überzeugt, dass der Ard Rí für ihren Tod verantwortlich ist.« Eric drückte wahllos auf der PC-Tastatur herum, damit sein Gesprächspartner es klackern hörte. »Mh. Das Internet sagt, dass es Hochkönig oder Großkönig bedeutet.«

»Wir bereden das bei unserem Treffen, Mister von Kastell. Was halten Sie davon, wenn wir uns ...«

»Nein. *Ich* rufe Sie an und sage Ihnen, wann und wo wir uns treffen«, unterbrach er ihn. »Ich empfehle Ihnen, spontan zu sein.« Er legte auf. *Die Sídhe wussten nichts von einem Großkönig.* Im Haus erklang das Klingeln von Sias Telefon, und Eric musste breit grinsen. Sein Anruf hatte Folgen. *Aha. Neue Befehle für die Handlangerin der Vampire.*

Es dauerte keine fünf Minuten, und Sia stand vor ihm. Ihre grauen Augen blitzten anklagend. »Kann es sein, dass du eben bei den Sídhe angerufen und nach dem Ard Rí gefragt hast?«

»Sie haben aber auch verdammt schnell bei dir angerufen.«

»Idiot! Jetzt haben sie mir aufgetragen, den Großkönig umzubringen! Wie soll ich das anstellen?«, schrie sie ihn wütend an. »Wir hätten uns in aller Ruhe umhören können, aber nein, Mister Bestientöter hat einen glorreichen Einfall und telefoniert ein bisschen!« Die langen Vampirzähne waren ausgefahren. »Habe ich denn nicht schon genug Aufgaben zu bewältigen, bis ich Elena und Emma in Sicherheit weiß? Wollten wir nicht nach

Sliabh-an-Iarainn fahren und uns nach den Sídhe umschauen?« Sie schlug gegen die Wand, und ein großer Brocken brach heraus. »Das war echt nicht schlau!«

Eric sah es ein wenig anders, verstand ihre Kritik jedoch. »Ich hätte dich vorher fragen sollen«, gestand er zu. »Aber wir wissen jetzt, dass die Sídhe auch nicht wussten, dass ...«

»Das spielt keine Rolle! Sie haben mich losgeschickt. Es bedeutet jetzt keinen Vorteil mehr für uns. Sie haben den *gleichen* Kenntnisstand wie wir. Dank dir.« Sia atmete lange aus. »Na schön. Wir sind fertig hier, richtig? Ich habe nichts finden können.«

»Ich auch nicht.« Eric tat es leid, was er ausgelöst hatte. *Dafür wissen wir aber auch mehr.* »Wir gehen vor, wie wir es mal angedacht hatten: Du machst dich in Sliabh-an-Iarainn auf die Suche nach den Spuren der Nachtkelten und der Sídhe, ich räume weiter unter den Wandlern auf, um für Ablenkung zu sorgen. Dabei entdecke ich bestimmt mehr über den Ard Rí.« Er erhob sich und kam auf die einen Kopf kleinere Vampirin zu, berührte sie an den Schultern. »Vertraue mir. Wir befreien deine Schwester und deine Nichte. Schneller, als du denkst.« Ein Blick auf ihre Züge sagte ihm, dass sie ihm nicht glaubte.

Der Duft, der von ihr ausging, machte ihn sehnsüchtig und hungrig zugleich. Er wollte die Zähne in sie schlagen, von ihrem Fleisch kosten und ...

»Versuchst du, meine Schultern zu massieren oder zu quetschen?«, fragte sie und schob seine Arme weg. »Das solltest du noch üben.« Sia wandte ihm den Rücken zu und ging los.

Der schutzlose Nacken hatte eine verheerende Wirkung auf Eric: Unbändiges Verlangen mischte sich mit überwältigender Gier. Just in diesem Moment wäre es besonders leicht, die Vampirin zu packen und sie dann mit einem kräftigen Biss ... *Nein!* Er schlug sich mit der Faust einmal gegen die Stirn. *Hör auf damit, was immer du bist, das es mich gerne tun ließe.* Seine

Dämonenmale fühlten sich warm an, als wären sie es, die den tödlichen Heißhunger auslösten.

Sia hatte den Raum verlassen. »Kommst du?«, rief sie von draußen. »Und such dir einen neuen Wagen aus. Ich habe gesehen, es hängen zwei Schlüssel am Brett. Ich fahre nach Leitrim, du klapperst die Namen auf der Liste ab. Ich empfehle dir den Bären. Barnaby irgendwas. Ruf mich an, wenn du Neuigkeiten hast.«

Eric hörte, wie die Haustür ins Schloss fiel. *Ja, es stimmt. Es war nicht clever von mir, die Sídhe anzurufen.* Verärgert über sein Telefonat, verließ er das Büro und eilte die Stufen nach unten. *Der Ard Rí und seine Scharfrichterin. Wäre sie eine normale Wandlerin, hätte ich sie weggeblasen.* Das erinnerte ihn daran, dass er sich dringend eine Waffe aus massivem Gold besorgen musste, um die Schlangenwandlerin beim nächsten Mal sicher in den Tod zu schicken.

Daher kehrte er ins Büro zurück und forschte im Internet nach Ausstellungen in Irland, bei denen Gold in jeglicher Form zur Schau gestellt wurde. Zwei Klicks, und schon war er fündig geworden. »Dinge des Alltags an Königs- und Fürstenhäusern.«

Die ultimative Erniedrigung für de Cao wird sein, wenn ich sie mit einer goldenen Bettpfanne erschlage. Eric druckte sich die Beschreibung sowie den Ort aus. Bevor er die Villa verließ, nahm er natürlich das Schlüsselbrett in Augenschein: auf einem Startmodul prangte das Emblem von VW, auf dem anderen das von Rolls-Royce.

Das ist dann wohl die Lotterie. Eric machte sich einen Spaß und wählte den VW. Er machte sich auf den Weg in die Garage und stand dort vor einem *Phantom* und einem *Touareg Hybrid. Es hätte schlimmer kommen können.* Immer noch seinem X6 nachtrauernd, stieg er in den VW und ließ das Rolltor in die Höhe fahren.

Was für einen Bären jage ich eigentlich? Ihm fiel das alte

Sprichwort ein, dass man das Fell des Bären nicht verteilen sollte, bevor das Tier nicht erlegt war. Eric fuhr hinaus und sah, dass Sia auf der Zufahrt bereits mit dem schäbigen Dacia auf ihn wartete.

Er parkte hinter ihr, lud rasch Munition zu, dann trennten sich ihre Wege vorerst, auch wenn es Eric sehr widerstrebte.

Die Gründe für seinen Widerstand hatten sich allerdings gewandelt.

Er raste mit dem Touareg Hybrid durch die Nacht, um sich der Höhle des Bären zu nähern.

Eric hoffte sehr, von ihm mehr über den Ard Rí zu erfahren. *Notfalls werde ich der Bestie einen Deal vorschlagen: Ich lasse sie laufen und zwinge sie dazu, Europa zu verlassen, wenn sie mir im Gegenzug mehr von ihrem Hochkönig berichtet.* Aus Gedankenlosigkeit überholte er auf dem falschen Fahrstreifen. *Und sobald er sich sicher ist, knalle ich ihn ab.*

6. Februar, Großbritannien, Nordirland,
Newry, 10.01 Uhr

Boída de Cao hatte die rechte Hand an die Stirn gelegt, die andere hielt den Hörer. Die pochenden Kopfschmerzen wollten nicht verschwinden, seit ihr der Deutsche eine Ladung Silber durch den Schädel geblasen hatte.

Dass er mehr als gut war und den gefährlichsten Gegenspieler darstellte, dem sie jemals begegnet war, ließ sich nicht leugnen. Dazu war er noch ein exzellenter Schütze. Die Verluste unter den HellDogs hatten sich als überraschend hoch erwiesen.

»Nein«, wiederholte sie zum vierten Mal ins Telefon. »Ich weiß nicht, wohin er verschwunden ist.«

»Aber es ist wichtig«, beharrte der Mann mit der rauchigen, eindringlichen Stimme auf der anderen Seite des Hörers. »Er zieht eine Blutspur durch Irland. Sollte es nicht gelingen, ihn aufzuhalten, dann ...«

»Du musst es nicht sagen. Ich war dabei, als er ausgeteilt hat.« Boída kämpfte gegen die plötzliche Übelkeit. Zwar besaß das Silber keine tödliche Wirkung auf sie, aber die winzigen Stückchen, die sich in ihrem Fleisch und in den Knochen festgesetzt hatten, reizten sie. Es waren unterschwellige Schmerzen, die man im Ruhezustand spürte, wie beim Warten, beim Einschlafen, beim Rumsitzen – und unvermittelt wurden sie nervig und machten sie gereizt. »Wir haben unsere Augen und Ohren alarmiert. Jeder Tuatha hat sein Bild von mir bekommen.«

»Und was wirst du unternehmen, meine Scharfrichterin?«, säuselte er.

»Das Gleiche wie alle anderen: Ich halte meine Augen offen.«

»Was mir aber nicht ausreicht!«, brüllte er, und es krachte. Anscheinend hatte er mit der Faust auf den Tisch geschlagen oder etwas gegen die Wand geworfen. »Früher oder später wird er auf *mich* kommen!«

»Du weißt, wie unwahrscheinlich das ist.« Boída wünschte sich die Kopfschmerzen davon. »Zudem kann er dir doch nichts anhaben.«

»Darum geht es nicht«, schnarrte er. »Ich habe mein Geheimnis bisher bewahren können und will es nicht durch einen Zweiten gelüftet wissen. Außerdem ist von Kastell ein Deutscher. Die haben diese beschissene Gründlichkeit, wenn es darum geht, eine Sache zu Ende zu bringen. Er wird nicht lockerlassen, bis er herausgefunden hat, wie man mich umbringen kann.«

Boída fand die Panikmache übertrieben, doch sie hielt sich

zurück. Es stand ihr nicht zu, an seinen Worten und seiner Erfahrung zu zweifeln. »Wir haben ein Telefonat aus dem Haus der abtrünnigen Panther abgehört. Anscheinend war Kastell bei ihnen und hat sie fertiggemacht. Danach hat er die Telefonnummer eines Sídhe angewählt, mit dem er gesprochen hat.«

»Mit den *Vampiren?*«

»Ja. Aber leider nichts Verwertbares, was uns voranbringt. Es kann sein, dass sie sich treffen, Kastell und der Sídhe. Da ich weiß, mit wem Kastell gesprochen hat, werde ich den entsprechenden Sídhe überwachen und mir danach beide vornehmen.«

»Gut.« Der Mann klang versöhnt. »Mach das. Bring mir den Sídhe lebend, damit wir ein Geständnis aus ihm pressen, das uns einen Grund liefert, gegen seine Art in den Krieg zu ziehen. Es müssen gute Gründe sein. Wenn ich den ersten Stein werfe, soll er so schwer sein, dass er alle von ihnen unter sich begräbt. Es darf keinen Zweifel am Verrat der Sídhe geben.«

»Ja, Ard Rí. Noch etwas, was ich für dich tun kann?«

Es blieb kurz still. »Ja. Pass auf dich auf«, sagte er dann bekümmert. »Ich vermisse dich.«

»Das tue ich, Geliebter.« Boída legte auf und erhob sich. Sie musste die Überwachung angehen, die ihr einen Kriegsgrund und Kastell liefern würde. Die Trauer wegen der Trennung vom Ard Rí schob sie beiseite.

KAPITEL XIV

Tropf ...

Kein Zeitgefühl. Keine Geräusche, nur das Wasser, das von einer Decke fällt. Tropfen um Tropfen.

Schwach. Lange nichts mehr getrunken und gegessen. Sie haben mich im Loch liegenlassen, damit ich sterbe. Alice und Grag kümmern sich nicht mehr. Ich bin wertlos.

Tropf ...

Meine Hand ... ich kann sie ... über den Stein reiben. Hin und her, hin und ...

Tropf ...

Schmerzen spüre ich nicht. Hin und her, hin und her, Schicht um Schicht. Ich höre das Geräusch.

Tropf ...

Bin so verflucht schwach. Die Hand scheint Tonnen zu wiegen. Von einer Sekunde auf die nächste ... mein Mund ist trockener als Staub.

Tropf ...

Geht nicht mehr. Ich muss aufhören. Reicht es, um zu verbluten? Mit etwas Glück entzündet sich die offene Stelle an der Hand. Blutvergiftung ...

Tropf ...

Es kann nicht so schwer sein, zu einer Vampirin zu werden! Los! Herz, bleib stehen! Ich will sterben und mächtiger zurückkehren, um Sia und Elena zu ...

Tropf ...

Sterben ... sterben ... Ich muss ... Hold my breath as I wish for death ... Oh please God, help me.

Tropf ...

Wish for death ... Oh please God, help me.

Tropf ...

Help ...

Tropf ...

Me.

Tropf ...

7. Februar, Großbritannien, Nordirland, Craigavon, 09.43 Uhr

Eric hatte wirklich mit dem Gedanken gespielt, sich einen Topf Honig zu beschaffen, um den Bären anzulocken – natürlich als Gag. Aber der Wandler würde die Aussicht, erschossen zu werden, nicht witzig finden. Der Witz mit dem Honig könnte das Fass vor dem entscheidenden Schuss zum Überlaufen bringen und Barnaby Fitzpatrick mehr in Rage versetzen, als notwendig war.

Rein, raus, fertig. Er wollte sich nicht lange aufhalten. Bären waren die stärksten Landraubtiere der Welt, und so wäre es am besten, wenn er den Koloss aus sicherer Entfernung eliminieren könnte. Was er auch getan hätte.

Dummerweise wollten sie Informationen über den Ard Rí. Und die gab es nur aus nächster Entfernung.

Ich werde bei der Idee mit dem Deal bleiben: Infos gegen sein Leben. Kann sein, dass mein Name hilft, ihn zu beeindrucken.

Er hielt den Touareg Hybrid eine Querstraße entfernt vom Wohnort des Bären an. Wenn er Barnaby Fitzpatrick richtig einschätzte, verteidigte er sein Revier und würde sein Haus als Höhle betrachten. Zwar unterlagen Wandler nicht dem Drang zum Winterschlaf, aber die dunkleren Monate machten sie träger. Leider auch gereizter.

Eric prüfte alle seine Waffen und stieg anschließend aus, näherte sich dem Haus mit einem großen neutralen Karton in der Hand, den er sich im Supermarkt organisiert hatte. *Mal schauen, ob der alte Trick mit dem Paketdienst funktioniert. Einfach, aber gut.*

Die Straße war schnell erreicht, das Haus sah er schon von weitem.

Davor stand ein hochgewachsener, massiger Mann in einer Latzhose, der eben eine Plane von einem hellroten, verrosteten Pick-up zog. Aus der Motorhaube ragten verkratzte, ramponierte Luftansauger, ein sicheres Zeichen, dass der Wagen vor langer Zeit mit einer stärkeren Maschine ausgestattet worden war.

Ja, das ist mein dicker Brummbär. Eric stellte sich vor, wie der Fahrer mit zweihundert Sachen in eine Schafherde bretterte und die Wolle sich im Ansaugstutzen verfing. *Das gäbe eine Sauerei.* Er grinste.

Der Wandler hatte ihn bemerkt und wandte sich zu ihm um, beobachtete ihn aus kleinen Äuglein heraus, die tief in den Höhlen lagen.

Jetzt bringt mir mein Karton gar nichts mehr. Eric tat so, als suchte er nach einer Hausnummer, dann ging er langsam auf den Bärenwandler zu. »Guten Morgen, Sir. Ich bin von *Stand&Deliver* und suche Millers, Hausnummer zweiunddreißig, angeblich. Aber da wohnt niemand, der so heißt.«

Fitzpatrick brummte und nickte dabei mit dem Kopf. »Stimmt. Da wohnt keiner, der so heißt.« Er musterte ihn, Pupillen waren wegen der tiefen Augen und den dichten Brauen nicht zu erkennen. Langsam senkte er die Plane. »Wir haben auch keinen in der Straße mit dem Namen.«

»Was mache ich jetzt?« Eric blieb auf Abstand und hielt sich bereit, das Schnellfeuergewehr unter dem Mantel hervorzuziehen; mit einer Hand langte er danach. »Am besten, ich rufe mal die Zentrale an.«

»Viel Erfolg.« Der Wandler widmete sich der Plane und legte sie zusammen. Er schien sich der Gefahr nicht bewusst zu sein, in der er schwebte.

Glück darf ich auch mal haben. Eric stellte den Karton ab und zog in aller Ruhe das Gewehr heraus. »Wir gehen ins Haus. Ich hätte da einige Fragen an Sie, die den Ard Rí betreffen.«

Fitzpatrick ließ die Plane auf die Ladefläche des Pick-ups fallen und drehte sich halb um. »Ich nehme an, dass Sie Silberkugeln benutzen?«

»Jepp.«

»Dann werde ich mich wohl nicht gegen Ihren Vorschlag wehren.« Der Wandler trottete los, zurück zum Haus und sperrte die Tür gemütlich auf, als würde er mit einem Freund nach Hause kommen.

Eric folgte ihm und lauerte auf jede noch so kleine Regung, die auf einen Angriff schließen ließ. Er hatte nicht vor, Bekanntschaft mit den Fängen und Tatzen des Bären zu machen. Bislang verhielt sich Fitzpatrick ruhig.

»Wollen Sie eine heiße Milch mit Honig?« Er führte Eric in die Küche. »Es ist sehr leckerer Honig. Aus dem Nektar von Orangenblüten gewonnen.«

Er erfüllt zumindest das Klischee. »Nein danke.« Er lauschte, konnte aber nichts hören, was auf weitere Bewohner schließen ließ. Er sah zu, wie sich der Wandler Milch auf dem Herd erhitzte und einen Löffel der goldfarbenen Flüssigkeit hineinlaufen ließ. »Was hat es mit dem Ard Rí auf sich, Mister Fitzpatrick?«

»Sind Sie ein Jäger? Und wenn ja: für wen? Für sich selbst, oder sind Sie ein bezahlter Killer?« Er lachte dunkel und sah Eric an, die dichten Augenbrauen zogen sich zusammen. »Sie sind entweder auch ein Wandler oder jemand, der durch einen von uns eingeweiht wurde. Dass Sie ausgerechnet *zu mir* kommen, *das* ist schon lustig.«

Eric rechnete jederzeit mit einem Angriff. Fitzpatrick täuschte den Gutmütigen vor, das spürte er. In dem Wandler herrschte größte Anspannung, weil er wusste, dass eine Salve Silberprojektile gegen ihn effektiv waren wie nichts anderes. Der Tod machte gerade einen Hausbesuch bei ihm. »Wieso ist das lustig? Sind Sie der Ard Rí?«

Fitzpatrick schüttelte den Kopf, goss sich die dampfende Milch in einen Becher und setzte sich an den Küchentisch; der Stuhl knarrte laut unter seinem Gewicht. »Nein, sicherlich nicht. Aber ich war der Erste, der alle anderen vor ihm gewarnt hat.«

»Gewarnt bedeutet *was?*« Eric blieb an der Tür stehen, den Finger am Abzug. Selbst im Sitzen war der Wandler fast so groß wie er, und sein Gewicht schätzte er auf um die einhundertfünfzig Kilogramm. *Viel Fett und noch mehr Muskeln.*

Fitzpatrick schlürfte an seiner Milch und lächelte selig wie ein kleiner Junge. »Ich habe den Rís gesagt, dass er Probleme machen wird«, brummelte er, »mit seiner selbstherrlichen Art und seiner selbstverständlichen Erfüllungserwartung: Was er sagt, das muss getan werden.«

»Wenn ihn niemand leiden mag, warum haben die Rís ihn dann akzeptiert?«

Fitzpatrick zeigte auf Erics Gewehr. »Warum sitze ich hier und rede mit Ihnen? Richtig: Sie sind im Vorteil. Genau *das* ist auch der Ard Rí. Er vermag mehr als die sonstigen Wandler, er ist mächtiger und gefährlicher, und deswegen kann er alle für sich arbeiten lassen. Seit er diese Schlange an seiner Seite hat ...«

»Boída de Cao?«

»Seine Scharfrichterin und Bettgespielin, ja«, sagte Fitzpatrick. »Durch sie hat er einen Trumpf in die Hand bekommen, gegen den kein anderer Rí anstinken kann. Sie kuschen vor ihm.«

Das sind doch mal News. Eric hob die Augenbrauen. »Welchen Gegenwert bringt er? Ich meine, wenn Sie und die irischen

Wandler sich einfach zusammenschließen würden, um ihm in den Arsch zu treten ...«

Fitzpatrick schlürfte wieder am Becher, und zwar so laut, dass er Eric damit unterbrach. »Niemand kann ihn besiegen. Das ist meine feste Überzeugung. Glauben Sie mir, es haben schon welche versucht, aber von denen habe ich keinen lebend mehr gesehen.« Er schmatzte und schloss sekundenlang die Lider, wohl um den Geschmack seines Getränks zu genießen. »Eine Sache kann er sich anrechnen: Er hat die Fehden unter den Wandlern beendet. Früher haben sie sich selbst zerfleischt, die Tuatha der Hundewandler, die Selkies, die Füchse und Katzen. Sie kämpften gegeneinander.«

»Was war das Mittel für den Frieden?«

»Das älteste der Welt: der Tod.« Der Bärenwandler lachte, sein Bauch wogte dabei. »Er hat sämtliche Rís umgebracht, und die Oenach wählten aus Furcht vor ihm diejenigen aus ihren Reihen zum König, die dem Ard Rí Treue schworen. So ist es bis heute geblieben. Jeder der Rís hat sein zugeteiltes Territorium ... nein, sie haben es vom Ard Rí *verliehen* bekommen. Lehensherrschaft. Wie im Mittelalter.« Fitzpatrick lachte dunkel. »Ein scheiß Freak ist das! Hält sich für einen Lord und macht die anderen zu seinen Knechten.«

Eric war froh, sich den Bärenwandler vorgeknöpft zu haben. Er war durchaus bereit zur Mitarbeit und versorgte ihn mit Informationen, die plausibel klangen. »Sind Sie auch sein Knecht?«

»Nein. Ich mache, was ich will, jedenfalls im Rahmen meiner Möglichkeiten. Ich habe mich mit den BlackDogs arrangiert. Dafür brauche ich keinen Ard Rí.«

Die alles entscheidende Frage: »Wo finde ich ihn?« Eric zwang sich, die Konzentration nicht sinken zu lassen. Er musste kampfbereit bleiben, falls Fitzpatrick losschlug. Bären waren dafür bekannt, keine Warnsignale vor einem Angriff zu zeigen.

»Er ist meistens in Coleraine. Ihm gehört dort das Hotel

GoldenTimes. Das gesamte obere Stockwerk ist sein Reich und gut gesichert.« Die winzigen Augen verschwanden hinter einer Dampfwolke, die aus der Tasse stieg.

»Wie sieht er aus?«

Fitzpatrick lachte brummend. »Malen kann ich ihn nicht. Er macht auch nicht so viel her, würde ich sagen. Schwarze Haare, gelbliche Augen, als wäre ... Goldflitter drin. Normale Statur, und ... ach ja, die Narbe. Sie reicht auf der rechten Seite von der Stirn senkrecht nach unten bis zum Halsansatz. Sieht aus, als hätte mal jemand versucht, ihm den Schädel zu spalten.«

Eric nickte zufrieden. »Das hört sich ziemlich unverwechselbar an. Unverwundbar ist er demnach nicht?«

»Wie gesagt: Er hat viele Mörder überstanden.« Der Wandler hob die Schultern. »Und was haben Sie dabei, dass Sie denken, ihn umbringen zu können?« Er zeigte mit der Tasse auf Eric. »Raus mit der Sprache: Ich bin neugierig.«

»Silber?«

Fitzpatrick lachte dröhnend auf, und das Bärenhafte in seiner Stimme kam voll zum Tragen. Die Einrichtung vibrierte, die leere Tasse auf dem Tisch hüpfte ein bisschen. »Silber. *Das* ist gut! Und wer schickt Sie?«

»Muss mich denn jemand schicken?« Eric lauschte auf Geräusche aus der Umgebung, doch sie waren unverändert alleine.

Der Wandler nippte wieder an der Milch. »Wer käme auf die Idee, nach Irland zu reisen und gezielt nach dem Ard Rí zu fragen? Dafür kommen nur wenige Menschen in Betracht. Und SIE sind ein Mensch. Mit Akzent. Ein deutscher, würde ich sagen.« Er schnupperte demonstrativ. »Wobei, da ist eine kleine Note in Ihrem Geruch, die ich nicht einordnen kann.«

»Hat der Kerl auch einen echten Namen?«

»Nein, hat er nicht. Er nannte sich von Anfang an Ard Rí.«

Warum hat er gelacht, als ich Silber erwähnte? Eric erschien die Sache immer mysteriöser. »Woher ...«

»Hören Sie, Mister, alles, was ich über ihn weiß, habe ich Ihnen gesagt«, fiel ihm Fitzpatrick grummelnd ins Wort. »Ich wünsche Ihnen für Ihr Unterfangen alles Glück, das man auf dieser Welt haben kann. Darf ich jetzt gehen?« Demonstrativ stellte er den Becher hart auf dem Tisch ab.

Eric hatte ein Problem: Er fand den Wandler nett. Das machte es ihm schwer, den Abzug nach hinten zu drücken und sein Leben zu beenden. *Er ist eine Bestie, und ich kann nichts tun, um ihn davon zu heilen. Er wird immer eine Gefahr für die Menschen in seiner Umgebung sein. Ein wildes Tier mit der Gier nach Blut und Fleisch.*

Fitzpatrick sah das Zögern. »Was ist, Kumpel? Mehr Infos habe ich echt nicht!« Seine Augen schienen noch kleiner zu werden, und er setzte sich langsam aufrecht hin; seine Hände stützten sich am Tisch ab. »Du hast mir immer noch nicht gesagt, wer dich geschickt hat und wie dein Name ist.«

Eric sah den Wechsel der Körperhaltung als Zeichen, dass sich der Wandler zur Attacke bereitmachte. »Eric von Kastell.«

Fitzpatrick packte den Tisch und wollte ihn schleudern.

Zumindest hat er von mir gehört. Er löste das G36 sofort aus und war froh, dass der Bärenwandler ihm einen Grund gegeben hatte.

Mehr als ein Anheben des Möbelstücks wurde daraus nicht mehr. Das schallgedämpfte Gewehr spuckte abwechselnd Vollmantel- und Dumdumgeschosse gegen den Mann und durchlöcherte den breiten Oberkörper. Die massiven, gehärteten Argentumprojektile traten aus dem Rücken wieder aus und jagten in die Küchenzeile.

Kochgeschirr flog umher, Fliesen platzten, und die Dunstabzugshaube erhielt Löcher; gleichzeitig rissen die weicheren Kugeln dicke Löcher in den Körper und ließen das Blut spritzen. Rauch stieg kräuselnd auf.

Fitzpatrick fiel ächzend nach hinten, gegen den Herd, und

brachte das Ceranfeld zum Bersten. Noch immer hatte er Kraft, versuchte sich festzuhalten und hinterließ mit den länger werdenden Fingerkrallen lange Rillen in den Schranktüren. Schwarze Glassplitter regneten zu Boden, das Spülbecken riss heraus, Wasser sprudelte aus der gebrochenen Leitung und strömte in den Raum. Backförmchen schwammen gegen Erics Stiefelspitzen, die kleine Welle schwappte weiter in den Flur.

Sorry. Eric sah Fitzpatrick beim Sterben zu, der dabei nicht ausrastete und um sich schlug. *Ging nicht anders.*

Mehr und mehr entspannte sich der Körper, die Augen verloren das Funkeln und wurden trübe. Der breite Kopf sank zurück in die Pfütze, die sich unter dem Wandler rot färbte. Gemütlich, behäbig hauchte er sein Leben aus. Der Rauch hatte nachgelassen, das Wasser löschte das schwelende Fleisch.

Einer weniger. Eric freute sich nicht über den einfachen Sieg. Der Bär schien ein netter Kerl gewesen zu sein. *Er kann aber ebenso gut für ein Dutzend Morde oder Fälle von Verschwundenen verantwortlich gewesen sein.* Wenn Eric eins gelernt hatte, dann, dass es keine netten Bestien gibt. *Sie haben sich alle etwas zuschulden kommen lassen.* Er wusste es am besten.

Was Eric allerdings massiv störte, war die Tatsache, dass er sich als Handlanger fühlte. Als Benutzter. Als Ausputzer von feigen Vampiren, die keinen Deut besser waren als Wandler.

Ich sollte mein Arbeitsfeld erweitern. Er wechselte das Magazin, verstaute das Gewehr wieder unter dem Mantel. Der Wunsch, Sia zu küssen, zu fressen, sie zu besitzen und ihr Fleisch zu essen, erschien nicht mehr abwegig. *Blutsauger hatten den Tod ebenso verdient wie die Bestien.*

Eric marschierte zur Haustür hinaus und verdrängte den Gedanken. Erst musste er dafür sorgen, dass zwei Unschuldige am Leben blieben: Elena und Emma. *Sollte ich dabei massenweise Bestien und Vamps abknallen dürfen, umso besser.* Er zog den Ausgang hinter sich zu und sperrte das steigende Wasser ein.

Eric ging zu seinem Auto und fuhr los, um eine Telefonzelle zu suchen. Sia und er hatten einen Ort, wo sie den Ard Rí antreffen konnten.

⁂

7. Februar, Republik Irland,
Sliabh-an-Iarainn im County Leitrim
in der Provinz Connacht, 18.07 Uhr

Begreifen muss ich das nicht, oder? Sia stand auf knapp sechshundert Höhenmetern auf dem Sliabh-an-Iarainn, wie die Bergspitze genannt wurde.

Ein sanfter Nieselregen ging auf das Land nieder. Er legte sich auf das Gras, die Hügel und versah alles mit einem dünnen Wasserfilm, der nicht verschwinden wollte, da er unaufhörlich gespeist wurde.

Was für ein Mist. Sia wischte sich übers Gesicht. Sie befand sich im County Leitrim, in der Provinz Connacht, und hatte mehrmals überprüft, dass kein Fehler vorlag. Es beruhigte sie, nicht wieder in die Nähe des Meers zu müssen, doch *damit* hatte sie nicht gerechnet. Außerdem hatte es sie wieder Unsummen von Zeit gekostet, Flüssen und Bächen auszuweichen. *Nein, Irland ist kein gutes Land für Judastöchter.*

Sia ließ den Blick schweifen. Sie konnte es nicht glauben, dass die Schiffe der Sídhe-Vorfahren *hier* gelandet sein sollten! Mitten in Irland. Flugschiffe gab es ihres Wissens nach erst viel später, und sie war dabei gewesen, als die ersten Zeppeline geflogen waren.

Slieve Anierin hieß die Erhebung, die die Iren stolz *Berg*

nannten. Wer einmal die Alpen gesehen hatte, wusste, was echte Bergmassive waren, aber von Höhe null aus betrachtet machten auch fast sechshundert Meter bereits Eindruck.

Die ganze Umgebung machte damit Werbung, dass die Duanna hier gelandet waren. Sia war durch Dörfer mit zahlreichen Souvenireinkaufsmöglichkeiten gefahren, und es gab weiter unten am Berg ein Besuchercenter.

Sie genoss das wundervolle Panorama, aber auf dem an sich leeren Sliabh-an-Iarainn zu stehen brachte ihr bei der Suche von Elena und Emma nichts. *Überhaupt nichts.*

Wanderer marschierten durch das schwächer werdende Licht in ihrer Nähe vorbei, unterschiedliche Sprachen erklangen, von Deutsch bis Spanisch. Die Grüne Insel zog die Touristen an, auch wenn Sia es ungewöhnlich fand, sie in dieser eher unfreundlichen Jahreszeit anzutreffen.

Individualisten, wie schön. In ihr wuchs das Genervtsein mit jedem dünnen Regentropfen, der auf ihr Gesicht traf und die Erinnerung an das Brennen des Salzwassers weckte. *Ich habe mich zu sehr darauf verlassen, herzukommen und Greifbares vorzufinden.* Sie hatte den Fehler begangen, ihre Hoffnungen auf Sliabh-an-Iarainn zu setzen. Auf eine Bergspitze. Ihre treffende Analyse machte es nicht besser: umgeben von einer wundervollen, nutzlosen Landschaft mit einem See in weiter Entfernung und umzingelt von Flüssen, in denen ihr Tod schwamm.

Sie sah auf ihr Handy und wünschte sich, einen Anruf von Eric zu bekommen, der ihr sagte, dass er wenigstens etwas herausgefunden hatte. Er tat ihr den Gefallen nicht.

Denk nach, und denk wie eine Vampirin. Sia wollte nicht unverrichteter Dinge abziehen und sich schon gar nicht später vorwerfen lassen, nicht alles unternommen zu haben, um Emma und Elena zu finden.

Die Legende besagte, dass die Vampire hier angekommen waren.

Wo würde ich als Erstes hingehen ... nach einer langen, kräftezehrenden Reise ... Ihre grauen Augen richteten sich auf das Dorf in der Nähe. *Ich hätte Hunger und würde mir etwas nehmen, um wieder Stärke zu erlangen, bevor ich Anstrengungen unternehme, ein Land zu unterwerfen.*

Sia ging los.

Sie nahm nicht an, dass das Dorf, auf das sie zuhielt, damals schon existiert hatte, doch vielleicht ... *Wenn man nicht nachschaut, weiß man es nicht.*

Sie stapfte durch die wunderschöne Landschaft, als müsste sie mit ihren Füßen beim Gehen widerliche Insekten zerstampfen. Es wurde merklich dunkler, Nebel stieg im Tal auf. *Mir läuft die Zeit davon!*

Ihr fielen die zahlreichen Kaninchen auf, die auf dem Berg herumhüpften und genauso schnell in Erdlöchern verschwanden, wie sie auftauchten.

Sia kam ein ungewöhnlicher Einfall. *Wie war das noch bei Alice im Wunderland?* Sie verlangsamte ihre Schritte. *Zugänge zum Innern der Feenhügel!*

Rasch ging sie dahin, wo sie eines der Tiere verschwinden gesehen hatte, schaute sich um und nahm die Windgestalt an; die Kleidung fiel samt ihrer Ausrüstung von ihrem durchscheinenden Körper ab und blieb vor dem Eingang liegen. *Was werde ich entdecken?*

Es ging durch den flaschendicken Gang in die Dunkelheit, tiefer und tiefer, in ein Gewirr aus Gängen, aus dem sie niemals mehr herausfinden würde. Bei ihrer Rückkehr würde sie einfach nach oben steigen und irgendwo ins Freie treten. Den Weg konnte sie sich nicht merken.

Doch dann änderte sich die Umgebung: Aus der schmalen Röhre wurde ein Raum, der mit Stützen versehen worden war. Durch mehrere kleine Löcher fielen fingerdicke Strahlen herein und sorgten für schwaches Licht. Es genügte für Vampiraugen.

Anscheinend waren schon Menschen oder ähnliche Kreaturen vor mir hier. Sia nahm ihren festen Körper an. Nackt schaute sie sich um.

Es war ein Vorraum, wie sich bald zeigte. Die Wände waren mit keltischen Symbolen bemalt worden, das Holz der Stützbalken erschien an manchen Stellen verfault, andere sahen sehr morsch aus.

Die besten Zeiten der Konstruktion sind vorbei. Misstrauisch blickte sie zur Decke, die sich vier Meter über ihr erhob. Ansatzweise erkannte sie die Bauweise eines Tonnengewölbes, die Bemalungen waren von der Feuchtigkeit zerstört worden.

Sia ging weiter, trat durch einen halbrunden Bogen und befand sich in einer Halle, deren Boden mit Knochen übersät war. Es roch nicht vermodert und nicht faulend; die obersten Knochen brachen trocken knackend unter ihren Sohlen.

Friedhof oder Opferstatt? Sie bückte sich und untersuchte die Überbleibsel. Schnittspuren an den Knochen bewiesen, dass die Menschen nicht eines natürlichen Todes gestorben waren. Sie fand außerdem zerschmetterte und angebrochene Schädel, aber auch Kleidungsreste. Diese Funde machten deutlich, dass die Toten bereits viele Jahrhunderte unter dem Sliabh-an-Iarainn lagen.

Sie fühlte Aufregung, weil sie an einem sehr geheimen und vermutlich einst heiligen Ort der Vampire unterwegs war. Wann der letzte Mensch oder Blutsauger in diesen Räumen gewesen war, das konnte sie nicht einschätzen.

Sind das die Duanna oder die Leichen ihrer Opfer? Sia tippte auf Opfer. Die eigenen Leute würden die Vampire eher stilvoll beerdigen.

Sie richtete sich auf, schritt über die Gebeine zu einem halb eingebrochenen Durchgang, vor dem die Überreste eines beschlagenen Tors lagen.

Sia kam sich vor wie eine Action-Archäologin, wie eine Heldin in einem Verschwörungsfilm. *Bitte lass mich keine Hinweise auf den Vatikan finden, sonst driftet es in ein Klischee ab …*

Dahinter öffnete sich eine weitere Halle, dieses Mal erkennbar mit Überresten von mittelalterlichen Einrichtungsgegenständen versehen.

Sia erkannte rudimentäre Tische und Sessel, vom Wasser zerstörte Wandmalereien und Morast auf dem Boden. *Grundwasser oder durchsickernder Regen? Kaninchen wohl eher.*

Wegen ihrer Nacktheit, bedingt durch die Windgestalt, hatte Sia ihre Kamera nicht dabei. Das wenige, was sie noch an den Wänden erkennen konnte, erinnerte an die Symbole, die sie als Tätowierungen auf den Armen der Toten im Hotel erkannt hatte.

Aber was bringt mir das? Sia setzte ihren Weg fort.

Am anderen Ende führte ein weiterer Gang aus der Halle. Die Kaninchenlöcher sorgten nach wie vor für das notwendige Licht, auch wenn es stetig schlechter wurde. Lange durfte sie nicht unten im Berg verweilen, sonst würde sie nicht mal mehr einen Tunnel nach oben finden und müsste auf den nächsten Abend warten. *Diesen Zeitverlust könnte ich mir nicht erlauben.*

Der Korridor, durch den sie sich vorwärtstastete, lag komplett im Dunkeln. Die Vorstellung, unvermutet ins Leere zu treten, ängstigte Sia nicht besonders. Die Windgestalt schützte sie vor solcherlei Unfällen, der Übergang von festem zu durchschimmerndem Leib geschah – wann immer es sein musste – innerhalb einer Sekunde.

Sia hatte den Eindruck, über ein leichtes Gefälle nach unten zu gehen, hinab in den Hügel. Der Boden unter ihren bloßen Füßen wurde zunehmend fester, Kies knirschte. Das bedeutete entweder, sie folgte einem alten Bachbett, was ihr sofort Unbehagen bereitete, oder jemand hatte den Kies aufgeschüttet. *Eine neuere Arbeit.*

Endlich erreichte sie eine Tür.

Beim ersten Abtasten fand Sia, dass sie sich kalt anfühlte.

Kalt und metallisch. *Auch neu.* Sia suchte mit den Fingern nach einem Schloss und fand es. Vom Gefühl her handelte es sich um einen modernen Sicherheitszylinder.

Wer braucht schon einen Schlüssel? Sie drückte mit ihrer übermenschlichen Körperkraft gegen die Tür, bis sie ein leises Ächzen vernahm, doch der Widerstand war enorm. *Die sanfte Methode kann ich vergessen.* Mit viel Wucht trat sie mehrmals dagegen, bis die Haltebolzen aus dem Metall flogen und der Eingang aufschwang.

Sia hielt sich angriffsbereit – und blickte in einen verlassenen Raum, in dem sich zwei Liegen befanden, dazu Stühle, ein Tisch, ein kleines Schränkchen und eine Miniaturküche mit zwei schmalen Herdplatten; rechts führte eine weitere Tür hinaus.

Ein Aufenthaltsraum! Sie nahm die Windgestalt an und huschte vorsichtig hinein. Neben dem Durchgang in den Berg, aus dem sie kam, war ein elektronisches Zahlenschloss in den Rahmen eingelassen worden. Auf der Anzeige blinkte nun ERROR. Der Lärm, den sie veranstaltet hatte, schien nicht bemerkt worden zu sein.

Wer hat sich in diesem Zimmer herumgetrieben? Sia sah sich weiter um und erkannte die Videokamera in der linken oberen Ecke. Das Übertragungslämpchen leuchtete grün. Vermutlich hatte sie die Windgestalt vor einer Entdeckung bewahrt, aber irgendwo war mit Sicherheit Alarm ausgelöst worden.

Ich gehe davon aus, dass ich ein Refugium der Nachtkelten aufgetan habe. Ihre Augen erfassten einen Knopf auf dem Boden und erkannten ihn sofort. *Der ist von ... Elenas schwarzer Bluse!* Sie bückte sich. *Er ist es! Sie haben die zwei wirklich hier gehabt!*

Aus dem Stand überschlugen sich ihre Gedanken. Sie wollte und musste etwas tun, sich an ihre Spur heften, ihre Nachfahrinnen finden und die Schuldigen unverzüglich bestrafen. *Wo? Wohin sind sie gebracht worden?* Schnell riss sie die Kabel der Kamera heraus und nahm feste Gestalt an, durchsuchte hastig das Räumchen.

Es gab weitere Indizien: blutige Kanülen im Mülleimer, vier leere Blutkonservenbeutel sowie die passenden Infusionsschläuche. Sia vermutete, dass die Entführer versuchten, die schlechten Blutwerte durch Transfusionen zu verbessern. Aber es bedeutete auch, dass Emma und Elena noch lebten.

Schritte näherten sich der geschlossenen Tür, ein Schlüssel wurde ins Schloss geschoben.

Ja, kommt zu mir! Sia nahm die Windgestalt an und positionierte sich seitlich hinter der Tür.

Der Eingang schwang auf.

Drei Männerrücken schoben sich ins Bild. Das Trio trug identische grüne Sakkos und graue Hosen, und als sich einer von ihnen umdrehte, erkannte Sia den Button »Visitor Centre« auf dem Revers.

Das macht Sinn. So haben sie alles bestens unter Kontrolle und wissen sofort Bescheid, wenn zu neugierige Menschen auftauchen. Gibt es sogar eine Verbindung vom Centre in die Höhle?

Die Männer unterhielten sich auf Gälisch, was Sia nicht verstand, und begutachteten dabei den Schaden an der Tür. Sie hatten sich zwar umgesehen, aber die Vampirin nicht bemerkt.

Nachtkelten. Sia überlegte fieberhaft, was sie tun sollte. Noch war der Verdacht nicht auf sie gefallen. Zeugen durfte sie keine hinterlassen, sonst würden die Sídhe ihren beiden Lieben etwas antun. *Das darf unter keinen Umständen geschehen.* Falls sie die Männer angriff, müsste sie alle drei danach umbringen und verschwinden lassen. Noch zögerte sie. *Kann ich es wagen? Die Sídhe sind nicht dumm. Sie können sich denken, wer dahintersteckt, und werden vielleicht eine der beiden umbringen!*

Eine Frau im grauen Rock und grünen Sakko gesellte sich hinzu und gab knappe Anweisungen, während sie ein Handy herausnahm und telefonierte.

Können die nicht auf Englisch sprechen? Sia vermutete, dass es wichtig gewesen wäre zu verstehen, was die Frau an ihre Vorgesetzten meldete. *Meine Klamotten liegen noch auf dem Berg. Mit meinem Handy!* Das war der gravierendste Nachteil der Windgestalt.

So oder so, sie musste schleunigst raus und zurück auf den Slieve Anierin, um ihre Sachen zu holen und ihre Spuren zu verwischen.

Sia schwebte weiter und stand in einem Büro. Ihre Vermutung bestätigte sich: Es ging weiter, zur Tür hinaus ins geschlossene *Visitor Centre* und durch ein geöffnetes Fenster ins Freie.

Es hat geklappt!

Es war dunkel geworden, die Sterne hatten sich hinter den Wolken verborgen und gönnten ihr kaum Licht. Das machte die Suche nach ihren Sachen wesentlich schwerer.

Ein freundlicher Wind trieb sie in ihrer schimmernden Gestalt aufwärts, und sie erhob sich mehrere Meter über den Boden, um von da nach ihren Kleidern Ausschau zu halten.

Es dauerte lange, bis sie die Tarnklamotten zwischen dem vielen Grün ausgemacht hatte und sich wieder nach unten sinken lassen durfte; hastig nahm sie ihren festen Leib an und schlüpfte in die inzwischen durchnässten Kleider. Das Handy hatte in der wasserdichten Innentasche allerdings zu ihrer riesigen Erleichterung überlebt.

Weg hier! Sia war nicht erleichtert, sondern wütend. Den Spuren und der Frische des Blutes nach hatte sie Elena und Emma knapp verpasst. Wäre es ihr gelungen, die beiden jetzt aus den Klauen der Sídhe zu befreien ...

Und was dann?

Sie gab sich selbst die Antwort: Die Vampire hätten Jagd auf sie veranstaltet, die Wandler nicht weniger. In einem Land voller Flüsse und Bäche wäre sie mit ihrer Familie schneller in die Enge getrieben worden, als ihr lieb gewesen wäre. Ein Entrinnen kam für sie ohne U-Boot nicht in Frage. Eric konnte nicht alleine mit den Nachtkelten fertig werden.

Ich muss eine bessere, clevere Lösung finden.

Drei grelle Taschenlampenstrahlen durchschnitten die Nacht.

Sia wandte den Kopf. Vom Besucherzentrum aus näherten sich Menschen; auch aus einem der Kaninchenlöcher ragte ein deutlich sichtbarer Schein, der schräg in den finsteren Himmel leuchtete, als würde er den drei anderen antworten wollen. *Das erklärt die Legende von den leuchtenden Feenhügeln. Und warum keiner jemals hinausgelangte.*

Sia rannte los, schneller als jeder Mensch, und ließ den Slieve Anierin bald hinter sich. Sie fand ihren Dacia unangetastet auf dem abseits gelegenen Park&Ride-Platz neben der Straße und stieg ein, ließ den Motor an und fuhr gemächlich los. Niemand sollte Verdacht schöpfen, und sie reihte sich artig in den dünnen Verkehr ein, der ihr Deckung gab.

Zu ihrer Rechten stachen die Lichtlanzen durch die Finsternis, beleuchteten grünes Gras.

Ihr werdet nichts finden. Sie schauderte, als ihr kalte Wassertropfen den Rücken hinabrannen. Schnell drehte sie die Heizung hoch und genoss die warme Luft, die ihr aus den Düsen entgegenblies.

Elena und Emma leben noch! Sia erlaubte sich ein wenig Erleichterung, begriff aber auch, dass sie einen Plan benötigte, um schnell von Irland herunterzukommen – oder zumindest die Sídhe und ihre menschlichen Anhänger so lange aufzuhalten, bis Mutter und Tochter in Sicherheit waren. Sie selbst brauchte wiederum ein zweites U-Boot. Das alte hatte sie persönlich demoliert und unbrauchbar gemacht.

Ich muss es mit Eric besprechen. Wir sollten uns eine hochrangige Geisel von den Sídhe nehmen. Vielleicht haben sie auch so etwas wie einen Ard Rí. Wie es aussah, standen auf ihrem Stundenplan einmal mehr irische Sagen und Legenden.

Sia hatte eine Idee. *Eric wird sich einen Sídhe vornehmen müssen, um ihn zu verhören, und anschließend offen bekennen, dass er nun auch Vampire jagt, um von mir abzulenken. Das wird keine leichte Sache.* Damit müsste er an zwei Fronten kämpfen. *Kann er überhaupt gegen Wandler und Vampire bestehen?* Zwar trug er Dämonisches in sich, doch noch wusste sie nicht genau, wie seine Kräfte aussahen.

Das Handy klingelte, die Nummer war eine irische.

Sia nahm das Gespräch an. »Ja?«

»Hier ist Eric. Der Bärenwandler ist hinüber«, sagte er mit seiner markanten, männlichen Stimme. »Komm nach Coleraine. Ich weiß, wo wir den Ard Rí finden.«

Sia überlief wieder ein Schauder – aus mehreren Gründen.

7. Februar, Großbritannien, Nordirland, Coleraine, 22.19 Uhr

Eric saß neben Sia im Touareg, den sie in einer Seitenstraße gegenüber dem Hotel geparkt hatten.

In aller Ruhe hatten sie Waffen fertiggemacht, mehrfach geprüft und an sich verstaut. Die Munition reichte aus, um eine kleine Armee zu vernichten.

Wie bei Matrix, *als sie die Wachleute erledigt haben,* dachte er. *Fünf Stockwerke plus ein kleineres.* Er sah an der Fassade nach oben, zum sechsten Geschoss, dessen Fenster erleuchtet, die Vorhänge jedoch zugezogen waren. Der Lift würde sie nur bis in den fünften bringen, das war klar.

Aber Plastiksprengstoff wird uns alle Hindernisse aus dem

Weg blasen. Eric dachte sogar darüber nach, sich einfach senkrecht vom Fünften in den Sechsten zu sprengen. Ohne das Zeug wäre er wesentlich unzuversichtlicher gewesen, was den Erfolg der Mission anbelangte.

Sia gab ihm ein Zeichen, nichts zu sagen. Sie redete mit einem Sídhe und erstattete Bericht, als ob sie den Bärenwandler erledigt hätte. Das gab wenigstens den Anschein eines Alibis; dabei schaltete sie auf Lautsprecher. »Sie können hinfahren und sich umschauen, wie abgemacht, falls die Wasserwerke nicht schon dort waren.«

»Sehr gut, Miss Sarkowitz«, sagte der Vampir, klang aber nicht zufrieden. »Was machen Sie gerade?«

»Was ist los? Trauen Sie mir nicht?«

Der Sídhe zögerte. »Ein Einbruch in eines unserer Heiligtümer, und ... nun ja. Es gibt manche in unseren Reihen, die glauben, dass Sie dahinterstecken.«

»Denken Sie, ich bin so bescheuert und setze das Leben meiner Familie aufs Spiel?« Sia gab sich Mühe, entrüstet und nicht ertappt zu klingen. Eric hätte es ihr geglaubt. »Sie sitzen am längeren Hebel. Wann soll das gewesen sein?«

»Ziemlich genau zu dem Zeitpunkt, als Sie den Bärenwandler ausgeschaltet haben.« Der Sídhe hörte sich an, als sei er in seiner Meinung bestätigt worden. »Sie haben recht. Sie wären nicht so töricht, Emma und Elena dem Tod preiszugeben, indem Sie versuchen würden, sie zu finden und zu befreien, anstatt sich an unser Abkommen zu halten. Denn wenn *Sie* wortbrüchig werden, sind *wir* nicht mehr gebunden. Geben und nehmen.«

Sia musste schlucken, wie Eric sah, und er konnte den Blick nicht von ihrem schlanken Gesicht wenden. *Wie sie wohl schmecken wird? Eine Kreatur, die sich jahrhundertelang von Menschenblut ernährt hat, muss ein ganz besonderes Aroma haben.*

»Nein, so töricht wäre ich nicht«, erwiderte sie beherrscht. »Ich stehe vor dem Aufenthaltsort des Ard Rí.«

»Sie ... haben ihn schon herausgefunden?«

Eric musste grinsen. *Da verliert ein Vamp gerade die Fassung. Damit hat er nicht gerechnet.*

»Wenn ich mit ihm fertig bin, möchte ich mit Elena UND Emma sprechen, verstanden?« Sia klang wieder bestimmender. Ihr Alibi und ihre Lügen hatten gehalten.

»Aber natürlich«, beeilte sich der Sídhe. »Sie sollten alles an Unterlagen mitbringen, die Sie ...«

»Ich beseitige ihn, obwohl das nicht Teil unserer ursprünglichen Abmachung war«, fuhr sie ihm schneidend dazwischen. »Ich kann den Spieß auch umkehren, Sídhe: Brechen Sie IHR Wort, komme ich über Sie und Ihresgleichen, wie Sie noch keine Macht auf dieser Welt erlebt haben! Das dürfte Ihnen klar sein.« Sie legte auf.

»Gute Show.« Eric räusperte sich. »Das hier«, er zeigte auf das Hotel, »wird hart. Wir haben keine Baupläne, keine Ahnung von den Sicherheitsleuten und -vorkehrungen, und wir wissen auch nicht, wie der Ard Rí aussieht.«

»Abgesehen von seiner Narbe, die von der Stirn senkrecht bis zum Halsansatz führt«, fügte sie hinzu. »So viele Männer mit solchen Malen wird es da oben nicht geben.«

Wie sie riecht! Eric sog die Luft tief ein, um mehr von ihrem Geruch einatmen zu können. Der Innenraum des Touareg sorgte dafür, dass sich ihr Duft hielt und intensivierte. Selten hatte er etwas derart Anregendes gerochen. »Denk dran: Er scheint wie de Cao gegen Silber immun zu sein. Wir sprengen ihn entweder weg oder zerlegen seinen Kopf, damit er Geschichte wird. Das Gleiche gilt für die Schlangenwandlerin.« Er ärgerte sich, keine Zeit gehabt zu haben, um sich eine goldene Waffe zu besorgen. Es hatte alles schnell gehen müssen.

Sia nickte. »Wir haben keinen Plan.«

»Doch. Der Plan ist: schnell rein, den Ard Rí umbringen und wieder raus. Das klappt fast immer. Am besten mit seinem Kopf, den wir den Sídhe zeigen.« Eric dachte an die lange Liste mit weiteren Wandlern, die sie noch abarbeiten sollten. Eigentlich. Doch Sia hatte ihm vorhin eröffnet, dass sie dicht an Emma und Elena dran gewesen war. *Wir könnten sie suchen und befreien.* »Danach kümmern wir uns um einen Fluchtplan. Der Tod des Großkönigs wird die Bestien in Aufruhr versetzen. Mit Glück machen sie sich gegenseitig fertig.«

Sia schwieg. »Wir lösen etwas aus, dessen Folgen wir nicht abschätzen können«, sagte sie leise. »Wir müssen von dieser scheiß Insel. *Mit* meiner Familie.« Ihre grauen Augen richteten sich auf ihn, der Blick war bittend. »Ich gestehe, dass ich mich mehr auf dich verlassen muss, als es mir lieb ist. Ich dachte, ich könnte das alles alleine stemmen, so wie ich in der Vergangenheit alles alleine erreicht habe.« Sie seufzte und legte eine Hand aufs Lenkrad. »Es ist kein schönes Gefühl«, setzte sie hinzu.

»Abhängig von jemandem zu sein?«

»Ja. Das Wissen, es nicht aus eigener Kraft zu schaffen ...« Sie suchte nach Worten. »Eine Mischung aus Erniedrigung und ... Unvermögen. Jetzt, wo ich so vieles beherrsche, meine Fertigkeiten nach Belieben steuere, muss ich anderen gehorchen und brauche die Rückendeckung eines Unbekannten. Das ist so ...« Sie stöhnte.

»Na ja«, sagte er schwach lächelnd. »Wir haben uns schon mal das Leben gerettet.«

Sia zog die Nase hoch. »Du verstehst mich nicht.«

»Doch. Sehr gut sogar.« Eric hob die Rechte und streckte sie aus, berührte Sias Wange. Die Finger glitten sanft, beruhigend über die weiche warme Haut. »Du kannst meine Hilfe annehmen. Ich tue es für deine Familie. Hey, und ich kann Bestien abknallen! Was will man mehr?« Seine Hand umfasste zärtlich ihre linke Gesichtshälfte. *Gott, wie verführerisch!*

Ihr Ausdruck veränderte sich, wurde dankbar und aufmerksam. »*Was* willst DU mehr, Eric?«, raunte sie. »Ich habe die Sehnsucht in deinem Blick bemerkt, mit der du mich manchmal angesehen hast.« Sia lächelte behutsam. »Was ist mit deiner Frau?«

Ist das ein Test? Er zog langsam seine Finger zurück. *Ich wollte mir mein Verlangen nicht anmerken lassen.* Eric schwankte zwischen Lüge und Geständnis – aber nicht in diesem Augenblick. *Nicht vor dem Einsatz. Das würde alles verkomplizieren.* »Darüber reden wir gleich. Gehen wir raus und reißen dem Ard Rí den Kopf vom Hals, damit wir ihn den Vamps zeigen können.« Er lächelte aufmunternd.

Sia lehnte sich zurück. »Du bist ein interessanter und rätselhafter Mensch, Eric von Kastell«, sagte sie dann langsam. »Ich werde nicht schlau aus dir, und ich weiß nicht, ob mir das gefällt.« Wie aus dem Nichts entstand ein zaghaftes Lächeln. »Aber was will ich machen?« Sie legte die Hand auf den Griff, öffnete die Tür und schwang sich in die Nacht. Eric stieg ebenfalls aus.

Beide standen rechts und links vom Touareg, schauten auf das Hotel mit seinen vielen Fenstern, den Lichtern dahinter und den Scheinwerfern auf dem Dach, die lange, helle Strahlen gegen die niedrigen Wolken warfen. Von irgendwo aus einer Bar oder einem Irish Pub klang der Refrain eines gegrölten Songs: »I really fucked it up this time, didn't I, my dear?«

Eric hoffte, dass es kein Omen sein sollte.

KAPITEL XV

Tropf ...
Luft ... keine Luft ...
Tropf ...
Mein Rücken, meine ... Nieren ... brennen wie ...
Tropf ...
Mein Leben endet ... ich ...
Tropf ...
Herz ... stolpert ... langsam und langsamer.
Tropf ...
Schweig, Herz. Schweig. Lass mich gehen, damit ...
Tropf ...
Schweig ...
Tropf ...

7. Februar, Großbritannien, Nordirland,
Craigavon, 15.21 Uhr

Boída ging die Stufen zum Eingang hinauf und sah auf das Wasserrinnsal, das unter der Tür hindurchfloss.

Fitzpatricks Angeber-Pick-up stand vor der Tür, also war er mit Sicherheit zu Hause. Das wunderte sie gewaltig, denn es war eigentlich ein Treffen mit den freien Wandlern anberaumt gewesen. Wegen des Deutschen. Von Kastell.

Als sie feststellen musste, dass es das Pantherpärchen erwischt hatte, war bei ihr die Befürchtung aufgekommen, dass sie nicht die letzten Opfer waren. »Scheint, als hätte ich recht gehabt.« Boída hatte eine Kamera dabei und entfernte die Objektivkappe, um die ersten Fotos zu schießen. Nichts sollte ihr entgehen.

Die Tür war unverschlossen.

Sie trat ein, und ihre Sohlen patschten durch Wasser; das gesamte Erdgeschoss schien geflutet worden zu sein. Ein leises Sprüh- und Plätschergeräusch drang aus der Küche, wo die Quelle des Wasserschadens liegen musste.

Boída fotografierte den Eingangsbereich und ging zur Küche, während sich das Nass um ihre Schuhe rötlich verfärbte.

Gleich darauf sah sie Fitzpatrick tot in den Trümmern liegen. Herd und Spüle hatte er in seiner Agonie abgerissen, tiefe Furchen ins Holzimitat gezogen.

Klick, klick, klick, machte der Fotoapparat leidenschaftslos, nüchtern.

Boída drehte den Wandler mit dem Fuß auf den Rücken, um sich die Wunden genauer anschauen zu können. Die Löcher in den Fliesen und der Wand sagten ihr, dass zwei verschiedene Munitionsarten benutzt worden waren. Sie tippte auf Vollmantel und Dumdum. Sie schoss noch mehr Bilder. Der Munitionsmix war insofern bemerkenswert, weil jemand die Geschosse mit Verstand im Magazin gemischt hatte. Ein Profi, der damit gerechnet hatte, dass der Wandler eventuell eine schusssichere Weste tragen würde; die Massivprojektile hätten den Kevlar durchschlagen.

Boída fand es schade, dass so viel Wasser ausgetreten war. Die meisten Spuren waren damit unbrauchbar geworden, der Geruch davongespült. Aufgeben wollte sie nicht.

Ihre Blicke fielen auf ein zersprungenes Honigglas – und den Profilabdruck darin. Sie bückte sich. Schätzungsweise betrug die Schuhgröße 46. Fitzpatrick hatte, wie sie nach einem kurzen Griff an seinen rechten Fuß feststellte, 48.

Jetzt wusste Boída immerhin etwas über den Mörder, von dem sie annahm, dass es von Kastell gewesen war. »Wer sonst?«, sagte sie zum erschossenen Bärenwandler.

Vor dem Haus hielt ein Wagen.

Boída richtete sich auf und sah durchs Fenster hinaus.

Zwei Männer und eine Frau in Overalls stiegen aus, das Fahrzeug gehörte zu den lokalen Stadtwerken. Anscheinend war man dem Leck auf die Spur gekommen.

Boída fand es jedoch auffällig, dass sich keine aufmerksamen Nachbarn auf der Straße blicken ließen. Wer hatte die Leute gerufen?

Die Abordnung hängte sich Arbeitstaschen um und kam in einer kleinen Karawane auf das Haus zu, stapfte die Stufen hinauf und trat ein.

Boída suchte sich ein Versteck im Vorratsschrank, unmittelbar neben dem Eingang. Durch einen Schlitz würde sie das Trio beobachten und belauschen. Mit Gewalt verhören konnte sie sie später, sollte es notwendig sein.

»... habe das Telefonat zwischen dem Sídhe und Sarkowitz genau mitverfolgt«, sagte die Frau eifrig. »Lüge oder Unsicherheit habe ich bei ihr nicht wahrnehmen können, aber ich verlasse mich auf meine Intuition.«

»Und die sagt *was?*«, sagte der Braunhaarige.

»Heilige Scheiße!«, stieß der andere hervor, den Boída durch den Spalt nicht sehen konnte. »Seht euch an, was sie mit dem Zottelwichser gemacht hat! Das nenne ich mal ganze Arbeit.« Er lachte und klatschte in die Hände. »Die weiß, wie man Spaß hat.«

»Beruhig dich wieder, Moran«, meinte die Frau. »Jedenfalls sagte mir meine Intuition, dass ich mir das Haus von Barnaby Fitzpatrick ansehen sollte. Und die Leiche.«

»Die Leiche haben wir gefunden«, sagte der Braunhaarige.

»Der ist so was von hin.« Jetzt sah Boída den anderen, der rotblonde Haare hatte. Er war von der Anwendung der massiven Gewalt offenkundig beeindruckt.

Die Frau ging neben dem zerstörten Honigglas in die Hocke,

der Braunhaarige drehte das Wasser ab. »Ist ein bisschen groß, der Schuh, was?« Die Männer sahen über ihre Schulter.

»Kann doch vom Bären sein?«

Sie schüttelte den Kopf. »Der hat achtundvierzig. Steht auf seiner Sohle.« Sie deutete mit dem Finger darauf, ohne hinzuschauen. »Sarkowitz ist eher eine zierliche Frau. Dass sie sechsundvierzig haben soll, kann ich nicht glauben. Und wenn doch, würde sie damit aussehen wie ein Clown.« Die Männer lachten leise, kurz; der Rothaarige schoss ebenfalls Aufnahmen vom Tatort.

Boída stand im Schrank, rührte sich nicht und spürte, wie ihr Herz klopfte. Also hingen die Sídhe *doch* mit den Morden an den Wandlern zusammen – auch wenn das Trio nicht vom Deutschen sprach, sondern einer anderen Frau. Sarkowitz. Arbeitete sie in deren Auftrag?

Fest stand: Boída musste einen der drei unbedingt lebend überwältigen und zum Ard Rí bringen. Es hatte den Anschein, als würden sich die Vampire zu stark fühlen. Und schlauer, als sie es waren.

»Entweder hat Fitzpatrick nach seinem Tod Besuch bekommen«, sagte der Braunhaarige, »und der Besucher hat es nicht für nötig befunden, die Polizei zu rufen, oder der Mörder des Wandlers ist nicht Sarkowitz gewesen.«

»Ich glaube schon, dass sie es war«, meinte der Rotblonde. »Sie arbeitet die Liste ab, wie sie es soll.«

Boída glaubte, sie hätte sich verhört. Sarkowitz schien eine von ihnen zu sein. *Ich verstehe. Die Sídhe wollen uns vortäuschen, nichts damit zu tun zu haben!*, dachte sie.

Der Braunhaarige begutachtete die Leiche. »Ich weiß nicht. Da sich von Kastell in Irland herumtreibt, kommt er für die Tat eher in Frage.«

»Aber wenn das zutrifft«, warf die Frau ein, »könnte es bedeuten, dass sich Sarkowitz und von Kastell bereits zusammengeschlossen haben, ohne es uns zu melden.« Ihr Gesicht wurde düster. »Welches Spiel treiben die? Denken sie, sie könnten uns täuschen?«

Boída fand es gut, dass der von den Sídhe ersonnene Plan zu zerbröckeln schien: Die Vampirin, die sie für ihr dreckiges Spiel angeheuert hatten, scherte aus und kochte ihr eigenes Blutsüppchen. Das musste der Ard Rí auf alle Fälle erfahren und Gegenmaßnahmen ergreifen.

Der Braunhaarige hatte die Untersuchung der Küche so gut wie abgeschlossen. »Mehr Spuren gibt es leider nicht. Das Wasser war gründlich.«

»Ist es nicht merkwürdig, dass keine Nachbarn zu sehen sind?« Der Rotblonde sah zum Fenster hinaus. »Die Schüsse müssen doch Krach veranstaltet haben?«

»Von Kastell wird einen Schalldämpfer benutzt haben. Er ist gut! Ein Profi durch und durch!« Die Frau sah begeistert aus und zeigte auf den Toten. »Sucht die Silberkugeln raus, so gut es geht. Aus ihm und aus den Wänden, danach verschwinden wir und nehmen ihn mit. Ich gehe in den Keller und schaue, ob ich eine Gasleitung für ein bisschen Feuerwerk finde. Wir machen es der Spurensicherung schwer.« Lachend ging sie hinaus.

Die Männer grinsten und machten sich an die blutige Arbeit.

Boída fand den Augenblick passend. Als sich beide mit dem Rücken zu ihr gedreht hatten, katapultierte sie sich aus dem Schrank und riss die Gegner zu Boden.

Dem Braunhaarigen zerdrückte sie den Nacken, es knackte laut und eklig, dann lag er still da; dem Rotblonden versetzte sie einen Hieb ins Kreuz, so dass ihm die Luft aus den Lungen schoss. Er wollte einatmen, aber sie rammte ihm ihre Faust mit viel Wucht in den geöffneten Mund und verschloss ihn. Als sie die Finger mit ihrer unglaublichen Kraft spreizte, barsten die Stirn-, Nasen- und Kieferhöhlen; auch dieser Mann starb, ohne noch einen Laut von sich zu geben.

Boída wischte sich die blutige Hand im Wasser ab und wartete neben der Tür auf die Rückkehr der Frau.

Es dauerte nicht lange, und ihre Schritte erklangen im Flur. »Ich habe die Leitung geöffnet. Wir sollten ...« Sie kam um die Ecke und sah die Leichen.

»Tut mir leid«, sagte Boída neben ihr und schlug sie mit einem Kinnhaken nieder. »Aber die werden hierbleiben müssen und dem Feuer als Nahrung dienen.«

Sie warf sich die Frau mit einer Hand über die Schulter, steckte im Vorbeigehen eine Kerze im Wohnzimmer sowie im Flur an und verließ das Haus. Früher oder später würde das Gas die Flammen erreichen.

Boída war aufgeregt. Sie würde auf kürzestem Weg zum Ard Rí fahren und ihm die neuen Informationen liefern!

Es gingen Dinge auf der Insel vor, die er *keinesfalls* tolerieren durfte, oder er hatte den Titel als Großkönig nicht verdient. Sie würde nicht zulassen, dass seine und ihre Arbeit der letzten Jahre innerhalb weniger Tage durch die Intrigen vermeintlich schlauer Blutsauger vernichtet wurde.

Die Vorzeichen standen auf Krieg.

7. Februar, Großbritannien, Nordirland,
Coleraine, 21.11 Uhr

Eric rückte die Basecap auf seiner Glatze zurecht und betrat die Lobby. Er musste wieder an *Matrix* denken.

Im Gegensatz zum Film standen in der Lobby keine Sicherheitsschleusen und keine schwerbewaffneten Wachleute herum, die ihnen das Eindringen vermiesen könnten. Ein Concierge, ein Page, der die neuen Gäste neugierig betrachtete, sowie zwei Pärchen am Tresen der Bar, hinter der ein Barkeeper seinen Shaker schwang.

So sehen jedenfalls keine ernstzunehmenden Gegner aus. Noch ist es einfach. Mit einer knappen Armbewegung korrigierte er den Sitz des großen Rucksacks und blickte zur Seite.

Sia kam neben ihm herein, trug eine Sonnenbrille und einen kurzkrempigen Hut. »Gehen wir, *Schatzimausi?*«, sagte sie zuckersüß und hakte sich bei ihm unter.

»Sicher, *Hasi.*« Eric zog sie dichter zu sich und marschierte auf den Empfang zu. »Hallo. Meine Freundin«, sagte er mit imitiertem russischen Akzent, »und ich hätten gerne ein Zimmer im obersten Stock. Wir treiben es gerne bei guter Aussicht.«

»Die Stadt hat eine schöne Skyline«, setzte Sia hinzu und küsste Eric auf die Wange, was ihm eine heiße Woge das Rückgrat hinab bescherte.

Der Page lachte auf, der Concierge war für Sekunden sprachlos, ehe er sich räusperte. »Gerne, Sir. Jeder nach seiner Fasson. Ich hätte eine Suite im fünften ...«

»Das Hotel hat doch sechs Stockwerke«, warf sie sofort ein und sah über den Rand der Brille. Ein lasziver Blick. »SECHS, Sie verstehen die Doppeldeutigkeit?«

Der Page wandte sich abrupt um, die Schultern bebten, und Eric grinste so breit, wie er selten zuvor gegrinst hatte. *Sie macht das Spielchen gut mit.*

»Ich verstehe sehr gut, Madame. Aber leider ist diese Etage nicht für unsere Gäste vorgesehen. Sie können aber die fünfte Etage zu Ihrer sex-ten machen.« Er lächelte routiniert; anscheinend hatte er sich gefangen.

»Dann die Suite«, entschied Eric und langte in die Tasche, um einen Fünfhunderteuroschein auf den Tisch zu legen. »Als Sicherheit für Ihr Haus.«

»Selbstverständlich, Sir.« Ungerührt strich der Concierge den Schein ein. »Wie ich sehe, haben Sie nur wenig Gepäck?«

»Kondome und Sexspielzeug. Gleitcreme brauche ich nicht«, sagte Sia, der das Theater sichtlich Spaß bereitete.

»Wie schön für Sie, Madame.« Er reichte ihr eine Schlüsselkarte. »Bitte sehr. Der Page ...«

»Brauchen wir nicht. Wir legen lieber im Fahrstuhl ungestört los«, warf Eric ein und schob Sia zum Lift.

Sie stiegen ein, und noch im Blick von Concierge und Page, drückte er sie gegen die Wand und presste ihr einen wilden, leidenschaftlichen Kuss auf. Eric hatte es nicht zurückhalten können. Ihr Duft, die Anspielungen, die Aufregung, alles entlud sich in dieser Berührung.

Seine Hoffnungen erfüllten sich: Ihre Zunge glitt über seine Lippen!

Dann fuhr der Lift los, und sie schob ihn mit einem Aufkeuchen von sich. »Nicht jetzt«, stieß sie hervor und richtete ihren Hut. Sie musste den Knopf gedrückt haben.

Sie schmeckt lecker! Auch wenn Eric ihren Blick wegen der Sonnenbrille nicht sah, roch er, dass sie nicht weniger erregt war als er. Kurz dachte er an das Bett, das in der Suite auf sie wartete. Wie sie sich liebten und er ihr seine Zähne in den weichen Hals schlug und einen Brocken herausriss; wie er Fleisch von ihren Rippen zupfte, ihre Leber und ihr Herz verschlang und sich in ihrem Blut wälzte ... *Nicht!* Er schloss die Augen und verdrängte die machtvollen Bilder. »Du hast recht«, sagte er krächzend.

Die Kabine hielt an.

Schweigend eilten sie über den Gang und verzichteten darauf, das verliebte Paar zu spielen – Eric fand es einfach zu verwirrend für die eigene Gefühlswelt. Er spürte das Brennen auf dem Unterarm und am Kopf. Die Male machten sich bemerkbar.

Sie hatten ihre Unterkunft gefunden, und Eric schloss auf.

Die Suite hielt, was sie versprach: großzügiger Zuschnitt,

breite Fenster, viel Platz und viele Möglichkeiten, sich nach allen Regeln des Liebesspiels zu amüsieren.

Daraus wird wohl nichts. Eric sah das große Bett. *Besser so.*

Sia ging zur Balkontür, öffnete sie und trat hinaus in den irischen Regen. »Okay, das ist einfacher, als ich gedacht hatte«, rief sie ihm zu und zeigte nach oben.

»Eine Kletterpartie.« Eric zweifelte daran, dass sich der Ard Rí nicht gegen ungewollte Besucher aus Etage 5 schützen würde. *Andererseits* ... Er kam zu ihr ins Freie und schaute absichtlich nach unten, um eventuellen Beobachtern nicht zu viel Anhaltspunkte auf ihr Vorhaben zu geben. »Denkst du, es ist leicht?«

»Ich glaube, ja.« Sia zog die Sonnenbrille ab. »Weder Kameras noch Aufpasser. Eine leichte Schräge, auf der man fast hinauflaufen kann, und da oben sehe ich wieder eine Fensterfront.«

»Ich bereite trotzdem was vor. Gib mir fünf Minuten.« Er kehrte in die Suite zurück, packte die Plastiksprengstoffpäckchen aus und deponierte sie gezielt an den Decken in den verschiedenen Räumen, pflanzte Fernzünder ein. Mit einem kleinen *Klick,* gefolgt von einer ordentlichen Detonation, würde sich der Boden der sechsten Etage an manchen Stellen zur Ablenkung auftun und alles verschlingen, was sich dort befand.

Als er in den Hauptraum zurückkehrte, hatte Sia ihren Mantel ausgezogen; darunter trug sie enganliegende Kleidung. In schwarzen Gurthalterungen an ihrem Körper waren nicht weniger als vier Pistolen sowie ihr Dolchpaar befestigt, zwei Dutzend Magazine trug sie verteilt mit sich; das Sturmgewehr, ein AK-103, hielt sie in der Hand. »Bereit?«

»Sehr.« *Für alles.* Eric legte seinen Mantel ebenfalls ab, darunter kamen ein Rollkragenpullover und Cargohosen zum Vorschein. Auch er hatte Waffen angelegt und sah aus, als würde er in den Krieg ziehen. *Nichts anderes ist es auch.* Auf dem Rücken trug er ein Kurzschwert aus gehärtetem Silber, das er in der Scheide lockerte, damit er es schneller ziehen konnte. Er hatte es unter den Magazinen im Koffer gefunden. »Stürzen wir den Großkönig.« Das schallgedämpfte G36 hielt er in der Rechten Hand, den Auslöser für die Zünder hatte er sich mit Tape an den Unterarm gebunden, damit er nicht lange in der Hose suchen musste.

Sie kehrten auf den Balkon zurück und eilten die Schräge hinauf, kamen vor der Fensterfront zum Stehen.

Die Vorhänge waren zugezogen und erlaubten keinen Eindruck vom Geschehen dahinter.

Sia lief auf dem schmalen Sims los, ohne ein Geräusch zu verursachen, und suchte einen Spalt, durch den sie lugen konnte. Eric sicherte und folgte ihr dabei.

Der Regen auf sie nieder und wurde stärker, schuf ein anhaltendes Rauschen.

»Hier.« Sie blieb stehen und zeigte auf einen Schlitz im Vorhang, durch den rötliches Licht fiel. Sie lehnte sich nach vorne und wischte die Tropfen mit der Hand weg – als sich der Stoff zur Seite schob und eine nackte, verschwitzte Frau an die Scheibe trat. Sie hielt die langen, schwarzen Haare nach oben, um sich zu kühlen – und sah sie! Ihr Mund öffnete sich zu einem Schrei, der gleich darauf gedämpft zu ihnen drang.

Eric feuerte auf das Glas, die Scheibe zerbarst, und die Frau fiel auf den Boden. Er sprang rechts, Sia links an ihr vorbei, die Gewehre im Anschlag.

Der unverkennbare Ard Rí saß nackt vorm Fernseher, um ihn lagen entblößte Frauen und ein Mann, die sich anscheinend gerade vom Liebesspiel erholten.

»Kleine Orgie gefeiert?« Eric schoss dem Hochkönig der Wandler in den breiten Brustkorb und ließ die Garbe dabei nach oben wandern.

Blut spritzte, die rot besudelten Frauen kreischten auf, und der andere Mann hechtete über das Sofa in Deckung oder in Richtung seiner Waffe.

Sia kannte keine Gnade und beharkte die Frauen mit Silbergeschossen, die Schreie steigerten sich daraufhin.

Eric sah die typischen verbrannten Eintrittsstellen an der Haut. *Wandlerinnen!*

Da wurde er von hinten angesprungen und auf die Seite geworfen: Die Frau an der Scheibe hatte sich ihn geschnappt! Sie saß in ihrer Halbform auf ihm und schlug mit langen Krallen auf ihn ein. *Eine Katzenwandlerin.* Die Hornschneiden schlitzten seinen Pullover und das Fleisch darunter auf, und Eric stöhnte dumpf auf. Trotz ihrer sehr schlanken Figur besaß sie ordentlich Kraft.

»Verpiss dich, Pussy!« Eric versetzte ihr einen Schlag mit dem Gewehrkolben, der ihr die langen Fangzähne ausbrach, und sie maunzte auf. Die Wucht schleuderte sie von ihm runter, und während sie im Fallen war und sich abrollen wollte, jagte er drei Kugeln in ihren Unterleib.

Schräg über ihm röhrte Sias ungedämpftes AK-103 auf, Einrichtung ging zu Bruch, Schaumstoffstücke und Federn flogen durch die Luft. Es stank nach verbranntem Fleisch. Das Klingeln der ausgeworfenen Hülsen endete nicht mehr.

Da sah Eric den Mann unter dem Sofa hindurch. Oder besser gesagt: den ehemaligen Mann. Die Pranken, die zu erkennen waren, versprachen ihnen einen weiteren unschönen Gegner. *Scheiße. Noch ein Bärenwandler!* »Achtung ...«

Das Sofa wurde blitzartig beschleunigt. Es segelte über Eric hinweg und sollte Sia treffen.

Aber die Vampirin hatte sofort reagiert und war ausgewichen; das Möbelstück durchbrach die Fensterfront, riss Vorhangbahnen mit sich und verschwand wie ein fettes Gespenst in Übergröße in der Nacht.

»Muss nachladen«, rief Sia, klackernd fiel ein Magazin nieder.

Eric schoss weiter, das leise *Plopp-plopp-plopp* des G36 klang, als wäre die Waffe defekt. Doch die sich auftuenden Löcher in Brust und Hals der Bärenbestie, die sich auf ihre Hinterbeine stellte und ein dröhnendes Grollen erklingen ließ, bewiesen, dass die Projektile ihr Ziel erreichten. Schuss um Schuss bohrte sich noch mehr Argentum in den breiten Leib, den man einfach nicht verfehlen konnte.

Der Gegner rannte los, die muskulösen Arme zum Schlag erhoben und das fürchterliche Gebiss entblößt, doch unter dem andauernden Kugeleinschlag brach er schließlich zusammen, bevor er Eric erreicht hatte.

Sia schoss inzwischen wieder. »Tür«, rief sie knapp. »Nachschub an Wandlern. Schnapp dir den Ard Rí!«

So soll es sein. Eric rollte sich über die Schulter ab und kam kniend neben dem liegenden, aus vielen Wunden blutenden Hochkönig an.

Der muskulöse, massige Mann drehte langsam den Kopf, sah zu seinem Feind. Die Lippen bewegten sich.

Keine Ahnung, was du sagst, aber es waren deine letzten Worte. In der letzten Rollbewegung zog Eric sein Kurzschwert und schlug zu, den Schwung mitnehmend.

Bevor die Klinge den Hals erreicht hatte, zuckte der Arm des Ard Rí nach oben und lenkte die Schneide neben sich in den Steinboden; klirrend zerbrach das Kurzschwert.

Wie zum ... Bevor Eric seinen Dolch zücken konnte, um die Arbeit zu vollenden, bekam er einen Schlag gegen das Kinn, der ihn senkrecht nach oben fliegen ließ. Er hörte seinen Kieferknochen knacken, und die Schmerzen rasten durch seinen Kopf. Einem Menschen hätte der Narbige soeben den Schädel zerschmettert.

Nach seinem Flug landete Eric rücklings auf einer Frauenleiche und rutschte langsam zur Seite. *Wie kann der ...*

Schon stand der nackte Ard Rí über ihm, packte ihn am Bein und warf ihn durch den Raum, als wöge Eric nicht mehr als eine handliche Puppe.

Er prallte gegen die Wand und fiel von dort auf die gemauerte Kaminbank. *Kein Wunder, dass keiner mehr zurückkam, der versucht hat, ihn zu töten,* schoss es ihm durch den Kopf. Aus einem Reflex heraus wälzte er sich zur Seite.

Der Ard Rí landete mit den Füßen voraus knapp neben seinem Kopf. Die Kaminbank zersprang in tausend Stücke, und auch die Marmorplatte darunter zerbrach. Tausende Risse zuckten nach allen Seiten davon.

Wie viel wiegt der Typ? Eric trat ihm in den Schritt, doch der Mann wankte nicht einmal. Es kam ihm vor, als hätte er gegen eine Wand getreten. Die Schusswunden des Ard Rí hatten sich geschlossen, und die Haut war makellos wie zuvor.

»Hör auf, mit ihm zu spielen!«, rief Sia und feuerte immer noch in Richtung Eingang.

Eric war nicht zum Scherzen und rollte sich zur Seite, um dem Stampfschritt zu entgehen; wieder platzte der Marmor. Er drückte sich ab und rutschte auf dem Rücken weg von seinem übermächtigen Feind, zog die Pistolen und deckte ihn mit Schüssen ein, um ihn wenigstens zu verlangsamen.

Der Ard Rí verfolgte ihn mit einem langgezogenen Brüllen. Die Kugeln zeigten gar keine Wirkung, der breite Körper schien sie zu absorbieren.

Was unternimmt man gegen so einen? Erics Rückwärtsschlittern endete. Er hatte keine Lust, sich in den Feuerteufel zu verwandeln, aber ein anderes Mittel schien es gegen den narbigen Koloss nicht zu geben. Ihm huschte eine Ahnung durch den Kopf, was den Mann getroffen hatte, das eine derartige Narbe verursachte. *Gold?*

»Mach du mit den Wandlern weiter«, wurde er angefaucht, dann sprang Sia an ihm vorbei, in den Händen ihre Dolche haltend.

»Nein, er ist ...« Eric warf einen schnellen Blick zum Eingang und sprang auf die Füße. Auf der Schwelle lagen mehrere Leichen, durch die Tür schauten frische Bestienfratzen und menschliche Bewaffnete. Erste Salven wurden auf ihn abgefeuert. Er feuerte zurück, achtete dabei auch auf den Kampf der Vampirin gegen den Ard Rí.

Das Gefecht besaß etwas Tänzerisches, Anmutiges. Sia wusste genau, was sie tat und welche Attackefolgen sie anbringen konnte.

Und ihr Gegner wich den unglaublich schnellen Angriffen aus!

Das brachte Sia wohl noch mehr in Rage, und sie erhöhte die Geschwindigkeit. Aber sie schaffte es einfach nicht, ihm eine Wunde zuzufügen.

Wir haben es verbockt. Die Überraschung ist dahin. Eric verstand, dass keiner von ihnen den Ard Rí besiegen würde. *Nicht alleine.* Er streifte die Waffengurte sowie den Fernauslöser ab und ließ dem Dämonischen in sich freien Lauf. Mehr als sonst.

Hitze rollte über ihn hinweg, über die Haut, verbrannte die Kleidung und änderte seine Hautfarbe. »Ich bin es«, rief er Sia zu und stürzte sich mit ihr in den Kampf.

Eric konnte am Gesicht des Ard Rí sehen, dass er über die Wandlung verwundert war. Die erhoffte Angst darin blieb aus. Stattdessen lachte der Hochkönig tief und grollend, als käme das Geräusch geradewegs aus einem Minenschacht.

»Gott ... was?« Sia geriet trotz seiner Warnung aus dem Takt – und das nutzte ihr Gegner gnadenlos aus.

Der Ard Rí packte sie und brach ihr mit einer schnellen Bewegung den Arm, versetzte ihr einen Seitwärtstritt.

Wieder barsten die Knochen der Vampirin. Sie taumelte zur Seite, genau in den beidhändigen Hieb des Feindes – und wurde durchschimmernd; die Fäuste surrten durch sie hindurch.

Damit hätte er ihr das Genick gebrochen! Eric bekam den für Sia bestimmten Schlag gegen die Schulter, und er brüllte vor Schmerz. Ein Treffer mit einem fernsehergroßen Vorschlaghammer hätte nicht weniger hart sein können.

Er flog seitlich davon, durchbrach eine Säule, krachte durchs Fenster und rutschte die Schräge hinab. Von da schoss er wie auf einer Schanze über den Balkon hinaus und schaffte es nicht mehr, sich am vorbeiziehenden Geländer festzuhalten. *Kacke* ...

Fünf Stockwerke ging es im freien Fall abwärts. Dann schlug er auf einem Autodach ein.

Sia sah ihren Mitstreiter in die Dunkelheit stürzen. Unschlüssig schwebte sie vor dem Ard Rí, dessen Augen goldgelb leuchteten, als wären es zwei kleine Sonnen. Die Strahlen gingen durch sie hindurch, und obwohl er ihr in der Windgestalt nichts anhaben konnte, spürte sie ein leichtes Brennen.

Er entspannte sich. Für ihn war offenkundig der Kampf beendet.

»Wen haben sie mir denn dieses Mal geschickt, um mich umzubringen?«, sagte er neugierig herablassend mit einer tönenden Bassstimme, die einem Gott gut gestanden hätte. »Einen halben Dämon und eine ... bist du eine Vampirin? Du kommst nicht aus Irland.«

Sia wagte es, ihre feste Gestalt anzunehmen. Nackt standen sie sich gegenüber. *Was ist er? Und ... Eric?* Sie war überfordert und ratlos, und zwar dermaßen ratlos, dass sie kurzerhand die Wahrheit sprach: »Man zwingt mich dazu, deinen Tod herbeizuführen. Es ist nicht meine eigene Entscheidung.«

»Und wer? Sag es mir, und ich helfe dir dabei, sie zu vernichten«, lockte er sie freundlich. Dass sie seine halbe Entourage ausgelöscht hatte, schien ihn nicht zu stören.

»Das kann ich nicht. Sonst töten sie meine Familie.«

»Ah. *Dieser* Trick. Bewährt und effektiv gegen Kreaturen mit Gewissen und Verantwortungsgefühl. Ich wundere mich, dass er bei dir funktioniert. Deine Art ist nicht bekannt dafür.« Der Ard Rí kreuzte die Arme vor der stattlichen Brust. »Und? Siehst du ein, dass du kein Mittel gegen mich hast?«

Sie nickte und blickte zur Tür, durch die sich weitere Halbbestien und bewaffnete Menschen schoben. »Für heute, ja.«

»*Für heute?* Oh, eine tapfere kleine Mörderin.« Er lachte wieder auf diese dunkle Weise. »Du musst deine Familie sehr lieben, wenn du dir das erneut antun möchtest.«

»Ich habe gehört, dass viele an dir gescheitert sind.« Sia ließ es zu, dass man sie umzingelte. Niemand könnte sie einfangen, die Windgestalt machte sie unaufhaltbar. »Ich bin die Erste, der es gelingen muss.«

Er neigte den Oberkörper nach vorne. »Ich mache dir noch einmal das Angebot, dich mit mir zu verbünden, unbekannte rothaarige Schönheit. Es wäre die bessere Lösung für dich.«

Sia überlegte wirklich. Sie hatte keine Vorstellung, gegen wen beziehungsweise was sie für die Sídhe in den Kampf gezogen war. Das Gefühl, verraten und bereitwillig geopfert worden zu sein, breitete sich in ihr aus. »Es ist zu gefährlich. Wegen meiner Familie«, sagte sie langsam.

»Dann wisse«, antwortete der Ard Rí, »dass ich dich dieses Mal lebendig ziehen lassen werde, weil ich sehen möchte, was du dir einfallen lässt. Aber nach unserem *nächsten* Zusammentreffen bist du tot. Du und natürlich dein Freund. Ihr seid eine spannende Mischung. Zum Glück für euch.« Er nahm sich eine Decke und legte sie um die Hüften. »Und weil du mir imponierst, weil du das Unmögliche versuchst, gewähre ich dir *einen* weiteren Anruf vor unserem neuerlichen Wiedersehen. Du darfst mir jederzeit die Drahtzieher nennen und dich auf meine Seite begeben, damit wir zusammen gegen sie vorgehen.« Er nannte ihr eine Handynummer.

»Du hast meine Bewunderung. Echte Aufopferungsbereitschaft ist heutzutage selten.« Der Ard Rí sah auf die erschossenen Wandler. »Die Toten sind unnötig gewesen. Hier stehen einige ihrer Verwandten um dich herum, und ich nehme an, dass sie dir gerne Gewalt antun würden.« Er wandte sich ab. »Sobald ich den Raum verlassen habe, dürfen sie dich angreifen. Du solltest dann verschwunden sein.« Der Hochkönig ging zur Tür, und die Decke um seinen Körper verlieh ihm das Aussehen eines altertümlichen Herrschers.

Oder eines Gottes. Das Grollen der Halbbestien um Sia herum wurde lauter, der Kreis zog sich enger.

Ihr werdet euch gleich wundern. Als der Ard Rí nur noch zwei Schritte vom Durchgang entfernt war, packte sie einen der Wandler und versetzte ihm einen Stoß.

Der Hundewandler prallte gegen seine Artgenossen, und die Welle setzte sich fort, wie sie es geplant hatte.

Klick, machte es leise vom Boden. Einer der Feinde war auf den umherliegenden Fernauslöser getreten.

Das war es für viele von euch! Sia nahm ihre schützende Windgestalt an.

Die Bestien drängten grollend und knurrend auf sie zu, als könnten sie der Vampirin noch etwas antun – und die Plastiksprengstoffpäckchen an der Decke der fünften Etage zündeten gleichzeitig.

Die enorme Druckwelle ließ Sia ruckartig aus dem Gebäude fliegen.

Die letzten intakten Glasfenster wurden aus den Rahmen gefetzt, und die Gegner verschwanden in einer Staubwolke, die Detonation übertönte das animalische Gekreische; der Geschmack von Blut lag in der dreckgeschwängerten Luft.

Wo ist Eric? Sia blickte unter sich und sah ihn vom eingedrückten Dach eines Wagens rutschen. *Gut! Er lebt noch!* Sie ließ sich nach unten sinken, während es um sie herum Glassplitter und kleinere Trümmerstücke regnete, und stellte sich vor ihn.

»Geht es?«, fragte sie.

Er sah sie, antwortete etwas Unverständliches und folgte ihr unsicher, torkelte und humpelte zum Wagen. Freiwillig stieg er auf der Beifahrerseite ein. »Du fährst«, ächzte er und lehnte den blutverschmierten Kopf zurück; eine Schnittwunde lief ihm über die Stirn. »Fünf Stockwerke. Das geht schneller, als man denkt.«

Sia materialisierte sich und nahm hinter dem Steuer Platz. *Ich bin schon wieder nackt. So langsam reicht es mir.* Dass Eric seine Kleidung nur noch als verbrannte, zerrupfte Überreste an sich trug, konnte sie als Trost nicht annehmen.

Sie fuhren langsam los, vorbei am eingedrückten Autodach. Aus dem Seitenfenster ragte ein blutiger Arm. Die Insassen, die Erics Sturz gedämpft hatten, waren sicherlich schwer verletzt, wenn nicht sogar tot. »Kannst du mir erklären«, sagte sie dumpf, »in *was* du dich da oben verwandelt hast?«

»Später«, bat er erschöpft. »Such uns einen netten Unterschlupf, und ich versuche, es dir zu erklären.« Seine Lider senkten sich, die Atemzüge wurden langsamer.

»Du wirst … du wirst jetzt nicht einschlafen!«, rief sie und stieß ihn an, aber er rührte sich nicht. »Großartig. Echt wundervoll!« Sia fluchte und lenkte den Touareg aus der Stadt. *Er hat mir einiges zu erklären.*

8. Februar, Großbritannien, Nordirland,
Ballymena, 00.19 Uhr

Sia hatte dem schlafenden Eric kurzerhand eine Decke umgelegt und ihn aus dem Auto ins Hotel getragen, als wäre er sturzbetrunken. Sie selbst hatte Ersatzkleidung im Touareg deponiert gehabt, die sie zwischendurch anzog.

In was auch immer er sich im *GoldenTimes* verwandelt hatte, es strengte ihn an. Jetzt lag er auf dem Bett im Raum nebenan, und sie saß auf der kleinen Couch, hatte den Fernseher angeschaltet und wählte die Nummer des Sídhe. Ihr Gedächtnis funktionierte gut. Das eigene Handy mit der eingespeicherten Nummer lag zusammen mit ihren Kleidern und Waffen im Chaos der eingestürzten sechsten Etage. *Ich bin nur froh, dass ich mein Erbstück aus dem achtzehnten Jahrhundert nicht dabeihatte. Um den Dolch wäre es sehr schade.*

Im Fernsehen zeigten sie das abgeriegelte Hotel. Die Nachrichten dazu lauteten, dass eine Gasexplosion schuld an der Tragödie gewesen sei. Die Vertuschung funktionierte einwandfrei.

»Ja?«, sagte die sanfte Männerstimme im Hörer.

»Sie Arschloch«, sagte Sia ruhig. »Sie haben mich zu dem Ard Rí geschickt, der weder Wandler noch Vampir ist. Wenn Sie wollen, dass ich mich umbringe, sagen Sie es gleich!«

Es dauerte, bis die Antwort kam. »Was ist er für eine Kreatur – Ihrer Meinung nach? Beschreiben Sie, was Sie erlebt haben, bitte.«

Glauben kann ich dir das nicht. Sia fand den Sídhe ungewohnt freundlich. *Er hat vermutlich Angst, dass ich mich auf sie anstatt auf die Wandler konzentriere.* Sie tat dem Vampir den Gefallen und erstattete Bericht. Dass Eric dabei gewesen war, ließ sie außen vor. »Was sagen Sie dazu?«

Wieder hielt die Stille lange. Dann: »Machen Sie mit den normalen Wandlern weiter. Wir suchen nach Hinweisen, mit was wir es beim Ard Rí zu tun haben.«

Du sollst dich fürchten! »Es kam mir so vor, als hätte der Ard Rí sich sehr genau denken können, wer ihm mich auf den Hals gehetzt hat«, log sie. »Er fragte mich, ob die Sídhe dahintersteckten.«

»Sie waren schlau genug, den Mund zu halten oder die Unwahrheit zu sagen?«

»Natürlich. Aber er weiß, dass ich es wieder versuchen werde, und ahnt, dass die irischen Vampire im Hintergrund die Fäden ziehen.« *Oh ja, ich höre deine Angst!* Sias Lippen formten ein grimmiges Lächeln.

»Das ist schlecht. Sie sollten ihn davon überzeugen, dass wir unschuldig sind«, lautete die Anweisung. Die Stimme hatte ihre Souveränität gegen Besorgnis eingebüßt. »Schieben Sie die Verantwortung auf ausländische Vampire oder Wandler, das ist mir egal. Aber keinesfalls gehen Sie auf unsere Verstrickung ein! Sonst ... ist unser Plan hinfällig, und damit bräuchten wir weder Emma noch Elena.« Der letzte Satz war mit Gehässigkeit ausgesprochen worden. »Sie schaffen das, Sarkowitz.«

»Das werde ich.« Sia schaltete den Fernseher aus. »Jetzt geben Sie mir Emma und Elena.«

»Nein.«

»Wir hatten es abgemacht!«

Der Sídhe stieß ein Fauchen aus. »Wir hatten abgemacht, dass Sie den Ard Rí umbringen, und DANACH hätten Sie mit Ihrer Familie sprechen dürfen. Kein toter Großkönig, keine Unterhaltung mit Ihren Lieben. Aber sie sind beide noch am Leben. Machen Sie mit der Liste weiter, und wir recherchieren über diese Kreatur, den Ard Rí.« Die Unterredung wurde unvermittelt beendet.

Mit der Liste weitermachen. Als ob das so einfach wäre. Sia war sich bewusst, dass sich die Sídhe noch der gefährlichen Illusion hingaben, ihre Beteiligung an den Morden würde nicht bemerkt oder nicht geahndet werden. *Vermutlich arbeiten sie an einem eigenen Plan, und mich lassen sie arbeiten, um davon abzulenken.*

Sia sah aus dem Fenster, verfolgte den Zug der Wolken vor den Sternen. *So viel ist schiefgegangen, so viel habe ich erst möglich gemacht. Wäre Elena nicht ohne mich zum Schlittschuhlaufen gegangen* ... Sie legte eine Hand gegen die Stirn. »Scheiße«, murmelte sie.

»Klang nicht sehr erfreulich.« Eric stand neben der Tür. Er hatte sich unbemerkt vom kleinen Schlafzimmer in den Wohnbereich begeben und sich ein Laken um die Hüften gebunden. Sia fand, dass er in der Statur sehr dem Ard Rí glich. Er hielt einen Zahnputzbecher mit Wasser in der Hand.

»War es auch nicht.« Sie lächelte schwach. »Geht es wieder?«

»Dafür, dass ich nach fünf Stockwerken auf ein Autodach gefallen bin, ja.« Eric setzte sich ihr gegenüber auf den Stuhl und trank einen Schluck. Sein Blick war mitfühlend. »Was meinten die irischen Blutsauger?«

Sie atmete tief ein und legte den Kopf in den Nacken, bevor sie langsam ausatmete. »Weitermachen, die Liste abarbeiten, und sie schauen sich um, was man gegen den Ard Rí unternehmen kann.«

»Na, das wird ja heiter! Inzwischen dürfte jeder Wandler gehört haben, dass eine Vampirin zusammen mit Eric von Kastell die Jagdsaison eröffnet hat.«

Sia sah ihn mit zusammengekniffenen Augen an. »*Was* warst du da vorhin? Ist das der dämonische Anteil in dir?«

»Eine Art Feuerteufel. Ich weiß es nicht genau.« Seine Muskeln am Oberkörper zuckten. Er drehte den rechten Arm so, dass sie sein Mal sehen konnte, dann schaute er zur Seite und deutete auf die Schädelseite. »Ich glaube, ich kann dir erst eine Antwort geben, wenn ich herausgefunden habe, welcher Dämon dahintersteckt«, gab er bedächtig zurück.

Auf Sia machte es den Eindruck, als wollte er noch etwas hinzufügen. »Das kann dauern, schätze ich. Oder weißt du mehr?«

Eric verzog den Mund. »Leider nein, außer ...« Er schluckte und streckte langsam die Hand nach ihr aus und griff nach ihr. Er erhob sich, und sie sah seine Erektion unter dem Laken.

Prinzipiell hätte Sia gegen Sex mit ihm nichts einzuwenden gehabt, sie fand ihn sehr attraktiv. Doch seine Augen waren von einem Ausdruck beseelt, den sie schon viel zu oft gesehen hatte: bei sich selbst, wenn sie sich in den Pupillen ihrer Opfer gespiegelt hatte. *Gieriger Hunger.* Deswegen blieb sie wachsam, als er sich neben sie setzte und eine Hand auf ihren Oberschenkel legte. »Außer?«, nahm sie seinen unvollendeten Satz auf.

»Außer dass ich dich sehr anregend finde«, raunte er und musste schlucken. Sein Kopf kam langsam näher, die Lippen streiften ihre Wange. »Allerdings gibt es da ein Problem«, wisperte er.

»Und das wäre?« Sia fühlte die Wärme, die von seiner Haut ausging. Das Dämonenmal schwebte dicht vor ihren Augen und glomm sachte. Sie hielt sich bereit, in irgendeiner Form auf sein Handeln reagieren zu können. Ein Sprung, Windgestalt, notfalls ein Hieb.

»Mein Verlangen nach dir geht über das hinaus, was man Begehren nennt.« Seine Zunge versuchte, Sias Schläfe zu berühren, aber sie zog den Kopf zurück. »Ich denke, ich habe dich zum Fressen gern«, flüsterte er und stöhnte. Ein Beben lief durch seinen trainierten Körper. Er schob Sia von sich weg, die Hände gruben sich in die Polster. »Nein! Ich will dich nicht ... verletzen!«

Das war so klar, dass ich wieder einen Mann finde, den ich mag und der abgedreht ist. Sia stand auf und setzte sich vorsichtshalber auf die andere Seite. »Du willst mich wirklich *fressen?*«

»Ich will alles. Dich lieben, zerreißen, küssen und meine Zähne ...« Eric verstummte und presste die Kiefer schnaufend aufeinander.

Sia sah, wie seine Hautfarbe sich zu Lila wandelte, sanft und mit einem sachten Übergang. »Wie gut kannst du dich beherrschen?«

»Eigentlich gut«, gab er knirschend zurück. »Es ist gleich vorbei.«

»Woran liegt es, dass du mich ... auffressen willst?«

»Es könnte der Dämon sein, denke ich«, sagte er, und das Auberginenfarbene ließ nach.

Sia wusste, dass sie mindestens einen Dämon verärgert hatte.

Vielleicht sind unsere Herren verfeindet, und somit haben sich die Abneigungen übertragen. »Möglich.« *Wie schade! Ich hätte mich gerne mit ihm beschäftigt. Hätte eine schöne Freundschaft daraus werden können. Mehr als das.* Bedächtig beobachtete sie, wie er sich beruhigte. »Hätten deine Augen jetzt noch golden geleuchtet, dann wärst du ein bisschen wie der Ard Rí.«

»Bitte?« Eric starrte sie an.

»Seine Augen. Sie haben golden geleuchtet.«

»Oh! Natürlich!« Er sprang auf und nahm das Telefon in die Hand, tippte eine Nummer.

Was macht er da? »Entschuldige, aber ich habe nicht verstanden, was das mit den Augen ...?«

Eric lauschte und machte ihr ein Zeichen, kurz leise zu sein. »Justine? Bist du es? Du hattest mir doch damals von diesem Levantin erzählt.« Eine leise Frauenstimme sagte etwas. »Ja, genau. Ich bin ein arrogantes Arschloch. Jetzt halt die Klappe und hör mir zu: Habe ich das richtig in Erinnerung, dass Levantins Augen golden leuchteten?«

Sia hörte genau, dass diese Justine mit »Oui« antwortete.

»Würde es dir was ausmachen, nach Irland zu kommen?«

Dieses Mal lautete die Antwort: »Non. Mais pourquoi?«

Eric hielt die Sprechmuschel zu. »Dass ich das gleich zu meiner Halbschwester sage, hätte ich nie für möglich gehalten. Und *das* bedeutet einen Sieg für sie. Einen unbeschreiblichen Sieg über mich.« Er nahm die Finger weg, nahm kurz innerlich Anlauf, atmete zweimal schnell aus, und: »Ich ... brauche deine ... Hilfe.«

Ein dreckiges Lachen erschallte, das triumphierend klang. Eric verzog das Gesicht, als müsste er körperliche Schmerzen leiden. Das Lachen hielt lange an, schwoll in Schüben an und wieder ab. Sia schätzte, dass es fast eine Minute dauerte. »Bon. Treffen wir uns am Flughafen in Shannon. Mon Dieu, ich wäre fast erstickt«, hechelte sie. »À bientôt.«

Kaum hatte Eric aufgelegt, läutete das Telefon. Er nahm ab und meldete sich mit »Miller?«, stutzte und reichte Sia den Hörer. »Für dich. Er sagt, sein Name ist Wilson. Woher hat er die Nummer?«

»Ich kenne keinen Wilson.« *Was ist das wieder für ein Trick?* Sie nahm den Hörer. »Ja?«

»Hallo, mein Name ist Jeoffray Charles Wilson. Ich war der Butler von Mister Harm Byrne.«

Hört das denn nie auf! »Suchen Sie einen neuen Job?«

Er lachte höflich, aber nicht echt. Die Anspannung war deutlich zu erkennen. »Sie sind Frau Theresia Sarkowitz.«

»Ja. Woher wissen Sie, dass ich hier abgestiegen bin?«

»Das erkläre ich Ihnen hinterher. Wichtig ist, dass Sie mir folgende Fragen beantworten.«

»Warum?«

»Damit ich sicher sein kann, es mit der echten zu tun zu haben.«

Sia legte nicht auf, obwohl ihr Eric entsprechende Gesten machte. *Da bahnt sich etwas an.* »Na ja, wenn Sie wissen, wo ich bin ...«

»Es gibt Vampire, die ihr Äußeres verändern können. Ich bin nicht blöd, Frau Sarkowitz«, fiel er ihr ins Wort. »Ihr Vorname als kleines Mädchen lautete?«

»Jitka.«

»Korrekt. Ihr Vater lebte in einer Mühle, aber zum ersten Mal auf Marek gestoßen sind Sie in ...?«

»Belgrad. Als mich mein Vater zu sich geholt hatte.« Sie verlor zusehends die Verwunderung, während die Ungeduld zunahm. »Wilson«, knurrte sie, »was ...«

»Korrekt. Elena hat eine vier Zentimeter lange Narbe. Wo?«

»Unter der rechten Fußsohle.« *Gleich raste ich aus, wenn ich nicht erfahre, was das soll!*

»Korrekt. Woher?«

Sia wurde wütend. »Ich ...«

»WOHER, Frau Sarkowitz? Bitte!«

»Ihr war beim Ausladen der Einkäufe ein Joghurtglas runtergefallen, und sie ist in die Scherben getreten.«

»Korrekt. Welche Sorte?«

»WAS?« Sie hätte den Mann, wäre er hier, in Fetzen geschlagen!

Wilson lachte, dieses Mal klang er erleichtert. »Kleiner Scherz.«

»Es war Pfirsich mit Mohn«, fügte Sia eisig hinzu. »Was habe ich bei Ihrem Quiz gewonnen?«

»Das hören Sie gleich. Wir reden in ein paar Minuten weiter.« Es raschelte, der Hörer wurde übergeben.

»Tante Sia? Tante Sia, wo bist du?«, rief eine vertraute Mädchenstimme erwartungsvoll.

»Elena?« *Gott, das ist sie!* Sias Herz machte mehrere schnelle Schläge hintereinander, die Freude ließ einen heißeisigen Guss an ihrem Rückgrat hinabgleiten, und eine nie erlebte Rührung breitete sich in ihr aus. *Sie ist es!* Sie zitterte, der Mund öffnete sich, aber ihre Stimme versagte.

Gleichzeitig verstand sie die Welt nicht mehr.

8. Februar, Republik Irland,
Sligo, 13.45 Uhr

David O'Liar wusste, dass der Plan zur Veränderung der irischen Verhältnisse eine ungeahnte Beschleunigung erfahren hatte. Sein Kontaktmann rief ihn fast jede Stunde an und verlangte neue

Gefälligkeiten von ihm, die an Unmöglichkeiten heranreichten. Nicht, weil sie unmöglich an sich waren, sondern was die Zeit anging, die David zur Umsetzung gelassen wurde. Aber seine Spitznamen Mister Undertake und Mister To-Do trug er nicht von ungefähr. Verpflichtung und Ansporn gleichermaßen.

In erster Linie betrafen die Gefälligkeiten die Polizei und weitere Sicherheitskräfte in der Gegend von Coleraine. Gewalttaten, die von zwei bestimmten Personen begangen wurden, sollten einigermaßen klein gehalten werden. David hatte es geschafft, dass in ihrem Zusammenhang viel von Unfällen die Rede sein würde.

Schwieriger war es, die Presse im Zaum zu halten. Die Mordfälle der letzten Tage und die spektakulären Aktionen der beiden Personen hatten natürlich Aufmerksamkeit geschaffen. Die Öffentlichkeit musste für dumm verkauft werden. Mehr als sonst. Noch mehr Unfälle.

Deswegen ging es bei David gerade zu wie an der Börse. In der Wohnung, die er mit dem Model Jaqueline teilte, die er vor einer Stunde gehörig durchgefickt hatte, um seinen Stress abzubauen, hatte er alle Telefone angeschlossen und alle Nummern aktiviert; drei Handys lagen griffbereit, und die Mails kamen und gingen im Minutentakt.

Und er liebte es!

Er war süchtig nach dem Kick, nach dem Gefühl, der Macher zu sein, der manipulierte und Strippen zog. Alle tanzten zu seiner Musik und zu seinem Takt.

Leider konnte David sich nicht auf die Einschüchterung neuer Kontakte konzentrieren. Aber dass Goldsteen sich auf seine Seite geschlagen hatte, wirkte in Unternehmerkreisen sogar besser als jedes Geschäftsessen mit Konversation. Insgesamt konnte er sich vierzig neue Unternehmen und Firmen auf die Liste der Unterstützer schreiben, und das spülte neues Geld in die prall gefüllte Kriegskasse.

Sein Computer gab den Ton von sich, der bedeutete, dass jemand mit David sprechen wollte. Er öffnete das Programm und wollte den Anrufer wegdrücken, doch das Icon brachte ihn dazu, das Gegenteil zu tun. »Hallo, Professor.«

Im Bildschirm öffnete sich ein zweites Fenster, und ein älterer Mann mit einem langen Schmiss auf der linken Wange war zu sehen. Die schwarzen Haare wurden durch Pomade nach hinten gezwungen, dazu kam noch ein präziser Mittelscheitel; die Seiten waren leicht ausrasiert. »Einen angenehmen Nachmittag wünsche ich, Baskethilt. Ich hoffe, ich störe Sie nicht?«

David musste jedes Mal an Filme aus den Zwanzigern und Dreißigern denken, wenn er den Professor sah, und das wurde durch dessen runde, silberpolierte Brille noch unterstrichen. »Nein. Ich habe allerdings nur wenig Zeit, Sir. Ich erwarte Besuch.« Über die Anrede wunderte er sich nicht. Baskethilt war sein Kampfname, da er in Duellen der *union* das so bezeichnete schottische Schwert bevorzugte. Er konnte sich denken, was der Mann von ihm wollte.

»Dann beeile ich mich.« Er rückte die Brille zurecht, auf der das Licht reflektierte. »Zum einen würde ich mich sehr freuen, Sie bald wieder mal kämpfen zu sehen. Da Sie in letzter Zeit kaum mehr zu Rangkämpfen antreten, sind Sie aktuell«, er sah auf eine Liste vor sich, »auf Platz sechsundfünfzig abgerutscht. Dabei bin ich nicht der Einzige, der Sie für fähig hält, an die Spitze zu gelangen. Einen Durchmarsch hatten wir schon lange nicht mehr. Bisher gelang das vor Ihnen nur einer Frau.«

David seufzte. »Momentan ist sehr viel los, Sir. Business, Sie verstehen. Ich habe alle Hände voll mit meinen anspruchsvollen Kunden zu tun. Aber ich denke, dass ich Mitte März für einen Kampf bereit sein werde.«

Der Professor wirkte erleichtert. »Das freut mich und die *union* ungemein! Wir hatten schon Bedenken, dass Sie aussteigen wollten.«

David zauberte routinierte Freundlichkeit auf sein Gesicht. »Niemals. Es sei denn, ich gebe den Löffel ab.«

»Das will ich nicht hoffen, Baskethilt.« Der Professor neigte den Kopf nach vorne, wieder blitzte das Gestell auf. »Das zweite Anliegen betrifft Ihre anspruchsvollen Kunden: Ich hatte Ihnen von meinem Wunsch berichtet, in meine Heimat zurückkehren zu wollen, sobald sich eine Möglichkeit ergibt. Sehen Sie eine Chance, dass einem Ihrer Kunden dieses kleine Wunder gelingen könnte?«

David schüttelte den Kopf. »Nein, Sir. Sie haben bestimmt viele interessante Eigenschaften, aber über das, was Sie benötigen, verfügen Sie nicht. Da muss ich Sie enttäuschen.« Er überlegte fünf Sekunden lang, ob er sagen sollte, was ihm auf der Zunge lag, flüchtete sich dann aber in ein: »Warum wollen Sie zurück?«

»Warum möchten Sie hierbleiben?«, konterte der Professor.

»Macht«, gab David wie aus der Pistole geschossen zurück. »Ich mag es, Dinge zu leiten und zu beherrschen, wenn auch aus der zweiten Reihe heraus. In meiner Heimat war ich einer von vielen, unbedeutend, mehr oder weniger. Aber an diesem Ort«, er breitete die Arme aus, »da kann ich mich frei entfalten und mich ausleben!«

»Macht. Aha.« Der Professor sprach mitleidig, als habe er das schon sehr oft gehört. »Einige verfallen der Verlockung immer wieder, bis sie erkennen, dass es auf Dauer kein Ersatz für das ist, was wirklich fehlt: Heimat. Nehmen Sie mich: Ich sehe absolut keinen Grund, mehr Zeit an diesem Ort zu verbringen. Ich will nach Hause, aber das Abreisen ist leider nicht so leicht. Levantin erwies sich als unergiebig, meine Pläne sind durchkreuzt worden. Ich war zwar mit ihm auf dem richtigen Weg, aber es führte leider zu einer Enttäuschung. Eine mehr. Das hat mich auch dazu gebracht, mich Ihnen zu offenbaren. Früher hätte ich das nicht getan.« Er zuckte mit den Schultern und atmete tief ein. »Deswegen wäre es schön gewesen, wenn es über Ihre Kunden geklappt hätte.«

David blickte auf die Uhr. In wenigen Minuten würde sein Gast eintreffen, und er hatte vergessen, das Besprechungszimmer vorzubereiten. »Sir, ich möchte nicht unhöflich sein, aber ...«

Der Professor hob die Hand. »Ich habe Sie aufgehalten. Verzeihen Sie mir. Ich suche weiter, und Sie sagen mir bitte, sobald Sie glauben ...«

»Ich bin an einer Sache dran, Sir«, fiel ihm David in den Satz. »Es ist ein neuer Mitspieler aufgetaucht, den ich prüfen werde. Es kann sein, dass er ein Kandidat für Sie wäre.«

Das Gesicht des Arztes leuchtete regelrecht auf. »Sie machen mir eine sehr große Freude, Baskethilt. Ich habe Ihnen versprochen, dass ich Ihnen vor meiner Abreise eine Menge Namen und damit Einfluss hinterlassen werde, der Sie in Kreise der Mächtigen einführen wird, von denen Sie bisher nur träumen konnten. Bei allem Respekt. Und nun viel Vergnügen mit Ihrem Termin.« Der Professor schaltete ab.

David stand rasch auf, lief durch den langen Flur mit den modernen Bildern und schaute in den Raum, den er für die besonders diskreten Plaudereien benutzte: abhörsicher und bombensicher. Kein Ton drang aus diesen vier Wänden nach außen.

Jaqueline war so nett gewesen, Gläser, Getränke und abgepacktes Naschzeug auf den Tisch zu stellen. Sie dachte, er sei Börsenmakler – was in gewissem Maß auch zutraf, so wie ein Eisberg eine kleine Spitze besaß und der wahre Rest unter der Oberfläche lag.

David schaltete die Kaffeemaschine ein und eilte ins Ankleidezimmer, um sich in einen Anzug zu werfen. Nicht zu teuer, aber auch nicht billig, um einen passenden, aber keinen überlegenen Eindruck zu machen. Dabei dachte er wieder an das Versprechen des Professors. An dessen Integrität hatte er keinerlei Zweifel, und die Aussicht auf noch mehr Einfluss spornte David zusätzlich an. Er war neugierig auf das, was ihm der Professor hinterlassen wollte.

Er kehrte ins Wohnzimmer zurück, als ein Signal des Sicherheitssystems erklang: Jemand stand im Fahrstuhl in der Tiefgarage und hatte sein Appartement angewählt. Der kleine Monitor zeigte ihm einen Mann im Mantel mit einem sehr prominenten Gesicht. Zwei Bodyguards flankierten ihn, und an der Tür warteten zwei weitere.

David lächelte und drückte die Sprechtaste. »Hallo. Ich hole Sie rauf, Sir.« Er drückte das Bestätigungsknöpfchen, und der Lift schloss sich, surrte nach oben. Mit einem *Ping* öffneten sich die Türen, und die drei Männer betraten das Foyer. »Ah, Premierminister. Ich bin geschmeichelt, dass Sie Zeit gefunden haben, meiner kleinen Einladung nachzukommen, Sir.« David eilte ihnen entgegen und deutete eine Verbeugung an. Er reichte ihm nicht die Hand.

Premierminister Ian Rutherford nickte ihm knapp zu. Sein Gesicht war verschlossen, die blauen Augen sagten bereits jetzt zu allem nein, ohne dass Rutherford auch nur einen Vorschlag gehört hatte. »Mister Goldsteen riet mir, mich mit Ihnen zu treffen. Bedanken Sie sich bei ihm.«

David geleitete ihn zum Besprechungszimmer. »Das ist sehr nett von ihm gewesen. Ich werde mich erkenntlich zeigen.« Als die Leibwächter dem Premierminister hinein folgen wollten, räusperte er sich. »Sir, würden Sie Ihren Beschützern sagen, dass wir sie nicht benötigen?« Er legte eine Hand an die Brust. »Ich bin der Letzte, der Ihnen was antun würde, Sir. Und sonst kommt niemand herein. Diese Appartements sind kleine Bunker.«

Rutherford wies die breitschultrigen Männer an, vor der Tür zu warten. Er setzte sich wie selbstverständlich an das Kopfende.

David folgte ihm, schloss die Tür und nahm ihm gegenüber Platz, um seine Ebenbürtigkeit zu betonen. Langsam verschränkte er die Hände ineinander. »Darf ich Ihnen etwas anbieten?«

»Informationen, Mister O'Liar. Ich bin zum ersten Mal in meinem Leben in einer Konferenz, bei der ich nicht weiß, um was es geht.«

»Es geht um sehr viel, Premierminister. Um die Zukunft von Irland und um Ihre, denn es gibt eine Gefahr, von der Sie nichts wissen.«

»Mein Geheimdienst«, erwiderte Rutherford, »würde mich in Kenntnis setzen.«

»Ihr Geheimdienst, Sir, *ist* ein Teil der Gefahr, von der Sie nichts wissen.« David lächelte und betrachtete, wie sich der Ausdruck auf dem Gesicht seines Gegenübers veränderte. Er drückte einen Knopf, und vor seinem Gast schob sich ein kleiner Monitor aus der Platte, auf dem die kompletten Tagesabläufe des Ministers minutiös aufgelistet waren, inklusive der benutzten Fahrzeuge und der Namen der Leibwächter. »Es gibt keine Geheimnisse vor mir. Möchten Sie noch mehr Details als Beweis? Heute sind es Mister Liam Frost und Mister Sean Wells, die Sie beschützen. Mister Liam Frost ist achtundzwanzig, wohnt in der Chesteroad vierunddreißig und hat über dem Penisansatz eine Tätowierung, auf der »Milly, I love you!« steht. Romantischer Lesestoff für den Oralverkehr, nicht wahr? Seine Frau Milly hat wiederum auf dem Schambein eine Tätowierung »Liam, I love you ...«.

Rutherford hob die Hand; inzwischen war er totenbleich geworden. »Ich verstehe. Sie erpressen mich, damit ich etwas für Sie tun soll? Aber ich kann Ihnen versichern, dass ich trotz meines Amts ...«

»Sir, bitte, beruhigen Sie sich. Ich mache Ihnen einen Tee.« David erhob sich und bereitete ihm wirklich einen leichten Assam zu und redete dabei weiter. »Sie brauchen keine Angst um Ihr Leben zu haben. Ich verlange auch keine Absonderheiten von Ihnen. Ich möchte Sie lediglich auf Projekte vorbereiten, die ihren Weg durch Ober- und Unterhaus finden werden und zu denen Sie Ihre Zustimmung geben möchten.« Er legte liebevoll einen Keks auf den Unterteller und wärmte die Milch mit dem Aufschäumer in einem Extrakännchen an.

Rutherford sprach kein Wort, starrte vor sich hin. Er schien zu versuchen, das zu verstehen, was er gerade anhören musste, und fragte sich sicher, wie er dermaßen blind gewesen sein konnte.

David servierte gekonnt und kehrte an seinen Platz zurück. Und wartete.

Der Premierminister sah in den Tee, trank davon wie in Trance. »Sie ... was haben Sie vor? Die Abgeordneten werden niemals ...«

»Sir, bitte«, beschwichtigte David ihn, weil er fürchtete, dass der Mann einen Schwächeanfall bekommen könnte. »Ich werde Sie nicht zwingen, gegen das Wohl der Iren zu handeln. Das schwöre ich Ihnen. Ganz im Gegenteil. Nach den ökonomisch harten Entwicklungen wäre es für mich als Patrioten unerträglich, dem Volk noch mehr Schulden aufzubürden.«

»Aber was bringe ich Ihnen, wenn das Parlament nicht ...«

»Ich habe viel gespendet, an sämtliche Parteien, die es zu was gebracht haben, und auch die Unabhängigen sind von mir wohlwollend bedacht worden, Sir. Ich habe, wenn man so möchte, fast die absolute Mehrheit. Es hat mich viel Überredung und einiges mehr gekostet, mein Etappenziel zu erreichen. Aber die Volksvertreter ließen sich überzeugen, dass ich einen Weg verfolge, der allen nützt.« David faltete die Hände erneut zusammen. »Sir, Ihr Tee wird kalt.«

»Wer sind Sie?« Rutherford sah ihn langsam an.

»Wie meinen Sie das? Sie wissen doch, dass ich ein erfolgreiches ...«

Der Mann schüttelte das weiße Haupt. »Sie arbeiten für jemanden, der im Hintergrund bleiben möchte. Sie sind der Handlanger eines mächtigen Mannes oder einer Organisation, Mister O'Liar, und ich möchte wissen, wer Sie vorgeschoben hat!« Seine Hände ballten sich zu Fäusten. »Ist es die britische Regierung? Wollen sie uns an den Norden anschließen?«

David lachte voller Güte. »Oh, nein, Sir, glauben Sie mir: Ich bin ein Patriot. Niemals würde ich einer fremden Regierung dienen wollen. Mehr kann und darf ich Ihnen nicht sagen, Sir.« Er nahm sich ein Glas, öffnete ein Fläschchen Bitterlemon und goss sich ein. »Unser Gespräch heute dient lediglich zu Ihrer Information. Es werden in den kommenden Monaten, wie ich bereits andeutete, Gesetzesänderungen erfolgen. Ich drehe die Stellschräubchen nach, und die Wirtschaft wird sich so rasch erholen, dass die Iren Sie lieben werden, Sir. Sie werden mit meiner Leitung in die Annalen als Führer aus der Krise eingehen. Der beliebteste Premierminister der Geschichte.« Er nahm einen Schluck und genoss die Herbe, das Prickelnde. »Sie sollten damit leben können, Sir.«

»Ich glaube Ihnen nicht.« Rutherford rang mit sich, wie die Fäuste verrieten. Er hatte anscheinend verstanden, dass ihm niemand zu Hilfe kommen würde, wenn er versuchte, Davids Vorhaben offenzulegen. Jeder seiner Personenschützer war gefährlicher als der beste Attentäter. »Kann es Ihr Vorhaben durchkreuzen, wenn ich zurücktrete?«, raunte er wütend.

David drückte auf den Knopf, und der Monitor vor dem Premierminister versank wieder. »Sir, das wird Ihnen nicht gefallen, aber Sie könnten zurücktreten, sich umbringen, das Land verlassen oder behaupten, Sie wären wahnsinnig geworden – ich habe stets eine Alternative. Sie sind ein Baustein, der in meinem Gebäude bleiben kann oder den ich nach Belieben austausche. Aber ich mag Sie.« Er wusste, dass die Wahrheit in diesem Fall brutaler und wirkungsvoller war als jede Lüge. »Geben Sie mir daher lieber einen Grund, Sie zu behalten.«

Rutherford schluckte. »Ich werde darüber nachdenken, Mister O'Liar.«

»Es ist Ihnen klar, dass Sie mit niemandem darüber sprechen, was ich Ihnen dargelegt habe. Das wäre schlecht für Sie und Ihre Familie.« David lächelte die Drohung ins Gesicht des Gastes.

»Einige Leute in meinem Umfeld haben mich vor Ihnen gewarnt und mir gesagt, wie Sie arbeiten. Mit welchen Methoden und mit welchen Mitteln.« Der Premierminister griff langsam unter sein Sakko. »Nachdem ich lange darüber nachgedacht habe, bin ich zu einem Entschluss gekommen.« Er zog eine große Pistole hervor und richtete sie auf David. »Wenn mein Tod nichts bewirkt, dann vielleicht Ihrer. Ich werde es auf einen Versuch ankommen lassen.«

Für zwei Wimpernschläge befiel ihn Panik. Damit hatte Mister Undertake nicht gerechnet. »Sir, das wäre ein Fehler. Ich glaube nicht daran, dass man Sie wegen Mordes anklagen würde, aber ich bin nicht ausschlaggebend. Mir ergeht es wie Ihnen«, redete er mit beruhigender Stimme. »Austauschbar sind wir alle, Sir.«

»Ich habe das Gefühl, dass ausgerechnet *Sie* schwer zu ersetzen sind, Mister O'Liar. Langfristig, meinetwegen, aber kurzfristig – nein.« Rutherford schien vom Mut der Verzweiflung aufgestachelt zu sein. Möglicherweise hatte ihn Goldsteen aufgehetzt, weil er sich selbst nicht getraut hatte. »Ich kann etwas arrangieren lassen, das wie ein Überfall aussieht. Man wird mich nicht mit der Tat in Verbindung bringen. Aber Ihr Projekt wird lange genug verzögert, dass ich Gegenmaßnahmen ergreifen kann.« Sein Zeigefinger krümmte sich, und mit einem initialisierenden Knall löste sich der erste von einer ganzen Schussserie.

KAPITEL XVI

Tropf ...

Es ... hat sich was VERÄNDERT! Die Umwandlung in eine Vampirin beginnt! Ich spüre es! Kraft durchströmt mich!

Tropf ...

Es ist unglaublich! Jede Zelle meines Körpers wird ... Ich könnte Steine mit bloßer Hand zerquetschen. Es gibt keinerlei Schmerzen mehr!

Tropf ...

Warum habe ich das nicht viel früher getan? Eine Vampirin sein, wie Sia! Der Zustand ist überwältigend! Wie in einem Rausch, in dem alles möglich ist! Nichts wird mich bei meiner Rache aufhalten!

Tropf ...

Als Erstes werde ich meinen Kerker verlassen. Die Augen müssen sich noch umgewöhnen, ich sehe nicht gut. Aber sobald meine Vampiraugen ihre Funktion aufnehmen ...

Tropf ...

Wo seid ihr, Alice und Grag? Wo habt ihr euch versteckt? »Kommt her!« *Ich balle die Fäuste, die voller Macht und Wut sind.*

Tropf ...

Gleich! Gleich geht es los! Diese Kraft! Ich werde zu einer Göttin der Unterwelt.

Tropf ...

7. Februar, Großbritannien, Nordirland, Coleraine, 23.12 Uhr

Boída schlug die Augen auf und sah den Fahrzeughimmel direkt vor sich.

Sie war in den Fahrersitz gepresst, ihr Kopf und ihre Schultern schmerzten. Am Kribbeln spürte sie, dass gebrochene Knochen in ihr verheilten und sich an ihre originäre Stelle schoben. *Was ist passiert?*, dachte sie.

Schnell sah sie zu der gefangenen Nachtkeltin. Ihr hatte das eingedrückte Blech den Kopf zertrümmert, ein abgerissenes Plastikstück hatte sich zudem in die rechte Brust gebohrt, aus der das Blut sickerte.

»Shit!«, schrie Boída wütend und versuchte, die Tür aufzutreten, was ihr nicht gelang. Die Karosserie hatte sich verzogen. Sie schlängelte sich aus dem geborstenen Seitenfenster und stand schließlich auf der Straße.

Um sie herum lagen Glasscherben, Stein- sowie Betonstückchen, als hätten die Wolken die Trümmer als Hagel niedergehen lassen. Der Staub, der sich über alles gelegt hatte, sagte Boída jedoch, dass es einen anderen Grund für das falsche Wunder geben musste.

Sie hob den Kopf.

Aus dem sechsten Stock stieg schwarzer Qualm auf, das Hotel besaß keine intakte Fensterscheibe mehr, Gardinen wehten im Wind. Hier und da standen Gäste an den Löchern und schauten ängstlich hinaus, riefen nach Feuerwehr und Notarzt. Die Bewohner aus den umliegenden Häusern starrten herüber, Passanten waren stehen geblieben. Nur eine Handvoll Verletzte lag auf dem Bürgersteig; sie waren von Splittern getroffen worden.

»Ich bin zu spät«, raunte Boída entsetzt und rannte ins Gebäude. Sie musste nachschauen, wie es dem Ard Rí ging! Ihrem König und Geliebten, den sie so oft vor Attentätern gewarnt hatte. Die Mörder waren schneller gewesen. Der sichere Beweis für die Verstrickung der Sídhe in diese Vorkommnisse lag tot in ihrem Wagen.

Sirenen erklangen, Feuerwehr und Krankenwagen rückten an.

Boída stürmte die Treppe hinauf, gegen den Strom von flüchtenden Hotelbesuchern, die mal mehr, mal weniger bekleidet waren. In dem schmalen Aufgang wirbelte der Staub in dicken Wolken, wie Nebel, der die Atemwege verbrannte.

Geschickt wand sie sich durch die nicht enden wollende Flut von Menschen und gelangte in die fünfte Etage. Sprinkleranlagen hatten ihren Dienst aufgenommen und die flüchtigen Dreckschwaden gebunden, das Luftholen fiel Boída leichter. Ein Blick nach oben zeigte ihr, dass große Teile des Stockwerks darüber eingestürzt waren.

»Ard Rí!«, schrie sie und züngelte, um seinen Geruch einzufangen. Sie nutzte die Fertigkeiten der Schlange und schaute mit wärmeempfindlichen Augen, ob sie die Umrisse von Überlebenden in dem kalten Stein erkennen konnte. Aber die schwelenden Brände verzerrten ihre Sicht. Sie musste sich alleine auf ihre Zunge verlassen.

Eine Männergestalt trat aus dem künstlichen Regen und kam auf sie zu, wischte sich das schmutzige Wasser aus den Augen. Boída erkannte ihn. Es war Benny, einer der BlackDogs und Oenach.

»Miss de Cao«, hustete er. »Kommen Sie hierüber! Der Ard Rí muss mitten in diesem Durcheinander sein.«

Sie ließ sich von ihm ins Zentrum des Einsturzes führen und machte sich mit ihm gemeinsam auf die Suche. Nach und nach gesellten sich weitere Wandler dazu, die mit bloßen Händen im Schutt gruben. Die eigene Sicherheit galt nichts.

Boída hatte die Witterung aufgenommen und konzentrierte sich auf einen Abschnitt, der neben dem Eingang in die Lounge gelegen hatte. »Hierher«, rief sie. »Er ist ...«

Unter den Steinen regte sich etwas, und dann brach der rechte, blutige Arm des Ard Rí aus dem Dreck hervor.

»Wir haben ihn!« Boída jubelte innerlich. Mit ihren gewaltigen Kräften hatte sie die Hindernisse schnell aus dem Weg geräumt und den nackten Körper ihres Geliebten freigelegt. Er war unversehrt, die Blutspuren auf seiner Haut verrieten ihr jedoch, dass er vor nicht allzu langer Zeit Wunden davongetragen hatte. Er hatte sich bereits regeneriert.

»Ich wusste es. Auf dich ist Verlass«, sagte er, die leuchtenden goldenen Augen waren auf sie gerichtet. Er gab ihr einen Kuss, den er lange auf ihre Lippen gedrückt hielt, und sie fühlte unsagbares Glück in sich. Langsam strich er über ihre Glatze, dann schob er Boída zurück und stand auf. »Ich habe sie unterschätzt.«

»Wer war es?«

»Eine Vampirin und der Deutsche. Aber der Deutsche ist mehr als nur ein einfacher Bestienjäger. Er besitzt ähnliche Kräfte wie ich.« Der Ard Rí begab sich unter einen Sprinkler und wusch sich den Dreck ab.

Boída ersparte sich den Hinweis darauf, dass sie ihren Geliebten gewarnt hatte. Er hatte seinen Fehler bereits eingestanden, was einem Lob an sie gleichkam. »Ich hatte einen Beweis dafür, dass die Sídhe hinter den Morden an unseren Leuten und den anderen Wandlern stecken. Leider ist meine Gefangene durch die Trümmer gestorben. Die Vampirin heißt Sarkowitz.«

»Wir sollten gehen«, sagte Benny eindringlich und schaute zur Treppenhaustür. »Ich höre Schritte. Wird die Feuerwehr sein.«

Sie setzten sich in Bewegung, hasteten zum zweiten Treppenhaus. Der Ard Rí nahm sich unterwegs etwas zum Anziehen aus einem der zerstörten Zimmer.

Die Truppe lief an den entgegenkommenden Rettungskräften vorbei. Unterwegs ließ sich der Hochkönig Bennys Handy geben.

Boída hörte, wie er in raschem Wechsel mit verschiedenen seiner Wandler bei der Garda, dem britischen Militär im Norden und vielen anderen telefonierte. Das Schneeballsystem wurde ausgelöst, um die Lawine ins Rollen zu bringen, welche die Sídhe unter sich begraben sollte. »Wir beginnen den Krieg?«, sagte sie zu ihm.

Der Ard Rí lächelte. »Nein. Aber ich treffe Vorbereitungen. Wenn die Vampirin schlau ist, und ich denke, dass sie das ist, wird sie sich bei mir melden, um einen Deal mit mir einzugehen.«

»Deal?«

»Die Sídhe haben ihre Familie als Druckmittel. Nur deswegen versucht sie, mich auszulöschen. Es gibt keine andere Motivation für sie. Sie will ihre Brut schützen, und das ist ein hehres Ziel, das ich respektiere. Es geht ihr nicht um Macht oder Einfluss. Sie kann nicht anders.«

Sie hatten die Bar erreicht, die inzwischen evakuiert war, aber sie setzten sich dennoch an den Tresen. Benny schenkte ihnen Whiskey aus, während im Hintergrund Feuerwehr und Polizei durch die Lobby eilten.

Boída fand, dass die Szene etwas Abstruses besaß, gerade weil sich niemand darum kümmerte, dass sie mitten im Chaos saßen. An der Bar. Seelenruhig. »Was hat von Kastell damit zu tun?«

»Ich schätze, dass er und Sarkowitz sich von früher kennen und er ihr helfen möchte. Jemand mit einem guten Herzen.« Der Ard Rí stürzte den Whiskey auf ex, Benny goss nach. »Was die Sídhe können, kann ich schon lange.« Er sah Boída aus seinen goldenen Augen an. »Ich möchte, dass du herausfindest, wo sie die Familie der Vampirin gefangen halten. Wir schnappen sie uns und wenden das Blatt.« Er grinste arglistig. »Wir hetzen Sarkowitz gegen ihre eigene Art, und ich denke, es wird ihr sogar noch Spaß bereiten.«

»Nimm es mir nicht übel, Geliebter, aber ich habe Angst, dass du sie und Kastell erneut unterschätzt.« Boída hätte zu gerne die Aufnahmen der Überwachungskameras gesehen, um sich ein Bild von der Vampirin zu machen. »Ich stand von Kastell gegenüber, und ...«

»Er ist nichts im Vergleich zu mir«, schwächte er ihren Einwand ab und küsste sie sanft. »Es fällt mir nicht schwer, ihn auszuschalten. Aber die anderen Wandler werden gegen die zwei kaum eine Chance haben.«

»Sie machen also weiter?«

»Ja. Dass ich nicht so leicht umzubringen bin, hat Sarkowitz überrascht. Sie und Kastell werden sich einen neuen Plan ausdenken, um mich beim nächsten Mal zu stellen.« Der Ard Rí setzte sich gerade hin. »Benny, sag den Tuatha, sie sollen sich nicht mehr aufteilen. Keiner verlässt das Rudel und macht sich zu einer einfachen Zielscheibe. Je weniger die Vampirin und ihr Freund zu tun bekommen, desto eher stehen sie wieder bei mir. Und ich werde vorbereitet sein.«

Benny nickte und benutzte das Telefon des Barkeepers, um die Anweisungen weiterzugeben.

»Ich ... würde lieber in deiner Nähe bleiben«, sagte Boída besorgt. »Ich bin deine Leibwächterin! Eine bessere gibt es nicht, und mir macht Silber nichts aus. Sie können mich nicht erschießen.«

Der Ard Rí lächelte sie an, und es sah stolz aus. »Ich weiß. Aber du hast eine bessere Spürnase als meine Hundewandler, also musst du die Familie der Vampirin für mich suchen!« Er streichelte ihr Gesicht und schob sie dann leicht von sich, wie man ein Boot vom Steg drückt, damit es hinausfährt.

Boída tat der Abschied weh, doch wie immer würde sie seinen Auftrag mit Freude erfüllen. »Gib auf dich acht«, sagte sie und wandte sich um, verließ das Hotel durch die zerstörte Eingangstür.

Sie hatte bereits eine Idee, wo sie anfangen würde. Ein, zwei angebliche Anhänger der Nachtkelten waren ihr vom Hörensagen bekannt. Es würde ihr ein leichtes sein, sie zum Sprechen zu bringen.

8. Februar, Großbritannien, Nordirland,
Ballymena, 08.24 Uhr

»Tante Sia?«

Ja! Ja, ich bin hier, Kleine! Sie hörte die Stimme ihrer Nichte am Telefon, öffnete den Mund und bekam keinen Ton heraus. Mehrmals musste sie sich räuspern. »Wie geht es dir?«, krächzte sie und hätte am liebsten vor Freude geweint.

»Oh, gut! Jeoffray passt gut auf mich auf. Wir hatten schon zwei Schießereien, und es ist alles sehr aufregend, aber mir geht es gut. Jemand hat versucht, uns in Berlin im Hauptbahnhof in die Falle zu locken, aber Jeoffray hat es im letzten Moment bemerkt, und wir sind einfach weitergefahren. Er ist ein super Typ!« Elena erzählte schnell und fröhlich. »Wie geht es Mama?«

Sia sah Eric an, der neben dem Apparat stehen geblieben war und das Gespräch verfolgte, soweit es ihm möglich war. »Wie es deiner Mama geht?« Sie verstand die Frage nicht. *Haben die Sídhe die beiden getrennt, nachdem sie in der Höhle gewesen war? Und warum fragt sie mich das überhaupt?* »Ich denke, es geht ihr ganz gut«, erwiderte sie zögernd. »Gibst du mir Wilson noch einmal?«

»Klar. Tschüs, Tante Sia. Und mach dir keine Sorgen. Er ist echt gut im Leute abknallen.« Es raschelte wieder.

Kinder. »Mister Wilson?«

»Ja, Frau Sarkowitz. Da bin ich wieder.«

»Ich bin ein bisschen durcheinander, das müssen Sie entschuldigen. Momentan versuche ich herauszufinden, was eigentlich geschieht: Sie sind der Butler von Harm Byrne gewesen und arbeiten jetzt für die Sídhe und bewachen Elena? Richtig?« Sie redete schnell, gierte nach Informationen.

»Äh, nein. Das ist ein Missverständnis«, antwortete er. Wie es klang, machte er ein paar Schritte zur Seite, dann klackte es wie von einem Türschloss. Vermutlich hatte er den Raum gewechselt. »Die Sídhe waren bei mir, das stimmt. Sie haben mir unter Androhung von Gewalt den Vorschlag gemacht, Ihre Schwester und Ihre Nichte zu entführen und nach Irland zu bringen, damit man Sie erpressen kann.«

»Sie sind *nicht* in Irland?« Sia legte die Stirn in Falten. »Aber ...«

»Ich habe so getan, als würde ich annehmen, Frau Sarkowitz. Die Nachtkelten möchten die brachliegenden Verbrechensfelder von Mister Byrne übernehmen und haben wohl noch mehr vor, für das sie die Fähigkeiten einer Judastochter gebrauchen können«, erzählte er. »Ich habe Elena vor dem Völkerschlachtdenkmal beschattet und zwei Männer erledigt, von denen ich annahm, dass es Gestaltenwandler waren. Danach fand ich es besser, mit der Kleinen in Bewegung zu bleiben und die Nachtkelten in der Meinung zu lassen, ich wäre auf dem Weg zu ihnen, um Elena abzuliefern. Mein Versuch, auch Ihre Schwester vor dem Zugriff zu bewahren, ist leider gescheitert, wie ich hörte. Die Leute, die ich geschickt hatte, sind in der Klinik abgefangen und erschossen worden.« Es raschelte, eine Feder quietschte. Wilson hatte sich gesetzt. »Wären Sie so nett und sagen mir wenigstens grob, was vor sich geht? Und glauben Sie mir, ich bin mit Vampiren, Werwölfen und Dämonen vertraut. Ich habe einige Dossiers gelesen, die Mister Byrne mir hinterlassen hatte. Schonen Sie mich nicht.«

Die Sídhe ... haben mich verarscht! Sie haben Elena nie in ihrer Gewalt gehabt! Sia traute den irischen Vampiren zu, dass sie den Knopf von Elenas Bluse zur Täuschung absichtlich drapiert hatten. Dann fiel ihr ein, dass Elena ihrer Mutter den Knopf als Talisman gegeben hatte. *Verdammt! Ich habe gesehen, was ich sehen wollte!*

»Mister Wilson, Sie sind ein echtes Geschenk!« Schnell berichtete sie, was die Nachtkelten beabsichtigten, was die Wandler wussten und welchen unerwarteten Gegenspieler sie im Ard Rí gefunden hatten. Jemand, der sein Leben für Elena aufs Spiel setzte, dem vertraute sie gezwungenermaßen. ... außerdem blieben ihr nicht viele Möglichkeiten. Wilson sollte wissen, wie gefährlich die Lage für ihn und die Kleine war. »Bleiben Sie bitte in Bewegung«, beendete sie ihre Erläuterung. »Trauen Sie sich das zu?«

»Machen wir, Frau Sarkowitz. Sie können beruhigt sein. Sie haben ja gehört: Ich bin echt gut im Leute abknallen.« Er lachte und stand auf, wie sie am Quietschen vernahm. »Meine Handynummer sage ich Ihnen noch, damit Sie mich jederzeit anrufen können, falls etwas sein sollte.«

Sia fiel es sehr schwer, ihre Nichte dem Mann zu überlassen, der einst für ihren gefährlichsten Gegner gearbeitet hatte. Harm Byrne oder besser gesagt eine der Gestalten von Harm Byrne trug die Schuld daran, dass Emma im Koma lag. *Wer hätte gedacht, dass es so kommt.* »Passen Sie gut auf sie auf, Mister Wilson. Sie ist der größte Schatz, den meine Schwester und ich haben.«

»Verlassen Sie sich auf mich. Es ist mehr als eine Pflicht. Ihnen alles Gute, und melden Sie sich!«

Eine Sache noch! »Ach, Mister Wilson?«

»Ja?«

»Sagen Sie Elena nicht, was vorgefallen ist. Lügen Sie sie bitte an, und erfinden Sie was Nettes, wo wir gerade sind, und ... dass es ihrer Mutter gutgeht.« *Ich finde und befreie Emma. Elena wird verstehen, warum ich sie angelogen habe.*

»Ich werde mir etwas einfallen lassen, Frau Sarkowitz. Ich verstehe, dass es besser für die Kleine ist, aber sie ist sehr clever und wird es bald durchschaut haben. Ihnen nur das Beste.« Wilson legte auf.

Sia warf Eric den Hörer zu, und er positionierte ihn auf der Gabel. »Das ist ein Tag mit Überraschungen.« Sie erzählte ihm, mit wem sie gesprochen hatte und dass Elena sich nicht in der Gewalt der Sídhe befand, und berichtete ihm auch nochmals haarklein von der Unterredung mit dem Ard Rí sowie dessen Angebot, das plötzlich plausibler und annehmbarer klang als vorhin.

Eric lehnte sich gegen die Tür. Sia konnte an seinem Gesicht ablesen, dass auch er der Meinung war, eher die Befreiung von Emma zu versuchen, anstatt sich weiter den Befehlen der Vampire hingeben zu müssen. »Also, was machen wir jetzt?« Er sah auf den Wecker. »Ich werde meine Halbschwester in knappen zwölf Stunden vom Flughafen abholen. Bis dahin sollten wir einen Plan haben.« Er musterte ihre Züge. »Du wirst diesen Hochkönig anrufen?«

»Ja. Sobald ich mehr über ihn weiß.« Sias Blick richtete sich auf ihn. »Warum hast du deine Schwester kommen lassen, wenn du sie nicht leiden kannst? Es hatte mit den Augen des Ard Rí zu tun.«

Eric setzte sich, überlegte. »Ich weiß noch dunkel, dass sie mir von einem Gegner erzählt hat, dessen Augen angeblich golden leuchteten. Es war weder ein Wandler noch ein Vampir. Und er war erst zu knacken, nachdem sie irgendwelche Tricks angewendet hatten. Sie kann uns helfen, den Ard Rí zu überlisten, denn ich traue ihm ebenso wenig wie den Sídhe. Wir müssen auf alle Fälle das Wissen besitzen, um *beide* zur Hölle zu schicken und uns nicht von einer Hand in die nächste zu begeben.«

Sia stimmte ihm sofort zu. *Er wäre der perfekte Partner, wenn er nur nicht den Drang hätte, mich fressen zu wollen.* »Dann haben wir doch tatsächlich ein paar Stunden, in denen wir uns ausruhen können.« Sie begab sich zum Durchgang ins Schlafzimmer. »Nimm es mir nicht übel, aber ich wäre gerne alleine. Leider. Unter anderen Umständen hätte ich dich gebeten, mir Gesellschaft zu leisten ...«

Eric winkte ab; sein Grinsen misslang. »Nein, ich verstehe das. Ich wollte auch niemanden neben mir haben, der mich auffressen will.« Er legte sich aufs Sofa und schaltete das Fernsehen ein. »Ich muss dich übrigens warnen.«

»Das hast du schon.«

»Nein, nicht vor mir. Vor meiner Halbschwester. Justine hat eine große Klappe und provoziert gerne.«

»Ach?« Sia hob kämpferisch den Kopf. »Das kann sie bei mir gerne versuchen.«

»Das wird sie, glaub mir.« Eric sah bereits genervt aus. »Und sie wird es schaffen. Im Gegensatz zu mir ist sie eine reinrassige Bestie, eine Wolfswandlerin, und sie ist es sehr gerne. Leg dich zumindest nicht verbal mit ihr an.«

»Okay.« Sia ließ den Rat so im Raum stehen und zog die Tür zu. Gleich darauf lag sie nackt im Bett und schloss die Augen. Vor einem Überfall durch Eric hatte sie keine Angst. Sie würde die Tür hören, wenn er versuchte, sich zu ihr zu stehlen.

Elena ist in Sicherheit. Was für eine Erleichterung! Sie seufzte. Für sie war es nur eine Frage der Zeit, wann sie Emma retteten. *Und danach können mich Vampire und Wandler und sonstige Wesen in Irland kreuzweise.* Leipzig fehlte ihr wie selten in ihrem Leben.

9. Februar, Republik Irland, Shannon, 09.21 Uhr

Eric und Sia warteten in der Ankunftshalle, genau gegenüber der undurchsichtigen Glastür, die den Gepäckbereich vom Warteraum trennte. Die Maschine aus Frankfurt war vor zehn Minuten gelandet, es würde nicht mehr lange dauern, bis Justine erschien.

Ich bin gespannt, ob sie sich verändert hat. Er atmete aus und betrachtete seine Schuhspitzen. Ein unruhige Nacht lag hinter ihm. Anfälle hatten ihn durchgeschüttelt, Wellen des Verlangens und des Hungers. Zweimal hatte er vor ihrer Tür gestanden, die Klinke in der Hand und bereit, einzutreten und abzuwarten, was danach geschehen würde. Sex, Hunger, Blutlust. Fleischeslust.

Ich muss es in den Griff bekommen. Die Bilder sind extrem intensiv. Eric wollte sich durch die Haare fahren, aber ihm fiel glücklicherweise ein, dass er eine Perücke trug, die verrutschen konnte. Heute war er hellbraun, mit einem billigen Panamahut-Verschnitt obenauf, den er unterwegs für ein paar Euro gekauft hatte.

»Du hast nicht gut geschlafen.«

»Nein«, sagte Eric nachdenklich. »Du weißt, woran es gelegen hat.«

»Ich weiß, dass du zweimal vor meiner Schwelle gestanden hast.« Sia nickte. »Ich würde dir gerne helfen.«

»Wie gesagt, ich muss mehr über den Dämon herausfinden, der mich mit seinem Mal gezeichnet hat. Darin steckt die Lösung für meine wirren Gefühle dir gegenüber.« *Wirr ist viel zu harmlos, um es zu treffen.*

»Ich kann dir leider nicht sagen, wie meiner heißt.«

Eric grinste schwach. »Musst du nicht. Du wirst zu dem gehören, den meiner nicht leiden kann.« Sie lachten gemeinsam und leise, als könnten sie durch zu laute Heiterkeit ihre Dämonen wecken.

Tumult entstand hinter der Milchglastür. Eine laute Frauenstimme gab höhnisch französische Schimpfworte von sich, zwei verschiedene Männerstimmen brüllten auf Englisch und Gälisch zurück; zumindest das Englische waren nicht weniger freundliche Beschimpfungen.

»Ich kenne diesen Song«, kommentierte Eric. »Sie spielt ihn immer.«

Sia sah verwundert zum Durchgang, wo sich Schatten abzeichneten.

Die Türen flogen auf, und eine sehr elegant gekleidete Frau in einem zartrosafarbenen Chanelkostüm, über dem sie einen schwarzen Ledermantel trug, stolzierte catwalkgerecht heraus. In ihrem Mundwinkel hing eine Kippe in einer kurzen, plastiksilbernen Spitze, und die Augen lagen hinter einer modischen Sonnenbrille verborgen.

Hinter ihr folgten zwei Sicherheitsbeamte, die an der Tür stehen blieben und ihr weiter Flüche nachschrien. Ein Gepäckträger schlurfte ächzend neben ihr her, der vier Koffer schleppte. Große Koffer.

»Voilà, Justine. Man nennt sie auch *Madame Dramatique*«, murmelte Eric. *Und sie hat sich kein bisschen verändert.* Er stand langsam auf, die Hände in die Taschen gesteckt. Sia erhob sich ebenfalls.

Justine kam auf die beiden zu, zog dabei entspannt an ihrer Zigarette und kümmerte sich nicht um die Verbotsschilder. »Ah, mon frère, le cul arrogant!« Sie riss die Arme theatralisch auseinander, um ihn umarmen zu können. »Bekommt deine Schwester einen Kuss?«

»Halbschwester«, verbesserte er automatisch und zum x-ten Mal, ohne sich zu rühren. »Das«, sagte er leise und nickte zu Sia, »ist Sia. Wir helfen ihr, ihre Schwester aus der Hand der Nachtkelten zu befreien.«

Justine senkte langsam die Arme, zog ihre Sonnenbrille ab

und winkte nach ihrem Gepäckträger. »Ich bin Justine. Und das ist …« Sie rollte mit den Augen. »Wie ist dein Name? Rupert?«

»Ron«, schnaufte er.

»Ron, der am Gepäckband so freundlich war, mir seine Hilfe anzubieten.« Sie strahlte ihn an. »Die paar Meter bis zum Wagen wird es noch gehen, oder, Ron?«

»Sicher«, hechelte er. »Gar kein Problem.«

Seine Hilfe anzubieten wird er zum ersten und letzten Mal gemacht haben. Eric feixte, und auch die schweigsame Sia zeigte ernsthaftes Amüsement. »Aha. Du hast dir gleich einen Mann angelacht, ja?« Er zeigte nach rechts. »Unser Wagen steht vor der Tür. Es ist wirklich nicht weit.« Ron grunzte erleichtert. »Was hast du alles dabei?«

»Oh, ein bisschen Wechselkleidung, ein paar Wechselschuhe, ein paar Kippen«, zählte sie lässig auf, »was man eben so braucht, wenn man verreist und nicht weiß, wie lange man unterwegs ist.«

Sie sah nach rechts. »On y va?« Ohne zu warten, marschierte sie los. Ron folgte ihr wie ein beladener Bernhardinerhund.

»Ich verstehe dich«, sagte Sia trocken und folgte den beiden. Eric bildete den Schluss.

Bald darauf waren die Koffer in den Touareg eingeladen, Ron mit einem Küsschen rechts, einem Küsschen links abgespeist, und dann ging die Fahrt zu ihrer Unterkunft los.

»Würde es Ihnen was ausmachen, die Kippe aus dem Fenster zu werfen?«, bat Sia.

»Oui, das würde es«, entgegnete Justine und rauchte weiter. »Bringt mich einer von euch auf den neusten Stand?«

»Hier drinnen herrscht Rauchverbot!« Sia drehte sich auf dem Beifahrersitz nach hinten.

Ich hatte sie gewarnt, sich nicht mit meiner Halbschwester anzulegen. Das wird schiefgehen. Eric konzentrierte sich aufs Fahren.

Justine bleckte die Zähne, wie er im Rückspiegel sah, zeigte das perfekte Gebiss mit kräftigen, dicken Fängen, die einer Vampirin gar nicht so unähnlich waren. »Schätzchen, wo ICH bin, IST eine Raucherzone.«

»Es ... ist ungesund!«

Eric musste gegen ein Grinsen kämpfen. *Das war das falsche Argument.*

Justine warf den Kopf zurück und lachte. »Mon Dieu, eine Vampirin, die unsterblich ist, will eine Werwölfin, die nicht an Krebs erkranken kann, zu einem besseren Menschen erziehen! Quelle ironie!« Sie knuffte Eric von hinten gegen die Schulter. »Was sagst du, mon frère? Hast du mich jemals ohne Fluppe gesehen?«

»Ich nicht, aber ich denke, dass du sie aus dem Mund nimmst, wenn du mit deinen Spielzeugboys Sex hast«, gab er zurück.

»Nicht bei allen. Sie halten nicht lange genug durch, damit es sich lohnt«, retournierte sie glucksend. Sie drehte das Fenster runter und schleuderte die fast zu Ende gerauchte Zigarette hinaus. »Das ist nur mein guter Wille, Vampirella.«

Vampirella!?! Scheiße, sie wird sich gleich auf Justine stürzen. Eric warf Sia einen beruhigenden Blick zu. »Schön, dass du gekommen bist.«

»Weißt du, wenn mein Bruder ...«

»Halbbruder!«

»... Pardon, arroganter Arsch von Halbbruder«, korrigierte sie lächelnd, »mich ausdrücklich um Hilfe bittet, also der Mann, der mich am liebsten gar nicht mehr kennen würde, dann kann ich gar nicht anders, als vorbeizukommen und mir sein Gesicht anzuschauen, wenn er es mir noch einmal persönlich sagt.«

Ich wusste, dass es ausartet. Eric hob die Hand. »Können wir das auf später verschieben?«

Justine kreuzte die Arme unterhalb der Brust. »Non.«

»Phantastisch. *Da* haben wir uns ja eine Verbündete geholt«, knurrte Sia gereizt. »Zicke ist zu harmlos!«

»Uh, Vampirella zeigt die Zähnchen?«, amüsierte sich die Werwölfin. »Da habe ich aber grande peur, ma chère.«

»Du solltest sie wirklich fürchten. Sie kann mehr als du.« Eric versuchte, deeskalierend zu wirken, bevor die Frauen sich gegenseitig an die Gurgel gingen.

»Bon. Aber warum«, Justines Tonfall wurde genüsslich, »braucht ihr beide dann meine Hilfe?«

Wieder fuhr Sia herum. »Hat man Ihnen schon mal gesagt ...«

Justine winkte ab. »Alles, was man sich vorstellen kann, wurde mir schon mal gesagt. Spar dir den Versuch, innovativ sein zu wollen.« Sie zog ein Etui aus dem Mantel, öffnete es und hielt Zigarillos in die Runde, die nach Nelken rochen. »Möchte jemand?«

Die Justine-Show ist keinesfalls weniger geworden. Eric lehnte ab, Sia schwieg, was gefährlich genug war. »Ich ...«

»Ah, ah!« Justine fuchtelte mit dem Rillo. »Wo ist das Hilfmir?«

»Justine, ich brauche deine Hilfe, um eine Schwerkranke aus den Klauen von niederträchtigen irischen Vampiren zu befreien«, sagte er zügig und schmälerte damit ihre Genugtuung. *Hoffentlich.*

»Très bien. Ça marche.« Sie lachte und fuchtelte mit dem Handy. »Oh, ich habe es mir aufgenommen. Das wird mein neuer Klingelton, wenn du mich anrufst.« Sie lehnte sich nach hinten und schob den Zigarillo in die Plastikspitze, setzte sie zwischen die Lippen und zog daran, ohne den Tabak zu entzünden. »Alors, was wollt ihr wissen?«

»Sia wird dir erzählen, gegen wen oder was wir angetreten sind. Du sollst einschätzen, ob der Ard Rí eine ähnliche Kreatur wie Levantin ist oder ... etwas anderes.« Eric nickte Sia zu, und die Vampirin ließ die gestrige Nacht mit dem Kampf noch einmal Revue passieren.

Justine hörte stumm zu, ab und zu machte es *sssp,* wenn sie am Mundstück sog; schließlich sagte sie: »Peut-être.«

Das ist mal wieder so typisch für sie. Sia und Eric warteten vergebens, dass sie mehr Information bekamen, bis er seine Halbschwester aufforderte: »Wie? Was soll das heißen, *peut-être?«*

»Dass es sein kann«, entgegnete sie schnippisch. »Müsste ich mir selbst anschauen.«

»Aber warum habe ich sofort daran denken müssen?«, stieß er hervor. »Golden leuchtende Augen, diese überlegenen Kräfte, die Ansprache an Sia – für mich ist die Sache klar!«

»Bon. Mais pas pour moi.« Justine beugte sich nach vorne, mit dem Gesicht zwischen die Kopfstützen. »Es sind wohl die passenden Indizien, aber um es mit Gewissheit sagen zu können, möchte ich ihn mir anschauen.«

»Es ist nicht so, dass der Ard Rí wie im Zoo ausgestellt wird«, schnauzte Sia die Wandlerin an. »Hätte ich gewusst, dass du uns eine klugscheißende, besserwisserische Franzosentussi nach Irland holst, die nichts taugt ...«

Justine versetzte ihrem Sitz einen harten Hieb, so dass Sia nach vorne gegen die Ablage geschleudert wurde. »Oh, là, là! *So* haben wir nicht gewettet! Ich kann euch anlügen und behaupten, dass ich es wüsste. Aber was hättet ihr davon?«

Gleich gibt es Schwerverletzte! Eric hielt Sia mit einer schnellen Bewegung davon ab, auf die Rückbank zu hechten und sich auf seine Halbschwester zu stürzen. »Justine, hör auf! Hör auf, ständig im Mittelpunkt stehen zu wollen!«

»Habe ich es denn nicht verdient?«, gab sie lachend zurück. »Ich bin doch euer Stargast.« Sie steckte sich den Zigarillo an und blies den Rauch gegen die Decke und nicht aus dem geöffneten Fenster. »Ich habe es ernst gemeint: Ich werde mir den Ard Rí anschauen und mir ein eigenes Bild machen. Danach entscheiden wir, was wir tun, um Ihre Schwester zu befreien, Vampirella.«

»Angenommen, es wäre ein Wesen wie Levantin«, versuchte Eric, wieder etwas mehr Ruhe ins Auto zu bekommen. Es waren etliche Meilen bis zu ihrem Hotel, und die wollte er unbeschadet sowie ohne einen Krieg Vampirin gegen Werwölfin überstehen. »Was würde das für unser Vorgehen bedeuten?«

Justine nahm einen langen Zug. »Dass wir drei keine Möglichkeit haben, ihn zu besiegen. Sie sind Wesen aus einer anderen Sphäre. Einer Dämonensphäre«, erklärte sie unerwartet sachlich. »Meistens kommen sie durch einen Zufall auf die Erde und möchten wieder dahin zurück, woher sie stammen. Manchen gefällt es so gut, dass sie bleiben und sich Imperien errichten. Ägypten war einer ihrer Lieblingsspielplätze, wie ich rausgefunden habe. Sie wurden nicht umsonst als Götter angebetet. Und wann immer in einer Sage von einem Göttersohn die Rede ist, bin ich inzwischen sicher, dass *sie* hinter der Erzählung stecken. Das«, sie sprach direkt in Sias Ohr, »sind die wahren Unsterblichen.«

»Wer hat gesagt, dass ich unsterblich bin?«

»Sind das nicht alle Vampire?«, entgegnete Justine verwundert. »Hein, mon frère?« Sie klopfte ihm auf die Schulter.

»Ich halte mich raus.« Eric lenkte den Geländewagen durch den Verkehr.

Sia schaute geradeaus. »Nein. Die meisten gehen nach ein paar Jahren drauf, ganz egal, wie viel Blut sie saufen.«

»Aha. Und Sie hatten einen Gen-Defekt und sind ... wie alt?« Justine besaß nach wie vor keinerlei Respekt, wie Eric fand.

»Alt genug, um einer Werwölfin den Arsch aufzureißen«, kam ihre kühle Erwiderung.

Justine lachte wieder. »Formidable!« Sie klatschte in die Hände. »Vampirella kann, wenn sie möchte. Über den Arsch und das Aufreißen reden wir vielleicht ein anderes Mal?«

»Nein«, warf Eric ein. *Sie müssen friedlich bleiben.*

»Doch, ganz bestimmt. Ich kann auch sehr charmant sein, wenn ich möchte, und dann verrät man mir die schönsten Geheimnisse. Die meisten Männer schreien sie raus, während ich sie reite.« Justine zwinkerte. »Zurück zu den möglichen Gemeinsamkeiten von Monsieur Ard Rí und Levantin. Mir hat damals eine sehr gute Freundin gegen das Wesen in Menschengestalt geholfen, und sie hatte ein paar Kräfte, wie ich sie nie zuvor gesehen hatte. Leider, leider hat sie sich verabschiedet, ohne mir Bescheid zu sagen. Sie und ihr Mann haben Deutschland verlassen, um in Indien neu anzufangen, wie sie mir geschrieben hat.«

Eric bog in die Straße ab, in der ihr Bed&Breakfast stand. *Was gäbe ich für eine gute Nachricht. Nur zur Abwechslung.* »Das bedeutet für *uns?*«

»Regel eins«, ihr Zeigefinger schoss nach oben, »komm diesem Typen nicht in die Quere. Regel zwei«, der Mittelfinger folgte, »lass ihn in Ruhe. Regel drei«, der Ringfinger schnellte in die Höhe, »wir legen uns nicht mit ihm an.«

»Dann werde ich erst recht auf sein Angebot eingehen müssen, auf die Seite der Wandler zu wechseln.« Sia sah Eric an, dann zu Justine.

»Das ist jedenfalls besser, als sich ihm in den Weg zu stellen. Sonst ...« Die Französin klatschte mit den Händen aufeinander. »... seid ihr Matsch!« Sie sog den aromatisierten Rauch tief ein. Den Blick von Sia nahm sie absichtlich nicht wahr. »Lassen Sie mich ihn trotzdem erst anschauen. Vielleicht ist es ein Blender, und wir haben umsonst Angst vor ihm.« Bei der Gelegenheit blieb ihr Blick an Erics Perücke hängen. »Pas chic!« Ein schneller Ruck, und sie hatte ihm die falschen Haare weggezogen. »Mon Dieu! Was hast du denn da am Kopf? Das ist aber keine Tätowierung. Das ist ...« Eric spürte, dass sie die Linien nachzog. »Das ist ein Dämonenkuss! So nennen wir es.«

»DU kennst dich damit aus?« Eric hätte beinahe die Spur gewechselt, so überrascht wurde er von ihrer Andeutung. *Endlich! Da kommt hoffentlich meine gute Nachricht! Wobei ... sie ist die*

Letzte, von der ich derartiges Fachwissen erwartet hätte. »Wie das denn?«

»Ich habe die vergangenen Monate genutzt und mich fortgebildet, ein paar alte Freundinnen getroffen. So etwas in der Art«, deutete sie an. »Jeder, der etwas Finsteres in sich führt und nicht einfach nur ein Psychopath ist, trägt das Mal seines Herrn. Irgendwo am Körper.« Sie nahm einen Zug, stützte den Ellbogen auf und schwenkte sinnierend den Rillo. »Obwohl, wenn ich überlege ... ich hatte schon einen Psychopathen, der seine Seele an ...«

»Justine!«, unterbrach er sie aufgeregt. *Wenn sie mich hochnehmen will, dann ...* »Justine, *kennst* du den Dämon, der mich markiert hat?«

»Bien sûr. Das ist der gute alte Amy oder auch Avnas. Wir haben auch ein paar Vampire gefunden, die sein Zeichen trugen. Es scheint, als hätten die Dämonen die Wahl, was für eine Sorte Kreaturen sie für ihre eigenen Belange in die Schlacht auf der Erde schicken. Tote, Lebendige, Werwölfe, Vampire, und was weiß ich noch alles.« Justine referierte wie eine Expertin und als hätte sie niemals andere Dinge in ihrem Leben getan. »Moi, für meinen Teil, hatte es schon mal mit Belua zu tun, der sich auch Malsínamsòs nennt. Es gibt Bücher, in denen er als Verkörperung von Botis gesehen wird, mais ça, je ne crois pas.«

Sie weiß, was sie sagt. Sie täuscht nichts vor. Das kann die Lösung für mein Problem sein. »Sia, zeig ihr dein Mal!«

Sia zögerte.

Justine grinste spöttisch. »Sie müssen es mir nicht zeigen. Ich weiß es. Sie sind eine Judastochter, und die Judaskinder haben ihre Seele an Botis verschrieben. Botis ist zumindest *ein* Name von vielen. Das ist die Schwierigkeit. Dämonen lieben es, gelegentlich inkognito Tod, Verderben und Vernichtung zu bringen. Sie geben sich auch mal ganz gerne für jemand anderen aus, um die Schuld auf ihn zu schieben.«

Eric hatte den Wagen vor die Pension gesteuert und schaltete den Motor aus. »Und wie stehen Avnas und Botis zueinander? Hassen sie sich?« Sein Mund war trocken. Die Erklärung für seine tödlich-liebevoll-verzehrenden Gefühle für Sia war unter Umständen nur einen Satz entfernt.

Justine betrachtete sein Gesicht. »Was ist mit dir, mon frère?« Sie zeigte mit dem Finger auf die Vampirin. »Läuft da was zwischen euch? Droht es etwa tragisch zu werden?« Sie seufzte gespielt. »Quel dommage!«

»Weißt du es jetzt oder nicht?«, schrie er los.

»Oh, calme-toi! Nein, ich weiß es nicht«, gab sie zur Antwort und stieg aus. »Schaut euch das nette Häuschen an. Das ist sehr ... wie sagt man? C'est pittoresque! Sehr irisch.«

Wie kommt es, dass ich sie noch nicht umgebracht habe? Eric stieß einen Fluch aus, in den Sia einstimmte. Sie verließen den Touareg.

Justine wandte sich ihm zu, legte die Unterarme aufs Autodach und sah Eric und Sia über das Blech hinweg an. »Ich weiß, dass es dich quält, mon frère. Und ich werde dir auch *dabei* helfen. Ich kenne jemanden, der es dir sagen kann.« Sie lächelte unvermittelt ehrlich, wie er an dem Ausdruck in ihren braunen Augen erkannte, die denen ihres Vaters unglaublich ähnelten. »Erinnerst du dich an die Schwesternschaft vom Blute Christi?«

»Natürlich. Wie könnte ich sie vergessen?« *Sie haben mich von der Bestie geheilt. Ohne sie würde ich mich bei jedem Vollmond verwandeln, ohne dass ich mich dagegen wehren könnte.* Gleichzeitig trugen sie die Schuld, dass er das Böse nicht vollständig verloren hatte und zum Feuerteufel wurde. »Sind sie nicht bei einer Explosion ausgelöscht worden?«

»Es gibt sie wieder. Wir haben von vorn angefangen.« Justine klopfte aufs Wagendach. »Habt ihr auch so Hunger? Ich könnte eine Vampirin fressen.« Sie lachte auf. »Gehen wir rein, trinken Tee und essen Scones mit clotted cream!« Sprach's und drehte sich auf den Absätzen herum. »Haben die hier einen Gepäckträger?«

Sie haben ... der Orden ... das Sanctum! Eric stand wie erstarrt vor Überraschung. Sia sah ihn ratlos an.

KAPITEL XVII

9. Februar, Republik Irland,
Shannon, 10.01 Uhr

Im Salon des *Poor Duck*, dem Bed&Breakfast-Haus, roch es förmlich nach dem British Empire, was für ein Haus in der Republik Irland ungewöhnlich war. Die nette alte Dame, die auf den schönen Namen Elizabeth Anne Sophie Montesque hörte, hatte sogar ein Bild von Queen Victoria aufgehängt und mit schwarzen Stoffbahnen umgeben; irgendwo im Haus erklangen stets alte Märsche, *The British Grenadiers* wiederholte sich ständig. Es war klar, welcher Zeit sie nachtrauerte.

»Mon Dieu. Alles in diesem Zimmer ist mindestens hundert Jahre alt«, sagte Justine und nahm einen Schluck Tee aus der Chinaporzellantasse, die garantiert in der Zeit der Ära des Boxeraufstands entstanden war. »Gut, anwesende Vampire ausgenommen.« Sie grinste und nahm ihren angebissenen Scone. »Das ist sehr«, sie blickte auf die Häkeldeckchen auf dem Tisch, »sehr ...« Ihr fehlte das Wort; stattdessen biss sie ins mit *clotted cream* bestrichene Gebäckstückchen.

Wieso tut sie so, als wäre nichts von dem, was wir unternehmen müssten, dringend? Es kostete Eric maßlose Beherrschung, seinen Tee zu trinken und seine Halbschwester nicht mit Fragen zu bestürmen. Sia blieb ebenso stumm, so dass das dunkle Ticken der Standuhr extrem laut zu hören war.

Mit am Tisch saß außerdem Miss Montesque, die glücklich in die Runde blickte. Sie hatte den Vampir-Kommentar überhört. »Ach ja. Deutsche«, sagte sie dann. »Man hört ja so viel über sie, aber ich kann nichts Schlechtes sagen.«

»Was haben wir für ein Glück«, meinte Justine erheitert. »Aber ich bin Französin, und ich weiß, dass ich bei Ihnen damit noch unter den Deutschen stehe.« Sie lachte.

Miss Montesque stimmte in die Heiterkeit ein. »Aber nein, aber nein! Franzosen sind nicht weniger bemerkenswert. Aber gegen Hitler hatten sie damals keine Chance.«

Jetzt musste Eric grinsen, Sia verschluckte sich an ihrem Tee.

»Oh, lá, lá, die Briten bekamen den Arsch von den Amis gerettet, das wollen wir mal nicht vergessen«, flötete Justine. »Sich auf eine Insel zu verpissen, dicke Zigarren zu qualmen und alles auszusitzen, *das* ist keine Heldentat. Wir hatten die Resistance!«

»Churchill war ein Weichei, ein fetter aufgeblasener Wichtigtuer«, schnarrte Miss Montesque und sah zum Bild von Queen Victoria. »Unter ihr wäre das alles nicht passiert. Sie ruhe in Frieden!« Sie rührte in ihrer Tasse und in ihren Vorurteilen. »Ich mag die Deutschen. Mein Mann hätte damals mit mir von London nach Berlin ziehen sollen und nicht hierher. Meine Zugehfrau meinte, dass die Betten nach dem Auszug der Gäste besser gemacht wären als vorher. Deutsche Gründlichkeit. Ich hatte mal Gäste aus Schwaben, die haben sogar noch gestaubsaugt, bevor sie abgereist sind. So liebe Menschen, und man möchte gar nicht glauben, dass es früher mal alles Nazis waren.« Sie schüttelte das graue Haupt.

Demenz wäre mir gerade lieber als senile Geschwätzigkeit. »Kann ich noch Tee haben?«, fragte Eric und hoffte, dass Miss Montesque den Raum verließ, um neuen zu kochen, bevor noch mehr unverlangte nationale Einteilungen zu hören waren.

»Aber sicher.« Sie stand auf und watschelte hinaus, nahm die Kanne im Vorbeigehen. »Langen Sie tüchtig zu. Es ist genug da. Wir haben ja keinen Krieg.« Die Hausdame verschwand und schloss die Schiebetür.

»Meine Güte«, stöhnte Sia. »Manchmal könnte man meinen,

der Welt fehlte was ohne Hitler, wenn man die anderen so hört.«

»Non. Pas encore!«, rief Justine. »Dieses Mal sind die Amis an der Reihe. Ich meine, sie führen doch ständig diese kleinen Übungskriege auf der ganzen Welt. Ich bin überzeugt, dass sie sich vorbereiten für die große Sache. Einen Österreicher als Gouverneur hatten sie schon. Das ist ein guter Anfang für eine neue Katastrophe.«

Es reicht. Montesque ist ansteckend mit ihren Theorien. »Zurück zum Thema«, warf Eric ein. »Was ist mit dem Orden? Ich dachte, er ist vernichtet worden?«

Justine legte kauend den Scone zurück auf den Teller. »Levantin, dieses Arschloch, hat das Hauptquartier in Genzano ausgelöscht, und damit alle wichtigen Archive, Quellen und sonstigen Daten. Und natürlich ... auch die Nonnen.« Sie schluckte geräuschvoll, und es erinnerte an ein Würgen. »Ich bin nach Italien gereist, und da ...«

»Verzeihung, aber ich komme gedanklich gerade nicht mit«, warf Sia ein. »Von welchem Orden reden wir? Eric hatte etwas angedeutet, aber ich würde gerne mehr wissen.«

Das habe ich vergessen. Sie weiß so gut wie nichts. Eric sah seine Halbschwester an. »Das ist deine Aufgabe. Du kennst dich besser aus. Erkläre es ihr, bitte.«

»Bon. Ich mache es kurz. Es gab seit dem Ende des achtzehnten Jahrhunderts einen Orden, die Schwesternschaft vom Blute Christi. Sie hat sich zur Aufgabe gemacht, mit dem Blut von Christus das Böse aus denjenigen zu treiben, die einen Pakt mit der Hölle eingegangen sind. Eine Art Zwangschristianisierung.« Sie grinste. »Non. Es war so, dass wir die Dämonen mit dem Sanctum aus den Menschen getrieben haben ...«

»Ich weiß, wie das mit dem Sanctum läuft«, bremste Sia die Ausführungen. »Mich interessiert mehr der Orden. Ich möchte wissen, mit wem ich es zu tun habe.«

»Oh, là, là. Das war unhöflich. Zuerst heißt es, ich soll erzählen, und dann nicht.« Justine nahm die Zigarillos zur Hand und steckte sich einen an. »Bon. Wir haben nichts zu verbergen, ich erzähle es Ihnen. *Ihnen*, verstanden?! Nicht der ganzen Welt.«

»Ich verrate nichts«, beteuerte Sia, und Eric machte eine unterstützende Geste.

»Es gab ein Ordensnetzwerk an Informanten, gespannt über die gesamte Erde. Es ging darum, Wandler zu finden und sie zu heilen, was uns in vielen Fällen gelungen ist. Ich gehörte lose zur Schwesternschaft. Die Nonnen hatten seit den Anfängen mit Anschlägen auf ihre Einrichtungen gerechnet, aber gegen einen vernichtenden Angriff wie den von Levantin gab es keine Gegenwehr.« Sie nahm einen langen Zug, die Erinnerung brachte sie für einen Moment zum Schweigen. »Ich bin nach Genzano gefahren, Eric. Und glaub mir, er muss einen Sprengkopf dort gezündet haben. Es stand nichts mehr! Rien! Die unterirdischen Gänge, die Tunnel im Berg, alles eingestürzt und unzugänglich. Die Arbeit und das Wissen von Jahrhunderten, puff«, sie warf die Hände in die Luft, Asche regnete nieder, »perdu!« Ihre Stimme schwankte und machte deutlich, dass sie die inneren Bilder mitnahmen. »Ich bin in dem stinkenden Schutt herumgekrochen und habe gesucht, unter Tränen habe ich gesucht, aber es war nichts zu machen.« Sie trank von ihrem Tee. »Ich wusste nicht, was ich tun sollte. Als ich abends in mein Hotel zurückkam, wartete eine Nachricht auf mich: Man hat mich in den Vatikan bestellt.«

Ich weiß noch genau, wie es da aussieht. Eric musste auflachen. »Eine Werwölfin, die der Hölle entronnen ist, im Allerheiligsten?«

Justine lächelte bemüht. »Da kann man sehen, wie verzweifelt sie waren.« Sie lehnte sich gegen das Polster. »Ich hatte eine Unterredung mit einem Kuttenträger, eine lange Unterredung, und danach wurden mir zehn Novizinnen präsentiert, die sich am Tag des Anschlags außerhalb des Hauptquartiers aufgehalten hatten. Kaum Ausbildung, verschüchtert und traurig wegen des Verlusts so vieler Freunde.«

Eric hob die Augenbrauen. »Man hat *dir* die Aufgabe anvertraut, sich um sie zu kümmern?«

»Non. So wahnsinnig ist selbst der Vatikan nicht. Die Schwesternschaft hatte immer auf ihre Eigenständigkeit von Rom gepocht. Das war Faustitia sehr wichtig. Niemand kannte sie besser als ich.« Justine hatte den Zigarillo in der Zwischenzeit fast aufgeraucht. »Man fragte mich, ob ich eine ... wie sagt man ... Patenschaft für die jungen Frauen übernehmen wollte. Ich habe viel neues Wissen hinzugewonnen. Gerade, was die Hölle angeht.« Sie lachte bitter. »Das war vor einem Jahr, und seitdem gibt es den Orden wieder. Sie sind auf einem guten Weg, die Kleinen.«

Ich hätte mir denken können, dass die Schwesternschaft nicht einfach endet. Nach Jahrhunderten der Existenz. Eric sah zu Sia, dann wieder zu Justine. »Das hast du mir nicht erzählt.«

»Das wollte ich, als es so weit war, aber du arrogantes Arschloch hast immer aufgelegt, wenn ich dich angerufen habe.« Sie blies eine letzte blaugraue Wolke zu ihm. »Dein Pech. Ich hätte es dir gar nicht gesagt, wenn du nicht so lieb um Hilfe gebettelt hättest.« Sie grinste gemein. »Das war schön.« Sie pochte auf die Tasche, wo sie ihr Handy aufbewahrte. Sein Betteln für die Ewigkeit gebannt.

»Wir können diese Nonnen einsetzen?«, erkundigte sich Sia.

»Non. Sie sind noch nicht so weit. Es erfordert noch Training, um sie zu mehr als guten Kriegerinnen werden zu lassen«, sagte Justine. »Aber ihr Wissen und ihre Recherchefähigkeiten können wir benutzen.« Sie steckte den Rest des Rillos in den Blumentopf neben dem Fenster. »Nachdem wir den Stress mit Levantin hatten, richtete ich meine Aufmerksamkeit auf Dämonen und Dämonenpakte. Es gibt ein kleines Büchlein, das angeblich auf König Salomon zurückgeht. Davon wiederum gibt es eine alte Version, die sich wesentlich von dem unterscheidet, was heute als *Goetia* verkauft wird. Darin findet man sehr viel über die unterschiedlichsten Höllenfürsten.« Justine zeigte auf Erics Unterarm, dann auf seinen Kopf. »Voilà, deine Seele gehört Avnas. Und Vampirella wird nach ihrem Tod ihre Seele an Botis reichen. Viel Spaß. Ich weiß, was euch erwartet«, setzte sie murmelnd hinzu. »Malsínamsòs, il est un con très grand, und ich glaube nicht, dass die anderen Fürsten netter sind.«

»Aber ... ich habe von euch das Sanctum bekommen!«, rief Eric und zeigte anklagend das Mal. *Ich will eine Erklärung für den Scheiß, den ich durchmache.* »Wieso ist es immer noch da?«

Justine beherrschte dieses nonchalante Schulterzucken, gepaart mit einem Gesichtsausdruck, der nur Menschen aus Frankreich angeboren war. Es sagte so viel, ohne dass ein Ton gesprochen wurde. Und als sie dann ein »Pech, mon frère« hinzusetzte, wusste er, dass auch sie keine Erklärung hatte.

»Pech«, wiederholte Eric zäh. *Vom Schicksal einmal mehr eine in die Fresse bekommen.*

»Oui. Ich denke, dass deine Dosis damals von einer alten Charge herrührte. Wir haben festgestellt, dass es immer wieder Fälschungen gegeben hat, Artefakte, an denen das Blut Christi haftete, die sich aber als historischer Betrug erwiesen. Es kann sein«, sagte Justine, »dass sich falsches mit echtem Sanctum vermischt hat und du in den Genuss des Mix gekommen bist. Es hat gereicht, um dir die *Bestie* auszutreiben. Aber nicht das *Böse.*«

Wie ich es mir dachte. Eric sah, schwer ausatmend, auf seine Tasse. »Kann ich es noch einmal versuchen?«, flüsterte er fast.

Justine gab ihm keine Antwort und sah zu Sia. »Was ist mit Ihnen, Vampirella? Möchten Sie eine Blutsaugerin bleiben oder ...«

Sie lachte dunkel. »Oder ein Imitat schlucken, das mich umbringen kann? Nein danke. Darauf verzichte ich. Doch ...« Sie stockte. »Kann man dieses Sanctum Menschen präventiv verabreichen?«

Justine sah neugierig aus. »Kennen Sie jemanden, der in Gefahr ist, nach seinem Tod zum Vampir ...« Sie stockte. »Mon Dieu! Ihre Schwester und Ihre Nichte! Der Vampirfluch hat sich innerhalb der Familie vererbt!«

»Ja. Und ich will nicht, dass sie nach ihrem Tod das gleiche Schicksal wie ich erleiden.«

»Mh«, machte Justine. »Das wäre ein Novum. Vor allem würden wir erst Jahre später erfahren, eventuell, ob das Sanctum Wirkung erzielt hat oder nicht.«

Eric sah zur Tür, wo er jeden Moment Miss Montesque erwartete. *Hoffentlich kommt sie jetzt nicht rein.* »Wie viel Sanctum habt ihr?«

Justine nahm den Scone wieder auf und biss hinein. »Ein paar kleine Rationen zu Testzwecken, die uns der Vatikan zur Verfügung gestellt hat. Allem Anschein nach haben sie in ihren Archiven nicht nur Schriften, sondern auch die eine oder andere Hinterlassenschaft des original Heilands.« Kauend musterte sie die Vampirin. »Ich werde der Schwesternschaft vorschlagen, sœur et nièce davon zu geben.« Ihre braunen Augen richteten sich auf Eric. »Ob es bei dir ein zweites Mal funktionieren wird, kann ich dir leider nicht sagen. Und wenn doch ... weiß ich nicht, ob du es überlebst. Das Dämonische in dir ist sehr stark geworden, n'est-ce pas? Es wird dich eher in den Tod reißen, als dich aufzugeben.«

Schweigen senkte sich auf die drei nieder.

Die Standuhr schlug viermal hell und ließ die Melodie von Big Ben erklingen.

In das kleine Konzert wurde die Tür aufgeschoben, und Miss Montesque erschien mit einer Kanne frischen Tees. »Verzeihen Sie, aber ich musste noch ein Telefongespräch führen.« Sie wackelte an den Tisch und goss jedem eigenhändig nach, setzte sich zu ihnen und schmauste ihren Scone weiter. »Wo Sie alle einen herrlich zivilisierten Eindruck machen: Spielt jemand von Ihnen Bridge?«

»Non, malheureusement«, sagte Justine als Erste und trank ihren Tee rasch aus. »Ich muss wieder los, ein bisschen shoppen und Leute treffen.« Sie formulierte lautlos Ard Rí mit den Lippen, als sie zu Sia und Eric schaute. »Aber die beiden hier lassen sich gerne neue Kartenspiele beibringen. Es lebe die britische Tradition.« Sie stand auf und verschwand hinaus. »Bis später.« Die Tür fiel zu, und gleich darauf startete draußen der Wagen.

Eric tastete an sich herum. *Wann hat sie mir den Schlüssel gestohlen?*

Im Flur läutete das Telefon.

Miss Montesque erhob sich. »Ach, diese lästigen Anrufer. Ich bin gleich wieder zurück und bringe uns ein Kartenspiel mit.« Sie verschwand und schloss die Tür hinter sich.

»Und?«, sagte Eric zu Sia, als sie alleine waren. »Wie findest du nun meine Idee, Justine zu kontaktieren?« *Ich hätte selbst nicht gedacht, dass sie ein solcher Quell von Wissen ist.*

»Sie könnte ein Vorteil sein, aber sie muss sich erst noch beweisen, würde ich sagen. Aktuell nervt sie mich mehr, als sie was bringt.« Sie gab Zucker sowie Milch in den Tee. »Aber du hattest recht, als du sagtest, dass man sich mit ihr nicht anlegen sollte. Ihre Zunge ist mörderisch«, fügte sie schwach grinsend hinzu.

»Auch das würden viele Männer unterschreiben, auch wenn sie an etwas anderes dabei denken«, antwortete er. »Sie hat mich mit ihrem Wissen überrascht. Anscheinend nimmt sie ihre Aufgabe, die sie mit ihrer Patenschaft übernommen hat, sehr ernst. SO kenne ich sie gar nicht. Sie war früher mehr Lebefrau. Triebgesteuerter.«

»Sie wird älter. Und ruhiger.« Sia sah unzufrieden aus. »Wir können nichts tun?«

»Wie meinst du das?«

»Wegen des Ard Rí.« Sie zeigte auf die Tür zum Flur. »Ich

sollte ihn anrufen und ein Treffen vereinbaren. Das wäre einfacher als das, was Justine vorhat.«

Sanctum. Eine zweite Chance. Eric konnte sich nicht von dem Gedanken an eine Heilung trennen. *Das Ende des Feuerteufels.* Er schüttelte den Kopf. »Lass sie machen.«

»Du wirkst abwesend.«

»Ja, entschuldige. Ich bin beim Sanctum gewesen. Meinem Heilmittel. Meinem Tor zu einer Welt ohne Wandler, Vampire und Dämonen.« Kurz flammte die Hoffnung auf eine neue Beziehung auf. *Mit ... Lena? Oder mit Sia?*

Ihre grauen Augen richteten sich auf ihn. »Das Problem, das du haben würdest, ist Wissen«, prophezeite sie ihm. »Du kennst die Schatten und weißt, was darin lauert und welche Gefahren für die einfachen Menschen existieren, von denen sie gar nichts ahnen. Könntest du das?« Sie sah ihn nachdenklich an. »Selbst wenn alles Böse aus dir vertrieben wäre, könntest du tatsächlich ruhig zu Hause sitzen«, sie zeigte auf den Tisch, »bei Tee und Gebäck und so tun, als gäbe es uns nicht?«

»Uns? Du würdest das Sanctum nicht nehmen?« *Sie klingt überzeugt.*

Sia lehnte ab und fuhr sich durch die langen roten Haare. »Nein. Ich bin zu lange Judastochter, um mich davon lossagen zu können. Mein Auftrag ist es, Hüterin von Elena und Emma zu sein. Das kann ich besser, wenn ich Vampirin bleibe. Aber ihnen würde ich den Keim des Bösen liebend gern genommen wissen.« Sie senkte den Blick, in dem Schuld flackerte. »Es ist nichts Erstrebenswertes, so zu leben.«

Eric wollte sie am liebsten berühren, ihre Haut fühlen ... und schon wurden aus den Gedanken an aufrichtigen Trost animalische Bilder der Gier, des Hungers. Voller Sex. »Ich verstehe«, sagte er heiser. *Das muss aufhören.*

»Wirst du es noch einmal versuchen?«

»Ich weiß es noch nicht«, räumte er ein.

»Falls du das Sanctum nimmst, und es wirkt, und du überlebst ... Ich nehme an, du wirst zu deiner Frau zurückkehren?«

Eric glaubte, einen Unterton in der Frage vernommen zu haben. »Weswegen möchtest du das wissen?«

»Nur so. Du hast als Jäger viel erlebt, und du hast massenhaft getötet, richtig? Du wärst ein Soldat, der aus dem Krieg nach Hause kommt und sich zurechtfinden muss. Das gelingt den wenigsten menschlichen Soldaten.« In Sias Blick lag eine Milde, wie er sie selten gesehen hatte und die aus Jahrhunderten der Existenz resultierte. »Ich mache mir Sorgen um deine Frau, Eric. Und um deine Tochter. Möchtest du wieder scheitern und ihnen das Leid der Trennung erneut zufügen, oder wäre es nicht besser, sie ohne dich leben zu lassen? In Ruhe? Friedvoll?«

Er konnte nicht einschätzen, wie er Sias kleine Rede deuten sollte. *Versucht sie, mich an ihre Seite zu bekommen? Oder ist es aufrichtige Sorge um andere?* »Ich ...«

Sia hob die Hand. »Denk darüber nach. Ich brauche keine Antwort von dir. Aber lass dir von einer Vampirin, die schon äußerst lange gelebt hat, sagen, dass es einfacher für sie wäre, wenn du dich fern von ihnen hältst und sie aus der Ferne beschützt.«

Eric spürte Empörung. »Aber ... hast du dich nicht ins Leben von Elena und Emma eingemischt?«

»Das war nicht geplant«, erwiderte sie wie aus der Pistole geschossen. »Und es war ein Fehler. Du siehst, zu was es geführt hat. Denn ich trage die Schuld daran, dass wir in Irland sitzen und die beiden von den Sídhe entführt worden sind. Ich habe die Aufmerksamkeit auf sie gelenkt.« Sie erhob sich. »Ich gehe in mein Zimmer. Wenn Miss Montesque zurückkommt, entschuldige mich bitte bei ihr.« Sie schritt zur Tür hinaus.

»Mache ich.« Eric blieb zurück, eingehüllt in das Ticken der Uhr, den Geruch von Scones und unglaublich viele verwirrende Gedanken. *Was habe ich mir eingebrockt?*

Das Letzte, an das er denken musste, war Sias Familie. Liebend gerne hätte er an gar nichts gedacht.

Doch das funktionierte nicht so einfach.

Eric war froh, als Miss Montesque auftauchte und sich nicht lange bitten ließ, ihn in die Kunst des Bridge-Spiels einzuweihen. Britische Tradition. Jede Ablenkung war willkommen.

9. Februar, Republik Irland, Kilkenny, 11.15 Uhr

Justine blickte auf ihren PDA, checkte noch einmal den Namen auf der Liste inklusive der Adresse. *Stimmt. Das Navi hatte recht.* Sie verstaute ihn, fuhr mit den Fingern über das Lenkrad des Porsche Cayenne, in dem sie saß. Sie hatte den Touareg nach ein paar Metern wieder abgestellt, als sie diese Karosse gesehen hatte.

Sie hatte lange mit Eric von unterwegs telefoniert und sich noch Einzelheiten zu den Vorfällen und zum Kampf im Hotel nennen lassen. Es klang verdächtig nach einem solchen Wesen, wie es Levantin gewesen war: ein Wesen aus einer anderen Sphäre, die manche Hölle nennen würden, ausgestattet mit übermenschlichen Kräften, das aus unbestimmten Gründen auf der Erde gestrandet war.

Doch es gab auch kleinere Unterschiede im Verhalten. Der Ard Rí wollte nicht wieder zurück und hatte wohl vor, sich als Herrscher über Irland aufzuschwingen. Levantin hatte ebenso geherrscht, sich Reiche aufgebaut, große und kleine, doch sie sollten ihm einzig dazu dienen, eines Tages einen Weg zurück zu finden. In seine Heimat: *Hölle, Jenseits, Paralleluniversum, viel-*

leicht Himmel – es ist eine Welt in einem anderen Level des Spiels.

Eric hatte ihr auch die Liste mit den Delinquenten, die von ihm und Sia ausgeschaltet werden sollten, gesandt. Diese Adresse stand darauf. *Das könnte mein Türöffner beim Ard Rí sein.*

Sie stieg aus dem weißen Porsche, dem neuen Cayenne, den sie im Vorbeifahren erblickt hatte. Da ihr Bruder früher einen gefahren war, gönnte sie sich diese Anspielung. Der Besitzer, der im feinen Anzug hinterm Steuer gesessen hatte, war rasch von ihr entfernt worden und durfte zur Vorstandssitzung laufen – oder wohin er in dem Aufzug hatte gehen wollen. So sparte sie sich das aufwendige Kurzschließen. Das neue Modell war schnittiger geworden und besaß im Falle einer Verfolgungsjagd ordentlich Zugkraft.

Justine stand vor einem mehr oder weniger schmucken Einfamilienreihenhäuschen mit vier Quadratmetern Vorgarten und einem schmiedeeisernen Zaun drum herum. *Hier wohnt Miss Britney Majors. Und sie ist eine nette, kleine Katzenwandlerin.* Sie grinste. *Une pussy.* Der Umgebung nach mussten die Leute des Viertels zur gehobenen Arbeiterschicht gehören. Zwei Kinderfahrräder legten nahe, dass es mindestens ein Kind im Hause Majors geben musste.

Justine flankte mit ihrem Chanelkostümchen über die Zacken des Zauns und ging zur Tür.

Es wurde geöffnet, noch bevor sie die Klingel drücken konnte. Eine übergewichtige, junge Frau in einem bordeauxfarbenen Flanell-Jogginganzug blickte sie an. »Sind Sie die Kosmetikberaterin?«

Wenn man alle Menschen mit schlechtem Geschmack erschießt, wäre die Welt zumindest ein angenehmerer Ort. Sie sah an sich hinab. »Jaaaa«, antwortete sie gedehnt. *Du bräuchtest einen Fitnesscoach, ma chère.* »Wissen Sie …«

»Okay, kommen Sie rein. Wir warten schon auf Sie.« Britney

zog Justine über die Schwelle und schob sie durch den schmalen Flur an drei Türen vorbei, bis sie ins Wohnzimmer gelangten.

Kippengeruch, billiges Damenparfum und ein Rest von Mittagessen lagen in der Luft. Fünf weitere Damen hatten sich versammelt, quer durch alle Altersschichten. Und alle trugen Jogginganzüge, deren Farben und Aufdrucke nicht einmal von Ed Hardy benutzt worden wären. *Ja, man sollte Menschen mit schlechtem Geschmack erschießen.* In einem Reflex lächelte Justine. Mitleidig.

»Das ist die Frau von Miss Aura Cosmetics«, wurde sie von Britney vorgestellt, und zehn Augen schauten sie abwartend erwartungsvoll an.

Mon Dieu, ich muss gleich lachen! »Hallo«, grüßte sie in die Runde.

»Sollten Sie nicht einen Musterkoffer dabeihaben?«, sagte eine Schwarzhaarige. »Wir wollten die Lippenstifte sehen. Haben wir extra angekreuzt!«

Lippenstifte, die so groß sind, dass man damit dein Gesicht wegmalen kann, Schätzchen, gibt es nicht. Noch nicht. Justine kam sich vor, als sei sie mitten in der Comedy-Serie *Little Britain* gelandet. *Und es ist alles wahr!*

»Und die Willkommensgeschenke«, fügte ihre rechte Sitznachbarin hinzu, auf deren gelber Jacke mit Rot gedruckt stand *Love never ies.* Das »d« musste bei einem Waschgang das Zeitliche gesegnet haben. »Stand so im Prospekt.«

Justine kramte in ihrer Handtasche und nahm die Packung aromatisierte Zigarillos heraus. »Ich sehe, dass ich ein bisschen was zu tun habe«, meinte sie süffisant.

»Was soll'n das heißen?«, brummte eine sehr Dicke mit einer Frisur, die an eine Palme erinnerte, aufbegehrend. Es war dieses feige Aufbegehren, das man meistens im Supermarkt aus der vierten Reihe in der Kassenschlange hörte. »Ey, wir sind Kundinnen!«

Die Wahrheit tut weh. Und ich bin die Wahrheit. »Klar. Ich weiß auch schon, was ihr kauft: immer das Billigste.« Das glühende Rilloende zielte auf die Sprecherin. »Sieht man leider auch.«

Die Frauen keiften kollektiv auf und bedachten Justine mit Schimpfworten, die ihr schönstes Lächeln im Gesicht trug.

»Sagen Sie mal, wo haben Sie denn verkaufen gelernt?«, fragte Britney und zog sie am Ellbogen aus dem Wohnzimmer in den Flur. »Sie können keine Miss-Aura-Party anbieten und dann so einen Klopper bringen! Verschwinden Sie aus ...«

Schluss mit der Freundlichkeit. Schauen wir, ob meine Taktik fruchtet. Justine packte sie an der Kehle, drückte sie gegen die Wand und schob sie mühelos in die Höhe, bis die Füße den Kontakt verloren. »Ich bin nicht von Miss Aura, chère pussy, und das habe ich auch nie behauptet. Ich bin hier, weil ich mich nach Barnaby Fitzpatrick erkundigen will.«

Britney würgte und schlug nach Justine, die den Hieben auswich und ihr Opfer zur Strafe schüttelte. Vor einer Katzenwandlerin fürchtete sie sich nicht.

»Er ist tot«, hustete Britney. »Man hat ihn abgeknallt.«

Justine stellte Britney auf die Fliesen zurück und richtete ihre Kleidung, als sei sie die Mutter, die letzte Korrekturen am Outfit ihrer Tochter vornahm. »Wer war es?«, sagte sie undeutlich mit dem Rillo im Mundwinkel.

»Ein Deutscher namens Eric von Kastell.« Sie tastete ihren Hals ab und suchte nach Wunden. »Was willst du?«

»Ich bin Justine, ma chère, und den langen Weg aus Frankreich gekommen, um meinen alten Bärenkumpel zu treffen. Und als ich in sein Haus möchte, mon Dieu, da sehe ich, dass es nicht mehr steht! Von dir hatte er mal gesprochen, und da dachte ich, ich komme zu dir und frage nach.«

Britney war überrumpelt. »Fitzpatrick hat *meinen* Namen genannt?«

»Ja. Und den eines Ard Rí. Er meinte, wenn er einmal sterben würde und es wäre ein Unfall oder eine andere nicht natürliche Ursache, dann wäre euer Hochkönig der Schuldige.« Justine las an den Augen der Wandlerin, dass sie eingeschüchtert war. Sie konnte ihrem Blick nicht standhalten. *Es funktioniert!*

»Der Ard Rí ... hatte damit nichts zu tun. Er sucht den Deutschen auch, weil von Kastell noch nicht fertig ist«, stammelte Britney. »Er will uns fertigmachen.«

»Und da öffnest du einfach die Tür?«

»Ich dachte ... du bist kein Mann, und es wäre ungefährlich.« Britney sah besorgt zum Wohnzimmer hinüber, wo sich ihre Freundinnen noch immer aufregten; eine von ihnen rief lautstark nach Kaffee.

Justine blieb bei ihrer Strategie der vorgetäuschten Unwissenheit. »Der Ard Rí, ist das euer Anführer?« Die Britin nickte. »Wo finde ich ihn?«

»Ich weiß es nicht. Dazu müsste ich telefonieren.« Britney schien sich leicht zu beruhigen. Sie dachte, sie wäre in Sicherheit. »Was willst du von ihm?«

»Mehr über diesen Kastell erfahren. Er soll mir den Tod von Fitzpatrick büßen!« Justine lächelte und zeigte ihr Raubtiergebiss. *Und wieder war ich überzeugend.* Sie blies ihr Rauch ins Gesicht. »Tu mir den Gefallen und mach einen Anruf, ma chère.«

Es schellte an der Tür. Ein kleiner Schatten zeichnete sich davor ab.

»Ruf an. Ich mache auf.« Justine ging zur Tür und sah eine ältere Frau mit einem Köfferchen in der Rechten davor stehen. Schwungvoll riss sie den Eingang auf. »Ah, voilà Madame Aura!« Sie deutete an Britney vorbei die Diele hinab. »Da runter, ins hinterste Zimmer. Ich hoffe, Sie haben Spachtelmasse und Abtönfarbe dabei. Alles andere wäre Verschwendung.«

Miss Aura Cosmetics, die aussah, als wäre sie ihre beste Kundin, eilte los und wechselte im Vorbeigehen schnelle Worte mit Britney, die bereits den Hörer in der Hand hielt.

Justine merkte sich die Nummer, die getippt wurde; dann wurde sie von Britney aufgefordert, das Gespräch zu übernehmen. »Bonjour. Ist da der Ard Rí?«

»Nein. Aber jemand, der Sie zu ihm bringen kann«, sagte eine zischelnde Frauenstimme. »Wer sind Sie?«

»Kennen Sie die Legende von der Bestie von Gévaudan?«, fragte Justine. *Jetzt wird es Zeit, ein bisschen anzugeben.*

»Nein.«

»Lesen Sie nach. Es könnte Ihnen die Augen öffnen, zu was ich in der Lage bin. Ich bin eine Ahnin der Bestie und eine gute Freundin von Barnaby Fitzpatrick. Sein Tod hat mich schwer getroffen. Eben habe ich von Britney Majors gehört, wer der Schuldige ist.«

Sie nahm einen Zug vom Zigarillo. »Ich schrecke nicht davor zurück, mit meinem ganzen Rudel nach Irland zu kommen, um Kastell zu erlegen. Und ich will unbedingt Rache nehmen! Allerdings möchte ich zuvor die Erlaubnis eures Herrschers einholen, um unnötige Kämpfe zu vermeiden.« Justine ließ die Worte ein wenig nachklingen. »Also, wo finde ich den Ard Rí, um mit ihm die Modalitäten zu besprechen?«

»Wie groß ist Ihr Rudel?«

Na? Angst bekommen vor meinen Truppen? »Fünfzig Wandlerinnen und Wandler. Reinste Gévaudan-Bestien. Ich lege Ihnen nochmals das Studium der Quellen des achtzehnten Jahrhunderts ans Herz.«

Nach einer langen Pause kam von der anderen Seite: »Kommen Sie nach Belfast, ins *Betmen*. Wir treffen uns vor dem Eingang, und ich geleite Sie rein.«

»Uhrzeit?«

»Das ist egal. Ich werde da sein.«

Justine legte auf. *Alors, ein Kinderspiel.* »Merci«, sagte sie zur wartenden Britney. »Amuse-toi mit Miss Aura. Und ganz ehrlich«, sie zeigte auf den Jogginganzug, »c'est horrible!« Sie ging hinaus und schritt zum Tor hinaus. Den Stummel des Rillos wegschnippend, stieg sie in den Cayenne und fuhr mit quietschenden Reifen los.

Wohin muss ich denn? Sie gab den Treffpunkt in den PDA ein, das integrierte Navi gab ihr die Strecke nach Belfast vor. Länger als eine Stunde würde sie – unter Brechung sämtlicher Verkehrsregeln – nicht benötigen, um dem Ard Rí gegenüberzustehen.

Sie dachte an die Begegnung mit Levantin, aber sie würde nicht den Fehler begehen, sich in ein solches Wesen zu verlieben. Ganz egal, wie es auftrat, was es sagte und tat. *Nicht noch einmal. Ich habe meine Lektion gelernt.* Sie schüttelte sich, als sie an den Flanell-Jogginganzug dachte. Von dem würde sie sicherlich Alpträume bekommen.

9. Februar, Großbritannien, Nordirland,
Belfast, 12.38 Uhr

Justine ließ den Porsche mit einem gekonnten Drift in die Parklücke rutschen, es roch nach verbranntem Gummi. *Ich kann es noch.* Die Passanten schauten zu ihr, und sie winkte huldvoll wie die Queen hinter ihrer Scheibe hervor. »Fahren muss man können«, sagte sie gutgelaunt und stieg aus, rückte den knappen Rock zurecht und setzte die Sonnenbrille auf.

Zehn Meter weiter war das *Betmen,* eine Bar, wie es den Anschein hatte, und wenn jemand nicht in eine Bar passte, zumindest nicht in einem Chanelkostüm, dann war sie es. Aber es garantierte ihr einen weiteren großen Auftritt.

Wo ist meine Zischlerin vom Telefon? Justine setzte sich in Bewegung, den Hut auf den blonden Haaren, und sah sich um. Von weitem erkannte sie eine Frau, eine Latina, vor dem Eingang stehen. Deren Gesicht erschien ihr fatal bekannt!

Die feinen, blonden Nackenhärchen sträubten sich, und das durfte sie nicht ignorieren. Die Bestie in ihr warnte sie. *Nein … kann das?* Sie sprang hinter eine Litfaßsäule in Deckung, weil sie ihre Zweifel nicht unterdrücken konnte.

Justine lugte um die Rundung, zog den Hut herab und achtete darauf, von der Latina nicht gesehen zu werden. Gleichzeitig stiegen die Erinnerungen empor. Erinnerungen aus der Zeit, als sie sich mit ihrer guten Freundin Saskia auf eine ungeplante und ungewollte Zeitreise begeben hatte. Ins antike Palmyra und auf die Spuren von Levantin. Ihr Herz schlug schneller, noch mehr Adrenalin wurde ausgeschüttet.

Merde! Das ist sie! Justine erinnerte sich an die Tänzerin, die vor Levantinus, wie er sich in Palmyra genannt hatte, ihre Kunst gezeigt hatte – oder es zumindest versucht hatte, bevor sie und Saskia die Vorstellung gesprengt hatten. Justine konnte sich an das durchsichtige Kleid erinnern, den Schmuck – und daran, dass sich die Frau in eine Anakonda verwandeln konnte. *Die Schlangenwandlerin!*

Justine hatte sie das letzte Mal gesehen, als sie in Palmyra gemeinsam durch das Ort-Zeit-Portal gezogen worden waren. Nach der Landung im eiskalten Wasser war die Latina nicht mehr aufgetaucht.

Sind wir damals in Irland rausgekommen? Für Justine und Saskia war es lediglich ein Zwischenstopp gewesen; sie hatten im Anschluss eine ganze Reihe von Orts- und Zeitwechseln absolviert, um an ihren Ausgangspunkt in der Gegenwart zurückzukehren. *Ich hätte geschworen, die Schlange wäre draufgegangen!*

Justine wunderte sich nicht, dass sie die Schlangenwandlerin in der Umgebung des Ard Rí wiederfand. Sie hatte sich an das Sphärenwesen Levantin herangemacht, und in der Gegenwart wollte sie ihren Standard nicht herabsenken.

Allerdings stand Justine damit vor einem Problem: Sie musste an der Wandlerin vorbeikommen, um zum Ard Rí zu gelangen, denn sie glaubte nicht, dass die Latina es einfach zulassen würde. Nicht nach den Erfahrungen in Palmyra.

Sie wird mich sofort erkennen, da bin ich mir sicher. Ihr fiel ein, dass auf der Liste eine Schlangenwandlerin gestanden hatte: *Boída de Cao! Super. Zu spät, Justine.*

Sie drehte sich um und lehnte sich mit dem Rücken gegen die Säule, dachte nach. Ihr Herz beruhigte sich nicht. *Und wenn ich es einfach riskiere? Sollte sie mich darauf ansprechen, kann ich sagen, ich wüsste nicht, was sie meint.*

Justine wusste, dass es ein frommer Wunsch war. Das Treffen mit dem Hochkönig der irischen Wandler war allerdings wichtig. Sehr wichtig.

Von ihr lasse ich mich nicht aufhalten. Nach kurzem Zögern setzte sie den Hut wieder auf und achtete darauf, möglichst viel Haar zu bedecken, schob die Sonnenbrille zurecht und ging auf den Eingang der Bar zu.

Boída de Cao trug ein graues Wollkleid, das unter dem Parka hervorschaute, und lange Stiefel. Die Hände hatte sie in den Taschen vergraben und drückte sich in den Türrahmen, um mehr Schutz vor dem Wind zu bekommen.

Woher wusste sie, dass ich jetzt komme? Justine näherte sich ihr und machte keinen Hehl daraus, dass sie zu ihr wollte. »Bonjour«, grüßte sie und streckte die Hand aus. »Bin ich richtig bei der Winterresidenz des Ard Rí?« *Bitte, bitte, erkenn mich nicht!*

De Cao stieß sich dynamisch wie eine Straßenkämpferin von der Tür ab und begutachtete sie. »Die Legende von Gévaudan«, gab sie rauchigfauchend zurück. »Ich habe Sie mir anders vorgestellt.«

»Anders?«

»Bestialischer. Für jemanden, der sich rühmt, die Ahnin eines derartigen Killers zu sein.«

»Ich habe mich für Sie rasiert. Sogar die Beine.« Justine ließ sich nichts anmerken.

»Kommen Sie.« De Cao zeigte nicht, ob ihr der Witz zugesagt hatte, öffnete die Tür und ließ ihr den Vortritt; ein Schwall warmer, tabakgeschwängerter Luft quoll heraus. »Die Treppe runter, bitte.«

Justine blieb hochaufmerksam, doch erlaubte sie sich, etwas von ihrer Aufregung zu verlieren. *Anscheinend erinnert sich die Wandlerin doch nicht an mich.* Vor ihr standen vier schwerbewaffnete Männer, die ihr Platz machten, damit sie die Stufen abwärtsgehen konnte. »Aha, die Garde des Hochkönigs.«

»Oenach«, verbesserte de Cao hinter ihr, während sie nach unten stiegen. »Die besten Krieger der BlackDogs. Wegen des Deutschen sind alle nervös. Er ist leider gut, wie Sie schon bemerken mussten.«

»Schade um Barnaby, den alten Zottel! Kastell muss dafür bezahlen.« Justine hatte den Boden erreicht und wartete, dass de Cao an ihr vorbeimarschierte. *Hätte ich noch ein bisschen grollen sollen, um glaubwürdiger zu sein?* »Wohin?«

»Rechts, bitte.« Sie ging voran und öffnete das Zahlenschloss neben einer Stahltür. Es gab ein leises Klicken, der Eingang öffnete sich. Dahinter erstreckte sich ein Gang, an dessen Wänden in regelmäßigen Abständen Lampen angebracht waren. Justine hatte begriffen, dass ihr Treffen nicht in diesem Haus stattfinden würde.

Schweigend gingen sie durch ein Labyrinth von Gängen und Kellern.

Mehr als eine halbe Stunde verbrachten sie mit dem Umherwandern unter Belfast, bis sie wieder Stufen nach oben nahmen und durch eine weitere mit Zahlenschloss gesicherte Stahltür traten. Dahinter warteten unüberraschenderweise Bewaffnete. Schrotgewehrmündungen wurden auf Justine gerichtet.

»An die Wand, Wandlerin. Wir wollen sehen, ob du Waffen dabeihast«, sagte de Cao.

Justine drehte sich um, spreizte Arme und Beine. Plötzlich war die Aufregung wieder da. Hände fuhren routiniert an ihr entlang, tasteten und suchten, ohne etwas zu finden. Sie hatte absichtlich auf Pistolen verzichtet und sie im Wagen gelassen.

»Okay, sauber«, meldete einer der Männer.

»Warum sollte ich etwas mitschleppen?« Justine wandte sich de Cao zu. »Umbringen will ich den Ard Rí nicht.«

Dieses Mal musterte die Schlangenwandlerin sie länger, und es schien, als würde sich in ihr eine Erinnerung regen. »Nein, das wollen Sie nicht«, sagte sie zischend. Für eine Sekunde schienen ihre Augen geschlitzte Pupillen zu haben, ehe sie dunkel wie ein See bei Nacht wurden. »Sie sind aus dem Gévaudan, oder wo haben Sie in Frankreich gelebt?«

Merde. Sie ahnt etwas. »In Paris. Danach mal hier, mal da. Meistens kam es mir vor wie in der Hölle, wenn ich nicht in einer größeren Stadt leben durfte.« Sie nahm ihre Zigarillos und steckte sich einen davon an. »Das Land ist nichts für mich. Abgesehen von einem Urlaub.«

»Sie sehen auch sehr mondän aus.« De Cao ging voraus und trat durch eine lederbespannte Tür. »Kommen Sie. Der Ard Rí wartet auf Sie.«

Sie machte zwei Schritte vorwärts und befand sich in einem Raum, der sie an ein Museum für Vor- und Frühgeschichte erinnerte. Vitrinen mit kleinen Statuen, alten Werkzeugen, Vasen und Scherbenresten füllten das hohe Zimmer. Am breiten Fenster stand ein Schreibtisch. Darauf lagen verschiedene Exponate auf einem Tuch, dazu eine Ansammlung von Lupen, ein Notizblock sowie Bleistifte. Bewaffnete Männer verharrten wie Statuen rechts und links davon, ein dritter befand sich außerhalb des Gebäudes, vor der Scheibe, und blickte in den anschließenden Garten, der von einem Fachmann angelegt worden war.

De Cao deutete nach links. »Dahin.«

Ich muss bislang alles richtig gemacht haben. In diesem Raum würden sie mich nicht umbringen. Hat meine kleine Gévaudan-Story also gegriffen. Justine ging los, und die Wandlerin folgte ihr.

Verborgen von den vollgestopften Glasschränken, öffnete sich dahinter eine gemütliche Sitzecke, in der ein Mann mit einer sehr prägnanten Narbe von der Stirn abwärts bis zum Hals in einem Ledersessel wartete. Er trug das biedere Outfit eines Telekolleg-Englischlehrers. Braune Cordhose und kariertes Sakko, das gar nicht zu ihm passen wollte.

Das ist der Ard Rí? Nein, das ist keiner von Levantins Sorte. Justine vermisste die Aura von Macht, den Herrscherwillen im Blick und in der Haltung. *Oder es ist einer, der sich mit weniger zufriedengibt. Immerhin ist die Schlange bei ihm geblieben, alors.* »Bonjour.« Sie deutete eine Verbeugung an. »Mein Name ist Justine. Ich muss mich bedanken, dass Sie für mich Zeit haben.«

»Oh, das sollten Sie nicht. Es ist mir durchaus ein Vergnügen, Justine.« Er zeigte auf den Platz ihr gegenüber. »Britney hat mich erreicht und von Ihrer eindrucksvollen kleinen Einlage berichtet. Sie laufen bei mir offene Türen ein. Ich kann Ihre Unterstützung im Kampf gegen Eric von Kastell durchaus brauchen. Sie haben erwähnt, dass Ihr Rudel fünfzig Männer und Frauen umfasst?«

Ich wusste, dass der Spruch Ehrlich währt am längsten *Unsinn ist.* Justine lachte auf. »Sie sind der Großkönig von wie vielen Wandlern?«

Er neigte zur Bestätigung sacht den Kopf.

»Und Sie brauchen meine Hilfe, obwohl Sie ... na ja. Barny, wie ich ihn immer nannte, hatte mal was von mehr als hundertachtzig Wandlern gesagt.« Sie inhalierte den Tabakrauch. »Hasenwandler, womöglich?«

»Derzeit sind wir ... viele. Die genaue Zahl möchte ich Ihnen nicht sagen, Justine.« Der Ard Rí winkte, und einer der Aufpasser brachte von irgendwoher ein Tablett mit zwei Tassen, einer Kaffeekanne, Kondensmilch und Zucker. Er stellte es ab und ging wieder. »Hasenwandler haben wir keine in Irland. Aber gegen einen Gegner wie den Deutschen ist mir Unterstützung recht.«

»Und Sie sparen eigene Ressourcen«, fügte Justine hinzu. »Vieux renard.« Sie schenkte zuerst ihm, dann sich Kaffee ein. Der Duft war mittelprächtig. Es würde keine Geschmacksoffenbarung werden. *Irisches Britannien. Keine gute Küche und keinen guten Kaffee.* »Was hätte ich davon?«

Er lächelte majestätisch. »Einen Freund, der Ihnen zu Hilfe kommt, wenn *Sie* Beistand brauchen sollten.«

»*Falls* Sie dann noch Ard Rí sind.« Justine warf ihm einen provozierenden Blick zu. »Nichts für ungut. Es könnte sein, dass Kastell Sie erwischt. Oder ... hat er es gar nicht auf *Sie* abgesehen, sondern nur auf Ihre Untertanen? Ich bemerke da einen Geruch an Ihnen, der mir ...« Sie beließ es bei einer Geste, die ausdrücken sollte, *keine Ahnung. Was sagst du jetzt?*

Und wirklich leuchteten die Augen ihres Gegenübers golden auf, wie es damals auch bei Levantin geschehen war. »Was denken Sie, was ich bin, Justine?«

»Bon. Je crois, kein Wandelwesen. Nicht mit *den* Augen. Oder Sie sind eine neue Spezies, die an mir vorbeigegangen ist, was ich aber nicht glaube.« Sie fühlte, dass die Unterredung in eine entscheidende Phase ging. Sie zog wieder am Rillo.

Der Ard Rí hob die Tasse, die Augen wurden wieder normal. »Ich wurde Großkönig der Wandler, weil es keinen Besseren als mich gibt. Weil mich niemand schlagen kann. Aber ich kann es nicht leiden, wenn man mir meine Untertanen ausrottet.«

»Bien sûr. Wen würden Sie dann beherrschen?« Justine kostete vom Kaffee. *Schrecklich!* »Kann ich Milch haben? Frische. Keine Kondensmilch.«

»Gleich.« Der Ard Rí trank schlürfend und stellte das Gefäß ab. »Justine, Sie kommen in einer Zeit zu mir, in der ich Verbündete aus verschiedenen Gründen gebrauchen kann. Die Legende von Gévaudan ist spannend und aufregend! Ihr Rudel ist sicherlich stark und voller guter Kämpfer?«

»Davon können Sie ausgehen.«

Er stand auf und ging zum Schreibtisch, nahm ein Exponat und kehrte zu ihr zurück. »Sehen Sie sich das einmal an.«

Justine nahm eine Scherbe entgegen, auf der man Reste von Schriftzeichen erkannte. »Alt?«

»Alt. Und von einer Kultur, die sich heute Nachtkelten nennt.«

Justine entschied, sich weiterhin dumm zu stellen. Viel hatte Eric ihr auch nicht darüber sagen können. »Sind das die Sídhe? Barny hat sie mal erwähnt. Und dass es ein Abkommen gäbe. Einen Nichtangriffspakt.«

Der Ard Rí sah zum Fenster hinaus, den Kopf leicht nach oben gereckt. »Hatten Sie schon einmal mit Vampiren zu tun, Justine?« Er schnalzte mit der Zunge, als würde er den Kaffee verkosten und nicht einfach nur trinken, und wirkte nachdenklich. »Sie sind lästig. Ich würde nicht so weit gehen und sie als natürliche Feinde von Wandlern bezeichnen, aber man kann ihnen nicht vertrauen.« Er drehte ihr das Gesicht zu, langsam und hoheitlich. »Ständig spinnen sie Intrigen und stellen sich als mystischer hin, als sie es in Wirklichkeit sind. Nehmen Sie diese romantische Schiene – fürchterlich! Es sind Raubtiere wie wir, allerdings mit einem besseren Image.«

Ein echter Kaffeeklatsch. Wie schön, dass er in Plauderlaune ist. Meine Abstammung macht mich wohl vertrauenswürdig. »Verstehe ich das richtig, dass der Nichtangriffspakt beendet ist?«

Er berührte die Narbe. »Das ist geschehen, als ich einem Sídhe vertraute. Es wird nicht noch einmal geschehen. Die Vorkommnisse der letzten Tage und die Informationen, die ich sammle, lassen den Schluss zu, dass die Blutsauger den Vertrag gekündigt haben, aber zu feige sind, um es offen auszusprechen. Stattdessen haben sie zwei Ausländer nach Irland geholt, um die Drecksarbeit machen zu lassen.« Der Ard Rí heftete den Blick auf sie. Nun fühlte Justine eine Aura von Macht, die sich aufbaute wie ein Kraftfeld. Von Sekunde zu Sekunde nahm es zu, als hätte er es bewusst vor ihr verborgen, um es gezielt zur Beeindruckung einzusetzen. »Ich finde es ganz erstaunlich, dass Sie ausgerechnet jetzt zu mir kommen. Als dritte Ausländerin.«

»Bon. Es ist ein Zufall, würde ich sagen.«

»Nein«, sagte er harsch. »Es ist *kein* Zufall!«

Justine hielt sich zur Flucht bereit. *Durchs Fenster habe ich die besten ...*

»Es ist eine Fügung!«, führte er den Satz zu Ende. »Ich habe eine Verbündete gesandt bekommen, mit deren Hilfe ich die Sídhe vernichten werde!«

Okay, das Spiel spiele ich mit. »Das wird Sie ein bisschen was kosten, Ard Rí. Und zwar gleich. Ich freue mich natürlich darüber, mal auf Ihren Beistand zurückgreifen zu können, aber vielleicht brauche ich ihn nie.« Sie lächelte listig. »Wie wäre es mit den Besitztümern der Sídhe?«

Das Gesicht des Ard Rís zuckte; lediglich die Partien um die Narbe bewegten sich nicht. Sie hatte ihn mit der Forderung erwischt. Er griff nach seiner Tasse, führte sie bis vor die Lippen. »Die Hälfte davon«, erwiderte er und nippte.

»Inklusive aller Häuser, Schlösser und sonstigem Zeug, von Kunst bis Geld«, legte Justine nach und fand den Gedanken wirklich nicht schlecht. *Wie schade, dass ich kein Rudel habe. Sonst wäre es ein guter Deal.* Sie streckte die Hand aus.

Der Ard Rí nahm noch einen Schluck, ehe er die Tasse abstellte und einschlug. Er hatte weiche Haut, ohne Schwielen und Horn.

»Bon! Wir haben une alliance.«

Er nickte und lächelte freundlich. Die Aura schwand, wurde von ihm zurückgedrängt. Er verwandelte sich in den unscheinbaren Telekolleg-Englischlehrer. »Dann sollten wir einen Plan aufstellen.«

»Oui. Je eher ich reich werde, desto besser.« Justine hatte de Cao schon lange nicht mehr gesehen. *Wo ist sie abgeblieben?* »Haben die Vampire eine Art Führerbunker, aus dem man sie scheuchen muss?«

»Was?«

»Kleiner Scherz, den wir Franzosen gerne machen.« Sie setzte sich gerade hin und musste sich beherrschen, nicht vor Stolz zu platzen, während sie den Zigarillo im furchtbaren Kaffee löschte und den Stummel auf die Untertasse legte. Die Verzweiflung und die Zeitnot des Ard Rí spielten ihr in die Hände; ansonsten hätte er sich bestimmt nicht so rasch mit ihr getroffen und wäre ein Bündnis eingegangen. *Ich kann ganz schön was erzählen, wenn ich Eric und Sia treffe.* »Oder haben sich die Sídhe gut getarnt.«

Der Ard Rí grinste herablassend. »Es ist meine Insel. Ich weiß genau, *wo* sie sich verkrochen haben. Ich fand schon immer, dass eine gute Vorbereitung der halbe Sieg ist. Die Aufstellung mit den Orten, die wir angreifen, gebe ich Ihnen, sobald Ihr Rudel in Irland angekommen ist.«

Merde. Er will ein Datum hören. Ablenken! »Non, ich würde gerne mit meinen Leuten darüber sprechen, bevor sie anreisen. So können wir die Flughäfen gezielter auswählen«, bestand sie.

»Einverstanden.« Er rief etwas in einer Sprache, die sie nicht verstand, und einer der Bewaffneten verschwand, um gleich darauf mit einem Chip zurückzukommen. »Darauf sind die Orte festgehalten, mit Lageplänen und allem. Es sind nicht mehr als acht wichtige Orte.« Er gab ihr den Chip. »Sehen Sie es als Vertrauensbeweis.«

Was bleibt dir auch anderes übrig, du Möchtegernhochkönig?! Ich habe einfach zu viel zu bieten, was du unbedingt haben möchtest. Du steckst tief in der Bredouille. »Danke. Ich sichte den Chip und suche mir die Stellen aus, die für mein Rudel prädestiniert sind. Wir können sehr gut mit weiten Ebenen und morastigen Stellen umgehen.« Sie strich den Rock glatt. »Bon, abgesehen von mir. Die anderen sind Naturkinder geblieben.«

Der Ard Rí sah zufrieden aus. »Sehr schön.« Er gab ihr seine Telefonnummer. »Ich bin jederzeit für Sie erreichbar.«

»In ein paar Tagen kann es losgehen. Ich freue mich.« Justine erhob sich und war froh, dem schlecht riechenden Kaffee zu entkommen. »Und meine Leute sicherlich auch. Wir haben schon lange nicht mehr Großwild gejagt. Oh, können Sie mir noch etwas über irische Vampire zukommen lassen? Schwachstellen und dergleichen. Ich möchte wissen, auf was wir uns einstellen müssen. Normalerweise treten wir gegen andere Wandler an.«

»Sicher. Haben Sie eine E-Mail-Adresse?«

»Bien sûr.« Sie nannte ihm eine von ihren vielen. »Aber nicht mehr als fünf MB, sonst macht der Server dicht.«

Der Ard Rí lachte. »Ich sage es weiter.« Er bedeutete einem der Wächter, sie hinauszugeleiten. »Dann bis bald, Justine de Gévaudan.«

»A bientôt.«

Sie hob den Chip, wedelte damit und steckte ihn in ihre Handtasche. *Besser hätte es überhaupt nicht laufen können.*

Justine wurde von einem der Männer aus dem Raum, durch den Gang und wieder durch das Labyrinth geführt. Dabei nahmen sie andere Abzweigungen als bei ihrem Hinweg, dann traten sie durch den umgebauten Schacht eines Kohlenkellers an die Oberfläche. Ganz in der Nähe der Bar *Betmen.*

»Danke.« Justine streifte sich Staub und Spinnweben von den Schultern. Sie klopfte dem Mann auf die Finger, als er ihr dabei helfen wollte. »Ah, ah, non, non. Sie durften mich heute schon anfassen. Zweimal an einem Tag geht nicht.« Sie hatte ihren Porsche entdeckt und ging los.

Das ist mir fast unheimlich, dass alles so glattging. Justine zog ihr Handy hervor und rief Eric an, um ihm von dem überragenden Erfolg zu berichten. *Ich würde zu gern sein Gesicht sehen! Mon Dieu, er muss mir auf Jahre hin dafür die Füße küssen!* Sie öffnete die Tür, setzte sich hinters Steuer.

Eric hob ab. »Ja?«

»Hallo, mon frère! Ich bin's! Écoute-moi, j'ai ...«

Ein dickes, warmes Seil schmiegte sich schalgleich um Justines Hals und zog sich so ruckartig zu, dass die Wirbel knackten. Das Handy fiel ihr aus den Fingern.

KAPITEL XVIII

9. Februar, Republik Irland,
Shannon, 11.11 Uhr

Sia schaute auf das Telefon. *Soll ich ihn anrufen oder nicht?* Es war verlockend, den Ard Rí als Verbündeten an ihrer Seite zu haben. Doch wenn sie Justine richtig verstanden hatte, zählte er zu den Wesen, die sich ebenso wenig an Pakte hielten wie die meisten Vampire.

Ich warte, was Justine berichtet. Sie legte die Füße hoch, warf die langen roten Haare zurück und blickte zum Fenster hinaus auf den langsam dahinfließenden Fluss, der einen Steinwurf weit vom Haus entfernt dahinglitt.

Boote und Schiffe zogen auf ihm entlang, Urlauber und Einheimische nutzten die Wasserader.

Es muss schön sein, auf einem Fluss zu reisen. Oder übers Meer. Ohne dass sie es wollte, dachte sie ans Sanctum.

An die mögliche Heilung.

An *ihre* Heilung.

Aber wie sie Eric schon gesagt hatte: *Für mich ist es zu spät.*

Zuerst hatte sie damit geliebäugelt, aber nach fast dreihundert Jahren als Judastochter konnte sie sich ein anderes Dasein nicht mehr vorstellen. Und es stimmte auch, was sie übers Beschützen gesagt hatte: Als Vampirin war sie eine bessere Leibwächterin.

Bist du das?, sagte eine gemeine Stimme in ihrem Hinterkopf. *Schau dir an, zu was es geführt hat. Du hast deine Nachfahren nicht vor den Nachtkelten beschützen können. Und jedes Rinnsal bremst dich aus.*

»Es wird nicht noch einmal geschehen«, murmelte Sia. Sie würde dafür sorgen, dass Elena und Emma von dem Sanctum bekommen würden, sofern sich dieser Nonnenorden bereit erklärte, etwas von dem Mittel herauszugeben. Das schlummernde Böse, der Keim des Dämons, musste zum Absterben gebracht werden, bevor er wachsen konnte. *Notfalls hole ich es mir auf meine Weise, wenn die Schwestern sich weigern.*

Die Schläge der Uhr im Stockwerk unter ihr dröhnten durch das ganze Haus. Eric saß mit der alten Miss Montesque immer noch beim Kartenspiel und ließ sich in die Geheimnisse von Bridge einweihen.

Sia atmete durch. *Wie abstrus das ist. Wir sind die Erfüllungsgehilfen der Höllenfürsten und dienen ihren Zwecken gegen unseren Willen – obwohl wir den Grund unseres Daseins durchschauen. Ich will das nicht mehr.*

Schon einmal hatte sie sich aus den Winkelzügen anderer befreit: in ihrer alten Heimat, im achtzehnten Jahrhundert. Die Kinder des Judas hatten sich ebenso als Herren über die Menschen gesehen und verfügten über sie nach Gutdünken. Experimente, Bevormundung, Macht über ganze Regionen und viele Dörfer.

Damals war sie einfach gegangen, hatte sich aus dem Spiel entfernt und den Hass der Judastöchter und -söhne auf sich gezogen.

Dieses Mal bedeutete das Sanctum den Ausstieg und die Rettung der Seele vor der Hölle.

Auch ... meiner? Sia geriet zugegebenermaßen ins Schwanken.

Die Aussicht, dass sie für eine unvorstellbare Ewigkeit in die Hände eines Dämons fiel, der sie Qualen und Folter unterzog, wie es ihm beliebte, verursachte Angst. Es war die gleiche Angst, welche die Mitglieder der Cognatio, die Versammlung der Kinder des Judas, dazu gebracht hatte, nach einem Mittel für ewiges Leben zu suchen. Auch ein Schutz für die Seele.

Ihr kurzes Schwanken endete. *Ich habe das Leiden verdient, wenn es so weit ist. Ich habe viel Böses getan, den Tod gebracht, Familien zerstört.*

Sie sah zu, wie ein Boot ein strahlend weißes Segel hisste und an Fahrt gewann. Vor dem Bug spritzte das Wasser auf, Tröpfchen glitzerten.

Wenn es die Hölle gibt, haben sie bestimmt auch einen Gott versteckt, irgendwo jenseits von dem, was ich sehen kann. Und ich sollte darauf hoffen, dass er so barmherzig ist, wie die Bibel behauptet.

Sia erhob sich und ging ans Fenster, öffnete es und ließ frische Luft herein, die den Geruch des Flusses zu ihr trug: frisch, kühl, lebendig.

Sie überlegte, wem sie dafür danken müsste, dass Elena in relativer Sicherheit war. Harm Byrnes Butler. *Egal, wer diesen Mann geschickt hat: danke!*

Sie unterdrückte den Wunsch, Wilson anzurufen, um mit ihrer Nichte zu sprechen. Es würde nur dazu führen, dass Elena mit ihrer Mutter reden wollte – aber Emma war nach wie vor in einem Versteck der Nachtkelten.

Sia fand, dass das Leben in den letzten Monaten kompliziert genug gewesen war. Nach dem irischen Intermezzo musste sie sich mit ihren Lieben zusammensetzen und eine Taktik für die Zukunft entwerfen. Ein Umzug wurde immer wahrscheinlicher, so wie sie es schon einmal vorgehabt hatten und hätten tun sollen.

Umzug, Namenswechsel, am besten in ein anderes Land. Aber vorher, sie schloss die Lider und atmete erneut tief ein, *bringe ich sie dazu, das Sanctum zu nehmen. Ob sie wollen oder nicht. Nein, sie dürfen dem Fluch nicht anheimfallen.* Sia öffnete die Augen und sah auf das Wasser. *Ich möchte, dass Elena keine Angst davor haben muss und es keine Barriere für sie bildet.*

Sie spielte mit dem Gedanken, Wilson in das Unterfangen

einzuspannen, sofern er sich bewährt hatte. *In der Zeit nach dem allem hier.*

Sie wandte sich halb zur Seite und schaute auf das Telefon. *Sollte ich vielleicht doch* ... Die Sache war für Sia entschieden.

9. Februar, Großbritannien, Nordirland, Belfast, 13.31 Uhr

Justines Kehlkopf wurde zerquetscht, Hals und Kopf gegen die Stütze gedrückt. Sie hustete, aber jedes bisschen Luft, das sie verlor, fehlte ihr, denn es gelangte keine neue in ihre Lunge. Das Regenerieren klappte nicht. Die warmen, unterarmdicken Trosse schnürten sie unerbittlich ein.

Ich ersticke! Justine schlug die Finger in den geschuppten Leib, der sich um sie gelegt hatte, fuhr die Krallen aus und versuchte, mit der Wandlung in die Halbbestienform die lebendige Fessel zu sprengen.

Es zischte wütend neben ihrem Ohr, und gleich darauf bohrten sich lange Zähne in ihre rechte Schädelhälfte. Die Qualen steigerten sich, das Knacken der sich verformenden Knochen mischte sich unter deren Brechen.

Justine wollte sich hin- und herwerfen, doch die Anakonda hatte mittlerweile sie und die Lehne vollständig umschlungen. *Das Miststück versucht, mich aufzufressen!* Sie hatte die Halbform angenommen, war teils zur Bestie geworden, mit rötlichem Fell und einer langen Schnauze mit vielen scharfen Zähnen – die sie aber nicht zum Einsatz bringen konnte. Ihre Krallen durchschlugen die grünbräunlichen Hornschuppen, rissen sie auf und verletzten das weiche Fleisch. *Du wirst mich nicht fressen! Du nicht!*

Boída fauchte und verstärkte ihren Biss. Der Atem der Schlangenwandlerin war feucht, warm, und er roch nach irgendwelchen Kräutern.

Der Druck auf die Schläfen wurde schier unerträglich, Justine hörte das Knistern ihres Schädelknochens, der wie eine Eierschale zu bersten drohte. Sie wehrte sich mit aller verbliebenen Macht gegen die Umklammerung, zappelte mit den Beinen und trat um sich. Mehrmals traf sie das Lenkrad – plötzlich gab es einen lauten Knall, und die Welt wurde innerhalb eines Sekundenbruchteils weiß und staubte, bevor der Ballon zusammenschrumpfte.

Der Airbag! Boída war durch die Explosion und die unerwartete weichharte Attacke spürbar erschrocken und kurz abgelenkt. Das genügte Justine, um den geschuppten Körper wenigstens ein paar Zentimeter weg von ihrem Hals zu ziehen! Ihre geöffnete Schnauze legte sich um den Leib der Riesenschlange, und sie biss zu.

Warmes Blut, das fürchterlich bitter und ekelhaft schmeckte, floss in ihren Rachen.

Justine verschluckte sich, würgte, warf sich wieder nach vorne, und der Druck ließ nach. Sie hatte den Leib fast vollständig durchgebissen. »Miststück!«, keuchte sie und spuckte.

Die Anakonda ließ von ihr ab und schlängelte sich im Fond zusammen. Das Blut tränkte die Sitze und den Fußraum, die Wunden schlossen sich nur langsam, während auch Boída ihre Halbform annahm.

»Merde!« Justine konnte wieder einatmen, ihre Luftröhre und die Kehle hatten sich erholt. *Ich darf sie sich nicht erholen lassen.* Mit einem lauten Knurren hechtete sie nach hinten und warf sich auf die Schlangenwandlerin.

Boída hatte einen humanoiden Körper angenommen, doch ihr Kopf war der einer Schlange, die Haut geschuppt, und eine geschlitzte blaue Zunge schoss zwischen den lippenlosen Kiefern heraus. »Wegen dir bin ich hier gestrandet!«, zischelte sie. »Ich habe dich sofort erkannt, aber ich wollte abwarten, was du willst.«

»Ich kann dich beruhigen«, grollte Justine. »Dieses Mal rettet dir nichts deinen Schuppenarsch! Ich mache mir eine Handtasche und Schuhe aus dir!«

Wild raufend, harte Schläge und tiefe Bisse austeilend, fielen die Frauen übereinander her. Die Prügelei war brachial und übermenschlich schnell. Scheiben platzten, die Sitze wurden aufgeschlitzt und mit weiterem Blut verdreckt. Der Cayenne wippte und wackelte, als hätte man eine gewaltige Rüttelplatte angeschaltet und in den Wagen geworfen. Lange Zeit sah es nicht danach aus, als würde es eine Siegerin geben. Boída verwandelte sich in eine Schlange zurück.

»Ça suffit!« Justine wurde wieder umschlungen, aber sie bekam den oberen Hals zu fassen und drückte ihn mit Macht auf den Schaltknüppel.

Es knirschte, Boída fauchte und verstummte. Im gleichen Augenblick trat der Knauf vorne aus, und Blut sprühte gegen die Werwölfin. Zufrieden registrierte sie, dass die Gegenwehr erlahmte. »Das war es für dich, Spaltzunge!«

Der hintere Schlangenleib versetzte Justine einen harten Hieb gegen die Schnauze und warf sie auf die Rückbank, wo sie die Verankerung herausriss und im Kofferraum landete.

In nur einer Sekunde war Boída in ihrer Halbform über ihr und presste sie mit ihrem ganzen Gewicht auf den Boden. »Du hast mir mein Leben mit Levantinus genommen, und es war ein wundervolles Leben!«, giftete sie. »Jetzt tauchst du wieder auf und nimmst mir den nächsten Liebhaber? Ist das deine Aufgabe?«

»Eigentlich wollte ich dich nur töten.« Justine grinste. »Was deinen Liebhaber angeht: Stimmt. Ich habe mit Levantin gefickt. Vielleicht nehme ich mir auch noch den Ard Rí vor. Nachdem ich dich umgebra…«

Boída fauchte und versetzte ihr einen Schlag, der Justine vier Zähne kostete; ihr wurde schwindlig. »Du wirst nicht überleben. Ich weiß, welches Spiel du treibst! Deine Anbiederung an den Ard Rí ist nur eine List, um ihn zu vernichten!« In ihrer halben Tierform war sie fast nicht zu verstehen.

Merde. War ich zu offensichtlich? Justine schlug die Krallen in Boídas Seite, aber die Schlangenwandlerin wich nicht von ihr. »Ich bin hier, um den Ard Rí ...«

»Spar dir das! Die Nachtkelten waren bei mir. Sie haben mir gesagt, wer du bist: Justine Marie Jeanne Chassard. DU bist die Schwester des Deutschen!«

»Halbschwester«, sagte sie besserwisserisch. *Verdammt! Sie haben schnell reagiert! Woher wussten sie es?*

»Du wolltest den Ard Rí betrügen, sein Vertrauen missbrauchen und ihn an deinen Bruder und die Vampirin verraten«, rief Boída hasserfüllt und starrte sie aus schwarzen Augen an. »Das lasse ich nicht zu!«

Alles umsonst. Es ist einfach zu gut gelaufen, ich hätte es wissen müssen. Justine tastete umher und bekam einen Griff zu fassen. Ansatzlos schlug sie damit zu.

Der massive Alukoffer traf den Kopf der Wandlerin, der Schwung schleuderte sie zur Seite.

Durch den Zusammenprall zerriss das rosafarbene Band darum, und eine herzförmige Karte segelte davon. Die Schlösser öffneten sich, und das Behältnis überschüttete die Frauen mit Besteck: Goldene Messer, Gabeln, Löffel, Fischmesser, Teelöffel und Tortenheber regneten klirrend auf sie nieder.

Doch Boídas Reaktion auf den Kontakt verblüffte Justine. Sie wand sich blitzartig und versuchte, jede Berührung mit dem Gold zu vermeiden, während sich ihre Schuppen an den Stellen schwarz verfärbten, an denen sie getroffen worden war; es roch nach schmorendem Horn.

Gold ist ihre Schwachstelle? Sofort langte Justine zu und bekam ein Messer zu packen, das sie tief in die Seite ihrer Gegnerin rammte. Es zischte, die Wundränder färbten sich rot und warfen Brandblasen.

Boída schrie und fauchte gleichzeitig und versuchte, die Wölfin zu attackieren.

Aber Justine hatte die Hände voller Teelöffel, Messer und Gabeln, die sie der Wandlerin in den weit geöffneten Mund schob. »Mange ça!«, rief sie und kassierte einen Biss in den Arm. Das war sehr schmerzhaft, aber weniger schlimm als das, was Boída erleiden durfte. Qualm kam aus ihrem Maul, Boída versuchte, sich zu übergeben und das Gold herauszuwürgen. Aber Justines Arm war im Weg, und sie nahm ihn auch nicht weg.

Die Werwölfin nahm an, dass es sich nur um vergoldetes Besteck handelte. Um tödliche Wirkung zu entfalten, wäre sicherlich massives Gold notwendig wie reines Silber gegen herkömmliche Wandler. *Ich muss sie töten, ehe sie sich erholen kann.*

Justine riss ihren Arm aus den spitzen Schlangenzähnen, sprang auf Boída, verbiss sich mit der zahnbewehrten Schnauze in ihrem Hals und schüttelte sie hin und her, um die Wirbel zu lockern, während sich die Fänge durch Schuppen und Fleisch schnitten; ihre Augen glühten rot. Dazu schnappte sie sich eine einseitig geschliffene Tortenschaufel und stach rasend auf ihre Gegnerin ein. *Verrecke!*

Wieder suchte Boída einen Ausweg durch die Wandlung in die Anakondagestalt.

Aber dieses Mal war die Werwölfin darauf vorbereitet. *Du verlierst deinen Schädel, salope!* Sie schnitt mit der Goldklinge am Hals entlang, packte mit den Krallen zu, zog am Hinterkopf und gleichzeitig an der Schulter – bis es einen Ruck gab und das Reißen von Fleisch zusammen mit einem lauten Knacken erklang.

Boída erschlaffte; die Rückverwandlung in einen Menschen setzte ein.

Ächzend löste Justine die messerlangen Zähne aus dem Körper und rutschte auf den Beifahrersitz. Aus ihrer Kehle löste sich ungewollt ein lautes Triumphgeheul. Die Bestie verlangte danach.

Dann wurde ihr bewusst, wo sie sich befand, und sie zügelte sich. Aus dem Heulen wurde ein leiser werdendes Geräusch. *Hat jemand was mitbekommen?* Schnell konzentrierte sie sich, um menschliche Gestalt anzunehmen. *Ich hoffe nicht!* Justine sah sich um.

Der Cayenne war umringt von Schaulustigen. Manche hatten ihre Handys gezückt und machten Fotos, andere filmten. Es würde sich rasant im Netz und damit in der Welt verbreiten, was in Belfast vorgefallen war.

Polizeisirenen erklangen, die sich rasant näherten.

Formidable. Ich bin nackt, blutverschmiert, und meine Wunden verheilen langsam. Très bien. Justine stieg ganz gelassen aus, und die Passanten wichen vor ihr zurück. Sie hob den Arm und deutete eine Verbeugung an. »Danke, Ladys und Gentlemen. Vielen Dank und willkommen zu den Dreharbeiten von *Ladybeasts.*« Ein junger Mann näherte sich schüchtern, einen Block und einen Stift in der Hand. »Der Independant-Film kommt in etwa einem halben Jahr in die Kinos. Ich freue mich, Sie alle dort zu sehen. Danke für Ihre Mitarbeit.« Sie gab dem jungen Mann ein Autogramm, stieg in den Cayenne und ließ den Motor an. Das Blut lief an den Türen des weißen Geländewagens herab und tropfte auf den Boden. *Es sieht wirklich wie im Film aus.* »Ich muss jetzt leider verschwinden, weil wir keine Drehgenehmigung haben. Schönen Tag!« Sie gab Gas und ließ den Porsche vorwärtsrasen.

Justine konnte schon wieder lächeln. *Immerhin habe ich den Chip mit den Daten des Ard Rí. Wir werden ihn auswerten und zuschlagen.* Wie immer fuhr sie über rote Ampeln und kurvte zwischen den Wagen hindurch, die ihr zu langsam fuhren. *Links-*

verkehr ist einfacher, als man denkt. Man darf sich einfach nicht daran halten.

Sie rief die Nummer der Pension an, um Eric zu erklären, was gut und was schiefgelaufen war, von der Unterredung bis hin zum Chip. »Sie wollte mich als Geschenk vor die Füße des Ard Rí legen, je pense. Die Schlangenwandlerin ist übrigens tot. Gestorben an einer Goldallergie«, sagte sie ganz zum Schluss. Justine spuckte einen Blutklumpen aus, der von Boída stammte. *Horrible! Quel goût.*

Er stieß einen Laut hervor, der nach Unglaube klang. »Du bist ... Hast du sie mit einer goldenen Kette erwürgt?«

»Non. Mit einer goldenen Tortenschaufel aufgeschlitzt. Ich hätte einen Löffel nehmen sollen, damit es noch schmerzhafter gewesen wäre.«

»Was?«

»Vergiss es. Ich musste an einen Film denken. Bon, es hat ausgereicht, ihr danach den Kopf abzureißen.« *Und ihr Blut schmeckt widerlich.* »Wir müssen schnell handeln. Ob die Informationen, die ich vom Ard Rí bekommen habe, stimmen, weiß ich nicht. Kann sein, dass die Wandler uns in die nächste Falle locken wollen.«

»Wir werden es bald sehen. Komm zurück, und wir schauen nach den Dateien. Danach prüfen wir die Orte«, entschied er. Sie konnte hören, dass er ihr die goldene Tortenschaufel nicht abnahm.

»Alles klar, mon frère. Ich bringe den Wagen noch weg.« Sie legte auf und bog ab. Dabei sah sie die Karte, die am Koffer gebaumelt hatte und abgerissen war, im Fußraum. Justine hob sie auf und las:

Alles Gute zur Hochzeit!
Das Besteck für die besonderen Stunden
in Eurem Leben!
von Mama & Papa

Justine lachte laut und lange. Das erklärte den feinen Anzug des Mannes, der bestimmt auf dem Weg zur Vermählung gewesen war. *Das war sicherlich eine besondere Stunde.*

Die Stadt hatte sie bald verlassen. Ganz in der Nähe hatte sie einen Wegweiser zu einem Moor gesehen. *Genau das Richtige als Grab für eine Anakonda, wenn es auch etwas zu kalt für dich ist.*

Justine sah nach der Frau, aus deren Mund der Griff eines goldenen Teelöffels ragte. Die Wunden hatten keinerlei Anstalten gemacht zu verheilen. Boída de Cao war tot. »Kann einem fast leidtun«, sagte sie leise und widmete ihre Aufmerksamkeit wieder der Straße. Eine Latina, die eigentlich achtzehnhundert Jahre früher gelebt hatte und durch sie in die Gegenwart geholt worden war. *Mich hätte schon interessiert, wie sie es von Südamerika nach Palmyra geschafft hat.*

Justine bog zum Moor ab und jagte den Cayenne auf seiner letzten Fahrt durch die schlechtesten, schmalsten Wanderwege, die sie finden konnte, durch Schlaglöcher und Rinnsale, die bald breiter wurden. Schließlich bugsierte sie den Luxuswagen mit Vollgas und einem flachen Sprung in den Sumpf. Sie warf ihre Handtasche mit dem Chip darin hinaus, sprang im Flug raus und landete elegant auf dem Ast eines nahen Baums.

Der Cayenne schlug ein und blieb stecken, brackiges Wasser und Matsch flogen umher; der Motor erstarb. Blubbernd verschwand das Fahrzeug mitsamt Boída de Caos Leichnam darin.

Was werden wohl Archäologen denken, wenn sie in tausend oder mehr Jahren die Leiche und den Cayenne mit dem Goldbesteck drin rausziehen? Halten sie es für ein teures Bestattungsritual? Justine kletterte hinab und kehrte mit einem gewaltigen Satz auf festen Boden zurück. Sie grinste und wusch sich in der eiskalten Quelle nahe des Wegs Blut und Schmutz von der Haut. *Ja, das wäre doch lustig, deren Gesichter zu sehen.*

Sie streifte die nassen, blonden Haare zurück und hängte sich die Handtasche um. Gänsehaut überzog ihre Glieder, und sie fühlte die Kälte, die sie allmählich durchdrang. Inzwischen hatte sich ihre letzte Wunde geschlossen.

Bon. Justine schlenderte den versteckten Weg entlang, zurück in die Zivilisation. Die Reifenspuren erinnerten daran, wohin der Cayenne gefahren war. Nach dem nächsten Regen würden sie verschwunden sein.

Justine begegnete niemandem, was auch gut war. Nacktheit wäre im spleenigen England am helllichten Tag akzeptiert worden, aber in Irland liefen die Dinge sicherlich anders.

Ich will mich nicht in einen Wolf verwandeln. Sie brauchte Kleidung und einen Wagen. Einen schnellen Wagen.

Daher brach sie ins erste Haus ein, das sie entdecken konnte, und wühlte sich durch die mittelmäßige Kleiderauswahl der Frauen, die darin lebten und gerade nicht vor Ort waren. Schließlich entschied sie sich für ein grünes Polohemd und graue Jeans, dazu flache schwarze Schuhe. Den Flanell-Jogginganzug in Pink stopfte sie in die Mülltonne. *Das ist ein klares Fashion-Statement.*

Gleich danach befand sich Justine schon wieder auf der Straße, auf der Suche nach einem Wagen, den sie stehlen konnte.

Am besten wieder einen neuen Cayenne. Er war echt gut zu fahren.

Und als wären ihre Wünsche erhört worden, stand fünf Häuser weiter ein niegelnagelneuer Porsche, in den gerade eine Frau einsteigen wollte. Modell Cayenne.

10. Februar, Republik Irland, Shannon, 00.32 Uhr

Zu dritt saßen sie um das Netbook und sichteten die Daten, die ihnen der Ard Rí zur Verfügung gestellt hatte.

Nebenbei schaute Justine bei verschiedenen Internetplattformen vorbei und präsentierte ihnen breit grinsend die kleinen Filmchen, auf denen sie nackt und blutverschmiert zu sehen war. »Mon Dieu! Jetzt muss ich den Film auch noch wirklich drehen, damit man mir auch glaubt. *Ladybeasts*.«

Eric ging nicht auf die Bemerkung und schon gar nicht auf die Filmschnipsel ein. »Können wir zurück zum eigentlichen Punkt kommen?«, sagte er und drückte das neuste Filmchen weg. »Wir müssen uns beeilen. Die Nachtkelten wissen, wer Justine ist. Also können sie sich denken, dass meine Halbschwester zu meiner Unterstützung nach Irland gekommen ist.«

Sia knetete ihre Finger. »Ich frage mich, warum die Nachtkelten de Cao informiert haben. Um sich beliebt zu machen und den Anschein zu wahren, nichts mit allem zu tun zu haben?«

»Vielleicht erfahren wir es, vielleicht nicht. De Cao ist mit ihrem Wissen abgesoffen. Ich glaube nicht, dass der Hochkönig von ihr informiert wurde. Er glaubt, dass ich für ihn arbeite und mein Rudel auf die Insel hole.« Justine schmollte. »Habt ihr gesehen, dass der eine Fan einen kleinen Vorspann gebaut hat? Für *Ladybeasts?* Incroyable! Welcher Aufwand da betrieben wird.«

»Der Ard Rí wird nur so lange daran glauben, bis ihm einer seiner Informanten den Film empfiehlt«, warf Eric ein und schob ihre Finger weg. Sie hatte eben das Fenster mit der Videoplattform öffnen wollen. »Lass es, okay?«

»Ich schätze den Ard Rí so ein, dass er uns die Drecksarbeit machen lassen möchte und abwartet, was danach geschieht«, steuerte Sia bei und tat, als hätte sie das kindische Handgerangel nicht mitbekommen. »Er hat uns Informationen gegeben, von denen er weiß, dass wir sie nutzen *müssen.«* *Jetzt wäre der richtige Zeitpunkt, um bei ihm nachzuhören.* Sie nahm das Telefon und wählte seine Nummer. »Ich frage ihn einfach. Die Lage ist sowieso verfahren. Ich möchte wenigstens erreichen, dass an dieser Stelle der Front Ruhe herrscht und er uns machen lässt.«

»Du solltest nicht erwähnen, dass ich seine Bettschlange umgebracht habe«, flüsterte Justine. »Merde! Eric hat recht. Hoffentlich ist er kein Fan des Internets! Wenn er mich in dem Streifen sieht ...«

Sia musste nicht lange warten. »Ja?«, sagte er, sie erkannte seine Stimme.

»Hier ist Sarkowitz. Ich habe ein Angebot für Sie.« Ihr Finger drückte auf die Lautsprechertaste.

»Freut mich, dass wir zusammenkommen, Miss Sarkowitz.«

Sie versuchte, einen Hinweis auf seine Laune zu finden, aber er redete neutral und geschäftsmäßig. »Nein. Wir kommen nicht zusammen, aber ich werde Ihnen und Ihren Wandlern nichts mehr tun. Ich begebe mich direkt auf die Suche nach meiner Schwester und meiner Nichte.«

»Sagen Sie mir, wie ich Ihnen dabei helfen kann? Sie kennen den Spruch, dass der Feind meines Feindes mein Freund ist.«

»Ich hätte tatsächlich eine Bitte: Tun Sie einfach so, als würden weitere Wandler von mir umgebracht. Das wird die Sídhe bei der Stange halten und meine Familie verschonen.«

»Das hoffen Sie zumindest. Ich wünsche Ihnen, dass Ihre Hoffnungen nicht enttäuscht werden.« Der Ard Rí klang väterlich. »Miss Sarkowitz, ich habe Hinweise darauf, dass die Vampire sich nicht mehr an die alten Abmachungen mit uns halten. Sie wollen Irland für sich, wie es den Anschein hat. Ich hatte heute ein interessantes Gespräch mit einer weiteren Verbündeten. Ihr Name ist Justine, eine Französin aus dem Gévaudan. Kennen Sie sich?«

Sia fürchtete einen Test. »Nein.«

»Sie wird sich im kommenden Krieg mit mir verbünden. Ihnen würde ich gerne das gleiche Angebot machen, Frau Sarkowitz. Sollten Sie sich entschließen, *offiziell* an meiner Seite zu kämpfen, sende ich Ihnen meine besten Oenach aus den verschiedensten Tuatha, die Sie bei der Befreiung Ihrer Familie unterstützen.«

Das ist ein verführerischer Test. Sia musste schlucken, sah zu Justine, die ebenso den Kopf schüttelte wie Eric. Sie trauten dem Ard Rí nicht. *Ich sollte ihrem Gefühl folgen. Mir ergeht es nicht anders. Außerdem wäre ich schon wieder der Handlanger für jemand anderes.* »Nein«, erwiderte sie nach einiger Zeit. »Es ist nicht mein Krieg, in den ich ziehen müsste. Vor vielen Jahren habe ich mir abgewöhnt, anderen zu dienen.«

Der Ard Rí brummte.

Sie wusste nicht, ob es Zustimmung oder Enttäuschung bedeutete. »Ich wollte Sie bitten, dafür zu sorgen, dass mir keiner Ihrer Oenach in die Quere kommt. Es gibt inzwischen bestimmt viele, die meinen Tod wollen, weil ich getötet habe. Sie kennen meine Beweggründe, und ...«

»Ich werde dafür sorgen, dass sich herumspricht, von wem Sie dazu gezwungen wurden«, unterbrach er sie mild und gönnerhaft. »Wandler, die in Rudeln leben und für die Familie an erster Stelle steht, werden Ihre Taten verstehen und diejenigen, die Sie erpressen, dafür umso mehr hassen. Es ist absolut verwerflich, feige und das Letzte! Es passt zu den Sídhe.« Der Ard Rí war zurück in den geschäftlichen Ton verfallen. »Ich bedaure, dass wir keine echten Verbündeten werden, aber letztlich jagen wir das gleiche Wild. Sie werden bei dem, was Sie vorhaben, nicht behelligt werden. Gute Jagd.«

Weil du ohnehin Arbeit abgenommen bekommst. Schon klar. »Danke sehr.« Sia legte auf und fühlte eine Sorge weniger auf ihrem Herzen. *Damit wird es einfacher.*

»Du glaubst ihm aber nicht?« Eric sah alles andere als überzeugt aus.

»Doch, würde ich schon«, sprang ihr Justine bei. »Er weiß, dass Sia jeden aus dem Weg räumt, der sich zwischen sie und ihre Lieben stellt. Warum also noch mehr gute Soldaten verlieren? Er ist clever, mon frère.« Sie schloss die Fenster im PC, bis nur noch die Daten des Chips zu sehen waren. »Das sind die fünf aktuellen Verstecke, die sie benutzen. Diese Orte wurden in den letzten Jahren saniert und modernisiert, steht im Dossier. Damit ...«

Es klopfte.

Eric erhob sich, um die Tür zu öffnen.

Davor stand Miss Montesque mit einem Tablett, auf dem sich Tassen, eine Teekanne und Scones befanden. »Sie arbeiten so viel«, sagte sie freundlich. »Da dachte ich mir, ich tue was, damit Ihr Verstand rege bleibt.« Sie drückte ihm das Tablett in die Hand. »Wenn Sie noch Tee haben möchten, sagen Sie einfach Bescheid.« Sie winkte ins Zimmer und verschwand wieder.

Eric schloss die Tür mit dem Fuß. »Sie ist so nett!«

Justine gluckste. »Kennt jemand den alten Film *Ladykiller* noch? Daran muss ich die ganze Zeit denken, wenn ich sie sehe.«

»Bei mir ist es *Mit Arsen und Spitzenhäubchen*«, sagte Sia, und alle schauten auf die Kanne. »Denkt ihr auch gerade an das Gift, mit dem die alten Damen aus dem Film ihre Gäste umgebracht haben?«

»Nein«, meinte Eric und goss ihnen Tee in die Tassen. »Das würde sie nicht machen.«

Sia musste lachen. *Eine merkwürdige Vorstellung.* Sie scrollte durch die Pläne der wahrscheinlichsten Verstecke. Es waren ihr zu viele. *Wo würde ich eine Geisel sicher verwahren?*

Justine schien den gleichen Gedanken gehabt zu haben. »Sie eignen sich alle zum Festhalten«, befand sie nach eingehender Musterung und schlürfte laut. »Wir müssen sie alle überwachen und anhand der Spuren ...«

»Dazu ist keine Zeit.« Eric tippte auf den dritten Plan. »Das wäre meine Wahl.«

Eine Lotterie. Mit einer Wahrscheinlichkeit von eins zu fünf. Sicher gab es Menschen, die sich bei ihren Unternehmungen auf schlechtere Chancen verlassen mussten und trotzdem zu einem guten Ende fanden. *Ich spiele mit Emmas Leben.* »Bei einem Irrtum«, presste sie hervor, »ist sie tot, Eric. Ich kann das Risiko nicht eingehen. Wir haben nur eine Chance, und wir müssen den richtigen Ort treffen!« Sie fuhr sich durch die roten Haare, die verstrubbelt von ihrem Kopf hingen. Die Zweifel an ihrem Vorhaben schwollen zu einem Chor an. *Ich hätte das Angebot des Ard Rí doch annehmen sollen! Ob es noch geht?* Sie blickte auf den Telefonapparat.

Eric sah Justine an. »Wie genau kannst du dich auf deine Bestiensinne verlassen?«

»Ah, du meinst, ich soll sie aufspüren und erschnuppern.« Sie richtete den Blick auf Sia. »Hast du was von Emma dabei, was nach ihr riecht?« Sia überlegte, musste aber verneinen. »Dann kann ich leider nicht weiterhelfen.«

Immer noch eins zu fünf. Sia sah auf den Ort, den Eric ausgesucht hatte. Nummer drei – aber sie sträubte sich dagegen. *Der erste Grundriss würde mir als Versteck mehr zusagen.* Sie hob den Finger und tippte darauf. »Das erscheint mir besser. Mit dem Verstand einer Vampirin betrachtet. Die Umgebung ist sumpfig und voller kleiner Wasseradern. Sie wissen, dass ich fließendes Wasser nicht überqueren kann.«

Eric vergrößerte den Plan. »So gesehen«, stimmte er vorsichtig zu. Er schaut zu Justine, um ihre Meinung zu hören.

Die Werwölfin klickte nacheinander die Pläne ein sechstes und ein siebtes Mal durch, schwieg und lehnte sich dann zurück. »Ihr werdet mich dafür hassen«, setzte sie langsam an, »aber ich finde die vierte Variante nicht weniger sinnvoll.« Sie legte anhand der Umgebung dar, wie sie darauf gekommen war.

Aber Sia hörte nicht zu. Sie hatte verstanden, dass es an ihr lag, ganz alleine an ihr, wo sie zuschlagen würden, um Emma zu befreien. Diese Entscheidung wollte sie keinem anderen überlassen. *Es ist mit Abstand die schwerste Entscheidung, die ich jemals habe treffen müssen.*

»Also?«, hörte sie Eric sagen.

Sia war froh, als er ihre Hand ergriff, um ihr seinen Beistand zu vermitteln und ihr die Wahl zu überlassen.

8. Februar, Republik Irland,
Sligo, 14.45 Uhr

Die Schüsse dröhnten in Davids Ohren, gleichzeitig spürte er die Einschläge in der Brust. Die Treffer lagen alle dicht beieinander, der Premierminister war ein guter Schütze. Die Gerüchte, dass er einst Soldat in der IRA gewesen sein sollte, schienen zu stimmen.

Hinter sich hörte er das Krachen, als mindestens ein Projektil durch seinen Leib schlug und die Kaffeemaschine zerlegte. Schmerzen fühlte er kaum welche, vergleichbar mit Nadelstichen. Es tat David um den Anzug leid, und er beglückwünschte sich selbst dazu, nicht den teuersten angelegt zu haben. Intuition.

Beim fünften Abdrücken stand Rutherford auf und hielt die Pistole mit beiden Händen, zielte auf den Kopf und schoss weiter; nach acht lauten Knallen endete der Beschuss. David tat so, als sei er tot und hing schlaff auf dem Stuhl. Er war neugierig, was als Nächstes geschehen würde. Seine Sicht war rot eingetrübt, was von seinem eigenen Blut stammte, das aus einer Stirnwunde rann.

Die Leibwächter betraten den Raum entspannt und ohne dass sie ihre Waffen gezogen hatten. Sie waren offenkundig vom Premierminister eingeweiht gewesen. Schweigend betrachteten sie den vermeintlich Toten.

»Frost, Sie gehen runter zum Wagen und holen die Plastiktüten, Bleichmittel und Putzzeug. Es soll aussehen, als wäre hier drinnen nichts vorgefallen. Lassen Sie eine neue Kaffeemaschine und einen neuen Stuhl besorgen, und zwar in der nächsten Stunde.« Rutherford sammelte die Hülsen ein. »Wir haben drei Stunden, bis das Mädchen zurückkommt.«

Frost lief los, sein Kollege begann nach einem Wink seines Chefs damit, die Maschine abzubauen. »Ich will in zwei Stunden fertig sein.« Die Hülsen steckte Rutherford ein und nahm sein Handy aus der Hosentasche, wählte.

David hatte sich von seiner Überraschung erholt. Sein Tod war geplant worden, mit allem Drum und Dran.

»Hallo, Mister Goldsteen. Ich wollte Ihnen schnell sagen, dass Mister Undertake zu Mister Undertaker befördert worden ist. Nochmals vielen Dank für Ihre Warnung. Sie hatten recht: Dieser Mann und seine Auftraggeber sind die größte Bedrohung, die Irland jemals durchleben musste. Wir sehen uns heute Abend. Auf Wiedersehen und meinen aufrichtigsten Dank, auch im Namen des irischen Volks.« Er legte auf.

David spürte Wut in sich aufsteigen. Den Premierminister würde er schonen, weil er die Tatkraft des Mannes respektierte. Der oberste Mann des Staates hatte Initiative gezeigt und sich sowie seine Familie in Lebensgefahr gebracht. Aber Goldsteen, der alte Golfspielbescheißer, würde seine gesamte Rache zu spüren bekommen. Was über den Tierficker hereinbrechen würde, hatte er sich selbst zuzuschreiben.

Rutherford hatte sich wieder gesetzt, nahm die Teetasse und trank weiter. Seine Hände bebten nicht einmal schwach. Er hatte heute nicht zum ersten Mal auf einen Mann geschossen und dabei getötet. Seine blauen Augen waren auf David gerichtet. Er musterte ihn argwöhnisch, zog die Pistole erneut und wechselte das leere gegen ein volles Magazin, lud durch. Die Mündung richtete sich auf David. »Ich glaube, er ist noch nicht tot. Schauen Sie nach dem Puls, Mister Wels.«

»Es wird auch nichts bringen, wenn Sie wieder acht Schuss in mich pumpen, Sir.« David wischte sich das Blut aus den Augen und richtete sich langsam auf, während Rutherford glotzte wie ein tumbes Tier. Hinter ihm schepperte es. Wels hatte vor Überraschung die Kaffeemaschine fallen lassen. Mit Genugtuung bemerkte David, dass die Hand des Premierministers zitterte. Heftigst zitterte. »Ich habe einen Pakt mit dem Teufel.«

Frost kehrte mit einem Transportkarren zurück – und verharrte auf der Schwelle. Zuerst schaute er zu dem auferstandenen Toten, dann zum Premier, der nur die Hand hob.

»Danke, Sir. Wissen Sie, es tut nicht sehr weh, aber es nervt.« David trank vom Bitterlemon, während sich seine Wunden schlossen. »Ich bin weder Zombie noch Dämon oder ein anderes derartiges Wesen«, erklärte er knapp. »Akzeptieren Sie meine Unverwundbarkeit einfach als gegeben, und lassen Sie sich dadurch nicht in eine ...«

Rutherford schoss zweimal.

Die Kugeln flogen durch Davids geöffneten Mund, brachen Zahnstücke ab, schossen aus dem Hinterkopf wieder hinaus. Was für einen normalen Menschen den sicheren Tod bedeutet hätte, fühlte sich für ihn mehr wie ein Schlag mit einem Hämmerchen an. Allerdings wurde seine Wut damit auch größer.

David sprang auf und versetzte dem Tisch mit dem Bein einen Stoß, und das Möbel schlidderte vorwärts. Der Premierminister wurde zwischen Wand und Kante eingeklemmt; der Aufprall hatte ihm die Pistole aus der Hand geschleudert. Mit der rechten Sohle hielt David den Druck gegen Rutherford aufrecht. »Sie sollten mir glauben, wenn ich Ihnen etwas sage«, sprach er undeutlich, weil sein Gebiss erst regenerieren musste. »Sir, ich gebe Ihnen hiermit die letzte Chance, sich vernünftig zu verhalten.« Er zeigte auf die verheilenden Schusswunden. »Es bringt nichts.«

Die Leibwächter hatten die Pistolen gezogen, feuerten aber nicht. Rutherford hustete und hielt sich die Brust. »Sie haben mir die Rippen gebrochen«, stöhnte er.

»Sie wollten mich töten. Dafür sind Sie gut weggekommen.« David nahm den Fuß runter und zog den Tisch nach hinten, um den Premier zu Atem kommen zu lassen. »Ich gehe davon aus, dass wir beide einen mündlichen Vertrag haben. Bei Ihrer nächsten Verfehlung wird es nicht bei einem Rippenbruch bleiben. Weder bei Ihnen noch bei Ihrer Familie, Sir.«

»Ich habe verstanden.« Der bleiche, zitternde Rutherford erhob sich mit der Hilfe seiner Bodyguards und ging mit schlurfenden Schritten zur Tür hinaus. Kein Gruß, kein Umwenden.

»Außerirdische«, murmelte Frost stotternd, wie David hörte. »Sir, es sind Außerirdische! Und Sie haben sich Irland ausgesucht, weil ...« Die Stimme wurde leiser und entfernte sich, so dass er den Leibwächter nicht mehr verstand.

David betrachtete die Schäden im Raum: zwei Einschusslöcher in der Wand, der Totalverlust der Kaffeemaschine, Blutspritzer. Es ging noch, wie er fand. Glücklicherweise hatten sie Putzzeug und Ersatzmaschine dagelassen. Bis Jaqueline zurück war, würde nichts mehr an die ungeplante Showeinlage erinnern.

Er warf seine Kleidung in den Müllsack, eilte hinaus ins Badezimmer und duschte sich, danach schrieb er rasch zwei Mails, die Goldsteens Leben auf grausame Weise beenden würden, bevor er sich ums Putzen kümmerte. Ein fetter Fisch weniger, doch dafür gehörte David seit einunddreißig Minuten der Blauwal.

10. Februar, Republik Irland, nordwestlich von Galway, 01.56 Uhr

Das dauert. Eric musste warten, bis Sia zu ihnen gestoßen war, und blickte auf die Uhr. *Zwei Minuten länger als geplant.*

Das fließende Wasser rings um das Gebäude, das abseits eines idyllischen Dörfchens stand, bremste die Judastochter sehr. Ihre unterschiedlichen und sehr beeindruckenden Tricks nutzten ihr nichts gegen einen simplen, kleinen Bachlauf.

Justine kauerte neben ihm, beide waren bis an die Zähne bewaffnet. Die Silberkugeln hatten sie in den Magazinen gelassen, falls ihnen die Wandler doch in feindlicher Absicht begegnen sollten.

»Das hätte ich nicht gedacht«, murmelte sie. »Da bin ich als Werwölfin noch gut dran.«

Soweit man es mögen kann, eine Bestie zu sein. Eric bestätigte nur durch ein Nicken und betrachtete das Haus durch ein Fernglas, das er in einem Laden für Jagdbedarf gekauft hatte. Wahlweise verfügte es über Restlichtverstärker und eine Nachtsichtfunktion.

Zwei Fenster waren erleuchtet, dahinter bewegten sich ab und zu die Umrisse von mehreren Personen.

Vampire oder ihre menschlichen Gefolgsleute?

Ansonsten fand er keinerlei Hinweise, dass es sich um eine Falle handeln könnte – jedenfalls nicht außen. Justine hatte das Haus bereits umrundet und weder frische Reifenspuren noch Fußabdrücke gefunden, die auf eine kleine Armee im Innern schließen ließen. Es sah aus, als ob niemand mit ihrem Kommen rechnete.

»Es sind nicht mehr als vier Leute«, sagte Justine. »Ich kann sie am Geruch unterscheiden.«

»Vampire?«

»Non. Menschen. Wird leicht.« Sie lockerte die Pistolen im

Achsel- und Gürtelholster. Eine dritte trug sie auf dem Rücken. »Wir müssen nicht auf Sia warten.«

»Doch. Müssen wir. Es ist *ihre* Schwester, und sie wird dabei sein wollen.« Eric setzte das Fernglas ab. Er war zufrieden.

»Es ist zu wenig los«, sagte Sia plötzlich hinter ihnen.

Justine fauchte erschrocken. »Merde! Vampirella, hör auf zu schleichen! Das kann schiefgehen.«

Sia lächelte und zeigte ihre Reißzähne.

Eric interpretierte ihre zur Schau gestellte Aggressivität als Zeichen von höchster Anspannung. »Es wird nichts schiefgehen. Es sind nur vier drin«, sagte er beruhigend.

»Ja. Genau *das* bereitet mir Sorgen. Wenn es wirklich das Versteck von Emma wäre, müssten viel mehr Aufpasser da sein.« Sia stieß einen langen Fluch aus.

Sie ist verunsichert. Eric verstand ihre Aufgebrachtheit sehr gut. »Wir können noch ein anderes Ziel wählen, sie haben uns nicht bemerkt.«

Sia setzte sich lautlos in Bewegung.

Sie bleibt bei ihrer Entscheidung. Eric und Justine folgten ihr nach einem knappen Blickwechsel. Er hatte das schallgedämpfte Sturmgewehr mitgenommen und vorsichtshalber noch ein paar von den Silberrohrbomben. Falls die Anzahl der Verteidiger doch höher wäre, als von ihnen vermutet. Er lauschte in sich, doch ein schlechtes Gefühl wollte sich nicht einstellen.

Ihr Ziel war von Sia ausgesucht worden. Alleine. So trug sie die Verantwortung. Sollte es sich als Niete erweisen, würden sie zu dem Haus fahren, das er für wahrscheinlicher hielt.

Wichtig ist, dass keiner von den Aufpassern eine Gelegenheit bekommt, einen Notruf abzusetzen und die anderen Nachtkelten zu warnen. Gnade durfte niemand von ihrem Team erwarten. Sie kamen, um zu töten.

Mehrmals musste Sia einem Bächlein ausweichen und einen Umweg nehmen, bis Justine mit einem genervten Stöhnen zum

Haus rannte, eine Holzplatte, die neben der Tür lehnte, schnappte und zurückkehrte.

»Pst! Vampirella!« Schwungvoll rammte sie das Brett in den weichen Boden und unterbrach den schmalen Strom. Das drängende Wasser ließ sich durch die Barriere nicht lange aufhalten, aber eine Sekunde reichte Sia vollkommen aus, um mit einem Satz über das Bachbett zu springen. »Es kann so einfach sein, n'est-ce pas?«, flüsterte Justine.

Sia erwiderte nichts. Der Ausdruck in ihren grauen Augen schwankte zwischen Dankbarkeit und Mordlust, wie Eric fand.

Sie gelangten zum Haus, in dem eben das Licht hinter einem Fenster erlosch.

Eric spitzte über den Rand hinein. *Da sitzen sie.* Er hob vier Finger, um die Vampirin und die Werwölfin zu informieren. Damit waren die offensichtlichen Bewohner des Hauses in einem Zimmer versammelt.

»Und?«, wollte Justine ungeduldig wissen und zog eine Pistole. »Sind es die Waltons?«

»Zwei Männer, zwei Frauen, sitzen bei Tee und Gebäck und spielen Karten.«

Justine unterdrückte ihr Lachen. »Wie gut, dass Miss Montesque dir Bridge beigebracht hat. Du gehst einfach rein, und ...«

»Halt's Maul!«, zischte Sia. »Wir gehen rein. Eric kümmert sich um die vier, wir sichern die anderen Räume.« Sie drückte sich vom Boden ab und sprang durch das Fenster hinein.

»Très subtile.« Justine folgte ihr. »Aber so ist mir das lieber.«

Sie schlägt vor lauter Sorge um Emma unseren Plan in den Wind. Eric setzte nach und richtete den wegen des Schalldämpfers verdickten Lauf auf das perplexe Quartett. Sia und Justine waren bereits zu den zwei Türen hinaus, jede in eine andere Richtung. »Sitzen bleiben, Hände auf den Tisch«, befahl er.

Der Mann rechts von ihm wollte aufspringen, doch eine Kugel durch den Hals stoppte ihn. Er fiel zuckend auf den Boden, Blut rann aus der Wunde. Die verbliebenen drei kamen der Aufforderung jetzt nach. Ihre Blicke schworen Eric den Tod.

Ich halte die Stellung, bis ich einen Bericht bekomme. »Ihr seid Nachtkelten«, sagte er. »Wir suchen die Deutsche, die von den Sídhe entführt worden ist. Wenn ihr redet, lassen wir euch am Leben. Wo finden wir sie?«

Niemand von ihnen sprach.

Er überlegte, ob er zwei weitere erschießen sollte, nur um den Letzten genug einzuschüchtern. *Lieber nicht. Am Ende ist dann genau derjenige tot, der Informationen hätte liefern können.*

Justine kehrte als Erste zurück. »Rien. Das sind die einzigen vier im Haus gewesen. Alle anderen Zimmer sind leer, keine Spuren und keine Gerüche, die auf Emma weisen. Aber ich wette, les dames et le monsieur wissen was.« Sie trat zur schwarzhaarigen Frau und versetzte ihr einen so derben Faustschlag, dass sie vom Stuhl geschleudert wurde. Ihre Lippen waren aufgeplatzt. »Wo ist sie?«

Die Geschlagene lachte leise. »Ich scheiße dir was, du ...«

Wie aus dem Nichts stand Sia plötzlich da. Sie packte die Frau und schleuderte sie mit einem lauten Schrei nach oben gegen die Decke, wo sie die Lampe zerschmetterte. Krachend landete die Schwarzhaarige auf dem Tisch und blieb regungslos liegen; eine rote Lache breitete sich um ihren Kopf aus.

Eric wollte die Vampirin an weiteren Morden hindern, wenn auch nicht aus Gutherzigkeit. *Tote verraten nichts mehr.* »Sia, wir brauchen mindestens einen von ihnen ...«

»Wo ist Emma?«, schrie Sia und packte den Mann am Hals, warf ihn quer durch den Raum gegen den Schrank, der unter dem Einschlag zu Bruch ging und ihn mit Geschirr überschüttete.

Sie hört nicht auf mich. »Sia!«

Justine rührte sich nicht. Sie wusste, dass es nicht gesund

wäre, vor die Blutsaugerin zu treten, um sie von ihrem Vorhaben abzubringen.

Schon war die Vampirin bei ihrem Gegner. Die Krallen schlugen sich in seinen Rücken, sie hob ihn an, als wäre er nicht schwerer als ein Sixpack, und schmetterte ihn gegen die Wand, so dass sein Gesicht zu explodieren schien. Ein gewaltiger roter Fleck und viele Spritzer blieben zurück. Tot fiel er vor ihre Füße.

»Sia, nein! Wir brauchen ...«, rief Eric erneut und hoffte, dass ihr Wüten endete. Er machte einen Schritt nach vorne, um ihre letzte Gefangene zu schützen.

Schreiend war die vom Lebenssaft der Menschen besudelte Sia bei der letzten Frau angelangt und holte zu einem waagrechten Stoß mit ihren langen Klauen aus.

»Nein, im Keller! Im Keller!«, kreischte die Nachtkeltin. »Wir haben sie im Keller untergebracht!«

Sia schlug ihr von oben herab gegen die Nase, brach sie und riss das Fleisch auf. »Da ist niemand im Keller!« Sie verteilte eine ganze Folge von Faustattacken über den Körper der Frau, die durchgeschüttelt wurde, Blut und Zähne ausspie.

Gleich geht sie drauf. Eric schob sich mit Gewalt dazwischen. »Sia, lass sie antworten! So kann sie nichts sagen!«

Schnaufend, mit weit aufgerissenen Augen machte die Vampirin einen Schritt nach hinten. »Rede«, grollte sie. Die Arme hielt sie abgespreizt, zu neuerlichen Angriffen bereit.

»Im Keller, neben dem Regal mit dem Whiskey, gibt es einen braunen Stein, der aus der Wand ragt. Den müsst ihr drücken, und der Eingang zum Tunnel öffnet sich«, lallte sie und war wegen der Verletzungen kaum zu verstehen. Tränen rannen über ihre Wangen. Ihre Augen zuckten kurz, ängstlich und hoffnungsvoll zugleich in die Höhe und wieder zurück.

Wohin hat sie geschaut? Eric blickte zur Decke und erkannte ein kleines, grünes Licht, das blinkte. Die winzige Kamera unterhalb des Balkens war nur zu erkennen, wenn man wusste, wo sie sich befand. Ihr Eindringen war von Anfang an verfolgt worden. Jetzt musste es schnell gehen. »Los!«, rief er und stürmte los.

Eric war es gleichgültig, was Sia mit der Nachtkeltin anstellte.

KAPITEL XIX

9. Februar, Republik Irland,
Dublin, 08.01 Uhr

David prüfte gerade seine Mails, als er eine elektronische Botschaft von einem Absender namens *KingOfKings* bekam. Das machte ihn stutzig, denn seine Adresse kannten nur eine Handvoll Auserwählter. Das bedeutete nichts Gutes.

In der Mail selbst stand eine Telefonnummer. Ein Handy. Mehr nicht.

David überlegte, ob er eine Rundnachricht an seine Kontakte senden sollte, um zu fragen, wer von ihnen die Adresse rausgerückt hatte und wieso, als die nächste Mail vom gleichen Absender reinkam.

Dieses Mal bestand sie aus einem Bild. Von Jaquelines nackter Leiche. Die Haut war gezeichnet von unzähligen dünnen Rillen, als wäre sie mit einem Rechen bearbeitet worden. Lediglich ihr Gesicht war unverletzt geblieben. Das Model lächelte verklärt, als hätte sie unsagbare Glücksgefühle bei ihrer Folter empfunden, was bei dieser Art von Verletzungen nicht sein konnte.

Die nächste Mail kam rein, und dieses Mal schaute David auf Lydia. Tot, nackt, mit blutigen Striemen bis zum Hals. Und mit diesem erschreckenden Visionenlächeln.

David war nicht beunruhigt, weil er Gewissensbisse gegenüber den ermordeten Frauen empfand, sondern weil ihm jemand zu nahe kam und es unmissverständlich zeigte. Er griff zum Telefon und rief die Nummer an. Eine Herausforderung.

Das Gespräch wurde angenommen, wie er am Klicken hörte, aber es redete niemand.

»Sie haben mir eben Fotos geschickt, Sir«, sagte David. »Würden Sie mir verraten, was ich damit soll?«

Ein leises, dunkles Lachen erklang. »Sie haben schnell reagiert, Mister Undertake.«

»Sie sind?«

»Ihre Rettung. Wenn Sie wollen«, sagte eine kräftige Stimme. »Ich weiß, für wen Sie in den letzten zwei Jahren gearbeitet haben, Mister O'Liar. In den nächsten Tagen werden Ihre Kunden in größte Schwierigkeiten geraten und die Macht auf ihrem eigenen Territorium verlieren. Sie können zusammen mit Ihren Kunden in den Abgrund rauschen oder ...« Der Mann machte eine Pause.

David fragte nicht nach. Auf diese Spielchen ließ er sich nicht ein. »Sir, die Bildchen von meinen ermordeten Sexgespielinnen taugen nicht sonderlich gut, mich einzuschüchtern. Anhängen werden Sie mir die Morde auch nicht können, weil ich immer mehr Beweise für meine Unschuld liefern werde, als Sie Gegenbeweise erbringen. Kein irischer Richter wird mich verurteilen.«

»Es war nicht zur Einschüchterung gedacht, Mister O'Liar. Es war ein Ausblick. Sie kennen König Midas, der alles zu Gold verwandelte, was er anfasste? So wird es Ihnen ergehen, mit dem kleinen Unterschied, dass alles, was und wen SIE anfassen oder treffen, sterben und vergehen wird.« Die Stimme klang freudig. »Ihre Kontakte in der Wirtschaft, Politik, Verwaltung und sonst wo sind durchaus beeindruckend, Mister O'Liar. Sie wären für mich hilfreich, sicherlich, aber *brauchen* tue ich sie nicht.«

David nahm an, dass der Unbekannte die Wahrheit sprach. Das bedeutete, dass es sich um niemand Menschliches handelte. Ein Erzfeind hatte sich bei ihm gemeldet und bot ihm den Wechsel an. Zwei Jahre Vorbereitung sowie Unsummen an Geld hatte ihn die Machtübernahme gekostet. »Was wird geschehen, das Sie glauben macht, meine Kunden würden – wie sagten Sie gleich – in den Abgrund rauschen?«

»Drei Personen sind in Irland unterwegs: eine Judastochter, eine Bestie und ein Bestienjäger. Das Trio hat versucht, den Anschein zu erwecken, man würde sich nicht kennen oder nicht zusammenarbeiten. Aber ich habe sie schon lange durchschaut. Diese Konstellation, und daran glaube ich fest, ist von Ihren Auftraggebern nicht in den Griff zu bekommen. Ich weiß, wovon ich rede.« Der Mann lachte wieder leise. »Ich habe es nicht nötig, Ihnen Angst einzujagen. Abgesehen davon gelänge es mir auch nicht. Schauen Sie aufmerksam Nachrichten, hören Sie sich bei Ihren ganzen Informanten um, und entscheiden Sie sich, Mister O'Liar, was mit Ihnen und Ihrer Arbeit geschehen soll. Es liegt alleine in Ihren Händen.«

»Sie sind der Ard Rí?« Für David war es mehr oder weniger ein sicherer Schuss ins Schwarze. Er hatte überlegt, wer ihm ein solches Angebot machen konnte. Es kam nur eine Person in Frage – sofern man von einer Person reden konnte. Individuum wäre korrekter.

»Entscheiden Sie sich rasch. Es wäre gut, wenn Sie für mich Kontakte zur Garda und zu Rettungskräften herstellen könnten. Es wird bald viele explosive Brände geben, die nicht sofort gelöscht werden sollten.«

»Wenn Sie der sind, für den ich Sie halte, dann wissen Sie, dass meine Auftraggeber extrem nachtragend sind. Ich kann mein Leben verlieren, Sir.«

»Ich biete Ihnen gern Schutz, Mister O'Liar. Aber eigentlich sollten Sie das selbst hinbekommen«, sagte der Unbekannte.

»Was habe ich davon, dass ich die Seiten wechsle?«

»Sie behalten Ihre Position. Und wir sehen weiter, welche Verwendung ich für Sie und Ihre Macht übernehmenden Vorbereitungen habe. Kann sein, dass ich sie weiterbetreibe, kann sein, dass wir sie auf Eis legen.« Der Mann klang gelangweilt.

Das ärgerte David. Es war eine Missachtung seiner Kunst! »Sir, nehmen Sie es mir nicht übel, aber ich denke nicht, dass Sie meinen Auftraggebern das Wasser reichen können. Dennoch denke ich darüber nach. Wann darf ich ...«

Klick.

David sah fragend auf den Hörer, aus dem ein leises *Tut-tut-tut* klang. Man hatte ihn einfach weggedrückt. Seine Aussage war als Ablehnung verstanden worden.

Aber er wäre nicht Mister Undertake, wenn er keinen Einfall parat hätte.

Die nächste Mail ging an den Professor, in der David ihm knapp und präzise darlegte, was es mit dem Ard Rí auf sich hatte und warum er in ihm den nächsten potenziellen Kandidaten sah, nach dem der Arzt so lange gesucht hatte: das Ticket nach Hause. In die Heimat.

10. Februar, Republik Irland,
nordwestlich von Galway, 02.22 Uhr

Sie rannten in den Keller.

»Hier lang!« Justine fand den beschriebenen Stein auf anhieb, drückte ihn in die Vertiefung, und ein dunkler Eingang öffnete sich.

Dahinter führte ein schwach beleuchteter Gang geradeaus, von der Decke tropfte das Wasser, an manchen Stellen schoss es sogar wie ein kleiner Wasserfall herab, der sich über die ganze Breite des Gangs zog.

Die Absicherung gegen Sia. Eric warf ihr einen schnellen Blick zu, und die Vampirin fletschte die Zähne. Da es kein fließendes Wasser im Sinne eines Bachlaufs war, konnte sie die Kaskade zwar passieren, aber die zerstörerische Kraft würde es sicherlich beibehalten. »Schaffst du es?«

Sie sparte sich eine Antwort und sprintete los, durchbrach die Wasserschleier mit einem lauten Aufschrei, während sich der Tunnel mit Qualm füllte. Es roch nach verbranntem Fleisch.

Justine und Eric konnten nicht mit ihr Schritt halten, sie blieben etliche Meter hinter ihr zurück, sahen aber sehr wohl, was sich vor ihnen ereignete.

»Will sie sich selbst umbringen?« Justine grollte und nahm im Rennen die Halbform der Bestie an.

»Nein, aber sie fürchtet, dass sie zu spät ist.« *Wie ich.* Eric ging fest davon aus, dass sie nichts mehr für Emma tun konnten. Zwar hatten sie das richtige Haus erwischt, aber sie waren beobachtet worden, und die Konsequenzen für ihr Eindringen würde Emma als Erste zu spüren bekommen. Sia wusste das ebenso. Selbst ihre rasende Wut würde nichts daran ändern können. *Ich mache mir keine Hoffnung. Die Nachtkelten haben keine Ahnung, was für eine Rachegöttin sie damit erschaffen haben.*

Vor ihnen durchbrach Sia eine Tür mit reichlich Getöse. Schüsse erklangen, gefolgt von mehreren lauten Schreien, die zusammen mit den Waffen rasch verstummten.

Gleich darauf waren Eric und Justine bei ihr.

Sie standen in einem Kontrollzimmer, auf dem Tisch befanden sich mehrere Monitore mit wechselnden Bildern, teilweise aus dem Haus, teilweise aus unbekannten Räumen. Zwei Männer lagen mit aufgeschlitzten Kehlen neben den Stühlen, die Waffen hatten sie nicht mehr ziehen können. Fünf weitere Wachleute lagen auf den Apparaturen verteilt, die Projektile aus den Schnellfeuergewehren waren wirkungslos gewesen. Die Löcher in den Wänden verrieten, dass sie die Vampirin nicht getroffen hatten.

»Sie ist hier hinein!« Justine rannte weiter, direkt durch die linke Tür.

Verdammt, das geht alles zu unkoordiniert. Eric hätte zu gerne mit Hilfe der Überwachungsanlage nach Emma gesucht, aber es war keine Zeit mehr zu verlieren. Er durfte die beiden Frauen nicht alleine lassen, und so folgte er ihnen. *Erwartet haben uns die Sídhe wenigstens nicht, sonst wären wir schon ...*

Justines lauter Schrei unterbrach seine Gedanken.

Er sah seine Halbschwester rückwärtsstolpern, dann fiel sie auf den Boden – und heulte noch lauter! Rauch stieg von ihr auf, wieder drang der Geruch von verschmorendem Fleisch in seine Nase.

Vor ihm flirrte die Luft. Aber nicht vor Hitze, sondern silbern.

Der Flitter! Eric erinnerte sich an das Röhrchen, das er einem Bullen in Wicklow abgenommen hatte. Die Sídhe hatten sich und ihre wichtigsten Verstecke natürlich bestens abgesichert. *Pulverisiertes Argentum, Silberplatten am Boden!*

Justine hustete Qualm, spuckte Blut und röchelte schrecklich, versuchte aufzustehen. Aber jeder Kontakt mit dem Boden brachte sie noch mehr zum Zucken und Schreien. »Zieh mich raus«, würgte sie und erbrach sich. »Silber ... überall ...«

Eric packte sie unter den Achseln und hob sie an, damit sie keinen Kontakt mehr zum Boden hatte, und brachte sie in den Kontrollraum. »Atme flach«, befahl er ihr. »Versuche, so viel wie möglich rauszuhusten. Ich muss zu Sia!«

Justine wurde von Krämpfen geschüttelt, sie wand sich und hielt sich an den Tischbeinen fest, die sich unter ihrem Griff verbogen.

»Ich bin bald zurück, hörst du?« *Ich kann nichts für sie tun.* Eric rannte zurück in den Gang, durch die Schwaden, die an Pollenwolken erinnerten. Er hielt die Luft an, damit er das Pulver nicht inhalierte, da es gewiss auch nicht gut für normale Lungen war.

Der Gang wand sich in Biegungen und machte es unmöglich, weit nach vorne zu blicken. Immer wieder sonderten versteckte Düsen Flitter ab.

Das würde kein Wandler überleben! Eric musste wegen des Staubs husten. Auf ihn entfaltete das Silber keinerlei tödliche Wirkung. Mit einer Hand hielt er sich das Nachtsichtgerät vor die Augen, damit er mehr sah.

»Sia?« Eric gelangte wieder an eine eingetretene Tür.

Ein kuppelförmiger, hoher Raum erwartete ihn auf der anderen Seite. Es roch nach feuchter Erde, nach Torf und Moos. Die Decke wurde von langen Stelzen abgestützt, die kunstvoll geschnitzt und alt aussahen. Keltische Motive waren eingelassen worden, und ganz oben hatten die Sídhe Banner aufgehängt, die nicht weniger alt wirkten.

Ich bin in einem der Feenhügel, in dem die Vampire früher gelebt haben. Oder darunter. Wieder hatte er keine Chance, sich länger aufzuhalten und umzuschauen.

Es knallte weiter entfernt von ihm. Eine Schnellfeuerwaffe wurde im Automatikmodus bedient, die Salven endeten gar nicht mehr. Darunter mischte sich das Bellen von großkalibrigen Pistolen. Sia war auf erneute Gegenwehr gestoßen.

Weit kann es nicht sein. Eric hastete durch den Stangenwald. Er fand einen weiteren Ausgang und hielt das G36 nach vorne gerichtet.

Er war nervös, weil er noch niemals bewusst gegen Vampire gekämpft hatte, wobei ihm eine Beschreibung sehr bekannt vorgekommen war: Die Blutsauger aus der Art der Umbra konnten sich in einen schwarzen Werwolf verwandeln. *Von denen habe ich einige erlegt.* Es war müßig, darüber nachzudenken. *Ich sehe es ja gleich.*

Eric kam in einem Raum heraus, der als Versammlungsort gedient hatte. Am Boden lagen die Leichen von vier weiteren Wachleuten, alle waren zerfetzt oder erschossen worden. Von den Sídhe fehlte nach wie vor jede Spur. Sie schoben ihr menschliches Gefolge vor in die erste Reihe der Schlacht.

Würde ich ebenso machen. Eric setzte über die Toten hinweg, ging durch die Tür, schritt eilends Stufen hinab, die aus Stein waren und sehr abgewetzt aussahen. *Ob sie aus den Ursprungstagen der Sídhe stammen?*

Die schiefen, mitunter abgebrochenen Stiegen endeten vor einer alten Tür, die offen stand. Modergeruch ging von dem, was dahinter lag, aus. Ein süßlich stechender Duft, den Eric sehr gut kannte.

»Sia?« Er bewegte sich in das Gefängnis, das aus Stäben bestand, die in Boden und Decke eingelassen waren. Ein großer Käfig, in dem weitere Stäbe kleinere Zellen abteilten. In manchen verrotteten Leichname, mal waren sie kaum mehr als Menschen zu erkennen, mal waren es nur noch Gebeine, und mal sahen sie sehr frisch aus, als würden sie keine zwei Tage da liegen.

Der Gestank nach Verfall intensivierte sich.

Da ist sie! Eric sah die Vampirin in einer der Zellen knien, die Arme hingen kraftlos herab. Sämtliche Körperspannung war gewichen. Er kannte diese Haltung von Gegnern, die sich aufgegeben hatten.

Eric wusste auch, vor was Sia kauerte.

Ich habe es geahnt. Nach wie vor achtsam, näherte er sich ihr.

Im Dreck, neben zwei halbzersetzten Toten, lag Emma, gekleidet in ein verschmutztes OP-Hemdchen. Der Farbe der Haut und dem leicht aufgeblähten Leib nach war sie bereits vor längerer Zeit gestorben; an ihren blau angelaufenen Armen zeigten sich dicke Einstichstellen, wo einst Infusionen gelegen hatten. Ein Auge war geschlossen, das andere blickte glasig nach rechts, gegen die Wand.

Eric empfand tiefes Mitgefühl für Sia, die sich nicht regte, sondern auf die Tote starrte, unfähig, sich zu rühren oder etwas zu sagen. Sie kniete einfach da, als würde sie auf etwas warten.

Das einzig Gute daran war, dass ihr Angriff nicht schuld war, dass Emma ihr Leben verloren hatte. Die Sídhe hatten sie entweder vor längerer Zeit umgebracht, oder sie war einfach so verstorben und von den Aufpassern hier entsorgt worden.

»Sia«, sagte er leise und berührte ihre Schulter. »Sia, wir müssen verschwinden. Sie haben bestimmt eine externe Verlinkung ihres Überwachungssystems. Die Sídhe werden uns gesehen und neue Leute geschickt haben, die ...«

»Sie war nicht meine Schwester«, sprach sie rauh. »Sie ... war meine Enkelin. Ein Teil von mir. Ich habe ihr das Leben geschenkt.«

Eric musste an seine eigene Tochter denken.

Ihr Körper bebte. »Sie haben sie sterben lassen und weggeworfen wie Müll. Wie ihren anderen menschlichen Müll.« Ihre Stimme wurde lauter. »Die Sídhe haben sich nicht an die Abmachung gehalten. Dafür ...« Sie verstummte und erhob sich. Silberflitter löste sich aus ihren roten Haaren, schwebte auf die Tote und traf ihr Gesicht. »Ich töte sie«, raunte sie. »Ich töte jeden Einzelnen der Sídhe!« Sie nahm Emma und legte sie sich über die Schulter, dann ging sie los.

Sie traten den Rückweg an, bei dem sie auf keinerlei Widerstand stießen. Die Feinde waren ausgeschaltet. Justine hatte die Gänge verlassen, sie sahen ihre Blutspur auf dem Boden, die sie nach draußen führte.

Gesprochen wurde nicht. Jedes Wort wäre unpassend, unerträglich und hohl gewesen. Nach einer ganzen Weile verließen sie den Gang, durchquerten den Keller und gingen aus dem Gebäude.

Sie fanden die Werwölfin vor dem Haus, schwer atmend und immer wieder hustend, wie eine schwerst asthmakranke Patientin. »Merde«, sagte sie keuchend, als sie die Tote sah. »Sie haben sie ... umgebracht. Sind zu ... spät ge...kommen.« Justine blickte zu Eric, der ihr ein Zeichen gab, keine weiteren Fragen zu stellen.

Langsam ging Sia derweil weiter. »Brennt das Haus nieder«, sagte sie leise. »Wir treffen uns beim Wagen.«

Eric schickte Justine mit einem Nicken los, damit die Vampirin nicht alleine war, und legte an verschiedenen Stellen im Gebäude Feuer. *Was für ein Horror.* Ein paar Gasflaschen deponierte er im Gang und drehte die Ventile auf, damit der Tunnel einbrach und den Rest des Labyrinths mit Moorwasser flutete.

Eric verließ das Haus, aus dem im obersten Stock bereits die Flammen schlugen. Er hatte das Auto fast erreicht, als es eine dumpfe Explosion gab, gefolgt von weiteren, und ein lautes Blubbern erklang.

Er sah sich um.

Teile des Sumpfs sackten nach unten, das Wasser versickerte schlagartig. Moospolster gerieten durch den Sog ins Treiben, und Tiere kreischten aufbegehrend.

Damit haben die Sídhe ein Versteck weniger. Eric sah, dass Justine hinter dem Steuer des Touareg saß, Sia hatte sich neben die Tote auf den Rücksitz begeben. Blieb für ihn die Beifahrerseite.

Er stieg ein und sah zu, wie die letzten Reste des Hauses ein Opfer der Lohen wurden. Justine und Sia verfolgten das Schauspiel ebenfalls schweigend.

Der süßliche Geruch der Verwesung machte sich im Auto breit.

»Hilfst du mir dabei, Eric?« Sia vermied es, ihn anzuschauen. »Ich kann dich nur bitten.«

Er musste schlucken und wusste genau, was sie meinte. »Ich verstehe den Wunsch, sie umzubringen. Aber Elena braucht dich jetzt, Sia.« Er bemühte sich, an ihre Vernunft zu appellieren. »Reib dich nicht im Kampf gegen die Sídhe auf. Das Mädchen ...«

»... hat seine Mutter verloren, weil ich unfähig war«, unterbrach sie ihn. »Jetzt muss ich wenigstens die Mörder zur Rechenschaft ziehen.«

Was würde ich tun, wenn sie meine Tochter umgebracht hätten? Und gegen seinen Willen sagte Eric: »Ja.«

»Danke. Danach werde ich alles für dich tun, was du von mir verlangst.«

Verlockend. Er hätte sie zu gerne in den Arm genommen, sie getröstet und Nähe vermittelt. Doch das hätte dieses schreckliche Begehren ausgelöst. »Ich werde nur von dir verlangen, dich um Elena zu kümmern«, gab er ergriffen zurück.

Sie schwiegen. Das Prasseln und Knacken der Flammen hörten sie deutlich im Innern des Wagens.

»Was machen wir mit ihr?«, fragte Justine, ohne die Augen vom Feuer zu wenden.

Eric dankte dem Himmel, dass seine Halbschwester in ihrer charmanten Weise nicht mehr über Gestank und dergleichen hinzugefügt hatte. *Manchmal besitzt sie doch Anstand.*

Sia entgegnete nichts.

Die letzten Teile des Hauses brachen zusammen, ein Funkenregen schoss hoch hinauf in den Nachthimmel und versah das Firmament mit weiteren, orangefarbenen Sternen.

»Ich werde sie verbrennen«, sagte Sia und stieg aus. »Die Asche kehrt mit mir nach Deutschland zurück.« Als Eric sich anschickte, ihr folgen zu wollen, lehnte sie rasch ab. »Lass. Ich mache diese Sache alleine.« Sie sah Justine an. »Ruf den Ard Rí an, bitte. Er soll dir sagen, wo ich die wichtigsten Sídhe finde. Mit ihnen fange ich an.« Die Autotür schlug zu, dann wurde der Kofferraum geöffnet und gleich wieder geschlossen.

Eric und Justine verfolgten, wie Sia als Silhouette vor dem hellen Feuerschein und mit ihrer Nachfahrin auf den Armen zum Haus zurückkehrte; in der Rechten trug sie einen kleinen Ersatzkanister mit Benzin.

»Merde, merde et encore une fois: merde!« Justine musste husten und sog rasselnd Atem ein. »Hat sie mir geglaubt, als ich gesagt habe, dass es mir leidtut?«

»Ja. Das hat sie.« Eric fühlte einen tiefen Hass gegen die irischen Vampire. »Ruf den Ard Rí an. Es sollen die Köpfe der Sídhe rollen.« Sie nahm ihr Handy hervor. »Und sag ihm ruhig, was geschehen ist.«

»Oui.« Justine hustete unterdrückt, öffnete die Tür einen Spalt und spuckte aus. »Dieser beschissene Silberflitter! Wer diese Idee gehabt hat ...« Sie wählte eine Nummer. »Damit du es gleich weißt, mon frère: Ich bin dabei. Es hätte nicht viel gefehlt, und ich wäre tot.« Sie blickte ihm in die Augen, dann beugte sie sich vor und gab ihm einen Kuss auf die Wange. »Merci. Fürs Retten.«

Eric war verwundert, freute sich aber über die Geste. Und über die Zusage, dass sie mitmachen würde.

Während Justine den Ard Rí zu erreichen versuchte, beobachtete er, wie Sia Vorkehrungen zur Einäscherung ihres eigen Fleisch und Blutes traf.

Ich darf nicht daran denken, wie es wäre, meine Kleine zu verlieren. Ja, er verstand die Vampirin durch und durch.

16. Februar, Republik Irland,
Shannon, 08.34 Uhr

Wespennest. Das fiel Sia ein, als Justine vorlas, was die Zeitungen über die Vorfälle schrieben, die sich in den vergangenen Tagen ereignet hatten.

Was für die Polizei und die meisten Iren nach Bandenkriegen aussah, war etwas anderes. Persönliches. Sie hatten zu dritt ein Versteck der Sídhe nach dem anderen hochgehen lassen, und das im wahrsten Sinne des Wortes: mit dem Plastiksprengstoff, den die irischen Vampire selbst geliefert hatten, wurden zwei, drei weitere Verstecke in die Luft gejagt. Sie waren hineingestürmt, hatten die Päckchen deponiert und so schnell gezündet, dass sie niemand finden oder gar entschärfen konnte.

Lange muss ich nicht mehr warten. Es ging nicht darum, dabei Sídhe zu töten. Es ging darum, ihnen alle Verstecke zu nehmen und sie an einem letzten Ort zu bündeln, um den entscheidenden Schlag zu führen. *Für Emma bin ich bereit, meinen alten Kampfnamen wieder anzunehmen. Passender war er niemals.* Damals, als sie ein Teil ihres Einkommens noch mit illegalen CageFights verdient hatte, trug sie für die Zuschauer den Namen Hel. *Göttin des Todes, sowohl für die Lebenden als auch die Untoten.*

»Die Polizei«, sagte Justine mit Belustigung in der Stimme, »geht weiterhin von einem Bandenkrieg aus. Glaubt man Insider-Informationen, kämpft die IRA angeblich gegen die Vorherrschaft einer Balkanbande um Drogen, Prostituierte und Glücksspiel.« Sie sah zu Sia. »Alors, la Vampirella kann man schon als Balkantruppe bezeichnen.«

»Kann man.« Sia hatte gelernt, die Sticheleien der Französin zu überhören. Dass Justine mitmachte und an ihrer Seite stritt, hatte ihre Toleranzgrenze erweitert.

Eric lud die Waffen der Reihe nach, begutachtete ihren Vorrat an Silberrohrbomben und Plastiksprengstoff. »Für einen Durchgang reicht unser Arsenal mit Sicherheit noch. Danach ...«

»Haushaltsreiniger, Zeugs aus Apotheken, aus dem Baumarkt«, sagte Sia. »Ich weiß, wie man sich nette Bomben aus allem Möglichen basteln kann. Das gute alte *Terrorist Handbook.*« Sie schaute auf das Telefon. Noch hatte sie Wilson nicht angerufen. Die Angst, dass Elena nach ihrer Mutter fragen könnte, war einfach zu groß. *Was sage ich dann? Sie wird eine Lüge sofort erkennen.*

Auf dem Sims neben dem Fenster stand die unscheinbare Pappschachtel, in er sich Emmas Überreste befanden: Asche und Knochenstückchen.

Sie ist nicht zur Vampirin geworden. Ihren Peinigern hätte ich es gewünscht. Sia nahm das Telefon und wählte in Zeitlupentempo Wilsons Nummer. *Jetzt übernehme ich ihre Rache.*

»Hello?«, sagte er vorsichtig.

»Hier ist Sia. Können Sie reden?« Das bedeutete so viel wie: Die Kleine soll nichts von unserem Gespräch mitbekommen.

»Ja. Sie schläft, Frau Sarkowitz.«

»Wir ... sie ist tot.« Es brach aus Sia einfach heraus. *Es, es tut ... weh, das Endgültige auszusprechen.* »Die Sídhe haben sie sterben lassen und weggeworfen!« Ihre Fänge wuchsen, und sie wünschte sich einen Hals der irischen Vampire zwischen die Zähne. Sie würde sie auseinanderreißen!

»Das ... mein aufrichtiges Beileid«, erwiderte Wilson betroffen.

»Sagen Sie es ihr nicht. Elena wird es von mir erfahren.« *Gott, das wird ... schrecklich. So schrecklich!* Sie fürchtete sich vor dem Augenblick.

»Sicher, Frau Sarkowitz.«

Sia räusperte sich. »Gibt es bei Ihnen etwas Neues?«

»Nein. Alles ist ruhig. Wir sind gerade in Oslo, und es gefällt Ihrer Nichte sehr gut hier. Morgen geht es weiter nach Kopenhagen.« Wilson schien sich etwas zu trinken einzuschenken. »Ich habe eine Sache gehört, die Sie interessieren könnte, Frau Sarkowitz. Wie Sie wissen, ist das Hauen und Stechen um die kriminelle Nachfolge von Harm Byrne losgegangen. Ich hatte mich umgehört, weil jemand ein Kopfgeld auf mich ausgesetzt hat, um mich aus dem Rennen der potenziellen Könige zu entfernen. Dass ich keinerlei Ambitionen habe, das interessiert niemanden.«

»Oh, là, là«, warf Justine halblaut ein. »Eine freie Position als Königin der Unterwelt? Hmm ... cela semble intéressant. Sieht Monsieur Wilson gut aus?«

»Sagen Sie der Dame im Hintergrund, ich bin nicht an Frauen

interessiert«, sagte er entspannt. »Aber Sie können ihr ausrichten, dass sie gerne ihr Strumpfband in den Ring werfen kann.«

Sia sah zur Französin und konnte sich gut vorstellen, dass die Werwölfin eine exzellente Nachfolgerin für das Monstrum Byrne sein würde. *Hart genug wäre sie.* »Das werde ich, Mister Wilson. Aber ich weiß nicht, ob ich Ihnen damit einen Gefallen tue. Und jetzt gehört meine Aufmerksamkeit ganz Ihnen.«

»Es verhält sich so. Es sind vor ein paar Wochen neben den traditionellen Anwärtern ein paar neue hinzugekommen, die sich mit sehr viel Brutalität ihre Claims sichern wollten. In einer Schießerei hat es zwei von ihnen erwischt, und meine Informanten haben Fotos von den Leichen geschickt. Aus dem Polizeibericht. Und zwei davon hatten ähnliche Tätowierungen wie die Herrschaften, die ich im Hotel in Leipzig erledigt habe. Daraus schließe ich, dass die Verantwortlichen, die hinter Elena und Emma her waren, auch die Macht über die kriminellen Strukturen in England ... sagen wir, in Großbritannien erlangen wollten.«

Das passt zu den Sídhe. Sie hörte, dass Wilson noch nicht am Ende war. »Aber?«

»Nun, es macht den Anschein, als hätte etwas diese neuen Herrschaften erschreckt. Sie haben sich so schnell zurückgezogen, wie sie aufgetaucht sind. Das lag nicht daran, dass sie besonders viel Gegenwehr erhalten hätten.«

Sia konnte sich denken, warum die Nachtkelten die Unternehmung in England unterbrochen hatten: *Sie wollen sich auf mich und ihr Stammterritorium Irland konzentrieren.* Bevor sie etwas dazu sagen konnte, redete Wilson weiter.

»Ich war so frei, mich zu erkundigen, und hatte die Überwachung der Leute von Anfang an angeordnet.« Papier raschelte. »Es hat sich herausgestellt, dass viele Anrufe in ein Gebäude in Maghera gehen. Laut meinen Erkenntnissen ...«

»Der *TeaRoom*!« Sia schaute zuerst Justine, dann Eric an. *Er stand nicht auf der beschissenen Liste! Dabei lag es auf der Hand.*

»Ganz genau, Frau Sarkowitz«, wunderte sich Wilson. »Dann muss ich Ihnen auch nicht sagen, dass sich darin ein schönes Café und ein Gentlemen's Club befinden?«

»Sie sind mehr wert als jedes Edelmetall auf der Erde! Sonst noch was?«

»Ich habe die Adresse des Inhabers und die Baupläne, falls Sie das interessiert? Es sind zwar keine Keller eingezeichnet, aber das muss nichts heißen, würde ich sagen.«

»Immer her damit, Mister Wilson! Das ist ausgezeichnet.« Sia fühlte eine Vorfreude, die einherging mit unbeschreiblicher Erleichterung. *Das Ende der Sídhe rückt näher. Hel kommt über euch.* »Senden Sie es mir bitte als Mail.«

»Sie bekommen es im Verlauf der nächsten Minuten. Wenn ich Ihnen noch irgendwie weiterhelfen kann, dann ...«

Der Kontakt zu ihm brach abrupt ab.

»Mister Wilson?« Sia wählte die Nummer sofort wieder, doch sie bekam nur den Hinweis, dass der Teilnehmer nicht erreichbar sei. *Elena!*

16. Februar, Norwegen,
Oslo, 07.39 Uhr

Wilson stand im Gangende von Etage dreiundzwanzig, das Handy am Ohr, und sah sich um. »Ganz genau, Frau Sarkowitz«, wunderte er sich. »Dann muss ich Ihnen auch nicht sagen, dass sich darin ein schönes Café und ein Gentlemen's Club befinden?«

»Sie sind mehr wert als jedes Edelmetall auf der Erde! Sonst noch was?«, lautete ihre Antwort.

Er freute sich sehr über das Lob. *Auf das Zusammentreffen mit ihr bin ich gespannt.* »Ich habe die Adresse des Inhabers und die Baupläne, falls Sie das interessiert?« Er verfolgte eine Gruppe Touristen, die mit ihren Koffern den Korridor entlangzogen, mit Blicken. *Sie sehen nicht so aus, als könnten sie zu einer Gefahr werden.*

Zimmertür 2323 wurde geöffnet.

Ein Zimmermädchen kam heraus, reinigte mit einem Lappen die Türklinke und zog den Eingang zu; an den Händen trug sie dünne Latexhandschuhe. Sie warf ihm ein kurzes Nicken zu und lächelte freundlich.

War da nicht jemand drin? Wilson begab sich neben die Tür, steckte die Hand in die Tasche mit der Walther Halbautomatik. *Warum sollte ein Zimmermädchen die Türklinken abwischen, wenn noch jemand ...?*

»Immer her damit, Mister Wilson! Das ist ausgezeichnet. Senden Sie es mir bitte als Mail.«

Wilson sah, dass das Licht neben dem elektronischen Kartenleser auf Rot umsprang. Die Hoteltüren verriegelten sich nicht von selbst. *Was stimmt hier nicht?*

Das Zimmermädchen schaute über die Schulter zu ihm. Dieses Mal lächelte sie nicht. Sie kramte zwischen ihren Fläschchen mit Reinigern und hob einen neuen Lappen an, in dem etwas Festes steckte.

Wilson drehte sich leicht zur Seite und zog die Waffe, hielt sie am langen Arm neben dem Körper, um sie zu verbergen.

Die Touristenkarawane hatte mit ihren Koffern eine kleine Wagenburg errichtet und ließ nur einen schmalen Spalt, durch den Wilson das Zimmermädchen beobachten konnte.

»Sie bekommen es im Verlauf der nächsten Minuten. Wenn ich Ihnen noch irgendwie weiterhelfen kann, dann ...«

Das Zimmermädchen machte einen schnellen Schritt zur Seite und stand vor Wilsons Raum, öffnete die Tür.

What the ... Er ließ das Handy fallen, legte mit beiden Händen an und schoss durch die Lücke zwischen den Gästen. Die Kugeln sausten an den Gesichtern der Leute vorbei.

Das erste Projektil erwischte das Zimmermädchen in die Schulter; das zweite hätte sie in den Hals treffen sollen, aber sie warf sich mit unglaublicher Geschwindigkeit nach vorne. Durch die Tür.

Wilson blieb ruhig. Er hatte vier Zimmer gebucht – und in keinem davon lag Elena. Ein Zimmer hatte er mit anderen Gästen getauscht, denen er den Wechsel mit zweihundert Euro schmackhaft gemacht hatte. Das falsche Housekeeping-Mädchen stand in einem leeren Raum.

Haben sie uns doch gefunden. Er trat die Tür zu Zimmer 2323 auf und sah zwei überraschte Männer, die mit Schnellfeuerpistolen auf dem Weg zum Ausgang gewesen waren. Den ersten schickte er mit drei Schüssen aus der Walther zu Boden, den zweiten trafen zwei Kugeln in den Kopf.

Es krachte mehrmals, dicke Löcher wurden in die Wand gerissen. Eine weißliche Staubwolke raubte ihm die Sicht.

Jemand hat ein großes Gewehr dabei. Wilson zog den Kopf ein und feuerte mit einer Hand in Richtung des unsichtbaren Schützen, mit der anderen nahm er die zweite Halbautomatik und schoss ebenfalls.

Ein Frauenschrei erklang aus dem Nebenraum, wütend und mit Schmerz in der Stimme.

Wilson kannte die Stimme. *Sie haben mir Miss Black auf den Hals gehetzt.* Er ahnte, dass er es mit Silbergeschossen nicht versuchen müsste. Die Sídhe sandten andere Krieger. *Das wird ein hartes Gefecht.*

Er sah kurz ins Schlafzimmer und konnte den Kopf gerade noch schnell genug wegziehen. Die wummernden Schüsse rissen einen Teil des hölzernen Türrahmens weg, ein Splitter bohrte sich in seine linke Wange.

Black sprang um die Ecke, die Pumpgun in einer Hand haltend und die Mündung auf seine Brust gerichtet. »Sie hätten mich anrufen sollen!«, rief sie krächzend.

Wilson drückte ab.

Sie wich aus und schoss ebenfalls.

Der Einschlag warf ihn gegen die Wand. *Kevlar rettet Leben.* Er ließ die Waffen nicht fallen, sondern löste unentwegt aus.

Black tauchte ab, die Einschüsse erschienen knapp hinter ihr. Dreckschleier stiegen auf, und seine Gegnerin lachte. »So wird das nichts, Mister Wilson. Sie müssen schneller sein.«

Oder du langsamer. Er versetzte dem Beistelltischchen einen Tritt, so dass es ihr vor die Füße rutschte.

Mit einem reflexartigen Satz setzte sie über das Hindernis und bekam damit keine Gelegenheit, einen weiteren Schuss abzugeben.

Wilson hechtete nach rechts, führte ihre Bewegung weiter und traf sie zweimal. Ohne Erfolg.

Black stand vor ihm, das Gewehr zum Schlag erhoben.

Wilson bog den Oberkörper nach hinten, der Kolben krachte gegen die Wand und zersprang in Dutzende Plastiksplitter. Er schoss nach ihr, traf wieder, aber sie störte sich nicht daran. Deutlich erkannte er die Einschusslöcher, aus denen Blut lief.

Doch das Leben endete für Black nicht. Sie lachte auf, spitze Eckzähne zeigten sich hinter den Lippen.

Bloody hell! Ist sie eine Sídhe! Das Dossier von Harm Byrne hatte ihm die ultimative Methode verraten, wie man einen Vampir erledigte: köpfen und verbrennen. Alles andere, wie pfählen oder mit einer Silberkugel erlösen, vergiften oder beschwören, sollte man Profis überlassen. *Ich muss in Sekunden zum Profi werden!*

Wilson verfluchte den Umstand, dass er sein Kurzschwert nicht dabeihatte. Nun musste er zusehen, dass er die Gegnerin anders erledigte. *Prima. Wie bekomme ich das hin?* Er machte ein paar schnelle Schritte rückwärts, um aus der Reichweite der improvisierten Keule zu kommen.

Black setzte ihm nach, warf die Pumpgun zur Seite und streckte die Arme, um sich auf ihn zu stürzen; hinter ihr erschien das Zimmermädchen und hielt eine Pistole. Ihr Kleid war überall mit roten Sprenkeln versehen, nicht nur an der Schulter. Jemand hatte sein Blut an sie verloren.

Black hechtete fauchend gegen ihn und fuhr ihre Vampirzähne aus.

Wilson wollte ihr ausweichen, doch sie hatte seine Bewegung erahnt, und sie prallten gemeinsam gegen die Fensterscheibe. Klirrend barst das Glas unter der Wucht.

Da kommt einiges runter! Wilson drückte sich nach rechts ab und versuchte, dem Scherbenregen zu entgehen, zog Black mit sich und nutzte sie als Schild.

Aber die Vampirin nahm den Schwung auf und machte eine Rolle über ihn hinweg.

Die Splitter, die sie in den Oberschenkel hätten treffen sollen, fuhren ihm ins Fleisch und brachten ihn zum Aufschreien. Dem stechenden Schmerz folgte ein kribbelndes Gefühl. Ihm fehlte plötzlich das Gefühl im Bein.

Black hatte ihn an den Schultern gepackt und schleifte ihn hinter sich her, durch das geborstene Glas, und lachte dabei unentwegt. »Wo ist die Kleine?«, stieß sie rauh hervor und riss ihn in die Höhe, knallte ihn mit dem Kopf gegen den Spiegel im Eingangsbereich. Das empfindliche Material zerbrach.

Wilson schnappte sich geistesgegenwärtig eine der fallenden Scherben mit der flachen Seite und warf sie nach der Vampirin.

Gerade wie ein Wurfmesser zischte das Spiegelstück durch die Luft und blieb in ihrer Brust stecken.

Rein damit! Wilson trat zu, der Absatz trieb den Splitter ganz in sie hinein. Genau auf Herzhöhe.

Black stieß ein langes Fauchen aus. Sie versuchte, die Scherbe zu fassen zu bekommen und herauszuziehen, doch die Krallen rutschten an der glatten, blutigen Oberfläche ab.

Es reicht nicht aus, sie zu töten, aber anscheinend gefällt ihr es auch nicht besonders. Wilson bekam wichtige Sekunden, um seine Magazine nachzuladen – da wurde er vom Zimmermädchen angesprungen, das ihn von den Beinen holte.

Gemeinsam fielen sie ins Bad, prallten vom Waschbecken ab und stürzten kopfüber in die Wanne.

Wilson gelang es, sich dabei so zu drehen, dass er auf der Frau zum Liegen kam, und er setzte beide Mündungen an den Hals der Untoten. *Ich schieße dir den Kopf ab!*

Das Knallen der Treibladungen war durch die Schalldämpfer ohnehin leise, jetzt hörte man durch die aufgesetzten Schüsse so gut wie gar nichts mehr. Aber die Emaillebadewanne knisterte, lautes Scheppern erklang, als die Geschosse durch das Blech schlugen und in das Mauerwerk darunter eindrangen.

Das verletzte Fleisch gab schmatzende Geräusche von sich, es knackte, als die Wirbel zerstört wurden. Nach einem Dutzend Schüssen lag das Zimmermädchen regungslos unter ihm, ihr Blut lief in den Ausguss. Die Ränder der Wanne sahen aus, als hätte er in dem Rot gebadet.

Wilson hatte nicht viel Zeit, seinen Erfolg zu genießen oder nach seinen Verletzungen zu schauen. Jemand packte ihn im Nacken und riss ihn aus der Wanne.

Er flog durch die Luft, prallte gegen die Wand und stürzte nach unten, genau gegen den Spiegelschrank und in das Waschbecken, das er dabei abriss und unter sich zerbrach; kaltes Wasser spritzte aus der Leitung gegen ihn.

Vor sich sah er Blacks Stiefel. »Wo ist sie?«, hörte er ihre kratzige Stimme.

Wilson war zu benommen, um reagieren oder etwas sagen zu können. Eine Pistole hatte er verloren, die andere hatte nur noch fünf Schuss. Das würde nicht ausreichen, um der überschnellen Gegnerin den Kopf von den Schultern zu schießen.

Black rief etwas auf Gälisch hinaus und erhielt eine gleich klingende Antwort vom Gang. Als Wilson versuchte, sich aufzurichten, bekam er einen beiläufigen Tritt von ihr. »Wir beide sind noch lange nicht fertig.«

Sie bückte sich und zog ihn an der Kevlarweste auf die Beine, die langen Krallen hatten sich durch das Material geschnitten und kratzten über die Haut. »Wo ist Elena?«

Wilson konnte sich nicht konzentrieren, keinen klaren Gedanken fassen. Die Schmerzen in seinem Kopf, im Gesicht, in seinem Bein, die Benommenheit ... *Mir muss ein Ausweg einfallen.* »Ich habe sie nicht bei mir«, gab er undeutlich von sich.

»Der Rezeptionist hat was anderes gesagt.« Black versetzte ihm eine schnelle Reihe von Ohrfeigen, die härter nicht hätten sein können.

Er spuckte Blut und bekam die Arme zur Deckung nicht schnell genug nach oben; als es ihm endlich gelungen war, fegten die Hiebe sie einfach zur Seite. Danach trafen ihn zwei Faustattacken, direkt auf seine Nase. Wilsons Beine gaben nach, er rutschte und wurde gnadenlos von Black auf den Beinen gehalten.

»So schnell nicht, kleiner Butler«, sagte sie gespielt tadelnd. »Bei unserem ersten Zusammentreffen habe ich dir das alles noch durchgehen lassen, aber den heutigen Tag wirst du höchstens mit sehr viel Glück überleben. Gib mir einen guten Grund – nein, gib *dir* einen guten Grund!«

Wilson bekam einen langen, nassen Gegenstand zu fassen. Er griff zu und täuschte einen Kopfstoß an.

Black wich der Finte aus und erhielt dafür das abgerissene Stück Leitungsrohr gegen die linke Schläfe geschmettert, so dass sie mit einem wütenden Aufschrei gegen den Türrahmen geworfen wurde. Dabei zog sie ihn mit.

»Ich habe mehr als einen.« Wilson hielt sich am Holz fest und befreite sich aus ihrem Griff. Statt sich dem Kampf mit ihr zu stellen, rannte er aus dem Zimmer und hämmerte die Tür zu.

Auf dem Flur sah er sich um. Elena befand sich vier Stockwerke über ihnen, abseits des Geschehens. Wie lange sie dort oben bleiben konnte, wusste er nicht.

Was mache ich? Er sah zum Wägelchen des falschen Zimmermädchens. *Ich könnte ...*

Hinter ihm explodierte die Tür, als sich Black hindurchwarf und in einem Splitterhagel auf den Korridor sprang.

Das muss funktionieren! Wilson rannte humpelnd los und versuchte, den kleinen Wagen zu erreichen. Er schnappte sich die beiden Nachfüllflaschen mit dem Handdesinfektionsspray und schlug aus der Drehung zu, kurz bevor sie ihn zu fassen bekam.

Das Glas platzte, der Inhalt leerte sich über Black. Es roch stechend nach Alkohol.

»Was soll das?«, rief sie und stieß ihn rücklings gegen das Wägelchen, dabei wischte sie sich die Flüssigkeit aus dem Gesicht und spie aus.

»Eine Art Weihwasser.« Wilson langte in die Tasche, zog sein Zippo-Feuerzeug hervor und entzündete es. In dem Augenblick, als Black sich auf ihn stürzte, warf er es ihr entgegen. »Es brennt das Böse aus!«

Um die eigene Achse wirbelnd, zog das Feuerzeug seine kurze Bahn. Die kleine Flamme zuckte und bildete einen künstlichen, leicht nach Benzin riechenden Schweif, bis sie schließlich Blacks Brust erreichte.

Der leicht flüchtige Alkohol entzündete sich sofort mit einem leisen Fauchen. Blaue Lohen tanzten über die Vampirin und schienen sich in ihren Haaren festzusetzen. Der Rollkragenpullover fing ebenso Feuer und verging, geschmolzene Plastiktropfen fielen zu Boden.

Kreischend sprang Black nach hinten und zerrte an dem brennenden Kleidungsstück herum, doch der Kunststoff fraß sich in ihre Hände. Das Feuer verlosch nicht.

Niemals Polyester tragen. Wilson atmete erleichtert auf.

Ein durchdringender Warnton erklang.

Zischend erwachte die Sprinkleranlage über ihren Köpfen zum Leben und sandte Sprühschleier Richtung Boden. Die Flammen, welche Black umschmeichelten, wurden kleiner und drohten zu verlöschen.

Geh drauf! Wilson zog seine Pistole und schoss ihr in den Hals, jagte seine verbliebenen fünf Kugeln gegen sie. Das gehärtete Silber zerriss das weiche Fleisch, Black stieß gurgelndes Grollen aus, das verbrannte Gesicht mit den vor Hass leuchtenden Augen auf ihn gerichtet. Die schwarzen Fetzen wurden vom Wasser herabgespült, darunter kam rosafarbene Haut zum Vorschein.

Nein! Wilson packte hinter sich, bekam den Griff des Wägelchens zu fassen und schlug damit zu. Eigentlich hatte er vorgehabt, in seiner Not mit dem Vehikel zuzuschlagen, aber der vordere Teil löste sich in Gänze. Somit drosch er der Gegnerin die Abdeckung gegen die rechte Kopfhälfte.

Die bereits von den Geschossen geschwächten Wirbel gaben nach. Ihr Kopf flog rauchend davon und kullerte wie eine Bowlingkugel den Korridor entlang, genau vor die Füße mehrerer Gäste, die wegen des Feueralarms ihre Zimmer verlassen wollten. Schreie brandeten auf, Blacks Leichnam brach vor Wilson zusammen.

Elena! Er hinkte zum Fahrstuhl, der zu seiner Erleichterung noch immer funktionierte, und fuhr hinauf, in den 27. Stock.

Wie viele hat sie mitgebracht? Oder habe ich alle erwischt? Er lud die Waffen nach, ihm wurde dabei schummrig. Das Bein fühlte sich an wie eingeschlafen, mehrfach knickte es ein. *Ich muss durchhalten! Raus aus dem Hotel und schnell was anderes suchen.*

Der Lift hielt an.

Wilson stieg aus und humpelte gegen den Strom aus Flüchtenden, die sich vor dem vermeintlichen Etagenbrand in Sicherheit bringen wollten. Vor Nummer 2711 blieb er stehen und klopfte. Eine Karte hatte er nicht, damit niemand zurückverfolgen konnte, wo sich Elena befand. »Mach auf! Ich bin's, Jeoffray!«, rief er. »Wir müssen verschwinden.«

Elena antwortete nicht.

Das Schloss war unangetastet, keinerlei Spuren von Gewaltanwendung.

Entweder sie haben es mit einer Generalkarte geöffnet, oder … vielleicht schläft sie einfach gut? Wilson musste ernsthaft gegen die Ohnmacht ankämpfen. Der Blutverlust und die Verletzungen, die er davongetragen hatte, nahmen keine Rücksicht auf seine Lage. »Elena! Elena, hörst du mich! Mach die Tür auf!«

»Brauchen Sie Hilfe, Sir?« Ein Hotelangestellter war neben ihm erschienen und musterte ihn. »Was ist Ihnen denn …«

»Meine Tochter ist da drin und hat sich wohl eingesperrt. Wären Sie so nett?« Wilson hatte die Pistole unter dem Sakko verborgen, damit er sie jederzeit nutzen konnte. Es war nicht gesagt, dass der Mann neben ihm wirklich zum Haus gehörte. *Oder?*

Der Angestellte nahm seinen Schlüssel heraus und zog ihn durch den Schlitz. Es piepste, und das Signal sprang auf Grün um.

»Danke.« Wilson öffnete – aber nach wenigen Zentimetern sperrte die Tür. Die Kette spannte sich, doch mit zwei schnellen Schulterrammbewegungen war sie aus der Verankerung gerissen.

»Sir, das …«

»Ich bezahle den Schaden.« Wilson betrat rasch das Zimmer, musste sich an der Wand abstützen, um nicht zu straucheln. »Elena? Hast du den Feueralarm nicht gehört?« *Kind, wo bist du?*

Sie gab immer noch keine Antwort.

»Sir, wir müssen das Hotel verlassen. Es brennt im Stockwerk dreiundzwanzig, und ...«

»Ja! Ich weiß! Glauben Sie mir, ich wäre auch wirklich gerne woanders.« Als einzige Möglichkeit blieb das Bad, und er stürmte hinein.

Nein!

Elena lag in der gefüllten Wanne, die Unterarme vom Ellbogen bis zu den Handgelenken geöffnet; auf dem Rand lag eine blutverschmierte Nagelschere, von der ihr Blut die weißen Kacheln hinabrann. Die Lider des Mädchens flatterten, sie versuchte, etwas zu sagen.

»Nein!« Wilson steckte die Walther Halbautomatik weg und hob Elena aus dem Wasser, nahm Handtücher und band sie fest um die langen Wunden. Sie hatte alles richtig gemacht, um sich das Leben zu nehmen. Längs, nicht quer.

Doch zu seiner Überraschung wehrte sie sich gegen seine Bemühungen, sie zu retten. »Nein«, flüsterte sie schwach. »Ich will zu einer Vampirin werden.«

»Nein, das willst du nicht!« Wilson trug sie rasch auf den Flur, nachdem er die provisorischen Verbände angelegt hatte. Jetzt würde er nicht mehr viel machen können, außer: *Das Kind in die Hände von Profis geben. Krankenhaus. Bluttransfusion. Jetzt!*

»Doch«, seufzte sie erlöst. »Dann ... kann ich endlich besser ... auf Mama und Tante Sia ... und dich ... aufpassen.« Sie versuchte, das Handtuch zu lösen.

Wilson drückte sie einfach fester an sich, damit sie sich nicht bewegen konnte. »Aus dem Weg, aus dem Weg!«, brüllte er und pflügte vorwärts. Keine Spur mehr von Schwäche oder Ohnmacht, das Adrenalin in ihm wischte alles zur Seite. Sogar die Kraftausdrücke kamen ihm wie von selbst über die Lippen.

Wilson hatte das Gefühl, als wäre es seine eigene Tochter, die ihm zwischen seinen Händen verblutete. *Sie darf keinesfalls sterben!* Er bekam eine Vorstellung davon, welcher Horror es war, wenn das eigene Kind in Lebensgefahr schwebte und man nichts dagegen tun konnte. *Das war nicht der Plan.*

Rücksichtslos bahnte er sich einen Weg nach unten, und als er die ersten Sanitäter auf sich zukommen sah, gab er ihnen das Mädchen in die Arme. Erleichterung stellte sich nicht ein. Wilson versank in der Masse der Flüchtenden, tauchte darin unter.

Seine eigenen Wunden würde er selbst verbinden und über Elena wachen. *So schnell es geht.* Seine Aufgabe war noch nicht beendet.

KAPITEL XX

18. Februar, Großbritannien,
Nordirland,Maghera, 12.00 Uhr

Sie sollen sich fühlen wie am Tag des Jüngsten Gerichts! Ihre Hand spannte sich um den Pistolengriff, die Finger drückten fest zu. Sia hatte beschlossen, den *TeaRoom* zu stürmen, nachdem sich Wilson nicht mehr zurückmeldete.

Die Unruhe, die sie fahrig werden ließ, verging nicht mehr und würde sich auch erst legen, wenn sie sich ausgetobt hatte und endlich zu Elena kam. Das U-Boot, das sie dazu benötigte, würde sie sich mit Hilfe von Eric und Justine bei einer Marineforschungsstation oder etwas ähnlichem besorgen. *Irgendwo in Irland wird es so etwas geben.*

Ihr Bluetooth-Headset meldete sich.

Sie nahm das Gespräch an. »Ja?«

»Hier ist Eric. Bin in Position. Abfangjäger auch.«

»Countdown. Das Paket wird geliefert in«, sie hob die Hand, in der sie die Pistole hielt, und blickte auf die Uhr, »einer Minute.« Sie drückte die *Auflegen*-Taste.

Der Plan blieb einfach: Bis an die Zähne mit Brandbomben, Plastiksprengstoff und Waffen ausgestattet, würden sie und Eric den *TeaRoom* stürmen, während Justine im Freien lauerte, ob sich Vampire vor den Attacken in Sicherheit bringen wollten. Falls ja, wäre sie mit einem selbstgebauten Flammenwerfer zur Stelle. Baumärkte waren ein Schatzhort für jeden Terroristen und Guerillakämpfer.

Zwanzig Sekunden.

Ich werde dich rächen, Emma, wie noch kein Mensch vorher

gerächt wurde! Sia löste sich von der Mauer und ging los, durch den strahlenden Sonnenschein.

Die wenigen Meter aus dem Schatten hinaus bereiteten ihr keine Probleme, die Schmerzen waren erträglich. Normale Vampire oder unabgehärtete würden schon durch das reflektierte Sonnenlicht in Schwierigkeiten geraten. Manche starben, manche verloren den Verstand, andere fielen an der Stelle, wo sie standen, zu Boden und regten sich so lange nicht mehr, bis die Sonne vom Himmel verschwunden war. Deswegen war die Mittagszeit der optimale Zeitpunkt, um ein Vampirnest auszuräuchern.

Sie selbst hielt ohne Problem eine halbe Stunde in der prallen Sonne aus. Für die Flucht nach der Attacke wollte Sia die Kanalisation benutzen und sich ein Versteck suchen, bis es dunkel genug geworden war. Im Winter ging das schnell.

Zehn Sekunden.

Hel wird niemanden schonen. Sia erwartete, dass ein oder zwei der Sídhe es mit ihr aufnehmen konnten, was Kräfte und Geschwindigkeit anging, aber mit unüberwindbaren Gegnern rechnete sie nicht. Sie war nach wie vor – soweit sie es wusste – die einzige unsterbliche Vampirin. *Dabei wird es bleiben. Heute vergehen andere.*

Sia nahm einen der Sprengkörper aus der Tasche, stellte den Timer auf vier Sekunden und warf ihn mit Schwung durch die Scheibe des *TeaRooms*. *Es werde Licht!* Es hatte eine besondere Ironie, dass ausgerechnet eine Blutsaugerin an dieses Zitat dachte.

Die Bombe ging mit einem donnernden Schlag hoch. Der Druck fegte etliche Scheiben des Gebäudes aus den Fassungen, einige hielten stand und zeigten nun ein Netz von dichtmaschigen Sprüngen. Panzerglas. Im Innern schrillte eine Alarmklingel. Die Vampire wurden auf zweifache Weise geweckt.

Kommt raus! Kommt raus zum Spielen. Sia lächelte und warf

noch mehr Päckchen durch die zerstörten Scheiben, oben und unten; dieses Mal waren sie mit einem Fernzünder versehen. Plastiksprengstoff und Brandbomben gemischt. Laut Plan machte Eric das Gleiche auf der Vorderseite.

Nach genau zehn Sekunden drückte Sia den Auslöser. *Fahrt zur Hölle! Da werdet ihr mit Sicherheit landen.*

Mit dumpfen Explosionen gingen die Bomben hoch. Sia konnte sich vorstellen, wie die Wucht die Wände umriss und die Flammen in den kleinsten Winkel der Clubräume drückte. Schreie erklangen von drinnen.

Aus den Nachbargebäuden sahen die Menschen verstört herüber, manche hielten Handys in der Hand. Es würde nicht lange dauern, bis Garda und Rettungskräfte erschienen.

Die Bühne ist bereitet. Sia wählte Eric an und sagte: »Ich gehe rein.« Sie trat durch den zerstörten Hintereingang, die Pistolen schussbereit in den Händen. Nach ein paar Schritten musste sie bereits über Leichen steigen, die von der ersten Bombe getötet worden waren.

Ein Mann taumelte ihr entgegen, der ein Gewehr schwenkte, aber nicht den Eindruck machte, als würde er Gegenwehr leisten können. Er war schwerverletzt, blutete aus Wunden am Oberkörper, und eine Hand war fast abgerissen.

Sia schlug ihm das Gewehr aus der Hand und griff in seine klaffende Armwunde. »Wo sind die Sídhe?«

Er heulte auf und ging vor ihr auf die Knie. »Kann nicht …«

Zeitverschwendung. Sie streckte ihn mit zwei Schüssen in den Nacken nieder und eilte weiter. »Eric, bist du drin?«

»Ja«, kam es über den Ohrenstöpsel. »Ich habe mich durch den *TeaRoom* geballert. War mehr los, als ich angenommen hatte. Die Treppe zum Club ist von einer Bombe weggerissen worden, ab und zu fallen ein paar brennende Typen runter.« Er gab eine Serie von Schüssen ab. »Wieder zwei weniger.«

Sia dachte an das Labyrinth, das sich der Ard Rí in Belfast

errichtet hatte, um sich unter den Straßen von Keller zu Keller zu bewegen. *Es ist helllichter Tag.* »Wir sollten Treppen nach unten suchen. Wenn es ein Gewölbe gibt, finden wir die Sídhe mit größter Wahrscheinlichkeit dort.«

»Auf den Bauplänen, die wir im Netz gefunden haben, war keins eingezeichnet.«

Was heißt das schon? »Wir treffen uns im Vorraum zum *Tea-Room.*« Sia war hoch angespannt und fühlte bereits Enttäuschung in sich aufsteigen. Sollte es ihnen nicht gelingen, die Anführer der Sídhe zu fassen ...

Den Angreifer, der sie aus einem Durchgang heraus attackieren wollte, hatte sie zuvor bereits atmen gehört.

Sie versetzte ihm einen Hieb mit dem Pistolengriff gegen die Kehle, ihr Tritt ließ ihn gegen die Wand krachen und röchelnd zu Boden sinken. *Wo sind die beschissenen Sídhe?!*

Sia erreichte das Foyer, wo Eric sie erwartete. Er hatte sein Gewehr geschultert, kleine Flämmchen, die aus der Einrichtung hinter ihm schlugen, umrahmten ihn. Die Luft war erfüllt mit Silberflitter. *Noch ist es zu früh für eine Siegesparade.*

»Hier ist alles ruhig«, sagte er und zeigte nach oben. Neben ihm stand ein großer Benzinkanister, den er mitgebracht hatte. »Da oben kommt keiner mehr raus. Nur als Aschehäufchen.«

Das gibt es nicht! Hat sich Wilson geirrt? »Vielleicht haben sie noch einen anderen Ort, den wir nicht kennen?« Sia war zum Schreien zumute. Jemand musste für Emmas Tod bezahlen, und zwar heute!

»Hier draußen ist es ruhig geblieben. Niemand ist abgehauen«, schaltete sich Justine dazu. »Ihr habt alle erwischt.«

»Oder es waren nicht alle da.« Eric sah hinaus zu den leeren Fensteröffnungen. »Ist es nicht seltsam, dass noch keine Bullen da sind?«

»Keine Blaulichter. Nichts zu sehen«, meldete Justine. »Ich höre nicht mal Sirenen.«

Ich will wissen, ob es ein Gewölbe gibt. Sia zog das letzte Päckchen Plastiksprengstoff aus ihrer Manteltasche und legte es auf den Boden, trat mehrmals darauf ein, um ihn in die Ritzen einzuarbeiten. Schnell steckte sie einen Zünder hinein und schaute sich um. »Das da«, sagte sie zu Eric und zeigte auf einen schweren, massiven Tisch. »Den stellen wir drauf.«

Gemeinsam wuchteten sie das schwere Möbelstück auf den Sprengstoff, liefen um die Ecke, und Sia löste aus.

Es rumpelte, und darauf folgte ein Poltern wie von einer einstürzenden Ziegelmauer. Der Boden unter ihren Füßen bebte, als würde sich genau darunter ein leichtes Erdbeben ereignen.

Also doch! »Ich wusste es!« Sia sprang um die Ecke, sah das Loch, das breit und offen im Eingang gähnte. Sie sprang, ohne zu zögern, hinab. Der Benzinkanister fiel hinter ihr auf den Geröllberg, Eric landete neben ihr, das G36 im Anschlag.

Einzelne Steinbrocken bewegten sich um sie herum, Arme schoben sich hervor und wollten sich aus dem Schutt befreien.

Kommt heraus! Zeigt euch! »Wir haben die Sídhe gefunden.« Sia schaute sich um. *Hel erwartet euch!*

Im Gewölbe gab es an einer Wand die Reste einer Treppe nach oben, die durch die Wirkung des Sprengstoffs eingestürzt war. Sie vermutete einen geheimen Mechanismus, mit dem sich ein Zugang hatte öffnen lassen.

Eric kippte in der Zwischenzeit den Inhalt des Benzinkanisters über die Trümmer. »Bringen wir sie mal dazu, sich zu beeilen.« Er holte eine Packung Streichhölzer aus der Tasche, nahm ein Hölzchen und schnipste es so über die Reibfläche, dass es zündend durch die Luft flog und zischend auf den Steinen landete.

Mit einem leisen *Wuff* bildete sich eine Stichflamme, die gegen die Reste der Gewölbedecke rollte; dazu mischte sich ein kollektiver Aufschrei unter den Steinen heraus.

»Da haben wir die Toten aufgeweckt«, Eric hob das Gewehr,

»und senden sie gleich wieder zurück in die Hölle.« Eric legte an und wartete darauf, dass Vampire erschienen. »Es macht Spaß, gemein zu sein.«

Sia hielt sich ebenfalls bereit. *Ich warte auf die Besonderen.*

Brennend und fauchend sprangen die ersten Vampire unter den Steinen hervor und versuchten, den Flammen zu entkommen.

Eric bewegte sich wie ein Tontaubenschütze, nur wesentlich schneller, der Finger zuckte in schneller Folge nach hinten.

Die Köpfe der Blutsauger zerbarsten durch die Silberschrotgeschosse, die enthaupteten Vampire fielen zwischen den Steinbrocken zu Boden.

Sia verfolgte die Vorgänge. Eric hatte die Gegner sehr gut unter Kontrolle. *Zu gut,* wie sie fand. *Hier stimmt was nicht. Wo bleiben die angeblich so gefährlichen Sídhe?* Es erschien ihr, als würden sich nur harmlose Gegner zeigen.

Sie richtete die Augen auf den Boden und sah zu, wie das brennende Benzin im Boden versickerte. *Wohin fließt es?*

Beißender Qualm füllte das Gewölbe mittlerweile, Eric musste husten. »Kommt da noch was?« Er lud die Schrotflinte nach. »Das ist mir zu wenig Gefecht gewesen. Das sollen die legendären Feenfürsten gewesen sein? Und die lassen sich abknallen wie Hasen?«

Sia deutete auf den Boden. »Kann sein, dass da noch ein Stockwerk drunter ist.«

»Und wie finden wir das heraus?« Eric klopfte den Mantel ab. »Ich habe keinen Sprengstoff mehr.«

»Ich auch nicht.«

Sie hörten ein leises Scharren hinter sich und wandten sich um, schauten hinauf zum Loch.

Über ihnen standen zwei Männer und vier Frauen. Ihre weiße Kleidung mutete gleichermaßen modisch wie antiquiert an, doch erhaben wirkte es allemal. Ihre Gesichter hatten etwas Klassisches, Schmales, das zum feinen Körperbau passte. Sie sahen auf die Eindringlinge herab.

»Das werden die Hausherren sein.« Eric bewegte sich nicht. »Was ...«

»Ihr habt es gewagt, euch gegen die Sídhe zu stellen!«, schmetterte eine der schwarzhaarigen Frauen auf sie nieder, und obwohl sie scharf und herrisch klang, kamen ihre Worte Gesang sehr nahe. Sia musste an die Legende von den Banshees denken. »Dafür stirbt die kleine Elena!«

»Elena ist nicht in eurer Gewalt. Sie ist in Sicherheit«, hielt Sia dagegen und betete stumm, dass es so sein möge. Wilson hatte sich seit dem abgebrochenen Anruf nicht mehr gemeldet. »Meine Schwester habt ihr elend verrecken lassen! Sind das die ehrenhaften Worte der Sídhe? Haltet ihr euch so an eure Abmachungen?« Sie machte sich für den Angriff bereit. *Sechs gegen zwei.* Wenn es sich bei den Sídhe um gewöhnliche Vampire handelte, traute sie sich zu, sie alleine zu eliminieren. Doch sie hatte Zweifel, dass es bei so wenigen Gegnern bleiben würde.

»Wir haben beraten und sind der Meinung, dass es falsch wäre, den Kampf gegen dich weiter fortzuführen.« Die Schwarzhaarige machte einen Schritt nach vorne und schwebte durch das Loch sanft wie eine Feder nach unten, während ihre Begleiter oben verharrten. »Du bist eine sehr mächtige Vampirin, eine Judastochter. Nach dem Tod von Harm Byrne sind viele der Fesseln gefallen, die er Irland und England angelegt hatte.« Sie blieb auf dem Hügel stehen, die Flammen waren erloschen. Sie hob die Hand, und der Qualm verwirbelte, nahm die Inselform des United Kingdoms an. »Ich bin Mhatha, eine Sídhe. Wir haben Macht über viele Vampire in Irland und möchten dir vorschlagen, mit uns die schleifenden Zügel zu übernehmen. Die Wandler haben uns zu lange bevormundet. Sie verdienen es, das Joch zu tragen, das du ihnen auferlegen sollst.«

Sie benehmen sich überheblicher als die Cognatio. Hochmut

kommt vor dem Fall. Sia ließ Mhatha erzählen und musterte die übrigen Sídhe. Da sie keine Waffen bei sich trugen, verließen sich die Vampire alleine auf ihre Fertigkeiten – was kein gutes Zeichen war. Zudem hielt sie Mhatha nicht für die Anführerin. Sie war die Vermittlerin. Sie tauschte einen raschen Blick mit Eric, der ihr signalisierte, sich bereit zu halten. »Es gibt zu viele Wandler. Sieben Vampire werden im offenen Kampf nicht ausreichen.«

»Dir werden noch andere, niedere Vampire wie Smyle und getreue Menschen für deine Schlacht zur Verfügung stehen. Nun vernimm, für wen du kämpfen wirst.« Mhatha bewegte die Finger, und der Nebel formte einen Berg. »Unsere Vorfahren kamen nach Irland, vor vielen Jahrhunderten. Es waren keine Schiffe, mit denen unser Volk anlegte. Das dichteten wir hinzu, um unser Erscheinen mystischer zu machen. Aber es stimmt, dass sie die Umgebung in Dunkelheit hüllten. Der Schutz gegen Licht, um ungestört unsere ersten Bauten errichten zu können. Die Fundamente unserer Herrschaft, tief gegraben in irische Erde und unauslöschlich für alle Zeiten.«

»Die Sídhe-Hügel«, warf Eric ein.

Unauslöschlich – wohl kaum. Das werde ich euch bald beweisen. Sia ließ sich nichts anmerken.

Mhatha nickte. »Unsere Burgen entstanden unter der Erde. Eine davon habt ihr gesehen. Wir haben sie im ganzen Land verteilt, unsere Refugien geschaffen und uns die Insel untertan gemacht. Die Menschen, die wir als würdig erachteten, nahmen wir auf, und einige wenige machten wir zu den Unsrigen. Ein schwieriger, selten fruchtender Vorgang.«

Aha. Das erklärt, warum sie sich mit Smyle und seinesgleichen zusammengetan haben. »Aber die Wandler haben sich aufgelehnt.« Sia sah zu den regungslosen Sídhe. *Statuen von Göttern, deren Zeit abgelaufen ist. Die Sídhe sind so speziell, wie es die Judaskinder für Osteuropa waren.*

»Wandler! Widerliches Geviechs. Sie waren damals nichts weiter als unorganisiertes Pack, das die Menschen nach Belieben heimsuchte. Sie vermehrten sich unkontrolliert, und wir haben ihre Zahl eingedämmt. Das haben sie uns nicht verziehen.« Mhatha brachte den Rauch dazu, eine Tierfratze zu formen. »Sie formten einen Plan, knüpften Kontakte in die Welt, holten sich ihre Freunde nach Irland, um Krieg gegen uns zu führen. Sie hatten uns überrascht, und so mussten wir vor fünfzig Jahren den Friedenspakt mit ihnen eingehen.«

Das deckte sich mit den Erzählungen, die Sia bereits gehört hatte. »Aber ihr habt den Wandlern nicht verziehen.«

Mhatha richtete sich auf, und die Bestienfratze zerstob. »Wir haben nichts zu verzeihen! Wir sind die Sídhe, und wir sind die Herren Irlands, vom Volk verehrt, in Mythen und Sagen besungen! Die Wandler sind lediglich eine Plage, die bekämpft werden muss. Die Nachsichtigkeit ist vorüber. Die Sídhe werden die Macht wieder übernehmen, wie es vorgesehen war.«

»Ich habe gehört, dass eure Nachtkelten versuchen, das einstige Verbrechersyndikat von Harm Byrne zu übernehmen«, sagte Sia. »Ihr habt Wilson unterschätzt. Er verfügt über mehr Verbindungen, als ihr denkt.«

Mhatha lachte. »Ach, der Butler. Nein, er ist nicht entscheidend. Wir haben ein Kopfgeld auf ihn aussetzen lassen. Somit ist er ein Problem, das sich bald von selbst gelöst hat. Außerdem ist ihm eine unserer besten Killerinnen auf den Fersen.«

Das darf nicht sein! Sia erinnerte sich an den abgerissenen Kontakt zum Butler. Sie versuchte, keine Gefühle zu zeigen, da sie den Blick der Vampirin auf sich spürte. *Wenn sie Elena in ihrer Gewalt hätten, wüsste ich es schon lange.* »Also möchtet ihr ...«

»Es geht darum, uns wieder die Position zu nehmen, die wir einst hatten. Wir beginnen mit dem kriminellen Abschaum, um unsere finanziellen Ressourcen aufzustocken. Sobald unsere

Kriegskasse gefüllt ist, dringen wir über unsere menschlichen Gefolgsleute noch stärker in die Politik vor, als wir das bisher getan haben. Unsere Abgeordneten sind in allen Parlamenten des Königreichs vertreten. Dank des Geldes werden es bald mehr werden, und wir unterwandern jede wichtige Institution, bis wir uns zeigen können: Die Sídhe kehren zurück, und die alten Legenden werden wieder gesungen und mit neuen Texten versehen. Die Tradition ersteht neu! Und die Zahl von echten Sídhe wird wieder erstarken.« Mhatha hatte ein entrücktes Lächeln auf dem Gesicht. »Die Iren werden uns zu Füßen liegen. Götter der Finsternis herrschen über die Menschen.«

Sia hatte längst begriffen, dass es um mehr ging als um die Ausrottung der Wandler auf der Insel. Die Bestien bedeuteten lediglich eine Hürde, die genommen werden musste, um Irland in Ruhe auf die Übernahme vorbereiten zu können. Der übliche Größenwahn, für den Sia die Vampire verabscheute. *Das ist ganz nach eurem Geschmack: eine eigene Insel.*

Eric hob die Hand. »Eine kleine Zwischenfrage: Was ist mit mir?« Er sah die wartenden Sídhe der Reihe nach an. »Bin ich Dekoration, oder bekomme ich auch ein Angebot?«

Mhatha lächelte herablassend, gönnerhaft. »*Du?* Du wirst unser Hofjäger, wenn du möchtest. Dein Ruf als Bestientöter ist weithin bekannt. Die Wandler würden sich freiwillig in unsere Hände begeben, um dir zu entgehen. Es wäre uns eine Freude, dich an unserer Seite zu wissen. Welchen Lohn nimmst du üblicherweise? Vielleicht gewähren wir ihn dir.«

»Ich würde sagen«, Eric schulterte die Schrotflinte und drehte sich halb zur Seite, »das Leben von euch Drecksviechern.« Er drückte ab. Die Mündung hatte unbemerkt in die Richtung eines der Männer gezeigt, das Vollgeschoss schlug unterhalb des Halses ein und riss ein faustgroßes Loch in seine Brust.

Die Vampire schrien auf.

Zu tief! Sia zog ihre Dolche, während Eric weiterfeuerte.

Die Geschosse trafen den Sídhe in die Brust, in die rechte Schulter, punzten Löcher durch das Gewebe und durch die Knochen – die sich ohne Verzögerung schlossen.

»Ich hab's verstanden: andere Bewaffnung.« Eric warf das Gewehr weg und zog das Kurzschwert, seine Augen verfinsterten sich. Er nahm Kampfposition ein.

Mhatha sah ihn entsetzt an. »Du hast es gewagt, einen Sídhe anzugreifen?«

»Ja. Aber eigentlich wollte ich ihn töten«, erwiderte Eric trocken. »Ich versuche es bei dir gleich noch mal.« Schnell sprang er zu ihr und schlug zu.

Mhatha stieß einen sirenenhaften Schrei aus, der in Sias Ohren schmerzte und ihr Innerstes in schmerzhafte Schwingung versetzte. Auch Eric keuchte auf und kam aus dem Rhythmus. Die Klinge seines Schwerts vibrierte und zersprang mit einem hellen Sirren; die einzelnen Stückchen flogen gegen Mhatha, ohne ihr etwas anhaben zu können.

Banshee. Sie ist eine Banshee! Sia drückte sich ab, schwang ihre Dolche und legte sie wie die Schenkel einer Schere übereinander, um der Sídhe den Kopf abzutrennen und sie zum Schweigen zu bringen.

Mhathas Arm zuckte nach vorne, der Zeigefinger legte sich an die gekreuzten Klingen der Dolche, um sie aufzuhalten.

Sia wurde von der immensen Kraft der Vampirin vollkommen überrascht. Es fühlte sich an, als würden die Waffen gegen einen Eisenträger gerammt, wobei nur ein leichter Ruck durch Mhatha lief.

Bevor Sia die Klingen nach unten ziehen und den Finger abschneiden konnte, griff die Gegnerin zu, packte ihr rechtes Handgelenk und überdrehte es, so dass die Knochen barsten wie bei einem trockenen Ast. Splitter bohrten sich durch die Haut, der Dolch fiel zwischen die Steine und verschwand.

Sia schrie und riss sich von Mhatha los, die sie lächelnd betrachtete. »Du magst eine Judastochter sein, aber gegen eine Sídhe kannst du nicht bestehen.«

Sie brauchen keine Waffen. Mit dieser Kraft. Sia strengte sich an, damit die Knochen rasch verheilten und die Hand einsatzbereit war. Mit einem Dolch war ihre Feindin ebenso zu enthaupten, aber die Macht der Banshee-Stimme könnte die Schneide ganz einfach zum Zerspringen bringen. *Sie sind stark – aber nicht zahlreich genug, um sich gegen den Ard Rí zu behaupten, das wissen sie. Einschüchterungsversuche gegen mich. Mehr nicht.*

Erics Haut wurde auberginefarben. »Ich sage es sehr gerne: Ich«, grollte er, »zeige euch, wie man mit den Sídhe umspringen sollte.« Er nickte Sia zu und hechtete gegen Mhatha.

Diesmal erwischte er die Vampirin eiskalt. Sie gingen gemeinsam zu Boden, rollten hinter den Schuttberg und damit aus ihrer Sicht.

Mehr sah Sia nicht von dem Kampf, denn die anderen Sídhe schwebten vom Loch nach unten und bildeten dabei eine Kreisformation, um sie einzuschließen.

»Justine? Siehst du eine Möglichkeit, zu uns zu kommen und uns beizustehen?« Sia drehte sich um die eigene Achse und behielt die Gegner im Auge, so gut es ihr möglich war. *Sonst komme ich in ziemliche Schwierigkeiten.*

»Was ist los, ma chère?«

»Probleme. Zu viele Gegner für zwei.« Sia sah in die langen, schönen Gesichter der Sídhe, die sie ausdruckslos anschauten. Für sie war die Judastochter garantiert bereits Geschichte. Eine Entscheidung war getroffen worden, und zwar nicht zu ihren Gunsten.

»Das Blattsilber hat sich gelegt. Ich kann kommen, aber …« Justine stockte. »Ich sehe immer noch keine Flics.« Den Geräuschen nach lief sie über einen Kiesplatz oder lose Steine. Sia schätzte, dass sie sich dem *TeaRoom* näherte. »Alles gut. Das Silber liegt verteilt um mich herum. Ich sollte es vermeiden, auf den Boden zu fallen.« Sie lachte auf. »Gib mir noch dreißig Sekunden.«

Sia glaubte nicht daran, dass die Sídhe so lange warten würden. *Es wird mir vorkommen wie dreißig Jahre.*

Ein langer Schrei erklang, der aus Mhathas Kehle stammen musste, doch die vernichtende Wirkung der Banshee blieb aus. Der Laut war voll eigenem Schmerz, voller Leiden und – Untergang.

Die Sídhe wandten sich mit überraschtem Entsetzen auf den Antlitzen um. Sie ließen Sia aus den Augen und wollten den kleinen Hügel hinabstürmen, um ihrer Artgenossin beizustehen.

Ein runder Gegenstand flog aus der Halbdunkelheit und kullerte den Vampiren vor die Füße. Es war der abgerissene, blutige Kopf von Mhatha; die toten Augen blickten ins Nichts.

Eric! Auf dich ist Verlass! Sia war trotz der Freude vom Erfolg überrascht.

Die Sídhe schrien gemeinsam auf.

Wäre Sia nicht bereits tot gewesen, ihr Herz wäre in diesem Moment vor Grauen geborsten.

Justine war zügig auf dem Weg zum *TeaRoom.*

Das Haus hatte sich durch die Explosionen in das Set für einen beliebigen Kriegsfilm verwandelt. Teile der Außenmauer lagen auf der Straße, brennende Papierstückchen segelten durch die Luft und zogen Aschespuren hinter sich her.

Erinnert mich an das gesprengte Versteck der Schwesternschaft. Justine hatte den aus einer Gasflasche und anderen zweckentfremdeten Zubehörteilen gebastelten Flammenwerfer weggelegt und trug eine zur Schnellfeuerpistole umgebaute Beretta sowie eine Desert Eagle in den Händen. Das Hantieren mit Feuer und Gas war ihr zu gefährlich. Die schmerzhaften Silberflitterstückchen lagen harmlos am Boden, ihre Sohlen zerrieben sie. Das war ungefährlich, doch echter Körperkontakt würde ihr Schmerzen und Verbrennungen bescheren; vor Mund und Nase trug sie eine Staubschutzmaske.

Hoffen wir, dass kein Wind aufkommt. Ich hätte mir einen Imkeranzug besorgen sollen. Justine trabte auf den *TeaRoom* zu, durch den Eric und Sia verschwunden waren. Nach wie vor hörte sie keine Polizei. Wer auch immer ihnen den Rücken freihielt, er hatte gute Verbindungen.

Sie hatte den Durchgang beinahe erreicht, als zwei irische Wolfshunde vor sie sprangen und ihr das Weiterkommen verwehrten. Ihre Pfoten trafen exakt die Stellen, an denen keine Silberblättchen lagen; aus roten Augen wurde sie angefunkelt.

Merde! »Alors, aus dem Weg, mes copains, oder ihr endet in der Abdeckerei«, sagte sie gelöst. »Ich habe was vor, und ihr seid mir im Weg.« Hinter ihr erklangen Schritte, aber sie tat demjenigen nicht den Gefallen, sich umzudrehen. »Oder seid ihr seit neustem die Schoßhündchen der Sídhe?«

Die Schritte blieben hinter ihr stehen. »Wir sind die BlackDogs«, sagte eine tiefe, knurrende Stimme. »Und wir *hassen* die Sídhe!«

»Das freut mich.« Justine ließ die Wolfshunde nicht aus den Augen. »Und warum stellt ihr euch mir in den Weg?«

»Du gehörst zur Blutsaugerin und dem Deutschen an ihrer Seite.« Die Schritte näherten sich ihr weiter. »Ich möchte ein paar Dinge klären«, sagte der Mann in ihrem Rücken.

»Ich glaube nicht, dass ich mir die Zeit nehme, um mir das anzuhören.« Justine machte zwei Schritte nach vorne. »Meine Knarren sind mit Silber geladen, mes copains. Verpisst euch oder helft mir. Aber haltet mich nicht länger auf!«

Die Wolfshunde knurrten leise und rückten zusammen, drei weitere schoben sich aus den Schatten der umherliegenden Trümmer und strichen heran.

»Oh, ich bin mir sicher, dass Sie die paar Minuten haben werden.«

»Es geht dabei weniger um mich als um meine Freunde.« Justine drehte sich um und entsicherte die Waffen. Durchgeladen waren sie bereits.

Vor ihr stand ein unauffälliger, aber doch großer Mann, der einen fliederfarbenen Anzug trug, was angesichts der Umgebung surreal wirkte. Die Augen lagen hinter einer ultramodernen Sonnenbrille verborgen, im Gesicht stand ein dichter Dreitagebart.

Als hätten sie ihm Wangen, Kinn und Hals schwarz angemalt. »Zut, aus welchem Videospiel sind Sie denn ausgebrochen? Muss etwas gewesen sein, was ein geschmackloser Programmierer verbrochen hat.« Justine nickte über die Schulter zum Eingang. »Sollte meinen Freunden was passieren, weil ich Ihr Geschwätz ertragen musste, haben wir beide ein Rendezvous, Monsieur mal ficelé.«

Er lächelte. »Ihre Freunde sollten gut genug sein, um die paar Minuten zu überstehen.« Entspannt stand er vor ihr, die Hände in den Taschen. »Zuerst muss ich Ihnen meinen Respekt aussprechen. Sie haben das geschafft, was uns nicht gelungen ist. Die Sídhe sind schwer hervorzulocken, auch wenn man jedes Detail ihrer Verstecke kennt. Ich freue mich umso mehr, endlich den Tag einläuten zu können, auf den meine Leute und ich so lange gewartet haben.«

»Sie sind aber nicht der Ard Rí.«

Der Mann schüttelte den Kopf. »Nein. Bin ich nicht. Er hat derzeit kein Bedürfnis, in der Öffentlichkeit zu erscheinen, nicht zuletzt dank des Auftauchens von Ihnen und Ihren Freunden. Im Vertrauen: Die Attacke im Hotel hat ihm zu schaffen gemacht. Das ist ihm seit vielen Jahrhunderten nicht mehr passiert.« Er deutete eine Verbeugung an. »Ich bin Rob. Der Ard Rí schickt mich, um zu erfahren, wie es weitergehen wird, wenn wir die Sídhe *gemeinsam* besiegt haben.«

Gute Frage. »Darüber haben wir uns keine Gedanken gemacht«, gestand Justine unruhig. Sie wollte Eric und Sia beistehen. »Was schlagen Sie vor?«

»Der Ard Rí weiß, was er Ihnen und Ihren Freunden verdankt, sowohl das Schlechte als auch das Gute«, begann Rob. »Nachdem er alles gegeneinander abgewogen hat, kam er zu dem Entschluss, dass er den Überlebenden aus dem Gefecht freien Abzug gewährt, anstatt sie zur Rechenschaft für ihre Verbrechen zu ziehen.«

»Jeder und jede Tote werden verziehen?«, warf sie ein. »Eine Generalamnestie?«

Rob nickte zu ihrer Erleichterung. »Sollte sich jedoch ein weiteres Wiedersehen auf irischem oder britischem Boden ereignen, wird er keine Rücksicht mehr nehmen.«

»Ihr Wort, von Bestie zu Bestie, dass er sich an seine Zusagen halten wird?«, grollte sie. *Anscheinend weiß er nicht, dass ich seine Schlange erledigt habe. Sehr gut!*

»Ich schwöre«, antwortete Rob. »Von Bestie zu Bestie.«

Zumindest riecht er nicht nach einer Lüge. »Ça plane pour moi.« Die Geschäftsfrau in ihr erwachte. *Aber ein Bonus sollte für mich schon drin sein. Da war noch dieser Wilson mit seinen Verbindungen in die Unterwelt. Das sollte ich mir nicht entgehen lassen.* »Oh, ich möchte bei dem Deal eine besondere Position: Ich habe jederzeit Zutritt auf die Britischen Inseln und kann machen, was ich möchte, solange ich nicht gegen den Ard Rí ins Feld ziehe.« Justine hatte keine Lust auf lange Verhandlungen, klemmte sich die Desert Eagle unter die Achsel und streckte die Hand aus. »Einschlagen, copain, oder lassen.«

Rob ergriff ihre Hand und drückte sie. »Abgemacht. Das kann ich ihm gegenüber vertreten. Oh, an Ihrer Stelle würde ich ein Zusammentreffen mit ihm vermeiden, falls er irgendwann rausgefunden hat, dass *Ladybeasts* ein echter Film ist. Er wird Sie nicht umbringen, aber er kann sehr, sehr unangenehm werden. Ich persönlich bin ein Fan von Ihnen.« Er legte den Kopf in den Nacken und stieß ein lautes, bärenähnliches Brüllen aus.

Es wurde aus den unterschiedlichsten Richtungen beantwortet.

Justine roch die Ausdünstungen von verschiedenen Wandlern. Sie kamen aus den Nebenstraßen, sprangen über die Dächer, mal in ihrer Tier-, mal in ihrer Halbbestienform, stiegen als Menschen aus geparkten Fahrzeugen. Das Ziel, auf das sie zuströmten, war der *TeaRoom.*

Justine überlegte, wie viel Schuss sie dabeihatte, falls sich Rob nicht an ihre Abmachung halten würde. *Es könnte knapp werden. Schade, dass die Schwesternschaft noch auf schwachen Füßen steht. Hier hätte sie jede Menge Kundschaft.* Sie blickte sich um. *Non. C'est impossible. So viel Blut hätte der Heiland gar nicht haben können.*

»Gewinnen wir den Krieg für den Ard Rí!« Rob ließ ihre Hand los und marschierte auf den Eingang zu; dabei rief er laut etwas auf Gälisch, und die kleine Armee lief an ihnen vorüber, um sich durch die Löcher in der Mauer ins Gebäude zu stürzen. Das entscheidende Gefecht um die Vorherrschaft über die Grüne Insel hatte begonnen.

»Ich scheiße auf deinen Ard Rí«, murmelte sie und nahm die Pistole wieder zur Hand. *Es geht um Eric und Sia!* Justine hob ihre Waffen und rannte los.

Die Sídhe-Männer sprangen über den Schutthügel, um an Eric Vergeltung für seine Tat zu üben. Die Frauen warfen sich gellend schreiend auf Sia.

Irische Furien. Sie brachte sich mit einem großen Sprung rückwärts aus der Reichweite der Vampirinnen. Das Gekreische brachte sie durcheinander, blockierte die Instinkte ebenso wie das rationale Denken – beides hätte sie dringend gegen die Übermacht gebraucht. *Wie bringe ich sie zum Schweigen?*

Sia hasste es, sich rein auf Verteidigung verlegen zu müssen. Ihr Blick trübte sich leicht ein, sie sah die Gegnerinnen immer wieder doppelt, und der Boden schien sich unter ihren Füßen zu bewegen. *Die Auswirkungen der Stimmen sind heftig!* Ihr wurde deutlicher bewusst, weswegen die Sídhe keine Waffen benötigten.

Die Vampirinnen kreisten sie ein, drängten sie tiefer in das Gewölbe.

Raus aus der Falle! Sia versuchte, ihre Windgestalt anzunehmen, doch sie schaffte es nicht. Die Macht der Banshees verhinderte auch dies und sorgte für neuerlichen Schwindel und Gleichgewichtsprobleme.

Sie musste sich an der feuchtkalten Wand abstützen. Wie durch einen Tunnel sah sie ihre fahlen, anmutigen Feindinnen näher kommen; aus dem Hintergrund erklangen wütende Schreie und das Klatschen von Schlägen.

Eric ... er ...

Eine der Sídhe flog auf sie zu, den rechten Arm nach Sias Kehle ausgestreckt.

Mit größter Mühe wich sie aus und schlug zu, ihre Finger mit den langen Nägeln wie eine Klinge schwingend. Sie trafen auf Widerstand, ein schneidendes Geräusch erklang.

Die Banshee fiel röchelnd gegen die Mauer und rutschte zu Boden. Die Attacke hatte ihr den Hals zur Hälfte aufgeschnitten, war aber nicht tief genug gedrungen, um sie zu enthaupten und damit zu töten. Auf allen vieren rutschte sie weg von Sia, in Richtung ihrer vorrückenden Schwestern. Blut plätscherte leise aus der Wunde, ehe sich der Schnitt schloss.

Dich nehme ich mit! Sie setzte nach und trat mit aller Kraft zu, schmetterte die Stahlkappenschuhspitze gegen die Schläfe. Den Schädelbruch hätte die Sídhe sicherlich überstanden, aber der Schwung war groß genug, um den Kopf fast in Gänze abzureißen. *Noch einen Tritt, und du ...*

Sia bekam keine Gelegenheit, sich der Gegnerin weiter zu widmen: Die zwei verbliebenen Feindinnen bedachten sie mit dem grässlichen, nervenzerfetzenden Geschrei.

Schweigt doch! Schweigt doch endlich! Sias Knie gaben nach. Sie knickte ein und erhielt einen Hieb von unten in den Hals. Sie fühlte die fremden Finger, die Nägel, die ihr als sengend eisige

Pein durch die Kehle bis ins Hirn fuhren und die Wahrnehmung komplett raubten.

Ihre Umgebung versank in grellen Punkten.

Mit einer solchen Attacke werden sie nicht rechnen. Eric hielt keuchend zwei schwere, rucksackgroße Steinbrocken in den Händen und warf sie nach den herannahenden Sídhe.

Ein Stein traf den rechten der Vampire am Kopf und zerschmetterte ihn; augenblicklich fiel er nieder, rollte den Schuttberg hinab und rührte sich nicht mehr.

Der zweite Vampir wich dem Geschoss aus und griff von der Seite an.

Er ist schnell! Kräftige Finger schlossen sich um Erics Hals, doch er ließ dem Dämonischen in sich einfach freien Lauf. Um ihn herum erhitzte sich die Luft schlagartig, und kleine, bläuliche Lohen schossen wie Gasflämmchen aus seinen Poren.

Der Sídhe gab ihn sofort frei. »Was ...?«

Eric warf sich auf ihn, dabei nahm die Hitze in ihm zu. Die Flammen umgaben ihn wie eine dunkelrote Korona. Sosehr sich der kreischende Sídhe anstrengte, er konnte nicht mehr entkommen.

Vergehe! Eric berührte ihn mit der rechten Hand, und die Flammen schienen sich durch die Epidermis ins Innere des Vampirs zu fressen. Für einige Sekunden leuchtete er wie eine Laterne und gab ächzende Laute von sich, bis Feuerlanzen aus den Augen jagten und die Höhlen ausbrannten. *Vergehe im Höllenfeuer!* Einen Herzschlag darauf hatte sich der Sídhe in eine Fackel verwandelt, brach zusammen und brannte knisternd mit auberginefarbenem Feuer.

»Sia!« Eric stapfte los und glaubte, tonnenschwer zu sein. Ein Feuerball auf zwei Beinen, der sich behäbig den Hang hinaufkämpfte und Angst hatte, zu spät zu kommen. Mit jeder Bewegung wurde er schwächer. Das Dämonische raubte ihm seine

Kraft, und als er über den Rand der Schuttansammlung sehen konnte, war er nicht mehr in der Lage, seine Arme zu heben. Die Schwerkraft schien sich im Sekundentakt um ein G zu erhöhen. *So überstehe ich kein weiteres Gefecht mehr.*

Auf der anderen Seite sah er Sia am Boden knien, vor sich die beiden weiblichen Sídhe; eine weitere lag am Boden, wälzte sich umher und schien Schmerzen zu leiden.

»Weg von ihr!«, schrie er – zumindest hatte er schreien wollen. Aus seinem Mund schlugen stattdessen Flammen, und außer einem fauchenden Brüllen kam nichts Verständliches heraus.

Die Sídhe kümmerten sich nicht um ihn.

Lasst sie in Ruhe! Nehmt mich! Sosehr er sich bemühte, Eric bekam die Füße nicht mehr angehoben. Seine Energie war buchstäblich verbrannt.

Keuchend und völlig am Ende kniete er sich auf die Kuppe des Steinhaufens. Die Hitze in ihm ließ nach, und das Feuer um ihn herum verebbte. Er sah, dass sich seine Haut wandelte und wieder einen rosafarbenen Ton annahm. Er war zu einem verletzlichen, erschöpften Menschen geworden – mit extremem Hunger!

Sias Geruch wehte zu ihm.

Die gefürchtete, unkontrollierbare Gier trieb ihn urplötzlich und mit überbordender Macht auf die Beine. Es hätte kein besseres Mittel geben können, um ihn dazu zu bringen, sich zur Judastochter zu begeben. Ihr rotes Haar wirkte wie eine Fahne, wies ihm den Weg zum Ziel.

Fressen! Er wollte Sia verschlingen, die Zähne in sie schlagen und sie gleichzeitig nehmen, seinen Steifen in sie rammen, fressen und ficken, alles von ihr in sich aufnehmen! *Sie ist mein! MEIN!*

Eric bekam nicht mit, dass er immer schneller wurde und mit gesenktem Kopf auf die Sídhe zurannte.

Die irischen Vampirinnen ließen von Sia ab und wandten sich nun doch ihm zu. Die Judastochter hielt sich die Schläfen, bebte am ganzen Leib und stöhnte vor Schmerzen.

Ihre Stimme, aber viel mehr noch ihr Leiden machte Eric an! Er wollte es gleich wieder hören, und er wollte schuld sein, dass sie litt. *Niemand bringt mich davon ab! Ich will sie!*

Dann war Eric heran und holte aus.

Aber die erste Sídhe versetzte ihm einen überschnellen Hieb mit der Faust gegen die Brust, der ihn zur Seite schleuderte; beim Aufprall gegen die Wand platzten Steine auseinander. Ehe er sich von der Attacke erholt hatte, wurde er gepackt und hoch in die Luft geworfen.

Nein! Das Loch, durch das er vorhin in den Keller gesprungen war, näherte sich rasend. Sein Flug wurde langsamer, und er schwebte für den Bruchteil einer Sekunde, bevor er nach unten stürzte; zwischen den Sídhe schlug er auf.

Kurzzeitig verlor er die Orientierung und hob die Arme, um umherzutasten. *Ich bekomme meine ...*

Seine Hände wurden ergriffen. Jemand zog ihn hoch, katapultierte ihn geradezu nach vorne, und er krachte mit dem Kopf gegen einen Stein. Gleich darauf fuhren ihm heiße Stäbe durch den Rücken. *Sie stechen auf mich ein,* dachte er benommen. *Sie schlitzen mich auf.*

Eric schlug um sich, traf jemanden und wandte sich unter großen Schmerzen um. Seine Sicht klarte auf.

Er sah, dass Sia eine unachtsame Sídhe packte, die Vampirin waagrecht über sich hielt und sie nach unten sausen ließ, genau auf das Knie zu, das Sia im selben Moment emporriss.

Zwar zappelte die Sídhe, doch es half nichts: Ein trockenes Knacken erklang, als das Rückgrat durch den Zusammenprall gebrochen wurde. Ihre Bewegungen erlahmten, und Sia warf sie auf den Boden.

Sie ist so scharf! Ich ... muss sie haben! Eric machte unbeholfene Schritte nach vorne. Der Sturz und die Stiche in den Rücken hatte er noch nicht verkraftet. Sia blickte zu ihm und nickte ihm zu. *Warte, ich komme zu dir! Und dann ...*

Die letzte Sídhe stieß einen neuerlichen Singschrei aus, in den sie all ihren Hass und ihre Trauer zu legen schien.

Umso größer war die Wirkung.

Sia wankte unverzüglich, stürzte nieder und verschloss sich die Ohren mit den Händen.

Eric meinte, dass ihm der Verstand schmolz und warm den Gaumen entlangrann. Zusammen mit dem Hirn sickerten jegliche Gedanken, jegliche Gier, jegliche Befehle an seinen Körper davon. Er konnte nichts tun, als zu warten, bis das Gekreische aufgehört hatte.

Doch die Sídhe stoppte nicht!

Sie hob singend einen der Steine vom Boden auf und wuchtete ihn hoch über den Kopf, um Eric damit den Schädel zu zermalmen, wie er es gerade eben mit einem der Ihren gemacht hatte.

Da sprang ein schwarzer Umriss über ihn hinweg und trat der Sídhe mit beiden Beinen gegen die Brust, so dass sie rückwärtsfiel. Der Gesang endete, der Stein verfehlte ihn knapp.

»Ah, ihr habt mir etwas übrig gelassen.« Justine stand plötzlich neben Eric, hob ihre Desert Eagle und zielte auf die Feindin; die Staubschutzmaske gab ihr etwas Futuristisches. »Das war sehr aufmerksam!« Der Zeigefinger ruckte nach hinten, der Schädel der Sídhe wurde mit Silberkugeln eingedeckt. Deren Antlitz verwandelte sich nach zwei Treffern der großkalibrigen Waffe in ein unförmiges Gebilde aus Blut, herunterhängender Haut und hervorstehenden Knochensplittern. Hastig tauchte die angeschlagene Vampirin ab, ihr weißes Kleid starrte vor Rot. »Ihr Lied gefiel mir nicht besonders.«

Dann war das Gewölbe plötzlich angefüllt mit Wandlern der unterschiedlichsten Sorten, die sich über die Überreste der Sídhe hermachten und die noch lebenden Uraltvampire anfielen. Ein anhaltendes Heulen, Kläffen, Knurren und Grollen setzte ein, das Eric gedämpft vernahm. *Nicht sie auch noch. Wir sind am Arsch!* Seine Ohren mussten sich erst von der Wirkung des Sídhegesangs erholen. »Gib mir eine Waffe!« Verlangend streckte er den Arm aus. »Wie viel Munition ...«

»Sie gehören zu uns.« Justine hatte sich erhoben und half ihm dabei aufzustehen. »Was hast du mit deinen Kleidern gemacht? Wolltest du die Banshees mit deinem Monsieur beeindrucken?« Sie zeigte auf seinen Schritt. »Pass gut drauf auf.« Sie hob den Blick und sah, dass sich an der Bruchkante über ihnen Menschen zeigten, die mit Waffen anrückten. »Ah, voilà, das letzte Aufgebot der Nachtkelten, die ihren Meistern zu Hilfe eilen wollen.«

Das Geknatter von Gewehrfeuer setzte ein, Wandlerjaulen erklang. Es roch nach verbrannten Haaren und schmorendem Fleisch.

»Der Ard Rí ... hat seine Leute für uns geschickt?«, sagte Eric mit kratziger Stimme und sah sich um, ob er Sia entdecken konnte. Sein spezieller Hunger war wieder da, er konnte sich kaum beherrschen. Zwar roch seine Halbschwester auch verlockend, aber es würde ihn nichts dazu bringen, seine Zähne in sie zu schlagen. Er wollte nur *eine* Beute. *Wo steckt sie?* Er leckte sich über die rissigen Lippen.

»Ich bin für uns alle einen Pakt eingegangen. Für diese eine Schlacht. Die Konditionen waren günstig.« Sie nahm ihre Ersatzpistole aus dem Rückenholster. »Hier. Und jetzt leg los! Ich kann nicht alles alleine machen, mon frère! Aber schieß nicht auf die Falschen!« Justine zog den Kopf ein und rannte los, schoss dabei um sich und sandte einen Nachtkelten nach dem anderen ins Jenseits.

Eric richtete sich zitternd auf. Ihm stand der Sinn nach einer besonderen Jagd, die ein großer Teil in ihm gar nicht wollte.

KAPITEL XXI

18. Februar, Großbritannien,
Nordirland, Belfast, 12.51 Uhr

David O'Liar verfolgte die Bilder aus Maghera im Fernsehen. Er saß auf seiner Designercouch, im Bademantel, hatte Chips und Kofola, eine tschechische Cola, vor sich stehen.

Es war eine weise Entscheidung gewesen, sich doch für einen Wechsel des Auftraggebers zu entscheiden. Seine alten Kunden verloren die letzte ihrer Bastionen, und das auf eine reichlich beeindruckende Weise.

David hatte in den letzten Tagen die meiste Zeit damit verbracht, die Rettungs- und Polizeikräfte dazu zu bringen, langsamer an die Tatorte zu fahren. Man hörte auf ihn. Gleichzeitig fütterte er seine Pressekontakte mit haarsträubenden Theorien. Eifrig wurden sie aufgenommen, und die Chefredakteure druckten den auflagebringenden Schrott gerne.

David hatte den Plan, Konstruktionsfehler in den Gasversorgungsleitungen und daraus resultierende Explosionen für das Chaos verantwortlich zu machen. Dazu mischte er ein bisschen IRA-Mythos und Bandenkriegsgewäsch. Ja, er machte seine Sache sehr gut. Die Rache seiner alten Auftraggeber musste er auch nicht mehr fürchten. Es gab keine mehr, wenn er richtig informiert worden war.

Dass der Ard Rí so plötzlich aufgetaucht war, hatte David geärgert. Andererseits hatten auch die Sídhe nichts von ihm gewusst. David sah in dem Hochkönig der Wandelwesen einen Artverwandten, zwar aus einer anderen Sphäre, aber dennoch ähnlich. Sie arbeiteten mit unterschiedlichen Methoden, um an

Macht zu gelangen, doch der Wunsch nach einem Herrscherreich blieb identisch. Der Professor gehörte zwar auch zu ihnen, bildete dabei aber eine Ausnahme. Den Wunsch, in die Sphäre zurückzukehren, fand David absurd.

Er nahm sich von den Chips. Sie schmeckten lecker, vor allem, wenn er sie kurz in die Cola dippte. Die Erde bot alles, was man sich wünschen konnte, vorausgesetzt, man gehörte zu den Einflussreichen. David war ein solcher Privilegierter. Seine Heimat, seine *echte* Heimat, vermisste er nicht.

Sein Plan war gewesen, zuerst den Boden für die Sídhe in Irland zu bereiten und dabei den eigenen Einfluss unter ihnen auszubauen. Drei der Vampirwesen, die Frauen, hatte er so gut wie in der Hand gehabt, und sie wären seinen Vorschlägen gefolgt. Mit ihnen hätte er sich die Vampirmänner vom Hals geschafft und sich im Hintergrund gehalten. Als wahrer König über Irland.

Jetzt diente er dem Hochkönig der Wandler. Planänderungen waren ärgerlich, doch gehörten nunmal zu seinem Geschäft.

David hoffte außerdem, dass der Professor sich bald um den Ard Rí kümmerte. Eine Rückmeldung auf seine Mail hatte er von dem Arzt nicht bekommen. Es wäre zu schade, wenn sein Tipp im Sande verlief. Wie genau der Arzt in seine Heimat zurückkehren wollte, wozu er den Ard Rí benötigte, das hatte er bislang verschwiegen.

David hielt sich zurück und wartete in aller Ruhe darauf, dass sich durch seine Information bald ein Resultat ergab. Im besten Fall wäre er beide los und konnte seine Menschenpuppen unaufhaltsam, ungestört in Position bringen.

»Ohne ein Diener zu sein«, flüsterte er. Das wäre einmal etwas Neues. Er trank einen Schluck und sah auf den Tisch, wo das schottische Breitschwert lag. Er hatte es eben mit einem Tuch und etwas Öl gepflegt, damit das Metall aus dem frühen achtzehnten Jahrhundert nicht rostete. Seine Übungen hatte er für heute bereits abgeschlossen, und er freute sich auf den anstehenden Ranglistenkampf. »Ich werde den Professor vermissen«, sagte er halblaut und rieb sich die Nase. »Aber seine Kontakte sind mir wichtiger. Sie sichern mir Einfluss.«

»Wo bleibst du denn?«, rief eine sehnsüchtige Frauenstimme aus dem Schlafzimmer.

»Ich bin gleich bei euch!« Er schaltete den Fernseher aus. Madelaine und Roberta, seine neuen Gespielinnen, warteten auf ihn für Runde vier. Heute konnte er noch öfter, das spürte er. Kofola und Chips wirkten besser als jedes menschliche Potenzmittel.

David fühlte die Enttäuschung, beim Ard Rí eventuell wieder von vorne beginnen zu müssen: Vertrauen erschleichen, Wandler auf seine Seite ziehen, die Oenach, die Rís, die freien Wandelwesen. Bis er so weit war, gab es in Irland bestimmt wieder Wahlen, die Ansprechpartner wechselten, auch der Premierminister könnte ein anderer sein – sehr viel Arbeit für Mister Undertake.

Aber genau *dafür* lebte er!

Am Ende, eines Tages, irgendwann, wäre er der Herrscher über Irland, mit seinen Wandlern, Vampiren, Menschen und was es sonst noch so gab, von dem die wenigsten eine Ahnung hatten. Selbst er kannte lange nicht alles, was auf der Erde kreuchte und fleuchte. Und nach Irland, wer wusste das schon? Die Erde verfügte über viele Länder und Regierungen. Vielleicht besaß er bis dahin die Verbindungen, die ihm der Professor versprochen hatte.

Aber jetzt wollte er Dampf ablassen.

David öffnete die Tür und blickte mit einem panhaften Grinsen auf das Model und die Stewardess. »Ladys, ich *stehe* zu Diensten.« Sein Bademantel glitt zu Boden. »Und das meine ich wörtlich.«

18. Februar, Großbritannien, Nordirland,Maghera, 12.51 Uhr

Sia erwachte und schwebte in großer Höhe über einer Stadt. Es war gleißend hell, und sie verspürte starke Schmerzen am ganzen Körper. *Ich ... habe die Windgestalt angenommen!*

Das Letzte, dessen sie sich entsinnen konnte, war der Bansheeschrei, und von da an fehlte ihr jegliche Erinnerung. Sie vermutete, dass sie aus einem Reflex der Selbsterhaltung heraus in die Windgestalt übergegangen war und sie von einer Luftströmung erfasst worden war.

Auch wenn sie durchscheinend war, bewahrte sie das nicht vor der zerstörerischen Macht der Sonne.

Ich muss sofort in den Schatten, sonst verbrenne ich, wahrscheinlich spektakulärer als Ikarus! Sia nahm ihre feste Gestalt an, und die Schwerkraft griff sofort nach ihr. Im Sturzflug ging es abwärts, und die Stadt wurde größer und größer unter ihr.

Es fiel ihr schwer, sich zu orientieren und den *TeaRoom* wiederzufinden.

Zumindest erkannte sie von oben, dass sich jetzt Unmengen Blaulichter durch die Straßen bewegten. Die Untätigkeit der Behörden und Rettungsstellen hatte ein Ende gefunden.

Sia steuerte ihren Flug, indem sie zwischendurch immer wieder die Windgestalt annahm und sich von Luftströmungen treiben ließ.

Nach einer Weile und mit Hilfe der Blaulichter entdeckte sie das zerstörte Gebäude schließlich.

Sia schoss abwärts und beobachtete ganz genau.

Von oben hatte es den Anschein, als würden Tiere aus einem Privatzoo oder einem Heim ausbrechen: Unzählige Hunde verließen die Ruine, darunter mischten sich einige Katzen, Füchse, sogar zwei Bären erkannte sie.

Der Ard Rí wird sie geschickt haben, um die Sídhe und uns

fertigzumachen. Sia glitt nach rechts, der Boden kam auf sie zugeschossen.

Fünf Meter über der Asphaltdecke nahm sie die Windgestalt wieder an und schwebte elegant nieder. *Weniger Aufsehen wäre gut. Die spektakulären Auftritte überlasse ich Justine.* Nackt materialisierte sie sich auf dem Balkon eines Hauses neben dem *TeaRoom* und trat die Tür ein.

Rasch suchte sie sich etwas zum Anziehen und verließ in einem zu weiten, schwarzen Kleid sowie mit schwarzen Cowboystiefeln an den Füßen das Gebäude durch den regulären Eingang. Aus der Küche hatte sie sich zwei Messer mitgenommen, die im ebenfalls geliehenen hellgrünen Mantel steckten. Niemand hatte ihr Eindringen bemerkt.

Sia eilte zur Ruine, aber sie kam zu spät: Die Feuerwehr hatte bereits eine provisorische Absperrung aufgebaut, Polizisten zogen meterlange Flatterbandlinien über die Straßen. Reporterteams drängelten sich davor, die Worte *Gasexplosion* und *Unfall* drangen an ihre Ohren. *Jetzt komme ich nicht mehr durch, ohne Aufsehen zu erregen, egal ob mit oder ohne Kleidung. Verdammte Sch...*

»Bonjour!« Jemand griff sie bei der Hand, und sie schaute sich um. Justine stand hinter ihr, eine Kippe im rechten Mundwinkel. »Très chic! Es steht dir, aber es ist zu weit.«

»In der Wohnung, aus der ich es geklaut habe, gab es keinen Schneider dazu«, gab Sia bissig zurück. Dennoch konnte sie ihre Erleichterung nicht verbergen, die Wandlerin zu sehen. »Was ist geschehen?«

»Sag ich dir gleich. Erst mal weg von hier.« Justine zog sie zwei Querstraßen weiter, gegen den Strom der Schaulustigen, bis sie in einem kleinen Café landeten, von dem aus man Teile des zerstörten *TeaRooms* sehen konnte. Die Scheiben hatten allerdings Sprünge bekommen und verzerrten die Perspektive.

Sie waren nicht die einzigen Gäste, doch im Gegensatz zu den anderen setzten sie sich weit weg von den Fenstern, unmittelbar in den letzten Winkel und fernab vom Sonnenschein.

Sie denkt mit. Sia streifte die langen, roten Haare nach hinten und benutzte ein Stück Kordel, das sie in der Manteltasche fand, um die Strähnen zu bändigen.

Justine ging zum Tresen und holte sich einen Kaffee und einen Whiskey, Sia brachte sie einen Tomatensaft mit. »Bloody Mary. Sorry, aber die Anspielung konnte ich mir nicht verkneifen«, sagte sie feixend.

»Wo ist Eric?«

»Ich soll dir sagen, dass er es besser findet, wenn er dich gerade nicht sieht. Er hat *Hunger.*« Justine bedachte sie mit einem langen Blick. »Tu as compris? Er hat dich zum Fressen gerne, ma chère!«

»Wir ... haben darüber gesprochen. Kurz.« *Warum muss es immer kompliziert werden?* Sie rieb sich über das schmerzende Gesicht. Ein Gruß der Sonne. »Was tut er?«

»Sich im Untergrund aufhalten. Er ist mit Rob gegangen, der rechten Hand des Ard Rí. Er wird ein Versteck suchen, bis sich die Dinge in Irland beruhigt haben.« Justine zündete sich eine Zigarette an, sog daran, trank vom Kaffee und blies dann erst den Rauch durch die Nase hinaus. »Ihr werdet euch schon noch wiedersehen, auch wenn ich nicht glaube, dass es eine Zukunft für euch gibt. Nicht als Paar.« Sie stützte den Ellbogen auf, reckte die Kippe senkrecht in die Höhe. »Quel dommage. Ihr saht so gut zusammen aus. Ich habe ihm gesagt, dass er dich anrufen soll. Du darfst ihn natürlich auch gerne anklingeln.«

Sie hört sich gerne selbst reden. »Erzähl schon: Was ist mit den Sídhe? Und woher kamen die Wandler?«

Justine bedeutete ihr, etwas leiser zu sprechen. »Die Sídhe sind tot. Wen wir drei nicht ganz geschafft hatten, haben die Wandler ausgerottet. Sie waren in ihrem Hass durch nichts aufzuhalten. Die letzte der Sídhe hat schwere Lücken in deren Reihen geschlagen, doch genützt hat es ihr nichts.« Sie lächelte. »Dank dir, Sia, sind die mächtigsten irischen Vampire ausgerottet und bald nur noch als Legenden bekannt. Endgültige Legenden, die nicht mehr auferstehen können. Der Ard Rí möchte sich für unseren Triumph über sie erkenntlich zeigen: Er stellt dir ein Mini-U-Boot zur Verfügung, damit du Irland …«

»Woher weiß er das?«

»Eric hat Rob darum gebeten.« Justine formte Rauchkringel mit den Lippen und sah dann zum Nachbartisch, weil die jungen Männer zu ihr starrten. »Quoi? Habe ich was an meinen Lippen, oder denkt ihr euch was anderes dazwischen als Rauch, mes petits porcs?« Sie zwinkerte, und die Männer sahen verlegen auf ihre Füße.

Sia war diese Nettigkeit des Wandlerherrschers nicht geheuer. »Er lässt uns gehen? Oder wird er das U-Boot sabotieren, um …«

Justine schüttelte ihre blonden Haare. »Non. Ich habe einen Deal mit ihm ausgemacht, der uns freien Abzug garantiert.« Sie lachte böse. »Er lässt sogar mich gehen, obwohl ich ihm seine kleine Bettschlange umgebracht habe. Na, vermutlich weiß er es noch gar nicht. Aber ich kenne diese Wesen. Er ist vom selben Schlag wie Levantin, wenn auch weniger extrovertiert. Sich gegen ihn zu stellen macht keinen Sinn. Derzeit ist er zu mächtig, und wir sind … nicht in der richtigen Verfassung.« Sie lehnte sich nach hinten. »Uns fehlen die Waffen.«

Sia musste sacken lassen, was sie gehört hatte. »Kann ich dein Handy haben?« Justine reichte es ihr, und sie wählte Wilsons Nummer.

Klick. »Ja?«

Er lebt! Dann geht es Elena auch gut. Alles kommt in Ordnung.

»Mister Wilson, hier ist Theresia Sarkowitz.« Sie fühlte eine Woge der Erleichterung durch ihren Körper schießen, und sie musste die Augen schließen. »Alles in Ordnung? Wo stecken Sie?«

Er holte Luft. »Frau Sarkowitz, glauben Sie mir, dass ich untröstlich bin …«

Nein! Nein, nicht auch noch Elena! »Was«, schrie sie und sprang in die Höhe, »ist passiert?« Justine starrte sie alarmiert an.

»Sie hat … sie wollte sich umbringen. Sie sagte mir, bevor sie ohnmächtig wurde, dass sie zu einer Vampirin werden wollte, um besser auf Sie und ihre Mutter aufpassen zu können, und dann …«

»Lebt sie noch?« Sia atmete schnell, ihr Herz schmerzte. Ihr Herz und die Stelle dahinter, wo sie einst Liebe gefühlt hatte.

»Ja«, kam die erleichternde Antwort. »Sie liegt in Oslo im Krankenhaus. Ich kann ihr nicht so nahe sein, wie ich möchte, da ich mich nicht als direkter Angehöriger ausweisen kann. Es wäre wichtig, dass Sie kommen.«

»Ich bin so gut wie auf dem Weg.« *Dieses Kind!* Sia legte auf und sah Justine an. »Wo ist das U-Boot?«

»Geht es sofort los? Draußen scheint noch die Sonne, und ich wollte dir noch ein paar Dinge …«

»Das ist mir gerade scheißegal«, unterbrach sie die Wandlerin eiskalt. »Von mir aus kann Irland im Meer versinken, brennen oder bleiben, wie es ist, sobald ich in meinem U-Boot sitze.« Sia erhob sich und warf ihr das Handy zu. »Wir gehen.«

Justine tat es ihr nach und trank dabei ihren Kaffee aus. »Alors, on y va.« Seite an Seite verließen sie das Café. »Ich rufe Rob an, damit er mir sagt, wo wir das Unterseeboot finden.«

Wie gerne hätte Sia in dieser Stunde Eric an ihrer Seite gehabt. *Eine Tochter verloren, eine knapp dem Tod entkommen.* Sie fühlte, wie sich eine Leere in ihr ausbreitete und sie aushöhlte. Der Verlust machte ihr schwer zu schaffen. *Das geschieht, wenn man liebt und verliert.*

Sie würde wieder eine neue Identität annehmen. Eine sehr traurige. In Irland war nicht Emma, sondern Theresia Sarkowitz gestorben. Die Ähnlichkeit machte es einfach, die Rolle der Toten anzunehmen. *Nach langer Zeit werde ich wieder eine echte Mutter sein. Das bin ich Elena und Emma schuldig.*

Die Sonne schleuderte ihre zerstörerischen Strahlen gegen die Vampirin, doch sie bemerkte die Schmerzen nicht. Die Sorge um Elena absorbierte jegliches körperliche Empfinden.

23. Februar, Deutschland,
Sachsen, Leipzig, 21.03 Uhr

Eric schlürfte an seinem extragroßen Chai Latte, einer indischen Schwarztee-Gewürzmischung mit aufgeschäumter Milch. Über den Rand des Bechers hinweg betrachtete er das Treiben im Bahnhof; die Ankommenden wurden besonders mit seiner Aufmerksamkeit bedacht: Seine Quellen hatten ihm gesagt, dass ein Mann mit dem Zug aus Berlin anreisen würde, der von den ihm fehlenden Leipziger Werwölfen sehnlichst erwartet wurde. Also ging Eric davon aus, dass er im Bahnhof alle drei geliefert bekam.

Wie es ihr wohl geht? Sosehr das Jagdfieber in ihm pulsierte, er musste sich beherrschen, nicht zum Handy zu greifen und Sia anzurufen. Dem letzten Telefonat mit Justine nach befand sie sich in Oslo, um nach Elena zu sehen. Eric bekam die Vampirin weder aus seinen Gedanken noch aus seinen Träumen. Auch wenn er in sich spürte, dass zum Teil der besondere Hunger schuld an der Sehnsucht war, wusste er zugleich: Er hatte sich auch verliebt.

Genau das war sein Problem.

Eric warf einen kurzen Blick auf das Handydisplay, auf dem

das Bild des Gesuchten leuchtete: Frederik Lohsenboom, sechsundfünfzig Jahre, Ex-Bundeswehrler. Was genau die verbliebenen beiden Leipziger Wandler von Lohsenboom wollten, würde er bald in Erfahrung bringen: verfolgen, ausspähen, zuschlagen.

Ach ja, der Osten. Die Heimat so mancher Bestie. Eric erinnerte sich an seine Mission, damals, im Nationalpark Plitvicer Seen. *Lange her.*

Damals hatte er Lena kennengelernt, seine Ex-Frau. Jetzt hatte er nach Jahren mit Sia eine wundervolle Frau gefunden, mit der er nicht mal die Gelegenheit erhielt, wie Liebende zusammenzukommen.

Grausames Schicksal. Eric war von Rob nach ein paar Tagen und über Umwege nach Deutschland gebracht worden. Von ihm hatte er gehört, dass die übrigen Vampire, welche die Sídhe in die Reihen der Nachtkelten aufgenommen hatten, so gut wie eliminiert worden waren. Ohne die Macht ihrer feenhaften Anführer bedeuteten die Blutsauger wegen der Übermacht der Tuatha keine Gefahr.

Unwillkürlich nahm Eric das Handy und drückte darauf herum, bis Sias Gesicht auf dem Display erschien. Er hatte sie heimlich fotografiert. Sein Testbild für den besonderen Hunger, die Gier, die er verspürte.

Kaum sah er ihre Züge, entfaltete sich das unheilige Verlangen, ließ ihm das Wasser im Mund zusammenlaufen sowie seinen Puls steigen, er vollführte sogar ansatzweise Kaubewegungen; in seinem Schritt entwickelte sich eine veritable Erektion. Die freie Hand ballte sich zur Faust und hätte ein Stück Kohle darin zu einem Diamanten pressen können. Wieder bahnte sich das Gefühlschaos an, das er so schwer in den Griff bekam. Der Grund für die räumliche Distanz zwischen ihnen – um sie zu schützen.

Noch brutaler wurde die Angelegenheit, weil er wusste, dass sie ebenso etwas für ihn empfand. Nicht gesucht, dennoch gefunden und belegt mit dem Fluch von eifersüchtigen Dämonen. *Es ist zum Kotzen.*

Schnell wechselte Eric die Anzeige und holte den gänzlich unansprechenden Lohsenboom zurück. Seine Latte fiel in sich zusammen. *Ich muss ... nein, ich werde einen Weg finden, um mit ihr zu leben, ohne sie durch mich in Gefahr zu bringen.* Seit Lena hatte er nicht mehr derart für eine Frau empfunden. Er musste grinsen. *Und das, obwohl sie viel älter ist als ich.*

Bis dahin würde er seine Aufgabe fortsetzen und Wandler hetzen, die eine Bedrohung für die Menschen darstellten. Davon gab es einige. Die neuerliche Einnahme des Sanctum kam für ihn nicht in Frage, da er die Mächte, die in ihm ruhten, bei der Jagd benötigte. Ohne sie wäre er schneller tot als ein Kaninchen im Löwengehege.

Eric atmete tief ein und trank seinen Chai. Er hatte keine Lust auf noch mehr Tragik und unerfüllte Liebe. Folgte er seinem Verstand, müsste er Sia aufgeben und sie ihr Leben führen lassen. Er hatte selten im Leben Dinge verfolgt, wo es praktisch keine Erfolgsaussichten gab.

Aber sein Herz war stärker.

Ich werde diesen Drang besiegen und ein Leben mit ihr führen. Ein schönes Leben, ohne Wandler und Vampire und Dämonen. Zumindest nicht, solange wir zusammen sind.

Er drehte den Kopf und fixierte einen Mann, den sein Unterbewusstsein wahrgenommen hatte. Die Haltung war die eines sehr selbstbewussten Menschen, aufrecht und mit erhobenem Kopf, um besser zu sehen, was um ihn herum geschah; auf seinem Rücken schleppte er einen Seesack, die Kleidung war leger, aber nicht auffällig.

Willkommen in Leipzig, Herr Lohsenboom. Eric erhob sich und nahm die Verfolgung auf. Er war froh, vorerst von seinen Beziehungsproblemen, wenn man sie denn so nennen konnte, abgelenkt worden zu sein.

Es ging weg vom Gleisbereich, durch die dunkelbraunen Türen, dann die ausgetretenen Treppen nach unten und zum Bahnhofsgebäude hinaus in Richtung Nicolaistraße, die in die Innenstadt führte.

Lohsenboom überquerte die Straße und wurde auf der anderen Seite von einer Frau sowie einem Mann erwartet, die ihm die Hand reichten. Auch ihre Klamotten waren dazu gedacht, nicht in der Menge aufzufallen.

Da haben wir die zwei, die mir noch fehlen. Eric grinste und dachte an sein Waffenarsenal, das er mit sich schleppte. Die modifizierte Mini-Uzi sowie die halbautomatische, variierte HK P2000-Pistole verschafften ihm genug Feuerkraft gegen drei Gegner. *Schnell und dreckig.*

Zu dritt eilten sie die Straße entlang und bogen an der Kreuzung nach links ab.

Eric heftete sich an ihre Fersen. Der Geruch verriet die Werwölfe trotz ihrer menschlichen Gestalt. Er wusste, worauf er zu achten hatte, und sah auf die Uhr. *Wenn es gut läuft, habe ich Leipzig in einer knappen Stunde wandlerfrei.* Was er brauchte, war eine Gelegenheit, seine Waffen einzusetzen, ohne dass es zu einem Volksauflauf kam.

Der Marsch war nur kurz und endete in der Ritterstraße vor einem heruntergekommenen Gebäudekomplex; über dem schiefen, verrosteten Eisengitter stand *Barthels Hof* im Torbogen eingelassen. Eric ging in den Irish Pub auf der anderen Straßenseite und beobachtete durch das Fenster.

Der Mann zog einen Schlüssel aus der Tasche und sperrte eine Haustür auf, dann ließ er Lohsenboom den Vortritt, schickte die Frau hinterher und blieb auf dem Bürgersteig stehen. Er zündete sich eine Kippe an, hielt die glimmende Spitze in der hohlen Hand verborgen.

Er steht Schmiere. Eric ließ die Blicke über die Hausfront schweifen und erkannte hinter einem der oberen Fenster zwei

Schemen, die sich gelegentlich am trüben Glas vorbeibewegten. Eine schwache Lichtquelle, die ihn an eine gedimmte, rote Leuchtdiode erinnerte, beleuchtete sie schwach. *Was machen sie da oben?*

Da ihm nur die Wandler selbst die Frage beantworten konnten, wollte Eric sie selbst fragen. Nachdem er die Vorbereitungen dazu abgeschlossen hatte.

Er stellte sich so, dass ihn niemand im Pub beobachten konnte, und schraubte den Schalldämpfer auf die Mini-Uzi, führte danach ein größeres Magazin ein. Er klemmte sie halb unter den Arm und lockerte die P2000 unter der linken Achsel. Alles zusammen kam er, ohne nachzuladen, auf achtzig Schuss. *Mehr als genug für drei Gegner.*

Eric nahm sich einen Hut vom Haken und zog ihn ins Gesicht, dann verließ er das Pub und torkelte auf den Aufpasser zu, der sich eben die nächste Zigarette anstecken wollte. »Ey, my friend!«, rief er undeutlich und einen irischen Akzent imitierend, was er durch seinen Aufenthalt auf der Grünen Insel recht gut beherrschte. »Wait, I give you some fire.« Auf die ablehnenden Gesten des Mannes achtete er nicht und kam weiter auf ihn zu.

Der Wandler behielt die Kippe im Mund und hob einen Arm. »Geh weg, du Penner. Ich brauche kein Feuer von dir, du besoffenes ...« Er sah in Erics Gesicht und verstummte; einen Lidschlag danach langte er an seinen Gürtel.

Eric ließ die Mini-Uzi nach vorne schnellen und sandte vier Kugeln in die Richtung seines Widersachers. Die Projektile trafen genau in die Brust, mehr als zwei Zentimeter waren die Einschüsse nicht auseinander. »Ich sagte doch, ich gebe dir Feuer«, murmelte er und hielt ihn rasch am Kragen fest, damit der tote Wandler nicht auf der Straße zusammenbrach und Neugierde weckte. Es stank nach verbranntem Fleisch, und der linke Fuß des Werwolfs zuckte noch, während die übrigen Muskeln bereits erschlafften.

Rasch sah Eric nach oben, aber im Haus blieb es still. Er schob den Toten gegen die Wand, öffnete mit dem Ellbogen die Tür und hielt den Wandler zuerst hinein, nutzte ihn als Kugelfang.

Es blieb weiterhin still.

Muffiger Geruch stieg ihm in die Nase, Feuchtigkeit hatte den Gebäuden, die zu Barthels Hof gehörten, mächtig zugesetzt. Leise tropfte irgendwo Wasser, trappelnd liefen Mäuse oder Ratten im Dunkel vor ihm davon.

Wo stecken deine Kumpels? Vorsichtig ließ Eric den Erschossenen niedersinken und tastete ihn ab, fand eine Lampe. Er schaltete sie ein und ließ nur einen schmalen Strahl zwischen seinen Fingern hindurchscheinen. Behutsam pirschte er sich vorwärts, auf die Treppe nach oben zu, die unmittelbar vor ihm lag.

Laut klingelte das Handy des erledigten Wandlers.

»Peter?«, kam es verwundert von oben. Der Stimme nach war es die Frau. »Was machst du denn im Haus?« Schritte näherten sich, ein schwacher Lichtstrahl zitterte die Wand entlang. Bevor Eric zur Seite springen konnte, erfasste ihn der Kegel. »Er ist hier! Er ist hier!«, schrie sie.

Damit war Erics taktischer Vorteil im Eimer, und was er aus der Bemerkung auch schloss: Er war in eine Falle gegangen!

Über ihm ratterte ein Maschinengewehr los, die Kugeln stießen unmittelbar durch die Decke und umschwirrten ihn, trafen ihn in die Schultern, in die Brust, sogar in den Fuß. Lohsenboom musste Vollmantelgeschosse benutzen, die sich an den alten Dielenstrohböden nicht sonderlich störten.

Kacke! Eric stieß sich nach hinten ab und ließ sich fallen, weil es das Einfachste war, um dem Beschuss zu entkommen – und spürte dabei einen sanften Widerstand, der unter seinem vollen Gewicht sofort nachgab.

Gleich darauf detonierte rechts von ihm etwas mit einem lauten Knall. Erics rechte Körperseite wurde mit einem Metallschrapnellhagel bedacht, der ihn zu einem durchdringenden

Schmerzensschrei brachte. Die Mini-Uzi wurde ihm aus der Hand geschlagen und verschwand klappernd, die Lampe erlosch ebenso.

»Er hat Peter umgebracht!«, kreischte die Frau leise, und ihre Stiefel polterten die Treppe hinab.

»Weg da!«, dröhnte eine Männerstimme. »Ich bin noch nicht fertig.«

Eric hustete Blut und fühlte sein Blut aus etlichen Wunden rinnen. *Eine Antipersonenmine.* Er rollte sich herum und hoffte darauf, dass seine Selbstheilungskräfte bald ansprangen, bevor Lohsenboom mit seinem Maschinengewehr aufkreuzte. Er robbte nach rechts, an der Treppe vorbei und kroch in eine Nische.

»Wo ist das Schwein?« Die Frau hatte die letzte Stufe verlassen und leuchtete mit der Lampe umher. »Hier! Ich sehe sein Blut! Wir haben ihn so was von erwischt!« In ihrer Stimme klang Triumph.

So was von. Eric biss die Zähne zusammen, um Stöhnen und Husten zu unterdrücken. Die Wandler hatten sich einen Söldner bestellt, der ihnen das Problem von Kastell mit brachialer Feuerkraft vom Hals schaffen sollte.

Schwere Stiefel sprangen die Treppe hinab. »Zurück«, gab Lohsenboom die Anweisung in militärischem Kommandoton.

Ein helles *Zing* erklang, gefolgt von einem leisen Poltern, und Eric sah eine Handgranate in seine Nische rollen. *Der hat aber auch eine ganze Waffenkammer dabei.* Er warf sich zur Seite, da detonierte der Sprengkörper und bedachte ihn mit einem weiteren Eisensplitterschauer.

Noch während das Krachen verebbte, röhrte das Maschinengewehr wieder auf und riss die letzten kleinen Überbleibsel von Erics Deckung davon. Mehrere Geschosse trafen ihn in die Beine, droschen Löcher in sein Fleisch und zerschlugen die Knochen. Das grelle Flackern des Mündungsfeuers näherte sich. Lohsenboom rückte vor.

Eric klammerte sich mit der Rechten an die P2000, die ihm geblieben war, blieb auf der Seite liegen und stellte sich tot. Viel fehlte dazu auch nicht mehr. Der massive Beschuss seiner menschlichen Gestalt hatte ihn unvorbereitet erwischt; und ihm fehlte die Kraft, die Verwandlung in seine dämonische Form vorzunehmen.

Zwei Lichtstrahlen erfassten ihn.

»Da liegt er«, jubilierte die Frau und näherte sich. »Fenris, ich danke dir! Dem haben Sie es besorgt, Lohsenboom!«

»Es war zu einfach«, sagte er angespannt. »Ich bin von diesen Typen mehr gewohnt, und ich glaube auch nicht, dass er so tot ist, wie er tut. Ich werde ihm den Kopf abschneiden, dann ist Ruhe.«

»Ich mache das!«, verlangte die Frau sofort und kam näher. Auf die Warnungen des Mannes achtete sie nicht. Eric hörte, wie ein Messer gezückt wurde. »Endlich sind wir dich los, du Arschloch!« Sie kniete neben ihm, und er sah ihr Knie groß vor sich. »Das hätte eigentlich Peter machen sollen, aber es wird seine Wolfsseele freuen, wenn er bei Odin weilt und zuschaut, wie ich dich zerlege.« Die Klinge legte sich an seinen Nacken.

Du bist auch gleich bei Odin. Eric wusste, dass er nicht länger warten durfte. Die Hand mit der P2000 zuckte hoch und schoss der Frau in den Unterleib, so dass sie aufheulend auf den Hintern plumpste und sich herumwälzte. Rauch stieg auf, das Silber tötete den Wandler in ihr.

Lohsenboom eröffnete im gleichen Moment das Feuer.

Eric schoss seine verbliebenen Kugeln einfach in die gleißend helle Feuerblume, die vor dem Lauf des MGs stand. Er wurde von den Einschlägen durchgeschüttelt, mindestens die Hälfte seiner Salve würde danebengehen. Denken konnte er nichts mehr, die Schmerzen und die Angst vorm Tod überlagerten alles.

In das ohrenbetäubende Wummern der Waffen rauschte das Krachen einer neuerlichen Explosion und übertönte alles!

Heiße Luft warf sich gegen ihn, ein Orkan aus Trümmerstücken und weichen Bröckchen prasselte gegen Eric und schob ihn mehrere Meter durch den Raum.

Irgendjemand schrie.

Dass Eric das Geräusch überhaupt hörte, bedeutete, dass das Maschinengewehr schwieg! Erst nach einem Moment begriff er, dass das Schreien sein eigenes war, und er machte den Mund zu und stöhnte, ächzte vor Pein. Das helle Fiepen in seinen Ohren blieb, das überstrapazierte Gehör rächte sich auf seine Weise.

Was ...? Eric war unfähig, sich zu bewegen. Mit Mühe schaffte er es, die Augen offen zu halten. Von Lohsenboom sah er nichts mehr, dafür schmeckte er Blut auf seinen Lippen, das nicht seins war. Es roch nach rohem, warmem Fleisch. Zwei kleine Flämmchen flackerten an der Wand und spendeten schwaches Licht, in dem Eric die zerfetzten Überreste des Söldners sah. *Er ist durch eine seiner eigenen Minen draufgegangen!*

Bewegen konnte er sich immer noch nicht. Die Schmerzen in seinen Gliedmaßen und in seinem Rumpf waren einem Brennen gewichen. Bald würde daraus ein Kribbeln werden, und in nicht allzu langer Zeit wären die Wunden geschlossen.

So knapp war es noch nie. Eric hörte durch das Piepsen in seinen Ohren ein Martinshorn. Jemand hatte die Polizei oder die Feuerwehr gerufen. Vom Gefühl her würde er es nicht schaffen, sich schnell genug vom Tatort zu entfernen. *Mache ich mir ein paar schöne Tage im Krankenhaus und verschwinde dann.*

Der Erkennungsdienst würde sich wundern, wenn der Computer die Fingerabdrücke eines Toten, Eric von Kastell, identifizierte. Bevor die Polizei ihn zum Verhör bringen könnte, hätte er sich selbst unerlaubt entlassen.

Eric versuchte, den Arm zu bewegen, aber die Schmerzen waren zu groß. *Na, dann nicht. Bleibe ich eben liegen.*

Taschenlampenstrahlen zuckten umher, es wurde von draußen hereingeleuchtet. Blaulicht gesellte sich dazu.

Auf Erics Gesicht stahl sich ein zufriedenes Lächeln. Eines war ihm geglückt. *Leipzig ist werwolffrei.* Das würde er bald Sia erzählen. Sobald er wieder einen Telefonhörer halten konnte.

24. Februar, Norwegen,
Oslo, 19.01 Uhr

Dieses Kind. Sia stand an Elenas Bett, streichelte ihren Kopf und wartete darauf, dass das Mädchen die Augen öffnete. *Mein Kind.*

Sosehr sie sich darauf freute, so sehr fürchtete sie sich vor dem Moment. Denn dann müsste sie Elena eröffnen, was in Irland geschehen war.

Ich hoffe, du kannst mir verzeihen, was ich über dich gebracht habe. Es war ein Fehler, den Kontakt zu euch zu suchen.

Offiziell hieß Sia nun Emma Karkow und war Elenas leibliche Mutter – was in gewissem Maße sogar stimmte. Als Ahnin war sie auch Mutter.

Den Vorwurf, das Unglück ausgelöst zu haben, hatte sie sich die ganze Überfahrt lang gemacht. Wie ein Mantra hatte Sia die Schuld wiederholt, vor sich hergebetet, auf sich genommen. Das Brechen der eisernen Regel, sich von ihren Nachfahren fernzuhalten, hatte schreckliche Folgen für die geliebten Menschen gehabt. *Erst Marek, dann Harm Byrne und die Nachtkelten.*

Sia spielte mit einer dunklen Haarsträhne des Mädchens, richtete den helleren Pony. *Ich hätte im Hintergrund bleiben müssen. Ist es nun vorbei oder lediglich eine Frage der Zeit, wann die nächsten Gegner auftauchen?* Ihr wollten keine einfallen – aber es beruhigte sie nicht.

Elenas Lider zuckten. Sie öffnete die Augen und schaute sich verschlafen um. Dann entdeckte sie Sia. »Tante ... Jitka«, sagte sie und benutzte den alten Tarnnamen. Zum Glück waren sie alleine, sonst hätten sich die Ärzte sicherlich gewundert.

»Hallo, meine Große.« Sia hatte einen Klumpen in der Kehle, der sich groß wie ein Kopf und schwer wie Gold anfühlte, mit Widerhaken besetzt, so dass sie ihn nicht schlucken konnte. Ein Klotz, der doppelt so groß und schwer war, lag ihr im Magen, während sich ein Geflecht aus Stacheldraht um ihr Herz spannte und sich zuzog. Das Monstrum Wahrheit kroch näher und näher. »Na?« Sie glaubte es selbst kaum: *Wie kann ich Na? sagen?*

Elena schaute sich um. »Geht so, Tante Sia.« Sie zeigte auf die Infusionsbeutel, die Verbände an den Unterarmen waren unübersehbar. Darunter lagen die Schnittwunden verborgen, die sie sich selbst zugefügt hatte. »Oh, endlich leer. Diese Dinger nerven. Ich glaube, sie haben mir am Tag zehn von denen reinlaufen lassen, und ich ...« Sie sah unsicher in ihr Gesicht. »Seid Mama und du sehr böse auf mich?«, raunte sie.

»Wilson hat erzählt, warum du es getan hast. Auch wenn dich die Absicht ehrt, ist das kein Grund, Elena! Außerdem konntest du nicht wissen, ob du eine Vampirin wirst.« *Gott, wie sage ich es ihr? Wie sage ich einem Kind, dass es keine Mutter mehr hat?* Der Stacheldraht um ihr Herz zog sich fester und schien es langsam auseinanderzureißen.

»Ich bin mir sicher«, kam es fest aus Elenas kleinem Mund.

»Und wenn du einfach stirbst? Wem wäre dann geholfen?« Sia nahm Elena in die Arme, und ihre Umarmung wurde kräftig erwidert. »Ich bin so froh, dass es nicht geklappt hat«, sagte sie leise in ihr Ohr. »Versprich mir, dass du es nie wieder tust.«

»Ja, Tante Sia. Wenn du mir auch etwas versprichst«, gab sie ebenso leise zurück. Ihre Stimme verursachte Sia einen Schauder. »Sollte ich sterben, wann und wo auch immer, und als Judastochter auferstehen, wirst du mich *nicht* umbringen.«

Sia schluckte. Sie würde alles tun, damit Elena diesen Schwachsinn nicht noch einmal versuchte. »Einverstanden. Das ist eine Abmachung, die ich eingehen kann.« Sie ließ Elena los und streckte die Hand hin.

Das Mädchen schlug ein. »Es wäre schön, wenn du mich ausbilden würdest, sollte ich zu einer von euch werden.«

»Geht klar.« Das Lächeln auf dem jungen Gesicht trug etwas Wissendes in sich, das Sia verwunderte und verunsicherte. Als hätte sie ein wichtiges Spiel gewonnen. Sie wischte den Gedanken beiseite. Wichtigeres, Schlimmeres stand an. *Wie bringe ich ihr Emmas Tod bei?* »Ich muss dir ...«

Es klopfte leise.

Sia war froh, weitere Sekunden gewonnen zu haben, um das Thema aufzuschieben. »Ja?«

Die Tür öffnete sich, und Justine trat ein. Sie trug dieses Mal ein schwarzes Kostüm und High Heels, die sie fünfzehn Zentimeter größer machten. »Bonjour«, sagte sie freundlich und hob einen kleinen Korb voller Süßigkeiten. »Ich bin Tante Justine, ma petite, und eine gute Freundin von Sia. Ich habe dir was mitgebracht, was dich schnell wieder auf die Beine bringt.« Sie kam an das Bett und bot ihr das Mitbringsel an. »Voilà: chocolat!«

Elena grinste. »Oh, danke sehr!« Sie suchte in dem Sammelsurium und angelte den Nougat heraus.

»Aber das ist nicht alles.« Justine sah zu Sia und nahm eine kleine, blecherne Phiole heraus. »Das«, flüsterte sie und spielte die Geheimnisvolle, »ist ein Wundermittel, das dafür sorgt, dass deine Wunden innerhalb eines Augenblicks verschwinden.«

Sia wusste, was es war. *Das Sanctum!* Die Französin hatte ihre Kontakte zum Orden genutzt, um das Heilmittel zu organisieren.

Elena musste auflachen. »Woher sollte so etwas kommen?«

»Aus der gleichen Welt, aus der die Vampire und Werwölfe kommen«, gab Justine zurück und öffnete den Drehverschluss. Darin kam eine Glaskokille zum Vorschein.

Sia würde Justine gewähren lassen, denn die Entscheidung war bereits gefallen. Das Blut Christi würde den Dämonenkeim herausjagen. *Damit komme ich nicht in die Situation, sie eines Tages als Judastochter ausbilden zu müssen.* Sie würde Elena niemals sagen, dass ihr Sanctum eingeflößt worden war. *Es ist besser, wenn sie nicht von meinem Betrug an ihr erfährt. Ich habe schon großes Glück, sollte sie mir Emmas Tod vergeben.*

Elena grinste noch immer, steckte sich den Nougat in den Mund. »Schmeckt es eklig?«

»Nicht zusammen mit dem Nougat.« Justine reichte ihr das Fläschchen. »In einem Schluck, Mademoiselle. Es ist nicht viel, höchstens ein Fingerhut voll.«

Elena sah zuerst zu Sia, als wollte sie ihr Einverständnis haben. Und Sia nickte. Lächelte. *Ich übe Verrat. Wie einst Judas.*

»Dann bin ich gespannt«, sagte Elena ernst. Sie setzte die Öffnung an die Lippen, kippte leicht und schaute die Erwachsenen noch einmal an. »Wehe, das Zaubermittel wirkt nicht«, nuschelte sie und trank es.

Sia verkrampfte, wollte einschreiten und biss die Zähne fest zusammen. Sie sah zu Justine und machte ihr mit dem Ausdruck ihrer Augen klar, welch großen Vertrauensvorsprung sie der Wandlerin eingeräumt hatte.

Elena schluckte und kaute gleichzeitig, dann musste sie husten – und konnte nicht mehr aufhören.

»Ist das normal?« Sia sah alarmiert zu Justine und nahm das Kind in die Arme.

Die Französin machte eine beruhigende Geste, während sie die Phiole auffing, den Verschluss von der Bettdecke nahm und zudrehte; schnell steckte sie das Behältnis ein. »Es ist das Böse. Es widersetzt sich der Austreibung. Da es nicht zum Ausbruch gekommen ist, besteht für Elena keine große Gefahr.«

Das Mädchen verdrehte die Augen und erschlaffte, sackte in den Armen ihrer Tante zusammen.

»Sie ...« Sia tastete nach dem Puls. »Der Puls ist weg!« Ihre Hand streckte sich nach dem Notfallknopf.

Doch Justine zog ihn weg. »Non! Es wird nichts geschehen! Wir brauchen keine Ärzte. Du musst ruhig bleiben und abwarten. Die Unschuld unterstützt das Gute.«

Sia knurrte sie an, ihre Fangzähne wollten ausfahren. »Ich weiß nicht, was ich tun werde, wenn ...«

Der Herzschlag kehrte zurück, aber Elena hielt die Augen geschlossen. Doch die Brust hob und senkte sich anhaltend und rhythmisch. Nichts wies auf eine gravierende gesundheitliche Gefährdung hin.

Erleichtert atmete Sia auf. *Für einen Moment dachte ich* ... Sie nickte Justine zu. »Danke. Und verzeih, dass ich eben ...«

»Pas de quoi. Die Schwesternschaft lebt dafür, die Unschuldigen zu retten und sie den Klauen des Bösen zu entreißen.« Sie fuhr Elena zärtlich mit dem Zeigefinger über die rechte Wange. »Schlaf und träume süß, ma petite.«

»Wie wissen wir, ob das Sanctum seine Kraft entfaltet hat?« Sia nahm sich von dem Wasser. »Ich will keine zu große Zweiflerin sein, aber ...«

Justine hob die Hand. »Ich verstehe das. Die Schwesternschaft sagte mir, dass der Keim immer ausgerottet wird. Nur wenn er bereits zum Ausbruch gekommen ist, wie bei Eric oder bei mir, kann es zu Problemen kommen. Sie ist gerettet, und ihre Wunden werden verschwunden sein.«

Sia wollte es glauben, doch die Bedenken wurden nur leiser, anstatt vollständig zu verstummen. Und sie musste Elena immer noch sagen, dass sie keine Mutter mehr hatte. »Hat sich Eric gemeldet?«

»Ja. Er ist inzwischen in Leipzig, wie er mir am Telefon sagte.« Justine setzte sich vom Bett auf den Stuhl. »Er lässt dir schöne Grüße ausrichten und dass er an seinem *Problem* arbeitet.«

»Welches Problem?«

»Dass er dich fressen möchte.« Justine legte den Zeigefinger an die linke Schläfe und schlug die Beine übereinander. Sie wirkte mondän, elegant und doch verrucht. »Oh, là, là. Ich habe weitere Nachforschungen angestellt. Mein Bruder, non, sagen wir, *ihr beide* habt ein Problem: Sein Dämon und deiner mögen sich nicht. Und aus dem Grund muss Eric dich ... alors, es ist eine Mischung aus Sex und Hunger. Et pour toi, als einer Kennerin: Es ist der gleiche Dämon, der auch die Vampire von der Art der Vieszcy gerne als seine Soldaten benutzt.«

Sia dachte sofort an Tanguy Guivarch, ihren Sohn, der zweifachen Fluch auf sich geladen hatte und seine Seele ungewollt an zwei Dämonen vergeben musste, was ihn den Verstand gekostet hatte. Wilson hatte ihr vor ihrer Abfahrt mit dem neuen U-Boot eine Mail mit den kompletten Aufzeichnungen und Memoiren von Harm Byrne gesandt. Endlich hatte sie verstanden, was über den Mann gekommen war, der versucht hatte, sie und Emma sowie Elena zu töten.

Vielleicht will der Dämon der Vieszcy auf diese Weise Rache an mir nehmen, weil ich einen seiner besten Diener ermordet habe? Sie konnte nur spekulieren – obwohl es müßig war. Sie würde es niemals mit Gewissheit herausfinden.

»Eric ist gefährlich für dich. Und weil er dich zu sehr mag, hält er sich von dir fern. C'est l'amour.« Sie sah betrübt aus. »Glaub mir, das tut mir und ihm sehr leid. Ihr wärt ein schönes Paar, aber so wird es nichts. Das Sanctum möchte er nicht nehmen. Die Jagd, tu sais? Es ist sein Leben.«

»Er hatte so etwas angedeutet.« Sia nickte.

Justine deutete mit dem Daumen auf die Tür. »Oh, vor der Tür wartet Mister Wilson. Er ist ein echter Schnuckel und stockschwul. Männlich, aber leider verloren für die Frauenwelt, und das bedaure ich sehr. Er ist ein Häufchen Elend, weil er den Selbstmordversuch von Elena nicht verhindern konnte. Sei nett zu ihm.« Justine erhob sich und ging zur Tür. »Ich gehe. Meine neue Handynummer habe ich dir auf den Zettel an Elenas Körbchen geschrieben. Du kannst mich jederzeit anrufen.« Sie warf dem schlafenden Mädchen eine Kusshand zu. »Wir sehen uns wieder, ma chère. Tante Justine kommt oft zu Besuch, je promis.« Sie ging hinaus.

Sia ging zum Waschbecken, drehte das kalte Wasser auf und wusch sich das Gesicht. *Ein schaler Sieg. Zu viele Verluste auf meiner Seite.* Sie hob den Kopf und betrachtete sich im Spiegel. Sie sah aus wie immer, vielleicht mit einer halben Falte mehr, doch nach wie vor eine Frau von irgendwo zwischen dreißig und vierzig. *Emma Karkow.*

Sia stahl sich hinaus und trat in den Korridor, wo Wilson stand. Sie musste Justine recht geben. Er sah gut aus, attraktiv und trainiert, mit ansprechendem Gesicht, das allerdings traurig aussah. Die Vorwürfe nagten an ihm. *Wie gut ich das kenne.* »Hallo«, grüßte sie freundlich.

Er zuckte zusammen und fuhr herum, geschmeidig und kriegerhaft. »Hallo, Misses Karkow«, sagte er betont. Justine hatte ihn eingeweiht. »Ich muss mich zuallererst bei Ihnen ...«

Sia ging auf ihn zu und umarmte ihn. »Sie haben mir das Wertvollste gerettet, was mir in meinem Leben geblieben ist«, sagte sie mit bebender Stimme. »Ich stehe für immer in Ihrer Schuld.«

»Aber ...« Wilson war überrumpelt.

Sie ließ ihn los. »Ich kann Ihnen keine Vorwürfe wegen Elenas Selbstmordversuch machen. Sie haben das Schlimmste verhindert!« Sie gab ihm einen Kuss auf die Wange. »Danke.« Sie sah durch die spaltbreit geöffnete Tür. Das Mädchen schlief nach wie vor. »Können Sie mir genau erklären, wie es kam, dass Sie zu ihrem Retter geworden sind?«

Wilson nickte. »Aber es kann etwas länger dauern.«

»Solange die Kleine schläft, haben wir Zeit.« Sie zog ihn mit ins Zimmer und setzte ihn auf den Stuhl. Sia setzte sich auf die Fensterbank. »Ich höre zu.«

»Das Testament. Damit fing es an.« Wilsons Ausführungen begannen, über Tanguy, über Sandrine und über weitere Persönlichkeiten in der Gegenwart und in der Vergangenheit; über sein Dasein als Diener zweier Dämonen, für das er nichts konnte; dabei vergingen rasch zwei Stunden. Das Essen wurde geliefert, aber Elena schlief tief und fest. Die Krankenschwester kam und prüfte die Werte. Alles war in bester Ordnung.

»Harm Byrne«, sagte Sia, als die Pflegerin gegangen war. »Ein totaler Schizo.« *Und dazu noch unschuldig an seinem Leid. Die Dämonen haben ihn dazu gemacht.*

»Für mich nicht. Ich kannte ihn ausschließlich als Harm Byrne, der viele Facetten hatte, von ultrabrutal bis hin zum Wohltäter. Woher das Geld kam, das interessierte niemanden.« Wilson legte die gepflegten Hände zusammen. »Das Testament beauftragt mich damit, alles zu tun, damit es Ihnen und Elena gutgeht. Und damit meine ich wirklich *alles*. Es braucht nicht viel Vorstellungskraft, was ein Schwerkrimineller damit meint.« Wilson räusperte sich. »So. Nun kennen Sie meine Geschichte, Frau Karkow. Wie wollen wir verbleiben? Es wäre mir ein echtes Anliegen, Ihnen beizustehen. Elena ist mir sehr ans Herz gewachsen. Es wird Ihnen an nichts Wirtschaftlichem mangeln.«

»Sie wären bestimmt ein guter Pate.« Sia zögerte. Verbrechergeld, erwirtschaftet aus Prostitution, Drogen und sonstigen Untaten. Doch derzeit war sie für jede Hilfe dankbar. »Ich brauche eine Unterkunft für Elena und mich. Wir sollten Leipzig verlassen. Wir sind einfach zu bekannt.«

»Nennen Sie mir die Stadt. Ich kann sofort etwas arrangieren«, sagte Wilson glücklich. »Ich dachte an eine ruhige Villa. Mit einem Butler. Wären Sie damit einverstanden?«

Sia nickte. »Ich sage Ihnen im Laufe der Woche Bescheid. Bis dahin ist mir eine schöne Stadt eingefallen.«

Wohin sie gehen wollte, wusste sie noch nicht. *Zur Abwechslung mal ohne viel Wasser, damit ich mich freier bewegen kann.*

Sie drehte den Kopf und schaute Elena an. Sie trug die Verantwortung für ihr menschliches Leben, ihren Werdegang. *Ich beschütze dich vor allem Übel. Dieses Mal kannst du dich auf mich verlassen.*

Wilson erhob sich. »Ich gehe. Mademoiselle Justine und ich haben noch eine Besprechung.«

Versucht sie, ihn mit Sex auf die Hetero-Seite zu holen? Zutrauen würde ich es ihr. Sia hob die rechte Augenbraue. »So?«

»Ja. Sie möchte mir dabei helfen, meine Geschäfte auf der Insel zu regeln.« Er sah ihren ärgerlichen Blick. »No, by Jove! Ich bin kein Krimineller. Aber auf mich wurde ein Kopfgeld ausgesetzt, weil einige mir nicht gänzlich bekannte Individuen denken, ich wäre Mister Byrnes Nachfolger, und, nun ja, Mademoiselle Justine hat mir ihre Hilfe angeboten. Sie meinte, sie kennt die Namen.«

»Kann ich mir gut vorstellen.« Sia grinste. *Sie spielt ihr eigenes Spiel mit dem Ard Rí, nehme ich an.*

Wilson legte eine Visitenkarte auf den Tisch. »Hier erreichen Sie mich, Frau Karkow. Ich freue mich auf unsere WG, wenn ich es so nennen darf.« Er nickte ihr zu und verließ den Raum.

Sia war alleine mit ihren Ängsten und dem schlafenden Mädchen. Sie legte sich neben Elena aufs Bett und wartete auf ihr Erwachen.

Stunden verstrichen, und die Nacht ging.

Vor dem Fenster verschwanden die Sterne, der Himmel wurde blau und heller, bis die Morgenröte aufzog und die Sonne sich über den Horizont schob.

Sia sah hinaus zu den schnell ziehenden weißen Wolken und machte sich kleiner. Noch konnte sie die Strahlen ertragen, aber in einer Stunde musste sie entweder das Zimmer verlassen oder die Jalousien herablassen – was merkwürdig aussah. Mit etwas Glück zog vorher ein Unwetter auf und verdeckte das Taggestirn.

Elena schlief noch immer, ruhig und tief.

Die Tür öffnete sich, und eine Krankenschwester brachte das Tablett mit dem Frühstück. »Ah, die Kleine schläft noch. War ja auch sehr hart für sie. Tut mir leid, dass Ihnen die Kollegen kein eigenes Bett gebracht haben, Frau Karkow.«

»Nicht so schlimm. Es ging auch so.«

Kaum stellte die Schwester das Essen ab, hob Elena die Lider. »Oh, Frühstück«, murmelte sie verschlafen und blinzelte, hielt die Hand vor die Augen. »Ganz schön hell.« Sie setzte sich, und die Krankenschwester schloss die Vorhänge. Sia fühlte sich sofort wohler. »Guten Morgen.«

»Hallo, Kleine.« Sia hob die Abdeckung des Tabletts. »Oh, lecker! Da werde ich glatt noch hungriger.«

»Wir haben noch was übrig«, sagte die Schwester. »Ich bringe es Ihnen, Frau Karkow.«

Mist! Der falsche Name. Sia sah aus den Augenwinkeln, dass Elena zur Verbesserung ansetzte. »Danke«, erwiderte sie schnell. »Am besten gleich. Ich habe wirklich Hunger!«

Die Krankenschwester ging lachend hinaus. »Die Visite kommt gleich. Der Oberarzt muss früher weg, deshalb kommen er und sein Weißkittelgeschwader früher.«

Elena richtete die Augen auf Sia. »Wieso hat sie Karkow gesagt?«

Sia erkannte an den Blicken, dass das Mädchen Bescheid wusste. Sie schluckte, fuhr ihr über die Haare, über die Wange. »Ich konnte nichts für sie tun«, würgte sie heraus, und die Klumpen waren überall in ihrem Körper, und das Herz wurde vom Stacheldraht zerschnitten. »Sie haben sie sterben lassen. Einfach so.«

Elena holte mehrmals tief Luft, ballte die Fäuste und presste die Lider zusammen. Auf Tränen wartete Sia vergebens. »Sind sie tot?«, raunte sie.

»Die deiner Mutter das angetan haben?«

»Ja.«

»Ich habe sie alle vernichtet. Mit der Hilfe von guten Freunden.«

Elena schluchzte einmal auf, und der Laut presste Sias Herz zusammen. *Ich werde die Schuld niemals mehr loswerden.* Beklommen nahm sie das Mädchen in den Arm. »Ich bin jetzt deine Mutter, wenn ich darf«, wisperte sie und spürte, dass Elena nickte.

Umschlungen saßen sie da und gaben sich gegenseitig Halt.

Als die Visite Minuten darauf kam und die Schwestern die Verbände wechseln wollten, gab es nur feine rote Linien anstatt Narben auf der Haut des Mädchens. Die Fäden waren herausgefallen.

Es wurden Fotos gemacht und die Heilung als unerklärlich registriert. Bevor die Medien Wind von dem Wunder bekamen, verschwanden Sia und Elena in Richtung Deutschland. Das U-Boot, das ihr der Ard Rí überlassen hatte, leistete treue Dienste und brachte sie durch die Nordsee bis nach Hamburg, wo Wilson sie bereits erwartete.

Nun begann ein neues Leben.

EPILOG

10. Oktober, irgendwo in Deutschland,
14.43 Uhr

»Noch einen Tee, Frau Karkow?«

Sia hob die Tasse, und Wilson goss nach. Er trug einen Butlerdress, exakt gebügelt und wohlriechend, und das trotz der Millionen, auf die er Zugriff hatte. *Der Mann lebt für seinen Job.*

»Danke sehr, Wilson. Schenken Sie sich ein, und setzen Sie sich zu mir.«

Er sah auf die Uhr. »Sehr gern, Frau Karkow, aber ich möchte darauf hinweisen, dass ich Elena in zehn Minuten vom Reitunterricht abholen muss. Danach haben wir einen Termin beim Dermatologen wegen des Ausschlags.«

Sia saß im abgedunkelten Wohnzimmer der Villa, abseits der Sonnenstrahlen, die durch die Ritzen fielen. »Ist er wieder schlimmer geworden? Davon hat sie mir nichts gesagt.« Ihr Handy klingelte, und auf dem Display erschien die Nummer von: *Eric!* Mit klopfendem Herzen langte sie nach dem Telefon.

»Die Sonnenallergie hat sich mit den Calciumpräparaten gut unterdrücken lassen, aber in der letzten Woche war sie wohl unvorsichtig und nachlässig«, gestand er. »Sie wollte keinen Rüffel von ihrer Mutter kassieren.« Er schenkte sich ein und wollte gehen, aber sie gab ihm mit einem Wink zu verstehen, dass er bleiben sollte. Er setzte sich ihr gegenüber.

Sie nahm den Anruf entgegen. »Wie geht es dir?«

»Oh, danke. Sehr gut«, antwortete er und klang glücklich. Im Hintergrund erklang Livemusik, eine Frau spielte Klavier und sang dazu. Es schien eine Variation von *My Immortal* zu sein.

Sia mochte die Stimme der Sängerin auf Anhieb. »Ich sitze hier im *Mephisto* und gönne mir einen White Russian. Wie es aussieht, habe ich die Lage in Leipzig unter Kontrolle.«

»Keine Wandler mehr?«

»Zumindest keine, die sich auffällig benehmen. Aber ich passe schon auf.« Leiser Applaus erklang, die Sängerin hatte ihren Song beendet. »Und wie steht's bei euch?«

»Alles bestens«, antwortete sie. »Wir leben vollkommen entspannt und friedlich. So ruhig war es selten in meinem Leben.« Nach einer kurzen Pause sagte sie: »Du fehlst mir.«

»Ich weiß, und mir geht es genauso. Wir reden morgen unbedingt wieder via Computer! Ich möchte dein Gesicht sehen.«

Sia wusste, dass es für ihn leichter war, das Verlangen zu kontrollieren, wenn eine Konversation über Bildschirm lief und nicht in echt. Die Gerüche fehlten, und auch das In-die-Augen-Schauen war abgemilderter. Sie redeten über die Kameras viele Stunden miteinander. Es bereitete Eric keine Probleme mehr. »Hast du noch mal was vom Ard Rí gehört?«

»Nicht direkt. Meine Informanten berichteten mir heute, dass es endgültig ruhig geworden ist. Die Wandler haben nicht den Fehler begangen und zeigen sich nach ihrem Triumph über die Vampire. Der Ard Rí scheint zu wissen, wie man die Sache angeht.« Die Musik im Hintergrund wurde leiser, Eric schien das *Mephisto* verlassen zu haben, um in Ruhe sprechen zu können. Sie wusste, dass er in der Mädler-Passage stand. »Es gibt das Gerücht, dass er einen Typen namens David O'Liar hat umbringen lassen. Man hat ihn in Einzelteilen neben einem schottischen Breitschwert gefunden, die Haut war überzogen mit Hunderten Schnitten. Stand auch in der *Irish Folk* als Aufmacher. Angeblich war der Mann ein einflussreicher, gefürchteter Lobbyist. Ich habe den Artikel gelesen. Da steckte viel Erleichterung drin, dass O'Liar draufgegangen ist. Die Zeitung nannte ihn *Bote des Teufels*, und es wurden mehrfach Erpressung und Einschüchterung erwähnt. Ich unterstelle O'Liar, dass er ein Verbündeter der Sídhe gewesen ist, der ihre weltlichen Angelegenheiten regelte. Kann mich aber irren.«

O'Liar – was für ein Name! Sia fuhr sich durch die roten Haare. »Ich glaube, dass du richtigliegst. Der Ard Rí bereinigt seine Insel.« Vor der nächsten Frage fürchtete sie sich fast: »Wirst du wieder nach Irland gehen?« Ihre Stimme hörte sich spröde an und verriet ihre Angst um ihn.

Eric zögerte. »Du meinst, weil es für einen Wandlerjäger viel zu tun gibt?«

»Ja.« *Bitte geh nicht! Bitte geh ni...*

»Ich denke, ich bleibe erst mal in Deutschland. Justine kann sich mit dem Orden vom Blute Christi darum kümmern und literweise Sanctum ausschenken. Hier habe ich ohnehin noch genug zu tun. Gegen den Ard Rí ziehe ich nur mit dir. Oder mit einer Armee. Aber alleine bestimmt nicht. Ich bin nicht lebensmüde – vor allem, seitdem ... ich dich kennenlernen durfte.«

Sias Erleichterung war riesig, aber sie zeigte es ihm lieber nicht zu sehr. Die Sehnsucht brannte nach wie vor in ihr. »Wann, denkst du, können wir uns erneut treffen? In echt?«

Eric schwieg, und die Sängerin gab jetzt ein Chanson zum Besten. Das Lied ertönte leise, die hohen Decken der Passage sorgten für viel Hall. »Ich weiß es nicht. Die letzten Male war es sehr schwer für mich.«

»Aber du hast es geschafft«, fiel Sia sofort ein. Vor knapp zwei Monaten hatten sie sich zum neunten Mal gesehen, in Regensburg, und sich in einem Hotel eingemietet. In Einzelzimmern, aber mit der Option, die Nacht in einem Bett zu verbringen. Dazu war es nicht gekommen, doch der lange, gefühlvolle und leidenschaftliche Kuss entschädigte für sehr vieles und hatte die Hoffnung geweckt, eines Tages als echte Liebende leben zu können. Noch war jedes Treffen für Sia aber eine brandgefährliche Situation, bei der sie bei allem Glück auf Erics Signale achten musste. Beim geringsten Anzeichen eines Ausbruchs musste sie die Flucht ergreifen. »Du kannst dem Tötungsdrang widerstehen. Schau dir mich an: Auch ich muss nicht zwangsläufig Menschen töten. Es reicht mir, ihr Blut zu trinken.«

Er lachte. »Du meinst, ich sollte mir eine Art Methadon für dich besorgen? Aber es gibt keinen Ersatz für dich. Nicht mal einen schlechten.«

Sia musste lächeln. *Das Leben macht es mir wieder schwer. Es war klar, dass ich die Harmonie mit etwas bezahlen muss.* »Oh, das war ein wundervolles Kompliment!«

»Und dazu noch die Wahrheit. Sagen wir, wir treffen uns am einunddreißigsten Oktober?«

»An Halloween?« Sia lachte laut. »Du hast echt Sinn für Humor. Wohin soll ich kommen?«

»Ich hätte ja Venedig vorgeschlagen, aber jemand hätte damit so seine Schwierigkeiten.« Eric klang wirklich gelöst. »Ich sage mal: eine nette kleine Berghütte?«

»Ich suche uns was Schönes aus. Zum zehnten Treffen darf es was Besonderes sein.« Sia fühlte sich trotz der Trennung von Eric glücklich. Mit jedem realen Wiedersehen, mit jeder Umarmung, mit jedem Wort, das sie gewechselt hatten und täglich wechselten, wuchs die Bindung zwischen ihnen. *Ich werde nicht aufgeben. Die Zeit ist ausnahmsweise auf unserer Seite.* »Pass auf dich auf. Wir sprechen uns morgen wieder.«

»Bis morgen«, sagte Eric. »Ich denke an dich.« Dann legte er auf.

Ein Fünfsternehotel, mit Wellness. Und einem Whirlpool. Wir machen es uns richtig gemütlich. Sia legte das Handy zurück auf den Tisch und malte sich aus, wie das Wochenende mit ihm verlaufen könnte. Die bloße Anwesenheit des Mannes machte sie bereits glücklich. *Dass ich so für ihn empfinden würde, hätte ich nicht gedacht. Umso schöner ist es.*

Wilson lächelte sie mit aller Freundlichkeit an. »Ich bin stolz auf Sie beide. Wo andere schon lange aufgegeben hätten, halten Sie an Ihrer gegenseitigen Zuneigung fest. Ich drücke Ihnen fest die Daumen und wünsche Ihnen von Herzen, dass Sie den Lohn dafür erhalten.«

»Danke, Wilson.« Sia hob ihre Tasse und stieß mit ihm an. »Und Ihnen möchte ich an dieser Stelle sagen: Gut, dass Elena Sie als Vertrauten und Verbündeten hat. Wir sind ein hervorragendes Team, Wilson. Aus der Kleinen wird etwas Großes.« Sie nippte am Tee. »Das spüre ich.«

»Ja, Frau Karkow. Das sehe ich genauso. In allen Fächern eine Eins, beliebt, sportlich und, wenn ich mir diese Bemerkung erlauben darf, dazu auch noch hübsch.«

»Und tough.« *Bei dem, was sie durchgemacht hat. Sogar als sie sich den Fuß gebrochen hat, war sie zwei Tage später wieder fit.*

»Ob es das Sanctum war oder die Genetik?« Wilson trank sehr elegant, aber zügig. Er war schon bei seinen kommenden Aufgaben.

Sia hatte sich die Frage auch des Öftern gestellt. »Ich würde sagen: Genetik«, sagte sie schließlich grinsend. »Und ein bisschen das Sanctum. Ein Wunderkind.«

»Könnte sein.« Wilson lachte und trank aus, stand auf und deutete eine Verbeugung an. »Wenn Sie mich entschuldigen wollen, sonst bin ich zu spät. Der Termin beim Dermatologen sollte nicht in Gefahr geraten. Sobald wir zurück sind, kümmere ich mich um den Kartoffel-Rindfleisch-Auflauf für morgen.«

»Sicher, Wilson.« Sia genoss den nächsten Schluck. »Soll ich was vorbereiten?«

Er hob anklagend die Augenbrauen. »Unterstehen Sie sich!« Er wandte sich um und ging. Wie immer würde er unter seinem Sakko eine schusssichere Weste und zwei Pistolen mit sich tragen; am rechten Unterarm verbarg er einen langen Dolch aus gehärtetem Silber. Er wusste mit allen Waffen umzugehen. Auf der Schwelle blieb er stehen. »Frau Karkow, habe ich Ihnen eigentlich schon einmal gesagt …« Er stockte.

»Was?«, fragte Sia freundlich.

»Dass ich stolz bin. Auf uns. Auf Justine, die mir meine englischen Häscher vom Hals geschafft hat. Auf Sie.« Er lächelte und neigte den Kopf. »Es ist mit Abstand der ungewöhnlichste Hausstand, in dem ich jemals dienen durfte. Es toppt meine Zeit bei Mister Byrne um Längen.«

Sia lächelte. »Danke, Wilson.« *Das sehe ich auch so.* Mit dem Umzug war alles besser geworden. Sie hatten eine Villa zum Verlieben und neue Freunde gefunden sowie eine Scheinexistenz als Autorin für Sia aufgebaut: Unter einem Männerpseudonym schrieb sie ziemlich erfolgreiche Vampirromane. Und Elena gedieh prächtig. *Emma wäre stolz auf uns.*

»Habe ich schon erwähnt, dass unser Mädchen die Beste in der letzten Mathearbeit war?« Wilson seufzte glücklich. »Es ist schön, Pate zu sein.« Er wandte sich um zum Gehen. »Welche Entwicklung! Ich hatte wirklich befürchtet, dass sie einen bleibenden Schaden davontragen würde.«

»Einen bleibenden Schaden?« Sia hatte keine Ahnung, was er meinte.

»Die Wiederbelebung in Oslo. Elena war ganze zwanzig Sekunden tot.« Wilson verließ das dunkle Zimmer. »Bis später, Frau Karkow. Verzeihen Sie, aber ich muss wirklich los.«

Die Tür fiel ins Schloss. Sekunden danach hörte Sia, wie der Wagen gestartet wurde und davonfuhr.

Dann wurde es still im weitläufigen Anwesen.

Sia konnte sich nicht rühren. Die Überraschung hielt sie gepackt und drückte sie in den Sitz.

Wiederbelebt! Ihr Mund war trocken, die Gedanken rasten. *Elena kann keine Vampirin sein! Sie … benimmt sich normal, geht zur Schule und …* Eine weitere Stimme in ihrem Kopf ergänzte: *regeneriert Verletzungen schnell, hat Sonnenallergie, oft gerötete Augen, wenn die Sonne stark scheint, ist überall die Beste, hasst Bäche und Flüsse ...*

Sia hielt eine Hand in den flachen, schmalen Lichtstrahl. *Es ist die Wirkung des Sanctums.* Sie spürte das beginnende Kribbeln. *Und Sonnenallergie ist nicht selten. Emma hatte auch welche, hat Elena erzählt.*

Sia verdrängte jeglichen Verdacht, dass ihre Tochter ihr ähnlicher und dazu außergewöhnlicher war, als ihr lieb sein konnte. *Elena ist ein herausragendes Müdchen. Mehr nicht.*

Sie nippte am Tee, der trotz Zucker und Milch plötzlich bitter und metallisch schmeckte.

Mehr nicht.

NACHWORT

Mit »Judastöchter« ist die Serie um Sia, Elena, Eric und Justine vorerst beendet. Damit hat sich ein Bogen vom ersten Buch, »Ritus«, bis heute gespannt und gezeigt, dass die verschiedensten Kreaturen nicht aneinander vorbeikommen. Ein derartiges Finale mit dem Prominenten-Line-up musste einfach sein! Und ein wenig Tragik sollte ebenso rein, wenn ich schon nicht alle Hauptcharaktere umgebracht habe.

Das bedeutet nicht, dass ich mich nie wieder mit ihnen beschäftigen werde, aber ich möchte vorher ein paar andere Ideen verfolgen, die zwar ins Genre, aber nicht unbedingt zu Wandlern und Vampiren passen. Verbindungslinien sind dennoch nicht ausgeschlossen. Das kennt man ja inzwischen von mir, und es bringt unglaublichen Spaß.

Auch haben Vampire nach wie vor und immer noch einiges zu bieten, gerade weil ich mich bei ihnen am Volksglauben orientiere, der schier unerschöpflich ist.

Vorstellen kann ich mir ebenso, mal einen Wandler in den Mittelpunkt eines Romans zu stellen und eine Geschichte aus seiner Sicht zu schildern.

Das Motto lautet: Alles zu seiner Zeit. Zuerst kann und soll etwas Neues folgen. Besser gesagt: Ein neuer Fokus wird gelegt ... Zu viel verraten möchte ich nicht.

Mein herzlicher Dank geht an die Testleserinnen Sonja Rüther (www.briefgestoeber.de) und Petra Ney, die mal wieder mehr gesehen haben als ich, an Lektorin Anne Rudolph, die gerne die Schlange gerettet hätte, und Lektorin Angela Kuepper sowie den Knaur Verlag.

JUDASTÖCHTER

Das Bonusmaterial zur Taschenbuchausgabe

Da die Maske nicht verschwunden war, die Harm Byrne hinterlassen hatte, sollte sie auch einen Auftritt in diesem Buch haben, damit sich der Kreis schließt. Vorgesehen war die Szene vor dem Epilog mit Sia, Elena und Wilson, doch sie hätte mir zu viel Unruhe in den Abspann gebracht und die Wirkung verdorben. Sie wurde aus dem Grund entfernt und kommt nun als Bonusmaterial ins Taschenbuch.

Viel Vergnügen damit!
Markus Heitz

+++

MASKENFLUCH

Jeoffray Charles Wilson stand in der Küche des Anwesens und brühte Tee für Sia auf. Im Hintergrund lief der Fernseher, die Nachrichten berichteten vom bunten Unheil, das weite Regionen Deutschlands bereits heimsuchte: Fasching.

Er lebte nun lange genug hier, um die Eigenheiten der Ureinwohner zu verstehen. In seiner Heimat England pflegte man ebenfalls Traditionen, die in anderen Ländern der Welt zu Kopfschütteln führten, zum Beispiel die Jagd auf einen Käselaib, der einen Hügel hinabrollt.

Doch die Sache mit dem Fasching war ihm unheimlich.

Da mutierten die friedfertigsten Menschen zu Partymonstern, indem sie sich verkleideten und soffen, was die Leber hielt.

Wilson sah schaudernd zum Bildschirm, wo eine riesige Menschenmenge am Rand des Kölner Umzugs gezeigt wurde, die schier außer sich geriet, als ein Lied mit dem Refrain »da simma dabeiiii, das ist prihimaaa« erklang. *Wenn es ihnen Spaß macht, bitte sehr. Da jage ich doch lieber einen rollenden Käse.*

»Bist du fertig?« Elena stand plötzlich in der Tür. Sie trug ein schwarzes, enges Trikot, weiße Ballettschühchen und einen roten Umhang, das Gesicht war bleich geschminkt. »Es geht bald los.«

Wilson nahm das Teesieb aus der Kanne und stellte sie dann auf ein Stövchen, in dem eine Kerze brannte. »Sofort, kleines Fräulein. Ich habe gerade den Tee für deine Tante fertig gemacht. Sie wird bald aufstehen, denke ich.« Er nahm ein paar Kekse aus der Vorratsdose und drapierte sie auf dem Tablett. »Du bist eine Vampirin?«

»Was sonst?«, gab sie locker zurück. »Da ich sowieso zu einer werde, wenn ich sterbe, kann ich ja schon mal so tun als ob.«

Wilson ging auf die Bemerkung nicht ein. »Ich fahre dich zum Kinderfasching und bleibe mit dir dort«, eröffnete er ihr. »Die Veranstaltung geht bis 17 Uhr. Danach kommen wir zurück, damit du dich vor deiner Reitstunde umziehen kannst.«

Elena schien nicht zufrieden zu sein. »Ich bin schon groß. Du musst nicht auf mich aufpassen.«

»Doch. Muss ich. Es ist eine Anweisung deiner Tante.« Wilson lächelte. »Du wirst mich gar nicht bemerken, und deine Freundinnen auch nicht.« Er machte einen Schritt zur Seite und öffnete einen Schrank, in dem sich ein Wandsafe verbarg. Daraus entnahm er Achselholster und Pistole und legte sie an.

»Silbergeschosse?«

»Immer, gnädiges Fräulein«, gab er zurück. »Man weiß nie.« Er zwinkerte ihr zu. »Wandelwesen müssten sich über Fasching freuen. Sie bekommen bestimmt stets die Auszeichnungen für die besten Kostüme.« Er strich Elena über die braunen Haare. »Und du wirst die hübscheste Vampirin sein. Darauf wette ich.«

»Erschieß bloß keinen meiner Freunde, nur weil er als Werwolf kommt«, sagte sie grinsend. »Außer vielleicht Patrick. Er ist ein Idiot.«

Lachend schaltete Wilson den Fernseher aus, verließ die Küche und warf sich im Flur ein Sakko über, das seine Bewaffnung verbarg. Dabei sah er, dass Elena, die ihm gefolgt war, noch einen kleinen Rucksack dabeihatte. »Was ist da drin?«

»Vampirutensilien«, antwortete sie mit gespielt tiefer Stimme. »Ein Geheimnis. Das bringt mir den ersten Platz beim Wettbewerb, wirst schon sehen.« Dann lief sie kichernd vor ihm aus der Tür.

Wilson stand an der Bar, an der sich sämtliche Erwachsene drängten, als suchten sie Schutz vor ihren eigenen Sprösslingen. Sekt, Bier, Schnaps – der Alkohol floss wie zu erwarten in Strömen. *Gute Vorbilder,* dachte er und prostete mit seinem Mineralwasser in die Runde.

Die Wände und Decken der Turnhalle waren mit Ballons sowie Girlanden geschmückt, auf dem Boden hatte sich bereits ein Belag aus Konfetti, Luftschlangen und verschütteter Limonade gebildet. Wilson musste lächeln. *Da werden sich die Sportler, die sonst hier trainieren, freuen.*

Auf einer kleinen Bühne animierte eine fleißige Mutti die Kinder zum Mitmachen beim Ententanz, die beiden Männer an den Keyboards spielten danach einen Song namens *Heidi.* Zu Wilsons großer Verwunderung sangen alle Erwachsenen mit. Der Mann neben ihm wandelte den Text jedoch in »deine Welt ist der Straßenstrich« um, anstatt »deine Welt sind die Berge« zu schmettern.

Und da sagt man, wir Briten wären merkwürdig. Wilson hatte Elena im Blick, die zusammen mit ihren Schulfreundinnen an einem der langen Tische saß und lachte. Ein scheinbar vollkommen normales Mädchen.

Er sah sich um, was er alle paar Minuten routinemäßig tat. Seine Ausbildung zum Personenschützer half ihm, den Überblick zu behalten, denn die Veranstaltung stellte hohe Anforderungen an Orientierungs- und Beobachtungsgabe: ein unentwegtes Kommen und Gehen, Herumgerenne, Geschrei, Platzpatronenschüsse, Wolken aus Konfetti und Bonbons, die mit der Warnung »Kammelle!« von der Bühne geworfen wurden.

Und doch fühlte sich Wilson ruhig.

Was soll schon geschehen? Er nippte an seinem Mineralwasser und wünschte sich, er hätte Tee von zu Hause in einer Thermoskanne hereingeschmuggelt. Das Zeug, das man hier als Assam kaufen konnte, hielt seinen Qualitätsansprüchen nicht stand.

In Gedanken ging er den Rest des Tages durch. *Reitunterricht, vorher noch den Auflauf in den Ofen schieben, zurückkommen, das Abendessen fertig machen, Wäsche waschen. Danach Feierabend.*

Wilson mochte das Zusammenleben mit Sia und Elena. Eine kleine Familie, für die er zwar als Angestellter arbeitete, aber in Wirklichkeit wesentlich mehr war. Eine Bezugsperson. Für beide.

Er schaute hinüber zu der Kleinen, die eben in ihren Rucksack langte und einen Gegenstand hervorzog.

Wilson hatte das Gefühl, das sich sein Blickfeld unwillkürlich verkleinerte und auf das konzentrierte, was in Elenas Kinderhänden lag. *Woher hat sie das?*

Das Licht in der Halle schien einen anderen Ton anzunehmen, wurde fahler und bleicher ... als fürchte es sich. Die Geräusche verloren ihren Klang, zitterten und wirkten misstönend. Sogar das heitere Kindergeschrei erhielt eine Dissonanz, die in Wilsons Ohren schmerzte.

Die Ursache des Stimmungswandels sah dagegen recht harmlos aus: eine weißschimmernde, venezianisch anmutende Maske, mit dünnen schwarzen Linien verziert. Auch die verlängerten Eckzähne, die über den unteren Maskenrand hinausreichten, um dem Träger das Aussehen eines Vampirs zu geben, wirkten weniger erschreckend als vielmehr wie ein künstlerisches Detail.

Ich dachte, ich hätte sie weggesperrt?!

Wilson fühlte Kälte an seinem Rückgrat emporkriechen, auf seinen Nacken zu. Trotz ihres harmlosen Aussehens ließ die Maske einen Betrachter unwillkürlich erschauern – selbst während sie in den Fingern eines kleinen Mädchens ruhte.

Elena hob die Maske fast ehrfürchtig an, als wäre sie ein heiliger Gegenstand, und legte sie vor ihr hübsches Gesicht.

Damit schien die Larve ihre Wirkung erst richtig zu entfalten. *Als bräuchte sie die Energie eines Menschen.* Das gräulich fahle Deckenlicht brach sich an den weißen Stellen, während die schwarzen Linien es absorbierten. Die Augenhöhlen blieben pechschwarz, obwohl man eigentlich Elenas Augen hätte erkennen müssen.

Das Mädchen streifte sich die Kapuze über, sodass sein Kopf darunter verschwand. Dann glühten zwei rote Punkte auf ... wie Dämonenaugen.

Die Mädchen um Elena rückten plötzlich von ihr ab, eines sprang kreischend auf und lief davon.

Wilson spürte eine Welle heranbranden. Eine Woge aus Angst und Abscheu, die ihn erfasste und ihm körperlich zusetzte, sodass er einen halben Schritt zurück machen musste und gegen den Tresen prallte. Er konnte verfolgen, dass die Ausweichbewegung sich durch die gesamte Halle zog. Wer Elena in ihrem Kostüm anblickte, wandte sich sofort ab, viele verließen fluchtartig den Raum.

Sie muss sie sofort absetzen!

Während er sich einen Weg zu ihr bahnte, kamen ihm die Zeilen in den Sinn, die ihm Harm Byrne hinterlassen hatte.

Tun Sie mir zudem den Gefallen und nehmen Sie die weiße, schwarz bemalte Maske an sich, die in meinem Arbeitszimmer im Tresor liegt. Sie kennen die Nummer.

Ich will nicht, dass sie in die Hände meiner Feinde gerät. Betrachten Sie sie als ideelles Erbstück, das mir viel bedeutet hat.

Wilson hatte diese Larve nie gemocht und sie niemals selbst angezogen. Sie roch merkwürdig, nach Blut, Holz und trockener Farbe. Deshalb hatte er sie immer irgendwo aufbewahrt, wo er sie nicht sehen konnte, vergraben unter Büchern oder anderen Dingen, eingeschlossen in einem Kistchen.

Und genau dieses Kistchen hatte sich Elena genommen – wo auch immer es gelegen haben mochte.

Je näher Wilson dem Mädchen kam, desto größer wurde der Widerstand, der ihm entgegenschlug. Eine unsichtbare Barriere, wie zähflüssiges Gel, das jeden Schritt zu einem Kampf machte.

»Zieh sie ab«, wollte er rufen, doch seine Stimme klang leise. Zaudernd.

Die glühenden Augen richteten sich auf ihn. Das Wesen mit der Maske hatte nichts mit Elena gemein: Es wirkte größer, dürrer und ausgemergelt, als würde sich das Verderben selbst in der Halle unter den Feiernden befinden. Wilson kam Poes Geschichte *Die Maske des Roten Todes* in den Sinn.

Das Wesen erhob sich, stieß einen hohen, schrillen Schrei aus und richtete den Zeigefinger auf ihn ... und wieder raste eine Welle gegen ihn, die ihm eiskalte Schauer über die Haut jagte. Sein Herz geriet aus dem Takt, der Raum drehte sich um ihn.

Doch bevor ihn die Kraft verließ, hatte er das Wesen erreicht, ging auf die Knie und griff unter den weißen Rand. Die langen Zähne durchbohrten seine Haut, aber er ignorierte den Schmerz. Mit einem Ruck wollte er die Maske von Elenas Gesicht ziehen ... und spürte Widerstand. Ein Wimmern erklang unter der Kapuze, als hätte das Mädchen Schmerzen.

Sie muss runter! Er nahm sich keine Zeit nachzudenken, was das für Elena bedeuten konnte, sondern verdoppelte seine Anstrengungen, nahm beide Hände zu Hilfe. *Oh, Gott, bitte lass die Kleine gesund bleiben!*

Ein reißendes, übelkeiterregendes Geräusch erklang, die Fänge trieben sich tiefer in Wilsons Fleisch, aber die Maske löste sich ruckartig.

Elenas verstörtes Gesicht kam zum Vorschein, die Kapuze rutschte von ihren Haaren ... und der Bann brach. Ihre Haut war gerötet, schien aber weitestgehend unverletzt, nur an der rechten Wange lief Blut herab, ein Stückchen Haut fehlte. Er musste nicht nachsehen, um zu wissen, dass es auf der Innenseite der Larve klebte.

Schluchzend warf sich das Kind gegen ihn und umschlang seinen Hals. »Ich will nach Hause«, weinte es erstickt.

»Das machen wir.« Er erhob sich und hielt sie auf dem Arm,

schritt auf den Ausgang zu. Die Besucher wichen vor ihm zurück.

Wilson bemerkte, dass die Atmosphäre sich erneut geändert hatte: Licht, Farben, die Musik erschienen wieder normal, so wie es sein sollte. Die angsterfüllte Stimmung schwand ebenso, wenn auch deutlich langsamer.

Kurz bevor sie die Halle verlassen hatten, stellte sich eine Mutter mit einem Faschingsorden um den Hals vor sie. Sie drückte dem überraschten Wilson eine Plakette sowie einen Umschlag in die Hand. »Für den ersten Platz«, brachte sie heraus. »Das war das ... beeindruckendste Kostüm.«

Wilson nahm die Auszeichnung mit einem freundlichen Nicken entgegen und verließ mit der verstörten Elena das Gebäude.

Nachdem er das Kind ins Auto gebracht und angeschnallt hatte, legte er die Maske in den Kofferraum.

Ein Gefühl sagte ihm, dass die Menschen bei der Feier knapp einer Katastrophe entgangen waren. Inklusive ihm. *Ich habe Sia bei unserer Rückkehr einiges zu erklären ... ohne dass ich weiß, wie ich es erklären soll.*

Einige Tage danach ...

Kein einziger Hinweis. Aber es wundert mich auch nicht. Sia saß in ihrem Arbeitszimmer, das gleichzeitig eine riesige Bibliothek war, und blätterte in einem alten Buch, das sich mit Venedig in der Renaissance befasste. »Bringen Sie mir bitte noch einen Tee, Wilson?«, rief sie dem Butler zu, den sie in der nahe gelegenen Küche hantieren hörte.

Seit dem Zwischenfall auf dem Faschingsfest suchte sie nach Hinweisen auf die geheimnisvolle Maske, in alten und neuen

Büchern, im Internet, überall. Aber abgesehen davon, dass sie ihr Allgemein- und Spezialwissen erweitert hatte und jetzt wusste, dass die Menschheit seit Tausenden von Jahren Masken zu den verschiedensten Gelegenheiten und Anlässen trug, nichts.

Sie betrachtete die Maske, die sie vor sich auf das Fensterbrett gelegt hatte. *Eine Vampirmaske ... aus einem Theaterstück? Oder angefertigt für uns? Gegen uns?*

Wilson kam und brachte ein Tablett, auf dem alles stand, was man für einen Nachmittagstee benötigte. »Fortschritte?« Er goss ihr eine Tasse ein.

Sie verzog den Mund. »Nein.« Sia griff nach der Maske, drehte und wendete sie. Wie oft sie das in den letzten Tagen getan hatte, wusste sie schon gar nicht mehr. »Und Byrne hat Ihnen nicht gesagt, woher er sie hatte?«

Wilson schüttelte den Kopf. »Nein. Ich sollte sie nur aufbewahren.« Er stellte den Teller mit den selbstgemachten Schokoladen-Brownies vor sie hin. »Ich darf Grüße von Elena ausrichten. Sie meldete telefonisch, dass sie gut in Garmisch angekommen ist. Die Skifreizeit mit ihrer Klasse wird sie auf andere Gedanken bringen.« Er deutete eine Verbeugung an und zog sich zurück.

Sia nahm die Tasse, trank einen Schluck Tee und hielt den Blick weiter auf die Maske gerichtet. Der Form nach handelte es sich um eine venezianische Maske. *Aber du bist mehr als ein Venedig-Souvenir.*

Leider war die Lackierung makellos, nirgends waren Buchstaben oder Zahlen eingezeichnet oder -geritzt, die einen Ansatz für weitere Schlussfolgerungen geboten hätten.

Was ist wohl unter deiner Lackierung? Sia kippte kurzerhand heißen Tee über eine Ecke der Maske.

Nach etwas Warten verlief die schwarze Bemalung.

Ah, sehr gut! Sie erhob sich, eilte in die Küche und warf die Maske in die Spüle. Dann befüllte sie den Wasserkocher, schaltete ihn ein und wartete ungeduldig, bis es brodelte. Währenddessen ließ sie heißes Wasser aus dem Hahn über die Maske laufen und goss schließlich das kochende Wasser darüber. Es kümmerte sie nicht, welchen Wert die Larve hatte. Das Ding hatte eine Macht, die erforscht werden musste. *Oder zerstört. Zum Wohle von Elena.* Ihr bedeutete die Maske nichts.

Das Weiß löste sich schließlich ab, und darunter kam Holz zum Vorschein.

Sia erkannte durch den Dampf eingebrannte Linien und Symbole.

Ah, damit lässt sich doch eher arbeiten. Aufgeregt nahm sie die Maske heraus, trocknete sie mit einem Küchentuch ab und eilte zurück in die Bibliothek. Schnell schoss sie Fotos von den Symbolen und sandte sie via Mail an ihren Freund Eric. Er besaß die besseren Suchprogramme. *Ich hoffe, er wird rasch fündig.*

Sia nahm erneut einen Schluck Tee und suchte dann mehrere Bücher heraus, welche sich mit magischem Wissen beschäftigten. Als Forscherin kannte sie die Macht der Alchemie ebenso wie die Macht der Magie. Sie bediente sich eher der Naturwissenschaft und ihrer angeborenen Fertigkeiten. Aber es gab mehr in dieser Welt. *Manche Vampire vermögen zu hexen. Vielleicht erklärt sich so das Rätsel? Ein Fluch oder etwas in der Art.*

Die kommenden Stunden verbrachte sie mit weiterer Recherche und trug immer mehr Informationen zusammen. Wilson versorgte sie mit frischem Tee, wodurch ihr Verstand wach blieb, später entfachte er den Kamin für sie. Dabei störte er sie nicht einmal mit Fragen nach ihrem Fortschritt.

In den frühen Morgenstunden trudelte eine Mail von Eric ein. Zwei der Symbole standen tatsächlich im Zusammenhang mit Beschwörungszaubern und Flüchen, die anderen bedurften weiterer Nachforschungen.

»Auf ihn ist einfach Verlass«, murmelte sie und lächelte beim Gedanken an ihn. Sehnsucht meldete sich, die vorerst unerfüllt bleiben musste. Bald würden sie über Computervideokonferenz miteinander sprechen. *Aber zuerst die Maske.*

Sia stockte der Atem, als sie unversehens eine Pariser Salonillustration aus dem 18. Jahrhundert entdeckte, die ein exaktes Abbild der Vampirmaske zeigte. Einmal bemalt, einmal unbemalt mit sämtlichen eingebrannten Symbolen. Daneben prangte eine weitere Maske, in tiefem Rot lackiert und verziert mit feineren, feminineren Strichen. Darunter stand eine Textkolumne mit dem Titel *Schadmaske*.

Der Verfasser warnte in seiner Abhandlung eindringlich davor, eine der Masken anzulegen, da sie mit Flüchen belegt worden waren, um dem Träger zu schaden. Geschaffen für eine bestimmte Person, blieben sie jedoch nach dem Tod dieses ersten Opfers im Umlauf und fügten unwissenden Unschuldigen grauenvolles Leid zu. Weil man solche Masken generell von außen nicht erkennen konnte, riet der Verfasser, im Karneval nur solche zu tragen, die man selbst angefertigt hatte oder bei deren Entstehung man dabei war.

So ist das also. Sia betrachtete die Larve, die harmlos zu sein schien. Sie fühlte einen Widerstand, vergleichbar mit sich abstoßenden Magneten, der davon ausging. *Schön anzuschauen, aber tödlich.* Sie runzelte die Stirn. *Meiner Elena wirst du nicht noch einmal gefährlich.* Sie griff nach ihr und schleuderte sie mit einer raschen Bewegung zum Kamin.

Die Maske fiel auf die brennenden Scheite.

Zuerst tat sich nichts. Unberührt, unbeschadet lag sie da, umspielt von Funken und Feuer.

Nach einer guten Minute stieg schließlich Qualm von ihr auf, das Wasser im noch nassen Holz verdunstete, bevor sich die ersten Flammen hineinfraßen. Dann schossen plötzlich lange, grellgelbe Lohen aus den eingebrannten Zeichen, die sich ebenso plötzlich zu schwarzen Feuerlanzen wandelten, die zischend aus der steinernen Einfassung des Kamins schlugen! Sia war aufgesprungen, aber noch unentschlossen, was sie tun sollte, da zerfiel die Maske zu Asche, und der Spuk endete.

Sia atmete erleichtert auf. *Damit ist die letzte Bedrohung von Harm Byrne für mich und meine Familie ausgeräumt.* Mit einem hörbaren Knall schlug sie das Buch mit den Abbildungen zu. Elena würde an Fasching keine Masken mehr tragen. Zumindest keine, deren Herkunft nicht penibel geklärt war. Sie räusperte sich. »Wilson«, rief sie. »Sind Sie noch wach?«

»Aber natürlich«, kam die Antwort aus der Küche.

Sia erhob sich. »Ich muss Ihnen ein Geständnis machen. Es gab einen Verlust ...«

WIE ALLES BEGANN ...

KINDER DES JUDAS

Leipzig 2007: Sie ist die gute Seele eines Krankenhauses. Hier steht sie denen bei, die in ihren letzten Stunden nicht allein sein sollen. Jeder, der die junge Frau am Bett eines Sterbenden wachen sieht, wird sie für einen Engel halten. Denn niemand weiß, wer sie wirklich ist. Oder was.

JUDASSOHN

Sia ist ein »Kind des Judas«, uralt und doch ewig jung. Sorgfältig getarnt, wacht sie über ihre Nachkommen, damit diese nicht dasselbe Schicksal erleiden wie sie – einst als Untote wiederauferstehen zu müssen. Doch dann taucht eine Gestalt auf, die seit Jahrhunderten nach Sia sucht. Eine Gestalt, deren Kräfte ausreichen, sie zu töten. Und die voll Rachedurst ist ...

Knaur Taschenbuch Verlag

Ein atemloses Lesevergnügen voller Action
und dunkler Geheimnisse!

Markus Heitz

BLUTPORTALE

Roman

Als die Fechterin Saskia bei einem Turnier gegen den geheimnisvollen Levantin antritt, ahnt sie nicht, dass er ein Dämon ist und seit Jahrhunderten auf sie wartet – denn tief in ihr schlummert eine Gabe, die nur er erwecken kann. Levantin will, dass Saskia für ihn die Blutportale öffnet, damit er in seine Heimat zurückkehren kann. Doch Saskia ist nicht auf ihr dunkles Talent vorbereitet. Und so stößt sie unbeabsichtigt Türen auf, die nie geöffnet werden sollten ...

Knaur Taschenbuch Verlag